史蒂芬金選

Stephen King

黑塔

III 荒原的試煉

The Dark Tower

The Waste Lands

【黑塔系列導讀】

在玫瑰的歌聲中

【中國時報副總編輯兼主筆】張慧英

恐怖大師史蒂芬．金的名號，在全世界都喊得響叮噹，他的作品不只多，而且本本登上排行金榜，許多還改拍成電影，得了不少獎，堪稱是最成功、閱讀範圍最廣、也最具影響力的現代暢銷作家。在這麼多作品中，最特殊、也最為核心的一部，就是《黑塔》（The Dark Tower）七部曲了。

金大師非常擅長說故事，他想像力豐沛，敘事細膩，情節扣人心弦，作品主題從外星人、吸血鬼、殭屍、鬼店到幽靈，每本都能讓你冒著冷汗欲罷不能。當然，還有不少非靈異、但深刻描繪人性的小說（例如改拍成電影『熱淚傷痕』的《Dolores Claiborne》）。然而，《黑塔》七部曲的風格卻完全獨樹一格，和其他的作品很不相同，雖然也有妖魔鬼怪，但它真正迷人之處，在於有一種史詩般的壯闊、迷離與蒼涼；美麗，但也憂傷。

《黑塔》這套系列，金大師足足寫了七大冊。而且，照著他的老習慣，幾乎每一本都厚得可以砸死人，被譽為史上最長的小說之一。不只總篇幅長，書寫時間也長到不可置信。史蒂芬．金在七〇年代開始發想，要寫一本像《魔戒》一樣的史詩型長篇小說，接著構想出故事輪廓。《魔女嘉莉》（Carrie）讓他一夕成名，加上『鬼店』（The Shining）轟動全球，奠定了他恐怖大師的地位，也讓似乎不具票房吸引力的這套超級長篇小說得以陸續出版。

金大師追趕黑塔的進度時快時慢，有時隔好幾年才孵出一本，中間經常不務正業跑去玩別的事寫別的書，還經歷了一次九死一生的大車禍，直到二〇〇三年才終於完成最後一集《業之門》。從最初到最終，總共花了三十三年光陰。三十三年！這是古今中外罕見的一項紀錄，金大師其實是在用他的人生書寫《黑塔》。

而讀者如果從第一集出版後就緊緊跟隨，一集一集等待，以無比的耐心（或無限的焦躁），隨著槍客羅蘭和他的共業夥伴們出生入死，經歷艱難險阻走過千山萬水，到終於親睹那座夢寐以求的黑塔、看到羅蘭的畢生追尋終於揭露謎底的時刻，竟也是悠悠過了二十載光陰。《黑塔》的無數追隨者，同樣地，也在金大師的召喚下，用自己的人生追尋那遠方的未知高塔。

無論三十三年，還是二十年，這漫長的年歲，正是『黑塔』系列的一項重要核心元素，是它意義與內涵的一部分。不過，這段話的意思，我不會先告訴你的，即使你只需要短短二年，就能在中文版取得通往黑塔的捷徑，而不是如我花了二十年苦候，但我也不想讓你更快得到答案。相信我，這是為了你好。

當然，如此漫長的等待，對讀者是很難熬的。如果故事不好看，直接丟掉也就是了，偏偏金大師寫得太好，讓人從此嗑上了癮，非等到下本新書不能稍解。問題是他拖拖拉拉，害得全球讀者望穿秋水，生怕沒撐到結局就先嗝屁了。

也因為如此，在他放下《黑塔》去寫別的書的那幾年，收到了來自世界各地萬千讀者催促抱怨的信，包括癌末病患和死刑犯的懇求。還有人寄來一張照片，是一隻被蒙上眼睛綁起來的泰迪熊玩偶，信上威脅說：『馬上出版《黑塔》續集，否則就殺了它！』（倒滿有幽默感的）。可是那時上天還沒把故事完全下載到他的腦袋裡，所以他自己也不知道會怎麼發展。

對《黑塔》迷來說，最大的驚嚇莫過於金大師在一九九九年的車禍了。那次他被撞得性命垂危，消息傳來，想到再也看不到《黑塔》的結局，讀者莫不感覺世界末日將臨。我簡直想飛到美國他的病榻前，學八點檔連續劇般呼天搶地：『大師！你不能死啊！起碼寫完了《黑塔》再死啊！』幸好，大難不死，經上天這一提醒，他火速趕完了最後三集，終於完成人生一大功課。

《黑塔》的發想，最早源自於長篇敘事詩〈公子羅蘭來尋黑塔〉，再加上《魔戒》與『黃昏三鏢客』的影響。黑塔佇立在遙遠的世界中心，被一大片玫瑰花田所包圍，六道光束就像巨大的樑柱，以黑塔為中心交會，支撐起萬千時空裡的萬千世界，這就是一切存在的存在基礎。但瘋狂的血腥之王佔據了黑塔，意圖毀滅一切，光束六道已經垮了四道，害得世界分崩離析，一步步走向衰亡滅絕。

故事的主角羅蘭．德斯欽生存的中世界，是在我們時空之外的另一個世界，但又似乎位於離我們很遠很遠的未來。他是貴族，通過了測試成為『槍客』——接受過嚴格戰鬥訓練的武士，類似日本傳統武士或歐洲中世紀的騎士，地位特殊而尊崇，負有捍衛正義剷奸除惡的使命。支撐世界的光束受創，加上魔法師作祟，中世界傾頹瓦解，他也失去了家園與愛人，在所有人都死了之後，他成了碩果僅存的最後一個槍客。為了阻止黑塔崩解，為了拯救世界，羅蘭毅然往遙遠的黑塔前進，在『業』（ka，命運）的安排下，他找到了同伴。

這群共業夥伴包括毒癮患者的艾迪、雙腿截肢的蘇珊娜、與羅蘭情同父子的少年傑克。在羅蘭的訓練下，他們成了身手優異的槍客，以相同的信念與決心，一路朝黑塔前進。途中經歷了許多難關，包括愛猜謎語的火車、陰狠的巫師、恐怖的吸血鬼、兇殘的半獸人、無所不在的血腥之王等等，他們遭到魔法迷惑戲弄、面對可怕的獠牙利爪、被深淵峻嶺所阻擋、在驚險搏鬥中出生入死，所幸也始終有正義力量的護持。

雖然邪惡力量猖狂肆虐，但正義未死，光明的力量始終默默保護著他們。一朵位於紐約某廢棄空地的神奇玫瑰，悠然唱著最純淨美麗的歌聲，帶給他們撫慰和希望，那是善與美的光，何其脆弱，卻又何其堅強。

這群夥伴除了在異時空中行俠仗義，不時還會經由『任意門』到我們的世界裡辦點事——包括拜訪作者金大師本尊，並且揭露出他們身世的最大謎底。這是《黑塔》系列裡的一大高潮，不過，當然，我只會說到這裡為止。

《黑塔》七部曲分別是《最後的槍客》（The Gunslinger）、《三張預言牌》（The Drawing of the Three）、《荒原的試煉》（The Waste Lands）、《巫師與水晶球》（Wizard and Glass）、《卡拉之狼》（Wolves of the Calla）、《蘇珊娜之歌》（Song of Susannah）及《業之門》（The Dark Tower）。征途雖長，但從不枯燥，讀者無法預測接下來羅蘭一行人會遇上什麼麻煩，更不知道他們到底能不能抵達黑塔，或者黑塔到底會給他們什麼解答，只能屏氣凝神緊緊跟隨。

在金大師的作品裡，《黑塔》像是一個主軸，輻射衍生出許多作品來，並且相互呼應。它的基本架構和《末日逼近》（The Stand）很接近，講的差不多是同一個故事，只是擷取的時空片段不同。這也是金大師的習慣，筆下的人物情節經常彼此勾連，有時還會跑到別本書裡串門子，彷彿一個大故事裡的不同小故事。

比起其他作品裡的恐怖驚悚，《黑塔》談得更多的是追尋，對人生、對理想、也對使命。無論其間經過了多少生死危機，不管情勢多麼險惡，勝算多麼低，看來似乎死路一條，這群共業夥伴也不曾停下追尋的腳步，沒有誰提議放棄或自行落跑，即使明知很可能為此付出生命。

於是乎，金大師帶著羅蘭，羅蘭帶著他的夥伴，他們再帶著所有的讀者，共窮悠長歲月，追尋那不可預知的黑暗之塔。除了作者，我們都沒有答案，但依舊步步向前，永不放棄。人生的滋味，盡在其中。我們最後總會領悟，過程，就是人生。

《黑塔》談追尋、談人生，也談忠誠與勇氣。羅蘭是這群夥伴的領袖，嚴肅正直，身手矯健，但也疏離而疲憊。黑塔是他的天命，他願意為追尋黑塔付出一切代價，在某種程度上，這讓他變得冷酷無情，儘管他也並不欺瞞。他和夥伴建立起生死與共的情誼，他們接納羅蘭的使命為自己的共同天命，彼此信任，也彼此依賴，必要時更隨時準備為彼此犧牲。無論外在的試煉如何嚴苛，他們始終坦誠相對，全心付出，以最真摯的忠誠友情，緊緊團結起這群小小的生命共同體。

同時，《黑塔》還談勇氣；不是片刻之勇，而是能夠長期在險惡壓力下堅持向理想前進的勇氣。在漫長的人生追尋裡，沒有執著，沒有勇氣，是到不了終點的。黑暗之塔佇立於迢迢天涯路的彼端，是福是禍，不知。而在追尋黑塔的道路上，每一步的堅持不悔，都需要以無比的勇氣才能跨出；面對每天日出後無法預測但必定艱難的挑戰，也需要強大的勇氣才能戰鬥到日落，然後再迎接另一個日出。

而日出日落，每一天，都是我們人生之戰的軌跡，也是黑塔真正的追尋。無論多麼艱辛，只要心裡仍有一朵玫瑰在輕輕歌唱，我們就還有繼續前進的勇氣。

吸血鬼王子深陷黑塔

【《魔域大冒險》作者**向達倫**特別為中文版專文強力推薦】

我在一九八九年二月讀完《黑塔》的第一集，當時我十六歲。十八年後，也就是在我三十四歲的時候，我讀完了《黑塔》的最後一集。我從來沒有對任何一套系列作品投入這麼長的時間！最令人驚奇的是，在這些年歲裡，即使碰上了最長的出版間隔，這個故事仍然鮮明的印在我的腦海中，我總能輕而易舉的就回到羅蘭和他『共業夥伴』的故事裡。這個故事很長、很複雜、層次很多，穿梭了過去與未來，穿越了不同的世界，而且還有一大群角色參與，但是我從來不覺得迷失或是搞不清楚劇情。這個故事從一開始就深深吸引我，讓我到目前為止的大半生都深陷其中，無法自拔。

《黑塔》系列結合了最精采、也是我最喜歡的文類：恐怖小說、科幻小說、奇幻小說、西部小說。書裡的情節讓我忍不住想到塞吉歐·李昂尼導演的電影（《荒野大鏢客》、《黃昏三鏢客》等）、想到托爾金、想到電影《豪勇七蛟龍》、想到理查·亞當斯的小說《殺敵克》，甚至還想到了《哈利波特》！書裡偶爾會出現虛實交錯的情節，我們會發現我們居然在故事裡遇到了現實生活中的史蒂芬·金。書裡有槍戰、有激烈的打鬥、有善惡對立，還有怪獸、英雄與壞人。有些角色獲得了無上的名聲與榮譽，有些角色則是背叛了朋友與自己。書裡還有魔法和科技，有時候這些魔法和科技能幫這些遠征的角色一把，有時候又成了他們的絆腳石。

不過，這套書裡最精采的，就是這趟遠征的過程。這是一趟波瀾壯闊、描寫精細、令人屏息的旅程，帶領讀者穿越許多遼闊又陌生的國度。黑塔和它無數的謎團永遠在召喚著你。你可以感覺到它就佇立在旅程的盡頭，高聳入雲、充滿邪氣，既迷人而又駭人。除非你跟著書中人物走到旅程的盡頭，否則你永遠也不曉得抵達終點的會是哪一個角色，但是如果你堅持到底，做一個忠實的讀者，你一定能得到回報：你將能仰望黑塔，探索其中無窮的秘密……不論是好是壞……

向達倫

Darren Shan

各界名家的推薦

史蒂芬・金的〈麗泰海華絲與蕭山克監獄的救贖〉令我熱淚盈眶；其中的主角銀行家安迪可能是所有短篇小說中最令人難忘的人物之一，由此可見史蒂芬・金塑造角色之功力。

——【2007曼氏亞洲文學獎入圍作家】伊格言

史蒂芬・金有一種魔力，是任何作家都希望擁有的魔力，那就是小說即使只有一個場景、兩個人，依然能夠讓讀者覺得有趣。他花了三十三年完成的七大冊奇幻巨作《黑塔》，我只慶幸自己不用寫信央求他在我死前透露結局給我，並保證帶著這個秘密進入墳墓。光是『史蒂芬・金』、『三十三年』、『奇幻巨作』三個關鍵詞，就足夠讓我暫時只專心想著該怎麼偷時間來享受這套書。

——【推理作家】冷言

我敬仰史蒂芬・金在創作上的多產和多樣化，這反映了他的天份和熱情。《黑塔》這套作品，更是史蒂芬・金近年野心之作！集奇幻和歷險於一身，史蒂芬・金迷不容錯過！

——【名作家】深雪

不能否認，雖然有許多後起之秀如J. K.羅琳，但是全世界的作家最羨慕的人應該是美國恐怖作家史蒂芬・金。在其小說中，懸疑驚悚且震撼人心的劇情鋪陳張力，無一不顯示出史蒂芬・金擅長操控讀者的寫作高深功力。從無著作權時代起，史蒂芬・金的小說一直就是台灣大衆小說讀者最歡迎也最暢銷的作品。其實，像史蒂芬・金這樣因爲熱愛恐怖小說而創作，卻又能以此維生乃至獲利頗豐，史蒂芬・金無疑是極受上天眷顧的作家，但是其寫作功力的累積和辛苦成名的過程又有誰解其中味？史蒂芬・金並不是一味墨守成規的作家，從其以前的作品乃至最近的《黑塔》，懸疑驚悚恐怖的本質不變，但是小說的佈局卻已經大不相同。以史蒂芬・金這樣一位業已名利雙收的成名作家仍汲汲於各種嘗試，可見其成功不是沒有理由的！

——【名評論家】杜鵑窩人

史蒂芬・金是當今地球上最會講故事的人。看故事，就從《黑塔》開始吧。

——【名作家】張國立

【自序】

那一年我十九歲……

1

我十九歲（在各位要開始看的這本書裡，十九可是個重要的數字）的時候，哈比人正當紅。

在伍茲托克音樂節（Great Woodstock Music Festival）❶上，大概有半打的梅里和皮聘跋涉過雅斯各（Max Yasgur）牧場的爛泥，此外還有成打的佛羅多，多得數不清的嬉皮甘道夫。在那段日子裡，托爾金的《魔戒》極為風行，雖然我沒去伍茲托克（真遺憾），但我想我至少算是個嬉皮半身人（halfling），自然一看到《魔戒》就愛上它。就像大部分我那個年代的長篇奇幻故事一樣（例如史蒂芬·唐那森〔Stephen Donaldson〕的《湯瑪士·寇文能傳奇》〔Chronicles of Thomas Covenant〕、泰瑞·布魯克斯〔Terry Brooks〕的《沙那拉之劍》〔Sword of Shannara〕），《黑塔》系列也是托爾金啟發下的產物。

不過，雖然我在一九六六年跟一九六七年看了《魔戒》，但我並沒有執筆寫作。我非常景仰托爾金驚人的想像力，還有他完成史詩鉅作的雄心壯志，但是我想要寫一個屬於我的故事。要是我當時就開始寫作，我一定會寫出『托爾金式』的故事。要真是如此，那就會像故總統滑頭迪克❷常說的：大錯特錯。多虧了托爾金先生，二十世紀已經不缺精靈和巫師了。

一九六七年，我還不曉得『屬於我的故事』會是個什麼樣的故事，但那並不重要，因為我覺得總有一天靈感會從天而降。我年方十九，心高氣傲，傲到覺得我可以再等等，等我的繆思女神和經典大作（我確定那絕對會是經典大作）問世。我想，人在十九歲的時候是有權利驕傲，因為時間還沒有開始鬼鬼祟祟的偷走你的東西。一首流行的鄉村歌曲唱道：『時間會奪去你的頭髮，讓你沒力氣投籃。』但事實上，時間奪去的遠不只這些。一九六六年跟一九六七年，我還不知道這件事，就算我知道，我也不會在乎。我勉強可以想像自己活到四十歲會是什麼德行，但是五十歲？不可能。六十歲？門都沒有。我怎麼可能會變成六十歲的老頭子！十九歲就是這樣。十九歲的時候你會說：喂，大家注意，我抽的是火藥，喝的是炸藥，腦袋清楚就別擋路——史蒂芬來也！

十九歲是個自私的年齡，而且也沒有什麼煩惱。我有很多朋友，那是我關心的；我有遠大的抱負，那也是我關心的。我有台打字機跟著我從一間爛公寓搬到另一間爛公寓，口袋裡永遠放著一包煙，臉上永遠掛著微笑。中年危機很遙遠，老年的屈辱更遠在天邊。就像鮑伯．塞格（Bob Seger）❸那首歌的主角（現在成了卡車的廣告歌），我覺得自己充滿潛力，前途光明。我的口袋空空，但是腦袋裡充滿了想說的話，心裡充滿了想講的故事。這些話現在聽起來有些陳腔濫調，但那時可覺得棒透了，簡直是酷斃了。我最大的夢想，就是用我的故事直通讀者的心房，從此改變他們的一生。我覺得我辦得到，我覺得我天生就是這塊料。

這些話聽起來有多自負？非常自負，還是只有一點點？不管怎樣，我不會後悔。當時我

❶譯註：一九六九年，美國西北部的雅斯各牧場舉辦搖滾音樂會，湧入五十萬名搖滾樂迷，成為搖滾樂史上劃時代的大事。
❷譯註：Tricky Dick Nixon。尼克森總統在大選時對手為他取的小名。
❸譯註：美國鄉村搖滾歌手。

十九歲，一根白鬍子也沒有。我有三件牛仔褲，一雙靴子，我覺得全世界都是我的囊中物，而接下來二十年也沒有發生什麼事情證明我錯了。然後大概在三十九歲的時候，我的麻煩來了：酗酒、嗑藥、一次車禍讓我行動不便（還有一大堆）。我已經在別的地方詳述過，這裡就不再贅述。此外，你不也是一樣的嗎？世界最後都會派個糾察隊員叫你減速慢行，告訴你誰才是老大。你一定已經遇到你的糾察隊員（要是你還沒遇見，遲早都會遇見）；我已經遇到我的糾察隊員了，而且我確定他一定會再回來。他知道我住哪兒。他是個壞心的男孩，壞心的軍官，誓死要與悠閒、性交、驕傲、抱負、震破耳膜的音樂，還有所有屬於十九歲的事情為敵。

但我還是覺得那是個不錯的年齡，也許是最好的年齡。你可以聽一整夜的搖滾樂，但是等到音樂消逝，啤酒見底，你還能思考，還能做遠大的夢想。壞心的糾察隊員最後一定會讓你漏氣，所以如果你不一開始就把牛皮吹大點，等他大功告成，你大概就漏氣漏到只剩兩隻褲腳了。『又抓到一個！』他吼著，然後手裡抓著糾察簿往前大步走去。所以，一點點自負（甚至是非常自負）不是件太壞的事，不過你媽一定不是這麼說。我媽就不是這麼說。她說：史蒂芬，驕者必亡……後來我發現（在我的年齡剛好是十九乘以二的時候），不管怎樣最後你一定會死，或是被撞進水溝裡。十九歲的時候，要是你進酒吧，會有人開你罰單，叫你滾出去，但是如果你坐下來畫畫、寫詩，或是說故事，絕對不會有人來煩你。如果你非常年輕，千萬別理長輩或是自以為高你一等的人說什麼。當然，你從來沒去過巴黎，也沒有在西班牙的潘普隆那（Pamplona）跟牛賽跑，你只是個無名小卒，腋毛三年前才長出來——但是那又怎樣？如果一開始褲子不做得大一些，長大了怎麼穿得下？告訴你，不要管別人怎麼說，坐下來抽你的煙吧！

2

我覺得小說家有兩種（包括一九七〇年以前的我，那個乳臭未乾的小說家）。第一種小說家是比較『文學』的，或者說是比較『嚴肅』的，這種小說家在選擇主題時會問：寫這種故事對我有什麼意義？另一種小說家的天命（你也可以把它叫做『業』〔Ka〕）則是通俗小說，這種小說家比較會問另一個問題：寫這種故事對別人會有什麼意義？『嚴肅』的小說家在尋找自我的解答，而『通俗』小說家則在尋找觀眾。兩種作家都一樣自私。我認識不少作家，保證絕無半句虛言。

總之，我相信我在十九歲的時候，就把佛羅多還有他想盡辦法甩掉至尊戒的故事歸為第二種小說。這些冒險故事的主角是一支略帶大不列顛血統的遠征隊，背景則有幾分挪威神話的味道。我喜歡這個追尋的主題，事實上是愛死了這個主意，但是我對托爾金拿粗壯的鄉村鄙夫當主角不以為然（這並不表示我不喜歡他們，因為我真的很喜歡他們），也對矮林叢生的北歐背景沒什麼興趣。如果我朝那個方向走，我一定會把事情搞砸。

所以我等。一九七〇年，我二十二歲，長出了第一根白鬍子（我想這應該跟一天抽兩包半潑墨牌〔Pall Mall〕香煙脫不了關係），但即使是到了二十二歲，你還是可以等。二十二歲，時間還是站在你這邊，不過那個壞心的糾察隊員已經開始跟鄰居打聽消息了。

然後，在一間幾乎空無一人的電影院裡（如果你想知道，那是緬因州班格市的寶珠戲院），我看了一部由塞吉歐．李昂尼（Sergio Leone）執導的電影。那部電影叫『黃昏三鏢客』（The Good, the Bad, and the Ugly），電影還沒放到一半，我就發現我要寫的小說是什麼了：我希望能延續托爾金那種追尋與魔幻的感覺，但背景要設在李昂尼古怪、壯闊的西部荒野。如果你只在電視上看過這部奇特的西部電影，你不會懂我在說什麼——恕我冒昧，但事實如此。在大銀幕上，透過最對味的 Panavision 鏡片投射，『黃昏三鏢客』成了可比美『賓漢』（Ben-Hur）的史詩。克林伊斯威特看起來大概有十八呎高，臉頰上鋼絲般的鬍碴看起來八成有紅木小樹那麼粗。李凡克里夫（Lee Van Cleef）臉上那兩道法令紋深如峽谷，搞不好每道法令紋下都有一個薄域（見《黑塔第四部：巫師與水晶球》〔Wizard and Glass，暫譯〕）。荒漠場景似乎大到可以碰到海王星的軌道，每枝槍的槍管看起來都有荷蘭隧道（Holland Tunnel）❹那麼大。

然而，除了背景之外，我更希望能捕捉那種史詩般巨大的尺寸。李昂尼對美國地理一竅不通（根據其中一個角色所言，芝加哥位在亞利桑那州鳳凰城附近），讓這部電影更具有一種壯麗的錯置感。我滿懷熱情——我想這種熱情大概只有年輕人才有——不只想寫一本很長的書，而是史上最長的通俗小說。我沒能寫出最長的，但也很接近了：《黑塔》一到七集講的是同一個故事，前四部的平裝版加起來超過兩千頁，後三部的手稿則有兩千五百頁。我的意思不是長度愈長，品質就愈好，我的意思是我想寫一篇史詩，而就某方面來說，我成功了。如果你問我為什麼想寫史詩？我也說不上來，也許是因為我在美國長大，什麼都要拿第一：要蓋最高的大樓，挖最深的溝，寫最長的小說。你問我動機何在呀？我想那應該也是因為我在美國長大，我的動機就像咱們美國人最愛說的，因為一開始看起來是個好主意。

3

另一個關於十九歲的事情是：我想很多人都有一種『十九歲情結』，拒絕長大（我是指心理跟情感方面，當然生理方面也有可能）。一年一年過去，有一天你發現自己看著鏡子，嚇了一大跳。你心想：我的臉上怎麼會有皺紋？那個愚蠢的大肚子怎麼來的？天呀，我不是才十九歲嗎！這也是個陳腔濫調，但想起來仍然讓人十分驚奇。

時間讓你長出白鬍子，時間奪去你的精力，而你這個傻瓜卻還以為時間站在你這邊。你的理智知道事實是怎麼一回事，但你的情感卻拒絕相信。如果你夠幸運，那個檢舉你開快車、玩過頭的糾察隊員也會給你一劑醒腦的嗅鹽。這就是二十世紀末發生在我身上的事情：一輛普利矛斯（Plymouth）廂型車把我撞進家鄉路邊的水溝裡。

意外發生三年後，我在密西根第爾本市的博得書店（Borders）為《緣起別克八》（From a Buick 8）舉辦簽書會。輪到一個年輕人的時候，他說他真的、真的很高興我還活著。（常有人這樣對我說，不過我老覺得他們真正的意思是：『你怎麼還沒死？』）

『我聽到你被撞的時候，剛好跟我的好朋友在一起，』他說：『老兄，那時我們一邊搖頭一邊說：「黑塔完了，它歪了，它要倒了，啊，該死，現在他永遠也寫不完了。」』

我也曾經有過同樣的想法——我常常不安的想到，我在百萬名讀者的共同想像中建立了黑塔，也許只要有人還願意看它，我就有責任保護它。或許只有五年，然而就我所知，也許會有五百年。奇幻故事不管寫得好，寫得壞（就連現在也許都有人在看《吸血鬼瓦涅爵士》〔Varney the Vampire〕或是《僧人》〔the Monk〕），似乎都能長命百歲。羅蘭保護黑塔的方法，是讓支撐黑塔的光束不受威脅，而在車禍之後，我發現我保護黑塔的方法，是把槍客的故事寫完。

《黑塔》一到四部花了很長的時間，在這段時間裡，我收到了上百封想讓我良心不安

❹譯註：連接紐約與紐澤西的河底隧道。

的信件。一九九八年（也就是我還以為自己只有十九歲的時候），我收到一封八十二歲老奶奶的臨終遺願。老奶奶告訴我，她大概只剩一年好活（癌細胞擴散全身，最多只能活十四個月），她不指望我為了她一個人把故事趕出來，但是她想知道能不能拜託（拜託！）我告訴她結局是什麼。真正讓我心痛（但還沒痛到能讓我開始寫作）的那句話，是她保證『不會告訴任何人』。一年以後（大概在那個送我進醫院的車禍之後），我的一個助理，瑪莎・迪菲莉波（Marsha DiFilippo）收到一封來自德州還是佛州死刑犯的信，他的心願跟老奶奶差不多，也就是：結局到底是什麼？（他保證帶著這個秘密進墳墓，真讓我寒毛直豎。）

如果可以，我一定會讓這兩位朋友得償所願，跟他們簡述一下羅蘭接下來的冒險故事，但是，哎，我辦不到。我完全不知道槍客跟他的朋友最後到底怎麼了。如果我要知道，我就必須寫作。我曾經擬了一份故事大綱，但不知丟到哪兒去了。（不過大概也沒什麼用。）我只有幾張便條紙（現在我桌上就有一張，上頭寫著：『裘西、奇西與哲西，×××裝滿籃』）。終於，在二〇〇一年七月，我又開始動筆了。那時我知道我已經不是十九歲，也知道我對人生的病痛老死並沒有免疫力。我知道我會變成六十歲，甚至七十歲，而且我希望能在糾察隊員最後一次上門前把故事寫完。我可不希望我的書成了另一本《坎特伯里故事》（Canterbury Tales）或是《艾德溫・杜魯德之謎》（The Mystery of Edwin Drood）❺。

忠實的讀者（不論你是正打算開始看第一部，還是已經準備進入第五部），現在成果（不管是好是壞）就在各位眼前。不管你喜不喜歡，羅蘭的故事都已經完成了，我希望它能為你帶來一些樂趣。

至於我，我非常盡興。

史蒂芬・金

二〇〇三年一月二十五日

修訂版前言

大部分的作家在談論寫作時都是廢話連篇❻，所以你從來沒看過有什麼書叫做《西方文明百篇序言傑作選》或是《美國人最愛前言選》。當然，這是我個人的主觀意見，不過我曾經寫過至少五十篇序言與前言（更別提寫了一整本談寫作技巧的書），我想我是有權利這麼說的，而且我想，如果我告訴你這篇前言會是少見的例外，真的值得一看，你也可以把我的話當真。

幾年前，我推出了《末日逼近》（the Stand）的增修版，在我的讀者群裡引起一陣軒然大波。我會特別在意那本書，也是情有可原，因為在我的作品裡，《末日逼近》一直都是讀者的最愛。（根據某些最死忠的『末日逼近迷』，如果我完成《末日逼近》後，在一九八〇年死掉，這個世界並不會有什麼太大的損失。）

如果在我的作品裡，有什麼故事能跟《末日逼近》比美，也許就是羅蘭・德斯欽跟他追尋黑塔的故事。而現在——可惡！——我又對它幹了一樣的事情。

❺譯註：《坎特伯里故事》為中世紀喬叟（Chaucer）所作，《艾德溫・杜魯德之謎》為狄更斯（Charles Dickens）所作。兩書都未能在作者生前完成。

❻作者註：關於『廢話因子』，詳見《史蒂芬金論寫作》（On Writing），二〇〇〇年Scribner出版（中譯本由商周出版）。

不過事實上，我並沒有那麼做，我希望你知道這一點，我也希望你知道我做了什麼，理由何在。也許這對你來說並不重要，但是對我來說非常重要，因此（我希望）這篇前言並不符合金氏的『廢話原則』。

首先，請注意《末日逼近》的手稿會遭到大幅刪減，不是因為編輯上的原因，而是因為財務上的原因。（此外還有裝訂上的限制，但在此我不想多談。）❼我在一九八〇年代末期推出的修訂版，其實是修改原先就存在的手稿。我也重新修改了整個作品，大部分是為了順應時事，加入一些跟愛滋病有關的情節，最後修訂版比首次推出的版本多了十萬字左右。

至於《最後的槍客》這本書，原先的版本很短，而新增的頁數也只有三十五頁，也就是大概九千字。如果你曾經看過原本的《最後的槍客》，在這本書裡，你只會發現兩、三個完全不同的場景。當然，《黑塔》純粹主義者（為數還真不少，看看網路就知道）會想把這本書再看一次，而且看這本書的時候，大概都會是既好奇，又生氣。我同情他們，但是我必須說，比起他們，我更關心從來沒見過羅蘭和他共業夥伴（Ka-tet）❽的讀者。

雖然有一票死忠的書迷，但《黑塔》的故事卻沒有《末日逼近》來得有名。我舉行讀書會的時候，有時候會問在場的人有誰看過我的小說。既然他們都不辭辛勞的出席了（有時候還得大費周章，請保姆帶小孩，或是花錢替老爺車加油），大部分的人自然也都會舉手。然後我會請沒看過《黑塔》的人把手放下，這時候至少會有一半的人會把手放下。結論十分清楚：雖然在一九七〇年到二〇〇三年這三十三年中，我花了非常多的時間寫這些書，但是相較之下，並沒有很多人看過。然而，看過的人都非常熱愛這些書，我自己也非常熱愛——所以我捨不得讓羅蘭跟那些未完成的角色一樣，漸漸淡出江湖（想想喬叟那個去坎特伯里朝聖的故事，或是狄更斯未完成小說《艾德溫．杜魯德之謎》裡的角色）。

我想我從前總以為我會有時間寫完《黑塔》（應該是在我的潛意識裡這麼想，因為我不記得我曾經有意識的這麼想過），以為時間到了，上帝就會寄一份會唱歌的電報給我：『啦啦啦，啦啦啦／回去工作史蒂芬／快去寫完黑塔傳』。從某方面來說，我的想法成真了，只不過提醒我繼續寫作的，不是會唱歌的電報，而是與一台普利矛斯小貨車的近距離接觸。如果那天撞我的車子再大一點，或是撞得再準一點，恐怕最後就是來賓獻花，家屬答禮，而羅蘭的遠征就再也無法完成，至少不會是由我完成。

總之，在二〇〇一年（那時我的身體狀況已經漸漸好轉），我決定時機已到，該完成羅蘭的故事了。我排開一切雜事，全心全意寫作最後三本書。一如往常，我這麼做不是因為讀者的要求，而是為了我自己。

現在我寫這篇前言時，是二〇〇三年的冬天，《黑塔》的最後兩部還在修改階段，但是事實上，我在去年夏天就完成了初稿。在編輯第五部（《卡拉之狼》〔Wolves of the Calla〕，暫譯）及第六部（《蘇珊娜之歌》〔Song of Susannah〕，暫譯）時，我有一些空檔，於是我決定回頭把整個故事重新修改一次。為什麼？因為這七部書不是獨立的故事，而是《黑塔》這個長篇小說裡的七個小節，但是故事的開頭卻和跟結尾不太一致。

這些年來，我修改作品的方法並沒有太多改變。我知道有的作家是邊寫邊改，但是我的策略一直都是一頭栽進去，能寫多快就寫多快，讓我的寫作之刃愈磨愈利，然後努力超越小說家最陰險的敵人：懷疑。停下筆回頭看稿會激起太多問題：我的角色可信嗎？我的故事有

❼譯註：此書出版時長達八百多頁，修訂版更長達千頁。
❽作者註：指命運與共者。

趣嗎？我寫得到底好不好？有人會喜歡嗎？我會喜歡嗎？

寫完小說的初稿後，我會把它統統丟到一邊，讓它『醒一醒』。過了一段時間（六個月、一年、兩年都可以），我就能用一種比較冷靜（但是仍然充滿疼愛）的眼神回頭看它，然後開始修改。雖然我把黑塔系列的每一本書分開修改，但是要等到完成第七部《黑塔》之後，我才真正把它們當作一個完整的作品來看。

在我回頭看第一部的時候（也就是各位手上這本書），我發現了三件事。第一，《最後的槍客》是個年輕的作家寫的，所以所有年輕作家的問題，全都能在這本書裡找到。第二，書裡有不少錯誤及跟後文不一致的地方，尤其是在看完後面的幾部後，錯誤更是明顯。[9]第三，《最後的槍客》的語調跟後面幾部書完全不同，老實說，還滿難讀的。我老是聽到自己為了這件事道歉，告訴大家如果他們堅持下去，就會發現這個故事在第二部《三張預言牌》（Drawing of the Three，暫譯）裡漸漸步上軌道。

在《最後的槍客》裡，我把羅蘭描述成會在陌生的旅館裡，動手把歪掉的畫像擺正。我想我自己也是這種人，而就某種程度而言，修改作品也是這麼一回事：把畫像擺正、吸地板、刷馬桶。在修改作品時，我做了很多家事，而且做了所有作家寫完初稿以後想做的事：把歪的地方擺正。一旦你曉得故事的結局，你就必須對潛在的讀者——還有你自己——負責，回頭把事情整理好。那就是我想在這本書裡做的事，而且我也很小心，希望增修之處不會把最後三本書裡的秘密洩露出來，有些秘密我可是耐心珍藏了三十年。

在我停筆之前，我想談談那個大膽寫了這本書的年輕人。那個年輕人上了太多寫作課，也被那些寫作課裡宣傳的東西洗了腦：寫作是為了別人，不是為了自己；詞藻比故事重要；模糊比清楚簡單好。所以，在羅蘭初次登場的作品裡發現很多矯揉造作的地方（更別提書裡大概有一千個不必要的副詞），我並不驚訝。我儘可能刪掉了這些空洞的廢話，而且一點也不心痛。在書裡其他的地方（也就是我想到什麼讓人入迷的故事，一時忘了寫作課上教的東西），我則可以幾乎完全不改動，只微微修正必要的地方。就像我在另一本書裡提到的，只有上帝才會第一次就把事情做對。

總而言之，我不會完全改掉這個故事的敘事風格，甚至也不會做太大的變動。對我來說，雖然它有很多缺點，但是也有它獨特的魅力。將它改頭換面，等於是完全否定了那個在一九七〇年春末夏初創造槍客的年輕人，而我並不想那麼做。

我想做的（如果可能的話，希望是在《黑塔》系列最後幾本書出版之前），是讓《黑塔》故事的新讀者（還有想重溫記憶的舊讀者）能更容易抓到故事的脈絡，更輕鬆的進入羅蘭的世界。我也希望這本書裡的伏筆能埋得更有技巧。我希望我達成這些目標了。如果你從來沒有來過這個奇異的世界探訪羅蘭跟他的朋友，我希望你能享受你在書裡找到的驚奇。最重要的是，我希望能說一個精采的故事。如果你發現自己讓《黑塔》給迷住了，即使只有一點點，我也覺得我達成任務了。這個任務從一九七〇年前開始，在二〇〇三年粗略完成。但是羅蘭會第一個告訴你，這三十多年的時間並沒有什麼意義，事實上，在你追尋黑塔的時候，時間是一點也不重要的。

二〇〇三年，二月六日

❾作者註：我想我舉一個例子應該就夠了。在初版的《最後的槍客》中，『法爾森』是一個城鎮的名字，但在後面幾冊裡，它居然變成了一個男人的名字：叛徒約翰．法爾森，毀滅羅蘭故鄉基列地的幕後黑手。

contents

我滿懷感激的將這個故事的第三集獻給我的兒子，
歐文·菲利浦·金：
刻符、業與共業。

19

救贖

前情提要

史蒂芬・金

《荒原》是一部長篇系列的第三冊，靈感來自羅伯・布朗寧的敘事詩〈公子羅蘭來尋黑塔〉，某些程度上，也借用了不少詩中情節。

第一冊《最後的槍客》述說羅蘭這名碩果僅存的槍客在一個『前進』的世界中，追蹤擒獲了黑衣人華特。黑衣人是名巫師，謊稱在中世界仍告統一的時期與羅蘭父親有舊誼。擒獲了這名半人類的巫師並非羅蘭的終極目標，只不過是在尋找強大神祕的黑塔路上另一個里程碑，而黑塔則是一切時間的關聯。

羅蘭究竟是誰？他的世界在前進之前是何種情況？黑塔又是什麼？為什麼讓他苦苦追尋？我們只有片段的解答。羅蘭顯然是位騎士，身負著鞏固（抑或救贖）舊世界的重責大任，羅蘭記憶中『充滿愛與光』的世界。不過，羅蘭的記憶與真實的情景究竟相去多遠，倒是頗堪玩味。

我們確實知道的是他很早就被迫面對成人世界，因為他發現了母親是馬登的情婦。馬登是比華特更高明的巫師，是他一手導演，讓羅蘭發現母親的姦情，他的盤算是害羅蘭在成年禮測驗中失敗，被放逐到西方的荒原；我們知道羅蘭及時識破了馬登的奸謀，通過了測驗。

我們也知道槍客的世界與我們的世界基本上是相關的，有時兩個世界甚至可以互通。

在一條穿越荒漠、廢棄多年的驛道上，羅蘭在驛站內遇見了一名叫傑克的男孩。傑克在我們的世界死亡了，他是在曼哈頓中區的街角給人推到一輛疾馳而來的汽車之前。傑克・錢伯斯臨死前看見的是黑衣人華特俯視他，醒來卻在羅蘭的世界裡。

而在他們接觸黑衣人之前，傑克再次死亡……這一次是因為槍客，面對人生中第二個最痛苦的抉擇，決定犧牲這個象徵的兒子。被迫在男孩與黑塔間作一抉擇，羅蘭選了黑塔。傑克在落入深淵前對槍客說的最後一句話是：『那就去吧——除了這些世界，還有別的。』

羅蘭與華特最後的遭遇是在風沙滾滾的墓地，遍地的枯朽白骨。黑衣人用塔羅牌算出羅蘭的未來。三張非常奇怪的牌——囚犯，陰影夫人，死神（『但不是衝著你來的，槍客』）——出現在羅蘭眼前。

第二冊《三張預言牌》在西海拉開序幕，就在羅蘭與華特的遭遇結束後不久。筋疲力竭的槍客半夜醒來，發現潮水帶來了一堆爬行的肉食怪物『龍蝦怪』。羅蘭尚未來得及逃出牠們的活動範圍，就受了重傷，失去了右手兩根指頭，也因為龍蝦怪的毒液而中毒。槍客沿著西海海邊繼續北行，傷勢益發嚴重……瀕臨死亡。

這時他在海灘上竟看見三扇門。每一扇門都只為羅蘭一個人而開，而門後就是我們的世界；正確來說，是傑克居住的城市。羅蘭在我們的時間連續體內造訪了紐約市三次，既是為了自救，也是為了把必須陪伴他一齊尋找黑塔的三個人給牽引到他的世界去。

艾迪・狄恩就是『囚犯』，他是一九八〇年代後期紐約的一名海洛因毒蟲。羅蘭從他這邊的海灘跨過門去，進入了艾迪的腦海。這時的艾迪是安立可・巴拉札的手下，為他運送古柯鹼，正降落在甘迺迪機場。在他們悲慘的冒險犯難過程中，羅蘭得到了有限的盤尼西林，也把艾迪帶回了他的世界。艾迪這名毒蟲發現自己給綁架到一個沒有毒品的世界，自然不是滿懷歡欣鼓舞之情。

第二扇門引領羅蘭找到了『陰影夫人』——其實是一個身體兩個女人。這一次羅蘭發現他是在一九六〇年代早期的紐約，與一位困在輪椅上的民權鬥士歐黛塔‧霍姆斯會面相逢。而隱藏在歐黛塔體內的女人則是狡猾多詐、怨氣沖天的黛塔‧渥克。這一個雙重性格的女人給拉到了羅蘭的世界，對艾迪與傷勢日益沉重的槍客而言，其結果可說是福禍難料。歐黛塔深信她的遭遇不是一場夢，就是幻覺；而精明得多的黛塔則鎮日設法殺掉羅蘭和艾迪，因為她視這兩人為白人魔鬼。

躲藏在第三扇門後的是連續殺人犯杰克‧摩特（一九七〇年代中期的紐約），他就是『死神』。摩特在歐黛塔‧霍姆斯／黛塔‧渥克的一生中造成了兩次巨變，不過他們兩人都未察覺。摩特的殺人手法有二：把被害人由高處推落，或是從高處擲下重物將人砸死。在他瘋狂卻掩飾得極為小心的殺人生涯中，這兩種手法都在歐黛塔身上施展過。歐黛塔小時就被他用磚塊砸過頭，害得她昏迷不醒，而她的隱性姐妹黛塔‧渥克也因而誕生。到了一九五九年，摩特又在格林威治村遇上歐黛塔，這次他把她推向了飛馳而來的地鐵。歐黛塔大難不死，卻付出了慘痛的代價：迎面而來的火車把她的雙腿從膝蓋以下截斷。她能夠九死一生，多虧了一位見義勇為的年輕醫師（可能也該感謝醜陋卻好強的黛塔‧渥克）……至少表面上看來是如此。在羅蘭眼中，這些牽扯並非純屬偶然，而是冥冥中有股強大的力量在主導：他相信環繞黑塔的巨大力量又一次凝聚了。

羅蘭也發覺，摩特可能也是另一個奧祕的核心，而這個奧祕是個似是而非的矛盾，極可能會摧毀一個人的心智。因為在槍客步入摩特的生命後，摩特相中的下一個目標就是傑克，羅蘭在驛站遇見，又在山下失散的男孩。羅蘭從來沒有理由懷疑傑克自述的死亡故事，也從來沒有理由懷疑謀殺傑克的兇手是誰——當然是華特。傑克看見人群聚集在他倒地死亡之處，華特是做神父打扮，羅蘭從未質疑過他的敘述。

現在他也不懷疑；華特確實在場，沒錯，這點毋庸置疑。可是如果是摩特把傑克推向迎面而來的凱迪拉克呢？可能嗎？羅蘭不敢肯定，但萬一是如此，那麼傑克人呢？是死？是活？陷入某個時空？而如果傑克・錢伯斯在一九七〇年代中期的曼哈頓安然活著，那羅蘭為何對他念念不忘？

撇開這個令人迷惑而且可能相當危險的發展不談，門的測驗——以及三人行成軍——羅蘭是通過了。艾迪・狄恩接受了他在羅蘭世界中的角色，因為他愛上了陰影夫人。歐黛塔・霍姆斯與黛塔・渥克在槍客強迫她們承認彼此之後，趨而合一，變成一個融合了兩者性格的女性。這個混合體願意接納艾迪的情愛，也給予回報。歐黛塔・蘇珊娜・霍姆斯與黛塔・蘇珊娜・渥克匯集成一名新的女人，第三個女人：蘇珊娜・狄恩。

在歐黛塔失去雙腿十五、六年後，杰克・摩特也死在同一列火車輪下，也就是傳說中的A列車。死有餘辜。

飄泊了不知多少年後，基列地的羅蘭不再孤獨一人踏上黑塔之路。卡斯博與艾倫，他往昔的同伴，已由艾迪和蘇珊娜取代……但槍客卻總會為朋友招來禍殃，而且是天大的禍殃。

《荒原》由三名朝聖客在海灘最後一道門對決後的幾個月講起。他們朝中世界內陸深入了一段距離。休息時間結束了，學習的階段到了。蘇珊娜學習射擊……艾迪學習雕刻……而槍客則學習心智失常，而且是一次失去一點，是何種滋味。

（附註：我的紐約讀者會知道我自由應用了紐約市的地理，希望不致冒犯了讀者諸君。）

一堆破碎的印象，承受著烈日曝曬，
枯死的樹木無從遮蔭，蟋蟀的聲音不肯饒人，
乾旱的石頭不聞水聲。
唯獨這塊赤巖下有陰影，
（快躲到這赤巖下的陰影裡來），
我要你見識一樣東西，
那不同於早上在身後跟著你的影子，
也不是黃昏時起身來迎接你的影子；
我要讓你看清楚一撮塵土裡的恐懼。

——T・S・艾略特〈荒原〉

如果有殘破的薊莖突出
於同伴之上，薊頭就會被切斷，否則便會引得
梗草嫉妒。是什麼把碼頭上粗糙暗淡的草葉
弄得處處是洞和裂口，蹂躪得阻絕了
新綠的希望？是猛獸走過
摧殘了他們的生命，遂行猛獸的意志。

——羅伯・布朗寧〈公子羅蘭來尋黑塔〉

『這條是什麼河？』密勒森隨口問道。

『算不上河，只是小溪。唔，也許比小溪再大點。它叫做「廢墟」。』

『真的？』

『對，』威尼弗說道，『廢墟。』

——羅伯・埃克曼❶〈同流合污〉

❶Robert Aickman，一九一四—一九八一，英國作家，以超自然短篇小說聞名。

book one

傑克

一撮塵土裡的恐懼

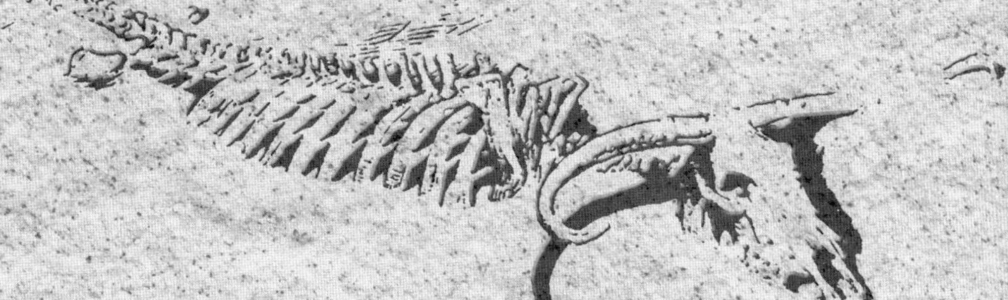

I 熊與骨

1

這是她第三次拿著真槍實彈……也是首次從羅蘭給她的槍套裡拔出槍來。

他們有的是彈藥；羅蘭從艾迪・狄恩和蘇珊娜・狄恩的世界弄來了超過三百發的子彈。但彈藥充足並不表示可以任意揮霍，恰恰相反，老天爺最厭惡浪費之人。羅蘭開始是跟著父親，隨後跟著他最偉大的老師寇特，從他們兩人那裡學到了這個道理，至今仍奉行不渝。報應不是不到，而是時機未到，一旦時機成熟，就得付出代價……拖得愈久，報應就愈重。

而且一開始根本就不需要彈藥。羅蘭玩槍的日子，比坐在輪椅上那位美麗褐膚女子想像的還要久。剛開始，羅蘭只是架起槍靶，看她瞄準靶心射空彈，然後從旁糾正她的姿勢。她學得很快，她和艾迪都學得很快。

正如羅蘭所料，這兩人是天生的槍客。

今天羅蘭和蘇珊娜來到一塊林間空地，距離樹林裡的營地不到一哩，他們在營地已經住了將近兩個月，日子過得倒愜意，三人逐漸熟稔。槍客羅蘭的身體日漸康復，艾迪和蘇珊娜乘機學習他所能教導的種種知識：射擊，狩獵，把到手的獵物開膛破肚，處理動物皮毛、先延展再曝曬，善加利用獵物的每一部分、不可浪費，靠老人星辨認北方、靠老婦星辨認南方，傾聽森林的聲音、比如說他們身處的這一座，距離西海東北方約莫六十哩之遙。今天艾迪沒跟著出來，但羅蘭並不因此覺得不高興。他知道最難遺忘的一課，往往是自己摸索出來的。

但無論怎麼學，最重要的課程仍是非學不可：如何射擊，如何彈無虛發。簡而言之，如何殺戮。

空地邊緣盡是深綠芬芳的樅樹，圍成一個不整齊的半圓形。空地南邊，土地陡降三百呎，居高臨下俯瞰，只見坡面有層層結構鬆散的頁岩岩棚，處處斷崖，儼然巨人的階梯。一條清澈小溪由林間鑽出，流貫空地，起初翻騰的溪水在海綿似的土壤和易碎的石頭上切出一條深邃的河谷，又湧過易裂的岩石河床，到了土地陡降之處和緩了下來。

接著嘩然落下，形成了一串的瀑布，水氣製造出許多搖曳生姿的彩虹。從山崖邊緣遠眺，可以看見宏偉的深谷，樅林茂密，還有幾株矯矯不群的老榆樹，超然挺立，蒼翠蓊鬱，可能比羅蘭所來自的土地還要歷史悠久。他看不出山谷有燃燒過的痕跡，但他猜山谷必然曾受閃電侵襲。而且閃電也不會是唯一的危險。古早以前，森林裡曾有人跡；過去幾週羅蘭曾發現過人類的遺跡，大部分是原始的工藝品，其中有些陶器碎片鐵定是丟入火中燃燒過。火這個邪門的玩意總喜歡從創造它的主人手裡逃開。

在這幕如畫的風景上方是一片湛藍的穹蒼，幾哩外的天空有點點寒鴉繞圈飛行，發出蒼老粗糙的叫聲。寒鴉似乎煩躁不安，彷彿暴風雨即將來襲，但羅蘭嗅了嗅空氣，並沒有濕意。

小溪左側矗立了一塊巨岩，羅蘭在頂端擺了六片石片，每一片都佈滿了雲母，溫暖的午後陽光一照，雲母閃爍得如同鏡片一般。

『最後機會，』羅蘭說道。『如果槍套不舒服——就算只有一點點不舒服——也馬上告訴我。我們不是來這裡浪費彈藥的。』

她冷冷的瞅了他一眼，剎那間，他還以為眼前的人是黛塔‧渥克。這感覺就像陽光照射在鋼條上，一閃即逝。『要是槍套不舒服，我偏不告訴你，你又能怎麼樣？要是我六個都打不中，你又敢怎樣？像你那個老師揍你一樣揍我嗎？』

羅蘭微笑。這五週他笑的次數比之前的五年加起來還多。『我拿妳沒辦法，妳也知道。因為我們已經不是孩子了。你可以打孩子讓他改正，不過……』

『在我的世界裡，上層社會的人也是不同意打孩子的。』蘇珊娜酸溜溜的說道。

羅蘭聳聳肩，很難想像那種世界——聖經上不也說『盼子成器，莫棄樺枝』嗎？——可是他也不相信蘇珊娜是騙他的。『妳的世界落伍了，』他說道。『很多事情都變了，我不就是最好的見證。』

『大概是吧。』

『不管怎麼說，妳和艾迪都不是孩子，我也不能拿你們像孩子一樣對待。如果有必要考試，你們就得過關。』

他雖沒有說出口，心裡卻想著海灘那一次。在那些龍蝦怪還沒剝了他和艾迪的皮之前，她就已經把三個東西轟回了姥姥家。他看見她會心的一笑，心想她只怕也想起了同一樁事。

『那要是我沒射中，你會怎麼樣？』

『我會瞪妳，我覺得我只需要瞪妳就夠了。』

她想了想，點頭。『大概吧。』

她又試了試槍帶，她是斜掛在肩上，乍看頗像肩帶（羅蘭把它叫做『碼頭工人的飛抓』），狀似輕鬆，其實是花了好幾週的功夫練習、犯錯——而且還有許多的功夫適應——才總算弄對了。這條槍帶和這把槍柄是白檀木的，已見侵蝕痕跡，而插在上油的古老槍套裡的左輪槍，原是羅蘭這名槍客的；槍套本掛在他右臀，他花了五個星期才逐漸明白這付槍套是不會再掛到原來的地方了。拜那些龍蝦怪之賜，他已經成了不折不扣的左撇子。

『到底怎麼樣？』他又問。

這次她抬頭對他笑。『羅蘭，這條老槍套好得很，不用你操心。你是要我練習射擊，還是要我陪你坐著聽天邊的烏鴉叫？』

他感覺緊張伸出了銳利的爪子，在皮膚下抓刮。他心想，有時儘管寇特外表裝得魯莽吹噓，但心裡必然也有相同的感覺。他想要她變強……需要她變強，但如果顯得太心急，只會反受其害。

『再把開槍的規矩說一遍，蘇珊娜。』

蘇珊娜誇張的嘆氣……但一開口，就收起了笑臉，黝黑美麗的臉變得嚴肅。從她口中，他又聽見了那古老的教條，藉她之口又有了新生命。他從未想過會從一個女子口中聽見這些話，但聽來卻那麼的自然……同時卻又那麼的奇詭危險。

『「不要用手瞄準；用手瞄準的人連自己親生父親的長相都不記得。

『「用眼睛瞄準。

『「不要用手射擊；用手射擊的人連自己親生父親的長相都不記得。

『「要用心射擊。

『「不要用槍殺戮——』

她停住不說，指著巨岩上的雲母石片。

『反正我本來也沒要殺什麼，那些只是沒感覺的石頭。』

她的表情，略帶頑皮，略帶傲慢，好像想要故意激怒羅蘭。但羅蘭以前也曾跟她一樣，還沒忘記學徒階段的槍客有多乖戾多興奮，總是神經兮兮，而且往往專挑錯誤的時機出手……而且他也發現自己有一項意料不到的才能。他懂得教人，更好的是，他喜歡教，他發現自己偶爾會納悶寇特是否也跟他有相同的感覺。他猜應該是。

烏鴉的叫聲愈來愈吵，是從他們身後的樹林傳來的。羅蘭察覺出現在的叫聲比剛才還要煩亂，似乎是烏鴉受了驚。不過此刻他有更重要的事要做，沒空去探究是什麼東西驚擾了一群烏鴉，所以他只是把這件事放在心裡，又把注意力集中在蘇珊娜身上。冷落了學徒就等於是邀請他來再咬你一口，而且還不是鬧著玩的咬法。如果他真咬了，又能怪誰？除了老師之外，能怪誰？他本來就在訓練她咬人啊，而且是訓練兩個。槍客不就是這樣，撇開嚴格的儀式，拋開堂皇的教條，槍客不就是一隻人形老鷹，專門聽命攻擊的嗎？

『不，』他說道。『不是石頭。』

她微微挑眉，又笑了起來。她看得出來，他並不打算對她破口大罵，就像她偶爾會因為她動作慢或任性一樣（起碼還不會）。她的眼睛又閃爍著那種讓他聯想起黛塔•渥克的嘲弄光芒。『不是嗎？』她的語氣調侃，仍沒有惡意，但羅蘭卻認為放任不理只會讓她得寸進尺。她很緊張、激動，爪子已經伸出了一半。

『不是，』他說，回應她的嘲弄。他自己也露出笑容，卻毫無笑意。『蘇珊娜，妳還記得那些操他媽的白鬼嗎？』

她的笑容變淡。

『牛津鎮的白鬼？』

她倏然變色。

『妳記得那些白鬼對妳和妳的朋友做的事嗎？』

『才不是我呢，』她說。『是別的女人。』她的目光變得單調陰沉。他痛恨她這種眼神，可也覺得滿不錯。這種眼神就對了，這意味著火種燒得很旺，不消多久更大的木頭就要引燃了。

『不，就是妳，無論妳喜不喜歡，就是歐黛塔‧蘇珊娜‧霍姆斯，莎拉‧渥克的女兒。不是現在的妳，而是從前的妳。記得那條消防水管嗎，蘇珊娜？記得那副金牙嗎？記得那條水管抽在妳跟妳朋友身上，他們笑得有多開心，金牙閃得有多耀眼嗎？』

無數個漫漫長夜裡，他們圍坐營火邊，火光愈燒愈微弱，她對他們談起過這些事，還有許多別的事。羅蘭不是每件事都懂，但他聽得很仔細，而且記憶深刻。畢竟痛苦也是一個工具，有時甚至是最佳的工具。

『你是怎麼搞的，羅蘭？為什麼老要讓我想起那些垃圾？』

此刻那雙陰沉的眼睛危險的瞪著他，讓他想起好脾氣的艾倫被惹火時的眼神。

『那邊的石頭就是那群人，』羅蘭輕聲說。『把妳關在牢裡，任妳自生自滅的人。擁有俱樂部和狗的人，罵妳賤貨的人。』

他指著石頭，從左到右一個個的數。

『那一個是掐妳胸部還大笑的人。那一個人說他最好檢查妳的屁股看妳有沒有夾帶什麼東西。那個人說妳是穿了五百塊衣服的黑猩猩。那一個故意把警棍打在妳的輪椅車輻上，逼得妳快發瘋。這一個罵妳朋友里昂兔兒爺。最後的那一個，蘇珊娜，是杰克‧摩特。』

『那裡，那些石頭，就是那些人。』

她的呼吸變急促，胸膛上下起伏，裝滿子彈的槍帶也跟著抽動。她的眼睛不再看著羅蘭，反而盯著巨岩上的雲母石片。石片後一段距離外，有棵樹木屑紛飛，從中折斷。天空有更多烏鴉聒噪。這場遊戲已不再是遊戲，他們兩人都沒注意到。

『是嗎？』她低聲說。『是這樣嗎？』

『不錯。現在把開槍的規矩說一遍，蘇珊娜．狄恩，用心說。』

這次她吐出的話像一個個冰塊。她的右臂放在輪椅扶手上，微微顫動，彷彿空轉的機器。

『「不要用手瞄準；用手瞄準的人連自己親生父親的長相都不記得。

『「用眼睛瞄準。」』

『很好。』

『「不要用手射擊；用手射擊的人連自己親生父親的長相都不記得。

『「要用心射擊。」』

『就跟以前一樣，蘇珊娜．狄恩。』

『「不要用槍殺戮；用槍殺戮的人連自己親生父親的長相都不記得。

『「要用心殺戮。」』

『那就殺了他們，為妳父親殺了他們！』羅蘭大喊道。『把他們都宰了，一個活口也別留！』

一晃眼的工夫，她的右手就離開了輪椅扶手，握住了羅蘭的左輪槍，不到一秒，左手就已按上手槍，連擊撞針，速度之敏捷，幾乎有如蜂鳥振翼。砰砰砰六響，巨岩上的六塊雲母片有五塊在瞬間粉碎。

一時間，誰也沒說話，似乎也沒在呼吸。槍聲在山谷間迴盪，聲音逐漸淡去。就連烏鴉都靜了下來，至少目前是寂靜無聲。

羅蘭打破了沉默，說了三個字：『非常好。』毫無抑揚頓挫，卻反而顯得十分有力。

蘇珊娜看著手中的槍，彷彿從未見過。槍管冒出一縷煙，筆直上升。過了一會兒，她才緩緩把槍收回掛在胸下的槍套裡。

『很好，但還不夠完美，』她終於開口說道。『我漏了一個靶。』

『有嗎？』他走向巨岩，撿起唯一的一片石頭，瞧了一眼，拋給了她。

她用左手接住，右手仍垂在槍套旁，他看了露出讚許的神色。她比艾迪射的準，也更為自然，但學習的速度沒有艾迪快。如果她也跟他們在巴拉札的夜總會槍戰，她可能會學得更快。幸好，羅蘭看見現在她起碼也學會了。她注視石片，看見了擦痕，在左上角，約莫只有十六分之一吋寬。

『妳只是擦了過去，』羅蘭說，走了回來，『不過如果是槍戰，有時候也夠了。如果子彈擦過一個傢伙，讓他無法瞄準……』他停下來。『妳幹嘛那樣看我？』

『你不懂，對不對？你真的不懂？』

『對，妳常常讓我看不透，蘇珊娜。』

他只是有話直說，不帶責難，蘇珊娜氣惱得搖頭。她那種天馬行空的性格有時會讓羅蘭緊張，其實他那種絕不拐彎抹角的習慣也讓蘇珊娜緊張，他是她見過最直腸子的人了。

『好吧，』她說道，『我就來告訴你我幹嘛那樣看你，羅蘭。因為你玩了個陰險的手段。你說你不會揍我，不能揍我，就算我發脾氣也不會……但是你不是撒謊，就是太笨，可是我知道你不笨。要揍人不會老是用手揍，我的同胞都可以作證。我們家鄉有一句俗話：「棍子石頭會打斷我的骨頭——」』

『「——但嘲罵卻傷不了我。」』羅蘭接著說完。

『你說的跟我們說的不完全一樣，不過應該也很接近了。反正不管怎麼說，都是廢話。你剛才狠狠的罵了我，你的話傷了我，羅蘭——你難道就呆站在那裡，硬要說你沒想到嗎？』

她坐著輪椅，抬頭看著他，一臉的好奇凝重，羅蘭心裡想——而且不是第一次這麼想——蘇珊娜土地上的那些白鬼不是非常勇敢，就是非常愚蠢，才會敢去招惹這個女人，無論她坐輪椅與否。他曾經與這些人為伍過，所以他知道勇敢並不是答案。

『我不管妳受不受傷，也不在乎，』他耐著性子說。『我看見妳牙齒露出來了，知道妳打算咬人，我就找根木棍讓妳咬。有效了……不是嗎？』

她的表情變成了傷心震驚。『你這個狗娘養的！』

他沒有回答，只是掏出她槍套裡的槍，用右手僅餘的兩根手指把彈膛打開，用左手填子彈。

『專橫，自大——』

『妳需要咬人，』他仍用同樣耐心的口氣說道。『否則的話，妳的槍法就全錯了——妳會用手、用槍，而不是用眼睛、用頭腦、用心去射。這樣算玩手段嗎？這樣叫自大嗎？我不覺得。我覺得，蘇珊娜，妳才是內心傲慢的人，妳才是會玩手段的人。可是我並不會覺得不舒服，正相反，沒有利牙的槍客根本就不配當槍客。』

『可惡，我才不是什麼槍客！』

他不予理會，其實他倒是可以說如果她不是槍客，那他就是學舌獸。『如果我們是在玩遊戲，我也許會有不一樣的表現。但這不是遊戲，是……』

他完好的左手舉到額頭，停在那裡，手指按在左太陽穴上方。她看見他的手指微微顫抖。

『羅蘭，你哪裡不舒服？』她平靜的問。

那隻手緩緩放下。他把彈膛推回原位，把左輪槍放回她槍套裡。『我沒事。』

『才怪，我看得出來。艾迪也看出來了。你幾乎是我們一離開海灘就開始了。你不知道是哪裡不對勁，而且愈來愈嚴重。』

『我沒有不對勁。』他又說一遍。

她伸出手，握住他的手，滿腔怒火霎時消散，只是目前暫時消散。她抬頭，望進他的眼睛，眼神真摯。『我跟艾迪……這裡不是我們的世界，羅蘭。沒有你，我們活不下去。我們是有你的槍，可以朝他們射擊，你把我們教得很好，可是我們還是難逃一死。我們……我們得依靠你。所以告訴我哪裡不對勁，讓我想辦法幫忙，讓我們兩個幫忙。』

他一直不是一個對自己十分了解的人，也不在乎了不了解；自我意識這種概念對他是完全的陌生，更遑論什麼自我分析了。他的作風就是行動——迅速的在內心思考，絕對不張揚，之後立刻付諸行動。他們三個人裡，他是最完美的性格。他把浪漫的本質關入了一個用本能和務實打造的粗糙盒子裡。此刻他就迅速的瞧了瞧盒子裡，決意跟她說個明明白白。喔，沒錯，他是不對勁，真的不對勁。他的神志不對勁，就跟他淳樸的本性，還有這種本性把他逼入的詭誕流浪人生一樣的怪異。

他張開嘴要說我會告訴妳哪裡不對勁，蘇珊娜，只用四個字。我要瘋了。他還沒出聲，森林裡又一棵樹倒下，還帶著很大的摩擦聲。這棵樹更近，而此刻他們並沒有陷入心無旁騖的狀態，所以兩個人都聽見了，也都聽見隨之而來的群鴉鼓譟，而且他們都聽出樹木倒落的地方距他們的營地很近。

蘇珊娜剛才轉頭朝著聲音的來處，但此刻她的眼睛瞪得老大，眼神慌亂，看著羅蘭的臉。『艾迪！』她說。

他們身後的森林堡壘響起一聲喊——憤怒的大喊。又一棵樹倒下，再一棵，儼然是連發的迫擊砲。乾木頭，羅蘭心裡想。枯樹。

『艾迪！』這次她是用尖叫的。『不管是什麼，都在艾迪附近！』她飛快按住輪子，準備吃力的把輪椅轉過來。

『來不及了。』羅蘭一把抱住她的腋下，把她從輪椅上拉起來。以前遇上難走的路，他曾揹過她——兩個男人都揹過——但她仍因他神奇超人的速度而驚訝。前一刻她還坐在輪椅上（這是一九六二年冬天在紐約市最好的一家醫療用品店購買的），只一眨眼的工夫，她已經像個啦啦隊員，顫巍巍坐在羅蘭的肩頭，強壯的大腿夾住他的頸子兩側，他的手往上伸，抓牢她的臀部，拔腿跑了起來，彈簧靴踩著滿地針葉，在她的輪椅留下的車轍間飛奔。

『歐黛塔！』他高喊，此刻的壓力又讓他用起了初識她時的名字。『看在妳父親分上，別把槍弄丟了！』

他已經跑入樹林，在樹木間全速衝刺。羅蘭加大步伐，陰影日光有如移動的馬賽克般掠過。他們現在在下坡。蘇珊娜舉起左手，擋開一根想把她抽下槍客肩頭的樹枝，同時右手護著她的老左輪槍。

一哩，她在心裡發急。一哩得跑多久？他能這樣全速衝刺多久？不久，就算他能在滑溜的針葉上不跌倒……但也許還是太久了。天主，讓他平安無恙——讓我的艾迪平安無恙。

彷彿是上蒼聽見了她的祈禱，她聽見那頭不知名的野獸又放聲高吼，渾厚的聲音好似雷鳴，好似噩運。

2

在這片一度有『大西樹林』之稱的森林裡，他是最龐大的生物，也是最古老的生物。當初這頭熊從外世界未知幽渺的區域現身，在那個時候，今天羅蘭在下方山谷裡注意到的許多榆樹神木，都還不過是剛萌芽的小樹苗。

舊民曾住在西樹林（幾週來羅蘭不時會發現他們的遺跡），之所以會遷居，就是因為畏懼這頭不死巨熊的緣故。當初他們發現自己不是這塊新土地上唯一的居民，曾設法剷除這頭熊，儘管舊民的箭矢惹惱了他，卻無法重創他。而且他對於騷擾的來源一點也不含糊，不僅他不含糊，森林裡的動物也都不含糊——就連在西邊沙丘築巢散居的灌木貓都知道。這隻熊很清楚箭是從哪裡射來的，一清二楚。只要他那身蓬亂濃密的毛挨了一箭，他就會從舊民那裡討回三倍四倍，甚至六倍的代價。有機會，他就擄走兒童；沒機會，也挑婦女下手。至於那些人類戰士，他壓根不屑一顧，於是這成了舊民最大的恥辱。

最後，舊民終於摸透了他的脾氣，從此偃兵息武。不消說，他本就是惡魔的化身——甚至可能是天神降臨。舊民尊稱他為『彌爾』，意為『下界』。他直立起來足足有七十呎高，統治了西樹林長達十八個世紀，甚至更久，但到頭來他也面臨了大限之期。或許一開始造成他死亡的原因是飲食中的某個微生物，或許是因為他年事已高，更可能這兩種原因都有。反正原因不重要，重要的是結果——一群快速繁殖的寄生蟲在他的腦子滋生。多年的機關算盡，彌爾終究瘋了。

大熊知道他的樹林裡又來了人類；他是樹林的統治者，儘管幅員遼闊，但樹林裡發生的大小瑣事很難逃過他的耳目。他暫時放過新來的人類不管，不是因為害怕，而是因為他跟他們井水不犯河水，他們也各走各的陽關道。然而，他腦裡的寄生蟲又開始多事，他的瘋癲加劇，益發堅信是舊民又回來了，是設陷阱、燒荒的人又回來了，又要開始玩以前的舊把戲了。他躺在今生最後一個巢穴內，距離新來者只有三十哩遠，每天黎明病勢似乎都比前一天黃昏更加嚴重，這天他終於相信舊民找到了很有效的手段：下毒。

這一次他的報復行動不僅是小小的警告了，他決定在自己也受毒藥之害之前，先行把他們剷除乾淨……他想到就做，離開了巢穴，一路上所有的思想都中斷了，只剩下狂怒，他肩上的腦袋曾經默默行事，如今卻亂烘烘的響；他的嗅覺在不知不覺中靈敏了數倍，毫不遲疑的帶著他往三個朝聖客的營地前進。

本名不叫彌爾，而另有名稱的大熊像移動的大屋子一般在樹林裡穿梭，儼然是長了一雙紅褐色眼睛、毛茸茸的高塔。那雙眼閃動著激昂與瘋狂。他的大頭戴了圈斷枝樅針，不停的左右旋轉，時不時會摀住嘴打個噴嚏，驚天動地的哈啾一聲，順便把一團團不停蠕動的白色寄生蟲從流鼻水的鼻孔中往外送。他的熊掌都長著三呎長的彎曲利爪，刮扯著樹木。他直立行走，樹下的黑色軟土上印出深深的足跡。他全身沾染了新鮮的松脂香和陳腐酸臭的屎味。

他的腦袋一會兒嗡嗡響一會兒尖聲亂叫，一會兒尖聲亂叫，一會兒嗡嗡響。

大熊的路徑幾乎一成不變：筆直前進就可以趕到那些膽敢闖入他的地盤，膽敢讓他的腦子裝滿深綠痛苦的人所紮的營地。管他是舊民新民，全都必須死。遇上枯木擋路，他有時會暫離直線，把樹推倒。樹木落地的乾枯爆炸聲讓他聽得很痛快；等枯木終於跌在地上，或是撞上別棵樹，斜射的陽光會蒙上一層沙塵，他就在朦朧的陽光下繼續前進。

3

兩天前，艾迪・狄恩又開始雕刻——十二歲後首次嘗試。他記得自己以前很喜歡雕刻，也相信自己善於此道。對自己的手藝，他並不是記得很清楚，但至少有一個可靠的線索：他的大哥亨利曾痛恨他雕刻。

喲，看這個娘娘腔，亨利總這麼說。你今天又在窮挖什麼啊？娃娃屋嗎？還是給你的小屁屁做尿壺？喔……好可愛唷！

亨利從來都不有話直說，從來都不直接叫艾迪不要做什麼，從來就不會直接走到艾迪面前，說：拜託你不要做行不行，老弟？是啦，你做得很棒，可是你只要做了什麼很棒的東西，就會害我緊張。因為我才是那個大家覺得應該對這些玩意很拿手的傢伙。我，亨利・狄恩。所以我看我要這麼辦，老弟，我要來鬧你。我不會直接說：『不要做，會害我緊張。』因為那會讓我聽起來像個孬種。可是我可以嘲笑你，做大哥的本來就會嘲笑弟弟的嘛！這才符合大哥的形象。我會一直捉弄你、嘲笑你，拿你開玩笑，一直鬧到你……鬧到你他媽的停手不幹為止！怎麼樣？

不怎麼樣。可是在狄恩家，亨利向來是愛怎樣就怎樣，一直到最近，他的為所欲為似乎都是理所當然——不怎麼樣，卻理所當然。細細分辨的話，這兩者之間有十分微小，但卻不容混淆的差異。有兩個理由讓他的為所欲為看似理所當然，一個是檯面上的理由，一個是檯面下的。

檯面上的理由是亨利得在狄恩太太上班時照顧艾迪，他必須二十四小時留意他，因為以前狄恩家還有個女兒。她如果沒死就會比艾迪大四歲，比亨利小四歲，可惜的是，她沒活下來。她被一個酒醉的司機輾死了，當時艾迪才兩歲。事發當時，她正在路邊看人家玩跳房子。

小時候，聽著梅爾・艾倫在洋基棒球網實況轉播，他會想著姐姐。有人結結實實揮出一棒，艾倫會大吼：『乖乖隆地咚，正中球心！飛到天邊去了！』唉，那個酒醉的司機也是正中葛蘿莉亞・狄恩的紅心，乖乖隆地咚，飛到天邊去了。葛蘿莉亞現在已經在天空的上層甲板了，之所以如此，不是因為她倒楣，也不是因為約紐州決定在那混蛋第三次酒醉肇事後不吊銷那個混蛋的執照，更不是因為上帝正巧彎腰去撿花生米，疏忽了幾秒；之所以如此（狄恩太太時時給兩個兒子耳提面命），是因為當時沒有人在一旁留意葛蘿莉亞。

亨利的責任就是確保同樣的事不會發生在艾迪身上。這就是他的工作，他也做到了，但做得並不輕鬆。亨利和狄恩太太也許在許多方面都唱反調，但兩人在這一點上卻都意見一致。他們都不忘經常提醒艾迪，亨利犧牲了多少才沒讓他慘死在酒醉司機的輪下，沒讓他慘遭強盜、煙毒犯殺害，如果沒有亨利，搞不好在上層甲板逡巡的邪惡外星人，會突發奇想，離開幽浮，乘坐核子動力滑橇，飛下來綁架像艾迪・狄恩這樣的平凡小孩。亨利肩負的責任已經夠艱鉅，不該讓他更緊張。萬一艾迪做了什麼害亨利更緊張的事，艾迪就應該立刻停止，這是對亨利最起碼的回報，因為他全天候的留意艾迪。從這樣的角度來看，做什麼事比亨利來得強，就太不公平了。

以上是檯面上的原因。檯面下（你願意的話也可以說是世界的下一層）的原因則更扎實，只能意會不能言傳：艾迪不能在很多事情上贏過亨利，因為亨利可以說是一無是處……當然啦，他唯一的長處就是留意艾迪。

亨利教艾迪打籃球，就在公寓附近的球場，也就是他們居住的地方——籃球場位於水泥郊區，曼哈頓的高樓大廈矗立在地平線那端，遠得像個夢，而救濟金就是國王。艾迪比亨利小八歲，體格更是差得多，動作卻更快。他似乎天生就是打籃球的料子；一旦他手裡捧著球，站在坑坑窪窪、處處裂縫的水泥球場上，他的末梢神經就似乎沸騰。他的動作敏捷，但沒什麼了不起，了不起的是他比亨利打得好。如果他不是從兄弟倆玩鬥牛最後的比數知道他比哥哥強，也可以從亨利怒沖沖的表情還有回家途中擊在他上臂的重拳得知。這些重拳算是亨利的小玩笑──『縮手就打兩下！』亨利會興高采烈的說道，接著砰砰兩下，打中艾迪的二頭肌，拳頭裡還藏了暗招，一個指關節突了起來。說是玩笑，感覺上卻一點也不像玩笑，而像警告。就像亨利在說你上籃的時候最好不要用假動作騙我，讓我像個驢蛋，老弟；你最好記得是我在罩著你。

讀書也是……棒球也是……官兵捉強盜也是……算術也是……甚至連女孩子的遊戲跳繩也是。這些事他樣樣比較強，不，應該說他可以樣樣比較強，但他卻得不惜代價守住這個祕密。就因為艾迪是弟弟，就因為照顧他的人是亨利。其實檯面下的理由也是最簡單的理由：他必須保密，因為亨利是艾迪的大哥，而艾迪很愛他。

4

兩天前，蘇珊娜正在剝兔子皮，羅蘭在生火，艾迪到營地南邊的樹林裡。在那裡，他看見了一棵剛折斷的殘株上，突出了一根很有趣的木頭，頓時他有種奇怪的感覺湧上心頭，他猜這就是大家說的似曾相識。接著他就發現自己瞪著木頭看，覺得那木頭愈看愈像是形狀古怪的門把。他隱隱約約感覺到自己口乾舌燥。

幾秒鐘過去，他才恍然大悟：他是看著殘株上突起的木頭沒錯，但他心裡想的卻是他和亨利居住的公寓後院，想著身下溫暖的水泥地面以及巷子角落垃圾車釋放出的臭味。回憶中，他左手持木頭，右手持刀，是一把削皮刀，水槽旁邊的抽屜裡找到的。殘株上突出的這塊木頭喚回了他瘋狂愛上木雕的短暫時光，只是回憶埋藏得太深，他一開始沒能領悟。

木雕最吸引他的地方就在『看見什麼』的這部分，而這部分甚至在你動手之前就發生了。有時你看見的是汽車或卡車，有時是狗或貓。他記得有一次他看見的是一尊偶像的臉，是他在學校看過的一期《國家地理雜誌》裡頭詭奇的復活島石像。那一次的成品很不錯。這個遊戲的宗旨，在看你能從木頭裡弄出多少你看見的東西，而不損壞木頭。你往往沒辦法得到全部，但只要非常小心，有時可以得到相當的結果。

殘株一側突出來的部分，裡面似乎藏著什麼。他想用羅蘭的刀，應該可以切開相當大的一塊，因為羅蘭的刀是他用過最鋒銳、最稱手的工具。

木頭裡有什麼東西正在耐心等待有緣人，像他這樣的有緣人！等他來釋放，等他來賜予自由。

喲，看這個娘娘腔！你今天又在窮挖什麼啊？娃娃屋嗎？還是給你的小屁屁做尿壺？做彈弓啊，假裝你跟其他的大男孩一樣會獵兔子嗎？喔……好可愛唷！

他突然一陣羞愧，好似做錯了什麼事；他強烈的感覺到必須要不擇手段保護祕密，然後他想起來了，又一次，毒界聖哲亨利•狄恩死了。每想起來一次，他仍驚訝一次，而且每一次都還讓他有不同的感受。有時是哀愁，有時是愧疚，有時是憤怒。這天，巨熊從綠色走廊衝出來的前兩天，他卻有了一種最讓他詫異的感覺——他覺得解脫，還有一種輕飄飄的欣喜。

他自由了。

艾迪借了羅蘭的刀，小心翼翼的沿著突起的木頭四周切割，再把木頭帶回營地，坐在樹下，翻來覆去的審視。他看的並不是木頭的外表，他看的是木頭的內涵。

蘇珊娜的兔子剝好了，兔肉也進了燉鍋，放到火上；獸皮她用兩根木棍撐了起來，用羅蘭手提包裡的生皮索綁好。等晚餐過後，艾迪會把獸皮刮乾淨。她手腳並用，輕鬆的爬到艾迪坐的地方。他背靠著老松樹。羅蘭正在營火邊，把一些神祕而且絕對美味的森林香草揉碎，加入燉鍋。『在幹嘛，艾迪？』

艾迪發現自己在壓抑一股想把木頭藏到背後的荒唐衝動。『沒幹嘛，』他說道。『我覺得刻點東西倒不錯。』他頓了頓，又補充一句：『不過我不是很行。』聽起來彷彿他是想跟她澄清他真的不是很行。

她困惑的盯著他，剎那間，似乎想說什麼，但只是聳聳肩，不去打擾他。她不明白何以艾迪會覺得花一點點時間削木頭是丟臉的事，她自己的父親就常常在削木頭，不過既然短時間內艾迪對這件事羞於啟齒，那也不用催他。

艾迪知道內疚的感覺很愚蠢，也完全沒有道理，但他也知道等羅蘭和蘇珊娜不在營地的時候雕刻，他會更自在。看來還真是積習難改。和遺忘童年比起來，戒除海洛因簡直是小兒科。

等他們真的不在，離開營地去打獵、射擊，或是上羅蘭的特殊課，艾迪發現自己能夠用驚人的技巧和逐漸增加的喜悅來雕刻。形狀就在那裡，沒錯，他並沒看走眼。木頭不難雕，羅蘭的刀在他手裡得心應手，漸漸釋放出木頭的內涵。艾迪覺得雛形快出現了，也就是說完成的彈弓或許真的可以成為實用的武器。或許比不上羅蘭的大左輪槍，但這是他為自己做的，是他的，他一想到就非常快活。

第一群烏鴉驚飛，呱呱亂叫，他並沒聽見。那當口他已經在想——在希望——他可以看見一把弓深藏在某棵樹裡。

5

艾迪比羅蘭和蘇珊娜更早聽見大熊靠近，但也沒早多少──他專心一意，創造力達於顛峰。他把創造力壓抑了大半生，一旦解禁，就有如走火入魔，但他卻樂在其中。

把他從著魔的狀態中拉回現實的聲音，不是樹木倒地聲，而是南邊連爆的點四五槍聲。他抬起頭，面帶微笑，用沾滿木屑的手撥開額前的頭髮。這一刻，坐在變成家的這片空地上，背靠著松樹，綠金色的森林光線在他臉上照出十字花紋，讓他看來英俊極了──一個黑髮難馴、總往高額頭上掉的年輕人，一個嘴巴動作豐富、栗色眼眸的年輕人。

有一會兒，他的眼光飄向羅蘭另一把槍上，就掛在附近樹枝上，他發現自己在納悶不知從何時開始，羅蘭已經不是到哪裡腰側都至少掛著一把槍了。而這個問題又衍生了另外兩個問題。

他的年紀究竟多大？這個把艾迪和蘇珊娜從他們的世界、他們的時代牽引過來的人，究竟多大？而且更要緊的是，他怎麼了？

蘇珊娜曾保證會打聽出真相……那是說她得要射擊得好，而且還不會把羅蘭惹惱。艾迪不覺得羅蘭會告訴她，至少一開始不會，但該是讓這個又高又醜又老的竹竿知道他們發現不對勁的時候到了。

『上帝要水，就會有水。』艾迪說道，又轉頭去雕刻，嘴角掛著淺笑。羅蘭的小格言他們兩個都漸漸的琅琅上口……反之亦然。他們幾乎就是一個圓的兩半──

森林裡又有棵樹倒下，距離很近，艾迪刷的一聲站了起來，一手拿著刻了一半的彈弓，一手握著羅蘭的刀。他瞪著聲音的方向，心臟怦怦跳，所有的感官都驚醒了。有東西過來了。他可以聽見他大剌剌穿林而來，毫不遮掩，艾迪苦澀的心想，這麼明顯的聲音他怎會這麼遲才聽見？內心深處，有個微弱的聲音告訴他他是活該，就因為他做了比亨利強的事，害亨利緊張，報應才臨頭。

又一棵樹倒下，發出齒輪轉動似的、咳嗽似的響聲。艾迪朝下看著高大樅樹間曲折的小徑，看見一團塵土飛揚。攪起這團塵土的生物忽然咆哮，叫聲震怒，令人喪膽。

不管是什麼，都是個要命的巨無霸。

他把手上的木頭拋下，又把羅蘭的刀擲向左邊十五呎的樹，刀子在半空中轉了兩圈，刺入樹幹，露出半截刀刃，不住晃動。然後他從樹枝上抓下羅蘭的點四五，扳開保險栓。

留下還是逃跑？

但他隨即發現問這個問題太遲了。那玩意不但大，速度也很快，現在想跑也跑不了了。空地北邊的小徑漸漸看出一個龐然巨物，除了最高的樹之外，沒有什麼比他高，正邁著沉重的腳步朝他逼近。他的眼睛死盯住艾迪・狄恩，又發出讓人膽戰心寒的吼聲。

『我的媽，我完了。』艾迪低聲說道。又一棵樹攔腰折斷，聲音之大好似迫擊砲，樹幹重重摔在地上，揚起一陣灰塵和松針。他筆直朝艾迪站立的空地而來，是一頭金剛一樣大小的巨熊。每一個腳步都會讓大地震動。

*你該怎麼辦，艾迪？*剎那間，羅蘭的聲音傳來。*思考！你比這頭畜牲強的地方就在這裡。你該怎麼辦？*

他不認為自己殺得了他。有火箭砲的話，勉強還辦得到，但區區一把點四五絕對不成。他可以跑，可是又覺得這頭畜牲跑起來速度一定也很快。他猜給這頭畜牲的巨掌壓成肉泥的機會大概是一半一半。

所以該如何抉擇？堅守陣地，開槍還擊？還是拔腿狂奔，就像火燒屁股，頭髮也著火？

忽然間他想到了第三個選項。他可以爬樹。

他轉身往剛剛倚靠的松樹跑，這是一棵古老的巨松，空地這附近最高大的一棵樹。最低的樹枝距離地面有八呎，像把綠色的羽毛扇般開展。艾迪把左輪槍的撞針退回去，把槍塞入長褲褲腰裡。跳起來搆樹枝，緊緊抓住，使盡全力把自己舉上去。在他身後，巨熊又發出咆哮，同時衝入了空地。

這時，艾迪仍只在松樹最低的樹枝上，原本是難逃一死，原本內臟會一條條掛在樹枝上，幸好巨熊又忍不住連連打噴嚏。他把營火的灰燼都吹了起來，一陣陣的黑雲彌漫。巨熊幾乎是彎腰而立，龐然巨掌架著龐然巨臀，乍看頗像穿著毛皮大衣的老人，染了風寒的老人。他一個噴嚏接一個噴嚏的打，哈啾！哈啾！哈啾！口鼻噴出一團團寄生蟲。他的腿間流出熱尿，把四散的營火灰燼給澆熄了。

艾迪絲毫不敢浪費這生死攸關的幾分鐘，像個猿猴般攀住樹枝，只停下來一次確認羅蘭的槍仍在褲腰裡。他六神無主，心裡有一半相信自己死定了（不然他還能怎麼想？現在可沒有亨利來罩著他了），可是同時他的腦子裡又爆出瘋狂的大笑。給逼上了樹，他心裡想著。滋味好得很吧，運動迷？給大狗熊逼上了樹。

巨熊又抬起頭，雙耳之間的那個玩意轉動之際受到陽光照射，明滅不定，接著就往艾迪這棵樹衝來，一隻手就伸得很高，向前一劃，想要一巴掌就把艾迪像松果一樣打下來。巨爪劃破了他站立的樹枝，艾迪向上一躍，攀上了另一根樹枝，但腳收得不夠快，一隻鞋給抓破了，裂成了兩半。

沒關係，艾迪心裡想著。你要，兩隻都送給你，熊老大。反正也是破鞋。

巨熊咆哮，攻擊松樹，在古老的樹幹上留下深深的抓痕，有樹脂香味的清澈樹汁從裂口流出來。艾迪不停的往上爬，愈上面的樹枝愈細，他冒險往下看，筆直望入大熊混濁的眼睛裡。在他歪斜的頭下方，空地成了靶子，四散的營火殘骸則是靶眼。

『抓不到，你這隻毛畜生——』艾迪開口大罵。說時遲那時快，仰著頭看他的巨熊又打了個噴嚏，熱熱的鼻涕噴了艾迪滿頭滿臉，白色蟲子在他襯衫上、前臂、喉嚨、臉上亂爬。艾迪放聲尖叫，既驚訝又噁心，連忙伸手去拂開眼睛、嘴巴上的蟲子，結果失去了平衡，所幸他及時勾住旁邊的樹枝，才沒有掉下樹去。他就這樣用一隻胳膊勾住樹枝，另一手拚命在皮膚上擦刮，儘可能把充滿蟲子的黏液弄掉。巨熊狂吼，又攻擊起松樹來。松樹有如狂風中的桅杆……幸好剛出現的爪痕距離艾迪落腳的樹枝起碼有七呎遠。

他忽然發現蟲子都奄奄一息，想必是從離開了宿主體內受感染的沼澤開始就漸漸死亡。艾迪覺得心裡好受了點，就又開始往上爬。他又往上爬了十二呎才停下來，不敢再往上。松樹樹幹的直徑在底部至少也有八呎，可是到中間恐怕還不超過十八吋。他踩著兩根樹枝，分散體重，卻還是覺得腳下的樹枝晃得厲害。登高望遠，他可以一覽西邊的森林山麓，起伏不定，像一張地毯攤開來。換作別的情況，倒是十分賞心悅目的景色。

世界的頂端，媽，他想道。他又低頭去看大熊仰起的臉，一時間，連貫的思路完全給逐出腦海，只剩下純然的驚異。

大熊的腦袋長出了東西，看在艾迪眼裡就像個小雷達偵測器。那玩意猛然轉動，反射出刺眼的陽光，艾迪能聽見微微的尖叫聲。他從前有過幾輛舊車，就是那種在中古車行，擋風玻璃上用肥皂寫著『男人的好幫手』字樣的中古車。他覺得那玩意發出的聲音就像軸承快要報銷的聲音。

大熊吐出悠長低顫的咆哮。帶著黃色的泡沫從巨掌間滲出，充滿了蟲子，像是凝結的生肉。就算艾迪從未見過全然瘋狂的臉（其實他算看過，他跟那個世界級的賤人黛塔・渥克大眼瞪小眼不只一次過），眼前的這張臉絕對錯不了……幸好，那張臉距離他有三十呎遠，就算他盡全力一跳，那些殺人利爪也差他的腳底有十五呎。而且，這棵松樹不像他一路行來發洩怒火的枯樹，這一棵活得好好的。

『你奈何得了我嗎，小可愛？』艾迪喘著氣說，抹去額頭上的汗，連同手上沾黏的樹汁，一齊甩在那隻大怪獸的臉上。

突然，舊民稱為彌爾的大熊用強壯有力的前爪抱住樹幹，猛力搖晃了起來。艾迪抱緊樹幹，死也不放手，整張臉貼著粗糙的樹皮，而松樹則像鐘擺般來回擺動。

6

羅蘭在空地邊緣停下。高坐在他肩上的蘇珊娜瞪大眼睛看著空地，不敢相信。四十五分鐘前他們兩個離開空地時，艾迪坐在樹下，現在同一棵樹下站著的是一隻巨獸。她只能從濃密交錯的樹枝和深綠色針葉縫隙間看見巨獸的部分身體。羅蘭的另一條槍帶掉在巨獸腳下，她看見槍套是空的。

『我的天！』她喃喃自語道。

巨熊像個心煩意亂的女人般尖叫，用力搖晃松樹。樹枝猛烈擺動，彷彿受到狂風吹襲。她的眼睛順著往上看，看見樹頂附近有黑色的形體，是艾迪死命抱著樹幹，隨樹搖晃顛簸。正看著，他的一隻手鬆掉了，亂揮亂舞，慌忙找支撐。

『怎麼辦？』她低頭對羅蘭尖叫。『他會摔死！怎麼辦？』

羅蘭想要努力思索，但那種詭異的感覺又來了——這感覺早已糾纏著他不放了，但壓力似乎是落井下石。他覺得彷彿有兩個人活在一個腦袋裡，兩個都有他自己的記憶，每次爭論起來，都各自堅持自己的記憶才是真的。羅蘭這名槍客感覺似乎給分成了兩半。他使出渾身解數讓這兩半和解，也成功了……起碼是暫時成功。

『是十二之一！』他大喊道。『保護神之一！一定是！可我以為他們——』

大熊又對艾迪大吼，開始像拳擊手般捶打樹幹，樹枝應聲斷裂，紛紛掉在他腳邊。

『什麼？』蘇珊娜尖聲問道。『你要說什麼？』

羅蘭閉上眼睛。在他的頭顱內有聲音在吼叫。那男孩的名字叫傑克！另一個聲音吼回去。根本就沒什麼男孩！沒有男孩，你心裡明白得很！

你們兩個都給我滾開！他厲聲大吼，隨即大聲叫出來：『開槍！開槍射他的屁股，蘇珊娜！他會轉過來，衝向我們！等他轉身，瞄準他頭頂！他——』

大熊又放聲尖叫，不再捶擊樹幹，反而再度搖晃起松樹來。上層樹幹傳來不祥的摩擦聲。

羅蘭等蘇珊娜聽得見他的聲音之後，才又喊道：『那玩意像頂帽子！一頂小鋼帽！就射那裡，蘇珊娜！別失手了！』

霎時間，恐懼湧上她心頭——另外還有一種感覺，一種她預料不到的感覺：刻骨銘心的孤寂。

『不行！我射不準！你來射，羅蘭！』她慌慌張張去掏槍，打算交給羅蘭。

『不行！』羅蘭吼回去。『角度不對！得由妳來，蘇珊娜！這是真正的考試，妳最好別當掉！』

『羅蘭——！』

『他打算要把樹攔腰折斷！』他兇巴巴的對她吼。『妳還蘑菇什麼？』

她瞪著手上的左輪槍，望向空地那邊，巨熊裹在雨點般落下的松針裡，身形模糊。她望向艾迪，像節拍器一樣前後搖擺。艾迪很可能帶著羅蘭另一把槍，但蘇珊娜看得出他騰不出手來開槍，除非他想要像個過熟的李子一樣給搖下樹來。再者，他恐怕會射錯地方。

她把左輪槍舉起來，恐懼的胃打結。『別動，羅蘭，』她說道。『你要是——』

『別操心我！』

她開了兩槍，按照羅蘭的教導，一口氣連開兩槍。爆炸聲像皮鞭，打斷了大熊搖樹的聲音。她看見兩發子彈都命中大熊的左臂，差距不到兩吋。

大熊尖著嗓子大叫，既驚訝，又痛苦，又憤怒。一隻巨掌從樹枝針葉的濃雲中出現，按住中槍的部位，拿開後，只見鮮血一滴滴落下，隨即巨掌上舉，消失了蹤影。蘇珊娜可以想像他站在原處，檢查鮮血淋漓的手掌。接著，巨熊轉身，同時彎腰，四肢著地，以最高速度衝刺，四周響起窸窸窣窣、東西折斷的聲音。她這才看見了他的臉，忍不住連心裡都在發抖。他的口鼻滿是泡沫，大眼瞪得有燈籠大，亂糟糟的頭側向左邊……又晃回右邊……然後筆直盯住羅蘭。羅蘭兩腿打開，穩穩站著，蘇珊娜•狄恩跨坐在他肩頭。

發出一聲撕心裂肺的怒吼後，巨熊衝刺了。

7

把開槍的規矩說一遍，蘇珊娜•狄恩，用心說。

巨熊轟隆隆朝他們衝來，就有如看著一具罩了蟲蛀的破布的大工廠機器輾來。

那玩意像頂帽子！一頂小鋼帽！

她看見了……卻不覺得像帽子，倒像是雷達偵測器——她在『電影通』新聞影片看過遠程雷達警報防衛線如何偵察到蘇聯的偷襲，保護了民眾的安全，裡頭就有這樣的雷達偵測器，當然比現在這頂帽子大得多了。巨熊頭上的雷達偵測器比剛才射的石片要大，但距離也更遠。而且陽光陰影明滅不定，容易造成錯覺。

不要用手瞄準；用手瞄準的人連自己親生父親的長相都不記得。

我辦不到！

不要用手射擊；用手射擊的人連自己親生父親的長相都不記得。

我會射偏！我知道我會射偏！

不要用槍殺戮；用槍殺戮的人——

『開槍啊！』羅蘭大吼道。『蘇珊娜，快開槍！』

扳機還沒扣，她就看見子彈正中目標，由她一發命中的熱切盼望所引導，從槍口飛向目標。心裡的恐懼剎那間掃空，只剩下一種極度的冷漠，她還有時間想：這就是他的感覺。天啊——他怎麼受得了？

『我用心射擊，他媽的。』她說道，隨即羅蘭的左輪槍從她手中發射。

8

巨熊頭頂上那支鋼桿上的玩意有如陀螺旋轉，閃動著銀光。蘇珊娜的子彈正中核心，把雷達偵測器炸成了上百個碎片，而那支桿也突然陷入了藍色的火焰裡，火舌延燒，彷彿火網，片刻間巨熊的側臉也陷入了火海。

巨熊立起來，痛苦高嘯，前掌盲目的揮擊，蹣跚的轉了好大的一圈，啪答啪答的拍打手臂，似乎想要用飛的逃走。他張開大嘴，發出的聲音不是咆哮，反倒像是空襲警報那樣的嗚嗚叫。

『非常好。』羅蘭聽來筋疲力竭。『射得又快又準。』

『我要不要再補他一槍？』她不很確定的問道。巨熊仍在跌跌撞撞的繞圈，但身體忽然朝外傾，忽然又朝內傾。歪著歪著撞上了一棵小樹，又彈了回來，幾乎摔倒，但他穩住腳步，又繞起圈來。

『不用。』羅蘭說道。蘇珊娜感覺他抓住了她的腰，把她舉了起來，不一會兒，她也到了地上，盤腿而坐。艾迪正緩緩的、顫巍巍的從樹上下來，但她沒去看，她無法把視線從巨熊身上移開。

她在康乃狄克州密斯提的水族館看過鯨魚，相信鯨魚比這隻熊大，也許還大得多，但這隻熊絕對是她在陸地上見過最大的生物了。而且他顯然是快死了。他的咆哮變成了咕嚕咕嚕聲，雖然張著眼睛，卻好像看不見，手臂亂揮亂舞，打翻了晾在架上的獸皮，踩扁了她和艾迪的小帳篷，撞倒樹木。她看得見他頭頂上冒出來的鋼桿，還有一縷縷的煙往上升，彷彿是她那一槍點燃了他的腦子。

艾迪爬到了最矮的一根樹枝，多虧了這根樹枝，他現在才有性命能躡手躡腳走向蘇珊娜和羅蘭。巨熊完全沒注意到，只是酒醉似的走向艾迪剛才躲藏的松樹，想要抱住樹幹，卻抱了個空，跪倒在地上。這時候他們可以聽見別的聲音從巨熊體內傳出，艾迪覺得很像是巨無霸卡車引擎磨損的聲音。

他突然一陣痙攣，彎下了腰，前掌舉起來，瘋狂的抓臉，滿佈蟲子的血液飛濺，噴得到處都是。最後他砰的一聲倒地，大地也隨之震動，一動也不動了。歷經了無數個世紀之久，舊民稱之為彌爾的巨熊終於死了。

9

艾迪細瘦的手臂在蘇珊娜的臀下交扣，把她抱了起來，隨即給了她深深的一吻。他全身都是臭汗和樹脂的味道。她撫摸他的臉頰、頸子，耙過他汗濕的頭髮，有一股瘋狂的衝動，想觸摸他全身每一吋，好確定他安然無恙、好好的活著。

『我差點就完了，』他說道。『剛才簡直比坐雲霄飛車還恐怖。射得真準！蘇西——射得真準！』

『我希望這輩子不會有第二次了。』她說道……然而心中卻微微有個不以為然的聲音，對她說她巴不得再有第二次。那聲音真冷酷，真冷酷。

『你們——』說著，他轉頭找羅蘭，但羅蘭已經沒站在那裡了，而是徐徐走向巨熊。巨熊仰天躺在地上，毛茸茸的膝蓋曲起，體內仍傳來模糊的喘息聲、咕嚕聲，他那些奇怪的內臟仍在慢慢的一個一個衰竭。

羅蘭看見救了艾迪一命的老松樹滿身傷疤，而他的刀深深插入附近一棵樹上。他把刀拔出來，在柔軟的鹿皮襯衫上擦拭乾淨。（這身鹿皮衣是他們三個衣衫襤褸離開海灘後的替換衣物。）他站在巨熊旁邊，低頭俯視他，臉上的表情混合了憐憫及驚異。

哈囉，陌生人，他在心裡說道。哈囉，老朋友。我從不相信你真的存在，不真的存在。我確定艾倫相信，也知道卡斯博相信——卡斯博那個人什麼都信——可是我可沒那麼好騙。我以為你只是騙小孩子的故事……另一個吹進我老奶媽耳朵裡的流言傳說，再從她嘮叨不休的嘴裡溜出來哄孩子的故事。其實你一直就在這裡，另一個從古老時代逃出來的人，就像小驛站裡的幫浦和山下的舊機器。膜拜那些殘骸的遲緩變種怪是否是住在這片森林裡最後一族人的後裔，而且逃過了你的怒氣？我不知道，也不可能知道……可是感覺上我猜對了。沒錯。然後我跟朋友一塊來了——我像死人一樣的新朋友，現在變成了像死人一樣的老朋友。我們來了，在我們四周以及我們碰觸的東西上織起了魔網，設下了毒網，也自陷於毒網，而如今，你躺在這裡，我們的腳下。世界依舊運轉，這一次，老朋友，被留在後面的換成你了。

巨熊的身體仍釋放出患病的高熱。成群的寄生蟲從他的口鼻爬出，但幾乎一爬出來就死掉。大熊的頭兩側堆積了愈來愈多的蠟白色蟲子。

艾迪慢吞吞靠近，把蘇珊娜換了個邊，像母親抱著嬰兒一樣抱著她。『那是什麼東西，羅蘭？你知道嗎？』

『他好像叫他守護神。』蘇珊娜說道。

『對。』羅蘭說得很慢，語氣帶著驚異。『我還以為他們都不在了，一定是都不在了才對……如果他們是真的，而不是老奶奶的故事的話。』

『不管他是什麼，他可真是一隻發瘋的老妖怪。』艾迪說道。

羅蘭淡淡一笑。『要是你活過了兩、三個世紀，你也會是個老妖怪。』

『兩、三個世紀……我的媽！』

蘇珊娜說：『他是隻熊嗎？真的？那又是什麼？』她指著巨熊後腿上掛著的方形金屬標籤，幾乎給茂密的毛掩蓋了，但有一小塊不鏽鋼表面被陽光照到，閃出了亮光。

艾迪蹲下來，戰戰兢兢的伸手，很清楚那隻巨獸的體內仍發出嗶嗶剝剝的奇怪聲音。他看著羅蘭。

『沒關係，』羅蘭跟他說道。『他已經死了。』

艾迪這才推開一叢毛，更靠近一些。金屬上有字，已經侵蝕得很厲害，但是花點眼力還是能看清楚。

北方中央正電子股份有限公司
格拉尼特城
東北走廊

設計　4守護神
型號　# AA 24123 CX 755431297 L 14
類型　熊
　　　殺敵克

『亞核子電池不可替換』

『我的媽，這玩意是個機器人。』艾迪輕聲說道。

『不可能，』蘇珊娜說。『我射中他的時候，他還流了血。』

『或許吧，可是普通的熊可不會從腦袋上長出雷達偵測器來，而且就我所知，妳那種熊活不了兩、三個世——』他猛然打住，看著羅蘭。再開口時，語氣震驚。『羅蘭，你在幹什麼？』

羅蘭不回答，也毋須回答，單看他的行動就一目了然——他正拿刀挖熊的一邊眼睛。手法乾淨俐落，挖出來之後，他把還在滲水的果凍似的褐色球體挑在刀尖上，端詳了片刻，隨即甩開。空洞的眼窩裡又爬出幾條蟲，想爬到熊的鼻子，卻力竭而死。

羅蘭俯身細看殺敵克的眼窩裡面。『你們都來看看，』他說。『我來讓你們見識見識往日時光的奇蹟。』

『放我下來，艾迪。』蘇珊娜說。

他聞言照辦。蘇珊娜一下地，就用雙手和大腿迅速爬到羅蘭旁邊，而羅蘭已經蹲下來，俯視大熊鬆垮的大臉。艾迪也過去，從兩人的肩膀之間往下看。三人幾乎整整一分鐘沒有開口，四周唯一的聲音是仍舊在天空盤旋聒噪的烏鴉。

黏稠的血液又從眼窩流出了幾滴，可是艾迪看見那可不是簡單的血液而已，還有一種清澄的液體，散發出清晰的氣味——香蕉的味道。眼窩由無數條腱交叉而成，一個看似繩索結成的網鑲嵌在其中。眼窩後面有紅色的燈，一忽兒亮一忽兒滅，照亮了一小塊方形的板子，上頭有彎彎曲曲的銀線，看來必定是焊料。

『這根本不是熊，是他媽的新力牌隨身聽。』他喃喃說道。

蘇珊娜轉頭看他。『你說什麼？』

『沒什麼。』艾迪瞟了羅蘭一眼。『你覺得伸手進去安不安全？』

羅蘭聳聳肩。『安全吧。這東西身體裡就算有惡魔，也已經逃了。』

艾迪豎起小指頭，小心翼翼的往裡伸，只要一感覺有電，就會立刻縮手。他摸到了眼窩裡面變涼的肌肉，幾乎有棒球那麼大小，然後是剛才看見的繩子，只不過摸起來不是繩子，而是纖細無比的鋼絲。他收回手，看見紅光最後亮了一次，就此熄滅。

『殺敵克，』艾迪喃喃道。『我聽過這名字，可是卻想不起來是在哪兒聽過。妳覺得耳熟嗎，蘇西？』

她搖頭。

『老實說……』艾迪乾笑了幾聲。『這名字老讓我想到兔子，有夠白痴吧。』

羅蘭站起來，膝蓋喀噠一響，彷彿槍聲。『我們得換地方紮營，』他說道。『這裡的土地給破壞了，我們去練習射擊的空地可以——』

他顫巍巍的向前邁了兩步，突然跪倒在地，兩手撐著地面，頭垂得低低的。

10

艾迪和蘇珊娜只驚嚇的互看了一眼，艾迪隨即跑向羅蘭身旁。『怎麼回事？羅蘭，你哪裡不舒服？』

『有個男孩，』他用遙遠模糊的聲音說道，才說完，立刻又說：『才沒有。』

『羅蘭？』蘇珊娜喚他，來到他身邊，一手摟住他肩膀，感覺他在顫抖。『羅蘭，你說什麼？』

『那個男孩，』羅蘭說道，抬頭看她，眼神飄忽。『是那個男孩，每次都是他。』

『什麼男孩？』艾迪心慌意亂的大叫道。『什麼男孩？』

『那就去吧，』羅蘭說道，『除了這裡，還有別的世界。』說完，他就暈倒了。

11

當晚，在艾迪稱為『靶場』的空地上，艾迪和蘇珊娜生起了營火，三人圍坐在旺盛的火堆旁。這裡實在不是冬天紮營的好地方，因為正在谷口，不過目前還好。艾迪猜想在羅蘭的這個世界裡，現在應該還是夏末。

天空一片漆黑，星光閃閃，似乎是好幾個銀河系的光芒。在幾乎正南方，越過黑暗之河，就是山谷，艾迪可以看見老婦星在遙遠隱沒的地平線後升起。他瞧了瞧羅蘭，羅蘭縮成一團坐在火堆旁，夜晚雖然溫暖，火勢雖然旺盛，他身上卻披著三條毛皮。他身邊的晚餐分毫未動，兩手卻捧著一個骨頭。艾迪回頭望著天空，想起了羅蘭跟他和蘇珊娜說的故事。當時他們是在逃亡的路上，從海灘越過山麓，最後終於來到這些深邃的森林，找到了短暫的避風港。

羅蘭說，在開天闢地之初，老人星和老婦星是一對如膠似漆的新婚夫妻。有一天，兩人大吵了一架，老婦星（在古早古早以前，世人都叫她的本名麗笛雅）逮到老人星（他的本名是亞朋）跟一名叫凱席歐琵亞的年輕貌美女郎廝混。兩夫妻大打出手，扯頭髮、挖眼睛、丟東西。有一個摔碎的陶器就變成了地球，另一個更小的碎片成了月球，他們廚房爐子裡的火炭成了太陽。最後，眾神出面調停，以免亞朋和麗笛雅在盛怒下摧毀了尚未成形的宇宙。而引發爭端的禍水凱席歐琵亞（『又來了，每次都是女人的錯。』蘇珊娜那時還這麼插嘴說道。）給放置到星星製成的搖椅上，從此遭到驅逐。但如此的處置並未解決問題。麗笛雅願意不計前嫌，但亞朋卻死不認錯（『又來了，每次都是男人不好。』艾迪那時也不高興的這麼嘀咕道。），於是兩人離婚了，此後就隔著爭吵所造成的宇宙彼此對望，既痛恨對方，又依戀不捨。羅蘭說，亞朋和麗笛雅距今已經有三十億年了，變成了老人星和老婦星，分據北南兩方，各自為對方黯然神傷，卻都太驕傲，不願放下身段合好……至於凱席歐琵亞呢？她遠遠的坐在搖椅上，一邊搖晃一邊嘲笑他們兩個。

艾迪正想得出神，一隻手按住他肩膀，嚇了他一大跳。原來是蘇珊娜。『我們得讓他講話。』

艾迪把她抱到營火邊，小心放在羅蘭的右邊，自己則坐在羅蘭左邊。羅蘭先看了看蘇珊娜，又看看艾迪。

『你們倆靠得我好近，』他說道。『好像情侶……說是獄卒也可以。』

『現在該你來談談了。』蘇珊娜的聲音低沉、清晰、悅耳。『如果你把我們當同伴看，羅蘭——不管你喜不喜歡，我們好像已經是同伴了——不過，也該是你把我們當作同伴一樣看待的時候了。告訴我們是哪裡不對……』

『……還有我們能幫上什麼忙。』艾迪幫蘇珊娜說完。

羅蘭深深嘆了口氣。『唉，我也不知道該從何說起，』他說道。『我已經太久沒有同伴了……也太久不說故事了……』

『那就從那頭大熊說起吧！』艾迪說道。

蘇珊娜探了探身，碰了碰羅蘭捧在手中的下巴骨。她其實很害怕這玩意，可還是碰了。

『再用這個作結。』

『對。』羅蘭把骨頭舉到眼睛的高度，端詳了片刻，才又放回大腿上。『我們早晚得談到這玩意，是吧？因為這是一切的核心。』

但首先要談的是大熊。

12

『這是我小時候聽到的故事，』羅蘭說。『世界還是嶄新的時候，大長老們——他們不是神，可是知識淵博，懂得幾乎和神一樣多——創造了十二個守護神來看守十二道門戶。有的人說這些門戶是自然生成的，就像我們在天空看見的星群，或是在地上我們稱為「龍墓」的無底深淵，每隔三、四十天就迸出蒸汽。可是有的人——有一個我記得格外清楚，他是我父親城堡裡的主廚，叫做哈克斯——這些人卻說那些門戶不是自然生成的，而是大長老們創造的，就是在他們用自傲把自己吊死，從地球上消失之前創造的。哈克斯說，大長老們生前最後一次的創作就是十二守護神，為的是要彌補他們對彼此的傷害，以及對地球的傷害。』

『門戶，』艾迪沉吟道。『也就是門嘛！我們又回到原點了。可以進出那個世界的這些門，就在我和蘇西來的世界裡嗎？就跟我們在海灘發現的一樣嗎？』

『我不知道，』羅蘭說。『我只知道一件事，那就是我有上百件事情不知道。你們，你們兩個，也得承認自己一無所知。世界照樣前進，就像退潮，後面只留下殘骸……有時看似地圖的殘骸。』

『那就瞎猜啊！』艾迪高呼道，急切的聲調在在告訴羅蘭他仍未放棄返回他和蘇珊娜的世界，即使已經落入目前這般田地，他仍未完全死心。

『別鬧他了，艾迪，』蘇珊娜說。『他是從不瞎猜的。』

『未必——有時不猜也不行，』羅蘭說道，出乎兩人的意料之外。『如果什麼辦法都試過了，除了瞎猜沒有第二條路，有時我也會瞎猜。但回答你剛才的問題，我的答案是不一樣。我認為……我猜……那些門戶不是我們在海灘看見的門。我猜那些門並不會把我們帶到另一個我們熟悉的時空。我認為海灘上的門……那一扇通往你們的世界的門……就像小孩子玩的蹺蹺板中央的樞軸。你們知道什麼是蹺蹺板嗎？』

『是不是一種遊樂器材？』蘇珊娜說道，一面兩手上下擺動，模擬蹺蹺板的樣子。

『對！』羅蘭證實道，一臉高興。『就是那樣。在蹺蹺板的這一邊——』

『蹺蹺板。』艾迪說道，淡淡一笑。

『對，這一邊是我的業，另一邊是黑衣人華特，而門在中間，是兩個互相抵制的命運碰撞產生的張力。但那些門戶比華特、比我們三個形成的朋友關係，都要來得深奧得多。』

『你的意思是說，』蘇珊娜問道，語氣遲疑，『這些守護神看守的門戶不在業之內？而是超脫業之外？』

『我只是說我是這麼相信的。』換作羅蘭淡淡一笑，火光中看去他的笑容像是一把小鐮刀。『這是我的猜想。』

他沉默片刻，之後撿了一根樹枝，把地上的松針掃開，在地面畫起圖來。

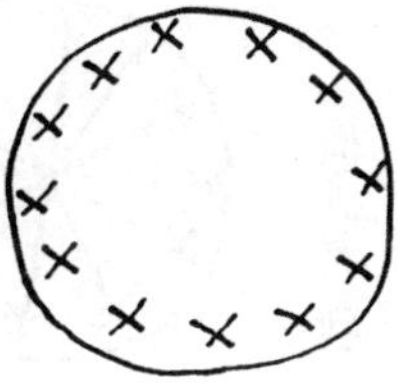

『我小時候聽說的世界像這樣，打×的地方就是門戶，在邊緣排列成圓圈。如果拉六條線，把這些門戶兩個兩個連接起來，那麼——』

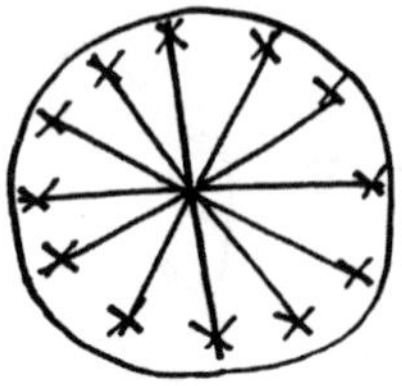

他抬頭。『你們看到所有的線都在中央交會嗎？』

艾迪覺得背上雞皮疙瘩直冒，手臂上也不能倖免，嘴巴突然好乾。『是這樣嗎，羅蘭？真是這樣……』

羅蘭點頭，佈滿細紋的長臉表情嚴肅。『主門戶，也就是所謂的第十三道門，就隱藏在這樣的連繫裡，不但統領這個世界，也統領所有的世界。』

他敲了敲圓圈的核心。

『我尋找了一輩子的黑塔就在這裡。』

13

羅蘭繼續往下說：『每一道較小的門戶都有大長老們設置的守護神。小時候，我可以用保姆教我的童謠，還有廚子哈克斯教我的歌謠，把十二個守護神的名字都唱出來……不過那已經是陳年舊事，記不清了。十二個裡面當然有熊，有魚……獅子……蝙蝠。還有烏龜——很重要的一個……』

羅蘭抬頭望著星空，眉頭緊鎖，苦苦思索。忽然，臉上綻放燦爛的笑容，開口唱道：

『巨無霸，大烏龜！
圓圓的地球殼上揹。
慢吞吞的腦袋，沒脾氣；
沒有一個人他不惦記。
龜背上發了千萬誓；
真理一目了然，卻只看戲。
他愛土地愛海洋，
還愛我這樣的小把戲。』

羅蘭吃吃笑了幾聲。『哈克斯教我的，一面唱，一面攪拌糖霜做蛋糕，還讓我偷吃湯匙邊緣的糖霜。記憶這玩意可真神奇。言歸正傳，等我漸漸長大，我變得不相信守護神真的存在，我認為他們只是一種符號，而沒有實體。看來我終究是錯了。』

『我說那根本就是機器人，』艾迪說，『可又不真的是機器人。蘇珊娜說得對，機器人中了槍只會流機油，不會流血。我覺得那是我們世界的人所說的「生化人」，羅蘭，也就是半機器半血肉的生物。我看過一部電影……我們跟你說過什麼是電影吧？』

羅蘭點頭，臉上微微帶著笑。

『這部電影叫做「機器戰警」，裡面那個人就跟蘇珊娜殺掉的熊差不多。對了，你又是怎麼知道她該往哪射的？』

『我記得哈克斯的故事提到過，』他說。『要是我記得的是保姆的故事，那艾迪，你現在就已經給大熊吃下肚了。在你們的世界裡，你們有沒有叫迷惑的孩子「戴上思考帽」這種說法？』

『有，』蘇珊娜說。『當然有。』

『我們這裡也是，而且這種說法的典故就是守護神的故事。據說每個守護神的腦袋瓜上都會另外長出一個腦袋，而且是帽子的形狀。』他用嚇人的蕭瑟眼神看著他們，又微微一笑。『其實不怎麼像帽子吧？』

『是不像，』艾迪說，『幸好故事本身沒太離譜，我們才逃過一劫。』

『仔細想想，我在開始追尋的時候其實就在尋找守護神了，』羅蘭說道。『等我們找到了這個殺敵克守護的門戶後——應該不難，只要循著它的路徑往回找就行了——我們就總算有了可以依歸的方向了。我們必須背對門戶，往前移動，走到圓圈的中央……找到黑塔。』

艾迪張嘴想說，那我們就來談談這個黑塔好了。就這一次，大家把話講清楚——黑塔究竟是什麼玩意？有什麼重要？最要緊的是，等我們找到了黑塔會發生什麼事？心裡雖然是這麼想，他卻一點聲音也沒發出來，只是張了半天嘴又閉上了。眼前的時機不對，因為羅蘭顯然十分的痛苦。現在不行，現在只靠營火照明，讓黑暗不敢猖狂。

『我們終於來到了另一部分，』羅蘭沉重的說。『我終於找到了我的方向——追尋了這麼多年後，終於找到了——可是我似乎愈來愈管不住自己的神志，我可以感覺到我的神志在腳下崩潰，就像大雨沖刷，終於潰堤了一樣。這是我的懲罰，我讓一個壓根就不存在的孩子死了。這也是業。』

『什麼孩子，羅蘭？』蘇珊娜問道。

羅蘭瞟了艾迪一眼。『難道你居然不知道？』

艾迪搖頭。

『可是我提起過他，』羅蘭說。『其實不是提起過，是我在感染最嚴重，瀕臨死亡的時候胡言亂語，大嚷大叫的說到了他。』他的聲音突然拉高了半個八度，模仿起艾迪的聲音，惟妙惟肖，蘇珊娜忍不住瑟縮，隱隱覺得不祥。『「羅蘭，要是你再喋喋不休說那個混帳小子，我就用你的襯衫塞住你的嘴！我已經受夠了！」你還記得說過這話嗎，艾迪？』

艾迪用心回想。羅蘭跟他在海灘一路掙扎，從標示著『囚犯』的門走到標示著『陰影夫人』的門，期間羅蘭不知說了多少話，而且在他發燒的獨白裡，他提到過上千個名字，諸如艾倫、寇特、潔米・德柯瑞、卡斯博（這個名字出現的頻率比其他來得高）、哈克斯、馬丁（也許是『馬登』才對，發音跟『貂』那種動物相同）、華特、蘇珊、還有一個叫什麼佐爾頓的，不過有誰會取這種名字啊？可能是他聽錯了。艾迪聽著這些陌生人的名字，厭煩得不得了，根本不在乎是否有幸能和他們結識；不過當時他自己當然也有自己的問題，最小的問題一個是海洛因癮又犯了，一個是宇宙旅行的時差。平心而論，他受夠了羅蘭的喋喋不休，只怕羅蘭也早受夠了他那些嘮嘮叨叨的童話故事，什麼他和亨利一起長大，又一起變成毒蟲云云。

但他不記得曾對羅蘭說過，如果他不閉嘴就要用襯衫塞住他的嘴巴。

『還是想不起來？』羅蘭問道。『什麼也想不起來？』

莫非是有什麼重要的事？某種模糊的關鍵，就像他在木樁上看見那塊突起的木頭，心中浮起的似曾相識感？艾迪努力去找關鍵，卻無論如何找不到。他斷定從一開始就沒有這所謂的關鍵，完全是他自己虛構的，因為羅蘭傷得太重，他想安慰他。

『想不起來，』他說。『對不起。』

『可是我真的告訴過你啊。』羅蘭的語氣平靜，但急迫感卻潛藏其中，像一條猩紅的線。『那男孩的名字是傑克，我犧牲了他——殺了他——為了追上華特，逼他吐實。我就在山下殺了他。』

這時，艾迪更加肯定了。『也許事情經過當真是這樣，可是跟你說的不一樣。你說你自己一個人到山下去，坐了一輛什麼手推車。我們在往海灘上走的時候，這件事你倒是說了不少，羅蘭，說什麼一個人有多恐怖之類的。』

『我記得。我也記得跟你說過那個男孩，還有他是怎麼從架柱橋上掉下深淵的。就是這兩個記憶的不同，讓我的神志分崩離析。』

『我一點也聽不懂。』蘇珊娜擔憂的說。

『我卻認為，』羅蘭說，『我快領悟什麼了。』

他往火裡添更多木頭，激起大量的紅色火花，火花盤旋飛升，又緩緩落下。『我來說個真實的故事，』他說，『然後我再跟你們說個不真實……但應該真實的故事……

『我在普萊斯城買了一頭騾子，到達荒漠之前的最後一個城鎮塔爾城時，騾子還活蹦亂跳的……』

14

於是羅蘭這名槍客就把他漫長故事中最新的發展娓娓道來。艾迪雖然斷斷續續聽過一些段落，但此時卻聽得入迷，蘇珊娜也是，因為她完全沒聽過。他說起酒吧，『看仔細』的遊戲在角落無止盡的進行著，名叫薛伯的鋼琴師，額頭上有疤、叫做艾莉的女人……還有諾特，一個吃煙絲的人，原已死了，卻讓黑衣人不知用什麼手段又讓他活了過來。他說起希薇雅・匹茲頓，宗教狂熱的化身，還有最後末日的大屠殺，而他槍客羅蘭殺光了城裡每一個人。

『我的媽媽咪！』艾迪低聲說道，聲音不穩。『我終於知道你的子彈為什麼那麼少了，羅蘭。』

『閉嘴！』蘇珊娜厲聲說道。『讓他說完！』

羅蘭繼續說，麻痺的說著後續的發展，當時他也是這樣麻痺的穿過荒漠，經過最後一名棄民的茅舍，那名棄民很年輕，草莓色的頭髮幾乎長到腰部。他說起騾子最後終於不支倒斃。甚至還跟他們說那名棄民的寵物鳥佐爾頓吃掉了騾子的眼睛。

他說起在荒漠度過的漫長白晝以及短促的黑夜，他說到自己循著華特的營火殘跡前進，說到他終於來到了驛站，差點就因脫水而死。

『驛站裡空盪盪的。我認為從躺在那邊的大熊剛創造出來的時候，驛站就是空的了。我住了一晚，又繼續上路。故事就這樣……接下來我要告訴你們另一個故事。』

『那個並不真實但應該真實的故事？』蘇珊娜問道。

羅蘭點頭。『在這個虛構的故事裡——這個寓言裡——一名叫羅蘭的槍客在驛站遇見了一個叫傑克的男孩，他是你們世界的人，從你們的紐約市來的，年代大致是介於艾迪的一九八七和歐黛塔•霍姆斯的一九六三年之間。』

艾迪身體往前伸，神情急切。『這個故事裡有扇門嗎，羅蘭？一扇標示著「男孩」之類的門嗎？』

羅蘭搖頭。『男孩的門是死亡。他正要上學，忽然有個人——我相信他是華特——把他推到街上，害他被車撞到。他聽見那人說了什麼「閃一邊去，別擋著我的路，我是神父」之類的話。傑克看見了他——只是一閃而過——然後就胡裡胡塗來到了我的世界。』

羅蘭歇口氣，盯著火堆。

『現在我不要講那個根本不存在的男孩了，我要回頭講真正發生的事情，好嗎？』

艾迪和蘇珊娜茫然的對看了一眼，然後艾迪作了個手勢，表示『儘管請便』。

『我剛才說過，驛站完全不見人跡，卻仍有個幫浦，就在馬廐後面。我聽見了水聲，循著水聲找到了幫浦，不過就算幫浦完全無聲，我也找得到，因為我能嗅到水氣。在沙漠中待過，又瀕臨渴死邊緣，人的鼻子真的會變靈。我喝飽了水，睡了一覺，醒來之後又喝。我希望能立刻上路——那種需要就像發高燒一樣。你們從你們的世界帶來的藥品「阿斯汀」很管用，艾迪，但有些高燒不是藥物能治療的，這就是一個例子。我知道我的身體需要休息，可我就連在驛站過一夜都耗盡了每一分的意志力。到了早上，我感覺休息夠了，就把水囊裝滿，繼續上路。我只帶走了驛站的水，這是真正發生過的事情裡最重要的一部分。』

蘇珊娜用她最理智、最愉快、最像歐黛塔・霍姆斯的聲音說：『好，這是真正發生過的事。你裝滿了水囊，繼續上路。現在把沒有發生過的那部分告訴我們，羅蘭。』

羅蘭把下巴骨放在膝蓋上一會兒，兩手握成拳，揉了揉眼睛——動作幼稚得可以。之後他又抓緊下巴骨，似乎可以得到勇氣，接著才往下說。

『我把那個不存在的男孩催眠了，』他說。『我用的是我的一枚子彈。我是在多年前學會的技巧，你們一定猜不到是誰教我的，竟然是我父親的宮廷魔術師馬登教的。那男孩是很好的對象，他在恍惚中告訴了我他死亡的情形，就是我剛才說的那樣。我聽他說了不少，後來我覺得我可以在不傷害他、不讓他難過的情況下給他下指令，我告訴他等他醒來，他不會記得死亡的事。』

『誰會想記得。』艾迪低聲嘀咕。

羅蘭點頭。『是啊，誰會想記得。男孩立刻就從恍神狀態陷入熟睡。我也就睡了。等我們都醒來後，我跟男孩說我打算逮住那個黑衣人。他知道我說的是誰；華特也在驛站停留過。傑克怕他，就躲了起來。我敢說華特知道男孩在驛站裡，只是假裝不知道。他把男孩留下來當陷阱。

『我問男孩驛站裡有沒有吃的，在我看來一定有吃的，因為他的外表相當健康，而且沙漠的氣候非常適合保存食物。他有一些肉乾，他還說驛站裡有地窖。他沒進去過，因為他害怕。』羅蘭陰鬱的看著他們兩個。『他是應該要害怕。我找到了食物……也同時找到了一個通靈魔。』

艾迪低頭看著下巴骨，眼睛瞪得銅鈴大。橘色的火光在那古老的弧線和讓人倒楣的牙齒上跳躍。『通靈魔？你說的是那個東西嗎？』

『不是，』羅蘭說。『可也算是。慢慢聽你就會懂。』

他說從地窖遠端聽到不像人類的呻吟。他看見地窖牆是兩大塊石頭，縫隙有沙流出來，他一步步接近，而傑克則尖叫著要他上去。

他命令通靈魔說話……它也真說了，用的是艾莉的聲音，就是那個額頭有疤，在塔爾經營酒吧的女人。慢慢走過卓爾地，槍客。你與男孩同行時，你的靈魂就成了黑衣人的囊中物。

『卓爾地？』蘇珊娜心中一驚，連忙問道。

『對。』羅蘭緊盯著她。『妳知道什麼，是不是？』

『對……也不對。』

她的口氣很猶豫。羅蘭猜想部分原因是她不願去提起痛苦的往事，但絕大的原因是不想因為說了什麼她也並不真的清楚的事情，而把原本就已錯綜複雜的情況弄得更複雜。他很欣賞這點。他很欣賞她這個人。

『就把妳有把握的部分說出來，』他說道。『其他的就別提。』

『好吧。卓爾地是黛塔．渥克熟悉的地方，是黛塔念念不忘的地方。這名字其實是從俗語來的，她小時候大人坐在前廊上喝啤酒、聊往事，從他們那裡聽到的，意思是糟蹋了的地方，或是一無是處的地方，也可能兩種意思兼備。卓爾地有什麼地方，不，應該說是卓爾地這個概念向黛塔聲聲呼喚。別問我是什麼，從前我可能知道，但現在我可搞不清楚了，我也不想搞清楚。

『黛塔偷走了我阿藍姨的瓷盤，是我父母送她當結婚禮物的。她把盤子帶到了卓爾地——她的卓爾地——為的是去摔個粉碎。那個地方是個砂礫坑，充滿了垃圾，根本是垃圾場。後來，她偶爾會在公路旁的旅館釣男人。』

蘇珊娜低下頭，雙唇緊抿，稍後抬起頭，又往下說。

『白種男人。等他們把她帶到停車場，她跟他們打情罵俏一陣，然後臨陣脫逃。這些停車場……也是卓爾地。她是在玩火，可是她夠年輕，夠敏捷，也夠卑鄙，很能抓住個中訣竅。後來，她在紐約又開始當扒手……這點你已經知道了。你們兩個都知道。她總是鎖定大商行——梅西百貨、金寶百貨、布魯明百貨——專偷小東西。每當她下定決心去大展身手，她就會想：我今天要去卓爾地，要好好偷那些白人一票，要偷點特別的，然後老娘就蹺頭。』

她停下來，嘴唇顫抖，盯著火堆。等她抬頭四望，羅蘭和艾迪都看見她的眼中含淚。

『我在哭，可是別讓我騙了你們。我記得做過那些事，而且我記得我還得意得不得了。我猜我會哭是因為我知道換作別的情況，我還是不會改。』

羅蘭似乎恢復了舊有的平靜，恢復了他詭異的平衡。『我的國家有個諺語，蘇珊娜。「聰明的賊總是飛黃騰達。」』

『我可看不出偷一堆假珠寶有什麼聰明。』她很辛辣的說道。

『妳失手過嗎？』

『沒——』

他攤開手掌，彷彿是說『看吧』。

『這麼說對黛塔‧渥克來說，卓爾地不是好地方嘍？』艾迪問道。『我說的對不對？因為聽起來就不大對勁。』

『應該是好壞兼備。那是非常強勢的地方，讓她……我想是可以說讓她重塑自己的地方……可那也是迷失的地方。不過我們已經偏離了羅蘭的鬼娃故事了。』

『或許並沒有，』羅蘭說。『我的世界裡也是有卓爾地，那也是一種俗語，而且意義非常接近。』

『對你和你的朋友是什麼意思？』艾迪問道。

『意義會視地點和情況而變，有時是指垃圾堆，有時是妓院，有時是賭場，有時是嚼毒草的地方。但最普遍的意思也是最簡單的意思。』

他注視他們兩人。

『卓爾地是荒蕪淒涼之處，』他說。『卓爾地是荒原。』

15

這次換蘇珊娜把更多木頭丟入火堆。南方天空，老婦星光芒耀眼，絲毫沒閃動。蘇珊娜在學校上的課讓她知道這意味著什麼，這表示老婦星其實是個行星，而不是恆星。金星嗎？她暗忖道。難道這個世界的太陽系也跟其他一切東西一樣完全不同？

不真實的感覺又一次襲上心頭——這一切必定是一場夢。

『往下說，』她催促道。『在你聽到卓爾地和男孩的警告之後呢？』

『我一拳捶進漏沙的洞裡，以前有人教過我遇上這種事該怎麼辦。我從洞後面掏出一副下巴骨……不是這一副。那副下巴骨要大得多，我幾乎敢肯定是其中一個大長老的遺骨。』

『那副骨頭哪去了？』蘇珊娜靜靜的問道。

『有天晚上我給了男孩，』羅蘭說。火光照得他的臉頰成了橘色，陰影也在他臉上跳動。『當作護身符——給他壯膽。後來我覺得目的已經達到了，就把骨頭丟了。』

『那你手上這副是誰的，羅蘭？』艾迪問道。

羅蘭把下巴骨舉起來，若有所思，盯了好半晌才又放下來。『後來，傑克……傑克死後……我追上了我一直在追的人。』

『就是華特？』蘇珊娜問道。

『對。我們一起促膝長談，他跟我……聊了很久。我不知不覺睡著了，等我醒來，發現華特死了。至少死了有一百年，可能還不止。除了骨頭之外什麼也沒留下。其實也挺恰當的，因為我們也是在一個到處是骨頭的地方。』

『是喔，你們還真能聊呢！』艾迪話中帶刺說道。

蘇珊娜聽見了，微微蹙眉，但羅蘭僅點點頭。『的確是說了很久很久。』他說，凝視火光。

『等你早上醒來，你就往西海走，』艾迪說。『當天晚上就碰上了龍蝦怪，對不對？』

羅蘭又點點頭。『對，不過在我離開我跟華特聊天……或是我夢到我們聊天……管他是什麼……反正我離開的時候就帶走了他的下巴骨。』他把骨頭舉起來，橘色火光又一次掠過牙齒。

華特的下巴骨，艾迪想著，不覺一凜。黑衣人的下巴骨。好好記住啊，艾迪小子，下一次你再想到，搞不好就會以為羅蘭也是他們一夥的。他這段日子一直帶著那副骨頭，就跟……就跟食人族吃乾抹淨還留著戰利品一樣。我的老天。

『我還記得我把骨頭拿走的時候心裡是怎麼想的，』羅蘭說道。『我記得很清楚；這是那段期間裡唯一一段後來沒衍生出另一種畫面的回憶。我心裡想的是「把我遇見男孩時我找到的東西給扔了實在是觸霉頭，這一個應該可以代替。」就在這時，我聽見了華特的笑聲，他卑鄙的竊笑聲，我也聽見了他說話。』

『他說了什麼？』蘇珊娜問道。

『「太遲了，槍客，」』羅蘭說道。『他就說了這麼一句。「太遲了——從現在開始，你的運氣只會一天比一天壞，壞到永恆的盡頭為止——這就是你的業。」』

16

『好吧，』艾迪終於說道。『我算是明白基本矛盾在哪兒了。你的回憶一分為二。』

『不是一分為二，而是增加了一倍。』

『好，好，其實也沒多少差別嘛。』艾迪抓起一根樹枝，也在沙上畫了起來。

他用樹枝點了左邊的線。『這是你到驛站之前的記憶——是條單一的軌道。』

『對。』

他又點了右邊的線。『這是你從山那邊那個處處白骨的地方出來後……華特等著你的所在。也是條單一的軌道。』

接著艾迪指著中間部分，粗略的畫了一圈。

『你應該這麼辦，羅蘭——把這個雙重軌道關閉。在心裡建一堵牆，擋住它，然後忘掉。因為它沒有任何意義，什麼也改變不了，都已經過去了，該發生的也都發生了——』

『不，』羅蘭舉起骨頭。『如果我對傑克的回憶是假的——我知道是假的——我怎麼會有這東西？我拿它來代替丟掉的那個下巴骨……而我丟掉的那個下巴骨是驛站地窖裡找到的，但是根據我認為是真實的那段回憶，我壓根沒下去過地窖！我壓根沒和通靈魔說過話！我獨自出發，只帶了清水，其餘的什麼也沒拿！』

『羅蘭，聽我說，』艾迪很真誠的說。『如果你手上這個骨頭是驛站裡拿的，那倒有點道理。可是也可能整件事是你幻想出來的，什麼驛站、男孩、通靈魔之類的，也許你拿了華特的下巴骨是因為——』

『不是幻想。』羅蘭說。用那雙衰老、藍色的、投彈手的眼睛盯著他們倆看，忽然做出了意想不到的事……起碼艾迪會願意發誓羅蘭自己也不知道自己是有意的。

他把下巴骨丟入了火裡。

17

一時間，下巴骨只是扔在火堆裡，白色的遺骸，幽靈似的張口笑著。但就在轉瞬間，下巴骨燒得火紅，整個空地染上了一片血紅。艾迪和蘇珊娜大喊一聲，連忙舉手保護眼睛，以免光線太刺激。

下巴骨開始變化，不是融化，而是變化。原本像墓碑般前傾的牙齒緊縮起來，凝結成塊。上部緩和的曲線變直，在尾端處往上翻。

艾迪把手放到膝蓋上，猛盯著骨頭看，但骨頭已不再是張大嘴的下顎，而是燃燒的鋼。牙齒成了三個顛倒的V，中間那顆牙比兩邊的來得大。看著看著，艾迪突然看出骨頭會變成什麼樣子，就跟他看出木樁那塊突起的木頭會是什麼樣子一樣。

他覺得是把鑰匙。

你一定得記住這形狀，他在心裡對自己耳提面命。你一定、一定得記住。

他的眼睛一眨也不眨，直盯著看——三個V，中間較大，也較深。三個凹槽……而且最靠尾端的凹槽有點兒弧度，像是淺淺的小寫s……

誰知火焰裡的形狀又變了。變成鑰匙模樣的骨頭往內收縮，凝聚成亮麗重疊的花瓣褶子，黝黑柔滑，一如不見月光的夏季午夜。剎那間，艾迪看見了玫瑰——一朵睥睨眾生的玫瑰，可能在這世界創世的第一天黎明就已綻放，美豔無雙，深不可測，永恆不朽。他的眼睛看，心則開了竅。彷彿愛與生命頓時從羅蘭的這個死人骸骨裡浮現；就在火中，得意的燃燒著，還帶著奇妙、初始的不馴，斥絕望為幻影，棄死亡為大夢。

玫瑰！他的思緒如天馬行空。首先是鑰匙，再來是玫瑰！注意看啊！黑塔之路就要出現了！

火裡傳來重重的一咳，火花如扇子向外開展。蘇珊娜尖叫了起來，就地滾開，手忙腳亂拍打裙子上的橘色火點。營火的火焰衝上星空。艾迪文風不動，著魔似的盯著他的現象，整個人有如躺在驚奇的搖籃裡，而這個搖籃是既絢麗又可怕，他絲毫未覺在皮膚上跳動的火花。忽然火焰弱了下來。

骨頭不見了。

鑰匙不見了。

玫瑰不見了。

記住，他心裡想著。記住玫瑰……記住鑰匙的形狀。

蘇珊娜因為受驚駭怕而輕聲啜泣，但艾迪暫時沒空去安慰她。他趕緊找到他和羅蘭拿來畫圖的樹枝，用顫抖的手畫下了這個圖：

18

『你為什麼把它給燒了？』蘇珊娜終於問道。『到底為什麼？——那又是什麼東西？』

十五分鐘過去，營火已變弱，四散的灰燼不是踩熄了，就是自行熄滅了。艾迪摟著妻子而坐：蘇珊娜坐在他前面，背靠著他的胸膛。羅蘭挪到了另一邊，雙手抱膝，鬱鬱的看著橘紅色的炭。根據艾迪的觀察，他們兩個都沒看見骨頭的變化。他們都看見了骨頭熾熱燃燒，羅蘭看見骨頭向外爆裂開來（應該是向內爆裂吧？起碼就艾迪看到的現象，內爆比較接近），不過他們就只看到這麼多。至少他是這麼想的，因為羅蘭有時什麼話都憋在心裡，想攤牌時，往往不留情面，艾迪可是有過切膚之痛。他想要把他看見——也可能是自以為看見——的景象告訴他們，又決定暫時還是留一手，別把好牌都出盡了。

至於那個下巴骨則已經灰飛煙滅，連一小片碎屑都不留。

『我燒了它，因為我心裡有個聲音，告訴我非燒不可，』羅蘭說道。『是我父親的聲音，不，是我所有祖先的聲音。做兒子的人聽見了父親的話卻不服從——而且不是立刻服從——簡直是不可能的事。我是這麼受教的。至於那是什麼東西，我說不上來……至少現在不行。我只知道骨頭說完了最後一句話，我一路上帶著它就為了聽這句話。』

也可以說是就為了看穿它，艾迪暗忖道，忽而又想：記住，記住玫瑰……記住鑰匙的形狀。

『我們差點就成了烤肉！』她的語氣是既疲憊又氣惱。

羅蘭搖頭。『我倒覺得像是貴族在年終宴會有時施放的煙火，又燦爛又驚人，卻不危險。』

艾迪想起了什麼。『羅蘭，你心裡的雙重回憶——消失了嗎？是不是在骨頭外爆、內爆，哎，管他的，是不是那時候不見了？』

他幾乎肯定自己的想法正確；他看過的電影裡，這類震撼治療幾乎是百試不爽。但羅蘭卻搖頭。

蘇珊娜在艾迪懷裡動了動。『你說你有點抓到頭緒了？』

羅蘭點頭。『我想是，對。要是我猜對了，我真替傑克擔心，無論他在哪個地方，無論他在哪個時代。我替他害怕。』

『什麼意思？』艾迪問道。

羅蘭站起來，走向他的獸皮鋪蓋，鋪起床來了。『今晚的故事和刺激夠多了，該睡了。明天早晨我們循著大熊的足跡往回找，看能不能找到他守護的門戶。路上我會把我知道的事情以及我猜測到的來龍去脈告訴你們，我相信事情還沒完，還在繼續。』

說完他就用一張舊毯子和一張新鹿皮把自己給包了起來，翻過身去，背對火堆，一句話也不肯多說了。

艾迪和蘇珊娜一塊躺下。等他們認定羅蘭已熟睡，兩人就做愛。羅蘭清醒的躺著，把他們的動靜都聽在耳裡，也聽見他們在事後的談話。大部分的話題都是他。他們的談話終止，呼吸也逐漸平緩，變成一致，良久良久他仍靜靜躺著，睜大眼睛凝視夜色。

他心裡想年輕又戀愛確實很美妙，就算是在這個變成了墓園的世界裡，仍舊是很美妙。

及時行樂吧，他暗自思量道，*因為前途有更多死亡。我們已經來到了一條血河，而這條血河只會把我們帶到另一條一模一樣的河去。再往前走是海洋。在這個世界上，墳墓張大嘴巴，死者沒有一個能安息。*

東方魚肚漸白，他閉上了眼睛，草草的打個盹，夢到了傑克。

19

艾迪也做了夢，夢見他回到紐約，走在第二大道上，手裡拿著一本書。夢裡是春天，空氣溫暖，百花怒放，鄉愁在他心中低泣，像是魚鉤深陷肉裡。*沉醉在夢裡吧，盡量別醒來，*他心裡想。*縱情享樂吧……因為你也只能在夢中接近紐約。你回不去了，艾迪。回家已經不可能了。*

他低頭看書，毫不奇怪書名是《有家歸不得》（You Can't Go Home Again），作者是湯瑪士・伍爾夫。深紅色封面上印了三種圖案：鑰匙、玫瑰、門。他停住腳步，翻開書，閱讀第一行。*黑衣人橫越荒漠而逃，*伍爾夫寫道。*槍客緊追在後。*

艾迪闔上書，繼續前進。他判斷現在的時間是早上九點，也許九點半。第二大道上的車流不多，計程車鳴喇叭，不時變換車道，擋風玻璃和黃色車身上反射著春天的陽光。第二大道和五十二街街口有個流浪漢向他乞討，艾迪把紅色封面的書拋到他腿上，冷冷的看著，毫不意外他是安立可・巴拉札。他盤腿坐在一家魔術用品店前，櫥窗裡的招牌大書『紙牌之家』，櫥窗裡有塔羅牌堆的塔，塔頂站著金剛，大金剛頭上還長出雷達偵測器。

艾迪繼續前進，懶洋洋的往市中心走，招牌一個個掠過，他一看就知道自己是上哪兒去：第二大道和四十六街街角的商店。

對了，他尋思道，心裡有大石落地的解脫感。*就是這兒，錯不了。*櫥窗吊滿了肉類、乳酪。『湯姆與蓋瑞藝術熟食，』招牌上寫道，『專辦宴會什錦小點！』

他站著往裡頭張望時，有個他認識的人繞過街角，是傑克・安多里尼，一身三件式套裝，香草冰淇淋的顏色，左手拄著黑枴杖，半邊臉沒了，讓龍蝦怪的利爪抓花了。

進去呀，艾迪，傑克走過他身旁，說道。除了這些世界之外，還有別的世界呢，而且那列天殺的火車沒有一個地方不去。

沒辦法，艾迪回答。門鎖上了。他不明白是怎麼知道的，反正他就是知道，百分之百篤定。

噠噠鏘，噠噠滴，鑰匙在手別擔心，傑克說道，頭也不回。艾迪低下頭，只見手裡確實握著鑰匙，是一把模樣很粗糙的東西，有三個凹槽像是上下顛倒的V字。

最後一個凹槽尾巴上的小s形狀就是關鍵所在，他思忖道。他走到『湯姆與蓋瑞的藝術熟食』雨棚下，把鑰匙插入鎖孔，毫不費力就轉開了。他把門推開，走過門檻，進入了一片開闊的原野。他扭頭回顧，看見第二大道上的車輛匆匆駛過，忽然門重重關上，砰然落地。門後什麼也沒有，空盪盪的一片。他回頭打量新環境，乍見之下，滿心悚懼。原野是一片的猩紅，彷彿發生過大戰，血流成河，土壤來不及吸收。

但一眨眼他就恍然大悟，這片紅不是鮮血，而是玫瑰。

摻雜著喜悅和勝利的感覺又襲上心頭，脹得他的心滿滿的，他差點就覺得心要脹破了。他舉起緊握的拳頭，高舉過頭，宣示勝利……動作做到一半就僵住了。

原野向前延展了好幾哩，翻過一處緩坡，地平線那端矗立著黑塔，像根石柱直衝雲霄，幾乎看不見塔頂。黑塔底部盡是紅豔的玫瑰，令人生畏，重量和尺寸都龐大嚇人，可是塔身拔高後卻顯得出奇的俊逸。建塔的石頭不是黑色的，他原本以為黑塔當然是用黑色石頭搭建的，但其實是煤灰色。狹長的窗子似螺旋形向上排列，窗下是看似無窮無盡的石梯，不停的盤繞飛升。黑塔就如一個深灰色的驚嘆號豎在大地上，從鮮紅的玫瑰叢中昂然挺出。塔上的穹蒼是藍色，點綴著朵朵白雲，狀似帆船，在黑塔上方四周浮動，彷彿漂流在無垠的河裡。

真夠雄偉！艾迪讚嘆道。真是又雄偉又奇怪！但他的喜悅和勝利感消失了，心頭只剩下深重的抑鬱和大難臨頭的預感。他四下環顧，悚然驚覺他正站在黑塔的陰影下。不，不僅是站在陰影下，根本就是活埋在陰影中。

他放聲大喊，叫聲卻敵不過高揚的金色號角。號角聲來自塔頂，音量之響似乎震懾全世界。這一聲警示號角裊裊不絕，籠罩他所站的原野，塔上的窄窗湧出一陣黑，有如腰帶圍住了黑塔。這一團黑擴散開來，遮掩了窗子，彌漫了天空，像條條河流般聚攏，凝聚成一大團黑點，愈聚愈大。看起來不像雲，倒像是一個腫瘤高懸在大地之上。天空給整個遮蔽了。看著看著，他發現那團黑不是雲也不是腫瘤，而是一個形狀，暗黑的、巨大的形狀，朝他所站之處飛馳而來。想要拔腳逃跑，躲開這頭在空中凝聚而成的魑魅魍魎完全是痴心妄想；他早晚會給追上，給抓住，給帶走，帶進黑塔裡，從此就與光明世界絕緣。

黑魆魆的一團突然出現裂縫，可怕的非人類眼睛俯瞰他，每一隻眼睛都跟死在森林裡的那隻熊殺敵克的眼睛一樣大。而且是紅色的——如玫瑰一般紅，如鮮血一般紅。

傑克・安多里尼麻木的聲音在他耳畔重重響起：一千個世界，艾迪——一萬個！——而且那列火車沒有不去的地方。只要你有辦法讓它開動。萬一你真讓火車開動了，你的麻煩才剛開始呢！因為那玩意可不會乖乖讓你關上。

傑克的聲音變得和機器一樣，反覆吟誦。可不會乖乖讓你關上，艾迪老小子，你最好相信，那玩意——

『——關閉！一小時零六分內系統將全部關閉！』

在夢裡，艾迪舉起雙手遮住眼睛……

20

……隨即醒來，猛然坐起，發覺身旁是熄滅的營火。他正從張開的十指縫看世界。但那聲音仍不停的傳誦，就像某個鐵石心腸的霹靂小組組長拿著手提擴音器狂呼大吼。

『沒有危險！重複一遍，沒有危險！五枚亞核子電池是死電池，兩枚亞核子電池正在關閉階段，一枚亞核子電池只有百分之二的容量。這些電池毫無價值！重複一遍，這些電池毫無價值！向北方中央正電子有限公司回報位置！撥打一九〇〇四四！本機通關密碼是「殺敵克」。通報者有賞金！重複一遍，通報者有賞金！』

聲音戛然而止。艾迪看見羅蘭站在空地邊緣，一隻手摟著蘇珊娜。兩人都瞪著聲音的來處，接著那段錄音的通告又響了起來。艾迪終於能擺脫惡夢的餘悸，站了起來，走向羅蘭和蘇珊娜，心裡直納悶不知這段專門為了系統完全故障而預錄的通告是在幾世紀前錄製的。

『本機正在關閉！一小時零五分內系統將全部關閉！沒有危險！重複一遍——』

『有十五分鐘了。』艾迪碰了碰蘇珊娜的肩膀，她轉過頭來。『那東西說多久了？』

『有十五分鐘了。你睡得跟死豬一樣——』她忽然打住。『艾迪，你的臉色好嚇人！你是不是病了？』

『沒有，只是做了惡夢。』

羅蘭仔細的打量他，看得艾迪很不自在。『有時夢裡會隱藏著真相，艾迪。你做了什麼夢？』

他思索了片刻，搖搖頭。『不記得了。』

『你知道嗎？我不大信。』

艾迪只是聳肩，朝羅蘭陪個笑臉。『你要不信也只得由你。你今天早晨可好啊，羅蘭？』

『一樣。』羅蘭說道，褪色的藍眸緊盯著艾迪的臉不放。

『夠了，』蘇珊娜說道。聲音清脆，但艾迪聽出有一絲緊張。『你們兩個都別鬧了。我還有很多事得做，沒工夫看你們兩個跟小孩子一樣繞圈子想踢彼此的小腿。尤其是今天早晨，那隻死熊吵得天都快塌了。』

羅蘭點頭，兀自盯著艾迪不放。『好吧……不過，你真的確定沒有什麼話要跟我說嗎，艾迪？』

他認真的思考——認真的想說出來。說出他在火中所見，夢中所見，但又決定沉默。也許只是火中玫瑰的回憶，夢中原野鋪地怒放的玫瑰。他知道無法傳遞出當時的震憾和心裡的感受，說出來只會讓原來的感覺走調。再者，目前他還不想說，他想要獨自一人沉吟思索。

不過要記住，他再一次告訴自己……只是這個心底的聲音不太像是他的聲音。這個聲音比較低沉、蒼老，是陌生人的聲音。記住玫瑰……記住鑰匙的形狀。

『我會的。』他喃喃說道。

『你會怎樣？』羅蘭追問道。

『我會告訴你，』艾迪說道。『要是我想起什麼真的很重要的事，我會告訴你，告訴你們兩個。目前什麼也沒有。所以如果我們是要上路了，夏恩❷老兄弟，那就上馬吧。』

『夏恩？誰是夏恩？』

❷Shane，西部電影『原野奇俠』（一九五三）的主角。

『改天我再告訴你。現在該走了吧。』

他們收拾了從舊營地帶來的東西，往回走。蘇珊娜仍坐著輪椅。艾迪突然有種想法，她不會再坐多久了。

21

在艾迪沉迷於海洛因而對其他事物了無興趣之前，他曾和幾位好友開車到新澤西州米多蘭市去聽重金屬演唱會，演唱的團體是『炭疽熱』及『百萬級』。他相信『炭疽熱』的音量要比死熊身上傳來的通告大一些，但又不是百分之百肯定。他們距離林中空地還有半哩路，羅蘭就叫大家停下來。他從舊襯衫上撕下六塊布，分給他們塞住耳朵，然後才繼續上路，可惜就連耳朵塞了布都還不能阻絕那源源不斷的聲音。

『本機正在關閉！』大熊仍扯著嗓門大吼。他們進入了空地。大熊仍躺在原地，也就是艾迪逃命的松樹下，宛如一尊傾倒的龐大雕像，四腳張開，膝蓋朝天，活像毛茸茸的女巨人難產而死。『四十七分鐘內系統將全部關閉！沒有危險──』

是哦，沒危險才怪，艾迪心裡想道，彎腰拾起四散的獸皮。有些獸皮還很完整，沒有在巨熊攻擊時毀壞，也逃過了巨熊死亡前的摧殘。危險可多著呢，我可憐的耳朵危險到家了。他拾起羅蘭的槍帶，默默遞過去。他正在雕刻的那塊木頭掉在旁邊，他撿了起來，塞進蘇珊娜輪椅後面的口袋裡。羅蘭慢條斯理的把槍帶扣在腰上，繫緊生皮槍帶。

『──正在關閉階段，一枚亞核子電池只有百分之二的容量。這些電池──』

蘇珊娜跟著艾迪，大腿上放著她自己縫製的萬用袋。艾迪把獸皮交給她，她接過來就塞進袋子裡。等東西都收拾好後，羅蘭拍了拍艾迪的胳膊，交給他一個背包，裡頭裝的大部分是醃鹿肉。（羅蘭在小溪上游三哩處發現了動物舐鹽的地方，他們就用那裡的鹽來醃肉。）羅蘭自己早已揹好了類似的背包，而另一邊的肩頭則揹著他的手提包，裡頭又是裝了各式各樣的東西，塞得滿滿的。

附近一根樹枝上懸掛著自製馬具，還有鹿皮縫製的座墊。羅蘭把它拿下來，端詳了半天，往背上一扔，再把皮帶綁在胸前。蘇珊娜露出苦瓜臉，羅蘭看見了。但他並不解釋——距離大熊這麼近，就算扯破了嗓子，也沒人聽得見——他只是聳聳肩，表示與她有同感，兩手一攤，意思是妳知道我們可能用得著。

她也聳肩回應。*我知道……可是我就是不喜歡。*

槍客指著空地那頭。兩棵傾斜碎裂的雲杉所在，就是曾以彌爾之名驚動世界的殺敵克進入空地之處。

艾迪朝蘇珊娜彎腰，用拇指和食指畫圈，又詢問似的揚起眉毛。*可以嗎？*

她點頭，隨即用手掌捂住耳朵。*可以——趁我耳朵還沒聾之前，趕快走吧。*

三人穿過空地。艾迪推著蘇珊娜，她腿上放著裝獸皮的袋子。輪椅後的袋子也塞滿了各式用品，那塊仍未經雕琢的木頭只是其中之一。

在他們身後，大熊仍聲嘶力竭吼出與世界的最後溝通，告訴世人系統將在四十分鐘後關閉。艾迪巴不得它立刻就關閉。碎裂的兩棵雲杉朝彼此傾斜，形成了一道拱門，艾迪忍不住想：*羅蘭的追尋黑塔之旅從這裡真正開始了，至少對我們來說是如此。*

他又想起了他的夢——那些盤旋飛升的窗子，以及從窗內流出、鋪展開來的黑暗，有如綢緞般遮蓋了玫瑰的黑色旗幟——他們從傾斜的樹下穿過，他突然忍不住打了個哆嗦。

22

適合輪椅的路面比羅蘭預計的要長。這片森林裡的樅樹很古老，枝椏伸展糾結，滿地的針葉讓底下的矮樹叢無法生長。蘇珊娜的手臂很強壯，比艾迪的還壯，只是羅蘭覺得用不著多久，艾迪的手臂也會急起直追。她輕鬆的推著輪子，走過平坦、陰涼的森林。他們看見路上橫倒了一棵大熊推倒的樹，羅蘭就把她從輪椅上抱下來，由艾迪來把輪椅抬過障礙。

在他們身後略有一段距離的大熊仍用最大音量的機械聲音，告訴他們它最後一枚亞核子電池容量已告罄。

『你肩上的那個鬼玩意最好一整天都空著！』蘇珊娜對著羅蘭大吼。

羅蘭同意她的話，但十五分鐘後開始下坡，古老的森林逐漸有較小的樹木出現：樺樹、赤楊、幾棵發育不良的楓樹死命的抓住土壤扎根。地毯似的針葉稀少了，樹木之間的甬道上有低矮的灌木生長，蘇珊娜的輪椅也開始給灌木纏住。灌木的細枝打在不鏽鋼軸輻上，艾迪使盡全身力氣去推，又繼續前進了四分之一哩。接著下坡路益發的陡峭，腳下的土壤也更軟濘。

『又該揹小豬了，小姐。』羅蘭說道。

『再多坐一會兒輪椅怎麼樣？搞不好路會愈來愈好走——』

羅蘭搖頭。『妳要是爬那個坡，就會……艾迪，你是怎麼說來著？……囫圇吞？』

艾迪搖頭，笑咧了嘴。『是骨碌滾，羅蘭。這是我遊手好閒的那段日子亂用的詞。』

『隨便，反正意思都一樣，妳會摔個倒栽蔥。來吧，蘇珊娜，上來了。』

『我討厭當瘸子。』蘇珊娜使性子道，但還是讓艾迪把她從輪椅上抱起來，幫著艾迪把她安穩的放進羅蘭背上的馬具裡。坐好後，她摸了摸羅蘭的槍托。『你要不要這個寶貝？』她問艾迪道。

艾迪搖頭。『妳比較快，而且妳也比較熟。』

她嘟囔了一聲，調整槍帶，讓槍托的位置稱她的右手。『我害你們的速度變慢，我自己知道……不過，要是我們到得了某個雙線道柏油馬路，我一定會把你們兩個遠遠甩在後面爬。』

『我一點也不懷疑。』羅蘭正說著，忽然把頭偏向一邊。森林突然一片安靜。

『大熊老兄總算閉嘴了，』蘇珊娜說道。『感謝上帝。』

『我還以為還有七分鐘呢。』艾迪說道。

羅蘭調整馬具的皮帶。『五、六百年之前，它的鐘一定就開始慢了一些。』

『你真覺得它有那麼老嗎，羅蘭？』

羅蘭點頭。『還不只。現在它也過去了……至少我們認為它是十二個守護神裡最後的一個。』

『哼，瘋子才會覺得可惜。』艾迪應道，蘇珊娜忍不住笑了出來。

『妳這樣舒服嗎？』羅蘭問她道。

『不舒服，我的屁股已經在痛了。不過管他的，只要別把我給摔了就成了。』

羅蘭點頭，開始下坡。艾迪緊跟在後，推著空輪椅，盡量別撞上石頭，眼前的地面漸漸有石頭突起，彷彿巨大的白色指關節。大熊終於閉上了嘴巴，他又覺得森林好像太靜了，幾乎讓他覺得置身老電影，穿梭在充滿食人族和大猩猩的叢林裡。

23

大熊的來路很容易找，卻是易找難行。出了空地五哩左右，他們就穿過了一塊沼澤多、卻又稱不上是真正沼澤的低地。等地勢開始上升，土壤比較硬實，羅蘭的褪色牛仔褲已濕到了膝蓋，而且他也喘得厲害。不過比起艾迪來，他還是強了一點。艾迪推著蘇珊娜的輪椅在泥濘死水中跋涉，簡直是寸步難移。

『該休息，吃點東西了。』羅蘭說道。

『哎唷喂呀，快拿東西來吃。』艾迪一面喘氣一面說道。他幫著蘇珊娜從羅蘭背上下來，把她放到一個倒落在地上的樹幹上，樹幹上有爪子刷過的長長凹痕。然後他才半坐半癱在她旁邊。

『你把我的輪椅弄得都是泥呢，白小子，』蘇珊娜說道。『我會在我的報告裡記你一筆。』

他挑高一道眉毛。『等下次遇見自動洗車機，我會親自把妳連車帶人一塊推進去。我甚至還會幫這鬼玩意打蠟，滿意了吧？』

她微笑。『你偷走我的心了，帥哥。』

艾迪的腰間繫著一個羅蘭的水囊袋。他拍了拍。『可以嗎？』

『可以，』羅蘭說道。『不過別一下喝太多；等我們上路前每個人再喝一點。這樣才不會有人胃痛。』

『羅蘭，奧茲國的榮譽公子軍。』艾迪說道，咯咯笑著拔開水囊塞子。

『什麼是奧茲國？』

『電影裡虛構的地方。』蘇珊娜說道。

『才不只呢。我哥亨利偶爾會唸故事書給我聽，改天晚上沒事我再跟你說，羅蘭。』

『好，』槍客嚴肅的說。『我很想多多認識你們的世界。』

『其實奧茲不是我們的世界，蘇珊娜說得沒錯，那是個虛構的地方——』

羅蘭給了他們不知用什麼闊葉包著的肉乾。『要了解一個新世界，最快速的方式就是去認識它的夢想。我很樂意聽聽這個奧茲國。』

『好吧，就這麼說定了。蘇西跟你說桃樂絲、多多、錫人的事，我跟你說剩下的部分。』他咬了口肉乾，開心的滾了滾眼珠。肉乾沾染了樹葉的味道，變得美味可口。艾迪狼吞虎嚥，胃也忙著分泌胃酸。他現在已經歇過氣來，感覺不錯，其實是感覺很好。他的身體長出了一層肌肉，而且所有部位都十分協調。

別高興得太早，他思忖道，不用到今天晚上，我的手腳就又要打架了。我猜他會一直趕路，趕到我就地倒斃為止。

蘇珊娜吃得比較含蓄，每吃兩、三口就喝口水，把肉乾拿在手上轉來轉去，由外向內吃。『把你昨晚沒說完的故事說完，』她催促羅蘭道。『你說你對自己的兩個矛盾的回憶已經有所了解了。』

羅蘭點頭。『對，我認為兩個回憶都是真的，只不過有一個再真實一點，但這並不是在否定另一個是假的。』

『我聽得莫名其妙，』艾迪說道。『要嘛這個男孩傑克在驛站裡，要嘛他就不在驛站裡，就是這麼一回事，羅蘭。』

『這是似是而非的矛盾——也是，也不是。除非解決了，否則我會一直分裂。這樣已經夠糟了，可是基本的分界又愈來愈寬。我可以感覺到距離愈拉愈大。簡直是……言語不能形容。』

『你覺得是什麼原因造成的？』蘇珊娜問道。

『我跟你們說男孩是讓人推向一輛汽車之前。是有人推他的。好，我們知道有誰喜歡把人給推到什麼東西之前？』

蘇珊娜臉上漸漸露出恍然大悟的表情。『杰克‧摩特。你覺得他就是把男孩給推到街上的人嗎？』

『對。』

『可是你不是說是黑衣人推的嗎？』艾迪反駁道。『是你的華特老兄啊。你說男孩看見了他——一個像神父的人。那孩子不是還聽見他親口說「別擋著我的路，我是神父」嗎？』

『哦，華特也在。他們兩個都在，而且他們兩個都推了傑克。』

『快，快把鎮定劑跟束縛衣拿來，』艾迪喊道。『羅蘭終於精神崩潰了。』

羅蘭置之不理，他現在已經明白艾迪的插科打諢是處理壓力的方式。卡斯博其實也跟他差不多……就像蘇珊娜跟艾倫也差不多一樣。『這一切最讓我惱怒的地方，』他說道，『是我早該想通才對。畢竟我曾進入杰克‧摩特的心裡，我能夠看到他的思想，就像我能看透你的思想一樣，艾迪，還有妳的，蘇珊娜。我看見傑克的時候我是在摩特心裡，我是用摩特的眼睛看見的，而且我知道摩特打算要推他。不只如此；我還阻止了他。我只需要進入他的身體。不過他自己倒是不知道這一點，他全心全意都投注在自己計畫要做的事情上，還以為我是落在他頸子上的蒼蠅。』

艾迪也聽出所以然來了。『如果傑克不是讓人推到街上的，那他就沒死。既然沒死，他就沒來到這世界。沒來到這世界，你就不會在驛站看見他，對不對？』

『對。曾有個這樣的念頭掠過我心裡，我以為如果杰克・摩特存心要殺男孩，我就袖手旁觀，這樣才不會創造出此刻讓我無所適從的矛盾來。可是我辦不到。我……我……』

『你不能殺死男孩兩次，是吧？』艾迪輕聲問道。『每次我認定你就像大熊一樣是機器人，你都會突然冒出人性來，嚇我一跳。可惡。』

『別鬧了，艾迪。』蘇珊娜說道。

艾迪看了看槍客微微低垂的頭一眼，扮了個鬼臉。『抱歉，羅蘭。我媽老說我的壞習慣就是嘴巴講的跟心裡想的不一樣。』

『沒關係，我有個朋友就跟你一樣。』

『卡斯博嗎？』

羅蘭點頭，凝視他殘缺的右手良久，費勁的握成拳頭，嘆了口氣，又抬頭看他們。森林深處有隻雲雀悠揚的唱著。

『我的想法是這樣。那一天要不是我進入了杰克・摩特的心裡，他其實還不會把傑克推出去，還不會。為什麼呢？共業，就是這麼簡單。自從跟我一起出發追尋的最後一個朋友死後，我再一次發現自己又在共業的核心裡。』

『工業？』艾迪懷疑的問道。

羅蘭搖頭。『「業」——就是你們說的宿命，艾迪，只不過真正的含意更複雜，更難定義，也跟所有的貴族語一樣。「共」就是指一群有同樣興趣和目標的人。比方說，我們三個就是一個「共」。而「共業」則是許多生命讓命運給結合在一起。』

『就跟《聖路易雷橋》❸一樣，』蘇珊娜說道。

『那是什麼？』羅蘭問道。

『是個故事，說一群人過橋的時候橋塌了，大家一起死了。在我們的世界很有名。』

羅蘭會意，點了點頭。『在現在這件事情上，被困在「共業」裡的人有傑克、華特、杰克・摩特、我。沒有陷阱。我當初發現杰克・摩特鎖定了下一個犧牲品是誰之後，曾懷疑是陷阱，其實沒有，因為「共業」無法改變，也無法依照個人意志而扭曲。不過「共業」卻可以看見，可以知道，可以理解。華特看見了，華特知道。』羅蘭用拳頭捶大腿，苦澀的高呼道：『在我吃盡苦頭趕上他之後，他一定是笑破了肚皮！』

『我們還是再從頭講好了。杰克・摩特尾隨傑克那天，要是你沒攪亂了他的計畫，會發生什麼事？』艾迪問道。『你剛才的意思是如果你沒有阻止摩特，也會有別人或別的事阻止他，對嗎？』

『對，因為傑克那天不該死，雖然距離他的死期也不遠了，可是不是那一天。我感覺得出來。可能就在摩特動手前，他會感覺到有人盯著他。也可能有個真正的陌生人橫加干涉。也可能──』

『可能是警察，』蘇珊娜說道。『他可能會看到一個警察偏偏在不該出現的時候跑到不該出現的地方。』

『對。真正的原因，也就是「共業」的代理人，其實並不重要。我從親身體驗，知道摩特是個狡猾的老狐狸，他只要感覺有一點點不對勁，就會取消計畫，等到另一天。

『我還知道別的。他在出擊的時候總是會偽裝。他用磚塊打中歐黛塔・霍姆斯腦袋那天，就裝扮成酒鬼，戴著棒球帽，穿著大了好幾號的舊毛衣。他之所以假扮成酒鬼，是因為在他把磚塊推下去的大樓上，有一堆的酒鬼把那兒當窩。這樣懂了嗎？』

兩人點頭。

『好幾年後的那一天，他把妳推到火車前，蘇珊娜，他就打扮得跟建築工人一樣，頭上戴著黃色大鋼盔，他以為那是安全帽，嘴上黏了假鬍子。而在他真的把傑克推到馬路上的那天，他會假扮成神父。』

『天啊，』蘇珊娜的聲音小的幾乎聽不見。『在紐約推他的人是杰克・摩特，而他在驛站看見的傢伙則是你在追的華特。』

『對。』

『但是男孩以為他們是同一個人，因為他們都穿了一身黑袍？』

羅蘭點頭。『華特和杰克・摩特的外表還頗為相像，當然他們並不是兄弟，可是他們兩個都很高，髮色都黑，皮膚很白。再說，傑克是在臨死前看了摩特一眼，看見華特的時候他是在一個陌生的地方，又嚇得手足無措，會認錯人也是無可厚非。這整件事裡要說誰是大驢蛋的話，那就是我，竟然想了這麼久才弄明白是怎麼回事。』

『摩特會不會知道他也是被利用的？』艾迪問道。艾迪回想起羅蘭入侵他的心靈時，自己曾經有過的經驗和瘋狂的想法，他實在不了解摩特為何會不知道……但羅蘭卻搖頭。

『華特會用非常細膩的手段。摩特會以為是那個神父掩藏了他自己的想法……至少我是這麼相信的。他不會認出是入侵者，也就是華特，在他的心底低語，告訴他該如何做。』

『杰克・摩特，』艾迪唸唸有詞道。『原來自始至終都是杰克・摩特。』

『對……而且還有華特幫忙。所以最後我還是救了傑克一命。我逼得摩特從地鐵月台跳向

❸The Bridge of San Luis Rey，美國作家Thornton Wilder之小說，贏得一九二八年普立茲獎。

火車，改變了一切。』

蘇珊娜問道：『要是這個華特能夠進入我們的世界——可能是走他自己的專用門——那麼只要他想，他隨時都可以找人來推這個男孩呀！要是他能暗示摩特叫他打扮成神父，也可以叫別人假扮啊……怎麼，艾迪，你幹嘛搖頭？』

『因為我不認為是華特囑意的。華特要的是現在正在發生的事情……要羅蘭一點一點的喪失心智。對不對？』

羅蘭點頭。

『就算是華特囑意的，他也不可能採這種方式，』艾迪往下說道，『因為他早在羅蘭發現海灘上的門之前就死了。羅蘭穿過最後一道門，進入杰克・摩特的腦子以後，老華特胡搞瞎搞的日子就結束了。』

蘇珊娜琢磨了一陣，點頭同意。『我懂了……大概懂了。時空旅行這玩意還真是傷腦筋呵？』

羅蘭開始收拾東西，捆紮歸位。『該走了。』

艾迪站起來，揹上背包。『不過有一件事你起碼可以放心了，』他跟羅蘭說道。『你——或是這個什麼共業的玩意——畢竟還是救了那個男孩。』

羅蘭正在綁胸前的馬具皮帶，聞言抬頭，灼灼的目光嚇得艾迪畏縮。『是嗎？』他厲聲反問道。『我真的救了他嗎？每多一分鐘我就多瘋一點，拚命想要釐清同一個真實的兩種版本。我本來希望其中一個會漸漸褪色，可是卻事與願違，反而是恰恰相反：兩種現實在我的腦中愈來愈吵鬧，彼此互相撞擊，就像是鬧內訌的黨派，早晚要兵戎相見。所以你告訴我，艾迪：你認為傑克會有什麼感覺？你覺得知道自己在一個世界已經死了，卻在別的世界活著是什麼滋味?』

雲雀又引吭高唱，但他們三個都沒注意到。艾迪瞪著羅蘭蒼白的臉上那一雙炯炯發光的褪色藍眸，想不出該如何回答。

24

當晚他們在死熊東方十五哩處紮營，筋疲力竭，沉睡不醒，就連羅蘭雖然被惡夢糾纏，但也是一夜未驚醒。隔天太陽一出，他們都醒了。艾迪生了火，一句話也沒說，聽見附近森林裡響起槍聲，也只瞧了蘇珊娜一眼。

『吃早餐了。』她說道。

三分鐘後，羅蘭肩膀掛著一張獸皮回來，獸皮上放著一隻開膛破肚的兔子。蘇珊娜負責烹煮。三人吃完後，繼續上路。

艾迪不斷的思索懷著自己死亡的回憶是什麼滋味，卻始終揣摩不出。

25

正午剛過，他們就來到一塊大多數樹木傾倒，灌木也被踩扁的地方——乍看之下真像獨眼巨人多年前來過，大肆破壞，留下滿目瘡痍。

『我們已經接近要找的地方了，』羅蘭說道。『他為了視野把什麼都毀了。我們的大熊老兄不喜歡意外驚喜。他大是大，倒不自滿。』

『那他有沒有給我們留什麼意外驚喜啊?』艾迪問道。

『可能有，』羅蘭淡淡一笑，碰了艾迪肩膀。『不過就算有，也是老驚喜了。』

他們穿過這塊廢墟花了很久的時間。傾倒的樹大部分都很古老，有許多幾乎已化為泥土，不過仍形成難以穿越的路障。三個四肢健全的人來走都困難重重了，更何況他們還有蘇珊娜得揹在羅蘭的背上，簡直就是耐力的加倍考驗。

橫陳在地上的樹木和茂密的矮樹遮蓋了大熊的路徑，也讓他們的速度慢下來。正午之前，他們還有清楚的爪痕可以依循，如今到了爪痕的起始點，反而不見大熊怒火蔓延的痕跡。羅蘭緩緩前進，在灌木叢間尋找排泄物，在樹幹上尋找毛髮。走了一整個下午才走了三哩路。

艾迪斷定他們無法在黃昏前走出這片毀敗的叢林，注定要在這個陰森森的鬼地方紮營，才剛這麼想，就看見一片稀疏的赤楊林。赤楊林外還傳來小河潺潺流過石頭河床的聲音。他們身後的夕陽正散放沉鬱的紅光，照耀了他們穿過的地方，倒地的樹木如黑色的魅影，棋盤交錯，看似象形文字。

羅蘭叫停，把蘇珊娜放下，伸展一下背部，兩手扠腰，這邊扭扭，那邊扭扭。

『就在這裡過夜？』艾迪問道。

羅蘭搖頭。『把妳的槍給艾迪，蘇珊娜。』

她照做，詢問的看著他。

『來吧，艾迪。我們要紮營的地方是在那邊樹林的另一頭。我們得去看看，也許還得幹點活。』

『你為什麼會覺得──』

『豎起耳朵聽。』

艾迪側耳細聽，這才聽見了機器聲，隨即又恍然，他已經聽見這聲音有好一陣子了。

『我不要留蘇珊娜一個人在這。』

『我們不會走遠，而且她的嗓門大得很。再說，萬一有危險，也是在前面——我們正好擋在危險跟她之間。』

艾迪低頭看蘇珊娜。

『去吧，只要快去快回。』她回顧他們的來時路，眼神若有所思。『我不知道這裡是不是鬧鬼，可是感覺起來就是有。』

『我們會在天黑之前回來。』羅蘭保證道，舉步走向赤楊林，一分鐘後，艾迪也跟了上去。

26

進入樹林十五碼，艾迪就發覺他們是循著一條小徑往前走，很可能是大熊在多年前為自己開闢的小徑。頭頂上的赤楊枝椏彎曲，像個隧道。機器聲愈來愈響，他也漸漸聽出是什麼聲音了。有一個聲音很低沉、嗡嗡的響。他覺得腳下可以感覺到振動，一種微弱的振動，彷彿某種大機器在土壤裡跑動。而在這個聲音之下還有一個交錯的聲音，像是清晰的刮聲，尖銳的吱吱聲。

羅蘭把嘴貼著艾迪的耳朵講話。『保持安靜的話，應該比較不危險。』

他們又前進了五碼，羅蘭又停住，拔出槍，用槍管撥開一根樹枝，樹枝上的葉子佈滿了夕陽餘暉。艾迪從這個小小的開口往空地看，大熊在這裡住了很久——是他的基地，由此出發去探險、破壞、施虐。

這裡沒有矮小的樹木，地面從許久之前就光禿禿了。有一道石牆，約莫五十呎高，底部有小溪流出，流貫箭頭形的空地。靠他們這邊的溪岸，石牆根有一個金屬盒子，大概九呎高，盒頂是圓弧狀，讓艾迪想起地鐵的入口。盒子前部漆著斜紋，一條黃一條黑。空地的地面不像森林裡的表土是黑色的，而是怪異的粉狀灰色。地面散佈著骨頭，過了片刻艾迪才看出他當成是灰土的東西原來是更多的骨頭，因為年代太久遠，已化為粉塵。

有東西在塵土裡移動，就是發出尖銳吱吱聲的東西。四個……不，是五個。是小小的金屬儀器，最大的不過像隻柯利牧羊犬幼犬。艾迪恍然大悟，原來是機器人，或是機器人之類的東西。五個模樣差不多，都跟大熊相似，顯然功能也一樣──每一個的頭上都有一個小小的雷達偵測器在快速轉動。

更多的思考帽，艾迪在心裡嘀咕。我的天，這到底是什麼鬼世界啊？

最大的那隻有點像艾迪六歲或七歲生日時得到的玩具牽引機，滾過的地方就會捲起一陣骨灰雲。另一隻像是不鏽鋼老鼠。還有一隻像是用一片片的鋼連結起來的蛇，前進的時候一拱一扭的。他們在小溪的另一頭圍成一圈，不停繞行，地面上都出現了深深的轍跡。看著他們，艾迪想起了《週六晚郵》雜誌上頭的漫畫。不知什麼原因，他的母親總把《週六晚郵》儲藏在公寓的玄關。漫畫上畫著憂慮的男人，不停抽著香煙，在地毯上來回踱步，等著妻子生產。

等他的眼睛習慣了空地簡單的地形後，他才發現那種機器怪物不只五隻，看得見的至少也有十二隻，還有許多藏在大熊殺掉的東西遺骸後。差別只在其他的並沒有在動。大熊的機器侍從已死，多年來一個接一個死亡，最後只剩下這五個……而且聽這五個吱吱嘎嘎、生鏽了的噪音，看來也不怎麼健康。那條蛇尤其嚴重，它雖然跟著老鼠繞圈子，動作卻遲疑呆滯。而跟在蛇後面那個用短腿走路的金屬塊不時會趕上來，推蛇一把，彷彿在催促它快點。

艾迪想不通這些玩意的用處。總不會是保護措施吧？大熊就足以保護自己了。艾迪猜想，萬一他們三個是在殺敵克年輕力盛的時候遇上它，那不消幾秒鐘的工夫，它就會把他們給吞吃入肚，再把骨頭吐出來。也許這些小機器人是維修小組，或是衛兵、信差之類的。他推測他們應該很危險，不過只有在激怒了他們……或是激怒了他們的主子之後才會有危險。看這些小機器人的模樣，似乎不怎麼好戰。

嚴格說起來，這些東西還挺可憐的。大部分的成員已故障，主子又走了，艾迪相信他們多少也知道。他們投射出來的不是威脅，而是一種奇特的、非人類的悲傷。老舊，又幾乎已磨損，他們在這個上帝遺忘的空地上焦慮的踱步、滾動、扭行，繞出一圈憂愁軌道；艾迪幾乎可以讀出他們混亂的思緒：哦，天啊，天啊，該怎麼辦？他這一走，我們呢？他這一走，誰來照顧我們？哦，天啊，天啊……

艾迪感覺腿後給扯了一下，差點就嚇得放聲尖叫起來。他猛然轉身，扳上羅蘭的手槍扳機，卻見蘇珊娜瞪大眼，抬頭望著他。艾迪吁了口長氣，小心翼翼扣上扳機，跪下來，兩手按住蘇珊娜肩膀，親吻她臉頰，然後在她耳邊低語：『我差點就一顆子彈讓妳的腦袋開花了——妳幹嘛跑來？』

『我也要看，』她也低聲回答，一點也不覺得不好意思。她的目光瞟向羅蘭，他也是低伏在她身邊。『再說，我一個人在後面怪可怕的。』

她爬過灌木叢過來，身上有些刮傷，但羅蘭不得不承認她不想弄出聲響的時候還真像個幽靈，因為他居然什麼也沒聽見。他從後面口袋拿出布條（是他舊襯衫最後的一塊），擦拭她手臂上的細小血痕，檢查了一下，又輕拭她前額上的小污痕。『那就看吧，』他說道，幾乎看不見嘴巴動。『是妳該得的。』

他用一隻手拂開蜀葵和綠莓叢，讓她有清晰的視野，然後等著她全神貫注盯著空地。最後，她往後爬，羅蘭放開灌木叢。

『我真替它們難過，』她低聲說道。『那不是瘋了嗎？』

『不會，』羅蘭也低聲回道。『它們應該是悲傷的生物，有它們奇特的方式。艾迪會結束它們的悲慘。』

艾迪立刻搖頭。

『由不得你……除非你想一整晚蹲在這裡窮蘑菇。瞄準帽子，那些旋轉的小東西。』

『萬一我失手了怎麼辦？』艾迪忿忿的壓低聲音問。

羅蘭只是聳肩。

艾迪站起來，不情不願的扣下羅蘭的手槍扳機。他從灌木叢縫隙看著那些繞圈的僕役機器人，不停的轉過來轉過去，繞著孤寂、無用的軌道。這就像射殺小狗，他陰鬱的想著。忽然他看見了其中一個，那個像會走路的盒子，從中央伸出一支很醜的螯，夾住了蛇一會兒。蛇發出驚詫的嗡嗡聲，向前跳躍。會走路的盒子又收回了螯。

好吧……也許並不完全像射殺小狗，艾迪作了決定。他又瞧了瞧羅蘭。羅蘭面無表情回望他，雙手抱在胸前。

你還真會挑時候來上課，老兄。

艾迪想到蘇珊娜，第一槍射中大熊的屁股，然後在它衝向她和羅蘭時，又一槍粉碎了它的感測器，不覺自己羞愧起來。還有其他的感覺：部分的他躍躍欲試，一如在『斜塔』他也曾想要對付巴拉札跟他的流氓手下。那種衝動或許是病態，卻改變不了其中引人之處：就讓我們看看是誰走著出去……就走著瞧。

沒錯，是夠病態的了。

就當作是射擊遊戲，而你想幫心愛的人贏得一隻狗狗布偶，他思量道。或是一隻玩具熊。

他把準星對準走路的盒子，羅蘭碰了他的肩膀，他不耐的轉頭看。

『把開槍的規矩說一遍，艾迪。用心說。』

艾迪咬緊牙關，不耐的吐氣，很生氣羅蘭在緊要關頭還來打岔，但羅蘭的眼睛毫不退縮，他只好深吸一口氣，盡量讓心裡一片澄明：不去想那些吱嘎亂叫、繞了一圈又一圈的機器；不去想他渾身上下的疼痛；不去想蘇珊娜就在旁邊，用手撐著地面，看著他；更不去想萬一有一個沒射中，蘇珊娜會是那些機器報復起來首當其衝的目標。

『「不要用手瞄準；用手瞄準的人連自己親生父親的長相都不記得。」』

簡直是笑話，他想道；就算他在街上遇見他老頭，他也認不得。可是他卻感覺到這句話起了功效，澄淨了他的心靈，鎮定了他的神經。他不知道自己是否天生就是當槍客的材料——即使在巴拉札的夜總會槍戰最後他表現得相當不錯，但光是想，他都覺得不可思議——但他確實知道有部分的他很喜歡說出這些古老教條時籠罩全身的冷酷；不僅是冷酷，還有萬事萬物變得澄澈清明的那份感覺。但他的另一部分知道，這不過是另一種致命毒藥，跟害死亨利也差點害死他的海洛因差不到哪兒去，但這份認知卻改變不了那緊張、微妙、喜悅的一刻，就像緊繃的電纜在狂風中上下振盪。

『「不要用手瞄準；用手瞄準的人連自己親生父親的長相都不記得。」

『「用眼睛瞄準。

『「不要用手射擊；用手射擊的人連自己親生父親的長相都不記得。」』

說著說著，他竟不知不覺跨出了樹叢，對著在空地另一頭繞圈的機器人說：

『「要用心射擊。」』

機器人停止了無窮無盡的繞圈。其中一個發出高頻的嗡嗡聲，可能是拉警報。所有的雷達偵測器全都轉向聲音的來處，每個都不比巧克力大多少。

艾迪開槍。

感測器就像黏土捏的鴿子一樣炸得粉碎，一個接一個。艾迪的心裡已無一絲慈悲，唯有冷酷，以及一份除非趕盡殺絕否則絕不停手的決心。

黃昏微光籠罩下的空地雷霆大作，又給遠端粗糙的石牆反彈而回。鋼蛇橫翻了兩個觔斗，躺在沙塵中扭動。最大的一隻，就是讓艾迪想起小時候那個玩具牽引機的機器人，想要逃跑，急匆匆跑到轍跡旁，還是難逃雷達偵測器粉碎的命運，面朝下摔倒，四四方方的鼻頭先碰地，安著玻璃眼珠的鋼座上冒出藍色的火焰。

他唯一失手的一個雷達偵測器，是不鏽鋼老鼠頭上的那個；那一槍擊中它的金屬背，發出高頻率的嗡嗡聲。老鼠急速衝出轍跡，繞著盒形機器人轉了半圈，突然以驚人的速度衝過空地，發出憤怒的噪音。等它靠近，艾迪才看見它的嘴裡長滿了一排排的尖刺，不像牙齒，倒像是縫紉機的車針，參差不齊。沒錯，這些東西畢竟和小狗不一樣。

『幹掉它，羅蘭！』他情急大喊，百忙之中扭頭一看，卻發現羅蘭仍舊雙手抱胸，冷眼旁觀，表情平靜疏離，好像是在思索棋局或回味舊情書。

老鼠背上的雷達突然鎖定，它微微改換方向，筆直朝蘇珊娜•狄恩衝去。

只剩一顆子彈了，艾迪焦慮的想道。萬一失手，就會害她腦袋開花。

他沒有射擊，反而跨前一步，使盡全力去踢老鼠。他把皮鞋換成了一雙鹿皮平底鞋，這一踢從腳底震動到膝蓋。老鼠發出生鏽、齒輪轉動的尖叫聲，在地上翻了好幾圈，最後仰天倒下。艾迪看見十二隻粗短的機械腿上下揮舞，每一條腿都有尖銳的爪子，而這些爪子不斷旋轉，看起來就像鉛筆頭上的橡皮擦。

老鼠中段伸出一根金屬棒，讓老鼠翻過了身。艾迪把羅蘭的槍朝下，有那麼短暫的片刻想要用另一隻手來穩住手槍，卻打消念頭。在他的世界裡警察大概都是這麼射擊的，但在這個世界裡卻不是。等到你忘了槍在手上，等到感覺起來好像是用你的手指在射擊，羅蘭曾如此說道，那你們離練成槍法就不遠了。

艾迪扣扳機。正在轉動，想要鎖定敵人的小小雷達消失在一陣藍光裡。老鼠發出嗆住的聲音，隨即側身倒下。

艾迪轉過身來，一顆心猛烈撞擊胸腔。上一次他這麼憤怒是他發現羅蘭打算要把他留在他的世界裡，一直到找到他天殺的黑塔為止……也就是說等他們都成了蛆蟲的食物為止。

他把空槍對準羅蘭的心臟，聲音濃濁，他自己也幾乎認不出來是他自己的聲音。『要是裡面還有子彈，你就不用再整天惦著你那個該死的黑塔了。』

『住手，艾迪！』蘇珊娜嚴厲的說道。

艾迪看著她。『它是要對付妳啊，蘇珊娜，它是要把妳炸成碎片。』

『可是它沒有得逞，你宰了它，艾迪。是你宰了它。』

『那可不是他的功勞。』艾迪作勢把手槍插入槍套，忽然忿忿的發覺他根本沒槍套可插。槍套在蘇珊娜身上。『他跟他的臭規矩，他跟他那個該死的臭規矩。』他轉過身去對著羅蘭。『我告訴你，不值兩分錢——』

羅蘭微帶興味的表情倏忽改變，眼睛飄向艾迪左肩上方。『趴下！』他大喝一聲。

艾迪什麼話也沒多說，憤怒和困惑瞬間消散，俯身一趴，只見羅蘭的左手閃了閃。天啊，他心裡想著，身體仍往下倒，他不可能那麼快，沒有人能那麼快，我已經夠快了，但是蘇珊娜更快，可是跟他比起來，蘇珊娜簡直像烏龜爬玻璃山坡——

有什麼東西飛掠他頭頂，對著他尖叫，還拔了他一撮頭髮。只見羅蘭從臀部射擊，連發三槍，砰砰砰三響，尖叫聲戛然而止。一隻艾迪看來是機器蝙蝠的東西摔在地上，剛好掉在艾迪臥倒處和蘇珊娜跪著的地方中央。它一隻佈滿鏽斑的翅膀還拍打了地面一下，有氣無力的，彷彿痛恨錯失良機，接著就動也不動了。

羅蘭走向艾迪，腳上一雙彈簧靴，步態輕鬆。他伸出一隻手，艾迪握住，讓羅蘭把他拉起來。他一口氣喘不上來，沒辦法說話。也許這樣最好……好像每次我一張嘴就會自打嘴巴。

『艾迪！你有沒有怎樣？』蘇珊娜也朝他這邊爬。他低著頭，雙手扠腰，忙著順氣。

『沒事。』這一聲非常沙啞。他略微費力才挺直腰。『只是稍微修了修頭髮。』

『它躲在樹上，』羅蘭心平氣和的說道。『一開始我也沒看見。黃昏的光線容易讓人眼花。』他頓了頓，又繼續用平靜的語氣說：『她並沒有危險，艾迪。』

艾迪點頭。現在他明白了，羅蘭甚至可以吃完一個漢堡，喝完一杯奶昔再拔槍，他就有這麼快。

『好嘛，就算我是不同意你的教學技巧可以唄？我可不道歉，所以你如果是在等我道歉，那趁早死心。』

羅蘭彎下腰，把蘇珊娜抱起來，幫她撣掉塵土。他的動作不帶狎暱，而是像母親照顧在後院滾了一身泥的孩子一般。『沒人等你道歉，也不需要道歉，』他說道。『兩天前蘇珊娜跟我也有過類似的談話。對不對，蘇珊娜？』

她點頭。『羅蘭的觀點是槍客學徒如果不會偶爾咬那隻餵他的手，就該在屁股上好好挨一腳。』

艾迪環顧四下的狼藉，開始緩緩拍掉身上褲子上的骨灰。『要是我說我不想當什麼槍客呢，羅蘭老哥？』

『我會說你想不想不重要。』羅蘭正注視石牆根的金屬涼亭，似乎沒興趣再說話。艾迪見過這種情形。每次對話變成了應該怎樣、可以怎樣、該是怎樣的問題，羅蘭就會失去興趣。

『又是「業」？』艾迪問道，帶著一絲慣有的酸氣。

『沒錯。』羅蘭走向涼亭，一手拂過正面的黃黑條紋。『我們已經找到了世界邊緣十二道門戶中的一個……也就是六條通往黑塔的路徑之一。』

『而這也是「業」。』

27

艾迪回去拿蘇珊娜的輪椅。不必等別人開口，他想要一個人靜一靜，讓自己恢復自制。射擊結束後，他身體的每一束肌肉似乎又開始輕輕顫動。他不願他們兩人看見——倒不是因為怕他們誤會是出於恐懼，而是因為兩個人隨便哪一個，甚至他們兩個，都知道究竟是怎麼回事：過量的刺激。他剛才曾樂此不疲。即使那隻蝙蝠差點剝了他的頭皮，他仍是樂此不疲。

狗屁。你自己也知道，老兄。

問題是，他並不知道。他也和蘇珊娜射殺大熊後發現的真相面對面：他大可一口咬定自己有多不想當槍客，有多不願在這個似乎只有他們三個人類的瘋狂世界裡流浪，他儘可高談闊論他真正想要的是站在百老匯和四十二街街角，扳手指，啃辣熱狗，聽著隨身聽，讓清水樂團轟炸他的耳朵，看著辣妹來來往往，那些個紐約性感辣妹嘛著不饒人的小嘴，迷你裙下露出修長的玉腿。他儘可說到一張臉變青為止，但他卻心知肚明。他的內心知道他愛極了把那些電子動物轟成火團，至少在遊戲繼續，羅蘭的槍仍是他私人的雷電時。他愛極了踢那隻機器老鼠，即使踢痛了腳，即使他嚇得快尿褲子。說來也詭異，這個部分——就是嚇得快尿褲子的部分——反而讓他更加痛快。

這樣已經夠糟了，可是他內心深處還知道更糟的：也就是如果現在在他眼前有扇門可以讓他回到紐約，他只怕不會穿過去。起碼也要等他親眼看過黑塔之後。他已經逐漸相信羅蘭的疾病是會傳染的了。

他把蘇珊娜的輪椅從茂密的赤楊林裡推出來，一面咒罵抽打在他臉上、想戳瞎他的樹枝。艾迪發現自己至少可以承認這些事情，而且承認了之後，他的激動也逐漸和緩下來。我要看看是不是和我夢見的一樣，他思忖道。能親眼看看這種事……可是很奇妙的。

他內心又有一個聲音浮起。我敢打賭他別的朋友——那些聽名字就像是從亞瑟王宮廷裡圓桌武士的朋友——我敢打賭他們的感覺也跟我一樣，艾迪。而且，他們都死了，沒一個活著。無論他喜不喜歡，他認出了這個聲音。這是亨利的聲音，也因此是很難不去聽的聲音。

28

羅蘭把蘇珊娜抱在右腰上，站在金屬盒的正面，金屬盒看來像是夜間關閉的地鐵入口。艾迪把輪椅留在空地邊緣，也走過來，一邊走一邊感覺到持續不斷的嗡嗡聲和腳下的振動愈來愈大。他忽然明白，發出噪音的機器不是在盒子裡面，就是在盒子下面。他似乎不是用耳朵聽見，而是用腦海深處和天生的本能在聽。

『這就是十二個門戶中的一個了？通到哪裡呢，羅蘭？迪士尼樂園嗎？』

羅蘭搖頭。『我不知道它往哪去。也許是死路一條……也或許是四通八達。我對自己的世界並不是樣樣都了解——當然你們也已經發覺了。還有些事情以前我知道，現在卻變了。』

『因為世界向前進了？』

『對。』羅蘭瞧了他一眼。『在這個世界，「前進」可不是一種抽象的說法。這個世界真的在前進，而且是愈來愈快。而同時，萬物卻耗損破舊……分崩離析……』他踢了那只會走路的盒子一腳，佐證他的論點。

艾迪琢磨著羅蘭在地上畫的門戶草圖。『這一個就是世界的邊緣嗎？』他問道，幾乎有點膽怯。『我是說，看起來跟別的地方也差不到哪去嘛。』他乾笑了幾聲。『要是有什麼火車站的話，我可看不出來。』

羅蘭搖頭。『不是那種邊緣，應該是光束開始的地方，至少我聽說的是這樣。』

『光束？』蘇珊娜問道。『什麼是光束？』

『大長老並沒有創造這個世界，只是再造了這個世界。有些說故事的人說光束拯救了世界；有些人卻說是光束種下了世界的毀滅之源。大長老創造了光束，那是某種線……能夠連繫……支撐……』

『你說的是磁力嗎？』蘇珊娜小心翼翼的問道。

他整張臉亮了起來，緊繃的肌肉和皺紋瞬間放鬆，表情煥然一新，剎那間，艾迪知道了等羅蘭真的找到他的黑塔後，他會是什麼樣子。

『對！但不僅如此，磁力只是一部分……還有重力……以及空間、大小、次元的適度排列。光束就是把這一切結合起來的力量。』

『哎唷，又上起瘋人院的物理學了，』艾迪壓低聲音說道。

蘇珊娜不理他。『那麼黑塔呢？難道它是某種發電機嗎？是這些光束的動力來源？』

『我不知道。』

『可你總知道這裡是A點，』艾迪說道。『如果我們沿著直線走，走得夠久，就會抵達世界另一頭的另一個門戶——就說是C點好了。可是在到達之前，我們會遇到B點，中心點，黑塔。』

羅蘭點頭。

『這段路有多長？你知道嗎？』

『不知道，只知道很長，而且每過一天，距離還會更長。』

艾迪剛才彎下腰去檢查變成殘骸的走路盒子，一聽見羅蘭的話，立刻挺直腰，瞪著他。

『不可能。』他的語氣就像是成人向幼童解釋他的衣櫃裡並沒有妖怪，因為世界上根本就沒有妖怪這種東西。『世界不會長大，羅蘭。』

『不會嗎？艾迪，我小時候看過地圖。我特別記得一個，叫做「西方地球的大王國」。上頭有陸地，稱做基列地。也有「低地男爵」，在我贏得我的槍之後第一年，低地男爵給動亂和內戰推翻了。地圖上還有山丘，有沙漠，有山脈，有西海。從基列地到西海是一段遙遠的距離，至少有三千哩，但我卻足足花了二十年才走完那段路。』

『不可能，』蘇珊娜立刻說，害怕極了。『就算是徒步走完全程也用不到二十年。』

『唉，總要多留點時間出來寫寫明信片，喝個小啤酒吧。』艾迪說道，但沒有人理他。

『我並不是徒步，大部分的旅程我都騎馬，』羅蘭說道。『我偶爾會……就說是我偶爾會慢下來好了，但大多數時間我都在前進。逃離約翰・法爾森，就是他帶領叛亂，推翻了我生長的世界，而且他要我的項上人頭掛在他庭院的旗桿上——我想這也不能怪他，因為我跟同志殺害了許多跟隨他的人——我還偷了他非常珍惜的東西。』

『什麼東西，羅蘭？』艾迪好奇的問道。

羅蘭搖頭。『說來話長，留待改天吧……其實不說最好。目前別想那些了，想想這個吧：我走過了好幾千哩的路，因為世界一直在成長。』

『不可能會有這種事，』艾迪仍是矢口否認，但信心卻大為動搖。『地震有可能……洪水……海嘯……我不知道什麼……』

『睜開眼睛看看！』羅蘭忿忿的說道。『看看你的四周！看見了什麼？一個像小孩的陀螺愈轉愈慢的世界，但同時卻又在加速，向前移動，而我們沒有一個明白是怎麼回事。看看你殺掉的東西，艾迪！看看你殺掉的東西，看在你父親分上！』

他朝小溪跨了兩大步，撈起鋼蛇，草草端詳了幾眼，隨即拋給艾迪，艾迪用左手接住，剛接到，蛇就斷成了兩截。

『看見了嗎？它已經衰竭了。我們在這裡發現的生物全都衰竭了。就算我們沒來，這些東西也撐不了多久了，就跟大熊遲早會死一樣。』

『大熊是得病了。』蘇珊娜說道。

羅蘭點頭。『寄生蟲，會攻擊它的肉體部分。可是為什麼以前傷不了它？』

蘇珊娜沒有回答。

艾迪正在翻來覆去的檢查鋼蛇。它和大熊不同，從外觀就看得出鋼蛇是絕對的人工製品，全身是金屬、迴路、好幾碼（甚至好幾哩）薄如蟬翼的電線。他還看出有鏽斑，不只在表面上，連內部都有。而且還有一塊潮濕的地方，不知是漏油還是水滲入了，有些電線因此而腐蝕，好幾塊指甲般大小的迴路板上覆滿了綠色的東西，似乎是青苔。

艾迪把蛇翻個面。有片鋼板上寫明這是北方中央電子公司的產品，上頭有序號，但沒有名稱。或許是太微不足道了，所以沒有命名的必要，他思忖道。不過是個精巧的機械，專門用來給大熊老兄三不五時灌個腸，讓它保持最佳狀態之類的。

他把死蛇拋下，兩手在褲子上擦拭。

羅蘭又撿起了像牽引機的機器，拉扯一個踏板，輕易就扯掉了，一團塵土應聲落在他的兩腳之間。他把機器隨手扔掉。

『這世界的東西不是快安息了，就是快分解了，』他說道，聲調沒有抑揚頓挫。『而在同時，連結這世界，讓這世界一致的動力——無論是在時間上、大小上、還是空間上——都在衰弱。我們小時候就知道這個現象，只是我們不知道末日會是什麼樣子。我們怎麼可能知道？然而我卻活在這種時候，而且我不相信只有我的世界受影響；你們的世界也一樣，艾迪，蘇珊娜；甚至還有一億的世界受影響。光束正在崩解，我不知道這究竟是原因或只是一個徵兆，我只知道是真的。來！靠過來！聽！』

艾迪靠近那只有黃黑斜紋的金屬盒，心頭突然湧上極度不愉快的記憶——多年來他第一次發現自己想到荷蘭丘一棟維多利亞式建築廢墟，距離他和亨利居住的社區只有一哩之遙。這棟廢墟附近的小孩都管它叫『豪宅』，坐落在萊因荷街，草坪雜草叢生。艾迪猜想鄰近的孩子大概都聽說過豪宅鬧鬼。豪宅的屋頂陡峭，屋頂以下傾圮蕭條，屋簷遮蔽了大半的日光，屋子彷彿在陰影中瞪著過往的行人。窗子玻璃當然是不見了——小孩子不用太靠近就可以擲石頭打破窗戶——不過牆壁上沒噴漆，既沒變成情侶幽會之處，也沒變成幫派練習射擊的場所。其實最奇怪的一點是房子始終屹立：沒人去放火詐領保險金，也沒人純粹為了好玩而縱火。孩子們當然都說豪宅鬧鬼，有一天艾迪和亨利站在人行道上，看著豪宅（他們為了親眼目睹傳說中的鬼屋，特意跑這一趟。亨利還跟他們的母親說是和朋友到達伯煙火店），乍看之下，還真像是鬧鬼的房子。他不是感覺到有種強烈、不友善的氣氛從老舊黑暗的維多利亞式窗戶滲出嗎？他不是感覺那些窗戶像危險的瘋子似的猛盯著他看嗎？他不是感覺有陣微風吹得他手臂和頸後的寒毛倒豎嗎？他難道不是有種清晰的直覺，警告他若是跨進那棟屋子，門必定會砰然關上，把他鎖在裡面，然後四面的牆壁會漸漸收攏，把死掉的老鼠骨骸壓得粉碎，最後也把他自己的骨頭碾成齏粉？

記憶猶新，陰魂不散。

此刻，一步步靠近金屬盒子，他又感覺到那股子熟悉的神祕感與危險感。雞皮疙瘩一路從腿上爬到手臂上；頸後的寒毛根根倒豎，像極了貓狗被激怒時倒豎頸毛的樣子。儘管空地四周的樹木沒有一片樹葉顫動，他卻感覺同樣的微風吹過。

但他仍走向那扇門（因為它本來就是一扇門，只不過這扇門永遠是鎖著的，而且也不會對他的同類敞開），一直到耳朵貼在門上才停步。

那就像他在半小時前滴了滴強酸，而現在強酸的效果出現了。奇特的色彩在他眼球後方的黑暗處掠過。他似乎聽見有聲音從長廊傳來，長廊彷彿石頭喉嚨，而長廊上有耀眼的電火把照明。這些現代的火把曾投射光芒在所有事物上，但此刻火把卻只是陰沉的藍光。他感覺到空虛……離棄……淒涼……死亡。

機器不斷的隆隆響，但除了隆隆聲外，不是還有另一個粗啞的聲音嗎？嗡嗡聲掩蓋不了的絕望撞擊，有如生病的心臟心律不整？一種機器製造的聲音，儘管比大熊內部還要精密，卻也有些荒腔走板？

『亡者之廊內萬物俱寂，』艾迪聽見自己用一種愈來愈低、愈來愈模糊的聲音說道。『亡者之廊內萬事俱忘。看那黑暗中的階梯，看那毀滅之房。那就是亡者之廊，蜘蛛結網之處，迴路一個接一個岑寂之處。』

羅蘭用力把他往後拉，艾迪用茫然的眼神看著他。

『夠了。』羅蘭說道。

『不管他們在裡面放了什麼，似乎都不怎麼樣靈光，對不對？』艾迪聽見自己問道。他顫抖的聲音彷彿來自遠方。他仍能感受到從盒內湧出的力量，它召喚著他。

『是啊，近來我的世界裡什麼東西都不靈光了。』

『你們兩個男生如果打算今天晚上在這裡紮營，我就不奉陪了，』蘇珊娜說道。她的臉孔在灰撲撲的夕陽餘暉中看起來是一片模糊的白。『我要到那邊去。我不喜歡那東西給我的感覺。』

『我們全都到那邊去紮營，』羅蘭說道。『走吧。』

『好主意。』艾迪說道。他們從盒子旁邊移開，機器的聲音變模糊。艾迪感覺它的影響也變弱，但仍在召喚他，邀請他去探索半明半暗的走廊、永存的階梯，以及蜘蛛結網、控制面板一個接一個變暗的毀滅之房。

29

當晚艾迪做了個夢，夢裡他又在第二大道上行走，朝第二大道和四十六街街角的湯姆與蓋瑞藝術熟食店前進。他經過了一家唱片行，滾石樂團的歌曲從擴音器中傳來：

『我看見一扇紅門，我要改漆黑色，
不再有色彩，我要一片的黑，
我看見女孩子穿著夏裝走過，
我得轉過頭，等到我的黑散去……』

他繼續走，在四十九街與四十八街之間經過一家店，店名是『你的倒影』。他看見櫥窗裡懸掛的鏡子裡有一面有他自己的影像，覺得多年來從沒這麼好看過——頭髮略嫌過長，但膚色深褐，體格健美。倒是這身衣服……乖乖，從頭到腳正經八百。藍色運動外衣，白襯衫，深紅領帶，灰長褲……他這輩子就沒穿過這種雅痞服裝。

有人在搖他。

艾迪想深埋入夢裡，暫時還不想醒來，在他走到熟食店，用鑰匙打開門，進入遍地玫瑰的原野之前，他不想醒來。他想全部再看一遍——無邊無際的玫瑰，像一床毯子，拱形的藍天有白色船形雲航行，還有黑塔。他很怕躲在那個陰森高塔裡的黑暗，隨時會吞噬太靠近的人，但他還是很想再看一遍。必須再看一遍。

但那隻手卻搖個不停。夢境開始變暗，第二大道上的汽車廢氣味道變成了木頭燃燒的煙味，但味道很淡，因為營火幾乎滅了。

是蘇珊娜在搖他，她一臉的驚惶。艾迪立刻坐起來，一手環住她。他們在赤楊林的另一頭紮營，可以聽見小溪流過處處是骨頭的空地。在營火餘燼的另一邊，羅蘭正在沉睡。但他睡得並不好。他把唯一的一張毯子踢掉了，雙腿曲膝，幾乎抵到胸前。他脫掉了靴子，一雙腳看來又白又小，而且脆弱無助。右腳缺了大拇指，都是那個差點把他整隻右手也奪走的龍蝦怪弄的。

他喃喃呻吟著什麼模糊的句子，一遍又一遍。聽了幾遍之後，艾迪才聽出是他在蘇珊娜射殺大熊的空地那裡暈倒前所說的話：去吧——除了這些世界之外，還有別的世界。他會靜默片刻，隨即呼喊男孩的名字：『傑克！你在哪裡？傑克！』

他聲音裡的絕望和寂寥聽得艾迪恐懼不已，不由得兩手抱住蘇珊娜，把她摟得更緊。儘管夜晚溫暖，他卻可以感覺到蘇珊娜在發抖。

羅蘭翻個身，星光照進他睜開的眼睛。

『傑克，你在哪裡？』他對著夜空大喊。『回來！』

『哦，老天——他又不對勁了。我們該怎麼辦，蘇西？』

『我也不知道，我只知道我沒辦法再一個人聽下去了。他聽起來好遙遠，好像不在人世間了。』

『去吧，』羅蘭喃喃說道，又翻了個身，再次曲起膝蓋，『除了這些世界之外，還有別的世界。』他安靜了一會兒，然後胸膛急速起伏，大呼男孩的名字，漫長的呼喊聽得人毛骨悚然。他們身後的樹林內驚起了一隻大鳥，翅膀俐落的一拍，飛向沒這麼刺激的一處去了。

『你有沒有什麼辦法？』蘇珊娜問道。她瞪大眼睛，熱淚盈眶。『也許我們應該叫醒他？』

『這樣好嗎？』艾迪看見曾佩掛在他自己左臂上的那把左輪槍現在插在槍套裡，放在一方摺疊整齊的獸皮上，就在羅蘭觸手可及之處。『我可沒那個膽子。』他又補上一句。『他的夢快把他弄瘋了。』

艾迪點頭。

『我們該怎麼辦？艾迪，到底該怎麼辦啊？』

艾迪不知道。龍蝦那玩意造成的傷口用抗生素止住了感染發炎，如今羅蘭又因為感染而發燒，但艾迪卻不覺得世上有哪種抗生素能治得了他這次的毛病。

『我不知道。跟我一起躺，蘇西。』

艾迪用獸皮把兩人裹住，過了一會兒蘇珊娜的顫抖才停止。

『萬一他瘋了，很可能會攻擊我們。』她說道。

『難道我還不知道嗎？』這種令人不快的想法曾在巨熊攻擊他的時候浮現過——它充滿了恨意的紅眼睛（但那雙紅眼深處不也同樣有著迷惘嗎？），還有它致命的利爪。艾迪的視線飄向手槍，距離羅蘭完好無缺的左手那麼近，他又想起羅蘭在看見機器蝙蝠朝他們俯衝而來時動作出奇得快，快到他的手似乎都消失了。萬一這個槍客發瘋了，萬一他和蘇珊娜成了首當其衝的目標，他們一點機會都沒有。一點機會都沒有。

他把臉埋入蘇珊娜溫暖的頸窩，閉上眼睛。

過沒多久，羅蘭也不再囈語。艾迪抬起頭，朝他那邊看過去。羅蘭的睡眠似乎又變得自然了。艾迪垂眼看蘇珊娜，她也睡著了。他在她身邊躺下來，輕吻她的胸部，也閉上了眼睛。

你可不能睡啊，老兄，你得睜大眼睛很久很久。

但他們已經跋涉了整整兩天，艾迪已累到骨子裡。他飄然入夢……飄入夢鄉。

回到夢裡，他一邊入睡一邊想著。我要回到第二大道……回到湯姆與蓋瑞的店，一定要。

但當晚他並沒有再入夢。

30

朝陽初升，他們草草用過早餐，收拾行李，重新分配裝備，又回到楔形空地。光天化日下看，空地沒那麼詭異，但他們三人仍戰戰兢兢遠離漆著警示黑黃斜紋的金屬盒子。就算羅蘭記得晚間糾纏他的噩夢，他也沒有任何表示。他像往常一般做著早晨的瑣事，若有所思，沉默不語。

『你打算怎麼樣保持一條筆直的路線？』蘇珊娜問道。

『如果傳說沒有錯的話，就不怕會走偏。妳還記得問起磁力嗎？』

她點頭。

羅蘭在手提包裡翻找，最後掏出一塊方形的柔軟老皮革來，上頭別了一根很長的銀針。

『羅盤！』艾迪說道。『你還真的是榮譽公子軍！』

羅蘭搖頭。『不是羅盤。我知道什麼是羅盤，不過這些日子以來，我是靠太陽和星群來辨識方向，這些東西一直到現在都還很可靠。』

『一直到現在？』蘇珊娜問道，略有些惴惴不安。

他點頭。『這個世界的方向也在變動。』

『我的老天！』艾迪驚呼道。試著想像正北方微微向東或西偏斜的世界是什麼模樣，但立刻就放棄。他的腦筋只要一動，就覺得頭暈，就像站在高樓頂端總害他頭暈一樣。

『這只是一根普通的針，但它是純鋼的，應該可以當作羅盤使用。現在光束是我們的路線，而這根針會找出來。』他又到手提包裡翻找，這次掏出一只做工很差的陶杯，一側有裂縫從杯口裂到杯底。羅蘭在舊營區找到這只陶杯，還用松膠修補過。這時他走向小溪，用杯子裝滿水，又走回到坐著輪椅的蘇珊娜身旁。等杯中水不再搖晃，他就把針放了進去。針沉到杯底，一動不動。

『哇！』艾迪叫道。『好棒喔！我簡直崇拜得要匍伏在你的腳下了，羅蘭，可是我不想把褲子弄縐。』

『還沒完呢！把杯子拿穩，蘇珊娜。』

她照做，羅蘭緩緩把她推過空地。等她距離門有十二呎左右，羅蘭又小心翼翼轉動輪椅，讓她不再正對著門。

『艾迪！』她大喊道。『快看！』

他彎腰去看陶杯，隱約察覺水從羅蘭修補的地方滲了出來。銀針漸漸浮了上來，最後漂在水面上，像軟木塞一般。針的一頭指著他們後面的門戶，另一頭指著前方的古林。『乖乖——會浮的針！哇，現在我才真的長了見識了。』

『拿好杯子，蘇珊娜。』

她穩穩的拿著，羅蘭把輪椅再往空地裡推，和盒子成九十度角。銀針不再穩定的漂浮，反而亂晃了一會兒，然後又沉入杯底。羅蘭把輪椅又推回剛才的地方，銀針立刻又浮上來，指著方向。

『要是我們有鐵屑和一張紙，』羅蘭說道，『我們可以把鐵屑撒在紙上，看著鐵屑慢慢聚集成一條線，指著同樣的方向。』

『如果我們離開門戶，也會是這樣嗎？』艾迪問道。

羅蘭點頭。『還不只如此。我們甚至可以真的看到光束。』

蘇珊娜扭頭看後面，手肘略微撞到杯子。杯中水晃蕩，銀針亂轉了一陣……隨即又穩穩的指著原來的方位。

『不是這樣，』羅蘭說道。『你們兩個，看下面。艾迪看你的腳，蘇珊娜看妳的膝蓋。』

兩人照做。

『等我叫你們抬頭，就趕快抬頭，看銀針指的地方。別盯著某一點看；而是放眼望去。好——抬頭！』

兩人抬頭。一開始，艾迪什麼也沒看見，只看到一片樹林。他盡量讓眼睛放鬆……驀然間，他看見了，就跟他看見木頭中的彈弓一樣，他也了解了為什麼羅蘭要他們不要盯著某一點看。光束所經之路無所不及，卻是細微難辨。松樹和樅樹的針葉都指著同一個方向。綠莓叢微微傾斜，傾斜的角度也是指向光束。生長在光束所經之路的樹木並不是每棵都給巨熊為了視野而推倒——如果艾迪的方向感沒錯的話，路是東南走向——但大多數的樹都倒向東南方，彷彿盒子裡有什麼力量把樹往那個方向推似的。最明顯的證據是落在地上的陰影。太陽從東邊升起，影子當然都指向西，但艾迪朝東南看，發現沿著杯中銀針指的方向有個粗略的人字形圖案。

『我好像看到了什麼，』蘇珊娜不大肯定的說道。『可是——』

『看影子！影子，蘇西！』

艾迪看見她看出了端倪，瞪大了眼睛。『我的天！在那！就在那！就好像是頭髮自然分邊！』

既然艾迪看見了，就沒辦法不看；一條模糊的走道穿過環繞空地的雜亂樹林，一條筆直的路徑就是光束的所經之處。他突然察覺到在四周流動的能量有多龐大（或許還筆直穿透了他，跟X光一樣），他得極力按捺才能忍住退開的衝動，隨便退到左右哪一邊都好。『喂，羅蘭，這不會害我不孕吧？』

羅蘭聳肩，淡淡一笑。

『好像河床，』蘇珊娜讚嘆道。『一個大得讓你幾乎看不見的河床……但它確實存在。只要我們待在光束的路徑上，陰影的圖案就永遠不會變，對不對？』

『不對，』羅蘭說道。『就跟太陽在空中移動，影子也會跟著移動一樣。不過，我們始終都可以看見光束的途徑。你們得記住，它在同樣的路徑上流動了幾千年──甚至幾萬年。你們兩個，快點看天空！』

兩人聞聲抬頭，看見稀薄的卷雲也沿著光束的路徑成了人字形圖案……而在路徑內的雲比外面的雲移動得快，被推往東南方，推往黑塔的方向。

『看見了嗎？連雲都乖乖聽話。』

一小群鳥朝他們飛來，一碰到光束的路徑就偏向東南。儘管艾迪親眼目睹，卻仍不敢相信。等鳥群穿越了光束的狹窄走廊，立刻又恢復了原有的航道。

『我看，』艾迪說道，『我們該走了吧？不是還有個跨一步就踏上一千哩長征的狗屁旅程嗎？』

『等等。』蘇珊娜看著羅蘭。『其實不只一千哩，對不對？早就不只了。我們究竟會走多遠，羅蘭？五千哩？一萬哩？』

『我也說不準，反正是很遠。』

『那我們究竟是要怎麼走到那裡？讓你們兩個一路推著這輛該死的輪椅？我們要是一天能趕三哩路就已經是謝天謝地了，你也知道。』

『路徑已經打開了，』羅蘭耐著性子說道，『目前也只能將就。總有一天，蘇珊娜．狄恩，我們的速度會比妳希望的還快。』

『是嗎？』她兇狠的盯著他，兩個男人都看出黛塔．渥克又在她的眼底閃動。『你是有跑車等著？既然有，那坐跑車飆上一段不是更好！』

『在我們旅途上的土地和道路都會改變，一直都是。』

蘇珊娜伸手朝羅蘭的方向甩甩，意思是『去你的』。『你的口氣真像我老媽，說什麼上帝自有妙計。』

『難道不是嗎？』羅蘭嚴肅的問道。

蘇珊娜詫異的盯著他看了半晌，隨即仰天大笑。『哈，那得看你是怎麼看了。我只能說如果這樣就叫做妙計，羅蘭，我還真不敢想像祂決定讓我們倒楣的時候會發生什麼事了。』

『好了，咱們走吧，』艾迪說道。『我想離開這個地方，我一點也不喜歡這裡。』他說的是實話，只不過並非是百分之百的實話。他也感覺到一股急欲踏上這條隱形道路，這條躲藏起來的高速公路的迫切需要。每走一步就距離玫瑰原野和君臨原野的黑塔更近一點。他驀然了悟——帶著些許驚訝——他真的打算一睹黑塔的真面目……至死方休。

恭喜了，羅蘭，他思忖道。你成功了，我皈依了。快高喊哈雷路亞吧。

『出發前還有一件事。』羅蘭彎腰解開左大腿上的生皮繩，又緩緩解開槍帶。

『你在胡說什麼？』艾迪問道。

羅蘭把槍帶解下來，遞給艾迪。『你知道我為什麼這麼做。』他平靜的說道。

『繫回去，老兄！』艾迪心裡五味雜陳，儘管握緊拳頭，仍感覺得到手指在發抖。『你這是在幹什麼？』

『我一吋一吋的步入瘋狂邊緣。除非我心裡的創傷癒合——那是說真有這麼一天的話——否則我不適合戴著這個。你也知道。』

『接過去，艾迪。』蘇珊娜靜靜的說道。

『昨晚要不是你戴著這鬼玩意，那隻蝙蝠攻擊我的時候，我根本就活不到今天早上！』

羅蘭的回答是一直舉著唯一的一把槍。看他的姿勢好像是在說如果艾迪不接過去，他就打算這樣站一整天似的。

『哦，接就接！』艾迪喊道。『天殺的，這總行了吧！』

他一把奪過羅蘭手裡的槍帶，扣在自己的腰上，動作粗魯。他覺得自己應該鬆了口氣——難道昨天半夜看著這把槍那麼靠近羅蘭的手，他沒有想過萬一羅蘭真的瘋了，他們兩個會有什麼下場嗎？他和蘇珊娜不都有這層顧慮嗎？可是他卻沒有鬆了口氣的感覺，唯有恐懼與內疚，還有一種奇特又心痛的傷悲，那種傷悲太深重，教人欲哭無淚。

沒有了槍，羅蘭看起來非常奇怪。

非常不對勁。

『好了吧？現在槍在白痴學徒的手裡，師父倒手無寸鐵，總可以走了吧？要是有什麼大傢伙從灌木叢裡向我們衝來，羅蘭，你還可以朝它扔飛刀。』

『哦，對了，』他喃喃說道。『我差點忘了。』他從手提包裡抽出刀子，刀柄朝前，交給艾迪。

『這太荒謬了！』艾迪大嚷大叫道。

『生命本就荒謬。』

『是喔，快拿張明信片來寫上，寄給《讀者文摘》。』艾迪把刀子插入腰帶，挑釁的看著羅蘭。『現在總可以走了吧？』

『還有一件事。』羅蘭說道。

『媽的，真遇上慢郎中了！』

羅蘭的嘴角又沾上了笑意。『逗你玩的。』他說道。

艾迪張大了嘴合不攏。他身旁的蘇珊娜迸出笑聲，銀鈴似的笑聲在寧靜的早晨迴盪，有如仙樂。

31

他們花了將近整個早晨才離開巨熊為了自我保護而毀壞的區域，但沿著光束的路徑前進後，就稍微輕鬆了。一旦甩開了落木和矮叢，眼前又是一片深林，他們的速度就增快了。空地石牆根發源的小溪在他們右邊忙碌的流著，一路上有許多更小的溪流匯入，目前的水聲比較低沉。這裡有更多動物，他們聽見動物在林間活動，忙著日常生活，還看到兩次鹿群。其中一隻公鹿高昂的頭上有對雄偉的角，體重起碼有三百磅，狐疑的看著他們。等地勢開始上升，小溪就轉了個彎，遠離了他們。午後的陽光逐漸傾斜，黃昏將近，艾迪忽然看見了什麼東西。

『能不能停一下？休息個一分鐘？』

『怎麼了？』蘇珊娜問道。

『好，』羅蘭說道。『可以停一下。』

艾迪毫沒來由的覺得亨利又出現了，像重擔壓在肩頭。哇，看這個娘娘腔。小姑娘，是不是看到樹上有什麼啊？小姑娘，是不是要刻什麼啊？是哦？哎唷，好可愛喲！

『不，不用停下來，我是說，沒關係。我只是——』

『——看見了什麼，』羅蘭幫他說完。『無論你看見了什麼，趕快閉上你的大嘴巴，逮住它。』

『真的沒什麼。』艾迪覺得臉上泛起了紅潮，想把視線從吸引住他的梣樹上移開。

『錯了，那是你需要的東西，怎麼會沒什麼。既然你需要，艾迪，我們也需要。我們不需要的是一個怎麼也沒辦法把無用的記憶包袱放下的人。』

紅潮轉而滾燙。艾迪楞楞站著，著火的臉對著自己的鹿皮鞋，過了一分鐘之久，感覺羅蘭那雙褪色的投彈手藍眸似乎筆直穿透了他困惑的內心。

『艾迪？』蘇珊娜好奇的喚道。『怎麼了，親愛的？』

她的聲音賦予了他所需的勇氣。他走向細瘦挺直的梣樹，從腰帶上抽出羅蘭的刀子。

『也許什麼都不是，』他喃喃道，又硬逼著自己再加上一句：『也許很要緊。要是我沒搞砸的話，也許很要緊。』

『梣樹是一種高貴的樹，充滿了力量。』羅蘭在他身後說道，但艾迪幾乎沒聽見。亨利的冷嘲熱諷、欺負嚇唬消失了；他的羞恥也跟著消失了。他滿腦子裡只有那根吸引住他目光的樹枝。樹枝在連接樹幹的地方變粗鼓起，而艾迪要的就是這異於尋常的粗壯。

他認為鑰匙的雛形就埋在這裡面——就是下巴骨在燃燒後再次變形，玫瑰出現前他在火中匆匆一瞥的那把鑰匙。三個顛倒的V，中央的那個比旁邊兩個要深、要寬。尾端還有小寫的s。這就是祕密。

他的夢境片段重現：噠噠鏘，噠噠滴，鑰匙在手別擔心。

或許是，他思量道。這次我非得到整副鑰匙不可，可是我想這次有百分之九十行不通。

他鄭重其事的把樹枝切下來，又修了狹窄的那頭，最後手中的樹枝是一段約莫九吋長的胖木頭，掂著很沉、很有力，彷彿活力充沛，極為樂意獻出它的祕密形狀……獻給一個有手腕能把它誘哄出來的人。

他會是那個人嗎？他是不是那個人，又有什麼要緊的嗎？

艾迪‧狄恩認為兩個問題的答案都是肯定的。

羅蘭完好的手握住艾迪右手。『我認為你知道一個祕密。』

『也許我是知道。』

『能說嗎？』

他搖頭。『我看最好不要。還不到時候。』

羅蘭沉吟片刻，隨即點頭。『好吧。我只有一個問題要問你，然後就不再追問。你是否可能看見了解決我……我心中疑問的方法？』

艾迪暗自尋思：他心底的絕望在把他生吞活剝，可是他最多也只願意透露這麼一點。

『我不知道。目前我還不敢肯定，不過我希望是，老兄。我真的真的希望是。』

羅蘭又點頭，放開了艾迪的手。『我謝謝你。我們還有兩小時的日光——何不好好利用？』

『我沒問題。』

三人繼續前進。羅蘭推著蘇珊娜，艾迪在前開路，手中握著埋藏了鑰匙的木頭。木頭似乎暖呼呼的，還在規律的脈動，既神祕又有力。

當晚，吃過晚餐後，艾迪從腰帶抽出羅蘭的刀子，雕刻了起來。刀子異常鋒銳，似乎怎麼也磨不鈍。艾迪就著火光，刻得很慢、很仔細，把手中的梣木塊翻過來翻過去，看著一小片一小片的木屑在他篤定的刀工下捲曲飄落。

蘇珊娜躺著，十指交叉枕在腦後，注視著黑暗天空裡星子緩緩轉動。

在營地邊緣，羅蘭站在營火照不到的地方，傾聽瘋狂的聲音又在他痛苦迷惑的心中響起。

有個男孩。

沒有男孩。

有。

沒有。

有——

他閉上眼睛，冰冷的一隻手扶著疼痛的額頭，不知何時他會像繃得過緊的弓繩般斷裂。

唉，傑克，他在心中低喚。你在哪裡？你在哪裡？

在他們三人頭頂上，老人星和老婦星升到固定的位置，隔著他們古老破碎婚姻所留下的群星遺骸，遙遙瞪著彼此。

II 鑰匙與玫瑰

1

有三週的時間，『傑克』約翰·錢伯斯勇敢的抗拒著內心湧出的瘋狂。這段期間，他覺得像是浸水沉沒的郵輪裡唯一一名乘客，為了珍貴的生命拚命打著幫浦，想讓船撐過暴風雨，等天氣放晴，救援就可能抵達……來自某處的救援。來自任何地方的救援。一九七七年五月三十一日，學校開始放暑假前的第四天，他終於得面對現實，不會有救援了。該放棄了，該讓暴風雨把他吹走了。

壓垮駱駝的最後一根稻草是他作文課的期末報告。

在三、四個『幾乎算得上』是朋友的口中（要是父親聽見了這段『似是而非』的說法，只怕連屋頂都要掀了），約翰·錢伯斯叫做『傑克』。他在拍普中學唸完了第一年，今年十一歲，是六年級的學生，可是卻沒有同年齡的孩子該有的體格。第一次見到他的人總誤以為他還很小，甚至在一年前左右他還給誤認是女孩子，當時他大吵大鬧，非把頭髮剪短不可，母親在發過脾氣之後，也終於同意了。當然，父親對剪頭髮一事通融得多，他只是咧嘴露出不鏽鋼似的嚴厲笑容，說：『小鬼想像個陸戰隊，羅莉。好得很。』

在父親口中，他不是傑克，也鮮少是約翰。在父親口中，他經常只是『小鬼』。

『拍普中學，很簡單，是你這樣年紀的孩子最好的學校。』父親在去年夏季曾對他解釋過（那年夏天是美國建國兩百週年慶，城裡旗海飛揚，紐約港擠滿了大船）。傑克獲得入學許可與金錢無關，埃爾默．錢伯斯解釋道……幾乎是斬釘截鐵的說道。他對這件事可是得意洋洋，然而，傑克儘管只有十歲，卻也懷疑父親的話只怕不是事實。最可能的真相是他父親把一大堆狗屁倒灶的事情轉化成真相，好讓他在午餐或喝雞尾酒時能跟人隨意聊起來：我孩子？哦，他唸拍普。他這年紀的孩子最好的學校。就算有錢也進不去，你知道；要唸拍普，除非腦筋好。

傑克十分清楚在埃爾默．錢伯斯心底熊熊燃燒的壁爐裡，大批的願望及意見之碳常會爆炸成為堅硬的鑽石，而這樣的鑽石就是他所謂的『事實』……或是在隨性場合裡所謂的『似是而非』之事。他最愛掛在口邊的句子，而且說時總帶著崇敬的口頭禪是『事實是』，而且只要逮到機會就說。

事實是，就算有錢也唸不了拍普，他父親在二百週年夏季如此告訴他，那個天空蔚藍、旗海飛揚、大船入港的夏天，在傑克的記憶裡變成金黃色的夏天，因為他尚未喪失心智，心裡唯一的煩惱就是能否在拍普中學表現優異，因為拍普這名字聽起來就像是個臥虎藏龍的所在。能把你弄進像拍普那種學校，只有一個辦法，就是看你這裡有什麼。埃爾默曾越過書桌，用沾染尼古丁的手指，用力敲兒子的額頭。懂了吧，小鬼？

傑克當時只點頭。他不需要和父親說話，因為父親對每個人——包括自己的妻子——都像對待網路電視公司的下屬一樣。他在公司裡負責節目策劃，又是痛宰對手的大王，發號施令慣了，所以你只需要聽他一個人講，適時點個頭，過一會兒他就會讓你走了。

好，他父親說，點燃每天必抽的八十根駱駝牌香煙其中的一根。那麼我們彼此了解了。你得要用功唸書，不過你一定唸得來。如果你不是那塊材料，他們也不會送來這玩意。他拿起拍普中學寄來的入學許可，抖得紙窣窣響，這姿勢帶著野蠻的勝利意味，彷彿信是他在叢林裡獵殺的動物，他會剝皮吃掉的動物。所以要好好用功，成績要漂亮，給你媽跟我掙面子。要是學期末你的各科平均成績都是甲等，就可以到迪士尼樂園。這可是值得努力的目標吧，小鬼？

傑克確實成績優異，所有科目都拿甲（只有最後三週除外）。推想起來，他是給爸媽掙了面子，只是他的父母都太少在家，很難說究竟是不是。通常他放學回到家，除了管家葛蕾塔・蕭之外，空盪盪的一個人也沒有，所以他也只能把得到甲等的成績拿給她看。隨後這些成績就藏入了房間的陰暗角落。偶爾傑克會拿出來翻一翻，心裡老大納悶這些成績究竟有沒有意義。他想要有意義，卻十分懷疑。

傑克不覺得今年夏天可以去迪士尼樂園，無論有沒有甲等。

他覺得瘋人院倒比較有可能。

五月三十一日早晨八點四十五分，他走入拍普中學的雙扇門，迎面而來的卻是可怕的畫面。他看見父親在洛克斐勒廣場七十號的辦公室，嘴角叼著駱駝牌香煙，朝書桌探身，跟一個下屬講話，藍色煙霧在頭頂縈繞。整個紐約市都在他父親後方及下方，但外界的熙熙攘攘都被雙重隔熱玻璃擋住了。

事實是，就算有錢也進不了晴谷療養院，他父親正用志得意滿的語氣跟下屬說話。他伸出手，敲了下屬的額頭。要進入像那樣的地方只有一個辦法，就是在腦袋瓜這兒什麼一流的玩意出了毛病。那小鬼就是這麼回事。可是他認真得很。他們說他編出了那地方最好的籃子。等他們放他出來——如果真有那麼一天的話——就給他安排一趟旅行，到——

『——驛站。』傑克喃喃道，摸摸自己的額頭，手很想顫抖。那些聲音又回來了，那些嘶喊、困惑的聲音，就要把他逼瘋的聲音。

你死了，傑克。你出了車禍，你是個死人了。

別蠢了！看——看到那張海報了嗎？上頭說：記住班級野餐。你以為死後還會有班級野餐嗎？

我不知道。不過我知道你給一輛車撞了。

不！

就是。就發生在五月九日早晨八點二十五分。你不到一分鐘就死了。

不！不！不！

『約翰？』

他嚇了一大跳，東張西望。教法文的畢塞特老師站在那裡，表情略帶擔憂。在他身後，其餘的學生魚貫走入交誼廳，準備朝會。沒有幾個人在嬉鬧，也沒有人嘶喊。這些學生大概也跟傑克一樣，都聽過父母說他們有多幸運能夠進入拍普就學，因為這所學校有錢也進不去（不過一年的學費高達兩萬兩千美金），得靠你的頭腦。有許多學生可能也得到了父母的承諾，如果成績夠好，今年暑假就可以去旅行。也許那些很幸運能去旅行的學生還會有父母同行，也許——

『約翰，你還好嗎？』畢塞特老師問道。

『很好啊，』傑克應道。『我今天早上稍微睡過了頭，大概還沒醒吧。』

畢塞特老師的表情放鬆，微笑了起來。『我們大家都會這樣。』

我爸可不會。痛宰對手的大王從來不曾睡過頭。

『你的法文期末考準備好了嗎？』畢塞特老師問道，又用法文再問了一次。

『大概吧。』傑克說道。其實他一點也不知道他是否已經準備妥當，他甚至記不得有沒有唸法文。這些日子來，除了他腦中的聲音外，別的事情似乎一概不重要。

『我還是要說今年教到你我真的很愉快，約翰。我想當面跟你的父母說，但是他們並沒有參加懇親會——』

『他們很忙。』傑克說道。

畢塞特老師點頭。『呃，我很高興有你這個學生。我只是想讓你知道……而且我很期待明年的法文課能再見到你。』

『謝謝，』傑克說道，不禁懷疑要是他說：『可是我不知道明年是不是還要修法文，除非能把函授課程直接寄到我在晴谷療養院的信箱裡。』不知畢塞特老師會有什麼反應。

學校祕書喬安‧法蘭克斯出現在交誼廳門口，手裡拿著小銀鈴。在拍普中學，所有的鐘聲都是靠手搖的。傑克猜想，這對做父母的來說，應該也是學校的一項特色，讓他們想起了小小的紅磚校舍等等。他本人卻是深惡痛絕。那個鐘聲似乎穿透了他的腦子——

我撐不了多久了，他絕望的想。很抱歉，可是我不行了，我真的真的不行了。

畢塞特老師看見了法蘭克斯女士，趕緊把臉別開，然後又轉回來。『你真的沒事嗎，約翰？最近這幾週，你好像有點魂不守舍。心事重重。你是不是有什麼煩惱？』

畢塞特老師和藹的聲音幾乎讓傑克招架不住，可是他又想像畢塞特老師如果聽他說：對，我的神志出了問題。有個雞毛蒜皮的小事實。我死了，進入了另一個世界。然後我又死了一次。你會說這種事根本不可能，你當然是對的，我部分的神志知道你說得沒錯，可是我大部分的神志卻知道你錯了。真的發生了。我真的死了。不知他會怎麼想？

要是他真的這麼說，畢塞特老師會立刻打電話給埃爾默‧錢伯斯，到時候他寧可進晴谷療養院去休養生息，也強過聽他父親高談闊論什麼孩子在期末考前產生胡思亂想的現象。那些孩子做出了令人難以啟齒的事，那些孩子使家族蒙羞。

傑克硬擠出笑容。『我只是有點擔心期末考。』

畢塞特老師眨眨眼。『你不會有問題的。』

法蘭克斯女士搖起了朝會鈴，每一聲都如利針刺入傑克的耳朵，又像火箭衝過他的腦子。

『走吧，』畢塞特老師說道。『我們遲到了。總不能期末考週第一天就遲到吧？』兩人從法蘭克斯女士和她噹噹亂響的銀鈴前面走過。畢塞特老師往教職員席走去。拍普中學有許多類似的俏皮名稱；禮堂叫做交誼廳，午餐時間叫野餐，七、八年級的學生叫高男高女，鋼琴旁邊那幾張折疊椅叫做教職員席（等一下法蘭克斯女士就會無情的敲打琴鍵，就跟她猛搖銀鈴一樣）。傑克想這大概就是傳統吧！要是做父母的知道他們的孩子正午到交誼廳野餐，而不是在餐廳狼吞虎嚥鮪魚三明治，就會鬆口氣，肯定教育部門萬事ＯＫ。

他選了後排的座位，溜進去坐下，任由早晨的宣佈事項一件件流過心頭。他心裡的恐怖從來沒有停止，他覺得像是困在轉輪裡的老鼠。每次他想向前看什麼更美好、更明亮的時光，就只看見滿眼的黑暗。

他的神志是船，而這艘船快沉了。

哈里校長走上講台，簡短的訓示期末考週有多重要，他們的成績又如何為將來的『人生之路』奠下基石。他說學校仰仗他們，他個人仰仗他們，他們的父母仰仗他們。他倒沒有說整個自由世界都仰仗他們，可還是強烈暗示很可能如此。最後他說期末考週不會敲鐘（這是今天早晨傑克聽到的第一個好消息，也是唯一一個好消息）。

法蘭克斯女士已在鋼琴前就位，用力敲出和弦，儼然史詩詩人在向眾神祈求靈感。全體學生（七十名男生，五十名女生）個個整潔機敏，處處表現出父母的品味與經濟能力，一齊起立，高唱校歌。傑克只動嘴巴，並沒出聲，心裡想著他在死後醒來的地方。起初他相信是到了地獄……後來那個穿連帽黑袍的人也出現了，他更堅信是地獄。

不過還有另一個人，一個傑克幾乎愛上的人。

可是他任由我跌落。他殺了我。

他感到頸後和肩胛骨間冒出冷汗。

『吾等高呼擁護拍普殿堂，

高擎校旗；

美哉拍普，吾等母校，

起而行，切莫坐待斃！』

天啊，真是首要命的爛歌，傑克暗忖道，又忽然想到他父親一定很愛聽。

2

第一堂是英文作文，唯一一個不舉行期末考的科目，只是要交一份期末論文，打字，字數一千五百字至四萬字。愛佛麗老師指定的題目是『真理之我見』。期末論文佔學期總成績的百分之二十五。

傑克進入教室，走到他在第三排的座位坐下。全班只有十一人。傑克憶起九月開學的新生訓練，哈里校長曾說，拍普的師生比率是東部所有私立中等學校裡最好的，他還不斷用拳頭捶打交誼廳裡的講台，再三強調。傑克倒不覺得有什麼了不起，但回家曾說給父親聽。他認為父親必定會覺得是值得大書特書之事，而他果然沒猜錯。

他拉開書包的拉鍊，小心拿出藍色講義夾，裡頭有他的期末報告。他把報告放在桌上，打算最後再看一次，眼睛卻瞥見教室左邊的門。他知道門後面是披風室，今天鎖上了，因為紐約的溫度是七十度，沒有人穿大衣，也就不需要地方存放。披風室內什麼也沒有，只有牆上一排銅鉤，地上一塊長橡膠墊。遠遠一個角落則存放著幾盒教學用品，諸如粉筆、藍皮答案卷等等。

沒什麼大不了的。

但傑克還是從座位上站起來，走向門口，講義夾仍原封未動放在桌上。他能聽見同學輕聲細語，還有沙沙的翻頁聲，他們正在最後一次檢查至關重大的修飾詞誤置、語意不清等寫作錯誤，但對他而言，這一切似乎很遙遠。

佔據他整個心思的是那扇門。

這十天來，腦中的聲音愈來愈大，傑克也對門，所有的門，愈來愈著迷。單拿上週來說，他開開關關臥室和樓上走廊的門就不下五百次，臥室和浴室的門不下一千次。每次開門，胸膛總覺得糾結成丸，既希望又期待，彷彿他所有問題的答案不是在這扇門就是在那扇門後，而他只要開了門，就會找到答案……終究會找到答案。但每次開門見到的仍是走廊，仍是浴室，仍是門前小徑等等。

上週四，他放學回家就躺到床上，躺著躺著睡著了——睡眠似乎是他僅剩的避難所了。但四十五分鐘後醒來，他卻發現自己站在浴室門口，暈沉沉的凝視除了馬桶臉盆之外什麼都沒有的浴室。幸好，沒人看見。

此刻，步步接近披風室，他又有那種希望萌芽的暈眩感覺，一種篤定的感覺，儼然門打開了絕對不會是陰暗的衣櫃，只有揮不去的嚴冬味道——法蘭絨、橡膠、濕羊毛——而是另一個世界，可以讓他再次完整的世界。熾熱耀眼的陽光會灑落整間教室，地上會有個大三角形光區，他會看見鳥群在天空盤繞，天空是褪色的藍，像

（他的眼睛）

舊牛仔褲的顏色。沙漠的風會把他的頭髮向後吹開，吹乾他額頭上緊張的汗水。

穿過這扇門，他就會痊癒。

傑克轉動門把，打開了門。裡頭只有黑暗以及一排閃爍的銅鉤。角落有一隻不知誰撂下的連指手套，擺在一疊疊的藍色答案卷旁。

他的一顆心往下沉，一時間只想爬進這個陰暗的房間裡，把自己埋入苦澀的冬天氣味及粉筆灰裡。他可以把手套拿開，坐在掛鉤下。他可以坐在原本用來在冬天放靴子的橡膠墊上。他可以坐在那裡，嘴裡含著拇指，曲起膝蓋緊靠著胸膛，閉上眼睛，然後……然後……乾脆放棄。

這個念頭——這念頭帶來的解脫感——幾乎讓他難以抗拒。至少可以結束他的恐怖、困惑、無所適從。這其中又以無所適從的感覺最可怕，讓他無時無刻不覺得他整個人生變成了鬼屋裡的鏡子迷宮。

然而傑克·錢伯斯骨子裡卻有剛強的一面，就如同艾迪和蘇珊娜一樣，而這份剛強此時正如燈塔在黑暗中照射出藍色的光線。不會有放棄的時候。無論他心裡出了什麼差錯，遲早會奪走他的理智，但目前他卻不會棄甲投降。他會才有鬼。

絕不！他狠狠的想。絕不！絕——

『等你清點完了披風室裡的教具之後，約翰，也許你會願意加入我們。』愛佛麗老師在他身後說道，聲音是一貫的冷淡、有修養。

傑克趕緊轉身，教室裡響起一陣嬉笑聲。愛佛麗老師站在講桌後，修長的手指壓在吸墨紙上，平靜聰慧的臉看著他。她今天一身藍色套裝，頭髮照例是向後挽了個髻。娜瑟妮．霍桑扭過頭來，對著貼牆而站的傑克皺眉。

『對不起。』傑克喃喃說道，關上了門。才一關上，立刻有股再打開的強烈衝動，想要再檢查一次，看看這一次另一個世界，那個有著驕陽荒漠的世界會不會出現。

但他克制住衝動，走回座位。佩特拉．傑瑟林盯著他，眼神歡愉閃爍。『下次帶我一塊進去，』她低聲說道。『你就真的有東西看了。』

傑克笑笑，隨便應付過去，溜進了座位。

『謝謝，約翰，』愛佛麗老師用她水波不興的聲音說。『在各位繳交期末報告之前──我相信大家的報告一定是苦心經營，整潔乾淨、言之有物──我要先發給各位英文系推薦的暑假書單。我特別想談談這些優良讀物裡的幾本書──』

她一邊說一邊把一小疊油印的紙張交給大衛．蘇利。大衛把書單發下來，傑克乘機打開講義夾，把他寫的〈真理之我見〉再檢查一次。他真的是興致勃勃的想檢查，因為他絲毫不記得寫過期末報告，就跟他不記得是否讀了法文一樣。

他看著首頁，心裡迷惑不解，還有一股漸增的不安。首頁中央整齊的打著『真理之我見約翰．錢伯斯』，這裡沒什麼問題，但不知為何，他竟在底下貼了兩張照片。一張是一扇門──看起來像是倫敦唐寧街十號──另一張是美國全國鐵路客運的火車。都是彩色照片，顯然是從雜誌上剪下來的。

我貼照片幹嘛？又是什麼時候貼的？

他翻開報告，低頭瞪著第一頁，不敢相信自己的眼睛，也完全不清楚是怎麼回事。漸漸的，領悟由震驚的迷霧中鑽出來，他才感覺到直線攀升的恐懼——終於發現了，他終於喪失心智到別人看出來的地步了。

3

真理之我見

約翰・錢伯斯

『我要讓你看清楚一撮塵土裡的恐懼。』

——『硬漢』T・S・艾略特

『我第一個想法是，他句句是謊。』

——『日舞』羅伯・布朗寧

槍客是真理。

羅蘭是真理。

囚犯是真理。

陰影夫人是真理。

囚犯與夫人結褵，這是真理。

驛站是真理。

通靈魔是真理。

我們穿過山下，這是真理。

山下有妖物，這是真理。

有個妖怪兩腿間藏了瓦斯幫浦，卻假裝是他的陰莖。這是真理。

羅蘭任由我死去，這是真理。

我仍愛他。

這是真理。

『各位必讀的一本書是《蒼蠅王》，』愛佛麗老師用清晰卻有點單薄的聲音說道。『讀的時候要自己問自己一些問題。好的小說往往像是謎中有謎，而這本小說尤其好──是二十世紀後半數一數二的好小說。所以第一個問題是，海螺的象徵意義是什麼？第二個──』

差遠了，差太遠了。傑克翻開第二頁，手微微顫抖，在第一頁上留下了黑色的汗漬。

什麼時候門不是門？半開半掩的時候，這是真理。

伯廉是真理。

伯廉是真理。

什麼東西有四個輪子而且又有蒼蠅？垃圾車，這是真理。

伯廉是真理。

你得無時無刻不看著伯廉，伯廉是討厭鬼，這是真理。

我相當肯定伯廉很危險，這是真理。

什麼東西全身又黑又白又紅？一頭臉紅的斑馬，這是真理。

伯廉是真理。

我想回去，這是真理。

我必須回去，這是真理。

如果我不回去，我會發瘋，這是真理。

除非我找到了一塊石頭一朵玫瑰一扇門，否則我不能回家，這是真理。

噗—噗，這是真理。

噗—噗，噗—噗。

噗—噗，噗—噗，噗—噗。

噗—噗，噗—噗，噗—噗，噗—噗。

我害怕。這是真理。

噗—噗。

傑克緩緩抬頭，心跳得好厲害，眼前似乎出現了一只閃光燈泡的殘像，不斷的躍動，他的心臟重重的怦一下，燈泡就明滅一次。

他看見愛佛麗老師把他的報告拿給他的父母看，而畢塞特老師也站在旁邊，一臉的嚴肅。他聽見愛佛麗老師用清晰單薄的聲音說：你的兒子病得很嚴重，如果你們要證據，請看他的期末報告。

最後這三個星期來，約翰一直魂不守舍，畢塞特先生也跟著說道。有時他似乎受了驚嚇，有時又恍恍惚惚……不太對勁，如果您懂我的意思的話。我在想約翰是不是……您懂吧？他最後又用法文補充了一句。

又是愛佛麗老師：你們家裡是不是有會影響情緒的藥物，約翰可以拿得到的？

傑克不知道什麼影響情緒的藥物，但他知道父親在書房書桌最下面的抽屜裡藏了幾克古柯鹼。他父親鐵定會懷疑他惹上了毒癮。

『接著我要介紹《第22條軍規》(Catch-22)，』愛佛麗老師站在教室前方說道。『這本書對六、七年級的學生來說非常有挑戰，不過你們還是會發現這是一本引人入勝的書，只要你們敞開心胸，欣賞它獨特的魅力。你們可以把這本小說看作是超現實喜劇。』

我不需要唸那種東西，傑克思忖道。我就活在差不多的玩意裡，而且一點可喜的地方都沒有。

他翻到最後一頁，上頭一個字也沒有，只是又貼了一張照片。這次是比薩斜塔。他還用蠟筆把它塗黑。黑色的蠟筆發狂似的畫了一個又一個的圈。

他完全想不起來自己做過這種事。

真的一件也想不起來。

這時他聽見他父親對畢塞特老師說：不對勁。沒錯，他沒有一個地方對勁。能進拍普這樣的好學校，居然還把機會搞砸了，這樣的孩子絕對是有問題，不是嗎？沒關係……我能處理。我的工作就是處理問題。晴谷就是解答。得送他到晴谷去住段時日，編編籃子，把他短路的地方修理好。不用擔心我家的小鬼，老兄；就算他跑得了……他也沒處藏。

要是他的電梯不再一路往頂樓升，他們是否真會把他送到瘋人院去？傑克思量了半天，很清楚答案是肯定的。他父親絕無法忍受家裡有瘋子。他們關他的機構或許不叫晴谷，但窗戶必定加裝了鐵條，還會有年輕人穿著白袍、膠底鞋，在走廊上巡邏。這些年輕人會有大肌肉、機警的眼睛，隨身還帶著裝了鎮靜劑的針管。

他們會跟別人說我出遠門了，傑克想道。腦海中爭辯不休的聲音暫時停止，反而是驚慌的浪潮湧上。他們會說我到莫德斯托和叔叔、嬸嬸住上一年……或是到瑞典當交換學生……或是到外太空去修理衛星。母親不會喜歡……她會哭……但她不會反對。她有自己的男朋友，再者，她從來就不會反對他的決定。她……他們……我……

他感覺自己就要尖叫出來了，連忙緊緊抿住嘴唇。他再次低頭看著比薩斜塔上的黑色塗鴉，心裡想著：我得離開這裡。我得馬上離開。

他舉起了手。

『什麼事，約翰？』愛佛麗老師注視他，表情微帶惱怒。每次有學生打斷了她講課，她都會有這個表情。

『我可以出去一下嗎？』傑克說道。

這又是拍普學生說話的一個好例子。拍普學生從不『小便』，不『尿尿』，更不『撇條』。這裡不成文的規矩是拍普的學生太完美，默默的翩然過著高雅的日子，不可能製造出無用的副產品。偶爾有人請求『出去一下』，僅此而已。

愛佛麗老師嘆口氣。『非去不可嗎，約翰？』

『是的，老師。』

『好吧。盡快回來。』

『是，老師。』

他起身時順便闔上講義夾，緊緊抓住，又勉強放開。不行，愛佛麗老師會奇怪他幹嘛帶著期末報告去廁所。他真該把報告從講義夾裡抽出來，塞進口袋裡，然後再要求出去。後悔也太遲了。

傑克沿著走道向下走，把講義夾留在桌上，書包放在桌下。

『錢伯斯，祝你通暢無阻。』大衛・蘇利低聲說道，捂著嘴竊笑。

『閉上你的嘴巴，大衛。』愛佛麗老師說道，顯然很惱怒，全班都笑了起來。

傑克接近教室門，伸手去抓住門把時，那種希望和篤定的感覺又冒了上來：是這次了——真的是。打開門，沙漠的陽光就會射進來。我會感覺乾燥的風吹在臉上。踏過門檻我就不會再見到教室。

他打開門，門的另一邊卻只是走廊，不過有件事到底讓他說對了：他再也沒見到愛佛麗老師的教室了。

4

他在鑲木板的陰暗走廊上緩緩前進，身上微微冒汗。他經過了許多教室的門，如果不是門上都有清楚的玻璃窗，他必定會按捺不住，每一扇都去開。他從門上的玻璃窗看進畢塞特老師的法文課以及納波夫老師的幾何學導論。兩間教室裡的學生都手握著鉛筆，低著頭，在藍色答案卷上振筆疾書。他看進哈里校長的語言藝術課，看見史丹・朵夫曼——他認識卻稱不上朋友的同學——開始他的期末演說。史丹一臉快嚇死的模樣，但傑克可以告訴史丹他其實壓根就不曉得真正的恐懼，是什麼滋味。

我死了。

不，我沒有。

有。

沒有。

有。

沒有。

他走到一扇門前，門上標示著『女生』。他推開門，以為會看到明亮的沙漠和地平線上藍色的遠山，卻只看見白琳達·史帝文斯站在一個水槽前，盯著洗臉台上的鏡看，忙著擠額頭上的青春痘。

『喂，有沒有搞錯？』她說道。

『對不起，走錯門了。我以為是荒漠。』

『什麼？』

但他已經放開了門，氣壓門自動關上。他經過飲水機，推開標示著『男生』的門。就是這兒，他知道，他肯定，這就是會帶他回去的門——

螢光燈下三具便斗潔白無瑕，一個水龍頭默默朝水槽滴水，此外別無長物。

傑克讓門關上，繼續往走廊上走，腳跟堅定的敲在磁磚上。他在走過辦公室之前，先探頭望了望，只看到法蘭克斯女士一個人。她正在講電話，旋轉椅搖來晃去，手還玩著一束頭髮。她的銀鐘就放在旁邊桌上。傑克等到她把椅子旋轉到看不見門的方向，立刻急速通過。

三十秒後，他就沐浴在五月下旬明亮的早晨陽光下了。

我逃學了，他思忖道。即使現在心中十分茫然，他還是很驚訝會有這種料想不到的發展。五分鐘後我還沒有從洗手間回教室，愛佛麗老師就會派人去找我……他們就會知道了。他們就會知道我離開了學校，逃學了。

他想起了擺在桌上的講義夾。

他們會讀我的報告，會以為我瘋了。瘋了。還用說，因為我本來就瘋了。

忽然另一個聲音響起。他覺得是那個有投彈手眼睛的男人在說話，那個臂上低低掛著兩把手槍的男人。聲音冷酷……聽著卻又有點安慰。

不，傑克，羅蘭說道。你沒有瘋。你只是迷了路，心裡害怕，可是你沒有瘋。不必害怕早上跟著你邁大步的影子，也不用害怕黃昏時起身來迎你的影子。你只是必須找到回家的路，如此而已。

『可是我該往哪裡去？』傑克低聲自問道。他站在五十六街人行道上，介於公園和麥迪遜之間，看著車水馬龍。一輛市公車轟隆隆駛過，留下一縷藍色柴油煙。『我該往哪裡去？門到底在哪裡？』

但槍客的聲音卻岑寂了。

傑克轉向西，朝東河漫無目的的走。完全不知是往哪裡去——完全不知道。他只希望兩隻腳能帶他到正確的地方去……就如不久前帶著他往錯誤的地方一樣。

5

事情是三週前發生的。

不能說事情是三週前開始的，因為會讓人誤會還有什麼進展。不對。那些聲音是慢慢發展來的，每個聲音都堅持自己獨特的版本才是真實的，這方面是漸漸發展出來的，但其餘的則是在一瞬間就全部發生了。

他八點出門去上學——天氣好的時候他總是走路上學，而今年五月的天氣特別好。他父親已經到網路電視公司上班了，他母親仍未起床，蕭太太在廚房喝著咖啡，讀著她的《紐約郵報》。

『再見，蕭太太，』他說道。『我要去上學了。』

她舉起一手，頭抬也沒抬。『要乖啊，小約翰。』

一切都千篇一律。只是人生中的又一天。

接下來的一千五百秒也是，可是再來就完全走樣了。

他一個人閒逛，一手拿著書包，一手拿著午餐袋，瀏覽櫥窗。在他生命結束前的七百二十秒，他停下腳步，欣賞布蘭帝歐（Brendio）的櫥窗，人體模型穿著皮草和愛德華七世風格套裝，僵硬的站成了交談的姿勢。他腦筋裡正想著放學後去打保齡球。他的平均成績是一五八分，對一個十一歲的孩子來說相當了得。他的野心是將來成為職業好手（萬一讓他父親知道了這段『似是而非』的說法，他也會把屋頂掀了）。

逼近了——就在他的神志會突然喪失的時刻逼近了。

他穿過三十九街，還剩下四百秒。得在四十一街等待綠燈亮，這就又耗上二百七十秒。停下來在第五大道和四十二街街角瀏覽廉價商店，又剩一百九十秒了。此刻，他的正常生活只剩下三分鐘多一點，傑克・錢伯斯走在羅蘭所稱的『共業』隱形傘下。

他突然有一股怪異、不安的感覺。起初他覺得是有人盯著他看，隨後了解不是那一回事……至少不盡然是那回事。他覺得自己來過這裡，覺得又重回了泰半遺忘的夢裡。他等著這感覺消失，結果非但沒有消失，反而愈來愈強烈，最後和他不願承認，卻不得不承認的恐懼感覺融合在一起了。

前頭靠近第五大道和四十三街的街角，一名頭戴巴拿馬草帽的黑人正在搭販賣鹹脆餅和汽水的攤子。

他就是那個大喊『喔，我的天，他死了！』的人，傑克想道。

接近遠處街角的是位胖太太，手裡還提著布魯明百貨公司的袋子。她會扔下袋子。扔下袋子，兩手捂住嘴，放聲尖叫。袋子會裂開，裡頭有個娃娃，用紅毛巾包住。我會從街上看見這些動靜，從我躺著的地方，我的血會濕透我的褲子，擴散開來，像個小水窪。

胖太太後面是個高個子男人，一身灰色毛料套裝，套裝上有釘釦裝飾，手上提著公事包。

他是那個吐在自己鞋子上的人。他的公事包會掉在地上，然後他吐在自己的鞋子上。我呢？我又出了什麼事？

但他的腳帶著他往十字路口走，人潮輕快的魚貫過街。而在他身後有個殺人的神父逐漸逼近。他就是知道，他也知道不出一分鐘，神父的手會伸出來推……但他不能回頭看。這就像給鎖在夢魘裡，只能眼睜睜看著事情發生。

只剩五十三秒了。在他前方，鹹餅小販打開了推車旁一個小門。

他會拿出一瓶『唷呼』，傑克想著。不是罐裝的，而是瓶裝的。他會搖一搖，一口氣喝光。

鹹餅小販拿出一瓶『唷呼』，猛力的搖動，打開瓶蓋。

還剩四十秒。

再來該燈號變了。

白色的行走燈熄滅，紅色的停止燈開始快速閃動。半條街外的地方會有輛藍色凱迪拉克朝著第五大道和四十三街交會口駛來。傑克就是知道，他也知道駕駛是個胖子，戴的帽子幾乎就跟他的車子的顏色一樣。

我要死了！

他想要對四周來來往往，毫不注意他的人群大聲吼出這句話，但他的下巴卻絲毫不鬆動。他的腳平靜的帶著他往十字路口走。紅燈不再閃動，只一逕射出紅色的警告。鹹餅小販把瓶子扔進角落的垃圾籃。胖太太站在傑克對街，提著袋子。一身灰套裝的男人在她後面。只剩十八秒了。

該是玩具卡車經過了，傑克想著。

他前方有輛貨車掠過十字路口，向著他這面的車身上畫著開心的跳娃娃，寫著『土克量販玩具』，路面的凹坑害得貨車上下顛簸。傑克知道，在他身後，那個黑衣人正在快速移動，縮短兩人的距離，正伸出兩隻長手來。但他不能回頭看，就如在夢中有什麼恐怖的東西要逮住你了，你也不能回頭看一樣。

跑！要是不能跑，就坐下來，死命抓緊不准停車的標誌！別不戰而降！

但他無力阻止事情發生。前方人行道邊有個年輕女郎，穿著白毛衣黑襯衫。她左邊站著一個墨西哥裔青年，扛著大型收音機，唐娜・桑瑪的迪斯可舞曲剛結束，下一首歌，傑克知道是『KISS』樂團的〈愛情博士〉(Doctor Love)。

他們要分開了——

才剛這麼想，那名女郎就往右踏了一步，墨西哥裔青年往左挪了一步，兩人讓出了中間那塊地方。傑克不聽話的腳帶著他填入了這個空隙。只剩九秒了。

街道下方，明亮的五月陽光照耀在凱迪拉克的車頭裝飾上。只剩六秒了。凱迪拉克在加速，燈號也要變換了，而那個戴藍帽，帽緣還插著羽毛的胖子，打算在燈號變換之前搶過十字路。只剩三秒了。傑克身後，黑衣人往前衝。墨西哥裔青年的收音機唱完了〈為了愛你，寶貝〉(Love to Love You, Baby)，〈愛情博士〉開始了。

兩秒。

凱迪拉克變換到距離傑克較近的車道，全速衝向十字路口，殺人的散熱器怒吼。

一秒。

傑克的呼吸卡在喉嚨裡。

零。

『啊！』傑克大喊一聲，有雙手穩穩擊中他的背，把他往前推，往街上推，把他推出他的生命——

只不過根本就沒有手。

但他仍然向前踉蹌，雙手在空中亂揮，嘴型張成一個〇，驚慌無力。墨西哥裔青年及時伸手抓住傑克的手臂，把他向後拉。『小心點，小勇士，』他說。『別看到了車就人來瘋。』

凱迪拉克疾馳而過。傑克看見那個戴藍帽的胖子從擋風玻璃向外窺，然後車子就消失了蹤影。

就是這時發生的；就是這時他給劈成兩半，變成了兩個人。一個躺在街上，另一個站在街角，張口結舌看著停止燈號又換成行走燈號，四周人群又動了起來，彷彿什麼事也沒發生……彷彿，咦，真的什麼事也沒發生啊。

我沒死！他的心有一半在歡呼，吁了口長氣，放聲尖叫。

死了！另一半也叫回去。死在街上了！人群都聚集在我身邊，推我的黑衣人說：『我是神父，讓我過去。』

一波波暈眩襲來，把他的思緒變成鼓漲的降落傘。他看見胖太太走近，等她從旁邊走過，傑克低頭看她的袋子。他看見紅毛巾邊緣冒出來娃娃的藍眼睛，就和他意料中一般。然後她走了過去。鹹餅小販沒有高喊：喔，我的天，他死了，而是一逕忙著擺攤做生意，嘴裡還哼著唐娜．桑瑪的歌，就是剛才墨西哥裔青年收音機傳出的那一首。

傑克轉過去，狂亂的找著那個不是神父的神父。不見他人影。

傑克忍不住呻吟。

夠了！你是怎麼回事？

他不知道。他只知道他現在應該躺在街上，隨時會嚥氣，那個胖太太大聲尖叫，那個穿毛料套裝的人在嘔吐，而黑衣人則推開聚集的人群。

在他內心深處，這件事確實發生過。

暈眩感又回來了。傑克突然鬆手，午餐袋掉到人行道上，他使力摑了自己一個耳光。一名趕著上班的女人怪怪的看了他一眼。傑克不理她。他任由午餐掉在地上，拔腿就衝向十字路口，也不管紅色的停止燈號又一閃一滅起來。無所謂了。死亡接近過……又頭也不回的離去。事情不該是這樣的，在他存在的最深層，他知道事情不該是這樣的，但又的確是如此。

也許現在他可以長生不死了。

這念頭又讓他想放聲尖叫了。

6

等他回到學校，頭腦已稍微清醒，他的心智也忙著說服他一切正常，沒有任何不對。或許是發生了一點點奇怪的事情，一點點的瞬間靈視，暫時一窺可能的未來，但那又怎樣？沒什麼大不了的嘛！其實這麼想還滿酷的——蕭太太揹著傑克母親偷看的超市報紙裡，最喜歡登這種消息——像《國家詢問報》和《內線》這類報紙。不過在這些報紙裡頭，瞬間靈視總是和某種攸關生死的大事有關——像是某個女人夢見飛機失事，改變了班次；或是某個傢伙夢見兄弟給關在一家製造中國幸運餅乾的工廠，結果後來發現是真的。要是你的瞬間靈視是預知『KISS』樂團的歌曲會是收音機播放的下一曲，是胖太太布魯明百貨袋子裡的娃娃會用紅毛巾裹住，是鹹餅小販會喝瓶裝『唷呼』而不是罐裝『唷呼』，哪談得上什麼分量？

忘了吧，他給自己忠告。結束了。

好主意，只是到了第三堂課，他就知道並沒有結束，才開始而已。他坐在代數先修班上，看著納波夫老師在黑板上解簡單方程式，突然茅塞頓開，恐懼萌生，他的心裡竟又浮現了一套全新的記憶，就彷彿看著奇特的物品緩緩浮上泥濘的湖面。

我到了一個我不認識的地方，他沉吟道。我是說，我遲早會知道——要是凱迪拉克撞了我，我會早就知道。是驛站——但在那裡的我還不知道。在那裡的我只知道是在荒漠中，杳無人煙。我一直在哭，因為我嚇壞了。我怕那裡可能是地獄。

下午三點之前，他抵達中城巷，他知道他找著了馬廄裡的幫浦，喝了水。水很冰，有很重的礦物味。沒多久他就會進去，在以前曾是廚房的房間裡找到一小袋牛肉乾。他對這點有十足的把握，一如他知道鹹餅小販會喝『唷呼』，從布魯明袋子裡探出頭的娃娃有藍眼睛一樣。

這就好像他能夠記住未來的事一樣。

他只打了兩局保齡球，一局九十六分，一局八十七分。提米把單子交給櫃台時看了看分數，還搖搖頭。『你今天熄火了，冠軍。』他說道。

『你還是只知其一不知其二呢！』傑克說道。

提米更仔細打量他。『你沒事吧？你的臉色好蒼白。』

『我覺得可能是感冒了。』這話也不像謊話。他很肯定會因為什麼東西而病倒。

『回家睡覺去，』提米建議道。『多喝清澈的飲料——像是琴酒、伏特加之類的。』

傑克盡責的微笑。『也許我真的會。』

他慢吞吞走回家。整個紐約就在他眼前，最有誘惑力的紐約——彷彿一首接近黃昏的街頭小夜曲，每個街角都有一位音樂家，所有的樹都綻放鮮花，人人的心情都很好。這一切都看在傑克眼裡，但他也看出隱沒在後的東西：他看見自己蜷縮在廚房陰影裡，而黑衣人則像個齜牙咧嘴的狗一樣從馬廏幫浦喝水；他看見自己解脫的啜泣，因為他——或它——離開了，沒有發現他；看見自己沉沉睡去，太陽下山，星星一顆顆露出臉來，在嚴酷紫色的沙漠天空中有如一片片的冰塊。

他用鑰匙打開了雙併公寓大門，走進廚房找東西吃。他並不餓，只是出於習慣。他正朝冰箱走，視線忽然落在食品儲藏室的門上，不覺停下腳步。他倏然領悟到，驛站——還有他所屬的那個奇異世界的其餘部分——都在這扇門後。他心中那詭奇的雙重回憶會終止；那兩個從當天早晨八點二十五分後就不停爭辯他是否死亡的聲音會靜默。

傑克用雙手推開食品儲藏室門，臉上已然綻開開朗解脫的微笑……卻不料蕭太太在儲藏室後面，站在板凳上，尖聲而叫，他的笑容立刻凝固。她手中握著的番茄罐頭應聲落地，她在板凳上搖晃不穩，傑克趕緊衝上前去穩住她，以免她也像那罐番茄糊一樣跌到地上。

『我的老天！』她驚呼道，一手急速在前襟搧動。『你差點把我的膽子給嚇破了，小約翰！』

『對不起。』他說道。他真的很抱歉，同時也失望得厲害。食品儲藏室畢竟只是食品儲藏室。他本是那麼的確定——

『你怎麼會在這裡，在這裡偷偷摸摸的？今天不是去打保齡球嗎？我還以為你還得要一個鐘頭才會回來！我連你的點心也沒準備，你別想吃了。』

『沒關係，反正我也不很餓。』他彎腰拾起番茄罐頭。

『看你都闖到這裡來了，還說不餓。』她嘀咕道。

『我以為聽見了老鼠什麼的，大概就是妳弄出的聲音吧。』

『大概是吧。』她從板凳上下來，接過罐頭。『你看起來像是感冒了，小約翰。』她摸了摸他的額頭。『倒是不燙，可是也不見得什麼病都會發燒。』

『我大概只是累了，』傑克說道，心裡則想著：真是這樣就好了。『我看我喝瓶汽水，看一會兒電視好了。』

她不高興的咕噥。『有沒有什麼東西要讓我看的？有的話就趕快。我來不及準備晚餐了。』

『今天沒有。』他說道。說完，離開了食品儲藏室，拿了一瓶汽水，走進客廳，打開電視，茫然看著『好萊塢廣場』電視節目，腦子裡兩個聲音仍爭辯不休，對那個塵土世界的嶄新記憶也繼續浮現。

7

父親和母親都沒注意到他有什麼不對勁——父親到九點半才進家門——但傑克絲毫不介

意。他十點上床，瞪大眼躺在黑暗中，諦聽窗外的城市活動：煞車、喇叭、哭泣的警笛。

你死了。

我沒死。我還在這裡，安全的躺在床上。

無所謂，反正你死了。你心知肚明。

見鬼的是，他兩件事都知道。

我不知道哪個聲音是真的，但我知道我不能再這樣下去了。所以你們兩個都給我閉嘴。不要再吵了，讓我一個人清靜清靜。可以吧？算我求你們吧？

但他們怎麼也不肯，很顯然他們也是身不由己。傑克忽然想到他應該起床，立刻起床，去打開浴室門。另一個世界會在那裡。驛站會在那裡，他的其餘部分也會在那裡，裹著古老的毯子縮在馬廄裡，想睡又滿腦子想著究竟是怎麼回事。

我可以告訴他，傑克興奮的想著。他把被子掀開，突然知道書架旁的門不再通往浴室，而是通往一個可以在一撮塵土裡聞到熱氣、紫色洋蘇草、恐懼的世界，一個籠罩在夜之羽翼的世界。我可以告訴他……可是沒有必要……因為我會在他裡面……我會是他！

他衝過陰暗的房間，幾乎要因為心裡的大石落地而笑出來。他猛力推開門，發現——門後是他的浴室，只有他的浴室，牆上貼著馬文·蓋伊的海報，活動百葉窗的影子投射在磁磚地上，一道明一道暗。

他楞在原地良久，盡力吞下心中的失望。但失望卻固執不退，而且很苦澀。苦澀。

當時與現在之間的三週延展開來，彷彿是傑克回憶中一片嚴酷荒蕪的大地——一片噩夢中的荒原，沒有和平，沒有休息，甩不開痛苦。他冷眼旁觀，像是無助的囚犯看著他曾統治的城市遭劫掠，而他的心智則在持續加壓的鬼魅聲音和回憶下崩潰。他原以為一旦他抵達回憶中的那點，就是那名叫羅蘭的男人任由他落入山下深淵之處，回憶就會停止，但卻只是痴心妄想。回憶非但沒有停，反倒還不斷循環，一而再、再而三的播放，儼然設定一再重複的錄音帶，不停的播放，直到帶子斷裂或是有人經過，關掉機器為止。

他自認他真實的生活多多少少是個住在紐約市的男孩，可是這種可怕的分裂愈厲害，他的認知也就愈模糊。他記得上學，記得週末看電影，一週前（抑或兩週前？）還和父母出去吃週日的早午餐。但他記得的方式，一如感染瘧疾的人記住他最痛苦、最無望的生病階段：人們變成影子，聲音似乎在迴盪重疊，就連吃三明治或是從販賣機拿罐可樂這麼簡單的事，都成了辛苦的掙扎。在那些日子裡，吵嚷的聲音及雙重的回憶交織成一首賦格曲，而傑克勉力熬過。他對門戶——各式各樣的門戶——的痴迷加深；他始終抱著一絲希望，認為槍客的世界可能就在門後。這是他唯一的希望，所以也就不顯得怪異。

但今天，遊戲結束了。反正他壓根就沒有贏的機會，從沒真正有過。他已經放棄了。他逃學了。傑克盲目的沿著棋盤狀街道向東走，低垂著頭，不知是往何處去，也不知到了後該如何。

9

走了一陣子後，他漸漸甩脫了鬱悶的暈眩，注意起周遭來。他站在萊星頓大道和五十四街街角，完全不記得是如何走到這裡來的，倒是首次注意到今天早晨美不勝收。五月九日，他開始瘋狂的那天十分的美，但今天更美上十倍——那一天，或許春神游目四顧，看見夏季站在一旁，英挺健美，曬成褐色的臉上掛著壞壞的笑。煦日照射在城中建築的玻璃牆上，每一條人行道上都是爽俐的黑色陰影。頭頂的天空一片湛藍，偶爾點綴著幾朵烏雲。

街上，兩名商人穿著昂貴的套裝，站在木板牆邊，牆裡是工地。兩人笑著，不知把什麼東西傳來傳去。傑克朝他們的方向走，心裡很好奇，靠近後，他看見兩名商人在牆上玩井字遊戲，用昂貴的馬克・克羅思鋼筆畫井字，畫○×。傑克覺得簡直是無聊。他接近時，一個人在右上角畫了圈，連成了一條對角直線。

『又輸了！』他的朋友說道。而這個人看模樣倒像是手握大權的執行長，或是律師，或是當紅的股票商，他又拿馬克・克羅思鋼筆畫了一個井字。

第一個商人，那個贏家，瞧了左邊一眼，看見了傑克，笑著說道：『天氣真好是吧，孩子？』

『太好了。』傑克應道，很高興他這句話是出自真心。

『浪費在學校裡太可惜了是嗎？』

這一次傑克真的笑了出來。拍普中學，不說午餐而說野餐的地方，偶爾出去一下卻絕不拉屎的地方。他突然覺得那裡似乎十分遙遠，一點也不重要。『你知道的嘛。』

『你要不要玩？這個比利從我們五年級開始就贏不了我，到現在還是我的手下敗將。』

『別煩這個孩子了，』第二個商人說道，伸出馬克・克羅思鋼筆。『這次你輸定了。』他朝傑克眨眼，傑克也眨回去，倒嚇了自己一跳。他繼續前進，離開那兩個玩遊戲的男人。有種美妙的事就要發生了——或許早就發生了——這種感覺愈來愈強，他似乎腳不沾地走在人行道上。

街角的行走燈號亮起，他也開始穿越萊星頓大道。但他走了一半莫名其妙停住，一名騎著十段變速車的快遞信差險些撞到他。今天是很美的春日，他沒有異議，但他並不是因此而心情愉快，不是因此倏忽間察覺四周的一切，不是因此肯定美妙的事就要發生。

腦海裡的聲音安靜了。

並不是永遠噤聲，他多少明白這點，至少目前暫時安靜了。為什麼？

傑克突然聯想起兩個人在房間裡爭辯。兩人隔桌相對，唇槍舌戰，愈來愈不客氣。一陣子後，兩個人身體前探，挑釁的把臉向前伸，口沫橫飛，噴了彼此一頭一臉。他們很快就會爆發，但就在他們大打出手之前，他們聽見了一種連續的撞擊聲——低音鼓聲——隨即是銅管樂器齊揚。兩人不再爭吵，面面相覷，迷惑不解。

怎麼回事？一個問道。

誰知道，另一個回答。好像是遊行。

兩人衝到窗邊，的確是遊行：有支穿制服的樂隊踩著小碎步在街上行進，陽光照射在銅管樂器上，耀眼生花，漂亮的女儀隊耍弄著指揮棒，踢出修長褐色的美腿，敞篷車裝飾了鮮花，坐滿了揮手致意的名人。

兩人瞪著窗外，渾然不覺剛才有過爭吵。稍後他們絕對會回頭再吵，但目前他們卻像對知交摯友般站在一塊，肩並著肩，看著遊行隊伍經過——

10

喇叭高鳴，嚇得傑克忘掉有如夢境一般生動的遐想。他這才想到自己仍在萊星頓街中央，而燈號已經變了。他慌張的四下張望，以為會看見藍色凱迪拉克朝他衝來，但按喇叭的人坐在黃色野馬敞篷車裡，朝他咧嘴笑。看來今天紐約人個個慈眉善目，心情愉快。

傑克朝駕駛揮手，急速跑到對街。野馬駕駛豎起一根手指，在太陽穴轉了一圈，表示傑克有毛病，隨即也揮手答禮，揚長而去。

傑克在另一邊街角站了一會兒，仰面迎接五月的陽光，微笑著，領會這一天。他猜想注定要上電椅的囚犯在獲知自己暫時獲得緩刑時，必然也是這樣的心情。

聲音靜止了。

問題是，暫時讓聲音分心的遊行究竟是什麼遊行？難道是為了慶祝這不尋常的美麗春晨？

傑克不認為如此。他不認為如此是因為那種洞悉一切的感覺又逐漸浮現，貫穿了全身，就跟三週前他接近第五大道和四十六街時襲上心頭的感覺一模一樣。但在五月九日，那是一種大難臨頭的惡兆。今天卻是發光發亮的感覺，充滿美善和期待。就彷彿……就彷彿……

白色。驀然這個字眼闖入腦海，噹噹作響，清晰確定，毫無疑異。

『是白色！』他大聲高呼道。『白色降臨！』

他走上五十四街，接近第二大道和五十四街街角時，又一次經過共業的大傘下。

11

他右轉，停住，轉身，回頭走到轉角。現在他需要沿著第二大道往下走，對，一點也沒錯，但他卻走錯邊了。燈號變換後，他匆匆過街，再次右轉。那種感覺，那種

（白色）

正確的感覺愈來愈強烈。他的心裡漲滿了喜悅和解脫，幾乎半瘋。他快好了。這一次不

會出錯。他很肯定不用多久就會見到認識的人，就跟他認出胖太太和鹹餅小販一樣，而且他們會做出他事先得知的事情。

走著走著，他進了書店。

12

『曼哈頓的心靈餐廳』，櫥窗上寫著這些字樣。傑克走向門口，門口懸掛了一塊黑板，就和餐館外牆上掛的一樣。

今日特餐
佛羅里達全餐！熱烤約翰・D・麥當勞
精裝本三本＄2.50
平裝本九本＄5.00

密西西比全餐！香煎威廉・福克納
精裝本市場價
醇酒圖書館版平裝本75¢

加州全餐！白煮雷蒙・錢德勒
精裝本市場價
平裝本七本＄5.00

滿足您閱讀的胃口

傑克走了進去，曉得這是三週來他首次推開一扇門卻沒有瘋狂的希望能在門後找到另一個世界。頭頂有鈴鐺響，舊書溫和又辛辣的味道迎面襲來，竟讓他有回家的感覺。

餐廳主題仍隨處可見。兩面牆上擺滿了書架，中央有噴泉式的櫃台分隔開來。傑克這邊的櫃台有幾張小桌子、摩特•休珀金屬背椅。每張桌子都擺設了今日特餐：約翰•D•麥當勞的崔維斯•麥克基系列小說，雷蒙•錢德勒的菲利普•馬羅系列小說，威廉•福克納的史諾普系列小說。福克納桌上還有個小牌子，上頭寫道：『珍稀第一版出售——請洽櫃台』。另一個牌子放在櫃台上，簡單寫著：『歡迎參觀！』兩名顧客自由自在的瀏覽，坐在櫃台裡，一面喝咖啡一面看書。傑克認為這家書店絕對是他所知道的書店裡頭最棒的一家。

但問題是，他為什麼會進來？是運氣，還是受到那種持續不斷的感覺所驅使，好像循著某條路徑——一種能量光束——而他得去找出來？

他瞄了左邊桌上的展示品，立刻知道了答案。

13

展示的是童書，桌上沒有多少空間，所以只有十來本，諸如《愛麗絲夢遊奇境》、《哈比人歷險記》、《湯姆歷險記》等等。一本鎖定年幼讀者的故事書吸引住傑克。鮮綠的封面上有一個擬人化火車頭爬上高山，前端的排障器（亮粉紅色的）咧嘴笑得很開心，頭燈是歡樂的眼睛，彷彿在邀請傑克•錢伯斯進入書內，讀個酣暢淋漓。《噗噗查理》，這是書名，圖文作者都是貝若•伊文思。傑克的心思飄回他的期末報告，首頁上的美國鐵路公司火車以及報告內寫了一遍又一遍的『噗噗』。

他一把抓住書，緊緊抱牢，彷彿一鬆手書就會飛走。他低頭看封面，發現他一點也不信任噗噗查理臉上的笑容。你看起來是很開心，可我覺得那只是你戴的面具，他在心裡唸唸有詞道。我覺得你根本就不快樂，而且查理根本就不是你的本名。

他壓根就不該有這些念頭，這些念頭簡直是瘋了，可是感覺起來卻一點也不瘋，反而十分正常，十分真實。

原本放《噗噗查理》的地方，隔壁有一本破舊的平裝書，封面毀損得很嚴重，用膠帶修補過，時間久遠，膠帶也泛黃了。封面上的圖畫是一男一女，頭頂上有一片問號森林，書名是《猜謎嘍！腦筋急轉彎！》，沒有作者的姓名。

傑克把《噗噗查理》夾在腋下，拿起謎語書，隨意翻開，看見了這一句：

什麼時候門不是門？

『半開半掩的時候。』傑克喃喃說道，覺得額頭上……手臂上……全身上下冒出一顆顆的汗珠。

『半開半掩的時候！』

『找到喜歡的東西了嗎，孩子？』一個溫和的聲音詢問道。

傑克轉過去，看見一個穿白襯衫的胖子，領口敞開，站在櫃台尾端，兩隻手插入斜紋防水布的寬鬆舊褲子口袋裡，一副半圓形眼鏡推在光禿的頭頂上。

『對，』傑克急匆匆的說道。『這兩本，是要賣的嗎？』

『你看見的都是要賣的，』胖男人說道。『連這棟屋子都要賣，唉，房子要是我的就好了，可惜我買不起，只租得起。』他伸出手要拿書結帳，傑克猶豫不定，後來還是勉強給了他。心裡隱隱等著胖男人拿著書逃之夭夭，萬一他真逃了——只要他有一點點想逃跑的跡象——傑克就要擒抱他，從他手裡把書搶過來，然後走為上策。他真的需要這兩本書。

『好，我們來看看你找到什麼書，』胖男人說道。『對了，我是塔。卡文‧塔。』他伸出手。

傑克瞪大眼睛，不由自主得退後了一步。『什麼？』

胖男人略帶興味的凝視他。『卡文‧塔。難道我說了什麼髒字冒犯了您的語言了，北方淨土的漂泊者？』

『啊？』

『我只是說你好像讓人給嚇了一跳，孩子。』

『哦，對不起。』他握住塔先生又大又軟的手，希望他不會再追問下去。他的姓名確實讓他嚇了一跳，只是他本身也不明白為什麼。『我是傑克‧錢伯斯。』

卡文‧塔跟他握手。『好名字，聽起來也像西部小說裡瀟灑自在的英雄，那個單槍匹馬闖入亞歷桑那黑叉鎮，殺個雞犬不留，闊步而去的傢伙。應該是韋恩‧D‧歐佛侯瑟寫的。不過你看起來並不是自由自在的，傑克。你倒像是覺得天氣太好了，不該浪費在學校裡。』

『哦……不是。我們上週五就放假了。』

塔先生咧嘴笑。『是嗎。而且你一定要這兩本書是吧？說來也真有意思，大家都說非要什麼不可。至於你嘛……我本來以為你是在找羅伯‧霍華❹之類的書，而且是唐諾‧格蘭特的舊版本——有若伊‧柯蘭克插畫的。滴血的劍啦，大肌肉啦，蠻人寇南大鬧冥府之類的東西。』

『聽起來挺有趣的。這兩本是……呃，幫我小弟買的，下禮拜就是他的生日。』

卡文‧塔用大拇指把頭頂上的眼鏡架回鼻梁上，更仔細的打量傑克。『真的？我看你倒覺得像獨生子，獨生子就會在五月小姐剛走出林木叢生的六月小山谷，穿著綠袍顫抖時來個不辭而別。

『什麼？』

『算了，沒什麼。春天總會讓我有威廉・庫伯❺的心情。人是很怪異卻也很有趣的動物，我說得對嗎？』

『大概吧。』傑克謹慎的說道。他不能決定喜不喜歡這個怪人。

一個在櫃台隨意看書的人旋轉了凳子，一手端著咖啡，一手拿著一本破舊的平裝《瘟疫》。『別逗這個孩子了，快點把書賣給人家吧，卡文，』他說道。『要是你趕快，我們還有可能在世界結束之前下完這盤棋。』

『趕快跟我的天性相衝突。』卡文嘴上雖然這麼說，還是翻開了《噗噗查理》，看扉頁上鉛筆寫的價格。『書倒很普通，不過保存得相當好。小孩子往往會把喜歡的書扯得骨肉離散。我應該賣十二塊──』

『天殺的強盜。』在讀《瘟疫》的那人說道，另一個在店裡看書的人笑了出來。卡文・塔絲毫沒在意。

『──可是天氣這麼美，我實在狠不下心來要你這麼多錢。就七塊吧，當然要再加稅。另一本謎語書不用錢。算是我送給一個聰明孩子的禮物，他曉得在最後一個真正的春日整鞍上馬，探索版圖。』

傑克把錢包挖出來，焦急的打開，唯恐離家時只帶了三、四元。幸好，運氣不壞，有一

❹Robert Howard（一九〇九─一九三六），美國知名奇幻作家。
❺William Cowper，英國十八世紀大詩人，可謂浪漫詩人之先導。

張五元紙鈔和三張一元紙鈔。他把錢交給塔先生，塔先生隨手接過就塞進口袋裡，又從另一個口袋掏錢找零。

『別急著走，傑克，反正你來都來了，到櫃台後面來，喝杯咖啡。等我把亞倫・狄普諾的基輔防衛老招給殺個片甲不留，讓你大開眼界。』

『你想得美。』在讀《瘟疫》的人——大概就是亞倫・狄普諾——反駁道。

『我很樂意留下來，可是沒辦法。我……我還得去一個地方。』

『好吧，只要你不是要回學校就好。』

傑克咧開嘴笑。『不，不是學校。那個方向潛伏著瘋狂。』

塔先生哈哈大笑，又把眼鏡推回了頭頂。『要得！硬是要得！看來年輕的一代是有救了，亞倫——你說是不是？』

『得了，他們遲早還是得下地獄，』亞倫說道。『這一個只是例外。』

『別理這個憤世嫉俗的老屁王，』卡文・塔說道。『去吧，北方淨土的漂泊者。真希望我回到十、十一歲的年紀，有這麼美麗的一天在我眼前。』

『謝謝你的書。』傑克說道。

『小意思，我們不就是為了服務顧客嗎？改天再來。』

『好。』

『你知道我們的店在哪兒。』

14

對，傑克暗忖道。問題是我得先找出我自己在哪兒。

他就停在書店外，把謎語書翻開來，這一次翻的是第一頁，上頭有一篇短序。

『謎語只怕是人類至今仍樂此不疲的遊戲，』開宗明義第一句如此寫道。『希臘神話裡的男女眾神用謎語消遣彼此，古羅馬也把謎語當教學工具。聖經就蘊含了幾則好謎語。最有名的一個是大力士參孫迎娶大莉拉那天所說的：

「吃的從喫者出來，
甜的從強者出來！」

『他問了參加婚禮的幾名青年，滿懷自信無人能解。但青年卻把大莉拉請到一旁，她低聲說出謎底。參孫大怒，下令將幾名青年因作弊而處死——各位請看，古代對謎語的態度是比現今要嚴謹多了！

『附帶一提，參孫的謎語——以及書裡所有的謎語——都可以在書的最後找到謎底。我們只要求在你參考謎底之前，能用心的猜上一猜！』

傑克翻到最後，還沒翻到就莫名其妙的知道會找到什麼。在標示著『謎底』的那頁後什麼也沒有，只有一些殘頁和封皮。這一部分都給撕掉了。

他站在原處片刻，苦苦思索。忽然像是一股衝動，但感覺起來又一點也不像是衝動，傑克又走入曼哈頓心靈餐廳。

卡文·塔原本盯著棋盤，聞聲抬起了頭。『改變心意，想喝咖啡了是嗎，北方淨土的漂泊者？』

『不是，我是想問你知不知道某個謎語的答案。』

『問吧。』塔先生說道，移動了一枚棋子。

『是參孫說的。他是聖經裡的大力士吧？謎語是這樣的——』

『「吃的從喫者出來，」』亞倫．狄普諾說道，又轉過來看著傑克，『「甜的從強者出來！」是這個嗎？』

『對，就是這個，』傑克應道。『你怎麼會——』

『哦，我偶爾也在這一區遊蕩。聽聽這個。』他仰起頭，用飽滿優美的嗓音唱道：

『「參孫對上了一頭獅，
騎上獅背來馴獅。
啊，書上說雄獅利爪奪人魂，
可參孫使出鎖喉扣！
獅子不支倒地死，
蜜蜂在獅頭釀蜂蜜。」』

亞倫眨眨眼，給傑克驚訝的表情逗笑了。『這樣回答了你的問題沒有啊？』

傑克瞪大眼。『哇！好聽！你是哪裡學來的？』

『哦，亞倫什麼歌都知道，』塔先生說道。『巴布狄倫曉得把口琴音栓打開，吹G調之前，亞倫就在布利柯街上混了。那是說要是你真信他鬼扯的話。』

『那是一首老靈歌，』亞倫對傑克說道，又對塔先生說：『將軍了，胖子。』

『小事一樁。』塔先生說道，移動了主教。亞倫立刻吃掉了他的主教。塔先生壓低聲音嘟囔了幾句。傑克聽來很像是『幹』。

『原來謎底是獅子。』傑克說道。

亞倫搖頭。『只對了一半。參孫的謎語有兩個，小朋友。另一半的答案是蜂蜜。懂了吧？』

『大概懂了。』

『那好，再猜猜這一個。』亞倫閉上眼睛，一會兒後，又唱了起來：

『什麼會滾不會走？
什麼有口不說話？
什麼有床卻不睡？
什麼有頭卻不哭？』

『賣弄。』塔先生對亞倫大皺眉頭。

傑克沉吟半晌，搖搖頭。他大可多思索一會兒——他發覺猜謎這玩意既有趣又迷人——可是他有股強烈的感覺，似乎該從這裡繼續前進，似乎今天早晨他在第二大道還有事未了。

『我放棄。』

『不，不能放棄，』亞倫說道。『現代謎語就是這樣。可是真正的謎語並不僅僅是笑話而已，小傢伙——而是個難題。在腦子裡反覆想幾遍。要是還想不通，就當作是改天再來這裡的理由。如果你還需要別的理由的話，這個胖子倒真燒得一手好咖啡。』

『好吧，』傑克說道。『謝謝，我會的。』

但在他離去時，卻很篤定的知道：他再也不會踏入曼哈頓心靈餐廳一步了。

15

傑克緩步沿著第二大道往下走，左手拿著他新買的書。起初他還思索著謎底——到底是什麼東西有床卻不睡？——但謎語漸漸從他的腦海給驅逐出境，反倒是期待的感覺愈來愈強。他的感官似乎是前所未有的敏銳；他在人行道上看見幾十億閃爍的光芒，每次呼吸都嗅到千種混合的香氣，而且似乎還聽見其他的聲音，非但如此，他還從他聽見的每個聲音裡聽出暗藏其中的聲音。他不禁納悶狗在暴風雨或地震來襲前是否也是這種情形，又幾乎肯定必然是一樣的情形。但他覺得那種即將來臨的事情只好不壞，還能平衡三週前發生在他身上的恐怖事件，而且這種感覺愈來愈強了。

此刻，他逐漸靠近命定之處，那種預卜的現象又發生了。

有個遊民會要我施捨，我會把塔先生找我的零錢給他。附近還有家唱片行，門是敞開著的，好讓新鮮空氣進去，我經過時會聽見滾石樂團的歌。我還會在一堆鏡子裡看見自己的映像。

第二大道上的交通仍非常順暢。計程車鳴喇叭，在緩慢行進的轎車和卡車間穿梭。春陽在他們的擋風玻璃和鮮黃色車身上閃耀。傑克等著燈號變換，忽然看見第二大道和五十二街街角那頭有個遊民。他坐在一家紅磚餐廳牆腳上，傑克靠近時，看見餐廳叫做『蒲媽媽』。

噗—噗，傑克想著。這就是真理。

『行行好吧？』遊民疲倦的乞討著，傑克根本沒看遊民是否跟他講話，就把書店找的零錢都投到他的腿上。此刻他聽見了滾石的歌，完全和他預料的一樣：

『我看見一扇紅門，我要改漆黑色，

再也沒顏色，我要它變黑……』

他經過商店，看見唱片行叫做『力量之塔』，也絲毫不感到驚訝。看來今天塔在大拍賣。

傑克繼續走，街上的市招彷彿夢幻般飄過。在四十九街與四十八街之間，他經過了一家店，店名叫『你的倒影』。他轉過頭，看見有十來個傑克在鏡子裡，一如他預知的一般——十來個比同齡孩子瘦小的男孩，十來個身穿學校制服的男孩：藍外套，白襯衫，暗紅領帶，灰長褲。拍普中學並沒有統一的制服，但這身裝扮已經是最接近非正式制服的一套了。

此時此刻，拍普似乎已遙不可及。

傑克突然明白自己要往哪裡去。這份領悟就如清泉從地下湧出。是家熟食店，他暗忖道。至少看起來是，其實骨子裡並不是，骨子裡是通往另一個世界的門戶。那個世界。他的世界。正確的世界。

他跑了起來，急迫的看著前方。四十七街的燈號不利於他，但他不理會，仍然從人行道跳上馬路，靈活的跑在斑馬線上，只馬馬虎虎看了左邊一眼。一輛工程車猛然煞住，險些撞上飛奔而過的傑克。

『嘿！找死啊？』司機大吼，但傑克理都不理。

再過一個街區就到了。

他正全速疾衝，領帶在左肩後飛揚，額前的頭髮給風吹向後，便鞋踩在人行道上。他不理會路人的目光（有的好笑，有的好奇），就像剛才不理會司機的怒吼一樣。

就快了——就在轉角那兒了。就在文具店的隔壁。

迎面來了一名疲憊的搬運工，手推車上堆滿了包裹。傑克跳遠似的一躍而過，雙臂高舉，襯衫下襬也從褲腰裡跑了出來，在外套下飄動，像是襯衣下緣。落地時他幾乎撞上一輛嬰兒車。傑克就像是足球中衛窺破了防守的漏洞，鐵定達陣得分一般，及時一個閃身，繞過了嬰兒車。『幹嘛這麼急啊，小帥哥？』推車的波多黎各女郎問道，但傑克仍舊不搭理。他衝過『紙田』文具店，沒心思欣賞櫥窗內陳列的鋼筆、筆記本、桌上型計算機。

門！他欣喜若狂的想著。我要看見門了！我就停下來嗎？不，才不，我要直接穿過去，萬一門鎖住了，我就算用踹的也要——

正想著，他看見了第二大道和四十六街街角的景象，不由自主的停了下來，倒不是猛然打住，而是鞋跟緩緩滑行，終於停下。他站在人行道中央，緊握雙拳，呼吸粗重，頭髮又落回額頭，因為汗濕而結成一束束。

『不，』他幾乎是哀叫著說道。『不！』但他幾近瘋狂的否認並不能改變親眼目睹的景象，空無一物的景象。除了短短的木板圍牆，以及牆內雜草叢生、遍地垃圾的荒地之外，一無所有。

原本矗立在此的建築物已經拆除了。

16

傑克楞在圍牆外將近兩分鐘動彈不得，茫然的眼睛搜尋著空盪的荒地。嘴角輕輕抽搐，可以感到他的希望、他的篤定，彷彿洩了氣的皮球般消散。此刻縈滿心頭的是絕望，深沉、苦澀，從未嘗過的深沉苦澀。

又是空歡喜一場，他心裡想道。此時震驚逐漸消退，腦筋已可運轉。又是空歡喜一場，死路一條，枯井一口。這下子那些聲音又要回來了，等聲音回來，我想我一定會尖叫，叫就叫吧，我已經累了，不想再裝好漢了。我已經累了，瘋了就瘋了吧。如果發瘋就像這樣，那我巴不得趕緊瘋掉，好讓他們把我送進醫院，給我一些東西，讓我昏睡不醒。我投降了。這已經是極限了——我不幹了。

但聲音並沒有回來，起碼目前還沒有。等他開始思索眼前景象後，他才明瞭空地並不是完全空無一物。在雜草叢生、垃圾遍地的荒地中央立著一個告示牌。

彌爾斯營造暨頌伯拉房地產
聯手打造曼哈頓新面貌！
烏龜灣豪華公寓即將在此與您見面！
詳情請洽555-6712
保證讓您滿意！

即將與您見面？或許……但傑克卻不無懷疑。告示上的字已褪色，告示牌也有些塌陷。至少有一位街道藝術家叫什麼班哥・史甘克來著，在烏龜灣豪華公寓的全景圖上留下了他的鮮藍色噴漆塗鴉。傑克不禁猜想建築計畫是因故延宕了，或者根本胎死腹中了。他想起不到兩週前，曾聽父親跟理財諮詢通過電話，他對那人大吼大叫，要他別再投資公寓建築了。『我不在乎可以節多少稅！』他幾乎是用尖叫的（據傑克所知，每逢討論生意，尖叫向來是父親的正常音量──當然書桌抽屜裡的古柯鹼可能也不無影響）。『如果他們要賣你一台電視，卻拿電視機的藍圖給你看，那一定有問題！』

圍繞空地的木板圍牆只到傑克的下巴高，上頭貼滿了廣告單，什麼奧莉維亞・紐頓強的電視台演唱會啦，一個叫『高登・利帝與岩屋』的團體在東村一家俱樂部表演啦，今年春天上映的一部電影『僵屍大戰』啦。圍牆上隔一段距離就會釘上『不准進入』的警告牌，但大多數的警告牌都給企圖心旺盛的宣傳人員貼上了廣告單。再往前走，又有一幅塗鴉，噴的是夏末的玫瑰，原先想必是鮮紅色的，但現在已變成暗淡的粉紅色。傑克大聲的唸唸有詞，眼睛瞪大，眼神迷離：

『巨無霸，**大烏龜**！
圓圓的地球殼上背，
要是你想跑來玩，
今天就跟著**光束**追。』

傑克覺得這首奇怪的小詩來處很清楚（意義又當別論）。曼哈頓城東的這一區本來就叫做烏龜灣，但這解釋不了此刻爬上他頸背的雞皮疙瘩，也解釋不了心底清晰的知覺，彷彿他又找到了一個路標，可以據此找出某條隱藏的高速公路。

傑克解開襯衫鈕釦，把剛買的書塞進去。四下掃描了一圈，看見沒有人注意他，立刻就抓住牆頭，把自己撐起來，一腿先攀上去，俐落的翻過了圍牆。他的左腳落在一堆散置的磚頭上，突來的重量立刻就讓磚頭鬆落，一個踩空，銳利的疼痛立刻竄上整條腿。他砰的一聲摔在地上，既痛又驚，忍不住喊出來，而更多的磚頭也紛紛落在他的胸膛上，有如讓厚實的鐵拳擊中。

他躺著不動，等著歇過氣來。他不覺得自己的傷勢嚴重，可是腳踝是真的扭到了，一定會腫。等到走回家，腳一定會跛，他也只能咬牙忍住，他身上可是一點錢也沒有了。

其實你並不真的想回家，對不對？他們會把你給生吞活剝。

這個嘛，也許會，也許不會。就他所知，在這件事情上他並沒有多少選擇。不過那可以稍後再來操心。此時此刻他要去探索這片彷彿磁鐵吸引鐵屑般吸引他的空地。他仍舊感覺到四周有一股能量，而且比以前還強。他不認為空地就只是空地，這裡隱含著什麼，重要的什麼。他可以感覺到它在空氣中悸動，就像世界上最大的發電場裡走脫了電流。

傑克站起來，發現自己的運氣其實還不壞。隔壁就有一堆碎玻璃。要是摔進了碎玻璃堆裡，恐怕他就傷痕累累了。

這堆玻璃以前是櫥窗，傑克思忖道。熟食店還在的時候，你可以站在人行道，欣賞櫥窗裡的肉類乳酪。店家都把這些東西用繩子穿住吊起來。他不明白自己怎會知道，但他就是知道——一點懷疑也沒有。

他沉吟著顧盼了一圈，稍微往裡走了點，接近中央地面上又有一塊招牌埋沒在蔓生的春草中。傑克蹲下來，把招牌扶正，撢開塵土。上頭的字已模糊，但仍可辨認：

湯姆與蓋瑞藝術熟食
專辦宴會什錦小點！

下方有噴漆，也是鮮紅色褪色為粉紅色，卻是一句教人摸不著頭腦的話：他的心掌握了我們大家。

就是這裡，傑克思量道。不會錯。

他放手讓招牌落回地上，站起來，更深入空地，緩緩移動，凝視每樣東西。每走一步，那股能量的感覺就愈強烈。他看見的每樣東西——雜草，碎玻璃，破磚頭——似乎都透著感嘆的力量，每樣事物都顯得十分特別，就連洋芋片包裝袋都變得非常美麗，陽光也把一只隨手拋棄的啤酒瓶照耀成燃燒著褐色火焰的圓柱。

傑克很清楚自己每一個呼吸，很清楚陽光有如黃金般落在每樣東西上。霎時間，他明瞭自己正站在某個偉大的奧祕的邊緣，不禁打了個冷顫，半是恐懼，半是驚奇。

就在這裡。每樣東西。都還在這裡。

雜草拂過他的長褲，芒刺鉤住他的襪子。微風把一張糖果紙吹過他面前，反射出陽光，剎那間，糖果紙綻放出一種美麗、精采的內在光輝來。

『一切都還在這裡，』他自言自語道，完全不知道自己的臉龐綻放著內在的光輝。『一切。』

他聽見一個聲音，事實上自從踏入空地開始，他就已經聽見。那是一種高亢的奇妙輕吟，說不出的孤寂，說不出的可愛。很可能是強風吹過荒蕪的平原，但它是活生生的。傑克覺得它就像一千個人齊聲唱著一首偉大的歌劇。他低頭看，忽然明白在糾纏的雜草、低矮的灌木、成堆的磚塊中竟有許許多多的臉孔，許許多多的臉孔。

『你們是誰？』傑克低聲問道。『你們是什麼人？』沒有回答，但他似乎聽見，隱藏在合唱聲中，有躂躂的蹄聲，有槍聲，有天使在陰影中高呼讚美與崇敬上帝的『和散那！』。在他走過之處，殘垣中的臉孔似乎跟著轉動，好似在追隨他，不懷惡意。他看得見四十六街，看得見對街第一大道上的聯合國大廈，但建築物不重要——紐約不重要。紐約已經變得和窗戶玻璃一樣蒼白。

輕吟聲增大，不只是一千個人合唱，而是一百萬個人，從宇宙最深的井裡傳出嘹亮的聲音。他在合唱中聽出名字，又說不出個所以然來。有可能是馬登，有可能是卡斯博，還有一個可能是羅蘭——基列地的羅蘭。

除了名字外，還有嘰哩咕嚕的談話聲，很可能是上萬個交織的故事，但最清楚的是愈來愈大的輕吟聲，一種想把他的腦海填滿明亮白光的悸動。傑克欣喜莫名，穎悟到『沒錯』的聲音、『白色』的聲音、『永遠』的聲音幾乎要把他爆破成碎片。那是一種肯定的合聲，而且就在空地上高唱，為他高唱。

然後，就在一叢矮牛蒡樹裡，傑克看見了鑰匙……再過去一點，是玫瑰。

17

瞬間，他的腿一軟，跪倒在地，隱隱約約知道自己在哭泣，更模模糊糊知道他微微尿濕了褲子。他手腳並用爬過去，伸手去拿藏在亂草叢中的鑰匙。它簡單的形狀好似在夢中見過：

他心想：末端的小寫s——那就是關鍵。

他握住鑰匙，歌聲合而為一，齊聲歡呼勝利，傑克本人的叫聲則淹沒在其中。他看見鑰匙在手中閃動著白光，感覺一股力道竄上手臂，彷彿手中握著的是高壓電，但並沒有電擊的痛苦。

他打開《噗噗查理》，把鑰匙夾進去。接著他的眼睛又盯住玫瑰，驀然了解這才是真正的鑰匙——打開一切的鑰匙。他爬向玫瑰，臉上散發一圈光暈，雙眼像是燃燒藍色火焰的深井。

玫瑰並非生長在玫瑰叢裡，而是生長在一簇截然不同的紫草叢裡。

傑克爬近這簇陌生的草叢，玫瑰竟在他眼前盛開，揭露出一個深紅色的爐灶。花瓣層層相疊，每一瓣都燃燒著自己祕密的憤怒。他這輩子也沒見過如此熾烈、如此鮮活的東西。

他伸出手去，準備採摘這個奇蹟，輕吟聲唱起他的名字……致命的恐懼也朝他的核心逼近，如冰塊般冷，如石頭般沉。

不對勁。他感到一種不和諧的脈動，就如無價的藝術品上多了一道醜陋的刮痕，又似病人冰涼皮膚下悶燒的致命高熱。

就像一隻蟲，一隻入侵的蟲。也像一個形體，就埋伏在下個路口。

然後玫瑰的花心為他開啟，炫目的黃光光芒四射，所有的想法都讓驚異之情一掃而空。片刻間，傑克覺得他看見的東西不過是花粉，經過神祕的光線照耀，而這種神祕之光則潛藏在空地內每樣東西的核心——儘管他從未聽說過玫瑰有花粉，他仍然這麼想。他的身體更往前探，看見濃豔耀眼的黃色光圈壓根就不是花粉。竟是太陽：一座巨大的熔爐在玫瑰的中心燃燒，在紫草叢中愈變愈大。

恐懼又回來了，與先前不同的是，現在是露骨的恐懼。沒錯，他思忖道，這裡的一切都沒錯，只是也可能會有出錯的時候——而且只怕已經出錯了。我獲准去體驗我能夠承受的錯誤……但究竟是什麼錯誤？我又能如何挽回？

就像一隻蟲。

他感覺到它像一顆生病骯髒的心臟在跳動，與玫瑰寧靜的美牴觸，尖聲叫罵著褻瀆的語言，想要擾亂那撫慰他、提升他的合唱。

他繼續向玫瑰探身，看見花心裡不只一個太陽，而是許多……或許是所有宇宙的太陽都囊括在一個猛烈卻脆弱的殼裡。

可是錯了。一切都在危宕之中。

傑克明知碰觸這個發光的微宇宙是必死無疑，但卻無論如何克制不住。他的手依舊往前伸。這個姿勢既沒有好奇也沒有畏懼，只有一種想要保護玫瑰的衝動，是言語所難以形容。

18

他回過神來時，先是感覺過了很長一段時間，接著就是頭痛欲裂。

怎麼了？我挨了悶棍嗎？

他翻個身，坐起來。立時感到一陣劇烈頭痛。他舉起一手按住左邊太陽穴，卻見滿手的鮮血。他低頭看，看見有塊磚頭在雜草叢裡露出一角，磨圓的一角也是紅的。

假如角是尖的，我可能也死了，否則也是昏迷不醒。

他看著自己的手腕，驚訝的發現自己仍戴著手錶。是精工錶，不算太貴，可是在紐約市隨意闖入空地，隨身財物難免會有所損失。無論價高與否，總會有人十分樂意接收。看來這一次他的運氣不錯。

現在時間是下午四點十五分。他一直躺在這裡，暫時從這世界消失了至少五個小時之久。他父親可能已經報案，要警察四處尋找他了，不過這不重要。對傑克而言，他似乎已走出拍普中學一千年了。

傑克朝隔開空地和第二大道人行道的圍牆走，走了一半停住。

他究竟是出了什麼事？

記憶緩緩恢復。他跳過圍牆，腳一滑，扭了腳踝。他彎腰去摸，痛得縮了縮。是了，是發生了這些事。然後呢？

神奇的際遇。

他伸出手摸索，彷彿老人在陰暗的房間裡摸索找路一樣。每樣東西都自己發出光芒。每樣東西——就連不要的糖果紙和棄置的啤酒瓶都是。有個聲音一直在唱歌，訴說著上千個重疊的故事。

『還有臉孔。』他喃喃說道。想到這裡，他驚恐的四下張望。沒看見什麼臉孔。磚頭就是磚頭，雜草叢就是雜草叢，沒有臉孔，可是——

——可是真的有，不是你的想像。

他相信這點。他捕捉不住回憶的菁華，捕捉不住它的美和超然，但它似乎是絕對的真實，只是在他暈過去之前的那段時間，他的記憶彷彿成了一生中輝煌歲月所拍的照片。你記得那天是什麼情況——多多少少記得——但照片是平面的，而且幾乎沒有什麼力量。

傑克環顧荒蕪的空地，此刻的空地籠罩著向晚時分的紫羅蘭色陰影。他心裡想道：我要祢回來。上帝，我要祢恢復原來的樣子。

然後他看見了玫瑰，生長在紫色草叢中，距離他跌落的地方非常近。他的一顆心跳到喉嚨。傑克跌跌撞撞向後，絲毫未注意每走一步腳踝傳來的刺痛。他在玫瑰之前跪了下來，儼然是祭壇前的膜拜者。他向前探身，瞪大眼睛。

不過是朵玫瑰罷了。一朵玫瑰。至於草叢——

他看清草叢畢竟不是紫色的。草葉上是濺上了紫色的斑點，但斑點下的顏色卻是再正常不過的綠色。他更仔細的看，看見另一叢草上濺了藍色斑點。在他右手邊，一簇糾結的牛蒡樹有紅色和黃色。而在牛蒡後面是一堆空油漆罐，標籤上寫著『葛利登亮光漆』。

原來是這麼回事。只是濺上了噴漆。只有你這種腦筋糊成一團的人才會以為看見了——胡說八道。

他知道自己看見過什麼，也知道現在看見了什麼。『那只是偽裝，』他低聲說道。『全都在這裡，全部都在，而且……現在仍然在。』

他的腦筋已經清醒，便又再次感受到此地散發出那種穩定和諧的力量。合唱仍在，依舊悠揚動人，只是變得遙遠模糊。他注視一堆磚頭和破灰泥塊，看見有一張幾幾乎無法辨識的臉孔隱藏在其中。那是張女人的臉孔，額頭上還有傷疤。

『艾莉？』傑克喃喃喚道。『妳不是叫艾莉嗎？』

無人回應。臉孔也消失了。他只不過是盯著一堆毫不可愛的磚頭和灰泥。

他回頭看玫瑰，發現並不是深紅得有如活在熾熱的爐灶核心，其實是發霉蒙塵的粉紅色。玫瑰是美，但並不完美。有些花瓣向後捲，外緣已枯死，變成褐色。不是他在花店裡所見過的人工培育花朵，看來是野生的玫瑰。

『你真美。』他說道，再一次伸出手去碰花。

四周並沒有風，但玫瑰卻朝他點頭。他的指尖碰到花瓣，光滑，柔軟，而且異常的鮮活，剎那間，四周的合唱似乎大聲了起來。

『你病了嗎，玫瑰？』

想當然爾，不會有回答。他的手指從褪色的粉紅花朵上抽離，玫瑰又揚頭恢復原先的姿態，在濺上紫漆的草叢中默然綻放出它遭人遺忘的絢爛。

玫瑰是這時候開花的嗎？傑克心裡老大納悶。野生的呢？為什麼空地上會長出一株野玫瑰來？既然有一株，為什麼沒有別株？

他仍四肢著地，趴在地上，突然豁然開朗，他大可把下午剩餘的時間（甚至他的餘生）都消磨在這裡，但絕不可能找出答案來。他曾看見它的本來面目，一如他看過這遭人遺忘、垃圾滿地的城市一隅內的每一樣東西；他看過它剝下面具、卸下偽裝的真面目。他想要再看一次，但心中想望不見得就能如願。

該回家了。

他看見在『曼哈頓心靈餐廳』買的兩本書扔在附近地上，就把書撿起來，忽然有個銀色的東西從《噗噗查理》的內頁掉了出來，落在一簇骯髒的草叢裡。傑克彎下腰，小心不傷到扭傷的腳踝，把那東西拾起來。這麼做的時候，合唱團似乎嘆了口氣，歌聲也增大，隨即又落回幾乎聽不見的嗡嗡聲。

『原來這部分也是真的。』他喃喃道。他用大拇指撫過鑰匙突出的地方，接著是V字型的凹槽，然後又沿第三個凹槽的尾端撫著s型弧線。之後他就把鑰匙塞入長褲的右前口袋裡，舉步跛行到圍牆邊。

他剛走到圍牆邊，正準備要攀上牆頭，突然心中升起一個可怕的想法。

玫瑰！萬一有人進來拔走了怎麼辦？

他不禁發出恐懼的呻吟，轉回頭，看了一陣才在鄰近建築投射的陰影下找到玫瑰——幽暗中一個嬌小粉紅的形體，脆弱、美麗、孤獨。

我不能離開它——我必須保護它！

但他心中有個人出聲了，是那個在另一個奇怪世界裡，他在驛站遇見的人。沒有人會摘它。也不會有哪個破壞狂把它踩在腳底下，因為他們遲鈍的眼睛看不出它的美。不會有這種危險，它能夠保護自己不受這類摧殘。

傑克頓時像吃了定心丸。

我能再回來看它嗎？他問這個魅影聲音道。在我心情不好，或是那些聲音又回來，又開始吵鬧不休的時候？我能再回來，看著它，得到些平靜嗎？

沒有人回答，聆聽了片刻後，傑克斷定聲音消失了。他把《噗噗查理》和《猜謎嘍！》塞進褲腰裡，塞的時候他發現書上沾滿了一條條的塵土，還黏著牛蒡。然後他按住牆頭，把自己撐起來，一腿甩上牆，然後整個人落在第二大道人行道上，落地時格外小心用沒受傷的右腳著地。

第二大道上的交通，無論是人行道還是馬路，都比先前繁忙，大家都下班了。幾名行人對這個骯髒的男孩行注目禮，他的外套破損，襯衫下襬沒塞，笨拙的從牆頭上跳下來，不過看的人並不多。紐約客早已見怪不怪。

他站在原處一會兒，有股悵然若失的感覺，但他也洞悉另外一件事——分裂的聲音依舊靜寂。起碼這是個好消息。

他瞧了瞧木板圍牆，牆上噴的打油詩似乎向他跳出來，或許是因為噴漆的顏色跟玫瑰是同一個顏色。

『巨無霸，大烏龜！』傑克唸唸有詞道。『圓圓的地球殼上背。』他打了個哆嗦。『哇，真是不平凡的一天啊！』

他轉身，朝家的方向一跛一跛而去。

19

傑克一進大廳，門房想必就按了鈴，因為電梯剛停在五樓，門一開，他父親就已站在門口。埃爾默·錢伯斯一身褪色牛仔褲，頭戴牛仔帽，讓他五呎十吋的身高立刻變成挺拔的六呎。他的黑色小平頭根根朝天；就傑克記憶所及，他父親看似遭受了什麼莫大的驚嚇。傑克一踏出電梯，手臂就給他父親一把抓住。

『看看你！』他父親的眼睛上下眨動，傑克的髒臉髒手、臉頰上太陽穴上乾涸的血跡、蒙塵的長褲、撕破的外套、像領帶夾似沾黏在他領帶上的牛蒡，盡收眼底。『進去！你究竟死哪去了？你媽都快急瘋了！』

不給傑克回答的機會，他拽著他穿過公寓門。傑克看見蕭太太站在餐廳及廚房之間的拱門下，小心翼翼給了他同情的一瞥，在『老爺』有機會逮到她之前，又匆匆消失。

傑克的母親坐在搖椅內，一看見傑克就站了起來，但她並不是跳起來，也沒有飛奔到玄關，抱住他又親又憐。她慢慢走過來，傑克評估她的眼神，猜測她從正午到現在至少服了三顆鎮靜劑。也許四顆。他的父母都篤信化學可以讓生活更美好。

『你在流血！你到哪裡去了？』她用很有教養的聲音問道。聽她的語氣別人還以為她是在跟舊識寒暄，而這名舊識不巧發生了一樁小車禍。

『外面。』他說道。

他父親猛力搖了搖他。出乎傑克意料，害得他踉蹌仆倒，又傷了扭到的左腳踝。火辣辣的疼痛竄來，他突然也怒火中燒。傑克不覺得他父親是氣他蹺課，只留下一份亂七八糟的報告；他父親生氣是因為傑克居然吃了熊心豹子膽，敢攪亂了他自己的寶貴行程。

長到這麼大，傑克對父親只有三種感覺：迷惘，畏懼，微薄困惑的愛。現在又有第四種和第五種了。一種是憤怒，一種是嫌惡。五味雜陳中還有一種思鄉之情，此刻最濃烈的感覺就是思鄉之情，就像輕煙穿透了一切。他凝視父親脹紅的臉頰，劍拔弩張的怒髮，情願回到空地去，凝視玫瑰，傾聽合唱。這裡不是我的家，他思忖道。不再是了。我還有事得做，但要是我知道是什麼事就好了。

『放開我。』他說道。

『你這是跟誰說話？』他父親的藍眼瞪大，眼球佈滿了血絲。傑克猜想他又沉迷在他的魔藥裡去了，現在恐怕不是忤逆他的好時候。但傑克打定主意，無論如何他就是要忤逆他。他才不要像隻給貓咬在嘴裡的小老鼠，任由這隻有虐待狂的臭貓亂甩。今晚不幹，也許就永遠也幹不了了。一瞬間，他豁然開朗：他的怒氣有很大一部分是來自一個簡單的事實，那就是他根本不能對父母講他過去的遭遇——現在仍不斷發生的遭遇。他們早關閉了所有遘通的大門。

可是我有鑰匙，他暗忖，隔著長褲摸索鑰匙的形狀。打油詩的剩下一半突然湧上心頭：要是你想跑來玩，今天就跟著光束追。

『我說放開我，』他重複一次。『我的腳扭到了，你弄得我更難受。』

『你要敢不聽話，我連你骨頭都拆了——』

傑克不知打哪生出一股力氣，反抓住緊握住他肩膀下方的手臂，奮力甩開。他父親震驚得下巴都合不攏。

『我不是你的手下，』傑克說道。『我是你兒子，記得嗎？要是你不記得的話，看看你桌上的相片。』

他父親的上唇向後拉，露出修整完美的牙齒，大聲咆哮，帶著三分詫異一分火氣。『不准你這樣跟我講話，先生——你的尊敬到哪去了？』

『誰知道，搞不好在回家路上弄丟了。』

『你一句話也沒有，就失蹤了一整天，現在居然還敢張開你那張不知尊重的嘴——』

『夠了！夠了！你們兩個都住口！』傑克的母親喊道。儘管有鎮靜劑的作用，她還是瀕臨落淚邊緣。

傑克的父親伸手要去抓他的手臂，又打消了主意。一分鐘前他兒子把他的手甩開的力道或許是一個原因，也可能是傑克的眼神讓他卻步。『我要知道你上哪兒去了。』

『我說了，出去了。我不會再多說了。』

『放屁！你的校長打了電話來，你的法文老師還親自跑來，他們都有一大串的問題要問你！我也一樣，而且我要聽到答案！』

『你的衣服髒了。』他母親注意到，隨即又怯怯的補上一句：『你是不是被搶了，約翰？你是不是去打曲棍球，被人搶了？』

『他被搶個屁，』埃爾默‧錢伯斯斥道。『他的手錶不是還在手上。』

『可是他的頭上有血。』

『不要緊，媽。我只是撞到了。』

『可是——』

『我要上床了，我非常非常的累。如果你們想明天早晨繼續談，沒問題。也許明天我們能說出個道理來，不過現在，我沒有話要說。』

他父親跟他在後面，伸出了手。

『不要，埃爾默！』傑克的母親幾乎是用尖叫的。

錢伯斯不理她，照樣揪住傑克的外套。『不准你就這樣走掉——』他開口訓斥，但傑克一旋身就把外套從他手裡搶了過去。這一扯，右臂下的縫線應聲裂開。

他父親看見傑克熊熊燃燒的眼神，退開了一步。他自己臉上的怒火也像是讓類似恐懼的東西潑熄了。說傑克的眼神熊熊燃燒並不誇張，他的眼睛真的好像著了火。他母親發出無力的叫聲，一手掩口，搖搖晃晃退了兩大步。砰的一聲跌進搖椅裡。

『別……煩……我。』傑克一字一字的說道。

『你到底是怎麼了？』他父親問道，語氣幾乎是可憐兮兮的。『你到底是哪根筋不對了。考試第一天你一句話也沒交代就溜出了學校。又從頭髒到腳回家來……而且表現得好像發了瘋一樣。』

哈，終於出現了——你表現得好像發了瘋一樣。自從三週前兩個分裂的聲音出現後，他就一直害怕會聽見這句話，這句令人生畏的指控。如今一旦說了出來，傑克竟發現他並沒有多害怕，或許是他在心裡終於把這件事擺平了。沒錯，他是發生了什麼事，而且還沒有結束，但他並沒有發瘋。至少目前還沒有。

『有事明天早晨再說。』他再重複一遍。他穿過餐廳，這一次他父親並沒有要阻止他。他快走到走廊了，忽然聽見他母親擔憂的聲音，不禁停下來。『約翰……你還好吧？』

他又該如何回答呢？好？不好？也可以說好也可以說不好？還是既不能說好也不能說不好？但腦海裡的聲音靜默了，這可不是小事。事實上，這是椿值得大肆慶祝的大事。

『好多了。』最後他說道。他沿著走廊到房間去，堅定的關上門。聽見門牢牢的隔開他和外面的世界，他不覺大大鬆了口氣。

20

他待在門邊一陣子，側耳傾聽。他母親的聲音很模糊，他父親的聲音大一點。

他母親說了什麼血，什麼醫師。

他父親說小鬼沒事；小鬼唯一的問題是從嘴巴裡冒出來的垃圾，而他會好好管教。

他母親說什麼冷靜下來。

他父親說他很冷靜。

他母親說——

他說，她說，嘰哩咕嚕，咕嚕嘰哩。傑克仍愛他們——他很確定這點——但有其他的事發生了，而這些事會衍生另一些事。

為什麼？因為玫瑰有點不對勁。也許是因為他想跑想玩……而且再看一次他的眼睛，那雙眼藍得像驛站上頭的天空。

傑克緩緩走向書桌，一面走一面脫下外套。外套損壞得很厲害，一隻袖子幾乎扯掉，裡襯像軟垂的帆一般擺盪。他把外套掛在椅背上，坐下來，把書放到桌上。一週半來他睡得很差，但他覺得今晚會好睡。他記不得什麼時候這麼累過。等他早晨醒來，或許他就會知道該怎麼做。

有人輕輕敲門，傑克懷著戒心轉身。

『是我，蕭太太，約翰。我能不能進來一下？』

他微笑起來。除了蕭太太還會有誰呢。他父母徵召她來當中間人，或者說翻譯更妥當。

妳去看看他，他母親會這麼說。他會告訴妳他是怎麼回事。我是他母親，而這個兩眼紅絲、鼻水不停的人是他的父親，妳只是管家，可是他不願告訴我們的事卻會跟妳說。因為妳比我們兩個都還常看見他，也許他能聽得進妳的話。

她會端著托盤，傑克臆測道。一打開門，他就笑了。

蕭太太果然端著托盤，上頭有兩份三明治，一塊蘋果派，一杯巧克力牛奶。她略帶焦慮的盯著傑克，好似以為他會向前撲，咬她一口。傑克從她的肩膀看過去，不見他父母的蹤影。他猜他們正坐在客廳，豎著耳朵偷聽。

『我想你大概想吃點東西。』蕭太太說道。

『謝謝。』說真的，他餓得前胸貼後背了，早餐過後他就什麼也沒吃。他讓到一邊，蕭太太走入房間，經過他身邊又戰戰兢兢的看了他一眼，把托盤放在書桌上。

『哦，這本書，』她說道，拿起來《噗噗查理》。『我小時候也有一本。你是今天買的嗎，約翰？』

『對。是我爸媽要妳來問我今天做了什麼嗎?』

她點頭。不掩飾,也不說謊。這不過是件雜務,就跟把托盤端出去一樣。你如果願意可以跟我說,她的表情說道,不想說的話就算了。我喜歡你,約翰,不過這真的不關我的事。我只是在這裡幹活,而且現在已經超過我的正常下班時間了。

他並不覺得蕭太太用表情所說的話有什麼不對,反倒是讓他更加平靜。蕭太太只不過又是一個他認識的人,算不上朋友……但他覺得比起學校裡的其他同學來,蕭太太更像朋友,也比他自己的父母親更親近。最起碼,蕭太太很誠實。她不會坑錢,從每月的帳單就看得出來。而且她總是把三明治的邊切掉。

傑克拿起一塊三明治,咬了一大口。波隆那香腸加乳酪,他最愛的口味。再為蕭太太加一分——她熟知他的愛好。他母親到現在還以為他喜歡玉米,討厭球芽甘藍。

『請告訴他們我沒事,』他說道,『跟我爸說對不起,我對他很粗魯。』

他才不覺得對不起,不過他父親真正在意的也不過就是道歉。等到蕭太太傳達了他的話,他父親就會放鬆心情,又拿老謊話騙自己——他已經盡到了為人父的責任,一切都沒事了,一切都沒事,一切事情都正常運轉。

『我最近準備考試太累了,』他說道,一面嚼著三明治。『可能是壓力太大,今天早上終於崩潰了。我有點嚇呆了,如果不出去,我恐怕會窒息。』他摸了摸額頭上乾涸的血跡。『至於這個嘛,麻煩妳告訴我媽只是小傷,沒有人打劫我什麼的,只是我太笨,不小心出了意外。有個搬運工推了輛手推車,我沒看見,一頭撞了上去。傷勢不嚴重,我看東西並沒有雙影,連頭也不痛了。』

她點頭。『我能了解。壓力那麼大的學校,難免會有這類事情。你只是有點嚇到,沒什麼好丟臉的，約翰。可是這一兩個禮拜來，你真的跟平常很不一樣。』

『我現在沒事了，我可能得重寫英作課的期末報告，可是——』

『喔！』蕭太太驚呼道。臉上閃過受驚的表情，匆匆把《噗噗查理》放在書桌上。『我差點忘了！你的法文老師留了什麼給你，我去拿。』

她離開了房間。傑克希望他沒讓畢塞特老師太擔心，他是個好人，現在再想想，他一定是個好人，畢竟他還親自來過一趟。傑克覺得，老師登門關心，在拍普恐怕是件少有的事，他不禁好奇畢塞特老師留下了什麼。猜來猜去，最有可能就是一張預約單，要他去找學校的心理醫師哈曲奇斯談話。若是今天早晨他聽見這消息絕對會嚇掉半條命，但今晚卻不。

今晚似乎只有玫瑰是要緊的。

他又吃起第二塊三明治。蕭太太沒關門，他能聽見她和他父母說話。這會兒他們聽起來冷靜多了。傑克喝完牛奶，抓起盛蘋果派的小碟。過了一陣子蕭太太才回來，拿著一個非常眼熟的藍色講義夾。

傑克這才發現，並非所有他畏懼的事都離他遠去了。不用說，全部的人現在都已知道了，無論是學生或教職員，要挽救也已太遲了，但這並不表示他樂意所有的人都知道他發神經了，都在他背後指指點點。

講義夾上頭用迴紋針夾了一只小信封。傑克取下來，一面拆信，一面抬頭看蕭太太。

『我爸媽現在怎麼樣了？』

她縱容自己匆促一笑。『你父親要我問你，你幹嘛不直接告訴他你得了考試熱。他說他自己小時候就得過一、兩次。』

傑克深受震憾，他父親可從不是那種沉湎於回憶的人，開口閉口就說什麼：『你知道，我小時候……』傑克盡量去把父親想像成患了嚴重考試熱的小男生，卻不太能想像出來，最多只能想像出一個穿著拍普汗衫的好鬥侏儒，一個腳踩訂做牛仔靴的侏儒，一個留著短黑髮、前額頭髮老往上翹的侏儒。

信是畢塞特老師寫的。

親愛的約翰：

邦妮・愛佛麗告訴我你今天早退。雖然我們以前都見過這種情形，尤其是在考試週，但她非常擔心你，我也是。明天一早請先來找我，好嗎？任何問題都可以解決。如果你是因為考試壓力過大——我要再重申一遍，這類事屢見不鮮——可以安排延期。我們最關心的是你的福祉。今晚你可以打電話給我，號碼是555-7661。我會等到午夜。

請記住我們都非常喜歡你，都會支持你。

祝

健康

里歐・畢塞特

傑克好想哭。有人用白紙黑字寫下了關心，感覺好溫馨，此外還有其他沒有訴諸文字的東西則更加感人，像是溫情、關懷、嘗試了解及安慰的善意（儘管會錯了意）。

畢塞特老師在信紙下端畫了一個小箭頭，傑克翻頁，繼續往下讀：

對了，邦妮要我順便附上這個——恭喜了！

恭喜？我哪來什麼喜？

他翻開講義夾，他的期末報告第一頁上附了一張紙，紙上的抬頭是柏妮塔‧愛佛麗，傑克讀著自來水筆寫的附件，愈讀愈驚異。

約翰：

里奧納無疑已表達了我們的關切——他最擅此道——因此我只談你的期末報告，我利用空堂讀過也批了成績。這份報告創意驚人，而且是多年來我看過的學生報告裡最拔尖的一份。你使用了漸進重複（『……這是真理』），可謂神來之筆，但漸進重複只是技巧。你的作文真正的價值在它的象徵層面，首先是由封面頁的火車及門扉揭開序幕，隨後貫穿全文。一路發展下來當然由『黑塔』作結，我認為你的用意是在表明傳統的企圖心非但虛假，甚至危險。

我並沒有假裝我明瞭你所有的象徵（比方說『陰影夫人』、『槍客』），但很顯然你自己就是『囚犯』（學校的、社會的等等），而教育制度則是『通靈魔』。是否可能『羅蘭』及『槍客』是相同的權威形象——或許就是你的父親？我十分的好奇，所以查閱了你的學校紀錄，發現令尊的大名是埃爾默，但我注意到他的中間名縮寫是R。

我發現這點極度的耐人尋味。又難道這名字是個雙重象徵，一方面取材自你父親，一方面取材自羅伯‧布朗寧的〈公子羅蘭來尋黑塔〉？我通常不會問大多數的學生這問題，但我知道你博覽群書！

無論如何，我極度的感動。年輕學子往往十分中意所謂的『意識流』寫法，卻極少能收放自如。而你卻駕御了意識流及象徵語言，表現傑出。

了不起！

回校後有空過來一趟——我想跟你討論把這篇報告出版在明年第一期學生文學雜誌上的事。

B‧愛佛麗

P.S.假如你今天離開學校是對我是否能夠了解一篇如此豐富的期末報告存疑的話，但願我已讓你的憂疑冰釋。

傑克把這張附件抽掉，看見了他創意驚人、意涵豐富的期末報告封面頁。上面用紅筆加圈的分數是甲上，其下的評語是：『精采至極！』

傑克忍不住大笑起來。

這一整天來的漫長、驚慌、困惑、快活、惶恐、神祕全都濃縮在哄然大笑裡。他往後靠在椅背上，低垂著頭，兩手按住肚子，眼淚潸然落下，笑得聲音沙啞。他本來笑著笑著快停住了，可是眼睛又不經意瞄到愛佛麗老師好意的評論，立刻就又捧腹大笑起來。他沒看見他父親來到門口，探頭進來看他，眼神迷惑警戒，隨後又離開，一面搖頭。

好不容易，他總算想到蕭太太仍坐在床上，帶著友善、事不關己、夾雜微微好奇的態度注視他。他想說話，一張口卻又笑不可遏。

我得克制一下，他告誡自己道。我得克制，否則會要了我的命，不是中風，就是心臟病爆發什麼的。

之後他又想，不知道她會怎麼解釋『噗－噗，噗－噗』？一想到這裡，他又忍不住狂笑起來。

最後放懷狂笑逐漸變成吃吃傻笑。他用手臂拭去滾滾而下的眼淚。『對不起，蕭太太，我只是……只是太高興了……我的期末報告得了甲上。我寫得非常……非常豐富……而且非常有……有意涵……』

他說不下去了，又彎腰捧著笑痛的肚子大笑起來。

蕭太太站起來，面帶微笑。『真是太好了，約翰。我很高興最後結果很完美，我相信你父母也會很高興。現在已經太晚了，我想我會請門房幫我叫計程車。晚安了，好好睡。』

『晚安，蕭太太，』傑克說道，賣力的控制自己。『謝謝妳。』

等蕭太太一走，他又笑翻了天。

21

接下來半小時，他的雙親分別來看過他。他們果真平靜了下來，傑克的期末報告得甲上似乎更進一步撫慰了他們。傑克把法文課本攤開在書桌上，作作樣子，其實一個字也沒看進去，他也沒打算要看。他只是在等父母親離開，好趕緊研究今天買的兩本書。他有種感覺，似乎真正的期末考仍在地平線的那端，而他急著想通過。

他父親在十點十五左右把頭探進傑克的房間，大約二十分鐘後，他母親也結束了她短暫曖昧的探視。埃爾默・錢伯斯一手夾著香煙，一手握著威士忌酒杯，豈僅是平靜多了，簡直就快醉了。傑克漠不關心的想著不知他是否也服了他母親的鎮靜劑。

『你沒事了吧，小鬼？』

『沒事了。』他又變回那個整齊的小男孩，總是克己復禮。轉向他父親的眼睛不再熊熊燃燒，而是清明澄澈。

『我想為先前的事道歉。』他父親不是個常道歉的人，所以也做得很糟。傑克竟發現自己有點同情他。

『沒關係。』

『今天誰都不好過，』他父親說道，舉了舉空杯示意。『我們何不都忘了算了。』他說得好像是才剛想到這個天大的好主意似的。

『我已經忘了。』

『好。』他父親聽來像鬆了口氣。『你不是該睡覺了嗎？明天還得去跟學校解釋，還有試得考呢！』

『大概吧，』傑克說道。『媽還好嗎？』

『好，好。我要到書房去，有很多文書作業。』

『爸？』

他父親懷著戒心轉過頭。

『你的中間名是什麼？』

他父親的神色讓傑克知道他只看了期末報告的成績，壓根就沒費心神去讀讀報告或愛佛麗老師的評語。

『我沒有中間名字，』他說道。『只有一個字母，就跟哈利・S・杜魯門一樣。只不過我不是S，是R。怎麼？』

『只是好奇罷了。』傑克說道。

他盡力保持冷靜，等著他父親離開……一等到房門關上，他就跳上床，把臉埋進枕頭裡，又一陣狂笑。

22

等他確信自己已不會再爆笑（不過偶爾他仍會像餘悸猶存一樣忍不住竊笑），確定他父親跟他的香煙、威士忌、文書、小瓶白粉安全的鎖在他的書房裡，傑克又坐回書桌，打開檯燈，翻開《噗噗查理》。他瞥了瞥版權頁，發現初版是一九四二年，而他這本是第四刷。他看著書背，卻沒有作者貝若・伊文思的資料。

傑克又翻回第一頁，盯著圖畫，上頭是個笑咪咪的金髮男人坐在蒸汽火車頭駕駛室裡。他看著男人驕傲的笑臉沉吟了一會兒，接著開始閱讀。

包伯・布魯克斯是中世界鐵路公司跑聖路易—托佩卡線的火車司機。火車司機包伯是中世界鐵路公司前所未見的優秀司機，而查理則是最優秀的火車！

查理是個四〇二蒸汽火車頭，而司機包伯是唯一一個能夠坐上前端座位，拉響汽笛的人。人人都知道查理的汽笛聲是長長的『呼呼』，只要在堪薩斯平原上聽見它的汽笛回響，大家就會說：『查理和司機包伯來了，聖路易和托佩卡之間最快的組合！』

男孩女孩會跑到院子裡看查理和司機包伯經過。司機包伯會對他們微笑招手。孩子們也會對他微笑招手。

司機包伯有個祕密，除了他沒有別人知道。噗噗查理不是個死機器，而是活生生的。有一天，他們又從托佩卡跑回聖路易，司機包伯聽見了歌聲，非常的溫柔低沉。

『誰在駕駛室裡？』司機包伯喝問道。

『你該去看心理醫師了，司機包伯。』傑克自言自語道，翻到另一頁。上頭的圖畫是包伯彎腰去看噗噗查理的自動燃煤室。傑克不由得納悶，在包伯檢查搭霸王車的人時，是誰在駕駛火車？是誰在留意鐵道上的牛隻，更別提小男孩和女孩？他覺得由此可證貝若‧伊文思並不怎麼了解火車。

『別費事了，』一個小小的、沙啞的聲音說道。『是我啦。』

『你是誰？』司機包伯問道，用的是最嘹亮、最嚴厲的聲音，因為他仍然認為是有人拿他開玩笑。

『我是查理。』那個小小的、沙啞的聲音說道。

『哈，哈，愛說笑！』司機包伯說道。『火車可不會講話！我知道的事情或許不多，可是我起碼知道這一點！如果你是查理，那你不就能自己拉汽笛了！』

『當然啊。』那個小小的、沙啞的聲音說道，才說完，汽笛就發出又大又長的呼呼聲，傳遍了密蘇里平原。

『我的天！』司機包伯驚呼道。『真的是你！』

『我早說過了。』噗噗查理應道。

『那為什麼以前我都不知道你是活生生的？』司機包伯問道。『以前你怎麼都不跟我說話？』

查理用這首歌來回答司機包伯。

『別問我蠢問題，
我不玩笨遊戲。
我只是一輛噗噗火車，
永遠都不會變。

我只想全速奔跑，
在湛藍的天空下，
當一輛快樂的噗噗火車，
直到死亡來臨。』

『我們在跑的時候你可以再跟我多說一點話嗎？』司機包伯問道。『我會很高興。』
『好啊，』查理說道。『我愛你，司機包伯。』
『我也愛你，查理。』司機包伯說道，自己拉了汽笛，只為了表達他的開心。
呼！查理的汽笛從來沒有這麼悠長過，每個聽見的人都跑出來看。

最後這部分的圖畫和封面的圖畫類似。之前的幾幅圖畫得很粗略（讓傑克想起他幼稚園最愛的書《麥克・穆勒根和他的蒸汽鏟》）。上面的火車頭就只是火車頭——活潑愉快，四〇年代的男生一定很感興趣，但怎麼說就只是個火車頭。但是最後的這一幅，卻有一張清楚的人臉，儘管查理面帶微笑，故事也頗有拙趣，傑克卻深深打了個寒顫。

他一點也不信任那抹微笑。

他回頭看他的期末報告，掃描下來。我相當肯定伯廉很危險，他讀道，這是真理。

他闔上講義夾，沉思半晌，一面輕敲手指，隨即又去看《噗噗查理》。

司機包伯和查理快樂的度過了許多日子，談了許多事。司機包伯自從多年前妻子在紐約過世後，就一個人獨居，查理是他從妻子過世後第一個真心的朋友。

有一天，查理和司機包伯回到聖路易的火車頭車庫，他們在查理的停車位上發現一個新型的柴油火車頭，而且這個柴油火車頭好厲害！有五千馬力！不鏽鋼車鉤！牽引馬達是紐約猶提卡的猶提卡引擎製造廠出品的！而在發電機後面上端是三具鮮黃色散熱涼扇。

『這是什麼？』司機包伯問道，語調擔憂，但查理只是用他那小小的沙啞聲音唱道：

『別問我蠢問題，
我不玩笨遊戲。
我只是一輛噗噗火車，
永遠都不會變。

我只想全速奔跑，
在湛藍的天空下，
當一輛快樂的噗噗火車，

直到死亡來臨。』

車庫的經理布利格士先生走了過來。

『那個柴油火車頭可真是漂亮，』司機包伯說道，『可是你得把它從查理的車位上弄走，布利格士先生。今天下午查理得換潤滑油。』

『查理不需要再換什麼潤滑油了，司機包伯，』布利格士先生難過的說。『這是來代替它的火車頭——全新的伯靈頓微風號柴油火車頭。從前查理是全世界最優秀的火車頭，可是它老了，鍋爐也漏了。恐怕查理退休的時候到了。』

『胡說！』司機包伯氣瘋了！『查理還生龍活虎得很！我會拍電報給中世界鐵路公司總部！我會親自拍電報給總裁雷蒙‧馬丁先生！我認識他，他曾頒給我服務優良獎，之後我跟查理還帶他的小女兒去兜風。我讓她拉汽笛，查理為了她叫得從沒那麼大聲過！』

『抱歉，包伯，』布利格士先生說道，『可是下令要換新柴油火車頭的，就是馬丁先生。』

他說得沒錯。於是噗噗查理就給棄置在中世界聖路易調車場的偏僻角落裡，在雜草叢生的側線上生鏽。而聖路易—托佩卡線就由叭叭叫的伯靈頓微風號入主了，查理從此封聲。以前司機包伯得意的看著鄉間景致向後飛掠的座位，成了一窩老鼠的家；煙筒裡則住了一窩燕子。查理很寂寞，而且非常悲傷。他想念軌道、藍藍的天空、開闊的空間。有時，深更半夜，他會想起那些事，忍不住流下黑色、油亮的眼淚。眼淚害他的史特拉森頭燈生鏽，但他不在乎，因為史特拉森頭燈也舊了，早就不亮了。

中世界鐵路公司總裁馬丁先生寫信給司機包伯，請他坐上伯靈頓微風號的駕駛座。『這是一個好車頭，司機包伯，』馬丁先生說道，『生龍活虎，它的駕駛非你莫屬！中世界旗下的火車司機就數你最頂尖。小女蘇珊娜從未忘記你曾讓她拉老查理的汽笛。』

但司機包伯卻回覆說既然他不能駕駛查理，那麼他的火車司機生涯也已經結束了。『我弄不懂這麼新型的柴油火車頭，』司機包伯說道，『它也不會了解我。』

後來他給指派去打掃聖路易調車場，司機包伯從此成了工友包伯。有時駕駛新型柴油火車頭的司機會嘲笑他。『真是個老傻瓜！』他們說道。『搞不清世界進步了！』

有時，夜深人靜，司機包伯會到調車場偏遠的一角去，噗噗查理就孤單的站在側線生鏽的軌道上。雜草蔓生過他的輪子，頭燈又鏽又黑。司機包伯總是跟查理說話，但查理的話卻是愈來愈少。有許多夜晚他連口都不開。

某天晚上，司機包伯的腦子裡突然浮現一個恐怖的想法。『查理，你是不是快死了！』他問。查理用最小聲、最沙啞的聲音回答道：

『別問我蠢問題，
我不玩笨遊戲。
我只是一輛噗噗火車，
永遠都不會變。

如今我已不能全速奔跑，
在湛藍的天空下，
看來我只能枯坐在這裡，

等待老死。』

傑克瞪著這部分不真算出人意料的情節插畫，儘管粗糙，卻無疑會引人落淚。查理一臉老態、破舊，為人遺忘。司機包伯看來像是失去了最後的朋友……根據故事內容，這是他僅有的朋友。傑克可以想像全美國孩子看到了這裡一定會大呼小叫，忽然想到許多兒童故事都有許多類似的東西，把酸液澆灌在你情緒上的東西。像糖果屋的故事、小鹿斑比的母親給獵人絞殺、老黃❻過世。這類情節很容易讓小孩子傷心，很容易讓他們哭，看來許多說故事的人都有虐待狂……包括貝若・伊文思。

但傑克發現，他自己並不為了查理被棄置在中世界聖路易調車場外圍的荒煙蔓草中而感到悲傷。正好相反。他想的居然是好極了，正是適合他的地方。就是那個地方，因為他很危險。就讓他爛在那裡，而且千萬別給他的眼淚騙了——人家不是說貓哭耗子嗎？

他快速讀完剩下部分。結局當然是圓滿結局，但遠在兒童不復記憶圓滿的結局之後，他們還會清清楚楚記得調車場邊緣那段的絕望。

中世界鐵路公司的總裁馬丁先生來到聖路易檢視業務。他的計畫是搭乘伯靈頓微風號到托佩卡，那天下午他女兒要舉行生平首次的鋼琴獨奏會。可是微風號卻動不了，似乎是柴油燃料裡進了水。

（是不是你動的手腳啊，司機包伯？傑克猜疑道。我打賭就是，你這隻老狐狸！）

調車場裡沒有其他的火車了！該怎麼辦？

❻老黃為迪士尼經典名片『父親離家時』片中之獵犬。本片描述人與狗之間的深刻感情，賺人熱淚。

有人扯了扯馬丁先生的手臂。是工友包伯，但他看起來卻一點也不像是擦拭引擎的工友。他脫掉了沾滿油污的丹加利褲，換上了乾淨的工作褲，頭上還戴了舊司機帽。

『查理還在這裡，在側線上，』他說道。『查理可以跑到托佩卡，馬丁先生。查理會讓你及時抵達你女兒的鋼琴獨奏會。』

『那個舊蒸汽車頭？』布利格斯先生不屑的說道。『等到太陽都下出了，查理還在托佩卡五十哩以外的地方呢。』

『查理辦得到。』司機包伯毫不退讓。『不掛車廂，我知道他辦得到！我空閒的時候一直在清理它的引擎和鍋爐。』

『就試試看好了，』馬丁先生說道。『萬一錯過了蘇珊娜的獨奏會，我會很遺憾！』

查理蓄勢待發；司機包伯給它的煤水車廂裝滿了新鮮的煤炭，燃煤室熱得連兩側都燒紅了。他協助馬丁先生爬上駕駛室，把查理倒出生鏽荒廢的側線，多年來第一次接上主幹線。他推入前進檔，拉了汽笛，查理發出熟悉的勇敢叫聲：呼呼！

聖路易全境的孩子都聽見了，紛紛跑到院子裡看生鏽的老蒸汽火車頭經過。『看！』他們大喊道。『是查理！噗噗查理回來了！萬歲！』所有人都招手，查理冒著蒸汽出鎮，漸漸加速，他自己吹響了汽笛，就如往日一樣：呼呼！

查理的輪子滾得飛快！

查理的煙筒不斷噴出濃煙！

輸送帶不停把煤炭送入燃煤室！

什麼叫生龍活虎！什麼叫風馳電掣！看啊！查理一輩子沒跑這麼快過！鄉間景色咻咻閃過，看得人眼花！他們經過了四十一號公路，公路上的汽車好似完全靜止！

『唷喝！』馬丁先生喊道，拿起帽子來揮舞。『這火車頭真是好樣的，包伯！真不懂我們怎麼會讓它退休！你是怎麼讓輸送帶速度這麼快的？』

司機包伯只是微笑，因為他知道其實是查理自己在餵自己。而且在火車吱哩喀啦、空隆空隆的聲音裡，他聽見了查理用它低沉沙啞的嗓音唱那首老歌：

『別問我蠢問題，
我不玩笨遊戲。
我只是一輛噗噗火車，
永遠都不會變。

我只想全速奔跑，
在湛藍的天空下，
當一輛快樂的噗噗火車，
直到死亡來臨。』

查理準時把馬丁先生送到了他女兒的獨奏會（那是當然），蘇珊娜看見了老朋友查理簡直是樂不可支（那還用說），會後他們全都坐上了查理，回到聖路易，蘇珊娜一路上拚命的拉汽笛。馬丁先生給查理和司機包伯一份新職務，在嶄新的中世界加州遊樂園裡搭載小朋友，而且……

到今天你仍可以在樂園裡看見他們，拉著洋溢著歡笑的兒童，在充滿燈光、音樂、樂趣的地方跑來跑去。司機包伯的頭髮變白了，查理也不像以前一樣愛說話，但他們兩人都還老當益壯，而且不時小朋友會聽見查理用輕柔沙啞的聲音唱他那首老歌。

終了

『別問我蠢問題，我不玩笨遊戲。』傑克喃喃道，看著最後一幅插圖。畫裡的噗噗查理拉著妝點著旗幟的兩節車廂，坐滿了開心的兒童，從雲霄飛車駛到摩天輪。司機包伯坐在駕駛室，拉著汽笛，看來如魚得水。傑克認為司機包伯的笑容原是要表達至高的快樂，但看在他眼裡，卻像是瘋子的傻笑。查理和司機包伯兩個都看著像瘋子……還不僅如此，傑克愈仔細看那些兒童就愈覺得他們的表情是恐懼。讓我們下車，那張張臉孔似乎都在這麼說。拜託讓我們活著離開這輛火車。

當一輛快樂的噗噗火車，直到死亡來臨。

傑克闔上書，看著書沉思，隨即又打開，快速翻頁，圈出似乎向他呼喚的字詞。

中世界鐵路公司……司機包伯……小小的、沙啞的聲音……呼呼……自從多年前妻子在紐約過世後他第一個真心的朋友……馬丁先生……世界在前進……蘇珊娜……

他放下筆。為什這些字詞會對他呼喚？紐約的那句似乎還有道理，可其他的呢？再更廣義的來看，為什麼是這本書？冥冥中注定他買下這本書，這點是毋庸置疑的了。要是他口袋裡沒有錢，他很肯定自己也會抓起書就衝出書店。可是為什麼呢？他感覺像是羅盤的指針。指針並不知道什麼磁性的北方，它只知道無論喜歡與否，一定會指著某個方向。

傑克只有一件事確定，那就是他非常非常累，要是他不趕緊爬上床，就會在書桌上睡著。他脫掉襯衫，低頭凝視《噗噗查理》的封面。

那個笑。他就是不信任那個笑。

一點也不信任。

23

睡眠並不和傑克所企盼的一般快速降臨。腦海裡的聲音又吵了起來，爭辯他是死是活，害他無法成眠。最後他坐在床上，閉著眼睛，兩手握拳壓住太陽穴。

停！他對聲音尖叫道。停！你們一整天都沒出現，快點再消失！

只要他承認我死了，我就消失，一個聲音乖戾的說。

只要他幫幫忙，睜開眼睛看清楚，我活得好好的，我就消失，另一個聲音也不客氣的搶白。

他就要放聲尖叫了，壓抑不住了，他能感覺尖叫像嘔吐一樣從底下湧到喉嚨了。他睜開眼睛，看見褲子擺在椅背上，忽然靈機一動。跳下了床，走向椅子，摸索褲子的右前口袋。

那把銀鑰匙仍在，他一握住，聲音就停了。

告訴他，他思忖道，毫無概念這個他是指誰。告訴他抓緊鑰匙。鑰匙可以趕走聲音。

他回到床上，手心緊緊握著鑰匙，頭沾枕才三分鐘，就睡著了，鑰匙鬆鬆握在手中。

III 門與魔

1

艾迪幾乎要睡著了，忽然有個聲音在他的耳畔很清楚的說：告訴他抓緊鑰匙。鑰匙可以趕走聲音。

他霍地坐起，東張西望。身邊的蘇珊娜睡得很沉，所以聲音不是她的。看來也不是別人的聲音。這八天來，他們三人一直在森林裡穿梭，沿著光束的路徑前進，今晚才在一個口袋形山谷的凹洞紮營。緊臨左手邊有條大河湃澎流過。右手邊是一片陡峭的坡地。沒有人闖入；只有蘇珊娜在睡，羅蘭醒著。他裹著毯子坐在河道邊緣，瞪著茫茫的夜色。

告訴他抓緊鑰匙。鑰匙可以趕走聲音。

艾迪只猶豫了一下子。羅蘭的心智天平正嚴重傾斜，而且是往錯誤的一邊傾斜，而最糟的一點是，沒有人比他自己更清楚。此時此刻，艾迪只能死馬當活馬醫。

最近他一直是把一張鹿皮摺起來當枕頭，他伸手到枕頭下，拿出一個用獸皮包裹的東西來，然後走向羅蘭，一直到距離他毫無保護的背部不到四步，他仍未察覺，艾迪不禁擔憂。曾經有一段時間——而且還是不久之前——就算艾迪還沒坐起來，羅蘭也會知道艾迪已醒了。他會聽見他的呼吸改變。

在海灘時，他警覺多了，那時他還因為給那個龍蝦怪咬了一口而半死不活呢！艾迪鬱鬱的思忖道。

終於，羅蘭轉過頭，看了他一眼。他的眼睛明亮，帶著痛苦疲憊，但艾迪發覺這不過是浮上檯面的感覺，在其下，還有一種漸增的困惑，放任不理的話，絕對會變成瘋狂。憐憫之情不由得填滿艾迪的胸臆間。

『睡不著？』羅蘭問道，聲音低沉，近似給下了藥。

『差點就睡著了，後來不知怎麼又醒了，』艾迪說道。『聽著——』

『我想我快死了。』羅蘭看著艾迪，眼睛不再明亮，此時注視那雙眼睛就如同望進兩口無底深井。艾迪打了個冷顫，倒不是因為羅蘭說的話，而是因為他那空洞的眼神。『你知道我希望在小路終點的空地上發現什麼嗎，艾迪？』

『羅蘭——』

『安靜，』羅蘭說道，重重的嘆了口氣。『安靜，那就夠了。一了百了……』

他兩手握拳，抵著太陽穴，艾迪心裡想著：我看過誰做這個動作，就在不久前。可是誰呢？在哪呢？

當然是無稽之談；近兩個月來他除了羅蘭和蘇珊娜之外沒見過別人。可是他仍十分肯定。

『羅蘭，我做了點東西。』艾迪說道。

羅蘭點頭，嘴角扯出鬼魅般的微笑。『我知道。什麼東西？你終於想說了嗎？』

『我覺得可能是跟這個共業有關。』

羅蘭空茫的眼神一掃而空，反而若有所思的凝視艾迪，但一言不發。

『看。』艾迪把包裹掀開來。

沒用的！亨利的聲音突然粗聲大叫起來，音量之大嚇得艾迪縮了縮。只不過是個白痴木雕！他只看一眼就會笑掉大牙！他會嘲笑你！『喔，快看吶！』他會這樣說。『小娘娘腔刻了東西喲！』

『閉嘴。』艾迪喃喃說道。

羅蘭挑高眉毛。

『我不是說你。』

羅蘭點頭，毫不驚訝。『你哥哥常常來騷擾你是吧，艾迪？』

一時間艾迪只是瞪著羅蘭，雕刻仍藏在獸皮裡。接著他笑了，不是很怡人的笑。『不像以前那麼頻繁了，羅蘭。感覺基督已略施小惠。』

『對，』羅蘭說道。『太多的聲音是心頭的沉重負擔……那是什麼，艾迪？讓我看看。』

艾迪舉高那塊梣木。幾乎完成的鑰匙漸漸浮現，就如航行的船隻先看見船首的女神頭一樣……或是劍柄從石頭縫中露出來一樣。艾迪不確定自己把火中看見的鑰匙複製了幾成（他猜測只怕永遠也無法百分之百複製，除非能找到適合的鎖開看看），但他認為雖不中，亦不遠。倒是有一件事他相當有自信：這是他刻過最好的作品。迄今為止。

『天啊，艾迪，真是漂亮！』羅蘭讚道，聲音中的無動於衷已不復見，現在的語氣是艾迪從未聽過的詫異尊敬。『完成了嗎？還沒有是吧？』

『還不算完成。』他用拇指撫過第三個V字形，再撫過最後一個V字形上的s形狀。『這個V字形還要再加工一下，還有尾端的弧度也不大對。我也不知道怎麼會這麼肯定，可我就是知道。』

『這就是你的祕密。』說得很篤定，不是問句。

『對，要是我知道這有什麼意義就好了。』

羅蘭環顧四周，艾迪也隨著他的視線看，看見了蘇珊娜。他發現是羅蘭先聽見了蘇珊娜的動靜，總算有點放心。

『你們兩個男人這麼晚了不睡在幹什麼？偷吃消夜嗎？』她看見了艾迪手上的木鑰匙，點點頭。『我還在想你什麼時候才要拿出來給大家看呢？做得很棒。我不知道有什麼作用，可是真的做得很棒。』

『你一點也不知道這是要開哪扇門的？』羅蘭問艾迪道。『這不是你的刻符？』

『不是的——可是雖然還沒完成，它卻可能有另外一個用途。』他把鑰匙往羅蘭面前伸。『我要你幫我保管。』

羅蘭並沒有接，只是緊盯著艾迪。『為什麼？』

『因為……呃……因為我覺得有人要我這麼做。』

『誰？』

你的男孩，艾迪突然想到，而且立刻就知道沒有錯。是你那個該死的男孩。但他可不想這麼說。他壓根就不願提起男孩的名字，唯恐讓羅蘭當場發瘋。

『我不知道。不過我覺得你應該試試。』

羅蘭慢慢伸手，手指一碰到，鑰匙似乎就閃過一道白光，但因為消失得太快，艾迪也不敢肯定是否他眼花了。可能只是星光。

羅蘭的手握住了鑰匙。起初他的表情沒有變化，但過了一會兒，他蹙眉歪頭，似乎在傾聽。

『怎麼了?』蘇珊娜問道。『你聽見什——』

『噓!』羅蘭臉上的迷惑逐漸變成驚異。他看看艾迪,又看看蘇珊娜,再看著艾迪。眼裡有波動的情緒,彷彿水瓶裝滿了水泡在泉水裡。

『羅蘭?』艾迪緊張的喚道。『你還好嗎?』

羅蘭低聲說了什麼,艾迪聽不清楚。

蘇珊娜一臉的驚嚇,慌張的瞧了艾迪一眼,似乎在說你把他怎麼了?

艾迪用兩手握住她的手。『我想應該沒事。』

羅蘭死命的握著木頭,有一會兒艾迪生怕木頭會給他折為兩半,但木頭很堅硬,而且艾迪刻得也很厚。槍客的喉嚨鼓起,喉結上下聳動,掙扎著想說話。最後他對著天空大喝,洪亮強健:

『消失了!聲音消失了!』

他轉過頭來,艾迪看見了沒想到會在這輩子看見的東西——就算他這輩子能活個一千年那麼長。

基列地的羅蘭在哭泣。

2

數月來第一次,羅蘭一夜無夢,緊緊握著尚未完成的鑰匙,沉沉酣睡。

3

在另一個世界,但同樣在共業的陰影下,傑克·錢伯斯卻做了此生最栩栩如生的一個夢。

他走在古森林遺跡，處處可見傾倒的樹木，低矮惱人的灌木抽打他的腳踝，想偷走他的運動鞋。他來到一帶樹齡較輕的林子（他覺得是赤楊，也可能是樺樹——他是個城市孩子，只知道有些樹是闊葉，有些是針葉），下方有條路徑貫穿而過。他選擇了這條路，前進速度稍快了些。前頭有類似空地的地方。

抵達空地前，他停了一次，因為在右邊看見了某種石頭路標。他離開小徑去查看。石頭上雕刻了字母，但侵蝕得太厲害，無法看出是什麼字。最後他閉上眼睛（他從沒在夢裡閉上眼睛過），用手指去摸每個字母，就如盲人讀點字。在眼瞼後的黑暗中，每個字母都逐漸成形，最後組成了一個句子，籠罩著藍色光芒，益發清晰：

旅人，中世界就在彼端

睡在床上的傑克把兩腿縮起，抵著胸前。握著鑰匙的手塞在枕頭下，此時手指握得更加緊。

中世界，他思忖道，當然是中世界嘛。聖路易、托佩卡、奧茲、世界博覽會、噗噗查理。

他睜開夢裡的眼睛，繼續前進。林後的空地遍地是破裂的柏油，正中央漆了黃圈，業已褪色。就算沒有看見末端的男孩站在罰球線上，拿著髒兮兮的威爾遜籃球投籃，傑克也一看就明白是籃球場。球兒一只只射入沒有籃網的籃圈，而籃框則架設在看來像地鐵票亭的東西上。緊閉的門上漆了黃黑交間的條紋，而在亭子後，或者該說亭子下，傑克聽見強而有力的機器轟隆響，聽來有些惱人，甚至可怕。

別踩到機器人，投籃的男孩叮嚀道，頭也不回。可能全都死了，可是如果我是你，我可不願冒險。

傑克四下張望，看見許多破碎的機械儀器散落。有個像是老鼠，有個像蝙蝠。靠近他的腳下有一條斷成兩截的生鏽機器蛇。

你是我嗎？傑克問道，朝投籃的男孩跨了一步，但就在男孩轉身前，他就知道答案是否定的。那男孩比傑克大，至少十三歲。髮色比較黑，看著傑克時，傑克發現他的眼睛是淡褐色的。他自己是藍眼。

你說呢？陌生的男孩說道，一個地板傳球，把球傳給傑克。

不是，當然不是，傑克說道，語氣透著抱歉。只不過這三個禮拜來，我被分成了兩半。他撈起球，從半場投籃，球在半空劃出一道高高的弧線，悄然無聲穿過籃圈。他很開心……卻又害怕聽這男孩會說出的話。

我知道，男孩說道。你一定快被搞瘋了，是吧？他穿著褪色馬德拉短褲、黃T恤，上頭寫著『中世界絕無冷場』。他的額頭上綁著綠色頭帶，以免頭髮落到眼睛上。而且在事情轉好之前，還會更糟。

這是哪裡？傑克問道。你又是誰？

這裡是巨熊門戶……也是布魯克林。

聽起來似乎沒有道理，卻又別具深意。傑克告訴自己夢都是這樣的，可這一個夢還真不像是夢。

至於我是誰，倒沒什麼重要，男孩說道。他一個勾射，球飛起，平順的落入籃圈。我是個奉命指引你的人罷了。我會帶你到你需要去的地方，讓你看你需要看的東西，可是你得小心，因為我不要認識你。再說陌生人會害亨利緊張，他一緊張就會很壞，而且他比你大多了。

亨利是誰？傑克問道。

你就別管了，只要別讓他注意你就好。你該做的是隨便晃……跟著我們。等我們離開……

男孩注視傑克，眼神夾雜著憐憫和恐懼。傑克驀然發現男孩開始褪色——他可以看透男孩的黃色T恤，看見他身後有黃黑條紋的亭子。

我要怎麼找到你？傑克突然嚇慌了。在男孩說出傑克想聽的一切之前，他就會完全消散掉。

小事一樁，男孩說道，聲音變成詭譎的迴聲。搭地鐵到合作城市，就會找到我。

不，不行！傑克喊道。合作城市那麼大！少說也有十萬人口！

這會兒男孩只是一道白濁的輪廓。只有他的淡褐色眼睛還全在，彷彿《愛麗絲夢遊奇境》裡的柴郡貓。那雙眼同情焦慮的凝視傑克。小事一樁，他說道。你找到了鑰匙和玫瑰不是嗎？照樣找就可以找到我。今天下午，傑克。三點左右應該不錯。你得小心，而且動作要快。他頓住，幽靈似的男孩透明的腳邊擺著一個舊籃球。我得走了……很高興認識你。你看起來像個好孩子，他愛你我一點也不意外。記住，會有危險。要小心……動作要快。

等等！傑克大喊，朝消失的男孩衝過去，一隻腳絆到某個破碎的機器人，乍看像是兒童的玩具牽引機。他雙腿著地，擦破了膝蓋。但他不理會傷口微微的刺痛。等等！你得告訴我這究竟是怎麼回事！你得告訴我為什麼會發生這些事！

是因為光束，現在只剩下一雙飄浮的眼的男孩回答道，也因為黑塔。最後，萬事萬物，包括光束，皆為黑塔所用。你難道覺得自己是例外？

傑克雙手亂揮，搖搖晃晃站起來。我會找到他嗎？我會找到槍客嗎？

不知道，男孩答道，此刻聲音像從一百萬哩外傳來。我只知道你一定得去找，我只知道你別無選擇。

男孩消失了。林中的籃球場上空無一人，唯一的聲音是模糊的機器嗡嗡聲，傑克一點也不喜歡這聲音。那聲音就是不對勁，而且他想機器不對勁也影響了玫瑰，反之亦然。不知怎麼，這一切都環環相扣。

他撿起磨損的老籃球，投籃。乾淨俐落的空心球……隨即全部消失。

河，陌生男孩的聲音嘆道，輕得像一陣風。似來自無處，又來自有處。答案是河。

4

黎明第一道曙光照耀，傑克就醒了過來，然後他就瞪著天花板，想著『曼哈頓心靈餐廳』的那傢伙，他叫亞倫·狄普諾。在巴布狄倫曉得把口琴音栓打開，吹G調之前，亞倫就在布利柯街上混了。亞倫·狄普諾給傑克出了一個謎語。

『什麼會滾不會走？

什麼有口不說話？

什麼有床卻不睡？

什麼有頭卻不哭？』

他知道答案了。河流會跑，河流有口，河流有床，河流有頭。陌生男孩告訴了他答案。夢中的男孩。

突然他想到狄普諾說的別句話：只對了一半。參孫的謎語有兩個，小朋友。

傑克瞟了眼床頭鐘，看見時間是六點二十分。如果他想在父母醒來之前離開，現在正是時候。今天不用上學；傑克猜想若是由他作主，最好永遠取消學校這種東西。

他把被子推開，兩腳踏到地上，看見膝蓋上竟然有刮傷，新的刮傷。昨天他在磚塊堆上失腳滑倒，摔傷了左半邊，在玫瑰旁暈倒又撞到了頭，但膝蓋好好的。

『我是在夢裡擦傷的。』傑克低聲說道，發現自己絲毫也不驚訝。他開始迅速著裝。

5

在衣櫃子後面，一堆無鞋帶運動鞋和一疊蜘蛛人漫畫書下，他找到了初中他當作書包的背包。沒有一個拍普人會願意揹背包——那東西未免太、太平凡了——傑克緊抓住背包，不禁興起一股懷舊的心情。以前的日子好似活得真輕鬆。

他塞了一件乾淨襯衫，一條乾淨牛仔褲，幾件內衣，幾雙短襪，最後再加上《猜謎嘍》和《噗噗查理》。在他到衣櫃東翻西找前，他把鑰匙放在書桌上，聲音立刻就又回來了，但是卻遙遠含糊。不要緊，他有把握可以讓聲音完全停止，只要握住鑰匙，就能讓心靈平靜。

好了，他思量道，望著背包裡面。雖然加了兩本書，還是有許多空間。還有什麼？

他思索了片刻，隨即斷定沒有遺漏什麼……但又靈機一動。

6

他父親的書房充滿了香煙和野心的味道。

一張柚木大書桌氣派十足。房間對面牆上排滿了書，另外嵌了三具三菱電視機，每一具電視都播放敵對電視台的節目，到了晚上，他父親坐在書房裡，每具電視都無聲播放黃金時段的節目。

窗帘是拉上的，傑克不得不扭開桌上的檯燈。即使穿著運動鞋，進入書房他還是覺得緊張。萬一他父親醒來，走了進來（這不無可能；無論睡得多遲，喝得多醉，埃爾默・錢伯斯都睡得很淺，起得很早），一定會生氣。最起碼會讓他想悄然逃家的打算變得棘手。愈快離開這裡，傑克也會愈高興。

書桌上了鎖，但他父親藏鑰匙的地方人盡皆知。傑克把手指伸進記事簿裡，把鑰匙鉤出來。他打開了第三個抽屜，越過懸吊的檔案，摸到冰冷的金屬。

走廊地板嘎吱一聲，傑克混身僵住。幾秒鐘過去。嘎吱沒再重複，傑克才拉出他父親為了『保護家人』所存放的武器，一把點四四魯格自動手槍。初買的那天，他父親曾很得意的拿給傑克看，那是兩年前的事了。那時他母親緊張的命令他把槍收起來，以免誤傷某人，但他父親充耳不聞。

傑克找到了側邊的按鈕，鬆脫了彈匣。彈匣發出卡嗒一聲，重重的落在他手上，在安靜的書房裡有如雷鳴。他緊張的瞄了瞄門口，再回頭檢查彈匣。裝滿了子彈。他把彈匣裝回去，又退下來。把上膛的手槍鎖在書桌抽屜裡是一回事，帶著上膛的手槍在紐約市亂走可就太不聰明了。

他把自動手槍塞到背包最底下，又在懸吊的檔案後亂摸。這次他摸出一盒子彈，約有一半滿。他記得他父親之前還到第一大道的警察靶場去練習射擊，後來就興趣缺缺了。

地板又嘎吱響。傑克一心只想趕緊離開。

他拿出先前打包的一件襯衫，攤在父親的書桌上，把彈匣和子彈盒都捲進去，然後才又放回背包裡，用扣環把背包蓋關緊。他正要走，忽然瞥見他父親的公文籃旁有一小堆文具，而在文具之上，是他父親喜愛的雷朋反光太陽眼鏡。他拿了一張紙，再想想後，又拿了太陽眼鏡，插入胸前口袋裡。接著他從筆架上抽出細金筆，在信紙的抬頭下寫上『親愛的爸媽』。

他停筆，對著稱呼皺眉。接下來呢？他究竟要說什麼？說愛他們嗎？他是愛，可那不夠——除了這個核心的真理之外，還有許許多多不愉快的真相，而這些不愉快就如鋼針刺穿毛線球般把這個核心的真理刺得全是窟窿。說他會想念他們？他不知道這句話是真是假，不覺有點恐怖。還是說他希望他們會想他？

剎那間，他明瞭了問題所在。如果他是打算失蹤一天，他就會有話可寫。但他幾乎敢百分之九十肯定他不僅失蹤一天，也不是一週，也不是一月，也不是這個夏季。他有種想法，只要他走出公寓，就永遠不會再回來。

他差點就要把紙揉掉，又改變主意。他寫道：『請保重。愛。J。』沒什麼意思，但起碼表達了點什麼。

好了吧，可以不要再試自己的運氣，該走了吧？

他照做。

公寓幾乎一片死寂。他躡手躡腳穿過客廳，屋裡只有他父母親的呼吸聲：他母親的鼾聲輕淺，他父親的鼻音重，而且每次吸氣最後都會有高音哨子聲。他走到玄關，冰箱馬達響了起來，嚇得他動也不敢動，心臟在胸腔裡怦怦亂跳。再來他就到了門口了。他儘可能輕巧的把鎖打開，隨即踏出家門，再輕輕把門帶上。

聽到嗒的一聲，他心裡似乎有塊大石落地，一股強烈的期待之情油然湧上。他不知道前途有什麼，也有理由相信會有危險，但他十一歲——他太年輕，抵擋不住突然盈滿胸臆的奇異喜悅。前方有一條高速路，一條隱藏的高速公路，可以深入某個不知名的土地。要是他夠聰明……要是他夠幸運，或許可以揭開許多的祕密。他在黎明曙光中離開了家，而等在前頭的可能是偉大的冒險。

只要我堅忍，只要我真心誠意，我就能看到玫瑰，他思忖道，一面按下電梯按鈕。我知道……而且我也會再見他。

一想到這裡，他就滿心焦急，幾乎可以稱得上狂喜。

三分鐘後，他踏出公寓大門的遮陽棚下，他住了一輩子的地方。他佇立了一會兒，隨即向左。他並不是任意決定方向，不是的。他是朝東南走，沿著光束的路徑，重拾他自己遭到打斷的追尋黑塔之旅。

7

艾迪給了羅蘭未完成的鑰匙兩天後，這三名旅人又是熱又是汗又是累又脾氣暴躁。他們穿越了一處格外難行的樹林，裡頭盡是灌木以及野火摧殘後又長出的樹木，發現了兩條乍看之下隱約像是小徑的路線，一前一後直線排列，小徑兩側古木枝椏交纏糾結。端詳了半晌後，艾迪斷定這不是小徑，應該是一條早已荒廢的馬路。灌木矮樹如雜亂的羽毛般沿著曾是起始點的地方生長。雜草叢生的凹槽是轍跡，兩道轍跡都很寬，足以讓蘇珊娜的輪椅通行。

『哈雷路亞！』艾迪高喊道。『應該乾一杯！』

羅蘭點頭，把繫在腰間的水囊解下，先遞給騎在他背上的蘇珊娜。艾迪的鑰匙已經穿上了生皮索，掛在羅蘭頸上，在襯衫底下隨著每一個動作晃動。蘇珊娜喝了一口，把水囊交給艾迪。艾迪也喝了一口，隨後就把她的輪椅支開來。這些日子來，艾迪漸漸痛恨起這個笨重的裝置；它就像個大鐵錨，不斷把他們往後拉。車軸雖然斷了一、兩根，但輪椅的狀況仍良好。有時艾迪甚至會想，這個該死的東西只怕會活得比他們都還要久。不過目前，這玩意倒是派上了用場……至少能撐一陣子。

艾迪幫著把蘇珊娜從羅蘭背上解下來，把她抱到椅子上。她雙手按住後腰，伸展一下，愉快的扮個鬼臉。艾迪和羅蘭都聽見她伸展脊椎所發出的嗒嗒聲。

前方，一隻看似獾和浣熊雜交生下的大型動物從樹林裡溜達出來，有一圈金邊的大眼睛盯著他們看，長滿鬍鬚的鼻子扭了扭，彷彿在說：『哼！什麼嘛！』然後又慢吞吞的穿過馬路，消失無蹤。在牠消失以前，艾迪注意到牠的尾巴又長又捲，活像是覆滿毛皮的彈簧。

『那是什麼東西，羅蘭？』

『學舌獸。』

『能吃嗎？』

羅蘭搖頭。『又硬又酸。我寧可吃狗。』

『你吃過？』蘇珊娜問道。『我是說狗肉。』

羅蘭點頭，但沒多說。艾迪發現自己在想保羅．紐曼一部老電影裡的對白：沒錯，女士——吃過狗，也活得像條狗。

樹上小鳥歡欣的歌唱。溫柔的微風吹過。艾迪和蘇珊娜仰臉讓風輕吻，又互看一眼，相視而笑。艾迪心中再次蓄滿了對她的感激之情——有人可以愛實在是嚇人的經驗，但滋味卻又美好之極。

『這條路是誰開闢的？』艾迪問道。

『早已消失的人。』羅蘭說道。

『就是那些製造杯盤的人嗎？』蘇珊娜問道。

『不——不是他們。這應該是條驛馬車路，如果經過了這麼多年的荒廢，路還沒消失，那必然是條通衢大道……或許就是那條大驛道。若是向下挖，可能會挖出碎石路面，甚至還有排水系統。既然我們停下來了，就吃點東西吧。』

『放飯了！』艾迪歡呼道。『快端上來！翡冷翠雞！玻里尼西亞蝦！嫩煎小牛肉配蘑菇——』

蘇珊娜用手肘推他。『別鬧了，白小子。』

『想像力豐富也有罪嗎？』艾迪快活的說道。

羅蘭把手提包從肩上拿下來，蹲下，把一小份橄欖色葉子包裹的肉乾拿出來。艾迪和蘇珊娜發現這些葉子嚐起來有一點點像菠菜，只是味道更濃烈。

艾迪把蘇珊娜推向羅蘭，羅蘭遞給她三片艾迪戲稱為『槍客的石鱸』的肉乾。她吃了起來。

艾迪轉回頭，羅蘭給了他三片葉子包著的肉乾，還有一塊別的。是那塊雕出了鑰匙的梣木。羅蘭把串著的生皮繩抽了出來，空空的掛在脖子上。

『嘿，你不是需要它嗎？』艾迪問道。

『我拿下時聲音會回來，可是非常模糊，』羅蘭說道。『我應付得了。其實，就算戴著，我還是聽得見，只不過聲音像是從下一個山頭傳來的。我想那是因為鑰匙尚未完成。自從你把鑰匙給我之後，就沒有繼續雕刻了。』

『啊……因為你戴著嘛，我不想……』

羅蘭一言不發，但褪色的藍眸卻用很有耐性的老師眼神注視他。

『好嘛，』艾迪說道，『我是怕給我刻壞了，滿意了吧？』

『根據你哥的說法，你成事不足敗事有餘……對不對？』蘇珊娜問道。

『哇，蘇珊娜・狄恩，偉大的女性心理學家。妳真是太浪費天賦了，甜心。』

蘇珊娜並不因為他的冷嘲熱諷而生氣，只是用手肘把水囊舉起來，像美國南方的白人勞工斜拿罐子似的，喝了一大口。『不過真讓我說對了，是不是？』

忽然想起他連彈弓也都還未完成，艾迪只有聳肩以對。

『你得刻完，』羅蘭溫和的說道。『我認為鑰匙派上用場的一天快到了。』

艾迪開口想說話，又閉上嘴巴。嘴巴上講當然容易，但他們兩個都沒有真正了解底線在哪裡。底線是百分之七、八十，甚至百分之九十八點五會砸鍋。但這次卻不行。萬一他真的搞砸了，不是把刻壞的東西往肩後一拋，走人就沒事了。不說別的，就拿木頭來說好了，自從離了這一塊之後，他就沒見過其他的梣木。但最讓他焦慮難安的是：這次他只准成功不許失敗。只要壞了一點點，在他們需要鑰匙來開什麼的時候，就會開不了。而且他對尾端的小曲線愈來愈緊張。看起來容易，但萬一曲線的弧度有一點點出入……

放著不管也是沒用啊，你心裡也清楚。

他嘆了口氣，凝視鑰匙。是啊，他心裡是清楚。他總得想法子完成。臨淵履冰的心情讓雕刻工作比先前更棘手，但他仍得吞下恐懼，放手一搏。也許他真能不負眾望。上帝知道，自從他坐上達美航空噴射機飛往甘迺迪機場，而羅蘭卻進駐他心中之後，他可完成了不少事。比方說他仍活著，而且神志正常，這可是了不起的成就。

艾迪把鑰匙交還給羅蘭。『暫時先戴著，』他說道。『等今晚紮營後，我再繼續刻。』

『保證？』

『保證。』

羅蘭點頭，接過鑰匙，再用生皮繩串起來。他的動作很慢，但艾迪卻注意到他右手僅餘的手指頭有多敏捷。這人的適應力實在太強了。

『真的有什麼事要發生了，是不是？』蘇珊娜突然問道。

艾迪抬頭看了她一眼。『妳為什麼這麼說？』

『我跟你一起睡，艾迪，我知道你每天晚上都做夢。有時候你還會說夢話。聽起來倒不像是惡夢，可是很顯然你腦子裡有事。』

『對，是有事，只不過我不知道是什麼事。』

『夢很有力量，』羅蘭說道。『你連一個夢也不記得嗎？』

艾迪猶豫了一會兒。『記得一點點，可是很混亂。我又變回了小時候，我只知道這麼多。是放學後，亨利跟我在馬奇街的老球場投籃，就是現在改建成青少年法院的地方。我叫亨利帶我去荷蘭丘那邊看什麼，是一棟舊房子，我們小孩子都管它叫豪宅，大家都說裡頭鬧鬼，也許真的鬧鬼，我只知道房子陰森森的，讓人毛骨悚然。』

艾迪搖頭，盡力回想。

『多年來，我第一次想到豪宅，是我們在大熊的空地，我把手靠近那個怪盒子的時候。我不知道——也許就是因為這樣我才會做夢。』

『可是其實你並不這麼想。』蘇珊娜說道。

『對，我覺得目前這一切都要比回憶來得複雜許多。』

『你跟你哥哥真去了那個地方嗎？』羅蘭問道。

『對——我說動了他。』

『有沒有發生什麼事？』

『沒有，只是很嚇人。我們站在那裡，看了一會兒，亨利取笑我，說他要叫我進去拿個紀念品出來之類的，但我知道他只是嚇唬我。他也跟我一樣的害怕。』

『就這樣？』蘇珊娜問道。『你就只夢到去那裡？那個豪宅？』

『還有別的。有人來了……我們閒蕩了一陣子。我在夢裡注意到他，不是很清楚……像是從眼角瞄到。只不過我知道我們得裝作不認識。』

『這個人那天真的在場嗎？』羅蘭問道，專注的凝視艾迪。『或者他只是夢中的一個玩伴？』

『事隔多年了，我最多不過十三歲，怎麼可能記得那麼久以前的事。』

羅蘭不發一語。

『好嘛，』艾迪終於說道。『我覺得他當天是在場。是個男孩，揹著背包或運動用品袋，我不記得是哪種。還戴著對他的臉來說太大的太陽眼鏡，是反光鏡片。』

『這人是誰？』羅蘭問道。

艾迪沉默了片刻。他正一手握著羅蘭給他的肉乾，卻胃口盡失。『我認為他是你在驛站遇見的男孩，』最後他說道。『我認為是你的老朋友傑克在遊蕩，在我跟亨利過荷蘭丘那邊的時候看著我們。我認為他跟蹤我們。因為他也跟你一樣，羅蘭，聽見了聲音，而且因為他在我夢裡，我也在他夢裡。我認為我的記憶就是目前發生的事，也是傑克的當時。他正在想辦法回來這裡。萬一在他採取行動前鑰匙沒完成——或是做錯了——他可能會死。』

羅蘭說道：『也或許他自己有一把鑰匙，對不對？』

『對，我想也是，』艾迪說道，『但那還不夠。』他嘆口氣，把最後一塊肉乾塞進口袋，留待稍後再吃。『而我不認為他知道這一點。』

8

三人繼續前進，羅蘭和艾迪輪流照顧蘇珊娜的輪椅。他們走左邊的轍跡，輪椅顛簸得厲害，路上的小石像牙齒般從土裡露出來，艾迪和羅蘭不時得把輪椅抬著走。但是比起前一個禮拜，他們的速度仍是快得多，也走得輕鬆許多。地勢漸漸往上升，艾迪扭頭回望，看見森林緩緩向下斜，頗像一道道緩和的階梯。遙望西北方，銀緞般的河流漫過一片斷裂的岩石面。他訝然領悟那兒就是他們戲稱為『靶場』的地方。如今靶場已給他們遠遠拋在身後，隱約消失在這個夢幻似的夏日午後。

『停車，小子！』蘇珊娜尖聲高喊道。艾迪回過臉來，及時把輪椅停住，差一點就撞上羅蘭。羅蘭早已停下，正探視小路左邊的灌木叢。

『你再不小心，我就吊銷你的駕照。』蘇珊娜暴躁的說道。

艾迪不理她。也順著羅蘭的視線望過去。『怎麼了？』

『要答案只有一個辦法。』他轉身，把蘇珊娜從輪椅上抱起來，讓她攀上他的背。『我們都過去看看。』

『把我放下來，大小子——我自己會過去。而且不怕你們知道，我比你們兩個還輕巧。』

羅蘭輕輕把她放在雜草蔓生的轍跡上，艾迪乘機窺探樹林內。向晚的陽光投下層層疊疊的陰影，但他覺得他也看見了吸引羅蘭目光的東西。是一塊灰色的大石頭，幾乎給藤蔓完全遮住。

蘇珊娜滑溜得像條鰻魚似的鑽進了路旁的樹林內，羅蘭和艾迪尾隨在後。

『是個路標吧？』蘇珊娜用雙手撐起身體，研究著長方形的石塊。以前是直立的，現在卻歪歪斜斜倒向右邊，活像個舊墓碑。

『對，把刀給我，艾迪。』

艾迪把刀遞給他，也蹲在蘇珊娜旁邊，看著羅蘭把藤蔓割開。藤蔓落地，他看見石上刻了字母，字母侵蝕難辨，但在羅蘭割掉一半的藤蔓之前，他就已知道石上刻了什麼字：

旅人，中世界就在彼端

9

『這是什麼意思？』最後是蘇珊娜先開口問，聲音輕柔，充滿敬畏，眼睛上下衡量石碑的底座。

『意思是我們正靠近第一個舞台的末端。』羅蘭的神情嚴肅，若有所思，把刀子交回給艾迪。『我看我們就順著這條舊驛馬車道往下走——應該說讓驛道帶著我們走。因為它和光束的路徑是相同的。樹林很快會終止。我預計會有很大的改變。』

『中世界是什麼？』艾迪問道。

『在比現在還早的時代，統治地球的大王國之一，是一個希望、知識、光明的王國——就是在黑暗籠罩我的土地之前，我們想要保住的那些東西。將來如果有時間，我會把所有的老故事統統告訴你們……至少告訴你們那些我知道的故事。這些故事組成了一幅很大的織錦畫，很美也很悲傷。

『根據老故事，中世界的邊緣有座大城——或許和你們的紐約一樣大。現在大城就算還在，也已是廢墟了。但可能會有人……或是怪物……或兩者都有。我們得提高警覺。』

他伸出只剩兩根手指的右手，撫摸銘文。『中世界，』他用低沉冥思的語氣說道。『誰會想到……』他的聲音漸漸消失。

『這也是無可奈何的事吧。』艾迪說道。

槍客搖搖頭。『是啊。』

『一切都是業。』蘇珊娜忽然說道，兩個男人都看著她。

10

距離天黑還有兩小時，因此他們繼續前進。道路持續向東南，沿著光束之徑，另有兩條比較小，而且雜草叢生的路匯入他們走的這條。第二條小路有一側是長滿青苔的頹垣，想必以前是巍峨的石牆。附近有十來隻胖嘟嘟的學舌獸坐在斷牆上，張大鑲金邊的眼睛盯著這三個朝聖者看。對艾迪而言，牠們就像是心裡想著絞刑的陪審團。

路愈來愈寬，也愈來愈清晰。他們有兩次經過了已成空殼的建築物。第二棟建築根據羅蘭的說法可能是風車。蘇珊娜說好像鬼屋。『真有鬼我也不會意外。』羅蘭答道，一臉的正經，把另外兩人嚇壞了。

天色已暗，他們不得不停下。這時附近的樹木已稀少，追逐了他們一整天的微風變成淡淡的暖風。前方的地勢持續爬升。

『再一、兩天我們就會爬上那邊的山脊頂，』羅蘭說道。『到時再看。』

『看什麼？』蘇珊娜問道，但羅蘭只是聳肩。

當晚，艾迪又開始雕刻，但沒有真正的靈感。鑰匙剛成形時的自信快樂消失了，他的手指感覺笨拙彆扭。幾個月來頭一次他渴望起海洛因來。不用太多；他確信只要五分錢硬幣大小的一袋，捲進一塊錢鈔票裡，就能讓他飄飄欲仙，一眨眼間了結這個雕蟲小技。

『你在笑什麼，艾迪？』羅蘭問道。他坐在營火的對面，低矮的火苗在兩人之間隨風起舞，飄忽難測。

『我在笑嗎？』

『對。』

『我只是想到有的人真的很笨——把他們放進有六扇門的房間裡，他們還是會筆直撞上牆壁，然後居然還有膽對著牆壁大發牢騷。』

『如果你很害怕門後可能會有的東西，也許撞牆反而比較安全。』蘇珊娜說道。

艾迪點頭。『大概吧。』

他刻得很慢，想看出木頭中潛藏的形狀，尤其是那個小s弧線。他發現那個形狀愈來愈隱晦不明。

拜託，上帝，幫幫我，別讓我搞砸了，他在心裡唸唸有詞，但其實萬般害怕他已經哪裡弄錯了。最後他只得放棄，把幾乎原封未動的鑰匙還給羅蘭，縮在獸皮下睡了。五分鐘後，男孩及馬奇街舊球場又在夢中出現。

11

傑克大約在七點十五分跨出公寓，也就是說他有八個多小時的時間得消磨。他考慮要直接搭火車到布魯克林，又覺得這主意不好。逃學的孩子在河岸後方要比在大都市中心來得醒目，再說，如果他真的去找那個地方跟那個要和他見面的男孩，還沒找到他就已經筋疲力盡了。

小事一樁，那個一身黃T恤、頭上綁綠手帕的男孩說道。你找到了鑰匙和玫瑰不是嗎？照樣找就可以找到我。

問題是傑克壓根不記得是如何找到鑰匙和玫瑰的，只能記得充盈心中的喜悅和篤定。他只能希望能再誤打誤撞一次。同時，他不停的動，這是在紐約不引人注目的最佳方法。

到第一大道他大半是徒步的，接著他又掉頭往來時路走，遵循著燈號（或許在內心深處他知道燈號也是服膺光束的）一點一點的朝上城而去。十點左右，他發現自己來到了第五大道的大都會美術館。他又熱又累又沮喪，真想來罐汽水，但覺得還是謹慎使用手頭上那一點點錢比較好。他把床邊存錢盒裡的每一分錢都拿了出來，但加加減減也不超過八塊錢。

一群學生排隊等著去參觀。公立學校，傑克有九成九的把握——他們的打扮跟他一樣隨意。沒有保羅‧史都華的夾克，沒有領帶，沒有套頭毛衣，沒有從『漂亮美眉』或『裝可愛』等商店買來的高價簡單短裙。這一群人全身上下都是大賣場的衣物。傑克一時興起，也排在最後一位，跟著他們進了美術館。

這一參觀就用掉了一小時十五分鐘，傑克很喜歡。美術館內很安靜，更好的是還有空調。而且圖畫很美，他尤其喜歡弗烈德瑞‧雷明頓❼的老西部系列畫作以及湯瑪士‧哈特‧本頓❽的一幅大畫，畫面上是一輛蒸汽火車頭穿過原野馳向芝加哥，而農田裡有強壯的農夫頭戴草帽、身穿工作服，看著火車飛馳。他混在學生隊伍中，一直到最後才被兩個帶隊老師中的一個注意到，然後一名穿著嚴肅藍色套裝的漂亮黑人輕拍了他的肩膀，問他是誰。

傑克並沒發現她靠近，剎那間腦筋停止轉動。他不假思索，把手伸入口袋，握住鑰匙，頭腦立刻清明，感到鎮定。

『我那一隊在樓上，』他說道，慚愧的笑了笑。『我們是來參觀現代藝術的，可是我比較喜歡下面這裡的東西，因為這些圖畫比較真。所以我就……妳知道的嘛……』

『中途脫隊？』女老師幫他說完。嘴角微彎，壓制著笑意。

『我覺得用「不告而別」來形容比較貼切。』這句話不知怎麼就溜出了口。

瞪著傑克看的學生都一頭霧水，但帶隊老師卻忍不住笑出聲來。『你要不是不知道就是忘了，』她說道，『但在法國外籍兵團裡，逃兵是得射殺的。我建議你立刻回原隊伍去，年輕人。』

『是，老師。謝謝妳。反正他們也該看完了。』

『你是哪家學校？』

『馬奇中學。』傑克說道。這名字也是不知打哪冒出來的。

他上樓去，聆聽著在寬廣的圓形大廳迴盪的腳步聲和低沉談話聲，心裡納悶自己怎會那樣回答。他這輩子也沒聽說過有個叫馬奇中學的學校。

12

他在樓上大廳等了一會兒，因為發現有名警衛愈來愈好奇的看著他，就決定不該再等下去了——他只能祈禱剛才混入的那一班已離開。

他看看手錶，臉上裝出一個他希望是『天啊，這麼晚了！』的表情，疾步下樓。那一班

❼Frederic Remington（一八六一—一九〇九），美國畫家、雕塑家、作家，被認為是描繪西部的一流寫實藝術家。
❽Thomas Hart Benton（一八八九—一九七五），美國畫家。一九三〇年代倡導鄉土主義運動。

學生以及那位想到法國外籍兵團而笑出聲的漂亮黑人老師已經走了。傑克覺得他也該走了。他決定先步行一陣子——安步當車，因為天氣太炎熱——然後再搭地鐵。

在百老匯和四十二街街口，他停在一個熱狗攤前，用他僅有的錢買下一根甜香腸和一罐果汁汽水。他坐在一家銀行階梯上吃午餐，卻發現犯了個大錯。

一名警察向他走來，還把警棍耍得花樣十足。他似乎是一心一意在耍著警棍玩，可是他走到傑克面前時，卻猛然把警棍插入鞘裡，轉頭盯著他。

『嘿，小伙子，』他說道。『今天不用上學嗎？』

傑克正狼吞虎嚥吃著香腸，最後一口突然卡在喉嚨裡。真是走狗屎運了……如果狗屎運也算運氣的話。這裡是時代廣場，美國的龍蛇雜處中心，到處可見毒犯、毒蟲、妓女、嫖客，這個警察卻偏偏盯上他。

傑克用力吞嚥，然後說：『我的學校是期末考週，我今天只考一科，考完就可以離開了。』他停住，不喜歡警察臉上那對明亮探究的眼睛。『我不是蹺課。』他緊張的說完。

『是嗎。有沒有證件借看一下？』

傑克心一沉。難道他父母已經報警了？他猜大概是，因為有昨天的前車之鑑。一般的情況下，紐約警察對失蹤的孩子是不會多留意的，尤其是個離家不過半天的孩子，可是他的父親是網路電視公司的大人物，對自己很吃得開這件事向來是掛在嘴邊的。傑克不禁懷疑這名警察是否連他的照片都有……或許沒有，但鐵定知道他的名字。

『呃，』傑克不情不願的說道。『我只帶了中世界巷的學生折扣卡。』

『中世界巷？沒聽說過。那是在哪兒？皇后區嗎？』

『不是中世界，是中城巷。』傑克趕緊改口，心裡想著：天啊，這可真是欲蓋彌彰了，得趕快想個辦法。『你知道嗎?就在三十三街?』

『好,折扣卡也行。』警察伸出手。

有個一頭恐怖鬈髮披散在肩上的黑人朝他們這邊瞧,他身上那套西裝還是鮮黃色的。『呆捕他,雀雀!』這個幽靈似的人歡天喜地的說道。『呆捕遮個白泡泡的笨蛋!織行公務,快呀!』

『閉嘴,閃一邊去,艾里。』警察說道,頭也不回。

艾里大笑,露出好幾顆金牙,走了開去。

『你為什麼不查他的身分證?』傑克問道。

『因為現在我問的人是你。快點拿出來,孩子。』

警察要不是知道他的名字,就是察覺到不對勁——這一點也不意外,因為他是這地區唯一一個沒在動的白人。反正結果都一樣:坐在這裡吃午餐實在是失策。可是他走得腳痛,又餓了,可惡——都壞在不爭氣的肚子上。

你不可能阻止得了我,傑克思忖道。*我不會讓你阻止我。今天下午我得和某人在布魯克林見面……我一定要趕到。*

他伸手去掏東西,但不是伸手去掏皮夾,而是伸手到前襟口袋裡,把鑰匙掏了出來。他把鑰匙舉高給警察看;近午的陽光照耀在鑰匙上,在警察的臉頰上、額頭上反射出圓圓的光圈。他瞪大眼睛。

『嘿!』他喘了口氣。『你手上是什麼,孩子?』

他伸手要拿,傑克趕緊稍微往後縮。反射的光圈催眠似的在警察臉上跳動。『你不需要拿走,』傑克說道。『不用拿走你就能看見我的名字了,不是嗎?』

『對，沒錯。』

警察臉上的好奇退去，一心一意盯著鑰匙看，眼睛瞪得很大，但並沒有完全茫然。傑克從他的表情看出驚異和意外的快樂。看吧，我就是這樣，傑克想道，無論到哪裡都散播歡樂和善念。問題是，我現在該怎麼辦？

一名女郎（顯然不是圖書館員，看她的綠色絲質熱褲和透明上衣就知道）扭腰擺臀走上了人行道，腳上的紫色高跟鞋有三吋高。她先瞧了瞧警察，又瞧瞧傑克，看警察是在看什麼。等她看了個仔細之後，她猛然打住，一隻手舉起，撫著喉嚨。後面有個人撞上她，大罵她是不是不長眼。這名大概不是圖書館員的女郎毫不理會。這下子傑克發現有四、五個人都停了下來，全都瞪著鑰匙看。他們就好像是在街上看到某個手法很高明的發牌人在玩猜牌賭局一樣，漸漸聚集起一小群觀眾。

你還真懂得怎麼避人耳目是吧，他想道。嘿，有了。他瞄了瞄警察的肩後，看見街尾有個招牌，上頭寫道『丹比廉價藥局』。

『我的名字是湯姆．丹比，』他跟警察說道。『我的保齡球優待卡上寫得清清楚楚——對不對？』

『對，對，』警察低聲說道。對傑克已毫無興趣，只有鑰匙讓他全神貫注。反射的光圈在他臉上跳動旋轉。

『你不是在找一個叫湯姆．丹比的人吧？』

『不是，』警察說道。『從沒聽說過這個人。』

這會兒警察身邊起碼聚集了六個人，每一個都默默瞪著傑克手中的銀鑰匙。

『那麼我可以走了吧？』

『啊？哦！可以，可以——看在你父親分上！』

『謝謝。』傑克說道，但一時間有些猶豫，不知該如何脫身。有一小群僵屍把他圍困在中央，而且人牆愈來愈厚。這些人只是來看看是怎麼回事，可是凡是看見鑰匙的無不整個人僵住，瞪大眼睛。

傑克站起來，緩緩拾級而上，把鑰匙舉在前方，儼然馴獸師舉著椅子擋在獅子和自己之間。等他踏上頂層，他立刻把鑰匙放入口袋，轉身就跑。

他一直衝到廣場另一頭才停步，回頭張望。那一小群圍住他方才所站之處的人逐漸回過神來，彼此面面相顧，表情茫然，隨即慢慢走開。警察茫然的瞧了瞧左邊，又瞧了瞧右邊，然後仰頭向天，彷彿是在盡力回憶他是如何而來又是為何而來的。傑克看夠了。該去找地鐵站，在又有怪事發生之前把自己送到布魯克林了。

13

當天下午兩點一刻，他緩步走上地鐵站台階，停在城堡街和布魯克林街交口，凝視著合作城市的沙岩高塔，等著確定感及方向感浮上心頭——也就是能未卜先知的感覺。結果卻什麼也沒有。什麼感覺也沒浮上心頭。他只不過是個站在炎熱的布魯克林街角的男孩，短短的影子躺在腳邊，像隻疲憊的寵物。

好了，我來了……現在該怎麼辦？

14

傑克發現自己一點主意也沒有。

羅蘭這一小隊旅人終於攻頂，這一段山路雖緩，卻也漫長。此刻他們站在山頂上向東南眺望，好半晌沒人開口。蘇珊娜張口兩次，卻都欲言又止。身為女人，她是有生以來第一次真正的啞口無言。

在前方一大片平原綿延開來，夏日的午後金光燦然照耀，看似無邊無際。青草豐潤，而且草長及腰。平原上處處點綴著一簇簇修長的樹木，樹冠亭亭如蓋。蘇珊娜曾見過類似的樹木，是介紹澳洲的旅遊影片。

他們走的路猝然下降，在山的另一頭，又像繩子般筆直朝東南而行，像一條亮白色的巷道分開青草而過。西方幾哩外，她看見有大型動物在安詳的吃草，看起來像水牛。東方，森林的尾巴彎成半島，伸入草地中，幽暗的、糾結的形狀儼然是一條翹起拳頭的手臂。

他們一路上看見的溪流都朝那個方向流，她忽然想通了。這些溪流都是支流，都要匯入那座手臂似的林子，然後流出，成了在夏日陽光下平靜流動，做著夢似的大河，然後一齊奔向世界的東端。大河很寬，兩岸間只怕隔了兩哩。

而且她看到了城市。

寂然不動擋在前方，只見一片霧濛濛的尖頂高塔，聳然矗立在遙遠的地平線那頭。那些虛幻的城垛可能有一百哩之遙，或是二百哩，甚至四百哩。這個世界的空氣好似清純無瑕，也因此很難判斷距離。她只能確定看見那些模糊的高塔讓她心裡充滿了無聲的訝歎……也讓她深深思念起家鄉紐約來。她心想：我相信只要能讓我從三區大橋上總覽曼哈頓市，我大概什麼都願意做。

才剛這麼想，她就忍不住微笑，因為這不是實話。說真的，無論拿什麼跟她換，她都不願換掉羅蘭的世界。這裡沉默的奧祕和空曠的空間太迷人，再者她的愛人也在這裡。在紐約——

—當然是她那個時代的紐約——他們會是受嘲弄、受氣的對象，每個白痴拿來消遣的笑柄：一個二十六歲的黑人女子跟比她小三歲的白種愛人，而且這個白種人只要一興奮還會有些口齒不清。一年半前，她的白種愛人還飽受捉弄取笑，但在此地沒有人嘲笑，在此地沒有人指指點點。在此地只有羅蘭、艾迪和她自己，這世界最後的三名槍客。

她握住艾迪的手，感覺艾迪也回握，既溫暖又讓人安心。

羅蘭比著前面。『那一定就是傳河，』他用低沉的聲音說道。『我從沒想過今生能親眼看見……甚至不確定是不是真有這條河，就像守護神一樣。』

『好美的河。』蘇珊娜喃喃說道，無法把目光從眼前遼闊的平原上移開，在夏日的搖籃裡編織幻夢。她發現自己的眼睛循著樹影跨越平原，似乎跨越了好幾哩，因為太陽漸漸西墜。『我們的大平原在有人定居之前——甚至在印地安人出現之前——一定也是這個樣子。』她舉起空著的那隻手，指著大驛道縮小成一個點的地方。『那裡就是你的城市，』她說道。『對不對？』

『對。』

『看起來還好，』艾迪說道。『可能嗎，羅蘭？可能它到現在還相當完整。那也是那些舊民建立的嗎？』

『這些日子來什麼都有可能，』羅蘭說道，但語氣卻存疑。『不過你還是不應該抱太大的期望，艾迪。』

『啊？喔，我不會啦。』其實艾迪心底的希望之火確實升了起來。遠方那模糊的城市輪廓喚醒了蘇珊娜的鄉愁，在艾迪心裡卻點燃了一團假設的烈焰。假設城市仍屹立——目前看來顯然如此——就可能有人煙，或許不只是羅蘭在山下遇見的次人類。城市的居民可能是

（美國人，艾迪的潛意識嘟囔道。）

聰明伶俐，見義勇為的人，甚至能夠向這群朝聖者解釋此次追尋成功或失敗的差異所在……甚至是生命與死亡的差異所在。在艾迪心裡有個畫面（泰半是剽竊自電影，諸如『最後星際戰將』、『黑水晶』等）閃閃發光：有一群垂垂老矣但莊嚴可敬的長老組成市議會，他們會命令市內官員從未受損的商店（或是從環保氣泡裡培養的特殊菜園）供應珍饈美食，他、羅蘭、蘇珊娜埋頭大啖，而長老會詳盡解釋等在他們前面的會是什麼，又有何意義。而他們贈送這群旅人的臨行禮物，是一份經過認證的旅遊地圖，用紅色標示出前往黑塔的最佳路線。

艾迪並沒聽過什麼是『騰空而來的神仙❾』，但他活得夠久，也已經知道這類睿智親切的人多半活在漫畫書和二流電影裡。儘管如此，他仍覺得這個想法很吸引人：在這個危險、幾乎不見人煙的世界裡，有一個避世而居的文明；睿智老者、精靈似的哲人會告訴他們究竟該何去何從。而遠處那模糊的城市輪廓，讓這個想法似乎有一點點的可能成真。即使城市荒蕪頹敗，而且遠在多年前，一場瘟疫或突發的化學戰爭早已將城市人口摧毀一空，但他們仍然能夠把它當作工具箱，一個巨大的陸空盈餘儲藏室，讓他們能得到裝備，為艾迪認定的坎坷前程作準備。再者，他是個城市人，在城市出生長大，一看見那些高塔，心裡自然而然就激動起來。

『好吧！』他說道，幾乎要興奮得笑出來了。『嘿呵，來吧！把那些聰明的小精靈帶上來！』

蘇珊娜盯著他看，完全摸不著頭腦，但仍帶著笑。『你在胡說八道什麼啊，白小子？』

『沒什麼，沒什麼。我只是想該走了。你說呢，羅蘭？要不要——』

但羅蘭的表情，或者該說是他隱藏在表情之下的情緒——有些失落，又有些夢幻——讓艾迪沉默下來，一手環住蘇珊娜的肩，彷彿在保護她。

15

匆促一瞥城市的輪廓後，羅蘭的視線落在某個靠他們目前的位置更近的東西上，而那東西讓他心裡充滿了不祥的預感。他以前見過類似的東西，上次遇見時，傑克跟他在一起。他憶起他們是如何辛苦的走出了荒漠，黑衣人留下的足跡引領著他們穿過山麓丘陵，前往山區。那是艱辛漫長的途程，但至少有水，有青草。

有天晚上，他醒來發現傑克不見了。他曾聽見被扼住、迫切的聲音從一條涓涓細流旁的柳樹叢裡發出。等他撥枝拂葉，趕到樹叢核心的空地，男孩的叫聲也停了。羅蘭發現他所站之地就和下方與前方的地勢一模一樣，是一個遍地石頭的地方；一個犧牲的地方；一個神諭存在……而且在非不得已時會開口……能殺戮就絕不手軟的地方。

『羅蘭？』艾迪喚道。『怎麼了？有哪裡不對？』

『你們看見那裡了嗎？』羅蘭問道，比著那個方向。『那是通靈圈。你們看見的形狀是高聳的石頭。』他發現自己瞪著艾迪，他第一次遇見艾迪是在另一個陌生的世界那個嚇人卻奇妙的飛行器上，那裡的槍客穿著藍制服，而且有用不完的糖、紙、還有如阿斯汀的仙丹妙藥。某種奇怪的表情——某種的先知先覺——漸漸出現在艾迪臉上。剛才瀏覽城市輪廓所生的希望如一陣煙似的消散了，只在他臉上留下了死灰的顏色和黯淡蕭瑟。那是一個即將上絞架

❾Dues ex machina，為希臘戲劇中由機器操作突然出現舞台來收拾殘局的神。

的人仔細打量絞架的表情。

起先是傑克，現在是艾迪，羅蘭心裡想道。轉動我們人生的巨輪毫無惻隱之心，總是輒向同一個地方。

『喔，狗屎，』艾迪咒道。聲音乾澀驚嚇。『我覺得那個地方就是那個孩子想辦法過來的地方。』

羅蘭點頭。『很可能。這些地方很稀薄，也很迷人。我以前跟著他到過像這裡的一個地方。那裡的神諭差點就殺了他。』

『你怎麼會知道？』蘇珊娜問艾迪道。『是夢見的嗎？』

他一逕搖頭。『我不曉得。可是羅蘭一指出那個鬼地方……』他沒說完，只盯著羅蘭。

『我們得趕到那兒，愈快愈好。』艾迪的口氣是既狂亂又畏懼。

『會在今天發生嗎？』羅蘭問道。『今晚？』

艾迪又搖頭，還舐了舐唇。『我也不曉得。很難說。今晚？我看不是。時間……這裡的時間跟孩子那邊的時間不一樣。在他的時空裡，時間過得比較慢，也許是明天。』他一直在壓抑心底的驚惶，但這會兒壓抑不住了。他一轉身，揪住羅蘭的襯衫，手抖個不停，冷汗直流。『我應該要把鑰匙完成的，我卻沒做到，我應該要做別的事的，可是我連是什麼事都搞不清楚。萬一孩子死了，都是我的錯！』

羅蘭扣住艾迪的雙手，硬生生從襯衫上扯開。『控制一下。』

『羅蘭，難道你不懂——』

『我知道哀叫拉扯並不能解決你的問題。我知道你忘了你父親的臉。』

『少放屁了！我他媽的才不管什麼老子不老子呢！』艾迪歇斯底里的喊道，但羅蘭卻摑了他一耳光，清脆的一聲，好似樹枝折斷。

艾迪給打得向後仰，震驚得張大了眼睛。他瞪著羅蘭，緩緩舉手撫著頰上的紅印。『王八蛋！』他低聲咒罵，一手按住他仍繫在左臀的槍柄上。蘇珊娜見狀，趕緊雙手去搶，但艾迪把她的手推開。

現在又要教學了，羅蘭思忖道，只不過這次是為了我自己的性命，也為了他的性命而教。四周一片寂靜，驀然遠處有隻烏鴉嘎聲大叫，霎時間羅蘭想起了他的老鷹大衛。眼前他的鷹是艾迪……而且就如同大衛，只要羅蘭退讓一吋，他就會毫不猶豫的啄瞎他的眼睛。或啄出他的喉管。

『你要對我開槍？你想這樣了結嗎，艾迪？』

『媽的，我受夠了你的說教了。』艾迪斥道。眼睛因為淚水和憤怒而視線模糊。

『你沒完成鑰匙，但並不是因為你害怕去完成。你是害怕自己沒有辦法完成。你害怕下去那個石頭聳立的地方，不是因為你害怕一旦進入了圈子會有什麼出現，而是怕什麼不會出現。你怕的不是外面的大世界，艾迪，你怕的是心裡的小世界。你沒有忘記你父親的長相。動手吧，有種的話就開槍射我。我受夠了聽你哭訴了。』

『別說了！』蘇珊娜對羅蘭尖叫道。『你難道看不出他真的會開槍？你難道不知道你是在逼他開槍？』

羅蘭別過臉去看她。『我是在逼他作決定。』他又回過臉來盯著艾迪，風霜的臉上神情嚴峻。『你走出了海洛因的陰影，也走出了你哥哥的陰影，朋友。有種的話就走出你自己的陰影。來呀，不是走出來就是開槍，一了百了。』

霎時間，他覺得艾迪真會開槍，來個一了百了，就在這個高崗上，就在萬里無雲的夏空下，就在遠處城市的高塔有如藍色鬼魅般閃爍的地方，把一切做個了斷。但接著艾迪的臉頰抽動，嚴厲的嘴巴線條軟化，顫動了起來。按著白檀木槍柄的手挪開，胸膛起伏一次……兩次……三次。張開嘴，所有的絕望恐懼一股腦兒的吐出，化做一聲悲苦的呻吟。他對著羅蘭脫口而出。

『我是害怕，你這個沒心沒肺的王八蛋！你難道不懂？羅蘭，我是害怕！』

不知如何，他的兩隻腳互相纏住，向前顛躓，羅蘭在他仆倒之前及時接住他，鼻中嗅到他皮膚上的汗水和塵土味，嗅到他的眼淚和恐懼。

羅蘭定定的摟住他一會兒，隨後將他轉個方向，交給蘇珊娜。艾迪在她的輪椅旁跪下，疲憊的垂著頭。她一手撫著他的頸背，讓他把頭靠著她的大腿，熱辣辣的對羅蘭說：『有時候我真恨你，白佬。』

羅蘭用掌緣按著額頭，按得很用力。『有時連我也恨我自己。』

『可是也阻止不了你，是不是？』

羅蘭不置一詞，只是凝視艾迪，他一邊臉頰貼著蘇珊娜的大腿，緊閉著眼。一臉的悲慘。沉重的疲憊讓羅蘭只想把這次的討論延到其他的日子，但他奮力抗拒著。萬一艾迪說對了，那過了今天就沒有明天了。傑克已經準備好要採取行動，而艾迪則獲選成為把傑克帶到這世界的助產士。要是他沒準備好，傑克就會在進入的當口死亡，正如胎兒在生產過程中給母親的臍帶纏死一樣。

『站起來，艾迪。』

有那麼一下子，他以為艾迪會繼續癱在那裡，把臉藏在女人的腿後。果真如此的話，一切都將歸於徒勞……而這也是業。但艾迪慢慢站了起來，但身體全部是下垂的，雙手、肩膀、頭、頭髮，不妙，但至少他站了起來，總算有進展。

『看著我。』

蘇珊娜不安的動了一下，卻沒有開口。

艾迪緩緩抬頭，用顫巍巍的手把額上的頭髮撥開。

『這是你的，無論我的痛苦有多深，我都不該拿去。』羅蘭捲住生皮索，用力扯斷，把鑰匙交給艾迪。艾迪做夢似的伸出手，但羅蘭並沒有立刻攤開手掌。『你會去做該做的事嗎？』

『會。』他的聲音幾乎聽不到。

『你有什麼事要對我說嗎？』

『我很抱歉我害怕。』艾迪的聲音不對，傷了羅蘭的心，他猜他知道是哪裡不對：艾迪殘餘的童年正在他們三人的面前氣絕身亡。雖然看不見，羅蘭卻聽得到它益漸虛弱的哭號。他盡量讓自己聽不見。

又一樁我以黑塔之名幹下的惡事。我的清單愈來愈長了，有一天算總帳的時候到了，就像老是賒帳的酒鬼，付帳的日子迫在眉睫。到時我該如何償還？

『我不要聽你道歉，至少不要聽你為了害怕道歉，』他說道。『沒有了恐懼，我們什麼也不是，不過是口吐白沫、屎尿齊流的瘋狗。』

『你到底要怎樣？』艾迪吼道。『你拿走了一切——我能給予的一切！你到底還要我怎麼樣？』

羅蘭遞出鑰匙，一言不發。這是傑克・錢伯斯獲救的一半機會，就扣在他的掌心。他瞪住艾迪的眼睛，陽光照耀在一片綠色的平原上，照耀在藍灰色的傳河上，遠方烏鴉飛過金色的夏日午後，高聲歡唱。

過了一會兒，艾迪・狄恩眼中漸漸露出豁然開朗的神情。

羅蘭點頭。

『我忘了臉……』艾迪頓住，歪著頭，喉頭咽了咽，又抬頭看著羅蘭。在三人之間凋萎的東西此刻移開了——羅蘭知道。那東西走了。就這樣。這裡，在這個陽光普照、微風吹拂的高崗上，在萬事的邊緣上，它永遠的消失了。『我忘了我父親的臉，槍客……我懇請你原諒。』

羅蘭攤開拳頭，把小小的鑰匙交給他，交給業選定來揹負這個重擔的人。『切莫如此，槍客，』他用貴族語說道。『令尊看透你……愛你……我也是。』

艾迪握住鑰匙，別開臉，淚痕兀自未乾。『走吧，』他說道。於是他們啟步下山，前往在彼端綿延的平原。

16

傑克在城堡街上緩緩行進，經過了披薩店、酒吧等等，看見老婦人在蔬果店滿臉懷疑，拿著馬鈴薯和番茄又戳又捏。他的背包帶勒得腋下很痛，兩腳也走痠了。他經過一個數字溫度計，上頭說是華氏八十五度，但傑克卻感覺像是一百零五度。

前方有輛警車轉入城堡街，傑克立刻對五金行櫥窗裡展示的園藝用品興致勃勃起來。他從櫥窗玻璃看見藍白色警車經過，等車子不見蹤影後才移動。

嘿，傑克，好兄弟——你究竟是要上哪兒去？

他完全沒有概念。他很肯定他要找的男孩，那個綁著綠頭巾、穿著黃T恤、上頭寫著『中世界絕無冷場』的男孩，就在附近某處。可是那又怎樣？對傑克而言，他仍像是在布魯克林這片人海裡撈針。

他經過一條小巷，牆上是亂七八糟的塗鴉，大部分是名字，諸如艾爾·提昂特九一、飛速岡薩雷斯、機動車麥克等等，不時也可看見哲人的名言警句。傑克的眼睛就盯住了一句。

玫瑰就是玫瑰就是玫瑰

磚牆上用噴漆寫著斗大的幾個字，噴漆的顏色和原先是『湯姆與蓋瑞藝術熟食店』店址的空地上那株玫瑰一樣，都是褪色的粉紅色。這排字下方，用深藍到近似黑色的噴漆噴上了這句怪話：

我懇請你原諒

這是什麼意思？傑克納悶道。他不明白——或許是摘自聖經的話——可是它卻像是盯住小鳥的蛇一般盯住他。最後他繼續前進，腳步緩慢，沉吟不已。現在是將近兩點半，他的影子愈拉愈長了。

就在他前方，他看見一名老人在街上往下走，拄著根多瘤節的枴杖，盡量走在遮陽棚下。他褐色的眼睛在厚厚的鏡片下像過大的雞蛋似的滴溜溜亂轉。

『我懇請你原諒，先生。』傑克不假思索，脫口而出，甚至連自己都沒聽見自己說了什麼。

老人轉身看著他，驚訝害怕的眨著眼。『別惹我，孩子。』他說道，舉起了枴杖，笨拙的揮舞著。

『請問這附近有沒有一個叫馬奇中學的地方，先生？』他這是病急亂投醫，可是匆忙之中他也只能想得出這個問題。

老人慢慢放下枴杖，是因為『先生』兩個字讓他放下了戒心。他凝視傑克，帶著那種年長而且幾近老邁的人才有的微微瘋癲。『你為什麼沒在學校裡，孩子？』

傑克疲倦的笑了笑。這句話他快答膩了。『期末考週。我是來這裡找一個老朋友的，他唸馬奇中學。算了，打擾你了。』

他繞過老人（暗自希望他不會只為了好運就賞他的屁股一枴子），剛要走到轉角，就聽見老人大喊：『孩子！孩子啊！』

傑克轉過身去。

『這裡沒有馬奇中學，』老人說道。『我住在這附近二十二年了，有的話我一定知道。倒是有馬奇街，沒有馬奇中學。』

突如其來的興奮讓傑克的胃抽了一下，他朝老人跨了一步，老人立刻又舉起枴杖，擺出防衛的架式。傑克馬上停步，拉開一個二十呎的安全距離。『馬奇街在哪裡，先生？你能告訴我嗎？』

『當然能啦，』老人說道。『我不是說我在這附近住了二十二年了嗎？往下走兩條街，看到堂皇大戲院就左轉。不過我跟你說，可沒有什麼馬奇中學哦。』

『謝謝你，先生！謝謝！』

傑克轉身，抬頭看城堡街。沒錯——他可以看見兩條街外有電影院的遮簷突出在人行道上。他拔腳跑了起來，又想到在大街上亂跑只怕會引起注意，立刻改成快步走。

老人看著他離開。『先生！』他用微帶驚奇的語氣說道。『還有人叫我先生！』

他啞著嗓子咯咯笑，舉步前進。

17

羅蘭一行人在黃昏停步。他挖了個小坑，架好柴火。他們不是為了煮食才升火，但他們需要。艾迪需要。如果他要完成雕刻，就需要火光照明。

羅蘭環顧四周，看見了蘇珊娜，孤零零一條身影襯著背後漸暗的水藍色天空，但他沒看見艾迪。

『他人呢？』他問道。

『下面路上。你不要去煩他，羅蘭——你做得已經夠了。』

羅蘭點頭，在柴火堆前彎腰，用一根舊鐵棒擊打燧石。沒多久，他收集的柴火就燃燒得很旺盛。他把小樹枝一根根往上加，等著艾迪回來。

18

艾迪盤腿坐在來時路半哩處的中央，一手拿著未完成的鑰匙，抬頭盯著天空。他低頭望著大驛道，看見火光，十分清楚羅蘭在做什麼……也知道是為什麼緣故。接著他又仰起臉盯著天空。他從未感到如此孤單，如此害怕過。

天空廣袤無涯——他不記得幾時見過這麼遼闊的一片空間，這麼純粹的空無。他自覺渺小，而他也不覺得這種自慚形穢的想法有什麼不對。在芸芸眾生之中，他原本就非常渺小。

男孩很接近了。他覺得他知道傑克已到了何處，即將有什麼作為，他的心裡漲滿了沉默的驚詫。蘇珊娜來自一九六三年。艾迪來自一九八七年。在這兩個時期之間……是傑克。設法過來這裡，設法出生。

我見過他，艾迪思量道。我必然見過他，我認為我記得……多多少少記得。就在亨利要從軍之前，對不對？他在布魯克林職校上課，對黑色產生了莫名的迷戀——黑色牛仔褲、黑色摩托車靴（靴頭有鋼片）、黑色T恤（袖子還得捲起來）。亨利的詹姆斯・狄恩打扮。吸煙區的混混風。我總是這麼覺得，可是從來沒有大聲說出來過，因為我不想惹亨利生氣。

他驀地明白，就在他胡思亂想時，他等著的事發生了：老人星出來了。十五分鐘內，甚至不用十五分鐘，就會有一整個星河加入它，但此刻，它孤零零的在無星的夜空裡閃爍。

艾迪緩緩舉起鑰匙，讓老人星在鑰匙中央的凹槽裡閃爍。接著他複述他從自己世界裡學來的老程式，是他母親教給他的，他們母子倆一塊跪在臥室窗口，遙望著布魯克林的屋頂和逃生梯上方即將降臨的夜色，遙望著天空那顆夜星，一面唸著：『星星明，星星亮，今夜星光初綻放，我對星星許個願，但願夢想能實現。』

老人星在鑰匙的凹槽內閃耀，像是灰燼中的鑽石。

『幫我找到勇氣，』艾迪說。『這是我的願望。幫我找到勇氣來完成這個該死的東西。』

他又坐了一會兒，然後才站起來，緩緩走回營地。他儘可能靠近營火而坐，拿出槍客的刀，既沒對他說話，也沒對蘇珊娜說話，悶聲不響就動起手來。細小的木片在鑰匙的尾端漸漸捲曲起來，S弧線逐漸成形。艾迪的動作很快，不時把鑰匙翻來覆去的檢查，偶爾閉上眼睛，用拇指撫過弧線。他盡量不去想萬一弧線不對會發生什麼事——因為只要一想，他就必定會僵住。

羅蘭和蘇珊娜坐在他後面，沉默的看著。最後，艾迪放下了刀子，滿臉都是汗。『你的這個男孩，』他說道。『這個傑克，一定是個很帶種的小鬼。』

『他在山下時很勇敢，』羅蘭說道。『他害怕，卻絕不退縮。』

『但願我也能跟他一樣。』

羅蘭聳肩。『在巴拉札的酒吧你雖然被剝光了衣服，但還是奮戰不懈。教一個大男人一絲不掛作戰是很難的，你卻辦到了。』

艾迪回想夜總會的那一場槍戰，卻只是一片模糊——煙硝、聲響、穿透牆壁的光線，光束混亂交錯。他覺得那面牆被自動武器射垮了，卻又不敢肯定。

他把鑰匙舉高，三個凹槽在營火襯托下異常清晰。他就這麼舉著，舉了好一會兒，眼光多半鎖定那個s弧線。就跟他夢裡見到、營火中匆匆一瞥的形狀一模一樣……可是感覺就是不大對。可以稱得上逼真，但還是不一樣。

又是亨利作怪。又是『這些年沒有一件事做得夠好』在作怪。你辦到了，老兄——只是你心裡的亨利不願承認罷了。

他把鑰匙放在那方獸皮上，仔細包好。『完成了。我不知道對不對，不過我只能做到這樣了。』忽然間他有種怪異的空虛感，一旦沒有鑰匙可雕，他的生活就好像少了目標，少了方向。

『你要不要吃點東西，艾迪？』蘇珊娜靜靜的問道。

你的目標在這裡，他思忖道。你的方向在這裡。就坐在這裡，兩手交疊在膝上。你所需要的目標方向——

但他心中卻出現了別的東西，而且是一股腦兒的蹦出來。不是夢……不是幻象……

不，兩者都不是。是回憶。回憶重現——你在預知將來。

『我得先做別的事。』他說道，站了起來。

營火另一頭，羅蘭堆了一些撿來的木頭。艾迪在裡頭翻找，找到了一根乾木頭，約莫兩呎長，中間約莫四吋寬。他拿了起來，回到營火邊，又拿起羅蘭的刀。這次他的動作更快，因為他只是把木頭削尖，削出一個類似小帳篷釘的東西。

『明天黎明能上路嗎？』他問羅蘭。『我覺得我們應該盡快趕到圈子裡。』

『好，可以的話，還要更快。我不想在黑暗中移動，晚上的通靈圈非常不安全。但如果非挑晚上不可，也只好勉強。』

『看你臉上的表情，大小子，我猜那些石圈根本就沒有安全的時候。』蘇珊娜說。

艾迪放下了刀子。羅蘭剛才挖洞生火所挖出的泥土就堆在艾迪的右腳邊。這會兒他用木頭尖銳的一端在土上畫了一個問號，問號畫得乾淨俐落，毫不拖泥帶水。

『好了，』他說道，撣去塵土。『完成了。』

『那就吃點東西吧，』蘇珊娜說道。

艾迪吃了幾口，卻吃不下，他並不很餓。等他終於貼著蘇珊娜溫暖的身體入睡後，雖說一夜無夢，但睡得卻很淺。在清晨四點羅蘭把他搖醒前，他一直聽見下方風吹過平原的呼嘯聲，他似乎也隨風而去，翱翔在夜裡，遠離煩憂，而老人星與老婦星靜謐地在他上方奔馳，給他的雙頰染上了寒霜。

19

『時候到了。』羅蘭說道。

艾迪坐了起來。蘇珊娜也坐了起來，用手掌在臉上揉搓。艾迪的腦筋清醒後，立刻滿心焦急。『對，走吧，而且得快。』

『他愈來愈近了，是嗎？』

『非常近。』艾迪站了起來，摟住蘇珊娜的腰，把她抱上輪椅。她正焦慮的看著他。『我們趕得上嗎？』

艾迪點頭。『有點匆促。』

三分鐘後，他們又上了大驛道，驛道鬼魅似的在前方閃爍。一小時後，第一道曙光染紅了東邊的天際，前方遠處傳出有韻律的聲音。

鼓聲，羅蘭想道。

機器，艾迪想道。很大的機器。

是心跳，蘇珊娜想道。很大的、不健康的、跳動的心臟……而且就在那個城市裡，我們要去的地方。

兩小時後，聲音猝然而止。天空佈滿了白雲，先遮擋住朝陽，繼之完全阻絕了光線。那圈巨石就在前方不到五哩處，在無陰影的光線下閃耀，儼然是落凡妖魔的牙齒。

20

堂皇大戲院推出義大利麵週！

凸出在布魯克林街和馬奇街交口的變形遮簷上頭如是寫道。

塞吉歐．李昂尼經典名片兩部同映！
只要一點零頭，嗆辣鹹濕任君選擇，
九十九分錢看到飽！

售票亭裡坐著一名可愛的女孩，金髮上還捲著髮捲，嘴裡嚼著口香糖，電晶體收音機播送著齊柏林飛船⑩的歌曲，眼睛盯著蕭太太很喜歡的八卦小報。在她左邊是戲院僅存的海報櫥窗，貼著克林・伊斯威特的海報。

傑克知道他該繼續前進——三點快到了——但他還是停下片刻，瞪著骯髒龜裂的玻璃後的海報。伊斯威特罩著墨西哥披毯，嘴上叼著雪茄。他把垂在前面的披毯甩在肩上，露出了手槍。他的眼睛是蒼白褪色的藍。投彈手的眼睛。

不是他，傑克暗忖道，但真的很像。主要是眼睛的關係……眼睛幾乎一樣。

『你任由我跌落，』他對舊海報上的人、那個不是羅蘭的人說道。『你看著我死。這一次又會怎麼樣？』

『嘿，小鬼，』金髮售票員喊道，嚇了傑克一跳。『你是要進來，還是只站在那裡自言自語？』

『我可沒要看，』傑克說道。『我早就看過了。』

他繼續前進，在馬奇街左轉。

他又一次等著未卜先知的感覺衝擊，卻仍是一場空。這只是一條燠熱、陽光普照的街道，兩邊羅列著沙岩色公寓，看在傑克眼裡儼然是監獄。幾名年輕女郎走在一起，推著嬰兒車，漫無邊際的閒聊著，除此之外，街上空無一人。今天的天氣實在熱得不像話，一點也不像五月，根本不適合漫步。

我是在找什麼？找什麼呢？

他身後爆出一陣男人的大笑，隨即是氣憤的女子尖叫聲：『還給我！』

傑克跳了起來，以為說話人是針對他。

『還給我，亨利！我不是在開玩笑！』

傑克轉身，看見兩個男孩，一個至少有十八歲，另一個小得多……大概十二、三歲。一看到第二個男孩，傑克的心就好似在胸膛裡翻觔斗一樣。男孩穿著綠色燈芯絨褲，而不是短褲，但黃色T恤卻是同一件，而且他臂下還夾著舊籃球。他背對著傑克，但傑克知道他已經找到了昨晚夢中的男孩了。

21

尖叫的女孩是售票亭裡的那個。兩個男孩裡年紀大的那個——其實可以稱他是男人了——奪走了她的八卦小報。她伸手去搶，但搶走她報紙的人——他穿著丹寧褲、黑色T恤，衣袖捲起來——把報紙高舉在頭上，咧嘴笑得很壞。

『跳啊，瑪麗安！跳啊，女孩，跳啊！』

她殺氣騰騰的瞪著他，臉頰紅通通的。『還給我！』她說道。『不要胡鬧了，立刻還來！混蛋！』

『喲，聽聽，艾迪！』大男孩說道。『恰北北生氣了！好討厭，好討厭哦！』他揮舞著

⑩英國重金屬搖滾樂團，一九六八年成軍。

報紙，得意的笑著，就是不讓金髮售票員搆著。傑克突然懂了。這兩個人是放學回家──如果他沒猜錯兩人的年紀，那這兩人未必是唸同一所學校──這個大男孩走向售票亭，假裝要告訴金髮妞什麼有趣的事，忽然就伸進窗口把她的報紙給搶了過來。

大男孩的臉傑克見過；這種孩子會把貓尾巴浸入打火機油裡，或是把魚鉤藏入麵包糰內餵給狗吃，當作莫大的樂趣。這種孩子會坐在教室後面，揪住女孩的胸罩帶子，啪一聲放開，等有人忍不住抱怨了，他就裝出白痴的臉，無辜又意外的說道：『我又沒怎樣。』拍普並沒有很多像他這樣的學生，但也是有。傑克心想，每所學校總難免會有這類的學生，只不過在拍普他們穿得比較好，可是臉是一樣的。他猜測老一輩的人會說，生來就是這張臉的人是等著上絞架的。

瑪麗安跳起來搶報紙，穿黑褲子的大男孩把報紙捲成了一管。他在瑪麗安快搆著時又把報紙舉高，然後再重重落下來打她的頭，就像教訓一條在地毯上撒尿的狗一樣。她已經哭了──傑克猜多半是因為羞辱。她的臉紅得似乎要滴出血來。『你要就給你！』她大吼道。『反正你根本不識字，不過你起碼還可以看圖片！』

她轉身要走。

『你幹嘛不還她呢？』小男孩──傑克的男孩──輕聲說道。

大男孩把報紙交出來，女孩一把奪過去，即使站在距離他們三十呎的地方，傑克仍聽見報紙撕裂的聲音。『你是一坨屎，亨利．狄恩！』她哭喊道。『一坨臭狗屎！』

『嘿，幹嘛這樣？』亨利聽起來倒像真的傷心了。『只是開開玩笑啊。再說只有一小塊地方撕破了，還是可以看啊，拜託。幹嘛擺個臭臉？』

這就對了，傑克想道。像亨利這種人總拿著最不好笑的事情當笑話看，而且還要得寸進尺……等有人對他們大吼了，他們又擺出一副遭到誤解的受傷表情。每次總是那句『有什麼關係？』每次總是那句『連玩笑都開不起喲？』每次總是那句『幹嘛擺個臭臉？』

你幹嘛跟他混在一起，兄弟？傑克心裡納悶。如果你是和我一國的，為什麼跟這種混蛋在一起？

但等到小男孩轉身，他們一塊往街下走，傑克就知道了。大男孩的五官較深，皮膚上長滿了青春痘，除此之外，他們倆十分的酷似。這兩人是兄弟。

22

傑克也轉身，在那一對兄弟前方漫步。他伸出發抖的手到胸前口袋去掏出他父親的太陽眼鏡，手忙腳亂戴到臉上。

他身後有聲音逐漸變響，彷彿有誰把收音機的音量調大了。

『你不應該那樣欺負她，亨利。那樣很壞。』

『她才喜歡呢，艾迪。』亨利一副志得意滿、世故滑頭的語氣。『等你再大一點，你就知道了。』

『你把她弄哭了。』

『八成是她的大姨媽來了。』亨利用富有哲理的語氣說道。

他們距他很近了。傑克盡量貼著建築物，低垂著頭，兩手塞入牛仔褲裡。他也說不出個所以然來，只知道絕不能引起注意。亨利怎麼樣都不要緊，但——

年紀小的那個不會認得我，他想道。我不知道究竟是為什麼，反正他就是不認得。

他們走過他面前，連瞧都沒瞧他一眼。那個亨利要艾迪走外面，他還一路拍著籃球。

『你不能不承認她那樣子笑死人了，』亨利說道。『老瑪麗安跳上跳下的，想要搶她的報紙。汪，汪，跟狗一樣！』

艾迪抬頭看哥哥，原來的表情是想譴責……後來又打消了念頭，忍不住笑了起來。傑克看見那張仰起來的臉上寫著無條件的愛，不禁猜想艾迪會原諒許許多多他大哥的惡行，要到許久之後他才會醒悟這麼做有多不智。

『那我們要去嗎？』艾迪問道。『你說我們可以去的，放學以後。』

『我說的是也許。我不曉得要不要走那麼一大段路到那裡去。媽現在已經到家了。也許這次還是算了。上樓去看電視好了。』

他們現在在傑克前方十呎，而且距離愈拉愈遠。

『好啦！你自己答應的！』

兩個男孩正經過的建築物那一側，是一道用鐵絲網圍成的籬笆，籬笆上有扇敞開的門。再過去，傑克看見是他昨晚夢見的球場……另一種模樣的球場。球場四周並沒有樹林，也沒有畫著黃黑斜紋的怪異地鐵亭，但龜裂的混凝土表面是一樣的。還有褪色的黃色罰球線也是。

『我只說了也許……還是不好吧。』傑克明白亨利是在捉弄艾迪，艾迪卻不明白，他一心想要到他要去的地方。『我們先投個幾球，順便讓我想一想。』

他把弟弟手上的球搶過去，笨拙的運到球場，一個急停跳投，球打著籃板，彈了出來，連籃圈都沒碰著。傑克心想，亨利或許很善於搶十幾歲女孩的報紙，可是上了球場，他可真是笨手笨腳。

艾迪從門走進球場，解開燈芯絨褲鈕釦，脫下褲子。長褲底下是傑克在夢裡看見的馬德拉棉短褲。

『哇，他穿了小褲褲耶，』亨利說道。『好可愛的褲褲哦！』他等著弟弟用一隻腳平衡，把褲管拉掉，就乘機把籃球擲過去。艾迪及時把球拍掉，才免去了流鼻血的惡運，但他終究失去了平衡，摔倒在水泥地上。幸好沒割傷，但也只差一點點，傑克看見有許多碎玻璃沿著鐵絲網圍籬在陽光下閃爍。

『別這樣，亨利，別鬧了。』他說道，但沒有責怪的意思。傑克猜想亨利這樣惡整艾迪已經不知多少回了，艾迪早已習慣了，只有在他惡整別人，像是那個金髮售票員的時候，艾迪才會注意到。

『來吧，亨利，上吧。』

艾迪站了起來，快步走入球場。籃球剛才擊中了鐵絲網籬笆，又彈回到亨利那裡。亨利想把球運過他弟弟，艾迪伸出手，動作迅雷不及掩耳，抄走了亨利的球。亨利雙手亂揮，艾迪輕鬆閃過，直奔籃下。亨利緊追在後，怒氣沖沖的皺著眉頭，但他氣得跳腳也沒用。艾迪膝蓋彎曲，雙腳一蹬，球兒勁射入網。亨利把球搶過來，運到罰球線。

真不該投進這球，艾迪，傑克為他擔心道。他站在球場外面，圍籬中止的地方，看著兩個男孩。暫時似乎很安全。他戴著父親的太陽眼鏡，兩個男孩又專注的打籃球，就算卡特總統駕到，他們只怕也不會注意。傑克倒是懷疑亨利知不知道卡特總統是誰。

他等著亨利犯規，或許還會狠狠的來招陰的，好報復剛才的抄球，但他卻低估了艾迪的狡猾。亨利做了個假動作，連傑克的媽都騙不過，但艾迪卻似乎上當了。亨利突破了艾迪的防守，直衝籃下，差不多是帶球走。傑克很肯定艾迪想攔的話絕對攔得住，但他並沒有上前抄球，反倒落在後面。亨利跳投——動作笨拙——球兒還是從籃圈彈開。艾迪抓住球……又故意滑掉。亨利趕緊搶球，一個轉身，把球放入沒有籃網的籃圈裡。

事。

『平分，』亨利喘著說道。『看誰先得十二分？』

『好啊。』

傑克看夠了。他猜也猜得出結果，比數會非常接近，但亨利會險勝，艾迪會確定是這樣的結果。如此一來他的身上就會少幾處瘀腫；亨利心情愈好，就愈加容易同意艾迪想做的事。

嘿，大笨蛋——我看你弟弟早就把你玩弄在指掌之間了，而你還蒙在鼓裡呢，對不對？

他慢慢後退，一直退到球場北邊的建築物擋住了視線，看不到狄恩家兩兄弟，兩兄弟也看不到他為止。他倚著牆，聽著球落在地上的聲音。沒多久，亨利就像噗噗查理爬坡一樣氣喘如牛了。他一定會是個老煙槍，亨利這種人總是愛抽煙。

球賽花了將近十分鐘，等到亨利宣佈勝利，街上已到處都是回家的孩子了。有些在經過時還好奇的瞧了瞧傑克。

『好厲害，亨利。』艾迪說道。

『還不賴，』亨利喘著氣說道。『你還是被我的假動作騙了。』

當然嘛，傑克暗忖道。也會一直讓你騙，等他多長個八十磅，你就要大吃一驚了。

『對呀。欸，亨利，我們不能去看看那裡嗎？』

『去就去啊，有什麼關係？說走就走。』

『好耶！』艾迪歡呼道。有肉體互擊的聲音，可能是艾迪和哥哥擊掌。『棒！』

『你上去跟媽說我們四點半，五點十五以前會回來。可別提什麼豪宅，她會大發脾氣，她覺得那裡鬧鬼。』

『你要我跟她說我們要去杜威家嗎？』

亨利沉吟不決，有片刻寂靜。『不好，她可能會打電話給邦可維茨基太太。跟她說……跟她說我們要到達伯那去買煙火，她會相信。順便跟她要兩塊錢。』

『她不會給我錢，尤其是在發薪水的頭兩天。』

『狗屎，你騙也騙得到。快去。』

『好嘛。』但傑克沒聽見艾迪動。『亨利？』

『又是怎樣啦？』不耐煩的聲音。

『你覺得豪宅真的有鬼嗎？』

傑克往球場挪近一些，他不想被發現，但卻強烈的感覺他必須聽到這段話。

『有才怪。世界上根本就沒有鬼屋——只有電影裡面才有。』

『哦。』艾迪的聲音一聽就知他心裡的一塊大石頭落了地。

『可是如果說世界上真的有鬼屋的話，』亨利又接著說道（也許是因為他不想要自己的小弟太放心吧，傑克猜想道），『那一定是豪宅。我聽說一兩年前，兩個諾伍街的小鬼躲到裡面去炒飯，後來警察找到他們的時候，他們的喉嚨給割斷了，身體的血都流乾了。可是他們身上和地上都找不到血。懂了吧？血全都不見了。』

『你唬我的。』艾迪小聲說道。

『才沒有。不過最可怕的還不只這樣喔。』

『是怎樣？』

『他們的頭髮變成了白色，』亨利說道。飄入傑克耳裡的聲音非常嚴肅。他覺得亨利這次不是在捉弄弟弟，這次他確實是相信自己說的每一句話。（他也懷疑就憑亨利的腦筋，只怕捏造不出這種故事來。）『他們兩個都瞪大眼睛，好像看見了什麼全世界最恐怖的東西似的。』

『哎喲，少蓋了。』艾迪說道，可是聲音卻很小，很害怕。

『你還想去嗎？』

『當然想。反正我們只要別……你知道嘛，別靠太近就好了。』

『那就去跟媽說，順便跟她要兩塊錢。我得買煙。把這個爛球也拿上去。』

傑克悄悄後退，在艾迪穿過球場門時也跨入最近一棟公寓入口。

但他驚恐的發現黃色T恤男孩竟朝他的方向走來。我的媽！他慌亂的想道。他家不會剛好也在這一棟吧？

果真就是。傑克剛轉過身去掃描那排門鈴上的姓名，艾迪‧狄恩就擦身而過，近到傑克可以嗅到他在球場上出的一身汗。他半是感覺，半是看見男孩朝他投來好奇的眼光。接著艾迪進了大廳，朝電梯走，一臂夾著握成一團的長褲，一臂夾著舊籃球。

傑克的心臟怦怦跳。在真實生活裡當隱形人，比他在偵探小說裡讀到的要難得多。他穿過馬路，站在半條街外的兩棟公寓之間。從這裡他可以看見狄恩兄弟家的入口和球場。球場現在是愈來愈熱鬧，大部分都是小孩子。亨利倚著鐵絲網圍籬，抽著煙，裝出一副青少年酷哥樣。他不時伸出腳，把朝他全速奔跑的小孩絆倒，在艾迪回來之前，他一共絆倒了三個。最後一個摔了個狗吃屎，整張臉摔在水泥地上，額頭流著血，一路哭回家。亨利把煙屁股拋在後面，開心的笑著。

真是個會找樂子的傢伙，傑克想道。

有了那個孩子的前車之鑑，其他孩子都學聰明了，離他遠遠的。亨利慢慢踱出球場，走向五分鐘前艾迪進入的公寓，剛到門口，就看見艾迪推開門走了出來。他換了一件牛仔褲和乾淨綠色T恤，額頭上也綁了一條綠頭巾，和傑克夢裡的是同一條。他得意的揮舞著兩張紙鈔。亨利一把攫過去，問了艾迪幾句話。艾迪點頭，兩個男孩一塊走了。

和他們保持著半條街的距離，傑克也趕緊跟上。

23

他們站在大驛道邊緣的長草叢外，看著通靈圈。

儘管高大灰色的石柱底部也長著覆滿了平原的長草，但石柱圈內卻是寸草不生，只見地上散落著白色的東西。**就是那個樣子，巨石柱群。巨石柱群**⑪，蘇珊娜思忖道，打了個寒噤。

『那是什麼？』她低聲問道。『碎石嗎？』

『再仔細看看。』羅蘭說道。

她照做，發現那是白骨。可能是小動物的白骨，至少她是這麼希望的。

艾迪把削尖的木頭換到左手，把右手掌心上的汗用襯衫擦乾，然後再換回來。他張開嘴，卻發不出聲音，趕緊清清喉嚨，再試一次。『我覺得我應該進去，在地上畫什麼。』

羅蘭點頭。『現在嗎？』

『快了。』他凝視羅蘭的臉。『這裡有什麼東西，是不是？我們看不見的東西。』

『目前不在，』羅蘭說道。『至少我不認為它在。不過它會來。我們的刻符——我們的生命能量——會吸引它。而且它會很嫉妒。把我的槍給我，艾迪。』

⑪位於英格蘭威爾特郡索爾斯堡平原，一般認為係石器時代後期遺跡。

艾迪解開槍套，把槍遞給他，然後又轉身面對這個二十呎高的石頭圍成的圓。有東西活在那裡面，他嗅得到，一種臭味，讓他想起潮濕的石膏、霉爛的沙發、古老的床墊在層層半液態的黴菌下腐爛。那味道很熟悉。

是豪宅——我在這裡能聞到。那天我說動亨利帶我去荷蘭丘萊因荷街看豪宅。

羅蘭扣上槍帶，彎腰去綁束帶。一面綁，一面抬頭看蘇珊娜。『我們或許會需要黛塔・渥克，』他說道。『她在附近嗎？』

『那個賤人從來沒走遠過。』蘇珊娜皺了皺鼻子。

『好。我們兩個有一個得保護艾迪讓他做他該做的事，另一個則會變成毫無用處的大包袱。這是惡魔的地盤。惡魔並不是人類，卻一樣有男有女。性既是它們的武器，也是它們的弱點。惡魔的性別無論是什麼，都會針對艾迪而來。為了保護它的地盤，為了不讓外來者利用它的地盤。妳了解了嗎？』

蘇珊娜點頭。艾迪似乎沒在聽的模樣。他把包著鑰匙的獸皮塞入襯衫，此刻正瞪著通靈圈，彷彿被催眠了。

『沒有時間說客氣話了，』羅蘭對她說道。『我們有一個——』

『我們有一個人得確定它動不了艾迪，』蘇珊娜打斷他的話。『這種事絕對不能出差錯，你是這個意思吧？』

羅蘭點頭。

她的眼睛發亮，那是黛塔・渥克的眼睛，既睿智又殘忍，閃動著狠心的興味，她的聲音也穩穩地變回假南方莊園拖音，黛塔的註冊商標。『女惡魔歸你，男的是老娘滴。懂嗎？』

羅蘭點頭。

『萬一忽男忽女呢？那又怎麼分，大小子？』

羅蘭的嘴角彎起，似乎是隱隱帶著笑意。『那就一起來。只要記住——』

艾迪突然在旁邊用模糊、遙遠的聲音喃喃說道：『亡者之廊並非完全靜默。看吶，眠者已清醒。』他用好似給鬼魂纏住、驚嚇的眼睛盯住羅蘭。『有妖怪。』

『惡魔——』

『不，是妖怪。在門之間——在世界之間，有東西在埋伏，而且它睜開了眼睛。』

蘇珊娜朝羅蘭投去受驚的一瞥。

『站穩，艾迪，』羅蘭說道。『保持赤子之心。』

艾迪深吸口氣。『我會穩穩地站著，一直到它把我打倒為止，』他說道。『我得進去了，開始了。』

『大夥兒全進去，』蘇珊娜說道，弓起背，溜下輪椅。『哪個惡魔瞎了眼敢惹老娘，老娘就讓它這輩子都忘不了。』

他們穿過兩塊大石，進入通靈圈，天空突然下起雨來。

24

傑克一看見那地方就明白了兩件事：第一件，他見過這裡，在觸目驚心的夢裡，所以他的意識不讓他想起來；第二件，這是個死亡、謀殺、瘋狂之處。他站在萊因荷街和布魯克林街街口，距離亨利和艾迪・狄恩七十碼，但即使位置較遠，他仍感覺到豪宅對那兩兄弟不加理會，反倒是朝他伸出了急切隱形的雙手。他覺得那雙手的尖端都帶著爪子，而且是非常銳利的爪子。

它要我，而且我不能逃。進入是死亡……可是不進入是瘋狂。因為在那裡面有扇上鎖的門。我有鑰匙可以打開，而我唯一能寄望的救贖就在門的另一端。

他瞪著豪宅，一棟幾乎在尖叫著變態的房屋，一面看一顆心一面往下沉。豪宅矗立在頹垣蔓草的庭院正中央，有如一個腫瘤。

狄恩家兄弟走過了布魯克林的九條街，在酷熱的夏日午後緩緩行進，終於來到這一區，從商店的招牌上判斷，這裡必然就是荷蘭丘了。此刻他們站在半條街外，豪宅正面。豪宅看來已棄置多年，卻僅遭到極少量的惡意破壞。傑克心裡想從前這棟房子確實不愧是豪宅——很可能是一名富商的家。許久許久之前，房子必是純白的，但如今卻只見一片骯髒的灰。窗戶都破了，圍繞豪宅的斑駁柵欄也處處是塗鴉，但房子本身仍完好無缺。

豪宅在酷熱的光線下委靡不振，儼然一個搖搖欲墜的石板瓦屋頂亡魂從垃圾堆積如山的庭院中升起，不知怎地讓傑克聯想起一隻假裝熟睡的惡狗。它垂懸在前廊的斜簷像個突出的額頭。前廊的木板已碎裂彎翹。一度是綠色的窗板斜倚在無玻璃的窗側，有些老舊的窗帘仍在，彷彿死去的皮膚般垂吊著。左邊，一座供攀緣植物攀繞的格子棚向外歪斜，至今未倒地不是釘子的功勞，而是有一叢不知名、看起來有點髒的藤蔓密密麻麻的覆滿了棚子。草地上有塊牌子，屋頂上也有一塊。傑克站太遠，看不出牌子上寫什麼。

豪宅是活生生的。他知道，也感覺得到它的知覺從木板和消沉的屋頂向外伸展，感覺到它的知覺從黑洞洞的窗戶裡如河流般湧出。一想到必須接近這棟恐怖的屋子，他心裡就不舒服；一想到還得進去裡面，他更是恐懼到說不出話來。但他非進去不可。他聽見耳朵裡有緩慢呆滯的嗡嗡響——彷彿炎炎夏日的蜂巢——瞬間，他唯恐自己會暈倒，趕緊閉上眼睛……忽然那個人的聲音在他的腦海迴盪。

你必須來，傑克。這是光束之徑，通往黑塔之路，也是該你的牽引開始的時候了。保持赤子之心，挺住，到我身邊來。

恐懼並未消逝，但那種大難臨頭的可怕驚惶消失了。他睜開眼睛，發現並不是只有他感覺到這地方的力量和甦醒的知覺。艾迪正想從柵欄籬笆前走開。他轉身朝傑克的方向，傑克看得見艾迪的眼睛，在綠色頭巾下的眼睛瞪得老大，眼神不安。他的大哥抓著他，把他朝生鏽的大門推，但從動作上看，他只是在逗著弟弟玩，並不是真心的；無論亨利有多豬腦袋，他也並不比艾迪更喜歡豪宅。

兩兄弟略微後退，隔著一段距離端詳豪宅。傑克聽不清他們說了什麼，但聽語氣就知道是充滿了敬畏和不安。傑克忽然想起艾迪在夢中說的話：記住，會有危險。要小心……動作要快。

驀然間艾迪本人，站在對街的那個，提高聲音，讓傑克可以聽得一清二楚。『我們回家好不好，亨利？拜託？我不喜歡這裡。』他一派懇求的語氣。

『沒用的娘娘腔，』亨利罵道，但傑克卻聽出亨利的語氣中融合了解脫和寵溺。『走吧。』

他們轉身離開了蹲踞在傾圮的籬笆後的空屋，往街上走。傑克向後退，轉身望著那家叫做『荷蘭丘二手家電行』的商店櫥窗。這家店美其名叫商店，其實小得像是牆上的一個洞。他看見亨利和艾迪模糊的倒影映在一個古老的胡佛牌吸塵器上，穿過了萊因荷街。

『你確定裡面真的沒鬼嗎？』艾迪一邊跨上傑克這邊的人行道一面問道。

『啊，我跟你說，』亨利說道。『我自己過來看過之後，倒沒那麼有把握了。』

他們從傑克身後走過，看也沒看他一眼。『你要進去嗎？』艾迪問道。

『給我一百萬我也不幹。』亨利立刻答道。

他們轉過了街角。傑克這才從那個寒酸的櫥窗前轉過來，望著他們背後。他們朝來時路回去，緊靠著彼此，走在人行道上。亨利腳上踩著那雙有鋼片頭的鞋子，步伐笨重，已像個老人一樣彎腰駝背。艾迪走在他旁邊，步態輕盈，帶著不自覺的優雅。兩人的影子長長的拉在街上，親熱的混在一起。

他們要回家了，傑克想著，突然感到一股濃烈的孤獨，幾乎招架不住。他們要回去吃晚飯，做功課，為看電視吵架，然後上床睡覺。亨利或許是個欺負弱小的混蛋，但這兩兄弟卻自有一種相處模式，一種自成道理的模式……而且他們就要回到那個模式中。不知他們是否知道自己有多幸運。也許艾迪知道。

傑克轉身，調整背包肩帶，穿過了萊因荷街。

25

蘇珊娜察覺到在石柱圈外的草地上有動靜：一陣洶湧而來的嘆息、低喃。

『小心了，』艾迪說道，『別讓它接近我，懂了嗎?別讓它接近我。』

『我聽見了，艾迪。你只管做你的事就對了。』

艾迪點頭，跪在圈子中央，把削尖的木棍舉在面前，似乎在掂量木棍的尖端。然後他把木棍放低，在沙上畫了一條直線。『羅蘭，看著她……』

『我盡量，艾迪。』

『……別讓那東西過來。傑克要來了。小兔崽子真要過來了。』

蘇珊娜看見通靈圈北邊的長草分開了一條線，一道溝痕出現，衝著石柱圈而來。

『預備，』羅蘭說道。『它會直撲艾迪。我們兩個得有一個伏擊它。』

蘇珊娜用臀部向後滑行，像蛇從印度弄蛇人的籃子裡出現一樣的迅捷。她兩手握拳，舉在臉頰兩邊，雙眼炯炯有神。『我好了，』她說道，又大喊一聲：『來吧，大小子！衝著這裡來！趕著投胎似的過來！』

雨勢猝然變大，住在此地的惡魔重回它的圈內，夾帶著雷霆萬鈞之勢。蘇珊娜剛感覺到厚重無情的陽剛之氣——惡魔以嗆得人眼睛落淚的杜松味襲向她——它就朝圓圈中心筆直射去。蘇珊娜閉上眼睛，出手攻擊，不是用雙臂，不是用內心，而是用她身體核心的女性力量：喲，大小子！這是打算上哪兒啊？過來玩玩嘛！

它轉過身來。蘇珊娜感覺到它吃了一驚……然後是生猛的饑餓，一如搏動的動脈般有力迫切。它撲過來，恍如強暴犯由巷口跳出，攫住獵物。

蘇珊娜號叫，向後翻滾，頸上的肌肉僨張。她穿的衣服先是緊貼住胸腹，隨即扯成碎片。她能聽見不知從何處發出的喘息，彷彿是空氣決定要蹂躪她。

『蘇西！』艾迪大吼，準備站起來。

『不要！』她尖叫阻止。『別過來！這個孫子王八蛋讓我鉤住了……就在我要它在的地方！快動手，艾迪！把孩子帶過來！把孩——』她腿間柔軟的肌肉遭到冰冷重擊。她哼了哼，向後倒……然後用一隻手撐起自己，奮力往前抗拒，抬起身體。『把他帶來！』

艾迪猶豫的看著羅蘭。羅蘭點頭。艾迪又瞧了蘇珊娜一眼，眼裡充滿了深沉的痛苦和更深沉的恐懼，隨即刻意背對著他們兩個，又跪了下來。他握著削尖的木棍，當成鉛筆用，探出身體，不理會打在手臂上、後頸上的冷雨。木棍動了起來，畫出線條和角，創造出一個形狀，羅蘭一眼就認了出來。

是一道門。

26

傑克伸出手，兩手按住破裂的院門，推開。院門緩緩打開，生鏽的樞鈕嘎吱亂叫。前面是一條不平坦的紅磚路，紅磚路盡頭就是門廊。門廊後是大門，用木板釘死了。

他緩緩朝房子走，心臟在喉頭疾拍出一連串的破折號和圓點。變形的磚頭間也長著雜草，他可以聽見草葉摩擦著牛仔褲。他所有的感官似乎都敏銳了一倍。你不是真的要進去吧？腦海裡一個驚慌的聲音說道。

而他想到的答案似乎是完全的合理，同時也徹底的瘋狂：萬物皆為光束所用。

草坪上的牌子寫道：

嚴禁進入，違者法辦！

大門上交錯的木板上釘了一張紙，已經變黃、沾了鏽斑。上頭的話更簡潔：

紐約市房屋管理處令

本產業已遭沒收

傑克在階梯上停下腳步，抬頭看著大門。他在空地聽見過的聲音又在此地響起……但這是地獄亡魂的合聲，咕噥著瘋狂的威脅以及一樣瘋狂的承諾。但他覺得其實只有一個聲音。屋子的聲音；某個妖怪門房的聲音，從不平靜的睡眠中甦醒。

匆忙間他想起了父親的魯格槍，甚至考慮該從背包裡拿出來，可是拿出來有什麼用？他身後，萊因荷街上車來車往，有名婦人在叫喚女兒，要她別再跟那個男孩牽手，把衣服收進家來，但這裡卻是截然不同的世界，一個由邪物統治的世界，槍枝完全起不了作用。

保持赤子之心，傑克——挺住。

『好吧，』他用低沉、顫抖的聲音說道。『好吧，我會試試看。可是你最好別又讓我掉下去。』

他一步步拾級而上。

27

封鎖大門的木板已老朽，釘子也已生鏽。傑克抓住第一層木頭交會處，用力往外扯，整個扯了下來。他把木板拋到門廊欄杆外，落到從前的花床上，現在只長了巫婆草和狗草。他彎腰，抓住下面的木板……頓了頓。

一個空洞的聲音從門後傳來，彷彿某種饑餓的動物在水泥管深處淌口水。傑克感到臉頰和額頭冒出了一層薄薄的汗水。他嚇壞了，完全喪失了真實感，他似乎變成了某人惡夢中的角色。

邪惡的合聲，邪惡的存在，就在這扇門後。聲音有如糖漿般滲出。

他用力拉扯下方的木板。也是輕而易舉。

當然的嘛，它要我進去啊。它餓了，我就是主菜。

他莫名其妙的詩興大發，想起了愛佛麗老師唸給他們聽的東西。詩的大意是現代人的痛苦，割離了根，割離了傳統，但傑克卻突然覺得，這首詩的作者必然看過這棟屋子：我要你見識一樣東西／那不同於早上在身後跟著你的影子／也不是黃昏時起身來迎接你的影子／我要讓你看清楚……

『我要你看清楚一撮塵土裡的恐懼。』傑克喃喃說道，伸手去握門把。剛握住，那股子解脫、確定的感覺又洶湧而來，就是那股錯不了的感覺，他確定這一次門打開後就會是另一個世界，他會看見一片乾淨的天空，沒有煙霧，沒有工業廢氣，而在遙遠的地平線，沒有高山，有的只是某座不知名大城隱約的藍色尖塔。

他握緊口袋裡的銀色鑰匙，希望大門是鎖住的，他就可以用上鑰匙。但大門並沒鎖。樞鈕嘎吱響，金屬屑片片飄落，大門打開來。腐敗的氣味恍如重重的一拳擊中傑克：濕木頭、濕灰泥、腐朽的板條、古老的填塞物。在這些氣味中還有別的——某種動物的巢穴。前頭是陰冷潮濕、鬼影幢幢的走廊。左邊，一座樓梯向下傾斜，歪歪斜斜伸入上層的陰影。碎裂的欄杆掉落在走廊地板上，但傑克並沒那麼天真，以為地板上真的只是欄杆碎片。那一堆碎片裡也有動物的骸骨——小型動物。有些並不真像動物骸骨，傑克不願在這些骨頭上多所流連；他知道絕找不到勇氣深入調查。他停在門檻，鼓足勇氣，準備踏出第一步。這時他聽見了模糊不清的聲響，動得很快、很用力，他愣了愣才發覺是他自己的牙齒相擊。

為什麼沒有人來阻止我？他慌亂的想著。為什麼沒有人從人行道上走過，大聲喊：『喂，你！你不能進去——你不識字是不是？』

但他知道為什麼。行人泰半走這條街的另一側，而靠近這棟屋子的人絕不敢逗留。

即使有人敢朝這屋子看一眼，也不會看見我，因為我並不真的在這裡。無論好壞，我已經把自己的世界給拋在後面了。我已經跨了過來。他的世界就在前方某處。而這裡……

這裡是中間的地獄。

傑克跨入走廊，門在他身後關上，就恍如陵寢的門砰然關閉，他雖然尖叫，卻不意外。內心深處，他絲毫不意外。

28

從前從前，有名年輕女郎叫黛塔·渥克，她喜歡到納特利鎮外『稜線路』沿線和安海鎮外電線桿林立的八十八號公路上的廉價酒吧、公路旅館出沒。這個時候她還有腿，根據歌謠傳說，她也很懂得怎麼用那雙腿。她會穿上廉價緊身洋裝（看起來像絲，其實不是），跟白種男孩跳舞，而樂隊奏著那種白佬舞會歌曲，像是〈我寶貝的愛來雙倍〉(Double Shot of My Baby's Love)、〈嬉皮搖搖〉(The Hippy-Hippy Shake)。最後她會釣上一個白佬，讓他帶到停車場，然後兩人就在汽車裡幹那檔子事（全世界數一數二的親吻高手就是黛塔·渥克，而且她指上的功夫也是一流），等那個白佬給逗弄得快要慾火焚身了……她就會潑他一盆冷水。接下來呢？啊，重頭戲就在這兒了嘛！這就是她玩的遊戲呀。有些人會哭泣哀求，好吧，馬馬虎虎算了。有些人卻狂怒咆哮，這才夠味。

儘管她的天靈蓋給重捶過、眼睛給打青過、給人吐過口水、有一次還給狠踢了一腳，踢得她走不得路，只能爬著離開碎石鋪設的紅磨坊停車場，但她卻從沒給強暴過。每一個她看中的凱子都帶著受傷的老二回家，每一個天殺的白佬。也就是說，在黛塔·渥克的書裡，她是一統天下的贏家，永不失敗的女王。贏了誰？贏了他們，贏了那些個正經八百、一板一眼的王八蛋。

直到現在。

根本沒有辦法能阻撓這個住在通靈圈裡的惡魔。沒有門把可抓，沒有汽車可跳，沒有建築物可躲，沒有臉頰可摑，沒有臉孔可抓，更不能像對付那些太遲鈍不懂她沒那個意思的笨蛋白佬一樣踢他們的老二。

惡魔撲上了她……而且就在一眨眼間，它——他——進入了她。

她感覺得到它——他——把她往後推，即使她看不見它——他。她看不見它——他——的手，但她能看見她的衣服給撕開了好幾處。忽然，痛楚。她覺得好像身體給撕開，在驚訝劇痛中，她尖叫了出來。艾迪轉頭張望，瞇起了眼。

『我沒事！』她大喊道。『做你的事，艾迪，別管我！我沒事！』

但她是言不由衷。自從黛塔在十三歲步入性的戰場後，她首次戰敗。一種恐怖、貪婪的冰冷刺入她體內，就彷彿是跟冰柱在做。

恍恍惚惚中，她看見艾迪轉過了頭，又在地上畫了起來，關切的表情轉變成冷冷的專注；那種冷淡有時她在他臉上看見過，有時在他心裡感覺到過。他這麼做是對的，不是嗎？是她自己要他做他該做的事，別管她的，是她自己要他盡一切力量把男孩帶過來的。她在傑克的牽引中扮演的角色就是如此，她無權怨恨誰，他們並沒有扭住她的手臂什麼的，逼迫她做這種犧牲。可是惡魔的冰冷凍僵了她，而艾迪又轉開了頭，她仍不由自主痛恨起他們兩人來，甚至恨到可以赤手空拳挖出那兩人的卵蛋來。

但她發現羅蘭陪在她身邊，強壯的手按住她肩膀，雖然沒開口，她卻聽見他說：別抗拒。抗拒的話就贏不了——只有死路一條。性是它的武器，蘇珊娜，也是它的弱點。

是啊。男人的弱點都一樣。唯一的差別在這一次她得多犧牲一點——不過或許也沒什麼關係。或許到頭來，她也可以讓這個隱形的色鬼多付出點代價。

她勉強自己放鬆大腿，一放鬆，兩腿立刻分得更開，在土上推出又長又彎的扇形。她仰起頭盛接雨水，大顆大顆雨珠打在臉上，她察覺到它的臉就俯在她的上方，猴急的眼睛貪婪的凝視她臉上掠過的每一次痛苦抽搐。

她舉高一隻手，彷彿是要掌摑它……但那隻手卻溜上了正在強暴她的惡魔的脖子。感覺上就像捧起了一手的固態煙。她是否感覺到它微向後縮，似乎讓她的舉動嚇到？她把陰部往上頂，利用那段隱形的脖子當槓桿。同時，把雙腿張得更開，把身上僅餘的裙側縫線也繃裂了。天啊，它真巨大！

『來啊，』她喘息著說道。『你不會強暴我，你不會。不是你在操我，是老娘在操你。是老娘讓你從來沒這麼爽過！老娘操死你！』

她感覺體內那個貪婪的玩意在發抖，感覺惡魔想要……至少有那麼一瞬間……想要抽回，整軍再戰。

『那可不行，甜心，』她啞著嗓子說道。她用力收縮雙腿，牢牢夾住它。『樂子才剛開始呢！』她說著動起臀部，駕御著那隱形的惡靈。她另一隻手也伸上來，和另一手十指交纏，整個人向後倒，夾緊臀部，拉緊的手臂似乎是懸空的。她甩頭，把眼睛上的濕髮甩開；嘴角彎出不懷好意的笑。

放開我！有個聲音在她心裡大喊。但同時她也感覺到聲音的主人仍不由自主的回應著她的身體。

『不行，親親。是你想要的……那你就拿去吧！』她向上挺，牢牢攀住它，專心一志在體內的冰冷上。『我要讓那根冰柱融化，親親。等它化了，你要怎麼辦呢？』她的嘴唇一會兒嘶起，一會兒收回；她毫不留情的收攏大腿，閉上眼睛，指甲更深陷那截隱形的肌膚裡，一面祈禱艾迪趕快。

她不知道還能撐多久。

29

傑克心中想著：問題其實很簡單，在這個陰濕恐怖的某處有一扇上鎖的門。正確的門。他只需要找到它。但說起來容易做起來難，因為他感覺到屋裡有什麼在漸漸凝聚。那些個不調和、嘎嘎叫的聲音逐漸融合為一，變成低沉、摩擦的呢喃。

而且愈來愈近。

右邊一扇門敞開著，旁邊牆上用圖釘釘著一幀褪色的銀版攝影照片，照片上是一個吊死的人，掛在絞架上彷彿枯樹上一顆腐爛的果實。再過去的房間想必是廚房。爐子沒有了，但凹凸不平、褪色的油氈地板另一側還有個老舊的冰櫃，循環冷藏室在上層的那種。冰櫃門敞開，裡頭厚厚的凝結了一層黑黑的、發臭的東西，還滴在地板上，凝結成一攤。廚房的櫥櫃門也都是打開的。他在一個櫃裡頭看見了恐怕是全世界最古老的一罐白雪牌油煎蛤蜊。另一個櫃子裡有個死老鼠頭伸了出來，眼睛是白色的，似乎還在轉動，過了一會兒，傑克才看清老鼠空洞的眼窩裡原來爬滿了蠕動的蛆。

不知什麼東西『砰』的一下掉在他頭上，傑克嚇得尖叫，趕緊伸手去抓，結果抓到一團柔軟、表面有毛、很像橡皮球的東西。他把那團球拿起來，一看原來是蜘蛛，浮腫的身體是瘀血的顏色，一對眼睛呆呆的、惡意的瞪著他。傑克用力把牠往牆上甩，蜘蛛一撞上牆就爆開來，八條腿虛弱的抽了抽。

又一隻掉在他脖子上。傑克忽然感覺髮尾下端給咬了一口。他跑回走廊，絆到了掉落在地上的欄杆，重重摔了一跤，感覺脖子上的蜘蛛也爆裂開來，濕黏、溫熱的內臟從肩胛骨中間流下，好似蛋黃。他這會兒看見廚房門口有不少蜘蛛，有的像噁心的鉛錘垂掛在幾乎看不見的蜘蛛絲上，有的像爛泥團似的一個個落在地板上，急急忙忙朝他的方向湧來。

傑克七手八腳爬起來，嘴裡仍不停尖叫。感覺到心裡有什麼，像是磨損的繩索，眼看就要斷裂了。他猜那是他的神志，才悟到這點，傑克的勇氣終於失守。他再也受不了了，他什麼也顧不了了。他往前竄，打算在還能逃跑之前趕緊逃走，卻轉錯了方向，反而更朝豪宅內部跑，而不是跑向前廊，等他發現錯誤也已經太遲了。

他衝入一個很寬敞的地方，太寬了，不可能是會客室或客廳，但像是宴會廳。壁紙上的精靈在跳躍嬉戲，臉上掛著奇詭狡猾的笑容，綠色尖頂帽下的眼睛凝視著傑克。有張發霉的沙發給推到了牆腳，彎翹不平的木質地板中央有摔破的大吊燈，吊燈生鏽的鍊子糾結，落在滿地的玻璃珠和淚滴形墜飾之間。傑克繞過這些東西，不時驚恐的扭頭回望。他沒看見蜘蛛。要不是背上仍有那個噁心的黏液往下流，他可能會以為蜘蛛是自己的想像。

他回頭朝前看，猛然停下腳步。後方，一道法式落地雙扇玻璃門半開著，後頭是另一條走廊。在這第二條走廊的盡頭，立著一扇緊閉的門，門上有金色門把。門上橫寫著兩個字，也可能是雕刻上去的：

男孩

門把下是一塊鏤空花紋銀框和一個鑰匙孔。

我找到了！傑克慌亂的想著。我終於找到了！就是這裡！就是這扇門！

他身後傳出低沉的呻吟，彷彿屋子正要把自己拆除。傑克轉身，看著宴會廳，遠端的牆慢慢凸了出來，把老沙發往前推擠。老舊的壁紙在抖動；精靈開始扭曲、跳舞。有些地方的壁紙就只是向上撕裂，變成一條條的紙帶，就如一下子把百葉窗放得太快。牆上的灰泥鼓出好大一塊，像孕婦的肚子。傑克能聽見灰泥下有脆裂聲，是牆後的板條斷裂，重新排列組合成仍在蘊育中的形狀。聲音愈來愈多，不再是呻吟，而是變成了咆哮。

他瞪大眼睛，催眠了似的，沒有辦法移開視線。

牆壁並沒有崩裂，並沒有吐出一塊塊的灰泥，反倒像很有彈性的塑膠。牆壁不停的鼓漲，出現了不規則的白色氣泡形狀，撕扯成條的壁紙仍懸掛在牆上，牆面忽然開始變化，出現了山陵、曲線、山谷。剎那間，傑克明白他正看著一張巨大的塑膠把自己從牆裡推出來。那就像看著某人筆直撞進一張濕濕的床單裡一樣。

一塊斷裂的板條掙脫了波動的牆壁，發出了很大的聲音。它變成了一個眼球的瞳孔，下方的牆壁扭出一張大嘴，嘴裡是鋸齒狀的牙齒。傑克能看見片段的壁紙仍黏著它的嘴唇和牙齦。

一隻灰泥手掙出了牆壁，手上還拖著亂七八糟糾結在一起的腐蝕電線。這隻手抓起沙發，摔到一邊，在沙發的暗沉表面上留下了鬼魅般的白色指印。灰泥指頭彎曲，更多的板條掙脫了束縛，凝聚成銳利的爪子。此刻那張臉已脫離了牆壁，張著一隻木眼瞪著傑克。在它上方，它額頭中央，仍有一個壁紙精靈在舞動，頗似詭譎的刺青。那張臉向前滑行，傳出了某種扭絞的聲音。通往走廊的門口從牆壁裡拔了出來，變成一邊肩膀。那東西的一隻手刮過地板，吊燈的玻璃珠四處飛濺。

傑克從癱瘓狀態中猝然驚醒，一轉身就衝出法式雙扇門，拔腿急奔，穿過第二條長廊，背包在身後晃來晃去，右手忙著伸進口袋摸鑰匙。他的心臟像是在胸腔裡逃難。在他後面，從豪宅的木頭框架裡掙脫而出的東西對他咆哮，雖然只是叫聲，傑克卻知道它在說什麼；它是叫傑克站住，告訴他逃跑是沒有用的，告訴他根本就無路可逃。整個房子似乎都活了過來；空氣中迴盪的是木頭碎裂聲和砰然倒落的椽木。門房瘋狂的嗡嗡聲此時已是充斥了整棟屋子。

傑克緊握住鑰匙，準備從口袋裡掏出來，但鑰匙的一個凹槽卡住了口袋，好不容易弄了出來，他的手心已全是汗，滑溜溜的握不住，鑰匙掉到了地上，彈跳了幾下，竟然從兩塊翹起的木板縫中掉了下去，消失了蹤影。

30

『他有麻煩了！』蘇珊娜聽見艾迪大喊，但他的聲音很模糊。她自己的麻煩已經夠多了……不過她覺得她應該還撐得住。

我要讓那根冰柱融化，親親，她剛才跟惡魔是這麼說的。等它化了，你要怎麼辦呢？

嚴格來說，她並沒有融化它，但卻改變了它。她體內的那玩意當然沒給她任何好處，但至少可怕的巨痛減輕了，而且它也不再冰冷。它陷住了，無法抽身。嚴格說起來，把它困在她體內也並不全是她自己的功勞。羅蘭曾說性是它的武器，也是它的弱點，一如往常，他說對了。它是侵入了她，但她也以其人之道還治其人之身，此時，他們兩個就像一根繩子上拴的兩隻蚱蜢，跑不了你也跑不了我。

為了寶貴的生命，她只有一個想法；只能有一個想法，因為其他有意識的思想都已消失。她必須緊抱住這個深陷在自己慾念的羅網裡不可自拔、可憐兮兮的哭泣、驚慌失措的惡毒東西。它在她體內扭動、戳刺、抽搐，尖叫著要她放開，同時卻又需索無度的利用她的身體。無論如何，她是不會放它自由的。

等到我終究得放它自由之後，會發生什麼事？她焦急的自問道。它會怎麼對付我？

她不知道。

31

大片大片的雨幕落下，幾乎要將石柱圈內的土地變為泥濘之海。『找東西遮住門！』艾迪大嚷道。『別讓雨水沖壞了！』

羅蘭偷瞧了蘇珊娜一眼，看見她仍在和惡魔奮戰。她半閉著眼睛，嘴角往下扯出殘酷的笑。他看不見也聽不見惡魔的動靜，但他能感覺到惡魔憤怒、驚怕的猛烈移動。

艾迪把濕淋淋的臉轉向他。『你沒聽見嗎？』他大吼道。『找東西遮住那扇該死的門，快點！』

羅蘭從背包裡扯出一塊獸皮，兩手各抓一角，雙臂打直，俯在艾迪上方，充當臨時帳篷。艾迪的木棍鉛筆已裹上一層泥，他舉起鉛筆在手臂上擦乾淨，也在手臂上留下了苦巧克力的顏色，緊接著他又握住木棍，彎身畫圖。他畫的和另一端傑克的門並不一樣大，比例大約是〇・七五比一，但已足夠讓傑克穿過來……如果鑰匙管用的話。

如果他真有鑰匙的話，你是不是這個意思？他喃喃自問道。假設他弄丟了鑰匙……或是那棟房子害他掉了鑰匙？

他在表示門把的圓圈下方畫了個長方形，略一躊躇，又在長方形內畫了熟悉的鑰匙孔：

他停筆尋思。還差了一樣，是什麼呢？實在很難想出來，因為他的腦子裡似乎有颶風肆虐，而在颶風圈裡上下沉浮的，不是連根拔起的穀倉、雞舍、茅房，而是不連貫的思緒。

『來啊，甜心！』蘇珊娜在他背後大喊道。『你愈來愈不行嘍，怎麼啦？我還以為你是無敵鐵男呢！』

男。對了，就是它。

他小心翼翼在門板上方寫下『男孩』兩個字。他剛完成最後一捺，圖樣就起了變化。他畫圖的地面本已因雨而變暗，這會兒突然變得更暗……而且從地面隆起，變成一個黝黑、閃爍著光芒的把手。他可以從畫在褐色潮濕地上的鑰匙孔裡，看到隱約的光亮。

他身後，蘇珊娜又朝惡靈尖叫，催促它繼續，但她的聲音聽來很疲憊。必須做個了結，而且得快。

艾迪腰部以上往前倒，彷彿回教徒向阿拉禮拜，他把眼睛貼到鑰匙孔上，從鑰匙孔望進他的世界，望進他和亨利在一九七七年五月曾走入的屋裡，當年他們並不明白（不過艾迪並不是全然不明白；不，即使在那時，他也隱約通曉了什麼）有個來自紐約市另一區的男孩正尾隨他們。

他看見了走廊。傑克趴在地上，慌張的拉扯木板。有東西朝他逼近。艾迪看得見它，但同時又看不見——就如同他的頭腦有一部分抵死不看，好像看了就會理解，而理解會導致發狂。

『快點，傑克！』他對著鑰匙孔尖叫道。『看在上帝的分上，快一點！』

在通靈圈上方，雷霆大作，恍如加農砲發射，而大雨也夾帶著冰雹無情的落下。

32

鑰匙掉落後的一瞬間，傑克只是楞在那裡，瞪著木板間的窄縫。

不可思議的是，他居然睏了。

不應該這樣的，他思索著。太離譜了，我做不下去了，連一分鐘都不能忍受了，連一秒鐘都不能忍受了。我要倚著門蜷起身體，我要睡覺，立刻就睡，一閉眼就睡著，等它逮到我，把我拖進嘴裡，我就再也不必醒了。

接著，從牆裡掙脫的那東西哼了哼，傑克抬起頭，猝然一驚，棄械投降的念頭也煙消雲散。那東西已經完全從牆壁裡出來了，一顆超大灰泥頭，一隻破木頭眼睛，一隻向前伸的灰泥手。頭顱上有一塊塊的板條突出來，橫七豎八的，儼然小孩子畫的亂髮。它看見了傑克，張大嘴巴，露出鋸齒狀的木牙。又咕嚕了一聲，張大的嘴巴有灰泥塵掉落，很像雪茄煙。

傑克趕緊跪下來，從木板縫間往下搜尋，鑰匙在黑暗的下方閃動著銀光，但縫隙太窄，手伸不進去。他抓住一塊木板，用盡全身之力拉扯。釘子嘎吱響……卻堅守不退。

一陣叮噹響，他低頭看走廊彼端，看見那隻手，比他整個人還大的手，抓起吊燈，丟在一旁。生鏽的鍊子有如一條皮鞭揚起，又重重落下。傑克頭上一盞故障的吊燈嘎嘎響，骯髒的玻璃敲打著古老的銅框。

門房的頭，連接著半邊肩膀和一隻伸長的手臂，在地板上滑行。在它後面，剩餘的牆崩塌成一團塵雲。片刻後，斷裂的板條凝聚起來，結合成怪物的背脊。

門房發現傑克的視線，似乎不懷好意的咧開了嘴，而嘴一咧，立刻就有斷裂的木頭從它皺巴巴的臉頰上刺出。它拖著身體穿過灰塵滿天的宴會廳，一下子張大嘴，一下子閉上。那隻大手在滿地的殘骸中摸索，感覺著獵物的方向，一下子就把走廊盡頭的法式落地雙扇門給扯掉了一片。

傑克尖叫，透不過氣來，又開始狠拽木板。木板動也不動，但槍客的聲音卻傳了過來：

『另一片，傑克！試試另一片！』

他放開一直在扯的那片木板，轉而抓住縫隙另一頭的木板，剛抓住，又響起了一個聲音。但不是在他腦海裡聽見的，是耳畔聽見的。他明白聲音是門後傳來的——打從他沒在街上給車撞倒那天開始，他就在尋尋覓覓的門。

『快點，傑克！看在上帝的分上，快點！』

他用力拽這一片木板，木板一拉就鬆，害得他幾乎仰天跌倒。

33

兩名婦女正站在豪宅對街的二手家電行門口，年紀大的是店主，年紀小的是唯一一個光顧的客人。本來平靜無事的街上突然響起了牆壁碎裂、椽木掉落的巨聲，嚇得兩人不知不覺環抱住彼此的腰，站在對街，像在黑暗中聽見了聲響的孩子般顫抖。

街上，三個正要到荷蘭丘小聯盟球場的男孩張口結舌瞪著豪宅，把裝滿了棒球用品的手推車忘在身後。一名快遞司機把貨車停在路邊，下車察看。『亨利街角市場』和『荷蘭丘酒吧』兩家店的老闆也都擠到街上，慌張的東看西看。

接著地面開始抖動，萊因荷街路面上出現了扇形的裂痕。

『地震？』快遞司機對站在家電行門口的女人大喊道，還沒等有人回答，他就跳上了車，猛踩油門，逆向疾速駛離，以免震央中心的那棟豪宅倒塌，殃及到他。

整棟房子似乎向中間陷落。木板碎裂，跳出牆面，迸射在院子裡。從屋簷簌簌落下瀑布似的灰黑色砂礫。突然震耳欲聾的一聲轟，豪宅從中央裂了開來。門被吞沒了，接著整棟屋子開始由外向內塌陷。

那個年輕的女人忽然掙脫了家電行老闆的手。『我要離開這裡。』剛說完，她拔腿就跑，頭也不回。

34

一陣奇怪的熱風緩緩吹入了走廊，把傑克汗濕的頭髮從額上吹開。他終於握住了鑰匙。此刻他已有了直覺的認識，知道這裡是什麼地方，正在發生什麼事情。門房不僅是在房子裡，它也是這棟房子：每一塊木板，每一顆砂礫，每一個窗櫺，每一處屋簷。而如今它在往前推擠，同時它真正的形狀也慢慢現形。它打算在傑克用上鑰匙之前捉住他。在那顆白色大頭和笨重歪曲的肩膀後，他可以看見木板、砂礫、電線、碎玻璃——甚至看得見前門和破欄杆——在主要的走廊上飛旋，飛入宴會廳，加入那個凸出的東西，創造出這個變形灰泥人的各種面貌，而同時它也伸出魔掌，不斷摸索，朝他逼進。

傑克用力把自己的手從地板上的洞裡扯出來，看見手上覆滿了到處爬的大甲蟲。他拿手去撞牆，把甲蟲甩掉，牆壁竟然張開口想把他的手腕咬住，他嚇得大喊，及時把手抽回，一旋身，把銀色鑰匙插入鑰匙孔。

灰泥人大聲咆哮，卻暫時讓一個和諧的喊聲蓋過，傑克認得這聲音：他在空地上聽過，但此後就一直無緣再聽，即使在夢裡也一樣。此時合聲高唱凱旋，明明白白。那股確定感又充盈胸臆間，有如排山倒海，不容置疑；這一次他很肯定不會空歡喜一場。他在合聲中聽見了他需要的一切保證。這是玫瑰的聲音。

灰泥手扯掉了法式落地雙扇門最後的一片，擠入走廊，擋住了走廊上的微光。那張臉也擠入手上方的空間，凝視傑克。五根灰泥手指朝他爬來，像極了巨大蜘蛛的腳。

傑克轉動鑰匙，感覺突如其來的力量把他的手臂向上抬。他聽見模糊的一聲砰，門內鎖住的門栓鬆開，他抓緊門把，轉動，用力一拽，門跟著打開。傑克一看見眼前的景象，就忍不住迷惘的大喊出來。

門後居然給泥土堵死了，從上到下、從左到右一點縫隙也沒有。樹根從土裡伸出來，像是一束束的電線。蚯蚓似乎和傑克一樣的困惑，在土封的門口爬來爬去。有些又鑽入土裡；有些只是到處爬，似乎不懂一分鐘前還在的土壤怎會不見了。有一隻掉在傑克的運動鞋上。

鑰匙孔有一會兒還保持原狀，放射出一道迷濛的白光，照在傑克的襯衫上。在鑰匙孔後——看似近在眼前，卻又遠在天邊——他能聽見下雨，聽見開闊的天空隱約的雷聲。但鑰匙孔的形狀也漸漸模糊，而巨大的灰泥手指攫住了傑克的小腿。

35

羅蘭拋下獸皮，站起來，跑向蘇珊娜，而艾迪並沒有感覺到大雨的鞭笞。

羅蘭攫住蘇珊娜的腋下，拖著她走，動作儘可能溫柔謹慎，一直把她拖到艾迪匍匐之處。『等我叫妳放妳就放，蘇珊娜！』羅蘭吼道。『聽見了嗎？聽我的口令！』

艾迪對這一切充耳不聞，他只聽得見傑克在門後模糊的尖叫聲。

使用鑰匙的時候到了。

他把鑰匙從襯衫裡拿出來，插入他畫的鑰匙孔，用力一扭，鑰匙卻完全不動。連一毫米都不動。艾迪仰頭盛接刺人的冰雹，渾然不覺打在額頭、臉頰、嘴唇上豆大的冰珠在他身上留下了鞭痕紅點。

『不！』他號叫。『噢，上帝，求祢不要！』

但上帝沒有回應，只有又一陣的閃電電鳴劃破了烏雲滾滾的天際。

36

傑克向上跳，抓住懸吊在上方的吊燈，掙脫門房的手指。他向後盪，兩腳蹬著封住門口的土壤，再向前盪，恍如泰山。只要那隻亂抓的手接近，他就抬起腳亂踢。灰泥爆裂開來，露出下方隨意接合的板條框架。灰泥人大吼，聽得出饑餓，也聽得出憤怒。傑克還聽見在這一聲怒吼下，整個房子都在瓦解，就跟愛倫坡故事中的房子一樣。

他像鐘擺一樣搖來晃去，撞上封住了門口的土牆，再盪開。門房的手往上伸來抓他，他拚命踢，雙腿像剪刀一樣。五根木頭手指抓住了他的腳，他感到一陣刺痛。他用力往回盪，少了一隻運動鞋。

他尋找吊燈鍊上是否有更高的抓握點，找到了，趕緊往天花板上爬。他頭上隱隱傳來什麼重物落地的聲音，灰泥細塵撲簌簌落在他仰起的汗濕的臉上。轉眼天花板也開始下垂；吊燈鍊一次多出一個環。走廊末端傳來重重的擠壓聲，灰泥人終於把它饑餓的臉擠了過來。

傑克無助的向著那張臉盪過去，失聲尖叫。

37

艾迪的驚惶恐懼在一瞬間消散。他的全身都罩上了一件冷漠的斗篷——基列地的羅蘭披上過許多次的斗篷。這是真正的槍客唯一擁有的鎧甲……而且是真正的槍客唯一需要的。就在他披上冷漠斗篷的同時，他心裡也響起了一個聲音。三個月來，他被這樣的聲音糾纏不休；他母親的聲音，羅蘭的聲音，當然少不了亨利的聲音。但這一次的聲音讓他鬆了口氣，因為他認出來是他自己的聲音，而且非常平靜、理性、勇敢。

你在火中看見了鑰匙的形狀，你在木頭上又看見第二次，兩次你都看得一清二楚。但後來，你用恐懼蒙蔽了自己的眼睛。拿掉你的眼罩。拿掉它，再看一次。雖然事已至此，但也許還來得及。

他隱隱約約知道槍客正嚴厲的瞪著他；隱隱約約知道蘇珊娜正用逐漸虛弱卻仍桀驁的聲音對著惡靈尖叫；隱隱約約知道在門後傑克也在恐懼的尖叫——抑或是已變成痛苦的尖叫？

艾迪完全置之不理。他把木頭鑰匙從他畫的鑰匙孔裡抽出來，退離那扇真實的門，專注的凝視，試圖捕捉兒時偶爾體驗過的純然喜悅——在無稽之中窺見有意涵的形狀時所產生的喜悅。有了，他發現出錯的地方了，清晰無比的映在眼簾，他實在不明白當初他怎會弄錯。我他媽還真是瞎了眼，他暗自心想。果然是尾端的s形。第二個弧線有點太粗了，粗了那麼一丁點。

『刀子。』他說道，像手術房裡的外科醫師般伸出手。羅蘭二話不說，把刀塞進他手裡。

艾迪用右手拇指和食指夾住刀尖，低頭注視鑰匙，毫不在意脖子露出來，任由冰雹鞭打。木頭中的形狀愈來愈顯眼——可愛、真實，毫不遲疑的突顯出來。

他用刀刮。

一次。

精雕細琢。

一小片銀色的梣木屑，薄到幾近透明，從鑰匙尾端的S形中段捲起。

而在門的彼端，傑克・錢伯斯又一次放聲尖叫。

38

吊燈鍊喀啦一聲整個往下落，傑克重重摔在地上，膝蓋著地。門房勝利狂呼，灰泥手攫住傑克的臀，把他往走廊上拖。傑克伸出腳抵著地，卻是徒費力氣。他感覺到那隻手加緊力道，把他不斷拖著往前走，碎木和生鏽的釘子刺入他的肌膚。

門房的臉就卡在走廊的入口，恍如瓶塞。它費了偌大力氣擠入走廊，結果把它發育不全的五官又擠成了新的形狀，成了畸形的山怪。它張大口準備吞噬他。傑克瘋狂的摸索著鑰匙，想拿來當最後的護身符，不過他忘了鑰匙還插在門上。

『你這個龜孫子王八蛋！』他尖聲咒罵，用盡全力往後退，像參加奧運泳賽的選手拱起背，壓根不管像一條釘子皮帶般刺入身體的破木板。他感覺牛仔褲從臀部脫落，抓住他的手微微鬆脫。

傑克把握機會向後跳。那隻手無情的亂抓，傑克的牛仔褲掉到了膝蓋上，而他的人則背部著地，重重跌在地上，幸好背包緩衝了落地的力道。魔手鬆開，或許是想把獵物抓得更緊一些。傑克及時把膝蓋往上縮一點，等魔手再收緊，他兩腿用力往前踢，同時魔手也向後拽，傑克期待的事發生了：他的牛仔褲（外加他僅剩的運動鞋）剝了下來，他重獲自由，起碼暫時得到喘息的機會。他看見那隻手的木板灰泥手腕轉動，把他的牛仔褲塞進大嘴裡。傑克手腳並用，爬回土封的門口，絲毫不覺地上滿是吊燈落下摔碎的玻璃，一心只想拿到他的鑰匙。

他差點就爬到了門口，但那隻手攫住了他光裸的腿，又把他往後拽。

39

形狀已俱備，終於俱備。

艾迪重新把鑰匙插入匙孔，施力一扭，剎那間遭逢阻力……但稍後就在他手下轉了起來。他聽見鎖扣轉動，聽見門栓拉開，感到鑰匙在完成了使命後，斷為兩截。他雙手握緊暗黑光潔的門把，用力拉。感覺上是什麼很重的東西在某個隱形樞軸上旋開，感覺上他的手臂似乎被賦予了神力。而且還清楚的知覺到兩個世界突然接觸了，兩個世界之間打開了一條通路。

他有片刻的暈眩，失去了方向感，等他從門口看進去，他才恍然大悟：雖然他是朝下看——垂直的方向——他看見的東西卻是平的。就像是用三稜鏡和鏡子創造出的視覺幻象。接著他看見傑克給拖向滿地玻璃灰泥的走廊，他的手肘在地上拖，一隻巨掌攫住他的兩條小腿。他也看見了等著吞噬傑克的大嘴，它吐出了白霧，可能是煙也可能是灰塵。

『羅蘭！』艾迪高喊。『羅蘭，它抓住——』

突然他被打得歪到一邊。

40

蘇珊娜知道自己被提了起來，轉了一圈。她似乎坐上了旋轉木馬，周遭世界一片模糊：石柱、灰色天空、遍地冰雹……還有一個長方形洞穴，看似地上的活板門。從裡頭傳來尖叫。而在她自己體內，惡靈也是又掙扎又叫囂，一心只想逃脫，但除非她允許，否則它是白費力氣。

『放開！』羅蘭在大吼。『放開它，蘇珊娜！看在妳父親的分上，立刻放開它！』

她照辦。

藉由黛塔的幫助，她在心裡替惡靈設了一個陷阱，像是燈心草編織的網，現在她一刀把網子割掉。她感覺惡靈立刻從她體內退出，霎時間，她感到一陣恐怖的空洞、恐怖的虛渺。但這種感覺立刻又被解脫感和濃稠的骯髒污穢感給淹沒。

那個隱形的重量退開時，她瞅了一眼——形狀不像人，倒像蝠魟，有彎曲巨大的翅膀，身體尾端還有頗似鉤貨的大鉤子。她看見也感覺到那東西在地上的洞口飛掠。看見艾迪瞪大眼抬頭看。看見羅蘭張開雙臂要捕捉惡靈。

槍客踉蹌倒退，幾乎因為惡靈的重量而不支倒地。但隨即他就抱著滿懷的隱形東西搖晃前進。

緊扣住它，羅蘭跳進門裡，消失不見。

41

突如其來的白光湧入豪宅走廊；冰雹敲打牆壁，落在破碎的木頭地板上，又彈跳起來。

傑克聽見亂七八糟的叫嚷，旋即看見槍客出現。他似乎是跳進來的，好像是從天而降。兩條手臂直直的伸在前面，十指緊扣。

傑克感到自己的腳朝門房的大口滑動。

『羅蘭！』他放聲尖叫。『羅蘭，救我！』

槍客的十指鬆開，雙臂也立刻張開，蹣跚後退。傑克感到鋸齒狀的牙碰到了他的皮膚，隨時會撕掉他的肉，咬爛他的骨。說時遲那時快，某個龐然大物從他頭頂衝過，恍如一陣強風。下一瞬間，牙齒沒了。牢牢扣住他雙腿的手放鬆了。他聽見鬼魅似的痛苦驚叫從門房的喉嚨裡傳出，但是又突然硬吞進喉嚨裡，啞掉了。

羅蘭一把抓住傑克，把他拉了起來。

『你來了！』傑克大喊道。『你真的來了！』

『對，我來了。多虧眾神的恩典和我朋友的勇氣，我來了。』

門房的怒吼聲又響起，傑克既放心又驚懼，迸出了熱淚。此刻的屋子有如在深海中即將滅頂的船。木頭灰泥紛紛掉落。羅蘭把傑克抱起來，往門口疾衝。那隻灰泥手盲目的亂揮，擊中了他穿著靴子的腳，把他釘在牆上，張口就咬。羅蘭奮力推擠向前，轉身，拔槍，對著那隻亂揮的手開了兩槍，把一隻手指炸得粉碎。他們身後門房的臉從白色變成了紫黑色，彷彿是給什麼噎到了——什麼動作十分快速的東西，在弄不清楚狀況之前，就飛入了怪物的口中，卡在食道。

羅蘭再次轉身，跑過門口。眼前雖然少了可見的障礙，他卻猛然停住，動也不動，彷彿有什麼看不見的網架設了起來，阻住了去路。

忽然他感覺到艾迪的手揪住他的頭髮，用力拉扯，不是向前，而是向上。

42

他們現身在潮濕的空氣與變緩和的冰雹中，有如新生兒。助產士是艾迪，正如槍客曾對他說過他的使命就是如此。他胸腹貼地趴在地上，雙臂伸入門口，雙手揪住羅蘭的頭髮。

『蘇西！幫我！』

蘇珊娜挪向前，也把雙臂伸入門口，一隻手在羅蘭的下巴下摸索，扣住了他的喉嚨。羅蘭的頭向後仰，雙唇分開，像是既痛苦又使盡力氣在咆哮。

艾迪有一種拉扯的感覺，一隻手快揪不住槍客摻雜了銀絲的頭髮了。『他快掉下去了！』

『王八蛋……看你……往哪跑！』蘇珊娜喘著氣說道，突然一股神力，彷彿想扭斷羅蘭的脖子。

兩隻小手從石柱圈中央的門射出，抓住了邊緣。少了傑克的重量，羅蘭就能用手肘把自己往上撐，片刻後就把自己給舉了上來。同時，艾迪也揪住傑克的手腕，把他提了起來。

傑克翻身，仰天倒下，喘息不定。

艾迪轉過去，抱住蘇珊娜，在她額頭、臉頰、頸子灑下雨點般的吻。他又哭又笑。蘇珊娜緊緊攀著他，大口呼吸……但嘴角卻帶著滿足的微笑，一隻手滑到艾迪頭上，輕緩滿足的撫摸他濕透的頭髮。

他們下方傳來翻天覆地的嘈雜聲：尖叫、怒吼、撞擊、斷裂。

羅蘭低著頭爬離洞口，頭髮根根豎立，一道道鮮血從臉頰上流下。『關閉它！』他一面喘一面對艾迪說道。『關閉它，看在你父親的分上！』

艾迪拉動門扇，接下來的工作就由隱形的沉重樞軸接手，一聲轟然巨響，門關上了，把一切的嘈雜阻絕在下面。艾迪盯著看，他畫的線條逐漸褪色，變回地上模糊的記號。門把從立體變成平面，再次變回一個用木棍畫的圓圈。原來有鑰匙孔的地方也只剩粗略的形狀，一塊木頭插在其中，彷彿石中劍。

蘇珊娜爬向傑克，輕輕把他扶起來坐好。『你還好吧，甜心？』

他暈眩的抬頭看。『大概吧。他呢？槍客呢？我有事要問他。』

『我在這裡，傑克。』羅蘭說道。站了起來，酒醉似的走向傑克，在他旁邊坐了下來，撫摸男孩光滑的臉頰，彷彿是不敢相信自己的眼睛。

『你這次不會讓我掉下去了吧？』

『不會，』羅蘭說道。『這次不會，以後也不會。』但在心底最黑暗的角落，他卻想到了黑塔，忍不住懷疑起自己。

43

冰雹又變成傾盆大雨，但艾迪看見儘管烏雲罩頂，北方天際卻露出藍天。暴風雨很快會停，可是目前他們可能會成落湯雞。

他發現自己竟毫不在意。他記不得幾時曾如此平靜，如此的祥和安心，如此的心力交瘁。這次瘋狂的冒險尚未結束——事實上他還懷疑冒險才剛開始——但今天他們打了場勝仗。

『蘇西？』他撥開她臉上的頭髮，凝視她幽深的眼眸。『妳還好嗎？它有沒有傷了妳？』

『一點點，不過我沒事。我想黛塔・渥克那賤人還是所向無敵的公路酒吧女王，管他是不是惡靈。』

『這是什麼意思？』

她淘氣的咧嘴笑。『沒什麼意思，不再有意思了……感謝上帝。你自己呢，艾迪？你還好吧？』

艾迪等待亨利的聲音出現，卻沒聽見。他有個想法，亨利可能從此不會再開口了。『比好還要好。』他說道，笑了起來，又緊緊摟住她。從她的肩頭上，他看見地上殘餘的圖形：只有幾條模糊的線條和直角。大雨很快也會把那些沖刷掉。

44

『妳叫什麼名字？』傑克問那名膝蓋以下的腿都不見了的女人。這時他才恍然在剛剛的掙扎中，他的褲子被門房脫掉了，所以趕緊拉下襯衫下襬遮住內褲。論起衣著是否得體，她也是衣不蔽體，跟他半斤八兩。

『蘇珊娜•狄恩。』她說道。『我早就知道你的名字了。』

『蘇珊娜，』傑克若有所思的說道。『妳父親不會剛好是鐵路公司的老闆吧？』

她似乎楞了楞，隨即仰頭大笑。『哈哈，不是，甜心！他是牙醫，發明了一些東西，變成有錢人。你怎麼會這麼問呢？』

傑克沒回答。他的注意力已經轉移到艾迪身上。他臉上的恐懼已退，眼睛又恢復了冷靜評估的神情，那眼神讓羅蘭從驛站迄今念念不忘。

『嗨，傑克，』艾迪說道。『很高興見面了。』

『嗨，』傑克說道。『我今天早一點的時候見過你，可是你那時年輕多了。』

『我十分鐘前還更年輕。你還好嗎？』

『嗯，』傑克說道。『有些刮傷，不礙事。』他左顧右盼。『你們還沒找到火車。』他不是在問問題。

艾迪和蘇珊娜困惑的對望一眼，但羅蘭卻搖頭。『沒有火車。』

『你的聲音都消失了嗎？』

羅蘭點頭。『消失了。你呢？』

『也消失了。我又是完整的一個人了。我們兩個都是。』

兩人同一時間對視，做同一個動作。羅蘭把傑克擁入懷裡，傑克偽裝的自持瓦解，放聲大哭——是一個迷失了太久、吃了太多苦頭，最後終於安全了的孩子疲憊放心的哭泣。羅蘭環抱住傑克的腰，傑克的雙臂也溜上槍客的頸子，像鋼圈般箍得緊緊的。

『我再也不會丟下你了，』羅蘭說道，自己的眼眶也紅了。『我以我祖先的名字發誓：我再也不會丟下你了。』

但他的心，那顆一輩子為業所囚，默然、警覺的心，卻帶著非僅驚異甚且懷疑的態度聽取了這句承諾。

book two

盧德

一堆破碎的印象

IV　城與共業

1

艾迪把傑克從兩個世界之間的門口拽出來後，他少了原先穿在身上的褲子和運動鞋，卻保住了背包及生命。他醒來，感覺有什麼溫暖潮濕的東西在拱他的臉。

若是前三天的清晨他因為這種感覺而醒來，他必然會放聲尖叫，把同伴全部嚇醒，因為那三晚他發高燒，惡夢連連，盡是夢到那個灰泥人。在這些夢裡，他的褲子並沒有滑掉，門房把他抓得牢牢的，最後進了它那張讓人一想起就毛骨悚然的大嘴，然後它的牙齒就像城堡的柵欄門一樣落下。每次傑克都怵然驚醒，惴慄不已，無助的呻吟。

他的高燒是因為蜘蛛咬了他的頸背。羅蘭第二天幫他檢查，發現傷口非但未轉好，反而更糟糕。他和艾迪商量了幾句，給了傑克一顆粉紅色藥丸。『你每天得吃四顆，至少吃一個禮拜。』他說道。

傑克當時懷疑的瞪著藥丸。『這是什麼？』

『開夫里，』羅蘭說道，又一臉的自厭，轉頭對艾迪說，『你來說，我還是唸不好。』

『凱復力。你可以放心吃，傑克。這是從紐約一家政府認證的藥局拿來的。羅蘭已經吃過一大把了，還是壯得跟匹馬一樣。而且還長得也有點像馬了。』

傑克十分震驚。『你怎麼有辦法拿到紐約的藥？』

『說來話長，』槍客說道。『你早晚會知道，不過現在趕緊吃藥。』

傑克吃了。藥效既迅速又令人滿意。傷口四周的紅腫在二十四小時內消退，現在連高燒也退了。

那個溫暖的東西又拱了他，傑克霍地坐起來睜開眼睛。

原先在舔他的生物匆匆退開兩步，是一隻學舌獸，但傑克不認識，他這輩子從沒見過這種東西。這一隻比羅蘭一行人在路上看見的那隻瘦，黑灰條紋相間的皮毛不是糾結就是脫落，一邊腹側有乾涸的血跡。鑲金圈的黑眼焦急的盯著傑克，後臀不斷來回擺動。傑克鬆了口氣。他知道凡事都有例外，可是又猜想一隻搖著尾巴——或是設法搖尾巴——的東西應該沒什麼危險才對。

現在的時間是剛剛天光乍現，或許是清晨五點半。傑克最精確的估計也只能這樣，因為他的數字精工錶不動了……其實應該說是還會動，只是動得超級詭異。過來這世界後，他第一次看錶，錶面上是98：71：65。就傑克所知，壓根沒有這種時間。再看久一點，傑克發現手錶竟然是倒著走的。既然手錶還能以穩定的速度倒著走，那他覺得應該還可以用，結果卻沒用。它會以似乎正常的速度倒數數字（傑克確認的方法是在每一個數字之間默唸『一、二、三、四』），但過一下子數字不是完全停住個十秒、二十秒不動——他以為手錶終於要罷工了——就是一堆數字一下子全部花掉。

他向羅蘭提起過這問題，還把錶給他看，以為他會驚訝，但羅蘭只是仔細的檢查了一兩分鐘，隨意點個頭，告訴傑克這錶很不錯，可是這陣子來沒有一只計時器是管用的。所以精工錶毫無用處，但傑克怎麼樣都捨不得丟掉……他自己的揣測是因為錶是他舊生活的東西，而他已經沒剩下多少了。

現下精工錶上顯示的時間是：既是十二月也是五月；既是週三，也是週四，也是週六，而且是四十點六十二分。

今天早晨濃霧瀰漫，半徑五、六十呎外就是白茫茫的一片。如果今天跟前三天一樣，再過個兩小時左右，太陽就會升起，天空就會有隱約的白圈，九點半前就會視線清楚，天氣炎熱。傑克四下環顧，看見他的旅行同伴（他不太敢稱他們為朋友，至少目前還不敢）都裹著獸皮在睡——羅蘭緊靠著他，艾迪和蘇珊娜在已熄的營火另一頭。

他再次把注意力放到吵醒他的動物上，牠看來像是浣熊和土撥鼠的混種，還摻雜了少量的臘腸狗血統。

『你好嗎，小傢伙？』他輕聲問。

『火！』學舌獸立刻回答，仍焦急的盯著他。牠的聲音低沉渾厚，近乎狗吠，像是患了重感冒的英國足球員。

傑克縮了縮，吃了一驚。學舌獸給他的動作嚇到，也退了好幾步，作勢要逃，又暫且按兵不動。牠的後臀比之前更用力的扭動，鑲金邊的眼睛繼續緊張的注視傑克，而牠口鼻上的鬍子也不停顫動。

『這一隻記得人類。』一個聲音從傑克肩後說道。他回過頭，看見是羅蘭蹲在他後面，手臂放在大腿上，修長的手指垂在雙膝之間。他看著那隻動物的眼神比看他手錶的眼神要感興趣多了。

『這是什麼？』傑克輕聲問道，不想嚇跑牠。他看入迷了。『牠的眼睛好漂亮！』

『學舌獸。』羅蘭說道。

『瘦！』那隻生物脫口說道，又退了一步。

『牠會說話！』

『不盡然。學舌獸會重複聽見的聲音——至少以前是這樣。我有好幾年沒聽見學舌獸模仿了。這傢伙似乎餓壞了，也許是來找食物的。』

『牠舔我的臉，我能不能餵牠？』

『你要是餵了就趕不走了，』羅蘭說道，淡淡一笑，彈響手指。『嘿，小仔子！』

這隻動物模仿了彈手指的聲音，聽起來像是用牠的舌頭頂住上顎發出來的。『ㄞ！』牠用粗嘎的嗓子喊叫。『ㄞ，ㄞ！』牠毛髮糾結的後臀真的跟長了尾巴似的搖來擺去了。

『你想餵就餵吧。我以前認識一個老馬夫，他說好的學舌獸會帶來好運。這隻看起來倒像隻好的學舌獸。』

『對，』傑克附議道。『真的像。』

『從前牠們是馴養的，每個男爵的領地上都有六、七隻在城堡或宅院遊蕩，雖然沒多大用處，卻讓孩子很高興，而且還可以壓制老鼠的數量。牠們可以相當忠心——從前確實是這樣——不過我倒從沒聽說過有比狗還忠心的學舌獸。野生的學舌獸吃腐肉，不危險，只是很討厭。』

『厭！』學舌獸大喊，焦慮的眼睛不斷看看傑克又看看羅蘭。

傑克緩緩伸手到口袋裡，生怕嚇驚了這隻動物，掏出槍客的乾糧，丟給學舌獸。學舌獸畏縮了一下，發出小孩似的叫聲，轉了一圈，把軟木塞似的毛茸茸尾巴對著他們。傑克很確定牠要逃走了，但牠卻停了下來，狐疑的扭頭回望。

『吃啊，』傑克誘道。『吃啊，小傢伙。』

『火。』學舌獸咕噥著，卻沒有動。

『別急，』羅蘭說道。『牠會來的。』

學舌獸伸長了脖子，傑克這才發現牠的脖子很長而且很優雅。牠嗅著食物，長黑的鼻子抽動。終於牠向前小跑了幾步，傑克注意到牠有點跛。學舌獸嗅著肉乾，隨即伸出爪子把包在葉子裡的鹿肉撥出來。牠的動作出奇的謹慎嚴肅。等牠把肉乾弄出葉子後，一口就把肉乾吞下肚，又抬頭看著傑克。『火！』牠叫道。傑克忍不住笑出來，牠立刻又往後縮。

『這隻好瘦。』艾迪在他們身後惺忪的說道。一聽見他的聲音，學舌獸立刻轉身，逃入大霧中。

『你把牠嚇跑了！』傑克指責道。

『哎唷，真是抱歉啊，』艾迪說道，一手梳了梳糾結的頭髮。『要是我早知道牠是你的密友，傑克，我一定會把咖啡蛋糕端出來待客。』

羅蘭輕拍了傑克的肩膀一下。『牠會回來的。』

『你確定？』

『要是牠沒死的話，對。我們餵了牠，不是嗎？』

傑克還沒能回答，鼓聲就又響起了。這是他們第三個早晨聽見鼓聲了，而且前兩天每到近黃昏，鼓聲就會出現：從城市那邊傳來，模模糊糊，單調乏味。今天早晨鼓聲比較清晰，但仍是一樣教人費解。傑克恨透了這鼓聲，那就好像在這片毯子似的晨霧裡有隻大型動物的心臟在怦怦跳。

『你還是不知道那是什麼聲音嗎，羅蘭？』蘇珊娜問道。她已經套上了衣服，綁好了頭髮，正在摺她和艾迪蓋的獸皮。

『不知道，不過我相信我們會找到答案。』

『真是教人安心吶。』艾迪酸溜溜的說道。

羅蘭站起來。『走吧，別浪費了這一天。』

2

他們上路約莫一個小時後，濃霧逐漸散去。他們輪流推動蘇珊娜的輪椅，輪椅一路顛簸，因為這段路處處是大鵝卵石。早晨快過一半時，天氣晴朗炎熱，天空萬里無雲；城市的輪廓清楚的矗立在東南方地平線上。在傑克看來，和紐約的景觀差不多，只是他覺得這裡的建築物恐怕比不上紐約的高。要是那地方也已土崩瓦解，就如羅蘭的世界裡大多數的東西一樣，站在這裡看自然看不出來。傑克也跟艾迪一樣，幻想著在城市裡找到奧援……至少也會有熱騰騰的一餐。

左邊三、四十哩遠，仍可看見傳河寬廣的河面。大群飛鳥在河面上逡巡，不時會有隻鳥收束翅膀，俯衝入水，可能是去捕魚。河流和道路緩緩朝彼此移動，然而交會口卻還看不見。

他們能看見前方有更多的建築，大多像農莊，而且似乎都已荒廢。有些屋舍已倒塌，但不像是人為破壞，而是歲月的摧殘，艾迪和傑克心中的希望之火益發旺盛——但他們誰也沒向同伴透露懷抱的希望，以免他人嗤之以鼻。平原上有小群毛茸茸的動物在吃草，與道路保持一段距離，只有在穿越道路時才靠近，而且是疾奔而過，彷彿一群害怕車輛的孩子。傑克覺得這群動物是美洲野牛……只不過有幾隻居然長了兩顆頭。他說給羅蘭聽，羅蘭只是點頭。

『變種怪。』

『跟山下的一樣嗎？』傑克聽見了自己聲音中的恐懼，知道羅蘭必然也聽了出來，可他管不住自己。那段有如做了一場惡夢般漫無止盡的手推車旅程，他可是記憶深刻。

『我想這裡的變種動物是蓄養的，我們在山下發現的則是愈來愈野。』

『那裡呢？』傑克指著城市。『那裡會有變種怪，還是——』他發現他差一點就把心中的希望說出來了。

羅蘭聳聳肩。『不清楚，傑克。要是我知道，我會告訴你。』

他們經過一棟空屋燒毀了一半，幾乎可以肯定那是間農舍。可能是閃電造成的啊，傑克揣測道，可是又納悶自己不知是想要解釋給自己聽，還是想自己騙自己。

羅蘭可能是看穿了他的心事，伸出一臂攬住傑克的肩膀。『不用浪費力氣去亂猜，傑克，』他說道。『這裡無論發生過什麼事，都已經是多年前的事情了。』他指著某個地方。『那邊那東西可能是畜欄，現在卻只是從草叢裡伸出來的幾根木棍。』

『世界在前進，對不對？』

羅蘭點頭。

『那麼人呢？你覺得他們是不是都進城了？』

『有一些可能是，』羅蘭說道。『有一些仍留在這裡。』

『什麼？』蘇珊娜扭過頭來看他，一臉驚愕。

羅蘭點頭。『這兩天來，我們一直在別人的監視中。這些屋子並沒有許多人住，但還是有一些人。等我們接近文明，人會更多。』他頓了頓。『如果文明還在的話。』

『你怎麼知道有人？』傑克問道。

『聞到的。還看到有些農田特意隱藏在雜草堤防後，以免外人看見農作物。樹叢裡起碼有一個風車。不過，大致上是靠感覺……就像是陰影罩在臉上，而不是陽光直射。我想你們三個早晚也會學到。』

『你覺得他們危險嗎？』蘇珊娜問道。一行人接近一棟搖搖欲墜的屋子，從前可能是庫房或棄置的鄉村市場，她惴惴不安的打量屋子，一手按住了掛在胸前的槍柄。

『陌生的狗會咬人嗎？』槍客回道。

『這是什麼意思？』艾迪問道。『我真恨透了你又拿那套禪宗狗屁打哈哈，羅蘭。』

『意思是我不知道，』羅蘭說道。『你說的禪宗是誰？跟我一樣睿智賢明嗎？』

艾迪盯著羅蘭，好半晌才斷定羅蘭破天荒的開了玩笑。『哦，少臭美了，』他說道。轉過頭去之前，他看見羅蘭的嘴角動了動。艾迪繼續推著蘇珊娜的輪椅，忽然看見了什麼。『嘿，傑克！』他嚷道。『你好像交到朋友了！』

傑克四下張望，臉上綻放出大大的笑容。後方四十碼處，那隻骨瘦如柴的學舌獸正一跛一跛追在後面，一面還嗅著從大驛道崎嶇的圓石路面間長出的雜草。

3

幾小時後，羅蘭叫停，要大家準備。

『準備什麼？』艾迪問道。

羅蘭瞅了他一眼。『應變。』

時間大約是下午三點鐘。他們沿著大驛道站上了一座鼓丘的最高點，徐緩起伏的長鼓丘呈對角線穿過平原，像是在世界最大的床單上出現了一條縐紋。下方及遠方，大驛道穿過了他們迄今為止所見到的第一座真正的城市。看似杳無人煙，但艾迪並未忘記早上的談話。羅蘭的問題——陌生的狗會咬人嗎？——似乎已不再那麼有禪味了。

『傑克？』

『啊？』

艾迪朝魯格槍點了點頭，槍柄從傑克的牛仔褲褲腰露出來——這條牛仔褲是他離家前額外塞進背包裡的。『你要我拿嗎？』

傑克瞧了瞧羅蘭。羅蘭只聳聳肩，彷彿在說由你決定。

『好。』傑克把槍遞給他，又把背包拿下來，在裡頭翻找，掏出了彈匣。他還記得這是他伸手到父親的書桌抽屜裡，從懸吊的檔案後拿的，但那又像是很久很久之前發生的事了。這些日子來，回想他在紐約的生活以及在拍普的學生生涯，就好像是用望遠鏡拿錯了邊。

艾迪接過彈匣，檢查一遍，把彈匣裝上，檢查保險栓，再把魯格槍塞進腰帶裡。

『專心的聽，仔細聽好，』羅蘭說道。『如果真有人類，可能年紀很老，我們怕他們，但他們可能更怕我們。這些殘餘的人可能沒有武器——坦白說，我們的武器他們很多人可能從來沒見過，只有在古籍裡見過一、兩張照片。別做出有威嚇意味的動作。童年的規矩裡有一條很好：有人問才說話。』

『他們可能會有弓箭吧？』蘇珊娜問道。

『對，可能會。長矛、棍棒也是。』

『別忘了石頭，』艾迪無情地說道，俯瞰下方的木屋群。那地方儼然鬼城，但誰說得準？『要是石頭缺貨的話，這條路上還有一堆的鵝卵石呢！』

『是啊，很多東西都能湊合，』羅蘭附議道。『但不能由我們挑起爭端——清楚了嗎？』

眾人點頭。

『繞道而行會不會好一點？』蘇珊娜說道。

羅蘭點頭，眼睛一逕盯著前方的地形。城中央有另一條路和大驛道交會，讓荒廢的屋宇成為一把配備望遠鏡的長程來福槍的中心焦點。『是比較好，但我們不繞道。繞道而行是壞習慣，容易上癮。勇往直前總是上策，除非有顯而易見的好理由不那麼做。我看不出為何在這裡要繞道。萬一真有人類，應該也是好消息。我們可以聊聊天。』

蘇珊娜不由得心想，現在的羅蘭似乎不同以往，她不認為僅僅是因為他腦海裡的聲音停止了。在他仍有戰爭要打，仍有部下要領導，仍有老友環繞時，他就是這個樣子，她尋思道。是他在世界向前移動，而他也跟著移動，追蹤黑衣人之前的樣子。是在大荒漠讓他變得內斂、變得疏離之前的樣子。

『他們可能會知道鼓聲是什麼。』傑克建議道。

羅蘭再點頭。『無論他們知道什麼——特別是和城市有關的事——都即將揭曉，不過不需要先設想太多，或許那裡根本就沒有人。』

『我說啊，』蘇珊娜說道，『如果是我看見了我們，我才不出來呢！四個人裡有三個帶槍？搞不好我們就像你故事裡那些舊時代的亡命之徒呢！羅蘭，你是怎麼稱呼那種人來著？』

『響馬。』他的左手落在僅剩一把槍的檀木柄上，而且微微抽出了槍套。『不過沒有一個響馬佩戴過這些武器，如果這些人是舊時代的人，他們就會知道。走吧。』

傑克瞧了瞧後面，看見學舌獸躺在路上，嘴巴放在兩隻短前腿之間，密切的看著他們。

『仔仔！』傑克喊道。

『ㄎ—ㄎ！』學舌獸模仿他的聲音，立刻站了起來。

一行人從小圓丘上下坡，朝城鎮而去，仔仔在後面快步跟上。

4

鎮郊兩棟房屋業已燒毀，其他建築雖然滿佈灰塵，但仍然完整。他們經過了一處，左邊是家荒廢的出租馬匹店，右邊是看似市場的建築。馬路兩側有十來間搖搖欲墜的房屋，有些巷弄穿梭其間。另一條路是東北—西南走向，是一條土路，大致已讓蔓生的青草淹沒。

蘇珊娜看著東北方的小路，心中思忖道：從前河上有渡船，小路某處有渡口，或許還有一座殘破的小鎮，大部分的房舍是沙龍和倉房，沿著渡口而建。而渡口是駁船到城市前的最後一站。貨車從這個地方把貨送到那個地方，再回來渡口。這是多少年前的事情了？

她不知道——但看這地方的樣子，應該非常久了。

某處有個生鏽的樞鈕嘎嘎叫，聲音單調。某處窗板給平原的風吹得砰砰響。

屋子前面都有拴馬的欄杆，大半已毀壞，有處地方曾有木板人行道，但許多木板已不見，雜草從洞裡長上來。建築物上的市招都已模糊，有些仍可辨識，寫得是很粗劣的英文，她猜想這就是羅蘭所說的『平民語』。一個招牌上寫著『食物糧秣』，她猜應該不是人吃的食物，而是供應牲口的。隔壁建築有華麗的外觀，招牌上潦草的畫著一隻平原野牛躺在草地上，下頭寫著『打尖吃飯喝酒』。招牌下如蝙蝠翼的門歪歪斜斜的掛著，微微跟著風擺動。

『那是沙龍嗎？』她也不知道自己幹嘛壓低聲音，反正她就是沒辦法用正常的音量說話。那會像在葬禮上彈奏搖滾樂一樣的不合時宜。

『對，』羅蘭說道。他並沒壓低聲音，但嗓音低沉，若有所思。傑克緊貼在他旁邊，緊張兮兮的東看西看。他們身後的仔仔也把距離拉近到十碼，腳步急促，頭擺來擺去，檢查建築物，像個鐘擺。

現在蘇珊娜感覺到了：被監視的感覺。就跟羅蘭說得一模一樣，烏雲蔽日的感覺。

『這裡有人，對不對？』她低聲問道。

羅蘭點頭。

路口東北角矗立了一棟建築物，她認出招牌上寫著『招待所』還有『便床』幾個字。除了前方一座斜面尖塔教堂之外，這棟樓是全鎮最高的建築物，有三層樓。她抬頭，及時看見白色的東西一閃而逝，絕對是一張臉，從無玻璃的窗後躲開。驀然間，她只想趕緊離開此地。不過羅蘭卻特意慢下腳步，她猜想得到理由。急急忙忙只會讓監視他們的人以為他們在害怕……也就很好欺負。然而……

到了路口，交會的道路都變寬，形成一個廣場，此刻已長滿了雜草。廣場中央有塊遭風吹雨打的石碑，石碑上方用生鏽的纜繩懸吊了一個金屬盒。

羅蘭朝石碑走去，傑克緊跟在旁邊。艾迪推著蘇珊娜的輪椅尾隨在後。草葉拂過輪椅輻軸，風吹開了她頰上的一綹頭髮。街道前方窗板給風吹得砰砰響，樞鈕也嘎吱叫。她打了個寒顫，把頭髮撥開。

『希望他能走快點，』艾迪壓低聲音嘀咕道。『這地方害我的雞皮疙瘩都冒出來了。』

蘇珊娜點頭同意。她環顧廣場，幾乎能看見舊時的盛況——人行道上人來人往，有些是鎮上的婦女挽著籃子上市場，大部分的人是車夫和衣著粗劣的駁船船夫（她不知怎會一口咬定有駁船和船夫，但她就是肯定有）；馬車經過小鎮廣場，未鋪設石子的泥路上揚起陣陣嗆人的黃沙，車夫鞭打拉車的馬

（是公牛，拉車的是公牛）

急著趕路。她可以看見那些貨車。有些是風塵僕僕的帆布覆蓋著一捆捆的布，有些是堆

成金字塔狀、塗了焦油的大木桶；她可以看見公牛，套著雙軛，耐心的拉著車，抖動耳朵驅逐在牠們大頭上環繞的蒼蠅；她可以聽見說話聲、笑聲，還有沙龍內的鋼琴彈出活潑的〈野牛女孩〉或是〈凱蒂達令〉。

就好像我前輩子住在這裡似的，她納悶道。

羅蘭在石碑前彎腰閱讀碑文。『大驛道，』他唸道。『盧德，一百六十輪。』

『輪？』傑克問道。

『是古老的度量衡。』

『你聽過盧德嗎？』艾迪問道。

『可能吧，』羅蘭回答道。『在我很小的時候。』

『讓我聯想到什麼拉出來的玩意，』艾迪說道。『也許不是好兆頭。』

傑克在檢查石碑的東側。『大河路。這個字寫得很怪，可是意思不會錯。』

艾迪看著石碑的西側。『上頭說是吉姆鎮，四十輪。那不就是韋恩・紐頓⑫的出生地嗎，羅蘭？』

羅蘭茫然的看著他。

『算了，算了。』艾迪說道，翻了翻白眼。

廣場西南角是鎮上唯一一座石屋——低矮、滿是灰塵的正方體，窗上有生鏽的鐵欄杆。綜合郡立監獄及法院，蘇珊娜想著。她在南方看過類似的建築；只要在前面加上幾個斜畫的停車位，你絕分辨不出兩者的差別。石屋的前門用黃油漆塗了什麼，已經褪色了，她看得出上頭寫了字，卻看不懂，讓她更巴不得立刻離開小鎮。上頭寫著：『消滅黃毛。』

『羅蘭！』等她得到了他的注意，她指著塗鴉。『那是什麼意思？』

他看了一遍，搖搖頭。『不知。』

她又四下張望。廣場現在似乎變小了，四周的建築物似乎朝他們逼來。『我們能離開這裡嗎？』

『快了。』羅蘭彎腰，從路面撬起一小塊石頭，左手掂了掂，看著懸吊在上的金屬盒，沉吟半晌。他手臂一縮，蘇珊娜立時明白他的用意，但慢了一秒鐘。

『不要，羅蘭！』她喊道，又因自己嚇壞的聲音而瑟縮。

羅蘭根本不理會她的阻止，還是把石頭往上扔。準頭仍如以往一般十足，石頭敲中了金屬盒中心，發出空洞的一聲鐺。金屬盒裡響起鐘錶走動的滴答聲，盒邊狹縫裡伸出一面生鏽的綠旗。等綠旗到位後，立刻傳出噹噹的鐘聲。綠旗的一側用黑色寫著斗大的字『走』。

『見鬼了，』艾迪說道。『這是搞笑版紅綠燈嘛！如果再敲一次，是不是就會「停」？』

『有人來了。』羅蘭靜靜說道，指著蘇珊娜認為是法院的石屋。一男一女從裡面走了出來，正步上階梯。你贏了丘比娃娃⓭，羅蘭，蘇珊娜想著。他們比上帝還老，兩個都是。

男人穿著工作服，戴頂大寬邊草帽。女人一手扶著男人曬成褐色的赤裸肩膀，她穿著自己紡織的衣服，戴著尖頂軟帽。他們靠石碑愈來愈近，蘇珊娜才發現女人是瞎子，而且奪走她視力的意外必然讓人聞之喪膽。原本是眼睛的地方只剩下兩個淺淺的眼窩，疤痕密佈。她看來是既駭怕又迷惑。

⓬Wayne Newton，老牌歌手。
⓭一種用塑膠或賽璐珞製成的洋娃娃，形似愛神邱比特。

『璽，他們是響馬？』她高喊道，聲音顫抖粗嘎。『你會害死咱們，咱告訴你！』

『閉嘴，慈心。』他回嘴道。他也跟女的一樣，說話有很重的口音，蘇珊娜不太聽得懂。『他們勿是響馬，這夥勿是。他們帶著個黃毛，我告訴妳——啥個響馬會帶個黃毛走？』

女的不管自己看不看得見，一心只想離開。男的咒罵，抓住她手臂。『住著，慈心！住著，我告訴妳！妳會跌跤，把自個兒傷了，該死！』

『我等並無惡意。』羅蘭用貴族語喊道。那男人一聽見，立刻難以置信的瞪大眼睛。那女的轉回來，失去雙眼的臉轉向他們這邊。

『槍客！』男的大喊，興奮得聲音發抖。『上帝啊！我知道是！我知道！』

他拔腿就朝廣場跑，拖著那個女的。女的一路跌跌撞撞，蘇珊娜只能等著她跌倒的那一刻來臨。但先跌倒的竟是男的，他猛然跪下，她也痛苦的趴在大驛道的圓石路上。

5

傑克覺得腳踝有什麼毛茸茸的東西，低頭去看。是仔仔蹲在他身邊，似乎比先前還焦慮。傑克俯身，小心的撫摸牠的頭，既是藉此尋找安慰，也給予牠安慰。牠的毛像絲一樣，軟得不可思議。有一下子，他以為學舌獸會拔腳逃跑，但牠只是抬頭看他，舔他的手，然後又回頭注視兩個新來的人。那個男的正幫著女的站起來，卻不是很成功。她的頭一會兒轉這邊，一會兒轉那邊，完全弄不清狀況。

那個叫璽的男人割破了手，但他絲毫不在意。最後他乾脆不去扶那個女的，反而脫下大草帽，執在胸前。傑克覺得那頂帽子就跟大籃子一樣大。『我們歡迎您，槍客！』他喊道。『熱忱歡迎！我以為槍客都死光了，我真是那麼想的！』

『我感激你的歡迎，』羅蘭用貴族語說道，輕輕按住盲婦的上臂，她畏縮了一下，隨即放鬆，讓他把她扶起來。『戴上帽子吧，舊時人。陽光很強。』

他乖乖照做，然後就呆站在一旁，凝視羅蘭，目光閃爍。一兩分鐘後，傑克才發覺閃爍的是淚水。璽竟然在哭。

『槍客！我告訴妳，慈心！我看到了鐵器，我告訴妳！』

『勿是響馬？』她問道，彷彿不敢相信。『你確定他們勿是響馬嗎，璽？』

羅蘭對艾迪說道：『把保險栓扣上，把傑克的槍給她。』

艾迪把魯格槍從褲腰裡抽出來，檢查了保險栓，小心翼翼放在盲婦的雙手裡。她驚訝的喘了口氣，幾乎握不住，接著也好奇的用手撫摸。她把空空的眼窩對著那個男的。『一把槍！』她低聲說道。『咱的聖徒帽子！』

『是，是像，』老人敷衍似地說道，把槍拿過來，交還給艾迪，『可是槍客手上的可是貨真價實，還有個女人也拿了一把。她的皮膚還是褐色的，就跟我爹說的那些加蘭人一樣。』

仔仔發出尖銳、口哨似的吠叫。傑克轉身看見更多人跑到街上來——全部加起來五、六個。他們也跟璽和慈心一樣，年紀都很大，有一個婦人還拄著枴杖，蹣跚而行，儼然童話故事中的巫婆，她看起來真的很古老。看他們逐漸靠近，傑克發覺有兩個男的是雙胞胎，白髮飄飄，披散在肩上，一身自製襯衫打著補丁。兩人的皮膚如同上等亞麻一樣的白，眼睛是粉紅色的。白化病患，他揣測。

那個乾癟的老太婆似乎是這群人的領袖。她拄著枴杖朝羅蘭一行人顫巍巍而來，一雙銳利的翡翠綠眸盯著他們，無牙的嘴往裡陷，身上的老圍巾下襬隨著草原微風輕飄，最後她的視線落在羅蘭身上。

『歡迎，槍客！幸會！』她也說得是貴族語，而且傑克也和艾迪、蘇珊娜一樣完全聽得懂，不過他想這種語言在他的世界裡只怕是太快、太不清晰了。『歡迎光臨渡口！』

槍客摘掉了帽子，朝她鞠躬，用他殘缺不全的右手，快速地輕碰喉嚨三次。『感激不盡，老婦。』

她開心的咯咯笑，艾迪突然明白羅蘭既開了個玩笑又致上了恭維。蘇珊娜早已想到的事情他終於也想通了：這就是他以前的樣子……這就是他以前的行為。至少是一部分。

『你或許是槍客，但在衣服下，你不過是另一個愚蠢的人。』她說道，換成了平民語。

羅蘭再次鞠躬。『美人總是讓我變得愚蠢，嬤嬤。』

這次她真的啞啞啞的笑了起來。仔仔嚇得縮在傑克腳邊。那兩個白子雙胞胎其中一個衝上來接住老婦人，因為她又舊又破的鞋一個不穩，害得她往後倒，但她自己穩住了，專橫的一揮手，那個白子立刻後退。

『你在追尋嗎，槍客？』她的綠眸精明的盯著他；皺縮的嘴時收時放。

『是，』羅蘭說道。『我們在追尋黑塔。』

其他人一臉的不解，但老婦人卻縮了縮，做出邪惡之眼的手勢——不是針對他們，羅蘭了解，而是對著東南方，光束之徑上。

『真遺憾聽見這件事！』她喊道。『因為沒有一個去尋那條黑狗的人活著回來！我祖父這麼說，他的祖父也這麼說！沒有一個活著！』

『這是業。』槍客耐心的說，彷彿一個字就解釋了一切……而傑克也逐漸明白對羅蘭來說的確是如此。

『對，』她附議道，『業那條黑狗！哎、哎、哎，你只能依從你的召喚，活你自己的路，再死在林間空地上。在你們繼續前進之前，願意跟我們分麵包嗎，槍客？你和你的騎士團？』

羅蘭再次鞠躬。『已經有太久太久除了我們自己外沒有同伴可以分麵包了，老嬤嬤。我們不能久留，但，是的——我們會心懷感激及喜悅來吃你們的食物。』

老婦人轉身看著其他人，用沙啞嘹亮的聲音吩咐下去——但不是她的聲音讓傑克不安，而是她的話讓傑克的背脊竄過一陣涼意：『爾等注意，白已歸返！在邪道橫行、妖氛瀰漫之後，白已返回！心存良善，抬頭挺胸，爾等已熬到業之輪再次轉動之日！』

6

芳名塔莉莎孀的老婦人帶領他們穿過廣場，前往那座有斜尖塔的教堂。雜草蔓生的草坪上，有塊褪色的木板，根據上頭的字樣，這裡是『熱血永恆者教會』，而在這行字上頭，用綠漆寫了另一行字，也已經模糊不明，那行字寫道：消滅灰毛。

她帶領他們穿過毀壞的教堂，顫巍巍但快速的走過中央的走道，經過了一排排破裂翻倒的信徒座椅，又走下一小段階梯，進入廚房；廚房與上頭的毀敗截然不同，蘇珊娜驚訝得猛眨眼。廚房裡一塵不染，木質地板非常古老，但定期上油，散發出木頭本身靜謐的光潤。黑色的爐灶佔據了一整個角落，也是纖塵不染，而旁邊磚砌的壁龕裡堆疊的柴火，也是精挑細選、充分乾燥的。

又有三名年長者加入他們，二女一男，男的一隻木腿，拄杖跛行。兩名婦女走向碗櫃，忙碌了起來；第三個婦人打開灶門，擦燃一根長硫磺火柴，點燃了早已整齊排列在灶裡的木柴；又一個婦人打開另一扇門，步下一段狹窄的樓梯，進入看似冷凍食品儲藏室的地方。而同時塔莉莎嬸也把客人帶入了教堂後方寬敞的入口。在那裡儲放了兩張臺架式桌子，上頭罩了乾淨但破爛的防塵套。她朝桌子揮了揮楞杖，兩名年老的白化症雙胞胎立刻趨前，和其中一張桌子奮鬥起來。

『來吧，傑克，』艾迪說道。『我們也來幫個忙。』

『不必！』塔莉莎嬸斷然拒絕。『我們老是老，還不需要客人幫忙！還早呢，年輕人！』

『不用管他們。』羅蘭說道。

『老傻瓜非打斷骨頭不可。』艾迪嘟嘟囔囔的說道，但仍跟著其他人走開，任由兩名老人去搬動選定的桌子。

艾迪把蘇珊娜抱起來，穿過後門，蘇珊娜詫異的抽了口氣。這裡不是草坪，而是名園，油綠的草地上鮮花怒放，有如火炬。她認出了一些花——金盞花、百日菊、草夾竹桃——但多數她都不認得。正觀賞著，一隻馬蠅停在一片鮮藍色花瓣上……花瓣立刻閉合，把馬蠅給緊緊捲住。

『哇！』艾迪讚道。『布希花園！』

璽說道：『這是唯一一個還保留著舊時原貌的地方，也就是世界前進之前的面貌。我們把這裡藏了起來，不讓那些經過的人——黃毛、灰毛、響馬——發現。萬一讓他們知道了，一定會一把火燒了……而且會因為我們保有這麼一個地方，而把我們殺個一乾二淨。他們見不得美好的東西，那些王八蛋全是一個德行。』

盲婦拉扯他的手臂，要他閉嘴。

『最近都沒看見騎士，』木腿老人說道。『有好一陣子不見了。他們總在城市附近，大概是在那裡找到了他們需要的東西吧。』

白子雙胞胎終於把桌子給拖了出來。有名老婦跟在後面，催促他們動作快，然後趕緊讓開。她兩手各拿了一把石製水壺。

『請坐，槍客！』塔莉莎嬸叫喚道，朝杯子擺擺手。『請坐，各位！』

蘇珊娜能嗅到上百種互相衝突的香味，不由得頭暈，感覺如夢似幻，彷彿正在做夢。她幾乎不敢相信這裡還有個小小的伊甸園隱藏在死城的傾頹外表下。

另一名婦人端著一盤玻璃杯出來。玻璃杯都不成對，但光潔無瑕，陽光下有如上等的水晶。她先把盤子舉向羅蘭，再依次是塔莉莎嬸、艾迪、蘇珊娜，傑克是最後一個。每個人都拿了玻璃杯後，剛才端著水壺的婦人就往每只杯裡斟上暗金色的液體。

傑克就坐在一塊橢圓形的花壇附近，花壇上種了鮮綠色的花，仔仔偎在他身旁。羅蘭朝他探身，喃喃說道：『喝一點點，顧及禮貌就好，傑克，否則我們就得把你抬著出鎮了。這是「格烈夫」，一種很烈的蘋果啤酒。』

傑克點頭。

塔莉莎嬸舉高酒杯，羅蘭也行禮如儀，艾迪、蘇珊娜、傑克也跟著模仿。

『其他人呢？』艾迪低聲問羅蘭。

『他們會等有人致祝辭之後再開動。安靜，別說話。』

『你願意為大家說幾句話嗎，槍客？』塔莉莎嬸問道。

羅蘭起身，高舉酒杯，低著頭，彷彿在沉思。渡口僅餘的幾名居民尊敬地看著他，傑克覺得除了敬意之外，還帶著點畏怯。最後他抬起頭。『各位可否願意敬地球，敬地球上曾有的日子一杯？』他問道，聲音沙啞，飽含感情，略略發抖。『各位可否願意為舊日的豐足，為逝去的朋友乾杯？各位可否願意為深受款待的好同伴乾杯？您認為這麼說還可以嗎，老嬤嬤？』

傑克看到她在哭，但同時臉上也綻放出最幸福快樂的笑容……霎時間，她似乎變年輕了。傑克帶著驚異與出奇不意的快樂凝視她。打從艾迪把他從門後拽上來開始，他第一次感到門房的陰影真的離開了心裡。

『哎，槍客！』她說道。『說得好！就憑這幾句話就該浮一大白！』她一仰脖子，把酒喝了個乾淨。羅蘭也跟著乾杯。艾迪和蘇珊娜也喝了，只是淺斟即止。

傑克也嚐了嚐，出乎意外的發現他喜歡——不像他的預期，酒味一點也不苦，而是甜甜酸酸的，像蘋果汁。但他幾乎立刻就感覺到酒的後勁，於是小心翼翼放下了杯子。仔仔嗅了嗅就退後，把嘴巴放在傑克的腳踝上。

他們四周那一小群老人，亦即渡口最後的居民，紛紛鼓掌。大多數的人也像塔莉莎嬤嬤一樣公然哭泣。現在其他的玻璃杯也端了上來，雖比不上待客用的精美，但也絕對上得了檯面。宴會開始了。好一個宴會，在那夏日午後，在那遼闊草原的穹蒼下。

7

艾迪認為，這頓飯是他從童年生日大餐以來最好的一餐。（他母親總會想辦法弄出他最喜歡的菜餚——肉捲、烤馬鈴薯、烤玉米、魔鬼蛋糕加香草冰淇淋。）

吃了幾個月的龍蝦肉、鹿肉、還有羅蘭宣稱安全無虞，但嚐起來略帶苦味的綠色蔬菜之後，忽然有各式各樣的食物擺在面前，他會覺得難忘是再自然不過。說起來，他對這些食物的熱中當然是一個緣故，但艾迪卻不認為這是唯一的解釋；他注意到傑克也是一盤接一盤的吃，每一、兩分鐘就偷塞點什麼給蜷伏在腳邊的學舌獸，而他來到這世界還不滿一週呢！

桌上有好幾碗燉菜（野牛肉漂浮在濃稠的褐色肉汁裡，加上滿滿的蔬菜），好幾盤現烤麵包，好幾陶碗的香甜白牛油，好幾碗看似菠菜葉卻又不盡然是的葉子。艾迪對蔬菜向來沒什麼特別的偏好，可是一嚐到這些葉子，他體內久遭忽視的一面猛然甦醒，大聲疾呼，要求更多。桌上的菜餚他什麼都不放過，但對那種綠色玩意的需求，卻變得愈來愈難滿足，他看見蘇珊娜也是取用了一次又一次。單是他們四個旅人就吃光了三碗葉子。

晚餐杯盤都由其他老婦人及兩名白化症孿生子收拾乾淨，然後他們又端上兩大盤堆得像山一樣高的蛋糕和一碗鮮奶油。蛋糕散發出甜醇的香味，艾迪真以為自己上天堂了。

『這只是野牛奶油，』塔莉莎嬤不在意地說道。『沒有母牛了——最後一頭三十年前死了。野牛奶油不是什麼上品，不過總是比沒有強！』

艾迪一嚐，才發現蛋糕裡還有許多藍莓，他覺得此生從未吃過這麼美味的蛋糕。他一連吃了三塊才滿足的靠著椅子，根本來不及以手掩口，就打了個大飽嗝，滿臉羞愧的環顧四周。

盲婦人慈心咯咯笑。『我聽見了！有人在感謝廚師了，嬤子！』

『欸，』塔莉莎嬤說道，自己也在笑。『說得是。』

那兩個上菜的婦人又來了，一個端著冒蒸汽的罐子；一個端著一個大盤子，上面疊著一些厚陶杯，搖搖欲墜。

塔莉莎嬤坐首位，羅蘭在她右手邊。這時羅蘭探身在她耳邊喃喃說話，她側耳傾聽，笑容漸逝，又點點頭。

『璽，比爾，提爾，』她說道。『你們三個留下。我們要跟槍客和他的朋友聊聊，他們打算今天下午就離開。你們其他人把咖啡拿到廚房去喝，少喋喋不休。離開之前注意你們的禮貌！』

比爾與提爾也就是那對白化症孿生子，仍坐在桌尾，其他人魚貫經過旅人一行，每一個都和艾迪、蘇珊娜握手，也親吻傑克的臉頰。傑克很得體的接受了每個人的親吻，但艾迪看得出他是既驚訝又尷尬。

他們走到羅蘭面前時，一個個跪下來，撫摸從左臀槍帶突出來的檀木槍柄。羅蘭則雙手按住他們的肩，親吻他們蒼老的額頭。慈心是最後一個；她雙手抱住羅蘭的腰，在他臉頰上印下了一個濕濕的吻。

『眾神護佑你，槍客！我要是能看得見就好了！』

『注意妳的禮貌，慈心！』塔莉莎嬸厲聲斥道，但羅蘭不加理睬，反而對盲婦彎下腰來。

他輕柔卻堅定地持起盲婦的手，舉到臉旁。『用妳的手來看，美人。』他說道，閉上眼睛，讓她那老皺、因痛風而變形的手輕輕拍打他的額頭、臉頰、嘴唇、下巴。

『啊，槍客！』她低聲嘆道，抬起兩個空洞的眼窩對著他褪色的藍眸。『我看見了！好看的一張臉，卻充滿了哀愁和憂慮。我為你和你的人恐懼。』

『但是我們不也是有幸運之神眷顧嗎？否則我們怎能相會呢？』他說道，在她平滑滄桑的額頭上印下輕吻。

『欸——說得是，說得是。謝謝你的吻，槍客。我衷心感謝你。』

『去吧，慈心，』塔莉莎嬸用較和善的語氣說。『去喝咖啡吧。』

慈心站起來。那個撐枴杖、一腿是義肢的人抓住她的手放在他褲腰上。她扣緊了他的褲腰，最後再向羅蘭一行人致敬後，就讓他帶著離開了。

艾迪擦擦眼睛，因為淚水盈眶。『她是怎麼瞎的？』他問道，聲音沙啞。

『響馬，』塔莉莎嬸說道。『用烙鐵把她刺瞎了，說是因為她看他們的眼神沒規矩。二十五年了。喝咖啡吧，你們大家！趁熱喝很難喝，可是等涼了就會像是喝泥巴。』

艾迪舉杯就唇，小小啜了一口。他倒不會用泥巴來形容，可也稱不上是藍山的等級。

蘇珊娜喝了一口，一臉的驚詫。『咦，這是菊苣根泡的啊！』

塔莉莎瞧了她一眼。『我倒不知道。我只知道這叫達奇，自從我那個女人的詛咒來了開始，我們就只有這種達奇咖啡，而我早在多年以前就擺脫掉詛咒了。』

『您究竟幾歲了呢，夫人？』傑克突然問道。

塔莉莎嬸盯著他，十分意外，忽地咯咯笑起來。『說真的，小子，我不記得了。我記得坐在這同一個地方，為我八十歲生日慶祝過，但那天草地上坐了五十多個人，慈心也還沒瞎。』她的眼睛落到躺在傑克腳邊的學舌獸。仔仔並沒有把嘴巴從傑克腳踝上挪開，卻翻起鑲金圈的眼睛凝視她。『是學舌獸，天啊！我已經有好久好久沒看過學舌獸跟人類在一起了……牠們似乎已經失去了與人同行的記憶了。』

孿生子裡的一個彎腰輕拍仔仔，仔仔卻躲開。

『從前牠們會牧羊，』比爾（也可能是提爾）對傑克說道。『你知道嗎，少年人？』

傑克搖頭。

『牠會不會說話？』孿生子又問。『在從前，有的會。』

『會，牠會。』傑克低頭看著學舌獸，一旦陌生人的手離開了牠的勢力範圍，牠又把頭枕回了傑克的腳踝上。『說你的名字，仔仔。』

仔仔只是翻眼看著他。

『仔仔！』傑克催促牠，但牠一聲不吭。傑克看著塔莉莎孀和雙胞胎，微微惱怒。『牠會說話……不過我想牠只有在想說的時候才說。』

『這孩子看來不像是這裡的人，』塔莉莎孀對羅蘭說道。『他的衣服很奇怪……而且他的眼睛也很奇怪。』

『他剛來不久。』羅蘭笑望著傑克，傑克也不太有信心的回了一笑。『再過一、兩個月，就不會有人看出他奇怪了。』

『是嗎？我倒懷疑。他是哪裡來的？』

『遠方，』槍客說道。『非常遠的遠方。』

她點頭。『他幾時回去？』

『我不回去，』傑克說道。『現在這裡是我的家了。』

『那就求眾神憐憫你吧！』她說道，『因為這世界的太陽是夕陽，永遠是夕陽。』

蘇珊娜聽了這句話不安的動了動，一手按住肚子，彷彿胃不舒服。

『蘇西？』艾迪喚道。『妳還好吧？』

她想笑，卻笑得很牽強，往常的自信與鎮定似乎暫時棄她而去。『沒事，當然沒事，只不過有隻鵝走過我的墳墓罷了。』

塔莉莎孀打量了她好一會兒，似乎讓蘇珊娜很不自在……忽然她綻開微笑。『墳上有隻鵝？哈，我有好久好久沒聽過這個說法了。』

『我爸以前老是掛在嘴邊。』蘇珊娜對艾迪微笑——這次笑得比較好看。『反正不管剛才是什麼，都已經消失了。我沒事了。』

『您對城市以及從這裡到那裡之間的土地知道多少？』羅蘭問道，端起咖啡啜飲。『那裡有響馬嗎？還有這個灰毛和黃毛是什麼人？』

塔莉莎嬸一聲長嘆。

8

『你會聽見很多，槍客，但我們知道的卻很少。我只知道一件事：那座城是邪惡之地，尤其是對少年人來說，任何一個少年人。你們有可能繞道而行嗎？』

羅蘭抬頭望天，觀察如今已熟悉的雲朵形狀沿著光束之徑飄浮。在這片遼闊的平原天空裡，那形狀就如一條天河，不容忽視。

『可能，』他終於說道，但聲音卻是出奇的不情願。『我想我們是可以繞過盧德城到西南方，再從另一端接上光束之徑。』

『你跟隨的是光束啊，』她說道。『欸，我料得沒錯。』

艾迪發現自己對城市的想像又添上了一層持續增濃的希望。他真的認為等他們抵達城市後，就會得到援助——為世所遺的善人會對他們的尋求伸出援手，甚至有些人還可以提供一些黑塔的情報，忠告他們抵達之後該做些什麼。那些稱為灰毛的人聽起來尤其像是他不停想像的睿智小精靈。

沒錯，鼓聲很詭譎，讓他想起上百部低成本的叢林史詩片（大多數是和亨利窩在沙發上，兩人之間有碗爆米花），片裡的探險家去尋找傳說中的失落的城市，卻只找到廢墟，而當地的土著都退化成嗜血的蠻人。但艾迪覺得很難去相信那種事情會發生在一座看起來非常像紐約的城市裡，起碼從遠處看起來很像。如果裡頭沒有睿智的小精靈，或是遺世獨立的善人，必然也會有典章書籍。他曾聽羅蘭說過紙張是如何的稀有，可是艾迪到過的城市無不是書籍氾濫。他們甚至可能找到可用的交通工具，跟路寶牌越野車差不多的東西就可以了。他或許是在痴人說夢，但如果你有上千哩未知的土地有待征服，做幾場白日夢絕對不算過分，特別是還能讓你士氣高昂的話。再者，那些情景也未必真的完全不可能，不是嗎？

他張嘴要說出自己的想像，但傑克搶先了一步。

『我覺得沒辦法繞道。』他說道，臉微微泛紅，因為全部的人都轉頭看著他。仔仔在他腳上動了動。

『不能？』塔莉莎孀說道。『你為什麼會覺得不能？』

『您知道什麼是火車嗎？』傑克問道。

一陣漫長的沉默。比爾提爾緊張的互看了一眼。塔莉莎只穩穩盯住傑克。傑克也沒有垂下視線。

『我聽過，』她說道。『也許甚至看過。就在那邊。』她指著傳河的方向。『多年以前，我還只是個孩子，世界還沒有前進……至少沒前進得這麼多。你說的是伯廉嗎，孩子？』

傑克的眼睛閃動著驚訝和熟悉的亮光。『對！是伯廉！』羅蘭密切的觀察傑克。

『你又是怎麼知道單軌伯廉的？』塔莉莎孀問道。

『單軌？』傑克一臉茫然。

『欸，它的外號。你是怎麼知道那個老玩意的？』

傑克無助的看著羅蘭，又看著塔莉莎孀。『我也不知道我是怎麼知道的。』

這是實話，艾迪驀然想道，但也不盡然是實話。他知道更多，只不過不想在這裡說……而且我覺得他嚇壞了。

『我想這是我們的事，』羅蘭用行政官冷淡、輕快的聲音說道。『您必須讓我們自己來解決，老嬤嬤。』

『欸，』她立刻同意。『你們自己去商量，我們最好是不要知道。』

『言歸正傳，』羅蘭追問道。『您對盧德知道多少？』

『很少，但我們知道的，你們都會聽見。』說完，她又給自己斟了杯咖啡。

9

說得最多的人，其實是孿生子比爾及提爾，一個漏掉什麼，另一個隨即補足。塔莉莎嬸不時會補充幾點，或糾正錯誤，孿生子會尊敬的等到她說完。壐壓根就沒開口，只是坐在一旁，連咖啡也沒碰，只一個勁兒的拔著從他寬邊大草帽帽緣岔出來的乾草。

他們知道的的確不多，羅蘭沒聽多少就已了解。他們對自己的小鎮歷史也所知不多（羅蘭也不覺得意外；近日來，記憶退化得很快，似乎只有最近的過去才存在），但他們所知的點點滴滴已令人惴惴不安。但羅蘭仍不感到意外。

在他們高祖父的時代，渡口鎮頗像蘇珊娜想像中的情景：它是大驛道上的貿易站，雖不是五光十色，卻也頗為繁華，南北雜貨有時會在小鎮出售，但更多時候是以物易物。名義上，小鎮屬於大河男爵領地，但即使是在當時，什麼領地采邑等東西也已逐漸式微。

當時有許多獵野牛的獵人，現在這行業也已蕭條。野牛群數量稀少，突變得很厲害。這些變種野牛肉無毒，但滋味苦澀惡臭。但由於渡口鎮位在俗稱的渡口和吉姆鎮之間，多少有些名氣，也因為小鎮在大驛道上，走陸路到城市只需六天，水路只需三天，所以也佔了地利之便。『除非河水水位過低，』孿生子其中一個說道。『那就得花上更多時間。我祖父說，有一陣子從這裡到上游的「湯姆脖」，每一條駁船都擱淺。』

老人們對城市的原始居民一無所知，對他們建造高塔角樓的技術也是一問三不知；只知他們是大長老，他們的歷史早在塔莉莎孀的高祖父還是孩子時就已湮滅。

『建築物仍然屹立，』艾迪說道。『不知道那些偉大老傢伙用的機器是不是還在運轉。』

『可能，』孿生子中的一個說道。『如果是的話，年輕人，也不會有知道怎麼操作機器的人還活著……起碼我是這麼覺得的。』

『不對，』他的兄弟抗辯道。『我懷疑那些灰毛和黃毛是不是真的完全忘了古老的方式。』他望著艾迪。『我們的爸爸說從前城裡有電燈，現在還是有人說電燈還在用。』

『哇，真進步。』艾迪讚嘆的答道，蘇珊娜在桌子底下使勁擰了他的腿一把。

『對，』孿生子中另一個說道。他很嚴肅，沒聽出艾迪的冷嘲熱諷。『按下按鈕，光就來——明亮、不燙的蠟燭，有連結的燭心或儲油槽。而且我還聽說從前那個不法之徒的王子「奎克」真的坐著一隻機器鳥飛上了天，可是機器鳥的一隻翅膀破了，所以他摔死了，就跟伊卡勒斯⑭一樣。』

蘇珊娜訝異得合不攏嘴。『你知道伊卡勒斯的故事？』

『欸，小姐，』他說道，顯然很驚訝她居然會覺得奇怪。『那個有蠟翼的人。』

『兩個都是童話故事，』塔莉莎孀不屑地說道。『我知道不滅的燈是真的，因為我很小的時候親眼看過，而且到現在可能仍在發光。有些人說在清朗的夜晚看見過亮光，不過我自己已經有好些年沒看過了。但是沒有人會飛，就連大長老也一樣。』

無論如何，城裡是有奇怪的機器，專用來做特異的事情，而有時甚至是危險的事情。有許多機器或許仍可運作，但孿生子猜測城裡人不知道怎麼用，因為有許多年沒有機器出現的消息。

也許這一點即將改觀呢！艾迪沉吟道，目光炯炯。如果說，來了個有冒險精神、想要行萬里路的年輕人，他具備一點怪機器和不滅的燈的知識，事情可能就只不過是找個『開』的按鍵而已。我是說，事情真的可能就這麼簡單。也許不過是燒斷了一堆保險絲罷了——想想看啊，親朋好友！只要換上一打四百安培的美製Buss保險絲，整個地方就會像週末夜的賭城雷諾一樣亮晶晶了！

蘇珊娜用手肘頂了頂他，壓低聲音問他在高興什麼。艾迪搖頭，一手按住嘴唇，賺來一個嗔怒的表情。同時白化症雙胞胎繼續他們的故事，一來一往的交代故事經緯，默契十足，可能是當了一輩子的雙胞胎才有的默契。

他們說四、五個世代之前，城市人口仍非常密集，也相當文明，只不過當初大長老為他們神奇無馬交通工具建造的通衢大道上，只剩下篷車和四輪載貨馬車在跑。城市居民不是工匠，就是雙胞胎口中的製造商，河上的貿易及跨河的貿易都相當活絡。

『跨河？』羅蘭問道。

『傳河上的橋仍在，』塔莉莎嬸說道。『起碼二十年前仍在。』

『欸，老比爾‧馬芬跟他兒子十年前還看過，』璽證實她的說法，為談話奉上了第一次的貢獻。

⑭希臘神話中人物，以蠟與羽毛造成之翼逃出克里特島，因飛得太高，蠟翼被太陽融解，墜海而死。

『什麼樣的橋？』羅蘭問道。

『鋼索橋，』孿生子其中一個說道。『像蜘蛛網一樣矗立在天空裡。』他又怯怯補充道：『我真希望死前能再看一次。』

『現在只怕已經崩塌了，』塔莉莎嬸不在意地說道，『塌得好，眼不見心不煩。魔鬼的玩意。』她轉向兩個雙胞胎。『告訴他們近來發生的事，還有城市現在為什麼那麼危險——別扯什麼鬧鬼的事，那裡頭的鬼可多了，三天三夜都說不完。這些人想上路，而太陽已經偏西了。』

10

接下來的故事和基列地的羅蘭聽過許多次的故事大同小異（在某個程度上，那些故事似乎也是靠他流傳下來的）。故事本身殘缺不全，無疑有許多穿鑿附會——但添加的情節只如過眼雲煙——而這個故事可以用一句話總結：從前有個我們知道的世界，但那個世界前進了。

渡口這些老人對基列地的了解，就像羅蘭對大河領地的了解一樣，少得可憐，而約翰‧法爾森這名字，這個把羅蘭的土地帶向毀滅混亂的人，對他們沒有絲毫意義，倒是舊世界逝去的這個部分十分類似……太過類似，羅蘭暗自思忖，所以不可能是巧合。

在三、四百年前，或許是在加蘭，或許是在更遙遠的波拉，一場規模浩大的內戰爆發了。戰爭餘波緩緩向外擴散，無序分歧在浪頭上給往前推。甚少王國禁得起這波緩緩移動的浪潮，於是無序狀態便降臨世界的這個角落，如同日落後必是黑夜。曾有一段時間，路上可見整批整批的軍隊，有的行進，有的撤退，全都是一團混亂，沒有長程目標。時日一長，整批軍隊解散成小股兵力，墮落成魚肉鄉里的響馬。貿易日漸蕭條，終至瓦解。旅行從諸多不便變成步步危機，到最後幾乎是寸步難移。與城市的交流也愈來愈稀少，終於在一百二十年前完全中斷。

一如羅蘭策馬經過的上百個鄉鎮——起初是和卡斯博以及遭基列地放逐的槍客一行，然後是獨自一人，追蹤黑衣人——渡口鎮也是給切斷了生機，自生自滅。

這時，璽倒談興大發，立刻就吸引了這群旅人的注意。他用說了一輩子故事般粗嘎、有節奏的口吻述說著——彷彿那種莊嚴的傻子，生來就是要把回憶與謊言融合在夢境裡，再說得像蜘蛛網上沾了露水般空靈奇幻。

『我們最後一次上貢到男爵的城堡，是在我曾祖父的時候，』他說道。『二十六個男人護著一車的皮貨——那時當然沒有硬幣了。那段路大概是八十輪，既漫長又危險，有六個死在路上，剩下的人不是因為疾病就是因為惡魔草也半死不活。

『好不容易抵達了之後，他們卻發現城堡荒廢了，只剩下黑鳥和禿鼻鴉。城牆都破壞了；議事廳長滿了雜草。城堡西邊發生過一場血戰；白色的是骸骨，紅色的是生鏽的鎧甲，我曾祖父這麼說的，惡靈在吶喊嘶吼，好像是東風從那些倒下的人的下巴骨吹出來。城堡外的村寨燒成了平地，寨欄上插滿了人頭，最少也有一千個。我們的人把一車的皮貨都留在破裂的更樓大門外，因為誰也不敢冒險進入那個陰魂不散、鬼聲啾啾的地方，然後全部的人一起踏上歸鄉路。路上又倒下了十個，最後二十六個人裡面，只剩下十個人回家，我曾祖父就是其中之一……但他的頸子和胸口卻長了癬，一直到他死去的那天都沒好。他們說是輻射病。之後，槍客，沒有人再離開小鎮一步。我們成了孤城。』

他們習慣了響馬的劫掠，璽繼續用他那粗啞卻有韻律的聲音說道。他們設置了崗哨，一發現有騎士接近——他們幾乎都是沿著大驛道和光束之徑朝東南方走，投入盧德城裡永無止盡的戰爭——鎮民就躲入教堂底下的大型避難所。流浪騎士隨手破壞的地方從不修補，唯恐引起好奇。有些浪人心無旁騖，只想疾馳而過，弓箭戰斧斜掛在肩上，直衝殺戮戰場。

『你提到的戰爭是什麼？』羅蘭問道。

『對啊，』艾迪也跟著問，『還有那個像鼓聲的聲音是怎麼回事？』

雙胞胎又迅速交換了一個幾近迷信的眼神。

『我們對那個上帝之鼓一點也不知道，』璽說道。『沒聽說過，也沒看過。至於城市的戰爭嘛……』

原本戰爭的起因是城市居民不甘忍受響馬劫掠財物，燒毀商店，把倖存者驅逐到大荒地（凡是到了那裡的人幾乎是有死無生），於是城裡的工匠和製造商決定組織聯盟來對抗響馬和不法之徒。有幾年的時間，他們確實保衛了盧德城，那些邪惡但欠缺組織的惡徒無論是想跨橋進攻或是採水面偷襲，都無法得逞。

『城市居民使用舊式武器，』孿生子其中的一個說道，『人數雖少卻佔了優勢，響馬的弓箭戰斧鎚矛抵擋不住。』

『你的意思是城裡的人用槍？』艾迪問道。

孿生子其中一個點頭。『對，槍枝，還不只是槍。還有東西可以把爆裂火焰投擲到一哩外，像炸藥一樣爆炸，而且威力更勝過炸藥。那些不法之徒——就是現在說的灰毛，你們一定也猜到了——無計可施，只好隔著河包圍了城市，一直對峙。』

所以實際上，盧德是舊世界最後一個堡壘。最聰明、最能幹的人從四周鄉野一個、兩個零星的跋涉而來。說到智力測驗，如何溜過層層的關卡、前線，就成了新來者的期末考試。當大部分的人都手無寸鐵，穿越那條三不管的橋，能夠想辦法走到那麼遠的人都獲得放行。當然有些人不夠資格，又給打發回去，但是有財力、有技能，或是有頭腦能夠學會一技之長的人，都獲准留下。農耕技術尤其珍貴，根據傳言，盧德城內每一處大型公園都改成菜園。城市與鄉間完全阻隔，不是在城市內自己耕種，就是在玻璃高塔、金屬巷弄內挨餓。大長老已逝，遺留下來的機器神祕難解，而殘存的沉默奇蹟也沒有一個能入口。

漸漸的，戰爭的性質改變了。權力的天平向灰毛那方傾斜——之所以稱之為灰毛，是因為他們的平均年齡比城市居民大得多。當然城市居民也是日漸衰老，世人仍管他們叫黃毛，不過大多數人早已過完了青春期。最後他們不是忘記了如何使用舊式武器，就是已全部消耗完畢。

『可能兩者皆有。』羅蘭咕噥道。

大概九十年前，也就是璽和塔莉莎孀的世代，最後一批不法之徒出現，陣容浩大，前鋒在黎明通過渡口鎮，後衛卻直到近日落才通過。那是這附近最後看見的一支軍隊，為首的是一名叫大衛．奎克的軍閥——就是那個據說從天上跌下來摔死的傢伙。他把那群烏合之眾重新整編，凡是膽敢反對他的人一概剷除。奎克的灰毛軍既不走水路，也不走陸路進城，反而在橋下游十二哩處搭建了浮橋，由側翼攻擊。

『從此之後，戰爭就像是煙囪裡的火，一發不可收拾，』塔莉莎孀說道。『我們不時會聽見有人從城裡逃出來，欸，沒錯。最近消息頻繁了一些，他們說纜橋完全沒有防禦，依我看戰火快燒盡了。城市裡，黃毛和灰毛為了殘存的廢墟你爭我奪，不過我猜，儘管大家都把跟著奎克渡過浮橋的響馬叫做灰毛，但其實現在他們才是真正的黃毛。城市裡原始居民的子孫一定都有我們這麼老了，有一些年輕人聽了老故事，受到城市裡仍可能殘存的知識引誘，還是會去加入他們。

『這兩邊陣營仍然保留著舊時的敵意，槍客，而且兩邊都會想要你這個叫艾迪的年輕人。如果這個皮膚黑的女人能生育，他們就不會因為她的腿缺了一截而殺掉她；他們會留她這條活口來生育，因為現在孩子是愈來愈少。雖然古老的疾病已不復見，到今天仍舊有人生出畸形兒來。』

聽見這番話，蘇珊娜動了動，似乎想說什麼，又打消念頭，只喝了最後一點咖啡，恢復先前傾聽的姿勢。

『他們如果會想要這個年輕人和女人，槍客，我想也一定不會放過這個男孩。』傑克彎腰去撫摸仔仔。羅蘭看見了他的臉，知道他的想法：又是山下通道重演，又是遲緩變種怪的一個翻版。

『至於你嘛，一見面就會讓他們宰了，』塔莉莎孀說道，『因為你是個槍客，一個從自己的時空來的人，既不是魚也不是雞鴨，對兩邊都沒用。但小孩卻可以佔有、利用、教育，訓練他們記住某些事，遺忘所有的事。他們就全部忘了自己是為何而戰；自從戰爭開始，世界就繼續前進了。現在他們只是聽著可怕的鼓聲而戰，有些人仍然年輕，但大多數的人都老得該坐在搖椅裡享福了，跟我們一樣，不過他們那些豬腦袋卻一天到晚只曉得殺人、殺人。』她歎口氣。『現在你聽完了我們的老故事，你難道不覺得繞道而行，任由他們去打打殺殺才是上策？』

羅蘭還沒能回答，傑克就搶著用清亮堅定的聲音說：『告訴我你們對單軌伯廉知道多少，』他說道。『告訴我伯廉和火車司機包伯的事。』

11

『什麼火車司機？』艾迪問道，但傑克一逕盯著老人們。

『鐵軌在遠處，』璽終於答話，指著大河。『只有一條軌道，架設在一塊人造大岩柱上，就跟大長老用來建築道路和城牆的方法一樣。』

『一條單軌鐵路！』蘇珊娜驚呼道。『單軌伯廉！』

『伯廉是討厭鬼。』傑克喃喃道。

羅蘭瞟了他一眼，但沒說什麼。

『這個火車現在還跑嗎？』艾迪問璽道。

璽緩緩搖頭，表情擔憂不安。『沒有了，小伙子，可是在我跟塔莉莎嬸年輕的時候還跑。當時我們年紀還小，城裡的戰事方興未艾。我們總是先聽見聲音，一種低低的嗡嗡聲，像是夏天可怕的暴風雨來襲前的聲音，充滿了閃電雷鳴。』

『欸。』塔莉莎嬸說道，表情迷離夢幻。

『然後才看到火車──單軌伯廉，在陽光下閃耀，鼻子就像你的左輪槍子彈，槍客。也許有二輪長。我知道聽起來不像話，也許真是我記錯了。我們當時年紀很小，你們得記住，估量得不是很正確，可是我到今天仍然相信有那麼長。因為它跑過來時，好像整條地平線上都是它。速度快，聲音低，都還沒看清楚，它一晃眼就過去了！

『有時遇上天氣不好，空氣沉悶的日子，它從西方過來，尖叫聲就像人身鳥尾的女妖。有時它晚上來，前頭有長長的白光，尖銳的汽笛會把我們都吵醒，彷彿他們說那種在世界末日會把死人全部喚醒的號角。』

『告訴他們那個聲音，璽！』比爾還是提爾用敬畏顫抖的聲音說道。『告訴他們每次隨之而來的邪惡聲音！』

『哎，我正要說到這裡，』璽微帶惱怒的回答。『等它過去，會安靜個幾秒鐘……有時甚至安靜個一分鐘，也許吧……然後就會有爆炸聲，震得木板嘎嘎響，架上的杯子都摔落，有時還震破了窗戶玻璃，不過誰也沒見過有火光或閃電。那就像是幽靈的世界發生了爆炸。』

艾迪輕拍蘇珊娜的肩膀，她轉過頭去，只見他默默說出兩個字：音爆。簡直是胡說八道，他從沒聽過有火車可以快過音速的，可是又只有這個解釋合理。

蘇珊娜點頭，又別過臉去看著璽。

『那是大長老們所製造的機器裡，我唯一親眼看過的東西，』他用輕柔的聲音說道，『要說那不是惡魔的玩意，那世上就沒有惡魔了。我最後一次看見它，是在我娶慈心的那年春天，距離現在一定有六十年了。』

『七十年。』塔莉莎嬸很權威的說道。

『這列火車開進城裡，』羅蘭說道。『從我們來的地方……從西方……從森林。』

『欸，』一個新的聲音不期然響起，『但還有一列……從城市出發……或許那一列仍在跑。』

12

人人都轉過頭。慈心站在教堂後與他們坐的桌子之間的花壇旁。她循著他們聲音的來處移動，雙手伸在前面摸索。

璽笨拙的起身，盡快趕上去，握住她的手。她一手攬著他的腰，兩人站在一塊，就像是世上年紀最大的一對新婚夫妻。

『嬸子不是叫妳把咖啡帶進去喝嗎！』他說道。

『我早就喝完了，』慈心說道。『真苦，我討厭喝——我想聽你們談話。』她豎起一根顫抖的手指，指著羅蘭的方向。『我想聽他的聲音，又美又輕，真的。』

『我懇求您原諒，嬸子，』璽說道，注視蒼老的婦人，略帶畏怯。『她一直就不是個服從命令的人，年歲增長並沒有讓她有所改進。』

塔莉莎嬸瞧了瞧羅蘭。羅蘭點頭，動作很輕，幾不可察。『讓她上前來吧。』她說道。璽領著她走到餐桌，一路罵罵咧咧的。慈心只管用一對盲眼越過他的肩膀看，固執的抿著嘴唇。

等璽把她安置好後，塔莉莎嬸雙手按住桌子，身子向前俯。『妳有什麼話要說嗎，老妹子塞爺，還是妳只是來磨妳的牙齦的？』

『我聽得清楚得很。我的耳朵跟以前一樣尖，塔莉莎——而且比以前更尖！』羅蘭的手掉到腰帶上，等收回到桌上時，多了一個彈匣。他拋給蘇珊娜，蘇珊娜連忙接住。『是嗎，塞爺？』他說道。

『起碼，』她說道，轉向他這面，『我知道你剛才丟了什麼東西。應該是丟給你的女人——皮膚是褐色的那個。某個小東西。是什麼，槍客？餅乾嗎？』

『很接近了，』他說道，面露微笑。『妳的聽力確實跟妳自己說的一樣好。好，告訴我們妳的意思。』

『有另一條單軌鐵路，』她說道，『除非是同一條，朝不同的方向。不管是什麼，都有一條不同的路線，有某個單軌車在跑……一直到七、八年前才停止。我以前曾聽見它離開城市，跑向遠方的荒原。』

『胡說！』孿生子其中一個突然激動的說道。『沒有東西往荒原走！那裡什麼也活不了！』

她轉過臉面對他。『火車是活的嗎，提爾·塔伯里？』她問道。『機器會因為腫瘡嘔吐而病倒嗎？』

其實呢，艾迪想要說，有一隻熊……

他仔細再想了想，決定還是保持緘默比較好。

『如果有，我們也會聽見，』雙胞胎的另一個非常堅持的說。『像璽老掛在嘴邊的那種嘈雜聲——』

『這一輛不會有轟的聲音，』她坦承道，『可是我聽見了別的聲音，嗡嗡的聲音，就跟你在閃電擊中附近之後聽見的聲音一樣。風很強的時候，從城市向外吹，我也會聽到。』她伸出下巴，又補充說：『我倒真的聽過一次轟的聲音，從很遠很遠的地方傳來。那天晚上颳起大查理風，差點把教堂的尖頂掀了。一定有兩百輪的距離，也許兩百五十輪。』

『放屁！』雙胞胎齊聲喊道。『妳一定是吃了瘋草了！』

『我吃你，比爾·塔伯里，你最好把你的臭嘴閉上。誰讓你在女士面前罵髒話來著？什麼規——』

『得了，慈心！』璽連忙制止。艾迪幾乎沒聽見這番鄉野罵街。在他聽來，盲婦說的話完全有道理。從盧德城出發的火車當然不會有音爆；他不是很清楚音速有多快，但他揣度應該是時速六百五十哩左右。一輛完全靜止的火車必須要花一段時間才能加速到音速，等有了那個速度，早就離開了一般人的聽力範圍了……除非環境正好合適，一如慈心所說的在夜裡，還颳著『大查理風』——無論這個大查理風是什麼。

而且這裡還潛藏著無限的可能呢！單軌伯廉雖然不是路寶越野車，可是或許……或許……

『妳有七、八年沒聽見這輛火車了嗎，塞爺？』羅蘭問。『妳確定不是更久嗎？』

『不可能，』她說道，『因為最後一次是老比爾・馬芬患了血病。可憐的比爾！』

『那是快十年前的事了。』塔莉莎孀說道，聲音出奇的溫柔。

『妳聽見了怎麼從來不說？』璽問道。看著槍客。『她說的話可不能句句當真啊，大爺——我的慈心老是想當舞台上的焦點。』

『哼，你這個老糊塗！』她喊道，還拍打了他的手臂。『我不說是因為我不想讓你那個自鳴得意的故事失掉光彩，可是現在不一樣，我聽見的東西很重要，我就非說出來不可！』

『我相信妳，塞爺，』羅蘭說道，『可是妳確定從那時起就沒再聽過單軌火車的聲音了嗎？』

『嗯，從那時起就斷了。我猜火車終於抵達終點了。』

『我懷疑，』羅蘭說道。『我非常懷疑。』他俯視桌子，陷入沉思，瞬間就離大家很遙遠。

噗噗，傑克暗忖道，不禁打個哆嗦。

13

半小時後，他們又回到廣場上。蘇珊娜坐在輪椅上，傑克調整著背包肩帶，而仔仔則坐在他腳跟，專注地看著他。看來似乎只有小鎮的長者參加了教堂後伊甸園內的晚會，因為在他們回到廣場後，又有十來個人在廣場等著。他們只瞧了蘇珊娜一眼，倒是凝視了傑克好一會兒，顯然他的青春比她的黑皮膚更吸引他們。不過，真正吸引他們前來的卻是羅蘭，他們驚奇的眼神充滿了古老的敬畏。

他活脫脫是從他們古老傳說裡走出來的人，蘇珊娜心想。他們看他的方式，就像信仰虔誠的人看著聖徒——彼得、保羅、馬太——彷彿他臨時決定在週末夜造訪，討頓豆子晚餐，順便說說過去的故事，描述與木匠耶穌在加利利海沿岸長途跋涉的經過。

晚餐結束時的儀式又重複了一遍，只是參加的人是渡口鎮所有其他的鎮民。他們排成一列，拖著腳步前進，與艾迪、蘇珊娜握手，親吻傑克的臉頰或額頭，然後在羅蘭面前跪下來，讓他撫摸或祝福。慈心雙手抱住他，臉貼著他的腹部。羅蘭回擁她，謝謝她提供的消息。

『你不留下來過夜嗎，槍客？太陽很快就下山了，而且我敢說你有很久沒有睡在屋簷下過了。』

『是很久了，不過我們還是上路的好。謝謝妳，塞爺。』

『如果可以，你會再來嗎，槍客？』

『會的，』羅蘭說道，但艾迪用不著看他這位奇怪朋友的臉，就知道機會渺茫。『如果可以的話。』

『欸。』她最後又擁抱他一次，然後才一手扶著黧黑的肩膀起身。『再會了。』

塔莉莎孀是最後一個。她正要跪下，羅蘭立刻按住她的肩膀。『不，塞爺，萬萬不可。』然後就在艾迪驚訝的凝視下，羅蘭反而在她面前跪了下來。『您願意祝福我嗎，老嬤嬤？您願意在我們啟程前祝福我們大家嗎？』

『欸。』她說道。語氣毫不意外，眼裡也沒有淚水，但聲調卻頗激動。『我看見你有一顆赤子之心，槍客，你也保持著古風。欸，你保持得相當好。我祝福你以及你的同伴，願你們永不遭逢困厄。現在不嫌棄的話，請收下這個。』她伸手到褪色的內衣裡，掏出一條銀鍊十字架，摘了下來。

輪到羅蘭驚訝了。『您確定嗎？我並不是來帶走屬於您和同胞的東西的，老嬤嬤。』

『我十分確定。我日日夜夜戴著這東西，戴了一百多年了，槍客。現在輪到你來戴。到了黑塔之後，把十字架擺在黑塔底下，說出塔莉莎‧恩文的名字，這個在地球遙遠的另一端的老婦人。』她把項鍊掛上他的脖子，十字架落入了鹿皮襯衫敞開之處，彷彿天生就屬於他。『去吧。我們分過麵包，我們談過話，我們有了你的祝福，你也有了我們的祝福。安全的上路吧！挺直腰，保持赤子之心。』她的聲音顫抖，最後語不成聲。

羅蘭站起來，鞠躬，拍了喉嚨三次。『多謝，塞爺。』

她也鞠躬答禮，卻不說話。兩行熱淚滾滾而下。

『走了嗎？』羅蘭問道。

艾迪只點頭，唯恐一開口就會泣不成聲。

『好，』羅蘭說道。『我們走吧。』

他們走上小鎮的主街，傑克推著蘇珊娜的輪椅，在經過最後一棟建築時（褪色招牌上寫著『買賣交換』），他扭頭回望。老人們仍聚集在石碑旁，是這片廣袤空盪平原上孤獨的一小群人類。傑克舉起手。他一直都還能克制住自己的情緒，可是看見有幾名老人——包括璽比爾、提爾——也舉起了手，傑克終於忍不住哭了出來。

艾迪環住他肩膀。『腳下別停，老弟，』他說道，聲音不自然。『只有這個法子。』

『他們都那麼老了！』傑克嗚咽道。『我們怎麼能就這樣走掉？根本就不對！』

『這都是業。』艾迪想也不想就說道。

『是嗎？這個業爛、爛、爛透了！』

『是啊，是不好受。』艾迪同意地說……但腳步仍不停。傑克也是，而且不再回望，唯恐老人們仍在，站在遭世人遺忘的小鎮中心，目送羅蘭與同伴遠去。而他的確是料對了。

14

他們趕了不到七哩路，天色就暗了下來，西方地平線染上了橘色的夕陽餘暉。附近有一簇尤加利樹林；傑克和艾迪鑽進林子裡找食物。

『我就不懂為什麼不能留下來過夜，』傑克說道。『那位失明的太太邀請了我們，再說我們也沒走多遠。我的肚子好飽，走起路來跟鴨子一樣。』

艾迪莞爾。『我也是。而且我還可以告訴你一件事：你的好朋友艾迪・康特・狄恩正期望明天一大早在這片林子裡悠哉遊哉的蹲上好半天呢！你一定不相信我有多討厭鹿肉和拉那一小坨兔子屎。要是一年前你跟我說痛痛快快的拉上一坨是一天中最舒服的時光，我一定會當面嘲笑你。』

『你中間的名字真的是康特？』

『對，不過如果你不四處張揚的話，我會很感激。』

『我不會。可是我們究竟為什麼不留下來過夜嘛，艾迪？』

艾迪嘆口氣。『因為我們會發現他們需要柴火。』

『什麼？』

『等我們弄到柴火之後，又會發現他們也需要新鮮的肉，因為他們把最後一點肉招待我們了。如果我們還不去找點肉來給他們，我們不就真成了痞子了，對不對？尤其是我們帶了槍，而他們最好的武器恐怕只是五十年甚至一百年前的弓箭。所以我們就得幫他們去打獵。

等打完獵也天黑了，等第二天起床，蘇珊娜會說我們應該幫他們修理一些東西再走——喔，不能修小鎮的門面，那樣會招來危險，不過可以修旅館或是他們住的地方。只花個幾天，幾天工夫有什麼打緊呢，是不是？』

羅蘭不知打哪裡冒了出來。他像以前一樣行動無聲，但卻一臉疲憊，而且心事重重。『我還以為你們兩個掉進地洞裡了。』他說道。

『沒的事。我只是在跟傑克說幾句老實話。』

『那又有什麼不對？』傑克問道。『這個黑塔已經存在很久了，不是嗎？它又不會跑。』

『先是幾天，再來就更多天，更多天。』艾迪看著剛撿的樹枝，嫌惡地拋開。我也快要跟他一樣了，他在心裡犯嘀咕。然而他知道自己說的都是實話。『也許我們會看見他們的泉水淤塞了，不先幫他們挖通就走未免太不禮貌了。可是既然都動手了，那為什麼不乾脆再花上一、兩個星期的時間幫他們建個水車呢，對不對？他們都老了，沒腿力了。』他瞧了瞧羅蘭，語氣略帶譴責。『我跟你說——只要我一想到比爾跟提爾悄悄跟蹤一群野牛，我就直打哆嗦。』

『他們已經駕輕就熟了，』羅蘭說道，『而且我猜他們還能反過來教我們一手呢。他們應付得來的。倒是我們該趕快撿木頭——今晚會很冷。』

但傑克還不肯罷休。他緊緊的，幾乎是嚴厲的瞪著艾迪。『你的意思是說一幫忙就會有永遠都幫不完的忙，是嗎？』

艾迪伸出下唇，把額頭上的頭髮吹開。『不完全對。我是說再怎麼樣也不會比今天走得容易，只會更難，不會更容易。』

『可是這樣還是不對啊！』

他們回到那塊地方，一旦火生起來，那塊地方就會是又一個往黑塔路上的營地。蘇珊娜已離開了輪椅，躺在地上，兩手枕在腦後，仰視星空。聽見他們回來，她坐了起來，把木頭按照數月前羅蘭教她的方式排列起來。

『對不對確實是一切的癥結，』羅蘭說道。『可是如果你老是往小處看，傑克——看那些近在眼前的東西——很容易會漏掉遠處的大節。這世界盤根錯結，而且是每下愈況。我們隨處都看得見錯亂的情形，但答案卻仍在前方。我們是可以幫助渡口鎮的二、三十個人，可是別處可能有兩、三萬的人在受苦在死亡。如果這個宇宙裡有一個可以撥亂反正的地方，那就是黑塔。』

『為什麼？怎麼會？』傑克問道。『這個黑塔到底是什麼東西？』

羅蘭蹲在蘇珊娜生起的營火旁，拿出他的打火石及鋼片，擦燃火花，送入小小的火苗中。沒多久，微弱的火苗就在樹枝乾草間竄燒。『我沒辦法回答這些問題，』他說道。『我也希望我可以。』

他答的實在是太聰明了，艾迪不由得佩服。羅蘭說的是我沒辦法回答……這可不等於我不知道。差得遠了。

15

晚餐是清水和蔬菜。他們都還在消化渡口鎮的大餐，就連仔仔都只吃了一、兩口之後，就不再接受傑克餵牠的東西了。

『你為什麼在那裡裝啞巴？』傑克責備學舌獸道。『害我像笨蛋一樣！』

『本—蛋！』仔仔學舌道，還把嘴巴放在傑克腳踝上。

『牠愈說愈好了，』羅蘭說道。『連口氣都像你了，傑克。』

『ㄟ克。』仔仔說道，頭也不抬。傑克對仔仔的鑲金邊眼睛非常著迷。在跳動的營火照耀下，那兩圈金邊似乎會旋轉。

『可是牠不肯跟老人說話。』

『學舌獸對這類事是很挑剔的，』羅蘭說道。『牠們的脾氣很古怪。要我猜的話，我會說這一隻是給同類驅逐出來的。』

『你為什麼這麼想？』

羅蘭指著仔仔的側腹。傑克已清洗了血跡（仔仔很不高興，但還是乖乖站著讓他洗），咬傷也在癒合，只是仍有些跛。『我賭一隻鷹，那是另一隻學舌獸咬的。』

『可是牠的同類為什麼——』

『也許是因為牠們受夠了牠的嘮叨。』艾迪說道。他已躺在蘇珊娜身邊，一手環住她的肩。

『也許，』羅蘭說道，『尤其是大家都想休息了，牠卻拚命想講話。其他學舌獸也許覺得牠太聰明，或是太傲慢。動物並不像人類那麼了解什麼叫嫉妒，但不表示牠們就不會嫉妒。』

話題的主角閉上了眼睛，似乎睡著了……但傑克注意到話聲一起，牠的耳朵就抽動。

『牠們有多聰明？』傑克問道。

羅蘭聳肩。『我以前跟你說的那個老馬夫——就是說好的學舌獸會帶來好運的那個馬夫——發誓說他年輕時養的那隻會加法，他說那隻學舌獸表示總數的方法有兩個，一個是在馬廄地板上抓，一個是用嘴把石頭推在一起。』他咧嘴而笑，整張臉也亮了起來，逐走了自從離開渡口鎮也籠罩在他臉上的陰霾。『當然啦，馬夫和漁夫天生就愛說謊。』

友善的沉默籠罩下來，傑克感到一陣睡意，覺得很快就會睡著，那也不錯，可是鼓聲忽又響起，從東南方而來。傑克坐了起來。他們不發一語，靜靜傾聽。

『那是搖滾樂的逆拍曲⑮，』艾迪忽地說道。『我知道是。把吉他拿掉，剩下的就是這個。其實聽起來還很像Z.Z.Top⑯呢。』

『你說誰？』蘇珊娜問道。

艾迪嘻嘻一笑。『你的年代還沒有，』他說道。『不對，應該有了，只不過在六三年他們還只是一群在德州上學的學生。』他側耳聆聽。『這要不是〈瀟灑哥〉（Sharp-Dressed Man）或〈魔鬼沾〉（Velcro Fly）那樣的拍子，我頭給你。』

『〈魔鬼沾〉？』傑克說道。『好蠢的歌名。』

『可是很好玩，』艾迪說道。『你晚生了十年，老弟。』

『還是睡吧，』羅蘭說道。『早晨很快就到了。』

『那玩意一直吵，我睡不著。』艾迪說道。他遲疑了片刻，終於說出打從他們那天早晨把蒼白著臉、不停尖叫的傑克從門後拽進這個世界之後，就一直擱在心裡的話。『你不覺得我們交換故事的時候到了嗎，羅蘭？我們或許會發現我們知道的比預料中還多呢。』

『嗯，也該是時候了。不過別選夜裡。』羅蘭翻個身，把毯子拉上來，顯然是要睡覺。

『老天，』艾迪說道。『就這樣。』他悻悻地咬牙吹了聲口哨。

『他說得對，』蘇珊娜說道。『好了，艾迪，睡吧。』

他笑嘻嘻的吻了她的鼻尖。『是，媽咪。』

五分鐘後，他和蘇珊娜都沉沉睡去，根本不管有沒有鼓聲。但傑克卻發現自己了無睡意。他睜大眼睛看著天上陌生的星星，聽著夜色中傳來的穩定節拍。也許是那些黃毛正在醞釀殺生獻祭的狂熱，隨著那首叫〈魔鬼沾〉的歌曲手舞足蹈。

他想到單軌伯廉，那輛迅雷般馳過遼闊無垠、鬼怪作祟的世界，後面拖著音爆的火車，自然而然就想起了噗噗查理，它在全新的柏靈頓微風號啟動後就退休到一條遭人遺忘的側線上，變成作廢的機器。他想到查理的表情，那原本該是歡喜愉快、卻怎麼看也不像的表情。他想著中世界鐵路公司，還有聖路易和托佩卡之間的空盪土地。他想到在馬丁先生需要時，查理已蓄勢待發，而且查理還可以自己鳴汽笛，自己加煤。他再次思忖司機包伯是否破壞了柏靈頓微風號，以便給他心愛的查理再一次機會。

好不容易，有韻律的鼓聲停止了，就如開始時那麼突兀，而傑克也終於飄入夢鄉。

16

他做了夢，但沒夢見灰泥人。

他反倒夢見自己站在一條柏油高速公路上，約莫是在密蘇里西部的大荒漠。仔仔跟著他。鐵路警告標示豎立在路旁，是白色的X形，中間有紅燈。紅燈在閃爍，鈴聲也響起。東南方傳來嗡嗡聲，愈來愈大，聽起來像是把雷霆裝進了瓶子裡。

來了，他跟仔仔說。

⑮重拍在第二及第四的流行歌曲。
⑯美國藍調搖滾樂團，一九七〇成軍。

了了！仔仔也跟著說。

說時遲那時快，一個二輪長的巨大粉紅色身形劃破了平原，朝他們疾馳而來。它低矮，呈子彈形，傑克看清後，心裡一股懼意直往上冒。車頭那兩扇大窗映著陽光，儼然是一對眼睛。

別問它愚蠢的問題，傑克跟仔仔說。它不玩愚蠢的遊戲。它是輛可怕的噗噗火車，它的名字叫討厭鬼伯廉。

才一眨眼的工夫，仔仔竟跳到鐵軌上，蹲伏在上，兩耳平貼，鑲金邊的眼睛在燃燒，齜牙露齒，氣急敗壞地咆哮。

不！傑克尖叫道。不，仔仔！

但仔仔完全不聽。粉紅子彈以雷霆萬鈞之勢向學舌獸那叛逆的小形體欺來，嗡嗡聲似乎爬上了傑克全身，害他流鼻血，粉碎了他補過的牙齒。

他跳上去搶救仔仔，單軌伯廉（抑或是噗噗查理？）全速衝來……突然他醒了，全身是汗，抖個不停。夜晚彷彿有了重量，不斷向他身上壓迫。他翻個身，慌亂地找尋仔仔。一時間驚恐的以為學舌獸不見了，後來他的指頭摸著了絲綢般的皮毛。仔仔吱的叫了一聲，半好奇半惺忪的注視他。

『沒事，』傑克用很乾的喉嚨低喃道。『沒有火車，只是夢。回去睡吧，仔仔。』

『ㄞ—ㄞ，』學舌獸附和道，又閉上眼睛。

傑克翻身仰躺，望著星星。伯廉不只是討厭鬼，他在心裡唸唸有詞。它還很危險。非常危險。

也許對。

沒什麼也許不也許，絕對是！他的心一口咬定道。

好嘛，伯廉很危險，這一點他了解。可是他的期末報告不是還寫了什麼和伯廉有關的話嗎？

伯廉是真理。伯廉是真理。伯廉是真理。

『噢，真是一團亂。』傑克喃喃自語道。閉上了眼睛，幾秒內再次入睡。這次一覺到天亮。

17

翌日中午左右，一行人攀上了另一個鼓丘，終於看見了橋。橋架設在傳河河道變窄向南彎之處，就在城市前方跨過傳河。

『我的老天，』艾迪輕聲說道。『妳是不是覺得很眼熟，蘇西？』

『對。』

『傑克？』

『對，好像華盛頓大橋。』

『確實像。』艾迪附議道。

『可是華盛頓大橋怎麼會在密蘇里？』傑克問道。

艾迪盯著他看。『你說什麼，老弟？』

傑克一臉迷惘。『我是說中世界。』

艾迪更目不轉睛地盯著他看。『你怎麼知道這裡是中世界？我們碰見石碑時，你又還沒來。』

傑克雙手都插入口袋，低頭看著鹿皮鞋。『夢到的，』他草草地說。『你不會以為我是叫我爸的旅行社幫我訂這趟旅行吧？』

羅蘭碰了碰艾迪的肩膀。『暫時先別問了。』艾迪瞅了羅蘭一眼，點點頭。

他們站在丘頂再眺望了橋一會兒。之前他們有時間可以慢慢適應城市的輪廓，但這座橋卻是嶄新的。它在遠處夢想著，早晨的藍天襯托著模糊的形狀。羅蘭辨識出四組高得不可思議的金屬塔——一組架設在橋的兩端，一組在中央，而在金屬塔之間有粗大的纜線劃出一個長長的弧形越過天空。弧形與橋基之間有許多垂直的線——不是更多的纜線，就是一束束的金屬，他分辨不出是哪一種。但他也看見了空隙，好半晌才領悟到橋面已不再完全水平。

『那邊那座橋不用多久也會掉入河裡了。』羅蘭說道。

『可能吧，』艾迪不情願地說道，『可是我覺得也沒有那麼糟。』

羅蘭嘆氣。『別奢望太多，艾迪。』

『這是什麼意思？』艾迪聽見自己聲音裡的暴躁，可是也來不及掩飾了。

『意思是我要你相信自己的眼睛，艾迪，僅此而已。我長大成人的時候聽過一句俗話：「只有傻子才會在醒來之前相信自己在做夢。」你了解嗎？』

艾迪覺得舌尖上有句譏誚的話快脫口而出了，趕緊硬吞回去。羅蘭就是這副德行，弄得他好像個小孩子——他很確定羅蘭不是故意的，可是並不會讓聽的人心裡好受些。

『大概了解，』他終於說道。『跟我媽最喜歡的格言差不多。』

『是什麼格言？』

『抱最好的希望，作最壞的打算。』艾迪悻悻地說道。

羅蘭莞爾，神情略微輕鬆。『我比較喜歡你母親的格言。』

『可是橋真的還好好站著啊！』艾迪忍不住抱怨道。『我同意它的狀況不是頂好——可能有一千多年根本沒有人認真的維修了——可是它還是在啊！整座城也在啊！難道希望能在城裡找到什麼對我們有用的東西，這樣也錯了嗎？難道裡面就只有對我們開槍的人，不會有人像渡口那裡的老人一樣給我們吃，跟我們說話嗎？難道希望我們或許轉運了也不對？』

他的話聲甫落，隨之是一陣沉默。艾迪難為情的發現自己發表了一篇演說。

『不。』羅蘭的聲音蘊含著親切——每次聽到都能讓艾迪嚇一跳的親切。『懷抱希望永遠都沒錯。』他環顧艾迪和其他人，猶似大夢初醒的人。『今天的路趕完了，該輪到我們自己來聊聊了，而且恐怕得花上一點時間。』

槍客離開了道路，走入長草叢，頭也不回。片刻後，其他三人也跟上。

18

一直到見到渡口鎮的老人前，蘇珊娜評斷羅蘭的標準，始終是她鮮少觀看的電視節目『來福槍客：夏延』，以及同類型節目的鼻祖『煙硝』。這節目在搬上電視螢幕之前還是廣播劇，她倒是有時候會跟著父親聽收音機（她想到艾迪和傑克對廣播劇這東西不知有多陌生，不禁失笑——並不是只有羅蘭的世界前進了）。她還記得每一集廣播劇開始前，旁白都會說：『它會讓一個人隨時提高警覺……甚至有些孤寂。』

直到渡口鎮之前，這句話就是羅蘭的最佳寫照。他不像狄倫保安官一般寬肩，也不如他高大，那張臉對蘇珊娜來說比較像是疲憊的詩人，而不像大西部的執法官，但她始終當他是那個在堪薩斯州維持治安的虛構警官的真人版，生命中唯一的任務（除了偶爾和朋友醫生及凱蒂在長枝酒吧喝一杯之外）就是掃清道奇。

直到現在她才了解，羅蘭並不只是一個在世界盡頭騎著達利風格的駿馬、維持治安的警察。他曾是個外交官，是個仲裁者，甚至是個教師。更重要的是，他曾是個戰士，是這些人口中的『白』，據她推測這個意思是指一種文明的力量，能讓人類不互相殘殺，讓人類生活有些進步。在他的時代，他比較像遊俠，而不是賞金獵人。而從許多方面來說，現在仍是他的時代；渡口鎮的老人顯然是這麼想的，否則他們何必跪在地上請求他祝福呢？

從這個全新的觀點來看，蘇珊娜終於明瞭，在通靈圈的那個可怕的早晨，槍客是如何聰明的操縱他們。每當他們挑起一個會導致剖白交心的話題（看看他們每個人所經歷過的那種大變動的、參不透的『牽引』，彼此交換心得怎會不是再自然不過的事？），羅蘭就會出現，迅速切入，把談話轉移到另一條路上，平順得沒有人起疑，就連她自己，幾乎整整四年的時間浸淫在公民權運動裡，也完全察覺不出一點蛛絲馬跡來。

蘇珊娜認為她了解其中的緣故——他是為了讓傑克有療傷止痛的時間。但了解他的動機並不能改變她自己的感覺——驚愕，好笑，憤怒——因為他們被羅蘭操弄在手掌心中，卻不自知。她憶起羅蘭把她拉扯到這個世界來之前不久，她的司機安德魯曾經說過一段話，他說什麼甘迺迪總統是西方世界最後一個槍客。她當時嗤之以鼻，但現在她覺得自己懂了。羅蘭更接近甘迺迪，而不是麥特·狄倫。她猜想羅蘭的想像力不如甘迺迪，但說到浪漫……奉獻……個人魅力……

還有圓滑，她在心裡提醒自己。別忘了圓滑。

她忽然哈哈大笑，連自己也嚇了一跳。

羅蘭已盤腿而坐。聽見她的笑聲，他轉過頭，揚起一道眉。『有什麼好笑的嗎？』

『好笑極了。告訴我，你會說幾種語言？』

槍客略加思索。『五種，』他最後說道。『以前我的錫利恩方言說得相當流利，不過現在可能只記得髒話了。』

蘇珊娜又笑了起來，笑聲非常愉悅開心。『你是頭老狐狸，羅蘭，』她說道。『你真的是。』

傑克一臉的好奇。『用喜里恩話說幾句髒話。』他說道。

『是錫利恩話。』羅蘭糾正他。他想了一分鐘左右，隨即說了什麼，聽來又快又油滑。聽在艾迪耳裡，就好像是口裡含了什麼濃稠的液體似的，比方說煮了一個禮拜的咖啡。羅蘭說時還咧嘴而笑。

傑克也笑嘻嘻的。『什麼意思？』

羅蘭一手環住男孩的肩，過了一會兒才說：『意思是我們要談的事很多。』

19

『我們是共業，』羅蘭先開口道，『也就是說一群受命運束縛在一起的人。我家鄉的哲人說，共業只有死亡或背叛才能破解。我偉大的老師寇特說，死亡和背叛也是業之輪上的兩個輪輻，所以這種束縛是永遠破解不了的。年紀愈大，看得愈多後，我也比較認同寇特的看法。

『共業的每個份子就像是拼圖的一小塊。單就各別來看，每一片都是一個謎，一旦拼湊起來，就構成了一幅圖……或是一部分的圖。要組成一幅完整的圖，可能需要許多的共業。如果你發現在這裡接觸了許多從未接觸過的層面，不必驚訝。比方說，你們三個都可以知道彼此的想法——』

『什麼？』艾迪驚叫道。

『是真的。你們非常自然的探知彼此的想法，甚至連自己都毫不自覺，可是事實就是如此。當然，我比較容易看出來，因為我並不是這個共業真正的成員——可能因為我不是你們那個世界的人——因此也無法真正享有讀心的能力，但我卻能傳送。蘇珊娜……妳還記得我們在圈子裡的情況嗎？』

『記得。你跟我說你叫我把惡靈放走時，我就放。不過你沒有大聲說出來。』

『艾迪……你記不記得我們在巨熊的空地上，那隻機器蝙蝠朝你飛去的時候？』

『記得，你要我趴下。』

『他的嘴巴並沒有動，艾迪。』蘇珊娜說道。

『有，你動了！你還是用喊的！我聽得很清楚！』

『我是喊了，不過不是用嘴巴，而是用心。』槍客轉向傑克。『你記不記得？在房子裡？』

『我在扯的那塊木板動也不動，你叫我扯另一塊。可是如果你不能讀我的心，你又怎麼知道我有什麼麻煩？』

『我用看的。我什麼也沒聽見，但我看見了——只看見一點，像是透過骯髒的玻璃。』他掃視了眾人一圈。『這種親密和讀心的現象叫做「刻符」，這個字在舊世界的語言裡有各式各樣的意涵——水、生、生命力只是其中的三個意思。注意這一點，目前我只要求這麼多。』

『你要怎麼注意你根本就不相信的東西？』艾迪問道。

羅蘭微笑。『只要心胸開闊。』

『這倒沒問題。』

『羅蘭？』提問的是傑克。『你覺得仔仔也是共業裡的一部分嗎？』

蘇珊娜不禁失笑，但羅蘭卻沒笑。『目前我連猜都不願去猜，不過我要告訴你一點，傑克，我對你這個毛茸茸的朋友想了很多。業並不能統轄一切，巧合仍所在多有……但平空冒出一隻仍記得人類的學舌獸，我卻不覺得完全是巧合。』

他瞧了大家一眼。

『我先開始，然後艾迪，從我停止的地方接著說。再來是蘇珊娜，傑克最後，好嗎？』

全體點頭。

『好，』羅蘭說道。『我們是共業——許許多多中的一個。就讓閒談開始吧。』

20

這一談就談到了日落，中途他們只停下來吃了一頓冷食，好不容易談完，艾迪覺得自己似乎和『糖果』雷‧里奧納[17]大戰了十二回合。他不再懷疑他們真能——套句羅蘭的說法——『互通刻符』；他和傑克在夢裡似乎過著對方的生活，彷彿是一個整體的兩半。

羅蘭從山下發生的事開始說，那也是傑克在這個世界的第一段生活結束之處。他說起和黑衣人的閒談，華特拐彎抹角的談到一隻獸，和一個他稱為『長生不老客』的人。他說起一直糾纏著他的怪夢，夢中整個宇宙都被一束奇幻的白光吞沒，而在夢境最後只剩下一葉紫色的草。

艾迪斜睨了傑克一眼，愕然發現男孩眼中閃動著了解，閃動著認同。

[17] 一九七六年奧運輕中乙級拳擊賽金牌得主。

21

羅蘭在昏迷不醒時，曾向艾迪喃喃囈語過部分的故事，但蘇珊娜卻從未聽過，所以她瞪大了眼睛。羅蘭覆述華特告訴他的事，她捕捉到自己世界的浮光掠影，就如一面碎鏡中的映像：汽車，癌症，火箭登陸月球，人工授精。她絲毫猜不透誰會是這頭『獸』，但她卻認出了『長生不老客』是誰，他就是梅林，那個協助亞瑟王功成名就的魔法師。可真是奇哉怪也。

羅蘭談起他醒來後，發現華特早已是一具白骨——光陰不知如何向前飛逝，或許過了一百年，或許五百年。傑克入迷的聽著。槍客提到他如何抵達西海海邊，提到他如何失去了右手的兩根指頭，提到如何在邂逅杰克．摩特，那個黑暗的第三者之前，把艾迪和蘇珊娜拉進了這個世界。

羅蘭向艾迪示意，艾迪於是接下去說到巨熊現身。

『殺敵克？』傑克脫口而出道。『那是一本書啊！一本我們世界裡的書啊！是那個很有名的作家寫的，就是寫那個跟兔子有關的——』

『那個作家理查．亞當斯！』艾迪大喊道。『那本跟兔子有關的書是《瓦特希普高原》（Watership Down）！我就知道我在哪裡看過這個名字！可是怎麼可能呢，羅蘭？你這個世界的人怎會知道我那個世界的事？』

『不是有門嗎？』羅蘭應道。『我們不就看過了四扇？你難道認為以前沒有這些門，將來也不會再有？』

『可是——』

『我們大家都在我的世界裡看過你們世界的遺跡，我在你們的紐約市時，也看見了我的世界的記號。我看見了槍客。大多數懶散遲緩，但仍是槍客，顯然是古老的共業裡的一環。』

『羅蘭，那些人只是警察。你輕輕鬆鬆就把他們收拾了。』

『最後那個可不是。杰克・摩特和我在地鐵車站時，那一個差點要了我的命。多虧運氣好，多虧了摩特，否則他不會失手。那一個……我看見了他的眼睛。他知道他父親的臉，我相信他知道得很清楚。後來……你記得巴拉札的夜總會叫什麼名字嗎？』

『當然，』艾迪不自在的說道。『叫斜塔。那也可能是巧合啊！你自己不是說業統轄不了一切嗎？』

羅蘭點頭。『你真的很像卡斯博，我想起我們小時候他說的話。我們計畫午夜到墓園探險，可是艾倫不肯去。他怕會冒犯了祖先的英靈。卡斯博嘲笑他，說他不相信有鬼魂，除非有鬼能讓他咬住。』

『好小子！』艾迪高呼。『有種！』

羅蘭微笑。『我就知道你會這麼說。好了，不管有沒有鬼，暫且還是別討論。繼續說你的故事吧。』

艾迪說起羅蘭把下巴骨投入火中他看見的視象：鑰匙和玫瑰。他談到他的夢，他如何穿過『湯姆與蓋瑞藝術熟食店』的門，進入了一片玫瑰田，而君臨其間的是煤色的高塔。他提及高塔窗口竄出的黑暗，在頭頂天空麇集；現在他是對著傑克說，因為傑克迫不及待的聽著，神情愈來愈訝異。艾迪盡量把彌漫夢中的意氣風發和恐懼驚顫之情表達出來，從眾人的眼睛——尤其是傑克的——他知道他的描述不是空前的生動，就是他們也做過同樣的夢。

他說到循著殺敵克的來路找到巨熊的門戶，而在他把耳朵貼在門戶上時，他又憶起他說服哥哥帶他到荷蘭丘看豪宅的那天。他說起杯子和針，又說起在他們了解了光束所到之處必留下痕跡，即使連天空的鳥群都會依循光束之後，就不需要那根針來指引路徑了。

說到這裡，再由蘇珊娜接棒。她訴說艾迪如何開始雕刻他的鑰匙，傑克躺了下來，十指在腦後交鎖，看著雲朵緩緩飄向城市，連一絲一毫也沒有偏離東南方。規則的形狀彰顯了光束的存在，一如煙囪吐出的煙可以辨明風向一樣。

蘇珊娜的故事說到他們把傑克拉入這個世界，艾迪把通靈圈的門關上，同時也把傑克和羅蘭記憶上的裂縫密合起來，嚴嚴實實。她唯一遺漏的事實，其實也不盡然是事實，至少還不算是。畢竟她還沒有晨間害喜，一次經期不準並不代表什麼。正如羅蘭自己說的，這個故事還是留待改日吧！

但在她結束時，卻發現自己巴不得能忘記塔莉莎嬸在傑克說這裡是他的家時，回了什麼話：眾神憐憫你吧，因為這世界的太陽是夕陽，永遠是夕陽。

『輪到你了，傑克。』羅蘭說道。

傑克坐起來，望著盧德城，城西高塔的窗戶反射出向晚陽光，像一片金色的布。『整個經過一團混亂，』他喃喃說道，『可是又幾乎很有道理。像是醒來發現是一場夢。』

『也許我們能幫你理出個頭緒來。』蘇珊娜說道。

『也許可以。起碼你們能幫我想想火車的事。我受夠了一個人想辦法搞懂伯廉了。』他嘆了口氣。『你們都知道羅蘭的遭遇，同時有兩種生活，我就跳過這部分了。反正我也不確定能解釋清楚那是什麼感覺，我也不想解釋。總之是亂七八糟。我還是從我的期末考開始好了，因為我是從那時候開始不再奢望這一切會自動消失。』他肅穆的環顧了眾人一眼。『那是我放棄的時候。』

22

傑克直說到日落。

他把能記得的一切都和盤托出，從〈真理之我見〉說起，一直說到那個豪宅幻化出的門房攻擊為止。其他三人專注傾聽，只有一次打斷他。

等他說完，羅蘭轉頭看著艾迪，眼神明亮，情緒奔騰，艾迪一開始解讀成驚異，隨後才明瞭那是極度的激動……還有深沉的懼怕。他的嘴發乾，因為如果連羅蘭都會懼怕……

『你還懷疑我們的世界彼此重疊嗎，艾迪？』

他搖頭。『當然不會了。我走過同一條街，而且還穿著他的衣服！可是……傑克，我能看看那本書嗎？那本《噗噗查理》？』

傑克伸手要去拿背包，羅蘭卻阻止他。『等一下，』他說道。『再把空地的部分說一遍，傑克，盡量別漏掉什麼。』

『也許你該把我催眠，』傑克猶豫著說。『就跟你在驛站那次一樣。』

羅蘭搖頭。『不需要。你在空地的經驗是你這輩子最重要的經驗，傑克。是我們所有人最重要的事。你記得起來。』

於是傑克再複述一遍。四個人都很清楚，他在湯姆與蓋瑞熟食店曾開業的空地上的經驗，就是他們共業的祕密核心。在艾迪夢中，熟食店仍營業；在傑克的現實中，它已拆除，但在兩人的夢裡，這地方都有一股不可思議的強大力量。羅蘭也毫不懷疑，那塊遍地碎磚碎玻璃的空地，就是蘇珊娜『卓爾地』的另一個翻版，也是他在遍地白骨中產生的視象最後的一幕。

傑克第二遍講述這部分的故事，放慢速度，發現羅蘭說得對：他真的什麼都記得起來。他的記憶力變強了，似乎又重新體驗了那次的經歷。他告訴他們有塊告示豎立在曾是湯姆與蓋瑞熟食店店址上，告示上寫著烏龜灣豪華公寓。他甚至想起來噴在牆上的那首打油詩，順口唸了出來：

『巨無霸，**大烏龜**！
圓圓的地球殼上背，
要是你想跑來玩，
今天就跟著**光束**追。』

蘇珊娜喃喃唸道：『慢吞吞的腦袋，沒脾氣；沒有一個人他不惦記……是不是這樣，羅蘭？』

『什麼？』傑克問道。『是不是怎樣？』

『是我小時候學的一首詩，』羅蘭說道。『這是另一個連結，真的可以讓我們從中了解什麼，只不過我並不確定是不是我們需要知道的事情……話說回來，誰料得到什麼時候什麼知識會派上用場呢。』

『六道光束連結了十二個門戶，』艾迪說道。『我們從巨熊的門戶出發，最多只走了一半——我是指距離黑塔的路程——可是我們如果一路走到底，就會到烏龜的門戶，是不是？』

羅蘭點頭。『我相信是的。』

『烏龜的門戶。』傑克若有所思的說道，嘴裡翻來覆去唸這幾個字，似乎在細細品味。接著他又繼續說到他聽見了合唱，他豁然領悟處處是臉譜、故事、歷史，他愈來愈深信他是闖入了萬物生存的核心。最後，他又告訴大家如何找到鑰匙，看見玫瑰。述說時，傑克啜泣了起來，只是並不自覺。

『玫瑰綻放，』他說道，『我看見花心是這輩子從沒見過的鮮黃色，起初我以為那是花粉，以為顏色會那麼鮮亮是因為空地裡什麼東西都很濃豔，即使是舊糖果紙和啤酒瓶看起來也像是世界名畫。但後來我才弄懂那是輪太陽。我知道聽起來很無稽，可真的就是這樣。只不過那不是一個太陽而已，而是——』

『萬陽之陽，』羅蘭喃喃說道。『是真實中的真實。』

『對！而且是正確——卻也是錯誤。我也說不上怎麼會錯誤，但就是。就好像有兩個心跳，心中有心，而中間的那顆心病了，或是發炎了。然後我就暈倒了。』

23

『你在夢的最後也看見了相同的東西，是不是，羅蘭？』蘇珊娜問道。聲音輕柔，充滿敬畏。『你在夢最後看見的一葉紫草……你以為那個紫色是噴到了噴漆。』

『妳不懂，』傑克說道。『它真的是紫色的。我看著它的真正的模樣時，它是紫色的。跟我之前看過的草都不一樣。噴漆只是偽裝，就像門房偽裝成一棟老舊荒廢的房子一樣。』

夕陽已碰到了地平線。這時羅蘭要求傑克把《噗噗查理》拿出來，讀給大家聽。傑克先傳閱了一圈。艾迪和蘇珊娜都盯著封面看了許久。

『我很小的時候有過一本，』艾迪終於開口道，語氣非常斬釘截鐵。『後來我們從皇后區搬到布魯克林，我那時還不到四歲大，把書弄丟了。可是我記得封面的圖畫。我也跟你有同樣的感覺，傑克。我不喜歡，我不信任它。』

蘇珊娜抬頭看著艾迪。『我以前也有一本，我怎麼可能忘得了那個跟我同名的小女孩……雖然她只是跟我中間的名字一樣。我對火車的感覺也一樣。我不喜歡它，也不信任它。』她用手指拍拍封面，再遞給羅蘭。『我覺得那個笑容假透了。』

羅蘭只大略瞄了一眼，就把視線轉回蘇珊娜身上。『妳的書也弄丟了嗎？』

『對。』

『我敢打賭我知道原因。』艾迪說道。

蘇珊娜點頭。『我也敢打賭。是在那個人用磚頭敲中我的頭之後。我帶著書北上去參加藍阿姨的婚禮，我記得在火車上書還在，因為我一直問我爸是不是噗噗查理在拉我們。我不要查理，因為我們要去的地方是新澤西的伊莉莎白鎮，我覺得查理會把我們帶到別的地方。故事最後它不是在什麼玩具村裡載客嗎，傑克？』

『遊樂園。』

『對了，就是遊樂園。故事最後不是有一張圖畫畫它拉著小孩遊園嗎？每個孩子都在笑，可是我老覺得他們是在尖叫著要下車。』

『沒錯！』傑克嚷道。『沒錯，就是這樣！一點也沒錯！』

『我覺得查理可能會把我們帶到它住的地方——管它是住在哪裡——而不會把我們帶到阿姨的婚禮上，而且它永遠也不會讓我們回家。』

『妳是回不了家了。』艾迪嘟囔道，緊張的扒了扒頭髮。

『火車上我說什麼也不肯放開書，我甚至記得我那時在想：「要是它想偷我們，我就撕破它的書，撕到它投降。」不過，我們當然是準時抵達了目的地。爸甚至帶我到前頭去，讓我看引擎，我記得我很高興。後來，婚禮過後，那個叫摩特的傢伙用磚塊砸我，我昏迷不醒了好一陣子。之後《噗噗查理》就不知去向。一直到現在。』她遲疑了一下，又加上一句：『這本很可能是我的書，也可能是艾迪的。』

『對，可能就是，』艾迪說道，臉色蒼白嚴肅……忽然又像孩子似的咧開嘴。『「看那隻烏龜真精明，光束讓萬眾都服膺。」』

羅蘭瞧了瞧西方。『太陽下山了。趁著還有光，把故事唸給我們聽，傑克。』

傑克翻開第一頁，讓大家看司機包伯坐在查理的駕駛座上，開始唸道：『「包伯•布魯克斯是中世界鐵路公司跑聖路易—托佩卡線的火車司機……」』

24

『「……而且不時小朋友會聽見查理用輕柔沙啞的聲音唱他那首老歌。」』傑克唸完了，還讓大家看最後一張圖畫——看似開心其實可能是在尖叫的兒童——然後闔上了書。夕陽已落下，天空一片紫色。

『雖然不是百分之百吻合，』艾迪說道，『可是就跟夢裡看見水往上流一樣，也夠把我嚇傻了。這裡就是中世界，查理的地盤。只不過它在這裡不叫做查理，而是單軌伯廉。』

羅蘭凝視傑克。『你怎麼看？』他問道。『我們該繞過城市？遠離這輛火車？』

傑克考慮了一遍，低垂著頭，漫不經心地撫摸仔仔軟滑的毛。『我很想，』他終於說道，『可是如果我對「業」這東西的了解沒錯的話，那我不覺得我們應該這麼做。』

羅蘭點頭。『如果是業，那麼該不該做的問題壓根就不存在；就算我們繞道，我們也會礙於情勢不得不回頭。既然是無可避免了，最好的做法就是速戰速決，不要因循苟且。你怎麼說，艾迪？』

艾迪也和傑克一樣花了同樣久的時間思考。他一點也不想跟一輛會說話、會自己跑的火車扯上關係，管他是噗噗查理或是單軌伯廉。傑克讀的東西、講的事情，都意味著前途有重重的艱難險阻。可是他們還有遙遠的路途，而在路途的盡頭，有著他們追尋的目標。一想到這裡，艾迪突然發現自己知道自己心裡在想什麼，要的又是什麼。他抬起頭，自從來到這世界之後，幾乎是第一次用他的淡褐色眸子直視羅蘭褪色的藍眸。

『我想要站在那片玫瑰田裡，我想要看見田裡的高塔。我不知道接下來會遇上什麼事，可能是我們大家的死期，可是我不在乎。我想要站在那裡。我才不管伯廉是不是魔鬼，火車是不是穿過地獄，我投傑克一票。』

羅蘭點頭，又轉向蘇珊娜。

『我是沒夢見過黑塔，』她說道，『所以沒辦法在這個層面上，也就是你應該會說是慾望的層面上作答。可是我逐漸相信了這個業，我也不笨，有人拿手指敲我的腦袋說：「白痴，是這邊。」我還硬要往反方向走。你呢，羅蘭？你又怎麼想？』

『我想今天談得夠多了，該收手等明天了。』

『可是還有《猜謎嘍！》——』傑克說道，『你們難道不想看看？』

『改天有的是時間看，』羅蘭說道。『現在睡覺吧。』

25

但羅蘭卻許久睡不著，等鼓聲又起，他索性爬起來，走回路上，眺望吊橋和城市。他打骨子裡就是蘇珊娜想像的外交官，而且打從他聽說火車的那一刻開始，他就知道火車是他們必須走上的第二站……但他察覺到直接說出口太不智。撇開別人不說，艾迪就最討厭讓人推著走；一旦他感覺受到壓迫，他就會低下頭，兩腳像生了根，開他的笨玩笑，跟頭驢子一樣躊躇不前。這一次他的想法和羅蘭的想法一致，但他仍會羅蘭說東他偏說西，羅蘭說西他偏說東。所以謹言慎行較安全，詢問比宣示要更不容易出錯。

他轉身要回去……看見一條人影在路邊盯著他，他的手立刻按上槍柄。雖未拔槍，但也是千鈞一髮。

『我就在納悶你在那場小小的表演之後睡不睡得著，』艾迪說道。『看來答案是不。』

『我一點也沒聽見你，艾迪。你學起來了……只不過這一次你的身體差點就多了個窟窿。』

『你沒聽見是因為你想得太出神了。』艾迪走過來和他站在一起，即使星光微弱，羅蘭仍看出他並未騙過艾迪。他對艾迪的尊重不禁與時俱增。艾迪讓他想起卡斯博，但在許多方面他已經超越了卡斯博。

要是我低估了他，羅蘭在心中警惕自己。我很可能會帶著一隻血淋淋的腳離開。要是我讓他失望，或是做了什麼在他看來是欺騙的事情，他可能會想盡辦法宰了我。

『你心裡在想什麼，艾迪？』

『你。我們。我要告訴你一件事。我猜在今晚之前我只是假設你早就知道，可現在我卻懷疑了。』

『那就說吧。』他不由得又想到：他跟卡斯博真是像啊！

『我們跟著你是因為不得已——都是你那個什麼天殺的業。可是我們跟著你也是因為我們自己願意。我知道我跟蘇珊娜都是這樣，也很確定傑克也這麼想。你的頭腦很好，我的老刻符夥伴，可是我覺得你一定是把腦袋擺在防空洞裡了，因為有時候還真他媽的難搞清楚你在想什麼。我要看，羅蘭。你聽懂了我在說什麼了嗎？我要看這個黑塔。』他密切地盯著羅蘭的臉，顯然沒找到他想看見的東西，只得懊惱的舉起雙手。『我的意思是要你放開我的耳朵。』

『放開你的耳朵？』

『對，因為你不用再揪著我的耳朵把我往前拖了。我自己會走了。我們都自己會走。就算你今晚在睡夢中死掉，我們也會埋了你然後繼續前進。我們也許撐不了多久，可是我們就算要死也會死在光束之徑上。這下你聽懂了沒有？』

『聽懂了。』

『你說你了解我，我猜你是了解……可是你也同樣信任我嗎？』

廢話嘛，羅蘭在心裡默默回答。不然你還能上哪兒去，艾迪？這個世界對你是全然的陌生。你還能怎麼辦？就算當農夫你也種不活莊稼。

可是這種想法既卑鄙又不公正，他也知道。把自由意志和業混為一談，已經是污蔑了自由意志，這比褻瀆神明還要糟，非但吃力也很愚蠢。『信，』他說道。『我信任你。以我的靈魂為證，我信任你。』

『那就別老把我們當成一群羊，得靠你這個牧羊人拿著枴杖在後面驅趕，以免我們這幾頭笨羊走到馬路外，掉進了流沙裡。對我們敞開你的胸懷。要是我們注定會死在城裡或是火車上，我也要死得明明白白，而不是像你棋盤上的一顆棋子一樣死了還是個糊塗鬼。』

羅蘭感覺怒火燒紅了臉頰，但他從來就不是自欺欺人的人。他生氣不是因為艾迪錯看了他，而是因為艾迪把他看透了。羅蘭看著他穩步前進，把他的心囚愈甩愈遠——蘇珊娜也是，因為她也曾被囚禁——但他的心從未能接受他的感官給他的證據。他的心顯然想要繼續當他們是和自己不同的生物，不及自己的生物。

羅蘭深吸口氣。『槍客，我懇請你原諒。』

艾迪點頭。『我們正面對一個麻煩風暴……我感覺得到，而且我嚇得要死。可是這不是你一個人的麻煩，是我們全體的，好吧？』

『好。』

『你覺得城裡可能有多糟？』

『我不知道，只知道我們得盡量保護傑克，因為老嬤嬤說兩邊都想要他。一部分的問題在我們得花多久時間找到這輛火車；更大的問題在於找到之後又會發生什麼狀況。要是我們再多兩個人，我會把傑克放入移動的盒子裡，四邊各有一把槍保護他。可是我們人不夠，所以我們縱隊前進——我頭一個，傑克推蘇珊娜，你殿後。』

『會有多棘手，羅蘭？大略估計一下。』

『沒辦法。』

『我覺得你可以。你雖然不了解這個城，可是你了解你這世界的人在一切開始崩毀後有什麼樣的行為。會有多棘手？』

羅蘭轉身面對鼓聲的來處，一陣沉吟。『或許不是很棘手。我推測仍在城裡作戰的人都年紀老邁，士氣低落。很可能是直接跟他們打照面，有些人甚至願意伸出援手，像渡口鎮上的共業夥伴。也可能一個人影也看不見，但他們會監視我們，看見我們有武器就偃旗息鼓，讓我們通過。萬一不是，我希望在我們開槍之後，他們會像老鼠一樣四散潰逃。』

『萬一他們決定來場硬仗呢？』

羅蘭陰沉的笑笑。『那麼，艾迪，我們全都得記住我們父親的臉。』

艾迪的眼睛在黑暗中閃閃發光，羅蘭又一次不由自主想到卡斯博，那個曾說咬住一個鬼後才相信世上有鬼的卡斯博，那個跟他一塊在絞架下撒麵包屑的卡斯博。

『我回答了你的問題了嗎？』

『沒——不過我認為這一次你很坦率。』

『那麼晚安了，艾迪。』

『晚安。』

艾迪轉身走開。羅蘭看著他走。這時凝神傾聽，他的確聽得見艾迪的腳步聲……但也不是很清楚。他自己也往回走，又停步回頭，望著夜色中盧德城的所在。

他是老婦人口中的黃毛，她說兩邊的人都要他。

你這次不會讓我掉下去了吧？

不，這次不會，以後也不會。

但他卻知道其他人都不知道的一件事。也許在他和艾迪有過剛才那番對話之後，他應該告訴他們……但他仍決定暫時保留一陣子。

在他的世界曾有的古老語言裡，大多數的字都有多重意涵，諸如刻符和業。但是『查』這個字，也就是『噗噗查理』的『查』字卻只有一個意思。

『查』的意思是死亡。

V 橋與城

1

三天後他們碰上了一架墜落的飛機。

早晨剛過一半，傑克先發現，指出約莫十哩外有閃光，彷彿鏡子落在草叢中。一行人靠近，看見的是大驛道旁一個漆黑的龐然大物。

『像一隻死鳥，』羅蘭說道。『一隻大鳥。』

『才不是鳥呢，』艾迪說道。『這是一架飛機。我敢說閃光是座艙罩反射陽光的緣故。』

一小時後，四人默默站在路旁，注視古老的殘骸。三隻胖烏鴉棲息在破碎的機身上，大膽的瞪著新來者。傑克從路邊撿起一塊石頭，朝烏鴉丟擲，烏鴉轟然飛上天空，憤然大叫。

飛機一邊機翼在墜毀時折損，落在三、四碼外，在長草叢中看似跳水板。除此之外，機身還相當完整。座艙罩上有星形裂痕，是飛行員的頭撞上擊裂的，裂痕上還有鐵鏽的顏色。

仔仔跑到三片生鏽螺旋槳自草叢中突出的地方，不停的嗅聞，又急忙跑回傑克身邊。

駕駛艙裡的人成了木乃伊，沾滿灰塵，穿著有墊肩的皮外套，戴著頂上有鉤釘的鋼盔。他的嘴唇不見了，露出滿口的牙齒，想必死前經歷極大的痛苦。他的手指頭生前一定有香腸粗，但現在只是白骨上的一層皮，仍緊抓著操縱桿。他的頭顱在撞上座艙罩的地方有個凹洞，羅蘭猜想他左半邊臉上灰綠色的鱗片就是他剩餘的腦漿。死人的頭向後仰，彷彿死到臨頭仍有信心能把飛機拉高。飛機仍完好的一邊機翼從要淹沒機身的雜草叢中伸出來，機翼上有圖徽，是一隻拳握著閃電。

『看來塔莉莎嬸說錯了，最後還是白化症雙胞胎的故事是真的，』蘇珊娜用敬畏的語氣說道。『這一定是大衛・奎克了，那個軍閥。你看他有多魁梧，羅蘭──他們一定是把他全身都抹了油才能把他給塞進駕駛座裡！』

羅蘭點頭。熱力和歲月把機器鳥內的人銷蝕成一個裹著硬皮的骷髏，但仍無損他的寬肩，而且變形的頭顱也一樣十分龐大。『波斯爺就此墜落，』他說道，『雷霆一震，四鄉俱動。』

傑克露出詢問的神情看著他。

『這是一首舊詩。波斯爺是巨人，上戰場和一千個人作戰，有個小孩朝他丟石頭，擊中了他的膝蓋。因為盔甲太重，他穩不住腳步，跌到地上，摔斷了脖子。』

傑克說：『就跟我們的大衛和巨人⑱的故事一樣。』

『沒起火，』艾迪說道。『一定是沒油了迫降。他或許是個不法之徒，是個蠻子，不過這傢伙還真帶種。』

羅蘭點頭，又看著傑克。『你不會怕吧？』

『不會。可是如果那傢伙還鬆鬆軟軟的，那就是另外一回事了。』傑克看了看飛機內的死人，又轉頭去看城市。現在盧德距離比較近，也比較清楚。儘管他們能看見高塔有許多玻璃窗都破了，但他仍和艾迪一樣，並未完全放棄在城裡得到協助的希望。『我敢打賭他死了之後，城裡就開始有點脫序了。』

『我想你賭贏了。』羅蘭說道。

『你知道嗎？』傑克正在端詳飛機。『建造這座城的人搞不好也製造了飛機，不過我非常肯定這架飛機是我們的。我五年級寫了一份空戰的報告，我認為我認得這架飛機。羅蘭，我能不能近一點看？』

羅蘭點頭。『我跟你去。』

兩人走下路邊到長及腰身的草叢裡。『看，』傑克說道。『看到機翼下的機關槍了嗎？那是氣冷式德國槍，而這是第二次世界大戰前的Focke-Wulf型飛機。我很確定。那我們的飛機怎麼會出現在這裡？』

『有很多飛機失蹤，』艾迪說道。『就拿百慕達三角洲來說好了，那是我們海上的一個地方，羅蘭。據說那個地方受到了詛咒。也許那裡是我們世界跟這個世界的一個大門戶——一個幾乎無時無刻不敞開的門戶。』艾迪拱起肩膀，模仿了洛德・瑟林⑲，卻不太像。『繫緊安全帶，前方有亂流：你們正飛向……羅蘭區！』

傑克和羅蘭都不理他，兩人現在站在飛機僅剩的單翼下。

『把我抱上去，羅蘭。』

羅蘭搖頭。『那個翅膀看起來堅固，其實不然——這東西在這裡很久了，傑克。你會摔下來。』

『那就把我舉起來。』

⑱聖經故事。出自於《舊約聖經・撒母耳記上》，描述非利士人和以色列人打仗。非利士陣營中有一個巨人歌利亞，結果被瘦小的大衛用投石器打敗。

⑲Rod Sering（一九二四—一九七五），美拳擊手兼傘兵。

艾迪說：『我來，羅蘭。』

羅蘭細看自己變形的右手，半晌聳了聳肩，雙手交握。『沒關係，他很輕。』

傑克甩掉鞋子，踩上羅蘭的兩手搭成的馬鐙。仔仔犀利的叫了起來，不知是興奮還是受驚，羅蘭分辨不出來。

傑克的胸部貼著飛機生鏽的機翼，正盯著手握雷霆的圖徽。圖徽一邊略上翹，他抓住翹起的部分，用力一扯，沒想到圖徽輕易就脫落，幸虧艾迪就站在他後面，及時伸手托住他臀部，否則他一定會摔個倒栽蔥。

『我就知道，』傑克說道。手握雷霆的圖徽下還有個符號，圖徽一撕下，就完全露出來。是納粹德國的反萬字十字章。『我只是想親眼看看，你可以把我放下來了。』

四人再度上路，但一整個下午，每次回頭，就會看見飛機的機尾，從長草叢中伸出來，彷彿波斯爺的墓碑。

2

當晚輪到傑克生火。等木頭堆放的方式讓槍客滿意了，他才把燧石和鋼片交給傑克。

『我們來看看你的表現如何。』

艾迪和蘇珊娜坐在一邊，互相摟著彼此的腰。天色變黑前，艾迪在路旁找到了一朵亮麗的黃花，摘給了蘇珊娜。今晚蘇珊娜把黃花別在髮上，每次望著艾迪，嘴角就會略略往上彎，眼神明亮。這些小動作都沒逃過羅蘭的眼睛，他也看得很愉快。他們兩人的愛愈來愈濃、愈來愈烈。很好。如果想熬過未來漫長的歲月，非得濃烈不可。

傑克擦出一點火花，卻離火種幾吋遠。

『把燧石拿近一點，』羅蘭說道，『再拿穩一點。別用燧石敲鋼片，傑克，用擦的。』

傑克再試一次，這次火花直接跳入火種，冒出一縷煙，卻沒有火。

『我恐怕不是很行。』

『你會學會的。現在動動腦筋。什麼東西在夜幕降臨時穿衣服，在破曉時脫衣服？』

『什麼？』

羅蘭抓著傑克的手，讓他更靠近火種。『我猜你的書裡沒這一條。』

『哦，是謎語啊！』傑克又擦出一個火花，這一次一簇小小的火苗燒了起來，但立刻又熄滅。『你也知道一些謎語嗎？』

羅蘭點頭。『豈止一些——多得很。小時候，我一定知道有上千個，那是我一部分的功課。』

『真的？為什麼會有人學謎語？』

『我的老師凡耐說，解得出謎語的孩子就不會死腦筋。我們每週五中午都有猜謎比賽，贏的孩子可以提早下課。』

『你常常提早下課嗎，羅蘭？』蘇珊娜問道。

他搖頭，略略苦笑。『我很喜歡猜謎，卻並不擅長。凡耐說是因為我想得太深。我父親說是因為我太缺乏想像力。我想他們兩人說的都對……不過我父親可能更貼近事實。我拔槍總比別人快，也射得更直，可是我一直都不太擅長腦筋急轉彎。』

曾仔細觀察羅蘭和渡口鎮老人應對進退的蘇珊娜不禁覺得羅蘭是太低估自己了，但她並沒說什麼。

『冬天有些晚上，大廳會舉辦猜謎大賽。如果是只有年輕人比，艾倫每次都贏。若是成人也參賽，就一定是寇特贏。他忘掉的謎語比我們其他人記得的謎語還多，每次猜謎賽會結束，都是他把鵝帶回家。謎語老少咸宜，誰都知道一兩個。』

『就連我都知道，』艾迪說。『比方說，為什麼死掉的嬰兒會過街？』

『爛透了，艾迪。』蘇珊娜斥道，卻面帶微笑。

『因為它給釘在雞上了！』艾迪大吼道，看見傑克一聽也噗哧一聲笑了出來，就笑得更得意了。『嘿嘿，我可是裝了一肚子謎語呢，各位！』

但羅蘭卻沒笑，反倒有些不高興。『原諒我這麼說，艾迪，可是那真的很爛。』

『喲，羅蘭，真是抱歉吶，』艾迪說道，仍掛著笑，語氣卻略略有些乖戾。『我老是忘記你在參加兒童十字軍的時候，幽默感就陣亡了。』

『我只是把謎語看得很嚴肅。我受的教導是有解謎能力代表一個人有健全、理性的心智。』

『再怎麼嚴肅也取代不了莎士比亞或二次方程式，』艾迪說道。『我的意思是，咱們別扯遠了。』

傑克若有所思的凝視羅蘭。『我的書上說，猜謎是人類至今還在玩的最古老的遊戲。我是說在我們的世界裡。在以前，謎語是非常嚴肅的，不只是玩笑。常有人為了謎語送命。』

羅蘭望著漸濃的夜色。『對。我親眼看過。』他憶起了一次的猜謎賽會，結束時不是頒發獎品鵝，而是一個頭戴小丑帽、鬥雞眼的人胸膛上插了一把匕首，撲倒在塵埃裡。寇特的匕首。死者是個吟遊歌手兼雜耍演員，他想偷竊裁判的袖珍本謎語，靠作弊來贏過寇特，因為書裡夾有寫在小木簡上的答案。

『哇，我真是嚇死了。』艾迪說道。

蘇珊娜盯著傑克。『我都忘了你還帶著一本謎語書了，我可以看看嗎？』

『當然好，在我的背包裡。不過書上的解答都不見了。也許就是因為這樣，塔先生才會送給我，不收一……』

突然有人緊緊抓住他的肩膀，抓得他好痛。

『他叫什麼名字？』羅蘭問道。

『塔先生嗎？』傑克說道。『卡文‧塔。我沒跟你說過嗎？』

『沒有。』羅蘭緩緩放開傑克的肩。『不過現在一聽，我也並不意外。』

艾迪已打開了傑克的背包，找到了《猜謎嘍！》，拋給蘇珊娜。『你知道嗎，』他說道，『我一直就覺得那個死嬰兒的笑話很好笑。也許是低級了一點，可是很好笑。』

『我在乎的不是格調，』羅蘭說。『而是根本沒道理，也不能猜，就是這樣才爛。好的謎語可不會。』

『老天！你們這幫傢伙還真是把這玩意看得正經八百啊？』

『沒錯。』

這時傑克把引火的柴草重新排列，同時默想引發這些討論的謎語，想著想著突然笑開來。『是火，答案是火，對不對？晚上穿衣，早上脫衣，只要把穿衣脫衣換成生火熄火就行了。』

『答對了。』羅蘭也回傑克一笑，但眼睛卻盯著蘇珊娜，看著她翻動破舊的小書。看著她皺著眉頭，心不在焉地調整往下溜的黃花，羅蘭忍不住覺得無須提醒，她自己或許就能感覺到這本破舊的謎語書和《噗噗查理》一樣重要……甚至更重要。他移開視線看向艾迪，不由得對艾迪的愚蠢謎語又一次心生惱怒。這又是這名年輕人和卡斯博另一個相像的地方，只是在這一點上卻是寧可不像的好：羅蘭有時真恨不得能把他抓起來猛搖，搖到他流鼻血，牙齒全掉光才罷手。

冷靜點，槍客——冷靜！寇特的聲音略帶著笑意，在他腦海中響起，羅蘭毅然決然把情緒牢牢控制住。做起來並不難，他只須這麼想：艾迪偶爾陷入荒唐無稽也是身不由己；人的性格至少有部分也是業造成的，再者羅蘭很清楚，艾迪並不只是一個膚淺無聊的人。任何時候只要他開始誤以為艾迪很淺薄，他只需要記起三天晚上前在路邊的談話，艾迪指控他把他們當成棋盤上的棋子。當時他很生氣……但艾迪說的話十分逼近真相，足以讓他感到羞愧。

艾迪渾然不覺羅蘭心中的暗潮洶湧，又傻裡傻氣的問：『什麼是綠色的，重一百噸，住在海底？』

『我知道，』傑克說道。『莫比‧鼻涕，大綠鯨⑳。』

『白痴。』羅蘭嘀咕道。

『是啊——可就是要這樣才好玩啊！』艾迪說。『笑話本來就是要讓你腦筋急轉彎的啊！你看……』他看著羅蘭的臉，笑了出來，雙手朝天一拋。『算了，算了。說了你也不會懂，一百萬年也不會懂。還是來看那本該死的書吧！我會盡量正經一點……只要讓我先吃點晚飯。』

『看仔細。』槍客說道，閃過一抹笑容。

『啊？』

『意思是成交。』

傑克用鋼片擦過燧石，跳出了火花，而且火種也燃燒了起來。他滿意的往後坐，一手攬著仔仔的脖子，看著火苗愈燒愈旺盛。他對自己很滿意。他生起了營火……而且還猜出了羅蘭的謎語。

『我有一個。』傑克說道，大家正吃著乾糧。

『白痴謎語嗎？』羅蘭問道。

『才不，是真正的。』

『那好，說來我猜。』

『好。什麼會滾不會走？什麼有口不說話？什麼有床卻不睡？什麼有頭卻不哭？』

『不錯，』羅蘭親切的說道，『可惜是個舊謎語。答案是河。』

傑克有點洩氣。『真的很難難得倒你。』

羅蘭把最後一點肉乾丟給仔仔，仔仔迫不及待地接住。『我可不行。我只是像艾迪說的，是個容易上當的人。你真該看看艾倫，他收集謎語就跟女士收集扇子一樣。』

『你現在就是在唬人，羅蘭老哥。』艾迪說道。

『謝謝。試試看這個：什麼東西既躺在床上又站在床上？先是白色，又變紅色，愈是豐滿，老太太就愈喜歡？』

艾迪爆笑。『命根子！』他大呼小叫道。『真低級，羅蘭！可是我喜歡！我太喜歡了！』

羅蘭搖頭。『你的答案錯了。好的謎語有時就是文字遊戲，像傑克那個河流的謎語一樣，可是有時卻比魔術師的把戲還複雜，誤導你朝某個方向想，其實它卻是正好相反的方

⑳名著《白鯨記》中的白鯨名為『莫比．狄克』。

向。』

『這是個雙重謎語。』傑克說道，接著又敘說起亞倫‧狄普諾對參孫謎語的解釋。羅蘭聽得頻頻點頭。

『是不是草莓？』蘇珊娜問道，又自己回答起自己來。『當然是嘛，就跟那個火的謎語是一樣的。裡頭藏了一個暗喻。只要想通了暗喻，謎語就解開了。』

『我暗喻「性」，可是她賞了我一巴掌，掉頭就走了。』艾迪悲傷的告訴他們，但沒人搭理他。

『只要在「愈是豐滿」前面加上「長得」兩個字，』蘇珊娜解釋道，『就很明白了。先白色，後來是紅色，長得愈豐滿，老太太愈愛。』她似乎很得意。

羅蘭點頭。『我聽過的答案都是苑莓，不過我相信兩個答案其實是同一個東西。』

艾迪拿起《猜謎嘍！》，翻著書頁。『這一個怎麼樣，羅蘭？什麼時候一扇門不是門？』

羅蘭蹙眉。『這又是你的蠢笑話嗎？如果是，我已經沒耐性——』

『不，我答應要正經，現在我真的很正經——起碼我盡量。那是這本書上的，我只是剛巧知道答案。我小時候聽過。』

傑克也知道答案，就朝艾迪眨眼，艾迪也眨回去，而且很好玩的看見仔仔也在學他們眨眼，但牠老是兩隻眼睛都閉上，最後終於死心了。

羅蘭和蘇珊娜則正在苦苦思索。『一定跟愛有關，』羅蘭說道。『一扇門，珍愛㉑。什麼時候珍愛不是珍愛……嗯……』

『嗯。』仔仔說道，模仿羅蘭若有所思的腔調，模仿得惟妙惟肖。艾迪又朝傑克眨眼，傑克捂住嘴藏住笑容。

『答案是虛情假意嗎？』羅蘭最後說道。

『不是。』

『窗戶，』蘇珊娜突然很果決地說道。『什麼時候門不是門？是窗子的時候。』

『不對。』艾迪的笑容擴大，但傑克卻很訝異他們兩人的答案竟是南轅北轍。猜謎確實是和魔法有關，他心裡想著。很平常的東西，不像魔法會有飛毯或消失的大象，可是仍然有魔法。他忽然用一個全新的角度來看他們正在做的事——圍在營火邊猜謎。這就跟瞎子摸象一樣，只不過在這個遊戲裡蒙住眼睛的東西是文字。

『我放棄。』蘇珊娜說道。

『我也一樣，』羅蘭說道。『說出答案吧。』

『答案是半開半掩的時候。半開半掩就沒有門的功用了，懂了吧？』艾迪看著羅蘭的臉上漸漸露出領悟的表情，忍不住開口，略帶憂慮。『這個謎語不好嗎？我這次真的很正經，羅蘭——真的。』

『哪裡，正好相反，這個謎語很好。換作寇特一定猜得到，我相信……也許艾倫也猜得出來。很高明的謎語。我又犯了讀書時候的老毛病：老是想得太過複雜，忽略掉了答案。』

『這玩意真的有些意思，對不對？』艾迪沉吟道。羅蘭點頭，但艾迪沒看見；他正忙著凝視營火，火裡有十來朵玫瑰綻放又凋謝。

羅蘭說：『再猜一個，然後就睡吧！不過從今夜起，我們得守夜。你先，艾迪，然後是

㉑一扇門（a door）與珍愛（adore）英語發音相同。

蘇珊娜，我輪最後一班。』

『我呢？』傑克問道。

『將來你可能也得輪流，不過現在你還是睡覺要緊。』

『你真覺得有必要守夜嗎？』蘇珊娜問道。

『我不知道，所以守夜才是最明智的做法。傑克，從你的書裡再選一個謎語。』

艾迪把《猜謎嘍！》遞給傑克，他接過來，一直翻，翻到最末幾頁。『哇！這個最難。』

『唸出來，』艾迪說道。『要是我猜不著，蘇西也會猜出來。咱倆可是贏遍了這片土地上的大小賽會，鼎鼎有名的艾迪・狄恩和他的猜謎女皇呢！』

『你今晚可真詼諧啊，是不是？』蘇珊娜說道。『等你一個人孤單單的在路邊守到半夜，看你還能多詼諧，甜心。』

傑克讀了起來：『「有個東西什麼都不是，卻有名字。它有時高有時矮，跟我們一塊談話，一塊運動，一塊玩每一種遊戲。」』

他們討論了將近十五分鐘，卻連一個答案都沒能想出來。

『也許等我們睡覺後，有一個會想起來，』傑克說道。『我就是這樣解開河流那個謎語的。』

『便宜貨，連答案都沒有。』艾迪說道。他站起來，把一條獸皮裹在肩上，類似披風。

『是很便宜啊！塔先生免費送給我的。』

『我該注意什麼，羅蘭？』艾迪問道。

羅蘭聳肩，一面躺下。『不知道，不過我想等你聽見或看見了，自然就會知道。』

『等你想睡了，把我叫起來。』蘇珊娜說道。

『那還用說。』

4

路旁有一條青草叢生的水溝，艾迪坐在水溝另一頭，肩上包著毯子。今晚天邊有薄薄的浮雲，遮掩了星光。西風呼呼的吹。艾迪轉頭向著西邊，平原的主人野牛味道撲鼻而來，混合著毛皮的熱氣和新鮮的牛糞。最近這幾個月來，他的感官愈來愈敏銳，讓他驚奇，有時，也讓他毛骨悚然，就像現在。

他甚至聽見一隻小牛犢微弱的叫聲。他轉頭面向城市，過了一會兒，他竟覺得看見了明滅的火光——孿生子故事中的電燭——但他很清楚自己可能什麼也沒看見，火光只是他一廂情願的想法。

你可不是在四十二街上，甜心——希望是好東西，不管別人怎麼說，但別希望得太過頭，害你忘掉了一件要緊事：你可不是在四十二街上。前頭可不是紐約，無論你有多希望它是。那是盧德，對你完全陌生。如果你心裡牢牢記住這一點，也許你就不會有事。

他靠解開今晚最後一個謎語來打發守夜的時間。愛罵人的羅蘭批評他的死嬰笑話讓他滿肚子不高興，可是如果能在早晨給他們一個好答案，那他可樂了。當然，他們無法翻書對答案，但他的想法是好的謎語只要有好答案，也可以不證自明了。

有時高有時矮。他覺得這是關鍵句，其他不過是障眼法。什麼東西有時高有時矮呢？褲子嗎？不對。褲子有時短有時長，他可沒聽說過什麼高褲子。故事？跟褲子一樣，只有短故事，沒有高故事。杯子倒是有高有矮——

『訂單（order）。』他喃喃說道，又思索了一下，覺得自己一定是誤打誤撞解開謎題了——因為高短都可以用在『訂單』這個名詞上。高單（tall order）的意思是大差事；矮單（short order）的意思是到餐廳弄點速食，像漢堡、鮪魚三明治之類的。

只是高單也罷，鮪魚三明治也罷，都不能跟我們一塊談話，一塊玩遊戲啊！

一股挫折感湧上，他不得不苦笑，竟給小孩子書裡無關痛癢的文字遊戲弄得頭腦打結。話雖如此，他卻發現比較能夠相信有人真的會為了謎語殺人……如果賭注夠高，牽涉到作弊的話。

算了——你現在就跟羅蘭講的一樣，想太多，忽略了答案。

但，不想謎語他又該想什麼？

這時城裡的鼓聲又起，他確實有了別的事情可想。起初鼓聲很平常，但下一瞬間就震耳欲聾，彷彿是有人把音量轉到最大。艾迪走到路邊，轉身面對城市，側耳傾聽。幾分鐘後，他環顧四周，看鼓聲是否吵醒了誰，但仍是只有他一個。他再度轉身面對盧德，雙手都貼在耳朵上。

砰……砰砰……砰砰砰砰。

砰……砰砰……砰砰砰砰。

砰……砰砰……砰砰砰砰。

艾迪愈來愈確定自己的推測是正確的，至少他解開了這個謎團。

他置身在一個幾乎空無一人的世界裡，站在廢棄的馬路上，距離城市約莫一百七十哩遠，而這個城市還是一個逝去的奇幻文明所創建的。他站在這麼一個地方聽著搖滾樂的節奏……很瘋狂，可是難道會比會叮噹響，還會掉出上頭寫著『行走』的生鏽綠旗的紅綠燈更瘋狂嗎？會比發現一九三〇年代的德國飛機殘骸更瘋狂嗎？

艾迪低聲唱著Z.Z. Top的歌：

『你只需要夠多那種黏乎乎的玩意

就能黏住上好牛仔褲的縫線

我說耶，耶……』

歌曲與鼓聲的拍子完全吻合。是〈魔鬼沾〉的迪斯可節奏。艾迪敢打賭。

又過了一會兒，鼓聲戛然而止。他只聽得到風聲以及傳河隱隱的水聲，那個有床卻從來不睡的河流。

5

往後四天無風無雨，平靜度過。他們持續趕路，看著吊橋和城市愈來愈大，也愈加清晰；他們紮營，吃飯，猜謎，輪流守夜（傑克糾纏不休，羅蘭只好讓他負責黎明前的兩小時），睡覺。唯一值得一提的事情是蜜蜂。

發現飛機後的第三天正午左右，他們聽到嗡嗡聲，而且愈來愈大聲，彌漫了天地。最後羅蘭停住腳步。『那裡。』他說道，比著一叢尤加利樹。

『像是蜜蜂。』蘇珊娜說道。

羅蘭褪色的藍眸光芒一閃。『我們今晚可能有甜點了。』

『我不知道該怎麼說，羅蘭，』艾迪說道，『可是我很討厭給蜂螫。』

『誰不是呢！』羅蘭應道，『可是今天沒風，我想我們可以用煙把蜜蜂燻昏，用不著燒掉半個世界，就能把蜂巢偷出來。我們去看看吧！』

他揹著蘇珊娜，蘇珊娜也像槍客一樣興匆匆的想冒個險。艾迪和傑克落後，而仔仔顯然也覺得謹慎要比勇敢來得重要，所以也坐在大驛道路邊，跟狗一樣喘氣，戒慎害怕的看著他們。

羅蘭在樹叢邊緣停住。『別過來，』他對艾迪和傑克說，語氣很輕。『我們先觀察一下。沒事的話我會給你們信號。』他揹著蘇珊娜走入樹叢斑駁的樹影中，而艾迪和傑克則留在陽光下，探頭探腦。

樹影下較清涼。蜜蜂的嗡嗡聲聽著聽著讓人有些昏昏欲睡。『太多了，』羅蘭低聲說道。『現在是夏末，蜜蜂應該外出採蜜了。我看——』

他話說到一半忽然停掉，因為他看見了蜂巢，就在空地中央一棵樹的空樹幹裡。

『怎麼回事？』蘇珊娜用輕柔驚嚇的語氣問道。『羅蘭，是怎麼回事？』

一隻蜜蜂跟十月的馬蠅一樣肥胖慵懶，慢吞吞飛過她的頭。蘇珊娜嚇得往直後縮。

羅蘭招手要其他兩人也過來。他們過來了，一言不發看著蜂巢。蜂巢並不是規則的六角形，而是各種形狀大小的洞；蜂巢本身看起來都好像是融化了，詭異得很，彷彿有人用噴槍燒過。慢條斯理爬在蜂巢上的蜜蜂通體雪白。

『今晚沒蜂蜜了，』羅蘭說道。『那邊那個蜂蜜嚐起來或許很甜，卻會讓我們中毒，就跟白天之後必然是黑夜一樣。』

有一隻肥嘟嘟的雪白蜜蜂笨手笨腳的爬過傑克的頭。他閃開，一臉厭惡。

『牠是怎麼啦？』艾迪問道。『這些蜜蜂是怎麼回事啊，羅蘭？』

『就跟這整片土地變得空盪盪的原因一樣，就跟許多野牛生下不孕的畸形的原因一樣。我聽過有人管這個原因叫「舊戰」，「大火」，「大洪水」，「大中毒」。無論叫什麼，都是今天一切麻煩的根源，而且是長久之前發生的事，發生在渡口鎮老人的高祖父那一代之前一千年。生理上的影響，像是雙頭野牛和白蜜蜂，隨著光陰流逝也漸漸減少。我就曾親眼目睹過。另一種變動要劇烈得多，只是更難察覺，而這種變動仍在繼續。』

他們看著白蜜蜂在蜂巢上爬，昏頭昏腦的，幾乎全然無助。有些蜜蜂顯然想工作，但大多數只是四處閒晃，以頭互撞，在彼此身上亂爬。艾迪想起了一則曾看過的新聞報導，是加州某城地下瓦斯總管爆炸，幾乎夷平了一整條街，一群大難不死的居民攜老扶幼離開當地。而這群蜜蜂就讓他想起那些餘悸猶存、驚惶未定的居民。

『你們發生了核子戰爭，對不對？』他問道——幾乎是在指責。『你老是掛在嘴上的大長老們……是不是一個個都給炸上西天了？』

『我並不知道發生過什麼事，沒有人知道。那些紀錄都遺失了，殘存的故事也都互相矛盾，混亂不清。』

『我們離開這裡吧，』傑克說道，聲音不穩。『看這些東西讓我好噁心。』

『我跟你一樣，甜心。』蘇珊娜說道。

於是四人拋下蜜蜂而去，任由蜜蜂在古老的樹叢裡漫無目標的過著殘破的日子，當天晚上也沒有蜂蜜可吃。

6

『你什麼時候才要把你知道的事告訴我們？』艾迪隔天早晨問道。早上天氣晴和，天空湛藍，但空氣透著涼意，他們在這個世界的第一個秋天即將降臨。

羅蘭瞅了他一眼。『你是什麼意思？』

『我想聽聽你的故事，從頭到尾，從基列地開始。你是怎麼長大的？最後又發生了什麼事讓你離家？我要知道你是怎麼發現黑塔這東西的？又為什麼開始追尋它？我也想知道你的第一批朋友，他們都怎麼了？』

羅蘭摘下帽子，用手臂抹去額上的汗珠，再戴上帽子。『我想你們是有權知道每一件事，我也會跟你們說……但不是現在。這件事說來話長，我從沒打算跟任何人提起，而且我也不會再講第二遍。』

『什麼時候？』艾迪追問道。

『等時機成熟。』羅蘭說道。他們不滿意也不行。

7

傑克還沒有來叫醒羅蘭，羅蘭就醒了。他坐起來，環顧四周，艾迪和蘇珊娜仍熟睡未醒。就著微弱的曙光，他並未看出有什麼不對。

『怎麼了？』他壓低聲音問傑克。

『不知道，可能是有人打架。過來聽。』

羅蘭把獸皮掀掉，跟著傑克到路上。他估計再三天就可以抵達傳河從城市前穿過，吊橋君臨地平線之處。吊橋的傾斜現在更加清楚，他可以看出至少有十來根的鋼索因為拉力過大而崩斷，就如同豎琴琴弦斷裂一樣。

他們轉身看著城市，今晚風筆直吹上他們的臉，隨風而來的聲音微弱卻清晰。

『是打架嗎？』傑克問道。

羅蘭點頭，一手按住嘴唇，示意傑克安靜。

他聽見隱約的吆喝，還有什麼龐大的東西摔落，當然少不了鼓聲。又是一陣摔，這次聲音較悅耳，是玻璃碎裂的聲音。

『哇！』傑克低呼，靠羅蘭更近。

接著傳來了羅蘭不願聽見的聲響：小型武器答答答的響，緊隨在後的是空洞洪亮的轟隆聲，顯然是爆炸，彷彿隱形的保齡球朝他們滾來。之後，吼聲、摔落聲、斷裂聲又給鼓聲淹沒，幾分鐘後，鼓聲也如往常倏然而止，城市又歸於寂靜。但此時此刻這片寂靜卻有一種令人不快的等待意味。

羅蘭一手摟住傑克的肩。『現在繞道還不算太遲。』他說道。

傑克抬頭看他。『不行。』

『因為火車的緣故？』

傑克點頭，唸經似地說：『伯廉是討厭鬼，可是我們非得搭上火車不可。城裡是唯一一個可以上車的地方。』

羅蘭若有所思的注視傑克。『你為什麼要說「非得搭上火車不可」？難道是因為業？因為傑克，你不能不承認你對業還不是很了解——這是一門讓人皓首窮經的學問。』

『我不知道這是不是業，我只知道我們不能沒有保護就闖入荒原，而那個保護就是伯廉。沒有它，我們死定了，就像那些我們在路上看見的蜜蜂絕對過不了冬天一樣。我們得找到保護，因為荒原有毒。』

『你是怎麼知道的？』

『我也不曉得啊！』傑克說道，幾乎生氣了。『我就是知道。』

『好，好，』羅蘭溫和的說道，又轉頭看著盧德。『可是我們得時時提高警覺。真不幸他們仍有火藥，如果他們有火藥，就可能還有更強大的火力。我想他們可能不知道怎麼用，這麼一來只可能更加危險。他們可能一激動就把我們全都轟進地獄。』

『獄、獄。』他們身後傳來一個嚴肅的聲音。兩人扭頭回顧，發現仔仔坐在路邊，看著他們。

8

當天稍後，他們遇見一條新路。新路從西來會入大驛道，從這個交會口開始，大驛道路面變寬，中央有某種暗色磨光的石頭分道，大驛道逐漸下沉，道路兩旁傾圮的水泥築堤讓羅蘭一行人有種幽室恐懼感。他們在某處停步，這裡一側的水泥築堤爆破了一個開口，讓人一覽堤外敞闊的土地，他們就在這裡隨便吃了一餐。

『你覺得他們為什麼把路弄成這樣，艾迪？』傑克問道。『我是說，一定是有人故意設計的，對不對？』

艾迪從開口看出去，平原向外無限伸展，毫無阻礙。他點了點頭。

『那為什麼？』

『不知道。』艾迪說道，其實心底卻有個答案。他瞄了羅蘭一眼，猜想羅蘭必然也知道。通往吊橋的下沉路面是防禦工事。部署在水泥堤道上的軍隊看守兩座臨時堡壘，若是守軍不喜歡從大驛道接近盧德的外人，就可以居高臨下，聚而殲之。

『你真的不知道？』傑克又問。

艾迪朝傑克笑笑，盡量不去想現在築堤上就有個瘋子打算要滾下一顆生鏽的大炸彈來消滅他們。『不知道。』他說道。

蘇珊娜嫌惡地吹了聲口哨。『這條路通往地獄，羅蘭。我本來還希望免了那條該死的馬具，可是你最好還是現在就拿出來。』羅蘭點頭，二話不說就在手提包裡翻找了起來。

有許多小馬路像支流匯入大河般與大驛道交會，路況也和大驛道一樣糟。接近吊橋時，路面不再是圓石，羅蘭認為是金屬，其他人則覺得是瀝青或水泥。但無論是什麼，都沒有圓石牢固。時間造成了一些損害，而在最後一次維修後，來來往往的馬匹車輛更是讓損害加劇。路面給輾壓成碎石，徒增步行的困難，而想要在破敗不堪的路面上推動蘇珊娜的輪椅更是荒唐之舉。

道路兩旁的築堤也隨之變陡峭，現在他們可以看見頭頂上有尖細的形狀直射雲霄。羅蘭想到的是箭鏃，非常巨大的箭鏃，巨人族製造的武器。對他的同伴而言，卻像是火箭或導彈。蘇珊娜想起從卡納弗拉角發射的紅寶石火箭；艾迪想到的是地對空飛彈，有些可以用卡車托載發射，全歐洲都有部署；傑克想到的則是洲際彈道飛彈，藏在堪薩斯州平原以及內華達山脈底下的強固混凝土掩體內，萬一發生核武大戰，就會回擊中國或蘇聯。四個人都覺得經過的是一處陰暗悲慘的陰影地帶，或是某個仍籠罩在古老詛咒下的鄉間。

傑克給這一區取名叫『夾笞刑』㉒，他們走了幾小時後，混凝土築堤突然中斷，六條小路聚集在一處，像是蜘蛛網的脈絡，這裡的土地再次向外開展……讓他們都鬆了口氣，只不過誰也沒大聲說出來。交會口上方懸著一個紅綠燈，這一個對艾迪、蘇珊娜、傑克比較眼熟；四

㉒從前軍隊裡的刑罰，犯過者跑過兩排人之間受鞭打。

個燈號上本來有鏡片，但玻璃早在許久之前就破了。

『我敢說在以前這條路是世界第八大奇景，』蘇珊娜說道，『看看它現在的樣子，成了地雷區。』

『有時候老東西反而最好。』羅蘭附議道。

艾迪指著西方。『看。』

這裡不再有混凝土築堤，他們可以清楚看見渡口鎮老人璽一邊喝著苦澀咖啡，一邊描述的東西。『只有一條軌道，』當時他是這麼說的，『架設在一塊人造大岩柱上，就跟大長老用來建築道路和城牆的方法一樣。』軌道從西方而來，十分筆直細長，跨過傳河，進入城市。只有一條狹窄的金色支架，結構簡單高雅，而且是迄今為止他們所看見的東西裡唯一沒有生鏽的，只是仍然毀損得很嚴重。橫跨河面一半的地方有軌道掉入洶湧的河裡，只剩下兩根橋墩面面相對，彷彿兩根互相指責的手指，而下方露出水面的是一根流線型的金屬管，從前是鮮藍色的，現在金屬管上長滿了鏽，顏色也黯淡了下來。從這個距離看過去，金屬管非常小。

『這就是鼎鼎大名的伯廉了，』艾迪說道，『難怪他們再也沒聽見過了。它在過河的時候支架撐不住，就掉進河裡了。當時它一定是在減速，否則絕對闖得過去，我們就會看到在遠處的河岸上有個炸彈坑一樣的大洞。哎，看來它也是中看不中用，撐不了多久就玩完了。』

『慈心說還有一列。』蘇珊娜提醒他道。

『對，她也說有七、八年沒聽見了，而且塔莉莎嬸說是十年。你覺得呢，傑克……傑克？地球呼叫傑克，地球呼叫傑克，聽到請回答，老弟。』

傑克一心一意盯著河裡的火車殘骸，只聳了聳肩。

『你可真會幫忙，傑克，』艾迪說道。『價值非凡的好意見——所以我才這麼愛你，所以我們大家才這麼愛你。』

傑克完全不理睬。他知道自己看見的是什麼，那不是伯廉。從河面伸出來的火車殘骸是藍色的，但在他的夢裡，伯廉是跟附贈棒球卡的口香糖一樣，是粉紅色的，而且佈滿了灰塵。

這時，羅蘭把揹蘇珊娜的背帶在胸前交叉繫好。『艾迪，把你的小姐抱上來。該上路，親眼去看看了。』

傑克這時才挪開視線，緊張的看著矗立在前方的吊橋。他聽見遠方傳來鬼魅般高昂的嗡嗡聲，是風玩弄著連結頭頂主鋼索和水泥橋面的腐蝕吊鋼索。

『你覺得過橋安全嗎？』傑克問道。

『明天就見分曉。』羅蘭回應道。

9

翌日清晨，羅蘭一行人站在漫長生鏽的吊橋末端，隔橋凝視盧德城。艾迪曾夢想會有睿智的老精靈保留了可以運作的機器，讓這群朝聖客使用，但這個夢想也逐漸消失。近距離看去，他已看出市容頹敗，處處是洞，整條街的建築不是燒過就是炸過。城市的輪廓讓他想起一張生了病的嘴，許多牙齒都掉落了。

不錯，仍有建築物屹立，但卻呈現出疲累廢棄的模樣，讓一向樂天的艾迪也莫名其妙憂鬱起來，而橫亙在旅人與鋼筋水泥堆之間的吊橋，絲毫沒有一點萬世不朽的氣勢。左邊垂直的吊鋼索鬆垮垮的，而右邊的吊鋼索則繃得過緊。橋面是中空的梯形水泥塊，有些扭曲朝上，背面露出了中空的內涵；還有的歪斜著，其中有許多僅是龜裂，但更多是完全裂開，縫隙之大連卡車，而且還是大卡車，都會掉下去。有些部分不僅是路面破裂，就連水泥塊的基座都破裂，由上往下俯瞰，底下的泥濘河岸和灰綠色河水都歷歷在目。艾迪估計橋中央和河水的距離是三百呎，這個數字還算保守的呢！

艾迪凝視巨大的混凝土沉箱，主鋼索就固定在這上頭，他不禁覺得橋右邊的沉箱彷彿給連根拔起了一半，他決定還是別跟大家提起比較好。吊橋緩緩左右晃動，而且幅度還是肉眼可見，已經夠糟了，光是看，他就暈了。『怎麼樣？』他問羅蘭道。『你覺得怎麼樣？』

羅蘭指著橋的右邊，那裡有大約五呎寬的斜切人行道，鋪設在一連串較小的混凝土塊頂端，而且和橋面是分離的。這座子橋似乎是由底下一條鋼索，也可能是一支粗鋼桿支撐的，用巨大的弓形夾固定在主鋼索上。艾迪反反覆覆的檢查最近的鋼索，因為等一下他就得把生命託付給這個玩意。弓形夾雖然生鏽，看起來仍很牢靠，金屬面上還烙上了『拉墨克鑄造』幾個字。艾迪入迷的端詳，忽然了解他已經不知道這些字究竟是英文還是貴族語了。

『我想我們可以走這裡，』羅蘭說道。『只有一個地方壞掉。看見了嗎？』

『要看不見還真難呢！』

吊橋至少有四分之三哩長，可能已經超過一千年沒正常維修過了，但羅蘭推測，真正毀損最嚴重的地方可能是在最後的五十呎。橋右方的吊索斷裂，愈過去橋面愈朝左邊傾斜，然後在橋中段兩個四百呎高的橋塔之間翻轉。翻轉力量最大之處，橋面上有個眼睛形狀的大洞。人行道上的中斷處沒那麼寬，即使如此，也有接連兩節混凝土塊掉入傳河，留下了一個至少二、三十呎寬的洞。混凝土塊不見後，他們可以清楚看見支撐人行道的鋼索或鋼桿。要通過這個裂口，就得利用這根生鏽的鋼索。

『我想我們過得去，』羅蘭說道，平靜地指著。『裂口雖然不便，但安全欄杆還在，我們有東西可以支撐。』

艾迪點頭，卻感到心臟狂跳。暴露在外的人行道鋼索看似鋼鐵做的大水管，頂層約莫四呎寬。在心裡，他能看見他們得側身通過，兩腳踩著微微內凹的鋼索，雙手緊抓住欄杆，而吊橋則緩緩搖晃，有如一隻船在浪裡起伏。

『老天，』他說道，吥了一聲，卻什麼也沒吐出來。他的嘴巴太乾了。『你確定嗎，羅蘭？』

『依我看來，只有這條路。』羅蘭指著傳河下游，艾迪順著看過去，看見了第二座橋，但已在多年前就落入傳河。橋的殘骸從河面突出來，只剩些糾纏生鏽的綱索。

『你呢，傑克？』蘇珊娜問道。

『嘿，沒問題。』傑克立刻回答，甚至還面帶笑容。

『我恨你，小鬼。』艾迪說道。

羅蘭略微擔憂的注視艾迪。『如果你覺得辦不到，現在就說。別走了一半，又嚇得腿軟，動不了。』

艾迪順著長長的橋一直看過去，看了許久才點頭。『我想我應付得來。我向來就不怎麼喜歡高的地方，不過我會克服的。』

『好。』羅蘭輪流看了大家一眼。『愈快開始，愈快完成。我和蘇珊娜先走，再來是傑克，艾迪殿後。你拿輪椅沒問題吧？』

『嘿，別小看我。』艾迪輕佻的說道。

『那就走吧。』

10

艾迪一踏上橋面，背上就好像被澆了盆冷水，不由得懷疑自己是否犯了一個非常危險的錯誤。站在實實在在的地面上看，吊橋搖擺的幅度好像很輕微，可是一旦站上來，他才感覺自己就像站在世界最大的老爺鐘鐘擺上。搖晃的速度雖慢，卻很穩定，而且幅度比他預料中來得大。人行道的路面嚴重龜裂，而且起碼向左傾斜了十度。他的腳摩擦輾軋著粉狀的混凝土，而一節節混凝土塊互相傾軋的聲音不斷傳來。吊橋前方，城市輪廓也跟著微微前後搖晃，彷彿是世界上最慢動作電動玩具裡的人造天空。

頭頂上，風不停吹拂緊繃的吊索；腳底下，地面陡然落向西北方的泥濘河岸。他在三十呎之上……六十呎……一百一十呎。很快他就會走在河面上。每跨一步，輪椅就重重撞上他的左腿。

有個毛茸茸的東西從他兩腳間穿過，他慌了手腳，右手趕緊死命抓住欄杆，只差一秒就要驚聲尖叫了。原來是仔仔，牠跑過去時還抬眼看了他一下，彷彿是在說失禮，失禮，讓讓路。

『他媽的笨畜生。』艾迪咬牙切齒道。

艾迪發現儘管他不願往下看，但卻更討厭往上看那些仍奮力連結橋面和主鋼索的吊索。吊索上處處鏽斑，艾迪還看見大部分的吊索連金屬線都露了出來——而這些亂七八糟的金屬線看起來就跟一團棉花沒兩樣。他的雷格叔叔曾經在華盛頓大橋和三區大橋當過油漆工，他說吊索和主鋼索都是用上千根鋼纜扭絞成一根的。而這座橋的扭力已經鬆弛。吊索可以說是完全解開了，所以鋼纜會斷裂，一次綳斷一根內部的纜線。

它都撐這麼久了，當然可以撐得更久。你還以為這玩意偏偏會選在你過河的時候砰的一聲掉進河裡嗎？少臭美了。

不過他還是覺得很不安。就艾迪所知，他們只怕是數十年來唯一一批試圖過橋的人。而且這座橋畢竟是有垮掉的一天，從各方面來判斷，這一天也不遠了。他們四個人的重量或許就是壓垮駱駝的那根稻草。

艾迪的鹿皮鞋踢到一塊水泥，他低頭去看，水泥塊一直往下，往下，往下，還一路翻滾，頓時他噁心欲吐，卻無力移開視線。最後水泥塊擊中河面，發出微弱——非常微弱——的撲通聲。風勢變強，吹得他的襯衫貼著汗濕的皮膚。吊橋呻吟搖擺。艾迪想放開緊握住欄杆的兩隻手，但兩隻手卻好像是凍結在金屬欄杆上了。

他閉上眼睛。你不能腿軟，你不能。我……我不准。要是你非看什麼不可，那就找個又高又瘦又醜的看。艾迪睜開眼睛，死命盯著羅蘭，硬逼著自己把手放開，再向前挪步。

11

羅蘭來到了斷裂處，回頭張望。傑克在他後面五呎處，仔仔在他腳邊，蹲伏著身體，伸長了脖子往前看。河口上的風強得多，羅蘭看見仔仔的毛如波浪起伏。艾迪大約在傑克後面二十五呎處，臉色緊綳，但左手仍扛著蘇珊娜的輪椅，慢吞吞走著，而右手則死命握著欄杆。

『蘇珊娜？』

『有，』她立刻回答。『很好。』

『傑克？』

傑克抬頭，仍是笑嘻嘻的，羅蘭看出他也不會有問題。這孩子正在享受冒險刺激。他的頭髮給風吹開，波浪似的飄動，露出漂亮的額頭，一雙眸子晶瑩閃亮。他豎起大拇指。羅蘭微笑，也依樣畫葫蘆。

『艾迪？』

『別替我擔心。』

艾迪似乎是盯著羅蘭，但羅蘭卻察覺艾迪看的其實是吊橋另一端群聚在河岸的無窗磚樓。無所謂，既然他懼高，讓他一路抬頭最好的辦法只怕莫過於此。

『好吧，我不擔心，』羅蘭喃喃道。『我們現在要穿越破洞了。蘇珊娜，坐得舒服一點，別做什麼快動作，好嗎？』

『好。』

『如果妳想調整一下位置，現在就調整。』

『我很好，羅蘭，』她鎮定的說。『我只希望艾迪也沒事。』

『艾迪是個槍客，就會表現得像槍客。』

羅蘭轉向右邊，正好面對下游，緊握住欄杆，側身跨出裂口，在生鏽的鋼索上一步步向前挪。

12

傑克等到羅蘭和蘇珊娜走了一半，自己也跟著橫跨裂口。風勢大作，吊橋左右搖晃，但他絲毫不驚慌，事實上，他還覺得飄飄然。他不像艾迪會懼高；他很喜歡站到橋上來，把腳下這條恍如緞帶的河流盡收眼底，把頭上白雲漸漸聚集的天空也一覽無遺。

剛過一半（羅蘭和蘇珊娜已站上了崎嶇的人行道，正看著其他同伴的進展），傑克回頭望，一顆心卻往下沉。他們在討論如何過橋時忘掉了一名隊員。仔仔蹲伏著，僵立不動，顯然嚇壞了，在裂口的另一端，不停嗅著混凝土不見、露出生鏽鋼索的地方。

『過來，仔仔！』傑克大喊道。

『ㄎ—ㄎ！』學舌獸也喊回去，沙嘎的聲音幾乎和人類一樣。牠朝傑克伸長脖子，卻不敢移動，鑲金邊的眼睛又大又沮喪。

另一陣強風吹動吊橋，吊橋搖擺悲鳴。傑克的腦子裡突然響起弦斷了的聲音，像是吉他弦繃得太緊，終於斷裂。一根鋼線從最靠近他的吊索裡彈出來，險些打中他的臉頰。十呎外，仔仔可憐兮兮的蹲著，眼睛盯住傑克。

『過來！』羅蘭大吼道。『風愈來愈強了！快過來，傑克！』

『不能丟下仔仔！』

傑克說完就開始往回挪動，才走了兩步，仔仔也戰戰兢兢踩上支撐鋼索。腳上的指甲刮著金屬凹面。艾迪已走到學舌獸後面，實在愛莫能助，而且嚇得要死。

『對了，仔仔！』傑克鼓勵道。『過來我這裡！』

『ㄎ—ㄎ！ㄟ克—ㄟ克！』學舌獸喊道，快速的跑了起來。眼看就要跑到傑克身邊了，卻冷不防吹來一陣風，吊橋搖晃，仔仔的爪子拚命想抓住支撐鋼索，卻抓了個空，後腿一滑，半個身子就懸空了。牠死命用前腿攀住，卻缺少東西能讓牠把爪子嵌進去。牠的後腿瘋狂的在半空中亂踢。

傑克放開了欄杆，俯身去撈牠，眼裡只看見仔仔鑲金邊的眼睛。

『不要，傑克！』羅蘭和艾迪同聲大吼，聲音從裂口的兩邊傳來，但兩人的距離都太遠，除了袖手旁觀都無計可施。

傑克的胸腹撞上鋼索，背包在肩胛骨間彈跳，他聽見自己的牙齒喀一聲，像是撞球的母球擊開了緊緊排列的子球。強風又吹。他隨風搖擺，用右臂勾住支撐鋼索，把左手伸給仔仔。仔仔漸漸向下滑，趕緊咬住傑克伸長的手。痛苦立刻竄上整條手臂，傑克尖叫，卻沒鬆手；他低著頭，右臂勾住鋼索，膝蓋用力抵住可惡的光滑表面。仔仔就如同馬戲團裡的空中飛人般吊在他左手上，鑲金邊的眼睛瞪著上方，傑克看見他自己的鮮血從學舌獸的頭兩側涓涓流下。

突然又是一陣強風，傑克也撐不住，開始向外溜。

13

艾迪的恐懼瞬間消失，籠罩全身的是那種奇異卻受歡迎的冷酷。他砰一聲丟下蘇珊娜的輪椅，敏捷的向前衝，連欄杆都不扶。傑克倒掛在支撐鋼索上，仔仔吊在他的左手，像個毛茸茸的鐘擺，而他的右手也在滑動。

艾迪兩腿一張，重重坐下，擠壓到毫無保護的鼠蹊，痛徹心扉，但此時此刻即使是這般劇烈的痛苦也像是遙遠國度來的消息，不放在他的心上。他一手揪住傑克的頭髮，一手揪住他的背包肩帶。他感到自己也向外傾斜，有那麼心驚膽戰的一刻，他以為他們三個都會像連環砲一樣全部掉落。

他放開了傑克的頭髮，更使勁抓緊背包肩帶，暗自祈禱這小子的背包可不要是廉價商店買的便宜貨。他揮舞空著的那隻手去抓頭頂的欄杆，就在他們愈來愈向外斜的緊要關頭，他找到了欄杆，連忙死命握住。

『羅蘭！』他大吼道。『我這裡需要一點幫忙！』

他話還沒說完，羅蘭已經到了，蘇珊娜仍在他背上。他一彎腰，蘇珊娜趕緊扣住他脖子，免得自己先頭下腳上掉進大洞裡。羅蘭一手攬住傑克的胸膛，把他拉了上來。等到雙腳站上了支撐鋼索，傑克立刻伸出右臂，摟住仔仔顫抖不已的身體。他的左手痛得不得了，忽冷忽熱。

『放開，仔仔，』他喘著說道。『你可以放開了，我們——安全了。』

有那麼一刻，他害怕的以為學舌獸是死也不會鬆口了，但仔仔緩緩鬆開了下顎，傑克的左手終於自由了，不過卻是鮮血淋漓，還有一圈黑黑的小洞。

『ㄎ—ㄎ。』學舌獸虛弱的叫了聲，艾迪訝異的看到這隻動物的奇特眼睛竟充滿了淚水。牠伸長脖子，用沾滿鮮血的舌頭去舐傑克的臉。

『沒關係，』傑克說道，把臉埋入溫暖的皮毛中，自己也在哭，表情融合了震驚與痛苦。『沒關心，別擔心，又不是你的錯，我不介意。』

艾迪慢吞吞的站起來，臉色灰白，也髒兮兮的，他覺得好像有人拿保齡球打了他一頓。他的左手偷偷往下溜，檢查有沒有什麼損傷。

『他媽的不要錢的輸精管切除術。』他粗聲粗氣的說道。

『你不會是要暈倒吧，艾迪？』羅蘭問道。一陣風把他的帽子吹掉了，吹上了蘇珊娜的臉。蘇珊娜一把抓住，用力幫他戴上，一直蓋到耳朵，讓羅蘭看起來像個半瘋癲的美國南方鄉巴佬。

『不是，』艾迪說道。『不過我差點希望我能暈倒，可是——』

『看看傑克，』蘇珊娜說道。『他在流血。』

『我沒事。』傑克說道，想把手藏起來，但已經讓羅蘭輕輕用兩手包住。傑克的手背、手掌、手指上至少有十來個小孔，有些孔還很深。看不出是否有骨頭斷裂或肌腱受損，除非傑克伸展左手看看，但此時此地都不適合做試驗。

羅蘭盯著仔仔。學舌獸也回視他，會說話的眼睛既悲傷又駭怕。牠並沒有把下巴上傑克的血舐掉，不過那應該是最自然不過的舉動才對。

『別罵牠，』傑克說道，把仔仔摟得更緊。『不是牠的錯，是我的錯，我把牠給忘了。風太大牠才會掉下去。』

『我沒有要對牠怎麼樣。』羅蘭說道。他很肯定學舌獸並不是狂暴的動物，但他仍不願冒險讓仔仔嚐到更多傑克的鮮血。至於仔仔可能會引起的其他疾病……就只能一如以往，看業如何安排了。羅蘭扯下領巾，擦拭仔仔的口鼻。『好了，』他說道。『好乖，好仔仔。』

『ㄞ—ㄞ。』學舌獸虛弱的叫道。蘇珊娜一直從羅蘭的肩頭看，幾乎敢發誓她在那一聲裡聽見了感激。

又一陣強風襲來，天氣即將轉壞，而且就在彈指之間。『艾迪，我們得趕緊下橋，你能走嗎？』

『不能，老兄，我只能一寸寸的蹭。』他的鼠蹊和肚子仍痛得厲害，但比起一分鐘前已好得多。

『那好，我們走吧。動作要快。』

羅蘭轉身，舉步欲行，又猛然打住。有個人站在裂口的另一端，面無表情的注視他們。新來者是趁他們所有精神都放在傑克和仔仔身上時接近的。他揹著十字弓，頭上裹著鮮黃色頭巾，頭巾尾端在風中飛舞，有如旗幟，還戴著耳環，是金色的圓環，中央有十字。他一隻眼睛戴著白色絲質眼罩，臉上有紫色的瘡，有些已潰爛，年紀可能是三十歲、四十歲，甚至六十歲。他一手高舉在頭上，羅蘭看不出他手上握著什麼，只知道那東西的形狀很規則，不會是石頭。

在這條幽靈似的人影之後，整座城市在漸暗的天色中卻異常的清晰。艾迪越過河岸麇集的磚屋——早已給劫掠一空的倉庫，他很肯定——望著那些陰暗的峽谷和石頭迷宮，這才恍然大悟，自己那些渴求得到協助的夢想錯得有多離譜，有多愚蠢。現在，他看清了破碎的建築物正面和毀壞的屋頂，看清了屋簷下和早已無玻璃的窗洞內結滿了鳥巢。現在，他真正讓自己去聞聞城市的味道，而他聞到的並不是香料和他母親偶爾從『贊巴餐廳』（Zabar's）帶回的美食，而是床墊著火，先悶燒一陣，再用地下污水澆熄的臭味。霎時間，他看透了盧德，徹徹底底的看透了。那個趁他們不注意偷偷出現、不懷好意的海盜，八成是這個破毀瀕死之處最接近睿智老精靈的東西了。

羅蘭拔出了左輪槍。

『收起來，朋友，』那個裹黃頭巾的人說道，他的口音太重，讓人分辨不出他是善意或惡意。『收起來，我親愛的朋友。你很難惹，欸，看得出來，可是現在是我搶了上風。』

14

新來者穿著綠色天鵝絨長褲，綴滿了補丁。他站在橋上的裂口邊緣，儼然打家劫舍的歲月已到盡頭的海盜：病懨懨，衣衫襤褸，卻仍危險。

『若是我不收呢？』羅蘭反問道。『若是我偏要把一顆子彈送進你長了瘡疔的腦袋呢？』

『那我會比你早一步下地獄，幫你扶著門，』黃頭巾那人說道，還像跟他們交情很好似的咯咯笑。他高舉在空中的那隻手搖了搖。『不管怎麼樣，對我也沒什麼差別。』

羅蘭猜他說得沒錯。看他那樣子最多也只有一年可活……而且最後的幾個月只怕會非常痛苦。他臉上的腫瘡和輻射無關；除非羅蘭判斷嚴重失誤，否則這個人的病是醫生所說的花柳病，也是一般人口中的『妓女花』最末期。遇上危險人物向來就很棘手，不過至少還能夠估計有多少勝算。可是遇上了死人，情況就截然不同了。

『你知道我這裡有什麼嗎，我親愛的朋友？』海盜說道。『你以為老朋友嘉修沒事喜歡舉著手嗎？這是顆手榴彈，老傢伙們留下來的，而且我已經摘掉了帽子——因為在介紹完成之前戴著帽子可是很不禮貌的呢！』

他開心的笑了一陣，馬上就又變得一臉嚴肅。所有的幽默都沒了，彷彿他那個退化的頭腦裡有個開關關掉了。

『現在按住插銷的只剩下我的手指了，朋友。你要是開槍，就會有很響的一聲「轟隆」！你跟你背上的母猴子就會化成煙，那個小兔崽子大概也一樣。那個站在你後面，拿玩具槍對著我臉的小鬼頭可能會活著，活到他跌進河裡為止……他一定會跌進去，因為四十年來這座橋只用一根繩吊著，只要輕輕一推，它就完了。所以你是要把你的鐵器收起來，還是要咱們一塊下地獄？』

羅蘭飛快思索是否有可能把嘉修稱為手榴彈的東西從他手上射掉，但看見他握得很牢，只得收槍入鞘。

『啊，很好！』嘉修大喊，又一副興高采烈的模樣。『我就知道你很通情達理，看你的樣子！哦，沒錯！我就知道！』

『你想怎麼樣？』羅蘭問道，其實已猜出了大概。

嘉修舉起空著的那隻手，豎起一根骯髒的手指，比著傑克。『小兔崽子。把小兔崽子給我，你們就可以走人。』

『操你自己吧！』蘇珊娜立刻開罵。

『好啊，』海盜咕咕笑。『給我一面鏡子，我馬上就扯下一塊玻璃，塞進我自己的屁眼裡——有什麼關係，反正這一陣子屁眼對我也沒用。我連流點水出來都一路痛到腦門頂呢！』他的眼睛灰的鎮定，出奇的鎮定，始終沒離開羅蘭的臉。『你怎麼說，我的老朋友？』

『要是我把男孩交出去，我們這些人會怎麼樣？』

『咦，你們就可以平安無事走人啊！』黃頭巾立刻回答。『這件事你們有「滴答人」的擔保，出自他的口，由我來傳話，再進你的耳，就是這樣。「滴答人」也是個通情達理的人，話一出口從不食言。我不能擔保你們可能遇上的其他黃毛會怎樣，不過「滴答人」的灰毛不會找你們麻煩。』

『你他媽的在胡說什麼，羅蘭？』艾迪怒吼道。『你不是真的在考慮吧？』

羅蘭並沒有低頭看傑克，他喃喃說話時嘴唇也沒有移動：『我不會食言。』

『我知道你不會。』然後傑克提高嗓門，說：『把槍收起來，艾迪。這事由我決定。』

『傑克，你瘋啦！』

海盜笑得好開心。『哪裡，小孬種！要是你不相信我的話，你才是腦筋不正常呢。要是他跟我們在一起，最起碼他不會受到鼓聲的傷害，是不是？而且再想想看——要是我不懷好意，第一件事我就會要你們把槍給丟進河裡！再容易不過了！可是我有嗎？沒！』

蘇珊娜聽見了傑克和羅蘭的對話，也明白目前情勢對他們是多麼不利。『把槍收起來，艾迪。』

『我們怎麼知道你孩子到手後不會朝我們扔手榴彈？』艾迪大喊道。

『只要他敢，我會把它射上天，』羅蘭說道。『我辦得到，他也知道。』

『我可能知道。你看起來挺親切的，真的。』

『如果他說的是實話，』羅蘭繼續說道，『就算我射偏了，他也會燒死，因為吊橋會垮，我們會一起掉下去。』

『非常聰明，我親愛的老小子！』嘉修說道。『你真的很親切，是不是？』他粗聲大笑，隨即漸漸嚴肅下來。『該說的話都說完了，我的老朋友。決定吧！是要把孩子給我，還是大夥一塊朝末路前進？』

羅蘭還沒能開口，傑克已從他身邊溜過去，右臂仍摟著仔仔，卻把左手僵硬的伸出去。

『傑克，不要！』艾迪氣急敗壞的吆喝。

『我會來救你。』羅蘭用和剛才一樣低沉的聲音說道。

『我知道。』傑克也是同樣的回答。強風又起，吊橋搖晃呻吟。傳河河面白浪翻滾，而在上游，藍色單軌火車殘骸邊的河水更是洶湧。

『哎，笨東西！』嘉修傷感的說道。嘴巴咧開來，露出白色的牙齦，上頭只有幾顆牙齒，就像毀壞的墓碑。『欸，我的小兔崽子！朝這兒來。』

『羅蘭，他可能是唬人的！』艾迪大吼道。『那東西可能是啞巴彈！』

羅蘭沒回答。

傑克快靠近裂口的另一端，仔仔突然露出牙齒，對嘉修咆哮。

『把那個會說話的內臟袋丟了。』嘉修說道。

『幹。』傑克用同樣鎮定的語氣說道。

海盜看似楞了楞，隨即點頭。『很愛惜牠是吧？很好。』他退了兩步。『走上混凝土塊就把牠放下。要是牠撲過來，我保證會把牠的腦漿從屁眼踢出來。』

『屁、屁。』仔仔齜牙咧齒，還不忘說道。

『閉嘴，仔仔。』傑克咕噥道。他剛跨過裂口，最強的一陣風就襲來，不知何處傳來鋼索斷裂聲。傑克回頭望，看見羅蘭和艾迪緊抓著欄杆。蘇珊娜在羅蘭肩頭盯著他，捲髮飛舞，在風中顫抖。傑克向他們揮手，羅蘭也揮手。

這次你不會讓我掉下去了吧？他曾這麼問道。不會，這次不會，以後也不會。羅蘭曾這麼答。傑克相信他……可是他怕極了在羅蘭趕到前會發生的事。他把仔仔放下。一放下，嘉修就向前衝，瞄準小學舌獸踢去。仔仔慌忙閃躲，避開了穿靴子的腳。

『快跑！』傑克大喊道。仔仔乖乖聽命，疾射向前，低著頭，朝盧德方向急奔，左閃右躲，避開坑洞，跳過人行道上的裂縫，頭也不回。一分鐘後，嘉修用手臂箍住傑克的脖子。他渾身散發泥土和腐朽的肉體味道，兩種氣味混合變成一種濃濃的臭味，傑克聞到就作嘔。

他拿鼠蹊往傑克臀部撞。『也許我並不如自己以為的那麼沒力呢！俗話不是說，青春是讓老人喝醉的美酒嗎？咱們會找個時間聚聚，是不是，我甜蜜的小兔崽子？欸，咱們會樂和得連天使都唱歌呢。』

喔，我的天，傑克心中叫苦連天。

嘉修又提高嗓門。『我們要走了，我頑強的朋友——我們還有重要的事得做，還有重要的人得見，沒錯，不過我說話算話。至於你們，聰明的話，就在原地站個十五分鐘。要是我看見你們動，咱們可就不客氣了。懂了嗎？』

『懂。』羅蘭說道。

『我說我反正沒差別，你相信這話嗎？』

『信。』

『非常好。走，小鬼！快！』

嘉修更使勁箍住傑克的脖子，弄得他快不能呼吸，同時把他拖著走。他們就這樣撤退，面對橋上的裂口，羅蘭揹著蘇珊娜，艾迪在後面，手裡仍握著嘉修斥為玩具槍的魯格槍。傑克感覺到嘉修的呼吸吹在他耳朵，熱熱的，像脫口說了什麼。更糟的是，他嗅得到。

『別輕舉妄動，』嘉修低聲道，『否則我就把你甜甜的肉撕下來，塞進你屁眼裡。在你還沒有機會用屁眼之前就沒得用了，可是很可憐的呢！是不是？可憐得很呢。』

他們抵達了橋頭。傑克渾身一僵，相信嘉修會違背承諾，把手榴彈扔出去，但他沒有……起碼不是立刻。他箍著傑克退入一條窄巷，窄巷兩邊有兩個小隔間，想來在許久許久之前是收費亭。小隔間過去矗立著倉庫，看來像監獄。

『聽著，小鬼，我要放開你的脖子了，否則的話你要怎麼呼吸呢？可是我會抓著你的手臂，要是你不跑得跟風一樣快，我保證會扯掉你的手，當棍子揍你。聽懂了嗎？』

傑克點頭，猝然間，窒息的可怕壓力從他的氣管上移開，但他立刻又感覺到手臂像上了一道鐵箍，又熱又腫又燙。接著嘉修又用鋼鐵般的手指掐住他的二頭肌，傑克立刻就忘了手臂的疼痛。

『拜拜！』嘉修用十分愉快的假聲喊道，朝其他人快速搖動手榴彈。『拜拜，親愛的！』接著他就對傑克咆哮：『跑，賣淫的小王八蛋！跑！』

傑克先轉了半圈，隨即就被扯著向前跑。兩人飛奔而下，先過了一個彎曲的坡道，接著道路恢復水平。迷亂中，傑克的第一個想法是，等到哪天某種怪異的腦性病變殺光了世界所有的正常人，兩、三百年後的東河大道必然就是這等模樣。

道路兩側不時會有古老生鏽的鐵殼，一定是汽車殘骸。大多數的模樣是泡泡狀的單排座位敞篷車，和傑克看過的汽車都不相同，唯一接近的可能是迪士尼卡通人物駕駛的車，不過他倒是看見了一輛福斯的金龜車、一輛雪佛蘭考威爾（Corvair）、還有一輛應該是福特A型車（Model A）。這些陰森森的空殼都沒有輪胎，不是被偷了，就是早已腐朽化為塵埃。汽車玻璃也盡數破裂，彷彿城市裡殘存下來的居民痛恨任何一種能照見他們模樣的東西，即使是不經意的照見也不行。

廢車下方與廢車之間的排水溝裡，落滿了無法辨識的金屬塊和閃亮的玻璃碎片。許久前生活較愉快時，人行道上還種了路樹，但如今都已枯死，恍如一根根僵硬的金屬雕刻，豎立在陰霾的天空下。有些倉庫不是挨了炸彈，就是自行倒塌，而在那一堆磚塊後，傑克能看見河流以及生鏽下陷的傳河橋支柱。那種潮濕的腐朽氣味，幾乎讓鼻子打結的氣味，在這地方更加濃烈。

街道朝東，超出光束之徑，傑克發現此處愈深入愈難行，斷垣瓦礫幾乎阻斷去路，過了六、七個街區後，街道似乎完全阻塞，可是嘉修就偏偏拉著他往這兒跑。起初傑克還跟得上，但嘉修的速度實在驚人。跑到後來，傑克氣喘吁吁，落後一步。嘉修幾乎是拽著他走，傑克似乎腳不沾地，給拖著往前頭那堆水泥鋼筋障礙物跑。看在傑克眼裡，這堆路障似乎是人為的，橫亙在兩棟正面髒兮兮的大理石大樓之間。左邊那棟正面有雕像，傑克一眼就認了出來：那是『正義女神像』，所以她守護的大樓一定是法院。但他只有時間瞥一眼，因為嘉修又無情地拽著他往路障跑，而且他的腳步一點也沒有變慢。

如果他想穿過那裡，我們兩個一定都會給他害死！傑克在心裡嘀咕，但嘉修——儘管疾病已在他的臉上做廣告，他的速度仍快如風——只是更掐緊傑克的上臂，拖著他就跑。這時傑克才看見在這道並非純屬偶然的混凝土、破家具、浴廁設備、卡車汽車路障裡，有一條狹窄的巷道。他恍然大悟。這個迷宮會阻滯羅蘭好幾個鐘頭……但對嘉修來說卻像是自家後院，閉著眼睛也能走。

幽黑狹窄的巷道口是在陶器破片堆左側。他們靠近時，嘉修把綠色的手榴彈往肩後一拋。『最好躲一躲，親親！』他喊道，還發出一連串歇斯底里的尖銳笑聲。不一會兒，巨大的爆炸聲搖撼了整條街。有輛泡泡狀汽車給炸飛了二十呎高，又重重摔下，車底朝天。一陣磚雨從傑克的頭上呼嘯而過，什麼東西重重打到他的左肩胛骨，打得他腳下一個踉蹌，若不是嘉修把他拽起來，把他拖進瓦礫堆裡的巷道，他一定會跌倒。他們一進入巷道，就有好幾條陰暗的影子擁上來，包圍了他們。

等他們走後，一個毛茸茸的小身影從後面一塊水泥巨岩後繞出來。是仔仔。牠在巷道入口站了一會兒，脖子向前伸，目光閃爍。接著牠又跟上去，鼻子貼地，仔細地嗅來嗅去。

15

『走吧。』嘉修一轉身，羅蘭就說道。

『你怎麼能做出這種事？』艾迪斥道。『你怎麼能讓那個變態把他帶走？』

『因為我別無選擇。別忘了輪椅，我們會需要它。』

他們剛走到裂口另一側的混凝土橋面上，就聽見了爆炸聲。瓦礫噴上漸暗的天空，整個吊橋隨之搖晃。

『老天！』艾迪說道，把蒼白沮喪的臉轉過去，看著羅蘭。

『不用擔心，』羅蘭平靜的說道。『嘉修這種人對高爆炸性的玩具很少會粗心大意。』

他們走到了吊橋末端的收費亭。羅蘭過了收費站就停住，剛好停在彎坡道上。

『你知道那個人不是在嚇唬我們，對不對？』艾迪說道。『我是說，你不是猜出來的——你完全知道。』

『他是個活死人，這種人不需要虛言恫嚇。』羅蘭的聲音夠平靜，卻隱隱含著苦澀酸楚。『我知道這類事情可能會發生，要是我們早一點看見那傢伙，在他的玩具爆炸範圍之外，我們可以擊退他。可是偏偏傑克掉了下去，讓他有機可乘。我猜他以為我們帶個男孩同行的真正理由就是要犧牲掉他，讓我們自己平安通過城市。運氣真背！背透了！』羅蘭一拳擊上自己的腿。

『那我們趕緊去救他啊！』

羅蘭搖頭。『我們要在這裡分手。我們不能帶著蘇珊娜到那個老混蛋的地盤去，也不能讓她一個人留下。』

『可是——』

『聽好，如果你想救傑克的話，就別爭辯。我們在這裡站愈久，他的蹤跡就愈淡。淡去的蹤跡是很難追蹤的。你有你的任務。如果有另一個伯廉，我確定傑克相信有，你和蘇珊娜必須找到它。一定有個車站，或是偏遠地區稱為「搖籃」的地方。了解了嗎？』

這一次，非常幸運的，艾迪沒有抗議。『了解。我們會找到的，然後呢？』

『每隔半小時開一次槍。等我找到傑克，我會去會合。』

『開槍可能會把別人引來。』蘇珊娜說道。艾迪已經幫她從羅蘭背上下來，此刻她正坐在輪椅上。

羅蘭冷冷的看了他們一眼。『那就把他們處理掉。』

『好。』艾迪伸出手，羅蘭握了一下就放開。『找到他，羅蘭。』

『喔，我會找到的，只要向你們的神祈禱我不會太遲。還有，你們兩個，要記住你們父親的臉。』

蘇珊娜點頭。『我們會盡力而為。』

羅蘭轉身，敏捷的跑下坡道。等他消失在視線範圍之外，艾迪就看著蘇珊娜，並不非常意外發現她在哭。他自己也想哭。半小時前他們還是一小隊緊密結合的朋友，但短短不到幾分鐘，他們的同袍之誼就被粉碎殆盡——傑克給綁走了，羅蘭追蹤而去，就連仔仔都逃了。艾迪這輩子沒有這麼孤單過。

『我總感覺我們再也見不到他們兩個了。』蘇珊娜說道。

『我們當然見得到。』艾迪粗聲粗氣的說道，但心裡明白她的意思，因為他也有同樣的感覺。他的心頭壓著一個惡兆，好像他們的追尋尚未正式展開就已夭折。『和阿提拉大汗㉓大戰，我賭蠻子羅蘭有三分之二的勝算。來吧，蘇西——我們還有火車得趕呢。』

『上哪兒趕？』她悽涼的說。

『我也不知道。也許我們應該去找最近的一個睿智老精靈，問問他，嗯？』

『你在胡扯什麼啊，艾迪・狄恩？』

『沒什麼。』他說道，而且因為他說的真的是實話，他自己也覺得快要號啕大哭起來了。他趕緊抓住輪椅把手，推著蘇珊娜走上進入盧德城那條路面龜裂、滿地玻璃的坡道。

傑克迅速陷入一個濃霧彌漫的世界，唯一的路標就是痛苦：他刺痛的手、被嘉修手指如鋼釘一樣插入的上臂、著火似的肺。他們跑了沒多遠，這些痛苦又痛上加痛，他的左半邊身子像針扎一樣，蓋過了其他方面的疼痛。他在心裡亂猜羅蘭是否已經跟上來了。這個陌生的世界和仔仔所熟知的平原森林迥然不同，他很擔心牠能存活多久。忽然嘉修摑了他一耳光，打得他流鼻血，劇痛之下，他的胡思亂想也全然遺忘了。

『快點，小王八蛋！挪動你的小屁股！』

『已經……不能再快了。』傑克上氣不接下氣的說道，適時躲過左邊垃圾堆裡一大塊突出的玻璃，看來就像一顆透明的長牙。

『最好是，否則的話我會把你揍昏，拖著你的頭髮！快跑，小王八蛋！』

傑克使盡吃奶的力氣，又跑得更快一點。剛跑進巷道時，他以為很快就會穿入大街，但這會兒他不得不承認他的預估錯誤。這不是一條巷道；這是一條經過偽裝與武裝的道路，深入灰毛的地盤。搖搖欲墜的高牆是用各式各樣的東西堆成的：被花崗岩和鋼塊壓扁或半扁的汽車；大理石柱；不知名的工廠機器，遍覆紅鏽，尚未生鏽的地方仍看得出黑色油漬；一尾鉻鋼水晶魚，有私人飛機那麼大，『喜悅號』三個字小心地刻在它鱗片閃爍的側面；棋盤狀的鐵鍊，每個鐵環都有傑克的頭那麼大，纏繞住一大堆家具，就和馬戲團大象站在小小的表演板凳上一般岌岌可危。

㉓西元五世紀時的匈奴王，曾佔有中歐和東歐大部分地區。

他們來到了一個分岔口，嘉修毫不猶豫選擇了左邊的岔路。再深入一點，又有三條小巷，小得跟隧道一樣，朝不同方向伸展。這次嘉修選擇了右邊。這條新路似乎淨是破爛的箱子和巨大的舊紙堆，這些紙以前可能是書籍雜誌。路太窄，不能讓他們並行。嘉修把傑克推到前面，開始無情地捶打他的背，要他快一點。牛隻被趕進滑道，驅往屠宰場時，必然就是這種感覺，傑克不禁想道，而且暗暗發誓如果他能活著逃出去，他再也不吃牛肉了。

『跑，我可愛的小牛郎！跑！』

沒多久，傑克已經不記得轉了多少彎了，嘉修一直推著他深入這個斷鋼筋、破家具、廢機器堆裡，他也逐漸放棄了獲救的希望。現在就連羅蘭都找不到他了。如果羅蘭闖了進來，只會迷路，一直在這個夢魘裡走到死為止。

現在他們又往下坡跑，緊緊壓縮的紙牆換成了一堆堆的檔案櫃、計算機、電腦，就好似跑進了電器大賣場的倉庫。有幾乎整整一分鐘的時間，在傑克左邊的牆不是電視，就是胡亂堆疊的放影機，彷彿死人般瞪著他。腳下的人行道持續下降，傑克驟然明白他們進了隧道。陰暗的天空只剩一條頭帶大小，頭帶又變成緞帶，緞帶再變成一根線。他們進入了陰森的冥界，像耗子一樣在巨大的垃圾場裡慌亂疾行。

萬一塌了怎麼辦？傑克胡思亂想道，但在目前極度的疲累痛苦中，這種可能並不如何讓他驚慌。萬一屋頂塌了，起碼他就可以休息了。

嘉修就如農夫驅策驢子般驅策他，擊打他左肩，示意左轉，擊打右肩，表示右轉。等道路變直，他猛敲了傑克的後腦一下。傑克想閃躲一根突出的水管，卻不是很成功，一邊臂部還是給打中，他手臂亂揮，踉蹌衝向一叢玻璃和破木板堆。嘉修拽住他，又把他往前推。

『跑，笨手笨腳的白痴！你連跑都不會？要不是「滴答人」要，我現在就在這裡姦了你，一面割斷你的喉管！』

傑克一直跑，眼前一團紅霧，只感覺到痛苦和嘉修隨時落在他肩膀或後腦勺的拳頭。最後，就在他確定自己再也跑不動的時候，嘉修掐住他的喉嚨，猛力把他拽住，傑克撞上他，發出窒息的叫聲。

『這裡有點不好走！』嘉修快活得喘息道。『看正前方，你會看見兩條電線在地上交叉，看見了嗎？』

起初傑克什麼也沒看見。光線太暗，左邊有一道大銅壺牆，右邊則堆滿了鋼槽，似乎是潛水設備。傑克覺得只要喘口大氣就能引起山崩。他舉臂擦眼，拂開糾結的頭髮，盡量不去想給這些十六噸的水槽壓住，他會成什麼模樣。他瞇眼朝嘉修指出的方向看。有了，他看出來兩根非常細的銀線，像吉他或五弦琴的琴弦，但是非常的模糊。銀線從兩邊拉下來，在距離地面二呎處交叉。

『爬，小心肝，而且要小心再小心，因為你只要稍微碰了一下，這個城一半的鋼筋水泥就會壓在你可愛的腦袋瓜上。也會壓在我腦袋上。不過你應該不會太在意，是嗎？給我爬！』

傑克把背包脫下，趴下來，把背包推在前面。他謹慎的在緊繃的電線下挪動，發現自己畢竟還不是那麼想死。他似乎真的能感覺到那些搖搖欲墜的垃圾正等著要落在他身上。這些電線八成是拴在兩塊精挑細選的拱心石上，他想道。只要有一根斷掉……我們就都歸於塵土。他的背刷到一根電線，高處不知什麼嘎吱了一下。

『小心，廢物！』嘉修幾乎呻吟。『千萬小心！』

傑克在交叉的電線下推進，腳與手肘並用。汗水黏結、有臭味的頭髮又落在眼睛上，但他不敢伸手撥開。

『你通過了。』嘉修終於不高興的咕噥道，自己也爬進了交叉電線底下，動作熟練。他一站起來就去搶傑克的背包，傑克還沒來得及再揹上。『裡面有什麼，笨蛋？』他問道，扒開袋子，往裡瞧。『有什麼可以拿來請你的老朋友啊？嘉修老哥最喜歡讓人請了！』

『沒什麼東西，只有——』

嘉修突然出手，重重甩了傑克一耳光，打得他頭往後仰，他的鼻孔也噴出帶血的泡沫。

『你為什麼打我？』傑克吼道，既痛又憤怒。

『誰要你多嘴，我自己會看！』嘉修吼叫道，把傑克的背包摔在一旁。對他齜牙，笑得很陰險。『順便教訓你差點就害老子活埋！』他停下來，又用比較鎮定的聲音說道：『還有因為老子高興——這點我得承認。你那張蠢笨的羔羊臉讓老子很有甩耳光的衝動。』他笑得更開心，露出白色的牙齦，傑克寧可不要看到。『要是你那個頑強的朋友追蹤到這裡來，等他碰到電線，就有他樂的了，是不是？』嘉修抬頭看，仍陰險的笑著。『我記得，上頭不知哪裡還架了輛公車呢。』

傑克哭了起來，疲憊無助的淚水流下沾滿灰塵的臉頰，形成兩條細細的運河。

嘉修舉高一手，態度威脅。『繼續走，小王八蛋，免得我也哭起來……你老子我可是非常多愁善感呢，要是把我惹哭了，只有甩耳光才能讓我臉上再出現笑容。給老子跑！』

兩人又繼續奔跑。嘉修淨選小路，愈加深入看似雜亂無章的垃圾迷宮，而每次轉彎他都重重捶打傑克的肩膀。不知跑了多久，鼓聲又響，似乎來自四面八方，又似乎來自虛無，對傑克來說，這就是最後一根稻草。他放棄了希望，放棄了思想，任由自己給惡夢吞沒。

17

羅蘭在路障前止步，街道從左到右，從上到下都給堵得嚴嚴密密的。不像傑克，他完全沒有進入另一端的希望。東面的建築可以是佔滿哨兵的島嶼，從一片垃圾、工具、藝品……詭雷之海冒出來，他毫不懷疑。有些殘骸無疑仍在五百年前、七百年前、一千年前掉落的地點上，但羅蘭覺得，大部分是灰毛一件一件拖過來的。盧德的東區實際上已成為灰毛的堡壘，而羅蘭就站在城牆外。

他緩步前進，看見了半掩在水泥巨塊後的通道口。塵埃上有兩副腳印，一大一小。羅蘭站起來，再細看一遍，隨即又蹲坐下來。不是兩副，是三副，第三副是小動物的爪印。

『仔仔？』羅蘭輕聲喚道。起先沒有動靜，但後來陰影中傳來一聲吠叫，羅蘭走入通道，看見鑲金邊的眼睛在第一個彎曲的轉角處凝視他。羅蘭快步過去。除了傑克外不太靠近人類的仔仔退後了一步，就此不動，焦急地看著槍客。

『你要幫我嗎？』羅蘭問道，可以感覺意識的邊緣有一片乾澀的紅幕，也就是『戰鬥熱』，但現在還不是時候。戰鬥的時機會來，但目前他不能任由自己鬆懈。『幫我找到傑克？』

『ㄟ克！』仔仔叫道，仍睜著一雙焦躁的眼盯著羅蘭。

『那就去啊，找到他。』

仔仔立刻轉身，拔腿就跑，鼻子在地面嗅聞。羅蘭緊跟在後，只偶爾抬眼瞄仔仔一下。大部分時間他的視線都鎖定在古老的人行道上，尋找蛛絲馬跡。

18

『天啊，』艾迪嘆道。『這些傢伙到底是什麼人啊？』

他們下了坡道後，就順著大街走了兩個街區，看見了前方的路障（僅僅不到一分鐘之前，羅蘭才鑽入半隱藏的通道內），他們向北走，進了一條通衢，讓艾迪想起第五大道。他不敢告訴蘇珊娜；他仍對這個臭氣薰天、傾圮殘破的城市太失望，說不出什麼能振奮人心的話來。

『第五大道』領著他們進入一個區域，白色石樓讓艾迪想起來他小時候曾看過電視上格鬥戰士長片裡的羅馬。石樓樸實無華，大多數仍相當完好。他很確定這些曾是公共建設，諸如美術館、圖書館、博物館等。有棟建築有圓形的大屋頂，像顆花崗石蛋一樣裂開，可能是天文台，不過艾迪不知在哪兒讀過，觀星家都喜歡遠離大都市，因為光害會影響觀星。

這些堂皇的建築物之間有開闊的空地，曾經花榮草盛的景觀不再，只剩下蔓草矮叢，但這一區仍不失莊嚴之感，艾迪不禁納悶此處是否曾是盧德文化生活的核心。當然，那些日子已不復追憶；艾迪十分懷疑嘉修那夥人可曾對芭蕾和室內樂有興趣。

他和蘇珊娜來到了一個大十字路口，有另外四條大道從此處輻射出去，有如輪輻。而在輪軸部位是一個大廣場，四周有四十呎的鋼柱，柱上掛著擴音器。廣場中央有個雕像的底座，雕像只剩一半，是一匹雄壯的青銅戰馬，人立起來，前蹄高舉。馬身佈滿了銅鏽，而曾騎在馬上的戰士側倒在地上，觸地的那邊肩膀已腐蝕，一手似舉著機關槍，一手持劍。兩腿仍呈騎馬的弓字形，靴子仍銲接在坐騎的兩側。底座上用橘色橫寫著：『消滅灰毛！』

眺望輻射的街道，艾迪看見了更多的柱子、更多的擴音器。有些柱子倒了，但多半仍屹立，每根柱子都裝飾了一圈死屍。因此，進入廣場的『第五大道』和離開廣場的街道都由一小支死屍軍隊把守。

『這些傢伙到底是什麼人啊？』艾迪又說一遍。

他並不期待蘇珊娜回答，蘇珊娜也沒作聲……但她實在可以講幾句。她對羅蘭世界過去的景況頗有洞察力，但從不像在這裡一樣的清晰肯定。她早先的洞察，就如在渡口鎮的那次，有種陰魂不散的性質，像夢，但這裡卻是像閃電一般，就彷彿在電光石火的一剎那間，看見了一個危險瘋子扭曲的臉。

擴音器……懸吊的屍體……鼓聲。驟然間，她懂了三者之間的關聯，清晰得就如同她確定從渡口鎮到吉姆鎮的貨車是公牛拉的，不是騾子，也不是馬。

『別管這些垃圾了，』她說道，聲音只有一點點發抖。『我們要的是火車——你覺得該走哪條路？』

艾迪仰望漸暗的天空，看雲的去向，輕易就找出了光束之徑。他低頭一望，並不如何驚訝與光束之徑方向最吻合的街道口，有一個巨大的石龜。它爬蟲動物似的頭從花崗石龜殼下向外凝視，凹陷的眼睛似乎好奇的瞪著他們。艾迪朝它點了點頭，擠出一個苦澀的笑容。

『看到那隻巨無霸大烏龜了嗎？』

蘇珊娜也看了一眼，點點頭。艾迪推著她穿越廣場，進入了烏龜街。街上的屍體散發出乾燥的肉桂味，艾迪一聞胃就抽緊……不是因為氣味可怕，而是因為其實相當好聞——像某種香甜的味道，小孩子很樂意倒在早餐吐司上的東西。

幸好烏龜街還寬闊，而懸掛在柱子上的屍體也差不多變成木乃伊了，但蘇珊娜卻看見一些比較新的屍體，蒼蠅仍在死屍腫脹變黑的臉上亂爬，而蛆也在腐爛的眼窩裡蠕動。

每一具擴音器下方都有一小堆白骨。

『這裡一定曾經有數以千計的人，』艾迪說道。『男人，女人，兒童。』

『對。』蘇珊娜平靜的聲音連自己聽來都覺得既遙遠又奇怪。『他們有很多的時間，而且全都用在彼此殘殺上了。』

『什麼狗屁睿智老精靈！』艾迪說道，隨之而來的笑聲倒頗有哽咽之嫌。他覺得終於完全了解那句淡而無味的『世界在前進』真正的含意了。它涵蓋了多少無知和邪惡啊！

而且層面又是多深啊！

擴音器是某種戰時設備，蘇珊娜思忖道。當然是嘛。只有上帝知道是哪場戰爭，又是多久以前的事，但一定是場恐怖的大戰。盧德的統治者用擴音器來發佈通告，而他們自己則躲在某個防彈中心裡——就像希特勒和高級官員在二次大戰末期躲藏的地下碉堡。

她的耳朵裡可以聽見擴音器源源不絕傳出當局的聲音，聽得一清二楚，就像她能聽見渡口鎮的轔轔貨車聲一樣，就像她能聽見鞭子抽在拉車的公牛背上一樣。

A、D配給站今日關閉；請攜帶配給券前往B、C、E、F配給站。

民兵第九、十、十二小隊向傳河岸報到。

空襲可能在八點到十點之間，所有非戰鬥人員盡速向指定的防空洞報到。攜帶防毒面具。重複一遍，攜帶防毒面具。

宣告，沒錯……還有一些竄改過的新聞，為了政令宣傳，為了作戰，喬治·歐威爾㉔會稱為欺人之談。而在新聞報導和政府宣告之間，則不斷播放激昂的軍樂和獎勵，然後驅使更多男女去『戰爭』這個大屠宰場中送命。

最後戰爭結束了，寂靜降臨……只持續了一陣子。不知從何時開始，擴音器又響了起來。

那是多久之前？一百年？五十年？要緊嗎？蘇珊娜不覺得。要緊的是，擴音器再度活躍後，只傳播一種錄音的循環帶……就是鼓聲。而城市的原始居民的子孫把它當作……當作什麼？烏龜之聲？光束的意志？

蘇珊娜發現自己想起，有一次她問父親是否相信天上有上帝在主導人間的一切。這個嘛，她那個安靜卻絕對憤世嫉俗的父親說道，我覺得是一半一半，歐黛塔。我相信上帝存在，不過我不認為近來世上的一切和祂有什麼關係。我相信在我們殺了祂的兒子之後，祂總算想清楚了，不想再和亞當之子或夏娃之女有什麼瓜葛了，他已經洗手不幹了。聰明的傢伙。

她早已料到父親會如此回答。那年她十一歲，已把父親的脾氣摸得相當熟，所以她當時的回應是把當地社區教會報紙上的一篇諷刺短文拿給父親看。短文上說，本週六聖恩美以美教會的莫陶牧師將闡述『上帝每天對我們說話』──還摘錄了哥林多前書。她父親笑得好厲害，眼睛都淌出淚來。啊，我想我們每個人都會聽到誰在講話，他終於說道，而且妳可以把最後一塊錢拿來賭，甜心：我們每個人──包括這位莫陶牧師──聽到的話，都是他想要聽見的話。因為太方便了。

而這裡的人顯然是想從錄製好的鼓聲裡聽到進行謀殺的邀請。而此刻，鼓聲又從成千上百的擴音器向外傳送──如果真讓艾迪說對了，就是Z.Z.Top 那首叫〈魔鬼沾〉的逆拍曲──這成了他們的信號，要他們準備好繩套，把一些人吊死在最近的柱子上。

多少人？她在心中自問，一面由艾迪推著她前進，傷痕累累的輪椅硬橡皮輪胎輾過玻璃渣和隨風飄的廢紙。過去這些年來，有多少人就因為城市地下某個電路打嗝而送命？一切的源

㉔George Orwell（一九〇三─一九五〇）為英國諷刺小說家及散文家。

頭，是否就是因為他們認出了音樂的基本異質，認出了音樂乃非我族類——一如我們，一如飛機，一如街上某些汽車？

她不知道，只知道在上帝這個題目上，她已逐漸認同她父親憤世嫉俗的觀點，上帝不想再和亞當之子或夏娃之女有什麼瓜葛了。這些人想盡辦法找理由來彼此殘殺，就是這麼簡單，而鼓聲就是一個好理由。

她發現自己想到他們在路上發現的蜂巢——那些蜂巢形狀錯亂的白色蜜蜂，要是他們笨得吃了蜂蜜的話，就會毒發而死。而在傳河的這一岸又有一個垂死的蜂巢，更多突變的白蜜蜂。蜂螫可以致命，但混亂、迷失、困惑也同樣能奪人性命。

而在錄音帶終於斷掉之前，還要死多少人？

彷彿是應運她的想法，擴音器驟然播送出無情、切音的鼓聲。艾迪驚訝得大喊一聲。蘇珊娜尖叫出來，雙手捂住耳朵——但在此之前，已隱隱約約聽見了音樂：音軌在數十年前就給消磁了，可能是有人撞到（可能是不小心）平衡控制，完全撞歪到一邊去，把吉他和演唱的部分全毀了。

艾迪繼續沿著烏龜街和光束之徑把她往前推，盡量眼觀四面，也盡量不去聞那腐敗的氣味。幸虧有風，感謝上帝，他在心裡嘀咕。

他把輪椅推得更快，掃描白色大樓間的雜草空間，想找出火車的單軌軌道。他想盡快離開這一條無止盡的死屍之路。他又吸了一口甜甜的肉桂味，感覺這輩子沒有這麼渴望過一樣東西。

19

傑克猛然回神，因為嘉修揪住了他的衣領，無情的把他拽住，就如殘忍的騎士煞住奔馳中的馬一樣。同時他還伸出一隻腳，傑克立刻絆倒，頭撞上人行道，頃刻間，眼前漆黑一片。完全沒有人道思想的嘉修，立刻揪住傑克的下唇，把他整個人抓了起來。

傑克尖叫，猛然坐起來，拳頭盲目出擊。嘉修輕易就躲開，一手勾住傑克的腋下，把他架起來。傑克站了起來，喝醉似的前後搖晃。現在的他已經連抗議都放棄了，幾乎連理解力都消失了。他只知道全身上下每一束肌肉都扭絞得緊緊的，而他受傷的手更像是夾在陷阱裡的動物般哀號。

嘉修顯然需要休息片刻，這次他花了較久的時間喘過氣來。他雙手按著膝蓋，彎著腰急速喘氣，發出小小的咻咻聲。他的黃頭巾歪到一邊。完好的那隻眼如廉價鑽石般閃爍。白色眼罩已經是皺巴巴的，臉頰上滲出噁心的黃色黏液。

『抬頭看上面，小牛郎，你就會知道我為什麼揪住你。給我看個仔細！』

傑克仰頭，看見八十呎之上懸吊了一個有如活動房屋一般大的大理石噴泉，只不過他已是在極度的震驚狀態，所以絲毫不感到驚訝。他和嘉修幾乎就站在噴泉的正下方。噴泉由兩條生鏽的鋼索吊住，大部分的鋼索就隱藏在顫巍巍的教堂長椅內。即使目前的感覺遲鈍，傑克仍看出這裡的鋼索比橋上的磨損得還要嚴重。

『看見了沒？』嘉修問道，不懷好意的笑。他的左手舉到戴著眼罩的眼睛上，從底下舀出一堆膿，漫不經心的往旁邊一甩。『美吧？喔，「滴答人」是很通情達理沒錯，可是也不許人犯錯。媽的，還沒聽到鼓聲？早就該開始了——要是銅頭敢忘了，老子非弄棍子插他屁眼不可。現在向前看，我可口的小兔崽子。』

傑克照做，但嘉修立刻猛毆他，他蹣跚退後，差點跌倒。

『不是看對面，白痴小孩！看下面！看到兩個黑色圓石了沒？』

半晌後，傑克看到了。漠不關心的點點頭。

『你可千萬別踩上去，因為上面整個都會塌下來，壓爛你的頭，小牛郎，到時誰還想要你，就得拿吸墨紙來吸了。懂了嗎？』

傑克又點頭。

『好。』嘉修又做了最後一個深呼吸，拍了傑克的肩膀。『走啊，還等什麼？給老子跑！』

傑克跨過第一塊褪色的石頭，看見那其實並不真的是圓石，而是磨圓了的金屬片。第二個也緊接在前，放的位置很狡猾，若是哪個不知情的外來者湊巧跨過第一塊石頭，幾乎一定會踏上第二塊。

踩啊，他在心裡催促自己。幹嘛不踩？羅蘭不可能從這個迷宮裡找到你，乾脆踩上去，一了百了。總比嘉修跟他那夥人心裡的骯髒念頭乾淨，而且也快得多。

他蒙塵的軟皮鞋在詭雷上空遲疑。

嘉修一拳捶在他的背中央，幸好不重。『打算騎騎帥哥是不是啊，我的小牛郎？』他問道。聲音中的諷刺殘酷換成了單純的好奇。如果說還透著點別種情緒的話，也不是恐懼，而是有趣。『那就踩啊，既然你不想活了，我反正已經拿到門票了。要就趕快啊。』

傑克的腳落在詭雷之外。他決定再苟活一陣，並不是因為他認為羅蘭有希望找到他；而是因為換做羅蘭就會這麼做——他會不停前進，直到有人阻止他，然後他會盡力再前進幾碼。

要是現在去踩詭雷，他可以拉嘉修墊背，但嘉修一個人還不夠。隨便看他一眼，就知道他確實是像他自己所說的不久於人世。要是他前進，他或許能有機會多拉幾個嘉修的朋友陪葬，甚至可能把那個叫『滴答人』的也一塊拉下來。

要是我要去騎他所謂的帥哥，傑克決定道，我也要多拉幾個墊背的。

羅蘭會了解的。

20

傑克錯估了槍客在迷宮中追蹤他們的能耐。傑克的背包只是他們遺留下來的痕跡裡最顯眼的一個，但羅蘭很快也了解，他不需要停下來尋找蛛絲馬跡，他只要跟著仔仔就行了。

不過他仍在好幾個交岔口打住，想要確定，而且也的確確定了，仔仔會回頭，發出低沉不耐的吠叫，似乎是在說快點啊！你不想救他了嗎？他追蹤到的東西有足跡、傑克的襯衫上的一根線、嘉修頭巾刮破的一小塊布，也就是說，他三度印證了學舌獸的選擇，現在羅蘭只需要跟緊牠。他並未放棄尋找線索，但他不再停下來四處搜尋。就在追蹤時，鼓聲響起，而這天下午羅蘭能夠撿回一條命都多虧了鼓聲，以及嘉修對傑克的背包大驚小怪。

他蒙塵的靴子倏然停住，手上已握著槍，然後才明白那是什麼聲音。一等他明白後，他把手槍放回槍套裡，不耐煩的咕噥一聲。正要舉步，眼睛突然先看見傑克的背包……接著又看見兩條隱隱約約的閃光，就在背包的左側。羅蘭瞇眼細察，看出在他面前不到三呎處，有兩條細線在膝蓋的高度交岔。體型原就矮小的仔仔乾淨俐落的穿過了交岔點，沒有引發機關。但若不是鼓聲，若不是看見了傑克的背包，羅蘭會直接跟著進去。他的眼睛向上移，循著並非隨意亂堆的垃圾看過去，抿緊了嘴唇。千鈞一髮，是業救了他。

仔仔不耐的吠叫。

羅蘭趴了下來，在電線下爬行，動作緩慢，小心翼翼。他比傑克和嘉修都要高大，他知道真正的壯漢絕對無法通過這裡，而不引發仔細安排的大山崩。鼓聲在他耳朵裡砰砰響。這些人是不是全瘋了？他不由得自問。我要是每天都得聽這鬼玩意，非發瘋不可。

他爬到了通路的另一端，撿起背包，打開來看。傑克的書和幾樣衣物仍在，還有他一路撿拾的寶貝：一塊會閃動黃光的石頭，上頭的黃斑看似金子，其實不然；一個箭鏃，可能是森林先民的遺物，是傑克被拉到這世界的第二天在樹叢裡找到的；他自己世界的硬幣；他父親的太陽眼鏡；還有一些只有還不到十幾歲的男孩才會喜愛、了解的東西，他會想要回來的東西……前提是羅蘭必須在嘉修跟他的朋友改變了他，傷害了他，從此讓他對青春期之前少年的純潔興趣和好奇不再聞問之前找到他。

嘉修不懷好意的笑臉浮上羅蘭腦海，就像是張惡魔的臉，也像瓶中的靈魔：殘缺不全的牙齒，空茫的眼神，滿佈臉頰和短下巴上的花柳病。要是你敢傷害他……他忍不住想，又趕緊把思緒帶開，因為那是一條沒有出路的死胡同。要是嘉修傷害了孩子（傑克！他的心兇巴巴的說道——不是什麼孩子，而是傑克！傑克！），羅蘭一定會宰了他，一定。可是就算宰了他也無濟於事，因為嘉修早就已經死了。

羅蘭把背包的肩帶拉長，很佩服有扣環這種精巧的裝置。他把背包自己揹上，站起來。仔仔轉身要跑，但羅蘭叫牠的名字，學舌獸回頭張望。

『過來，仔仔。』羅蘭不知道學舌獸是否聽得懂，就算聽懂是否會服從，但是如果讓牠緊跟在身邊會比較好，比較安全。既然有一個機關，就會有好幾個。下一次，仔仔或許沒那麼幸運。

『ㄟ克！』仔仔吠叫道，動也不動。這一聲是在確認，但羅蘭覺得從學舌獸的眼睛更可以看出仔仔真正的感覺：惴慄恐懼。

『對，可是有危險，』羅蘭說道。『到我這兒來，仔仔。』

他們的來路有什麼東西重重落下，可能是承受不住鼓聲的振動。羅蘭看見到處都有掛著擴音器的柱子，從一片傾圮中探出頭來，彷彿奇異的長頸動物。

仔仔回頭朝羅蘭跑，抬頭望他，喘息不定。

『跟緊。』

『ㄟ克！ㄟ克—ㄟ克！』

『對，傑克。』他又拔腿開跑，仔仔跟在他身邊，比羅蘭見過的狗都還要聽話。

21

對艾迪而言，這就跟某位智者說的一樣，是『似曾相識』的感覺：他推著輪椅跑，跟時間賽跑。海灘變成烏龜街，但不知為何，其他的都一樣。喔，是有一個不一樣的地方：這次他要找的是火車站（或稱搖籃），而不是一扇立著的門。

蘇珊娜坐得很挺，頭髮被風向後吹，右手握著羅蘭的左輪槍，槍管朝著陰暗不寧的天空。鼓聲砰砰大作，像一根根大頭棒當頭落下。前方有個龐大的盤狀物掉在街上，艾迪過於緊繃的心思，或許是受到兩邊古典建築的影響，立刻產生了一個宙斯和雷神玩飛盤的畫面。宙斯一個過猛，雷神沒接住，任由飛盤穿過雲層——真是精采好球！

眾神玩飛盤，他在心裡叨唸道，把蘇珊娜推著在兩輛生鏽的汽車間穿梭，什麼想法嘛。

他把輪椅推上人行道，繞過盤狀物，近距離看來倒像是通訊接收器。他再把輪椅推下人行道，繼續在街道上前進，因為人行道上的垃圾實在太多。這時，鼓聲突然停止。回音遠逝，寂靜降臨，但艾迪發現並不是完全的寂靜。前頭，烏龜街和另一條街道交會，而就在交會口矗立了一棟有拱形出入口的大理石建築。建築體整個爬滿了藤蔓，還有些蔓延的綠色玩意，像是柏樹的氣根，但仍不失莊嚴宏偉的氣派。建築物再過去，轉角附近，有一群人興奮得嘰嘰喳喳個不停。

『別停！』蘇珊娜厲聲說道。『我們沒有時間可以——』

一聲歇斯底里的尖叫穿破了那群人的嘰嘰喳喳，隨之而起的是贊同的吆喝，而且讓人不敢相信的是，艾迪聽見了掌聲，就像大西洋城飯店賭場某廳表演結束之後的掌聲。剛剛那聲尖叫忽然嗆住，逐漸變成咕嚕咕嚕的聲音，倒像是蟬鳴。艾迪感到頸背上的寒毛倒豎。他瞧了一眼最靠近的擴音器柱上懸吊的屍體，立刻明白愛找樂子的盧德城黃毛又公開執行了一次絞刑。

太好了，他在心裡唸唸有詞。如果再找東尼・奧蘭多與黎明二重唱（Tony Orlandoand Dawn）來唱〈敲三次〉（Knock Three Times），他們就都可以笑著闔眼了。

艾迪好奇的看著轉角的石堆。近距離下，蔓生在石堆上的爬藤釋放出濃烈的藥草味，苦得可以讓人流淚，但他仍覺得比風乾屍體散發出的肉桂味要好。藤蔓垂下的氣鬚束一束西一束，儼然一片綠色的瀑布，遮住了原本的拱形出入口。就從這片綠瀑中，霍然竄出一條人影，疾衝向他們。艾迪看清那是個小孩，看體型大小，只怕才剛拿掉尿布沒幾年。他一身詭異的封托羅伊小王爺㉕打扮，白色荷葉邊襯衫、天鵝絨短褲，頭上紮了緞帶。艾迪突然有股瘋狂的衝動，想要高舉兩手拚命揮舞，大喊：『盧德好，盧德妙，盧德呱呱叫！』

『快來！』小孩大喊，聲調很高，有如風笛。好幾束氣鬚纏住了他的頭髮，他一邊跑一邊漫不經心地用左手去撥。『這次輪到史班克了！輪到史班克去鼓聲之地了！快點，不然你們就要錯過整場秀了！』

蘇珊娜也因小孩的出現而楞住，但等他愈靠近，她忽地注意到他撥開紮了緞帶的頭上的藤蔓，動作極度的怪異彆扭，而且他始終只用左手。在他跑出綠瀑時，他的右手一直揹在後面，現在仍是。

太奇怪了！她思忖道，接著她心裡播放了一捲帶子，她聽見羅蘭在橋頭說的話。我知道這類事情可能會發生……要是我們早一點看見那傢伙，在他的玩具爆炸範圍之外……背透了！

她把羅蘭的槍筆直對著小孩，他正跳下路邊石，朝他們跑來。『站住！』她尖聲警告道。『你給我站住！』

『蘇西，妳在幹什麼？』艾迪吼道。

蘇珊娜不理他。說真的，蘇珊娜・狄恩壓根不在場，坐在輪椅上的是黛塔・渥克，而且她的雙眸閃動著強烈的懷疑。『站住，否則我就開槍！』

小封托羅伊當她的警告像耳邊風。『快點！』他歡天喜地的喊道。『你們會錯過整場秀！史班克要——』

他的右手終於從背後伸到了前面，艾迪這才明白他不是小孩，而是侏儒，童年早已不知過了多久了。艾迪起初以為的童稚表情，其實是混合了恨意和憤怒的冷酷。侏儒的臉頰及額頭，也覆滿了羅蘭稱為妓女花的膿瘡。

蘇珊娜根本就沒看他的臉，而是全副精神都集中在那隻伸出來的右手，以及右手上握著的綠色球體。她只需要看見這些就夠了。羅蘭的槍開火，侏儒向後倒，小小的嘴巴發出痛苦

㉕此為英裔美國女作家法蘭西斯・哈奇森・伯內特（一八四九—一九二四）之童書《封托羅伊小王爺》的主角，其裝扮特色為合身短外套、及膝長褲、花稍襯衫、有大圓領或鬆鬆的大蝴蝶結。此書使兒童服飾蔚為流行。

憤怒的尖叫，他整個人落在人行道上。手榴彈從他手上彈開來，滾回了他現身的拱門後。

黛塔如夢幻般消散，蘇珊娜看看冒煙的槍，再看看人行道上匍匐的人體，震驚、恐懼、驚惶諸般感覺如潰堤般湧來。『喔，我的天！我射中了他！艾迪，我射中了他！』

『消滅……灰毛！』

小封托羅伊想奮聲大叫這句話，但一開口卻血如泉湧，只聽見嗆住的聲音，荷葉邊襯衫上僅存的白色地方也給鮮血染紅了。給藤蔓覆蓋住的建築裡傳來模糊的爆炸，垂掛在拱門上的綠簾像狂風捲過般向外飛起，同時冒出酸濃的煙霧。艾迪撲在蘇珊娜身上保護她，覺得背上、脖子上，頭頂落下一陣水泥雨，幸虧水泥塊都不大。他左邊還有一陣不怎麼好聽的劈啪聲。艾迪把眼睛張開一條縫，朝那個方向看去，看見封托羅伊小王爺的頭落入排水溝裡。侏儒的眼睛仍張著，嘴巴仍因臨死前的叫嚣而大張著。

現在四周出現了其他的聲音，有的尖叫，有的大喊，所有聲音都是勃然大怒。艾迪推動蘇珊娜的輪椅（一邊輪子晃了晃才穩住），瞪著侏儒衝出來的地方。一群衣衫檻褸的男女出現，約莫有二十個人。有的是繞過轉角來的，其他的則直接推開遮掩了轉角大樓拱門的綠簾，從侏儒手榴彈造成的煙硝中現身，有如邪惡的鬼魂。大部分人綁著藍頭巾，人人都攜有武器，種類各異，看起來也實在有點可憐，諸如生鏽的劍、鈍了的刀、碎裂的木棍。艾迪看見一個男人很勇敢地揮舞著鎚子。黃毛，艾迪尋思道。我們打斷了他們的領帶派對，所以他們全都很不爽。

這群迷人的人士一見到蘇珊娜坐著輪椅，而艾迪一膝著地，跪在輪椅前，立刻七嘴八舌吆喝：『殺了灰毛！宰了他們兩個！宰了這對狗男女！上帝挖了他們的眼睛！』站最前頭的男人穿著像格子裙的披肩，手握一把短刀，瘋狂亂揮，要不是站他後面的胖女人躲得快，只怕就身首異處了。他舞著刀衝鋒，其他人也一擁而上，開心的吼叫著。

羅蘭的槍朝空送出雷霆怒吼，那個披格子裙的黃毛頭頂開花。剛才險些枉死在他刀下的女人突然發現自己土黃色的皮膚上落下了血雨，大叫一聲，嚇掉了膽子。其他人越過這女人和死人，亂喊亂叫，眼神瘋狂。

『艾迪！』蘇珊娜尖聲呼喚，再次開槍。一個穿著下襬有蕾絲邊的披風，靴子及膝高的男人倒在街上。

艾迪手忙腳亂摸索著魯格，有那麼一刻，驚慌的以為自己把槍弄丟了。不知什麼時候槍柄從褲腰溜進了褲子裡，他伸手進去掏，用力往上扯。該死的槍動也不動。槍管末端竟然卡在他的內褲裡了。

蘇珊娜連開三槍，槍槍命中，但黃毛仍然不怕死的往前衝。

『艾迪，快幫忙！』

艾迪索性把褲子撕開，覺得自己好像半調子的超人，好不容易才解開了纏住的地方。不需要思索——甚至不需要瞄準。羅蘭曾說過在戰鬥中槍客的手會自己動，艾迪現在才明白所言不虛。再者，除非是眼瞎了，否則這樣的距離不可能打不中。蘇珊娜把衝鋒的黃毛人數減到低於十五人，艾迪更如暴風席捲麥田般，不到兩秒鐘就撂倒四個。

這時，暴民唯一的表情，那種呆滯、不動腦的迫切逐漸瓦解。拿鎚子的男人驟然拋下武器，逃之夭夭，一雙飽受痛風折磨的腿跛得很厲害。又兩個人也跟著逃命。其他人則在街上打轉，不知所措。

『上啊，你們這些懦夫！』一個相對年輕的人咆哮道。他的藍頭巾圍在脖子上，像是賽車手的寬領帶。他的頭頂光禿禿的，卻在頭頂兩側各留了兩綹鬈曲的紅髮。對蘇珊娜而言，這傢伙像小丑柯萊拉貝㉖；對艾迪而言，他像麥當勞叔叔。而不管是柯萊拉貝也好，是麥當勞叔叔也罷，他看起來都像是個麻煩。他朝他們擲來一支自製的長矛，看樣子原本應該是鋼桌腳。長矛落在艾迪和蘇珊娜右邊街上，徒然噹了一聲。『上啊，我說！只要團結，我們能幹掉——』

『抱歉了，老兄。』艾迪喃喃說道，給了他的胸口一槍。

柯萊拉貝／麥當勞叔叔踉蹌後退，一手撫上襯衫，瞪大眼睛看著艾迪，令人心碎的澄澈眼神訴說著他的故事：不該是這樣的。年輕人的手重重落在身側，嘴角滲出一絲鮮血，在灰暗的天色裡顯得出奇的鮮紅。殘餘的幾個黃毛目瞪口呆，看著他的膝蓋緩緩不支，又一個拔腿逃命去了。

『想得美，』艾迪說道。『站住，我遲鈍的朋友，否則你會上西天去了。』他拉高嗓門。『放下武器，少年少女們！放下！快！』

『你……』垂死之人低聲說道。『你……槍客？』

『沒錯。』艾迪說道。陰沉沉的掃描了其他黃毛一眼。

『懇請……原諒。』留著兩綹毛茸茸紅髮的人喘息著說道，隨即臉朝下死去。

『槍客？』有個人問道。聲調是大夢初醒，現在才曉得恐懼。

『你笨是笨，倒不聾，』蘇珊娜說道，『還算不錯啦！』她晃了晃槍管，艾迪相當肯定裡頭已經沒子彈了。說到子彈，魯格槍還剩幾發？他這才明白自己完全不知道魯格槍能裝多少子彈，不禁暗咒自己是白痴……話說回來，他當真相信過會發生這種事嗎？他不認為。『你們都聽到了，拋下武器。休息夠了。』

他們一個個順服。那個臉上大約沾染了一品脫格子裙先生鮮血的女人說道：『你們不該殺了溫斯頓，太太，今天是他的生日呢。』

『那他就應該待在家裡，吃他的生日蛋糕。』艾迪說道。這次的混戰實在太不真實了，所以他也不覺得女人的批評或是自己的回應有什麼超現實的地方。

除了這個女人之外，剩下的黃毛裡只有另一個女人，骨瘦如柴，長長的金髮一大片一大片脫落，好似患了疥癬。艾迪注意到她悄悄側身挪向死掉的侏儒，以及侏儒身後藤蔓叢生的拱門，就在她腳邊的破碎水泥地上開了一槍。他也不清楚要她留下幹嘛，只知道他可不願意讓這個女人帶動逃亡潮。不說別的，萬一這些病骨離肢的人真的想跑，他這雙手不知會做出什麼事來。只要腦袋一想到槍客這一行，他的手就蠢蠢欲動。

『站好別動，美人。親善大使說凡事小心為上。』他瞧了蘇珊娜一眼，很擔心她的灰白臉色。『蘇西，妳沒事吧？』他壓低聲音問道。

『嗯。』

『妳不會是要暈倒什麼的吧？因為——』

『不會。』她用一雙暗沉得不得了的眸子望著他，好似兩個幽深的洞穴。『我只是從來也沒有開槍射過活生生的人……可以了吧？』

『那妳最好趕快習慣』已經到了口邊，他趕忙嚥回去，回頭瞪著剩下的五個人。他們正看著他和蘇珊娜，表情惱怒害怕，但不到驚怖的程度。

媽的，這些人差不多忘了什麼叫驚駭了，艾迪暗忖道。喜悅、悲傷、愛……也都一樣。我看他們已經不再有多少感覺了。他們活在這個煉獄裡太久了。

㉖一九四七到六〇年美國兒童節目中之小丑。

但他又想起了剛才的笑聲、興奮的叫喊、掌聲，立刻修正自己的想法。至少還有一件事讓他們的馬達運作，還有一件事能讓他們動起來。史班克可以做見證。

『這裡誰是頭頭？』艾迪問道。他很密切地盯著這一小撮人後面的十字路口，以防其他人又突然有了殺敵的勇氣。迄今為止，他還沒聽到或看到那個方向有什麼動靜，也許其他人決定讓這一小撮人自生自滅了。

他們不知所措的互看了幾眼，最後那個臉上濺血的女人開口了。『本來是史班克，可是上帝之鼓響起來之後，從帽子裡拿出來的是史班克的石頭，所以就該他跳舞了。我猜下一次就輪到溫斯頓了，可是你們用你們該死的爛槍把他給了結了，就是你們。』她特意伸手擦掉頰上的血跡，看了一會兒，又惱怒地瞪著艾迪。

『那麼妳以為溫斯頓拿著他該死的長矛是想對我幹什麼？』艾迪反問道。他氣惱的發現這女人真的讓他良心不安。『幫我修鬢毛嗎？』

『還殺了法蘭克和拉斯特，』她繼續說道，毫不鬆口，『你們是誰？不是灰毛，就是兩個該死的外國人。灰毛已經夠壞了，外國人更糟。城北還有幾個黃毛？只有塔普奇，水手塔普奇，可是他在這裡嗎？他自己開著船跑到下游去了，欸，他就是，我說，讓他也爛死！』

蘇珊娜不想聽了，她的心思鎖定在剛才這女人說的話：從帽子裡拿出來的是史班克的石頭，所以就該他跳舞了。她想起了大學讀過的故事雪莉・傑克森的短篇小說〈摸彩〉㉗（The Lottery），恍然領悟這些原始黃毛的不肖子孫正過著傑克森所描述的夢魘。難怪他們不再有什麼強烈的情緒，因為他們早知道必須參加這種駭人的摸彩，而且還不是像故事裡一年一次，而是每天兩、三次。

『為什麼？』她用嚴厲、驚駭的聲音問沾血的女人。『你們為什麼這麼做？』

女人瞪著蘇珊娜，彷彿她是天底下最蠢的白痴。『那還用說嗎？這麼一來那些住在機器裡的惡鬼才不會佔據死在這裡的黃毛還是灰毛的身體，然後派他們從街上的洞裡鑽出來吃了我們啊！白痴都知道。』

『世界上根本就沒有鬼。』蘇珊娜說道，但聽在自己的耳朵裡都像無意義的歪理。世上當然有鬼。在這個世界更是處處有鬼。儘管如此，她仍不饒人。『你們所謂的上帝之鼓只是一捲卡在機器裡的錄音帶，只是一捲錄音帶。』驀然她靈光一閃，又說道：『也許那是灰毛的陰謀——你們有沒有想到過？他們不是住在城的另一邊嗎？是不是也住在地下？他們不是一心一意想消滅你們嗎？也許他們策畫了一個很有效的方法，不需要他們動手，你們自己也把自己消滅了。』

沾血女人旁站著一個年長的男人，頭上那頂圓頂硬禮帽只怕是全世界獨一無二的老古董，他還穿著磨損的卡其短褲。這時他向前一步，很有禮的開口，但其實這多年養成的禮貌只是一種掩飾，反而把他深藏其下的鄙夷變成一把鋒銳無比的匕首。『您錯了，槍客女士。盧德城地下有許多機器，而且每一個機器都有鬼魂——兇暴的惡靈，對活著的男男女女心懷不軌。這些惡鬼絕對有能力驅策死人……而在盧德，可供驅策的死人是很不少的。』

『聽著，』艾迪說道。『你們親眼見過僵屍嗎，吉夫斯㉘？有沒有人親眼見過？』

㉗雪莉．傑克森（Shirley Jackson）為美國的恐怖小說家。〈摸彩〉一文是說美國一個平凡小鎮，正在舉行鎮上一年一度的摸彩活動，流傳多久已不復記憶。摸彩活動並沒有帶來興奮感，反而是被陣陣不耐催促著快點結束，眾人各自還有工作要繼續，小孩也只是揀著地上的石塊玩，隨著摸彩活動的進行，沒有中獎的一一鬆了口氣，最後彩券由一名婦人抽中。雖然不服，但她仍然站入廣場中央，平凡的群眾（包括她的孩子）拿起挑選過的石塊，砸死了她。

㉘英國幽默作家P.G. Wodehouse（一八八一—一九七五）筆下人物Bertie Wooster之貼身男僕，說話喜拐彎抹角，愛引用莎士比亞及浪漫時期詩人之詩句。

吉夫斯抿緊唇，一句話也不說，其實已經道盡了一切。他的表情好像在說：這些外國人怎麼可能了解？他們就只曉得開槍。

艾迪決定，最明智的做法是另闢話題，反正他從來就不是傳道的那塊料。他朝沾血的女人揮了揮魯格槍。『妳跟妳這兒的朋友——就是那個長得像放假的英國管家那個——帶我們到火車站去。然後我們就可以說再見了。我老實說吧，我巴不得快點擺脫你們。』

『火車站？』那個長得很像男僕吉夫斯的人問道。『火車站是什麼？』

『帶我們到搖籃去，』蘇珊娜說道。『帶我們去找伯廉。』

最後這句話終於讓吉夫斯慌了手腳，震駭的表情取代了他用來對付他們的消沉鄙視。『你們不能去！』他喊道。『搖籃是禁區，伯廉更是全盧德的鬼魂裡最危險的一個！』

禁區？艾迪在心裡嘀咕。好極了。如果真是禁區，那起碼我們不用再提防你們這些混蛋了。此外他也很高興知道真的有一個伯廉……不過也可能是這些人以為有。

其他人瞪著艾迪和蘇珊娜，表情是無可言喻的驚異；就彷彿好管閒事之徒建議一群重生的基督徒去找出諾亞方舟，然後改建成收費公廁一樣。

艾迪舉起魯格槍，瞄準吉夫斯的額頭中央。『我們是去定了，』他說道，『如果你不想在此時此地加入你祖先的行列，我建議你少在那裡鬧脾氣。帶我們去。』

吉夫斯和沾血的女人交換了茫然的一瞥，但等到戴圓頂硬禮帽的人再回頭望著艾迪和蘇珊娜，他已是一副下定決心的表情。『要開槍只管請便，』他說道。『反正早晚是死，我們寧願死在這裡。』

『你們簡直是一群變態的窩囊廢，滿腦子只會想死！』蘇珊娜對他們大吼。『沒有人得死！看在上帝的分上，只要帶我們去我們想去的地方！』

那女人嚴肅的說道：『可是進了伯廉的搖籃是死路一條，真的。伯廉在睡覺，誰要是打擾了它的睡眠，就得付出慘痛的代價。』

『得了，美人，』艾迪厲聲搶白道。『把腦袋放在屁股上是聞不到咖啡香的。』

『我聽不懂你在說什麼。』她迷惑的說道，竟帶著一種尊嚴。

『意思是你可以帶我們到搖籃，試試看會不會惹惱伯廉，或是杵在這裡，看看會不會惹惱艾迪。其實不見得都是腦袋開花，死得乾淨俐落耶！我可以讓你吃點零碎苦頭，而且我現在的心情剛好壞得不得了。我在你們的城市裡過的這一天難受死了——音樂爛透了，每個人都臭氣薰天，而且我們遇見的第一個人不但朝我們扔手榴彈，還綁架了我們的朋友。所以，你怎麼說？』

『你們為什麼要去找伯廉？』又一個人問道。『他在搖籃裡已經很久都不動了——有好幾年了。甚至都不再用好幾種聲音說話，也不再笑了。』

用好幾種聲音說話？還會笑？艾迪心裡犯嘀咕。他看著蘇珊娜，蘇珊娜也看著他，聳了聳肩。

『阿帝司是最後一個靠近伯廉的人。』沾血女人說道。

吉夫斯嚴肅地點頭。『阿帝司只要一喝醉就變成笨蛋。伯廉問了他一些問題，我聽到了，可是我覺得一點意義也沒有——好像是什麼渡鴉的母親之類的——阿帝司答不上來，伯廉就用藍色火焰把他給殺了。』

『電力？』艾迪問道。

吉夫斯和沾血女人都點頭。『欸，』女人說道。『電力，以前是這麼叫的，沒錯。』

『你們不必跟我們一起進去，』蘇珊娜突然提議道。『只要帶我們到看得見搖籃的地方。剩下的路我們自己來就行了。』

那女人懷疑的看著她，忽然吉夫斯把她的頭拉過來，在她耳邊嘀咕了半天。其他黃毛在他們後面排成一支不整齊的隊伍，用經歷過大空襲的惶惑眼神注視艾迪和蘇珊娜。

最後，那女人回過頭來。『欸，』她說道。『我們會帶你們到搖籃附近，然後我們就分道揚鑣。』

『和我的主意一樣，』艾迪說道。『妳跟吉夫斯。其他的，解散。』他用眼睛掃射他們。『記住一點——只要有一把長矛、一支箭、一塊磚丟出來，這兩個就沒命。』這句威脅說了等於沒說，艾迪真恨自己多此一舉。他們哪會在乎這兩個人呢？就算他們整個族群的生命都受到威脅，他們也不會在乎的，他們自己不就每天送兩、三個人上西天嗎？唉，看著其他人頭也不回就快跑逃命，現在再來操心也遲了。

『走吧，』女人說道。『我想盡快擺脫你們。』

『彼此，彼此。』艾迪馬上回嘴。

但在她和吉夫斯帶領他們離開之前，女人做了件事，讓艾迪惱悔對她太過粗魯：她跪了下來，拂開穿格子裙的男人的頭髮，在他骯髒的臉頰上印下一吻。『永別了，溫斯頓，』她說道。『在樹木清爽、泉水甘美的地方等著我。我隨後就來，欸，就跟黎明逼著陰影向西一樣確定。』

『我並不想殺他，』蘇珊娜說道。『我想要妳知道。可是我更不想死。』

『欸。』轉過來看蘇珊娜的臉表情嚴厲，一滴眼淚也沒流。『不過，如果妳想進伯廉的搖籃，妳是必死無疑。而且妳可能還會羨慕可憐的老溫斯頓。他很殘忍，伯廉，他是這個殘忍無比的地方裡最殘酷的惡魔。』

『來吧，茉德。』吉夫斯說道，扶她站起來。

『欸，趕快做個了結。』她又掃了蘇珊娜和艾迪一眼，眼神嚴厲，卻也略帶迷惑。『眾神詛咒我這雙老眼，竟然會看見你們兩個。眾神詛咒你們帶的槍，因為我們所有麻煩的根源就是槍。』

有妳這種態度，蘇珊娜忍不住在心裡抱怨，妳的麻煩只怕一千年也不止吶，甜心。

茉德在烏龜街上飛快前進，吉夫斯跟在旁邊。艾迪推著蘇珊娜，沒多久就氣喘連連，拚命趕上。一路上堂皇的建築不斷延伸，到後來的房屋酷似覆滿常春藤的鄉間屋舍，有大草坪，但也是雜草叢生，艾迪忽然明白這裡曾是高級住宅區。在前方，有一棟大樓高高在上，是一棟白石建築，看似簡單的方形設計，其實十分複雜，懸吊式的屋頂用了好幾根柱子支撐。艾迪又想起了小時候熱中的羅馬競技電影。受過比較正式教育的蘇珊娜則想起了雅典的巴特農神殿。建築物頂端排了一圈動物雕像，一對一對的，熊與龜、魚與鼠、馬與狗，兩人都驚歎不已，也明白他們是找對了地方。

從一進來，他們就有種受到好幾雙眼監視的感覺，而那些眼睛既充滿了仇恨，也充滿了好奇，這種感覺久久不絕。單軌鐵道終於印入眼簾，這時雷霆大作；鐵軌如同暴風雨，是從南方席捲而來，與烏龜街交會，筆直竄入盧德搖籃。他們愈加靠近，風勢就愈強，古老的屍體開始在他們的兩側扭動飛舞。

22

在他們奔馳了天知道多久之後（傑克只知道一件事：鼓聲又停了），嘉修又一次把他拽停。這次傑克總算站穩腳步。他已經恢復了一點精神，但已經一腳踏進棺材的嘉修卻還沒有。

『呼！我的老幫浦在抗議了，心肝。』

『真可惜。』傑克無情地說道，隨即蹣跚後退，因為嘉修瘦骨嶙峋的手又摑上了他的臉。

『是啊，要是我現在就倒地不起，你還會掉下一顆苦澀的眼淚呢！可惜，你沒這個命，我可愛的小牛郎——老嘉修看的人多了，我可不會死在像你這種可口小甜莓的腳下。』

傑克漠不關心的聽著他胡說八道。他打算要在今天結束前看著嘉修死掉。嘉修也許會拖著傑克一起死，但傑克已經豁出去了。他輕按了一下嘴角裂開的一道傷口，若有所思的盯著血跡看，心裡在評估殺人的慾望要多久才會侵略、佔據人心。

嘉修冷眼旁觀傑克凝視他帶血的手指，咧著嘴奸笑。『流汁啦？這不會是你的老夥伴嘉修最後一次把你這棵小樹打出汁來，除非你的罩子放亮點，除非你的罩子放得真的很亮。』他指著目前穿梭其中的小窄巷的石頭地面，上頭有個生鏽的人孔蓋，傑克突然想起，不久前他才看過同樣的字：拉墨克鑄造。

『旁邊有個把手，』嘉修說道。『看見了沒？去把它拉開。動作快點，這樣也許在你見到「滴答人」之前，你還能保住一口的牙齒。』

傑克握住把手，用力拉，很使力，但並未出盡全力。嘉修逼迫著他跑過的街道巷弄像迷宮一樣亂，但起碼他還看得見。他實在不能想像在城市地底下會是何種景況，底下的黑暗會連逃脫的夢都扼殺掉，而他除非必要，否則不打算去親自證實。

嘉修立刻就讓他知道絕對必要。

『太重了——』傑克剛開口，那個海盜就掐住他的喉嚨，把他往上舉，一直舉到兩人臉對臉為止。長途跑下來，他的臉頰佈上一層薄薄的汗水，把侵蝕他皮膚的爛瘡變成醜陋的黃紫色。那些已經裂開的爛瘡分泌出濃稠的膿液，還有血絲隨每個脈動而滲出。傑克才吸入一下嘉修身上的臭氣，那隻扼住他喉嚨的手就切斷了他的呼吸。

『聽著，窩囊廢，給我聽好，這次是給你的最後一次警告。你現在馬上就把那個該死的蓋子掀起來，否則我就伸手到你的嘴裡，把你的舌頭扯掉。你愛怎麼咬我就怎麼咬我，在我的血液裡流的那玩意，會讓你在一個星期之內就臉上開花——要是你能活那麼久的話。聽清楚了沒有？』

傑克瘋狂的點頭，嘉修的臉漸漸給層層的灰色籠罩，他的聲音似乎是來自遙遠的所在。『好。』嘉修把他往後甩，傑克像一攤泥似的落在人孔蓋旁，又咳又喘，好不容易才深吸一口氣，肺臟彷彿給液態火燒灼。他吐出一口帶血的東西，一看見，險些嘔吐。

『把蓋子打開，小心肝，別再發牢騷了。』

傑克爬過去，雙手握住把手，這一次使盡了全力。有那麼一瞬那，他驚駭得以為他還是沒辦法撼動人孔蓋，不由得想到嘉修的手伸進他的嘴裡，揪住他的舌頭。這念頭才剛浮現，他就不知打哪又生出了一股力氣。他下背的疼痛漸漸擴散，幸好圓形人孔蓋也緩緩滑動，輾得圓石嘎嘎響，露出了咧著嘴的黑暗圓弧。

『好，小寶貝，很好！』嘉修歡天喜地的喊道。『你真像頭小驢子！繼續拉——別停！』圓弧逐漸變成半圓，傑克的下背已是一片熾熱。嘉修一腳踢上他的臀部，把他踢了個狗吃屎。

『非常好！』嘉修說道，凝視著下方：『好了，小心肝，給我順著梯子爬下去，可別一個沒抓好，咕嚕嚕滾下去了，梯子滑得很。我記得一共有二十級吧！等你到了底下，乖乖站著等我。你或許想從你的老夥伴身邊逃走，不過你覺得那是個好主意嗎？』

『不，』傑克說道。『應該不是。』

『非常聰明，孩子！』嘉修咧著嘴，陰險的笑，又一次露出他殘存的牙。『下面很黑，還有好幾千條隧道。你的老夥伴嘉修是瞭如指掌，可是你一下子就會迷路。而且還有耗子，又大又餓的耗子。所以你給我乖乖等著。』

『我會等。』

嘉修細細的打量他。『你的口氣有點奇怪，可你不是黃毛，我敢打包票。你是哪兒來的，小兔崽子？』

傑克一聲不吭。

『學舌獸咬了你的舌頭啦？沒關係，「滴答人」會問出來的，鐵定會。他有他的一套，他就有那麼厲害，讓人會想聊天。有一次，他叫那些人說話，他們有時說得太急，尖叫得太大聲，還得要痛揍他們的腦袋才讓他們慢下來。在「滴答人」面前，哪隻學舌獸敢咬掉別人的舌頭？就連像你這樣年輕惹火的小子都不行。好了，給我爬下去。快！』

他一腳踢出。這一次傑克躲了開去。他俯視半開的人孔，看見了梯子，開始往下爬。上半身還露在外面，就聽見驚天動地的一聲響。大約是一哩外傳來的。不需要別人告訴他，傑克就知道是怎麼回事。純然的悲慘從他口中呼出。

嘉修嘴角拉開一抹陰沉的微笑。『你那個頑強的朋友比你想像中還懂追蹤是吧？不過可沒我想像的厲害，親親，因為我看過他的眼睛——非常傲慢，非常狡猾的一雙眼睛。我以為如果他要追他嬌嫩的小床伴，一定很有技巧，確實，他察覺了電線，可惜沒躲過噴水池，那也行了。下去，小甜甜。』

他瞄準傑克露在外面的頭就是一腳，傑克躲開了，但一腳卻沒踩到拴在下水道壁面側邊的梯子，他雙手亂抓，緊抓住嘉修佈滿疥癬的腳踝，才救了自己一命。他抬起頭，滿臉求懇，在那張垂死感染的臉上卻沒看見絲毫的軟化跡象。

『拜託。』他說道，聽見兩個字險些變成哽咽。他不斷看見羅蘭給壓在巨大的噴水池下。嘉修剛才是怎麼說來著？如果有人要他，得用吸墨紙把他吸起來。

『你想求情只管請便，小甜心，不過別想有人會發慈悲，因為慈悲留在橋的那一頭沒過來。給我下去，否則我會把你的腦漿從你的耳朵踢出來。』

傑克只能往下爬，等他踏到底下滯留不動的水，想哭的衝動也消失了。他默默等著，低著頭，肩膀下垂，等著嘉修下來把他帶向他的命運。

23

羅蘭險些就落入交叉電線的機關，埋屍在垃圾山下，但懸吊的噴水池卻明顯得離譜，很可能是個笨孩子弄的陷阱。寇特教導他們，在行經敵區時，必須隨時隨地檢查視線可及的每個範圍，而那包括了上面、後面、下面。

『停下。』他命令仔仔，提高聲音壓過鼓聲。

『下、下！』仔仔服從，又看著前方，立刻又叫：『ㄟ克！』

『對。』羅蘭又看了一眼高懸的噴水池，然後再檢查街道，尋找機關。有兩個，他看見了。或許偽裝成圓石曾經有效，但光陰無情。羅蘭彎下腰，雙手撐著膝蓋，對著仔仔抬高的臉說話。『暫時得抱著你，別緊張，仔仔。』

『ㄞ—ㄞ！』

羅蘭一臂攬住學舌獸，起初仔仔全身僵硬，想要逃開，但羅蘭感覺到這隻小動物馴服了。牠不高興跟不是傑克的人這麼靠近，可是牠顯然是打算忍耐。羅蘭發現自己又在猜想仔仔究竟有多聰明。

他抱著仔仔步上狹窄的通道，頭頂有盧德的懸吊噴水池威脅著他們的安全，他很謹慎地跨過偽裝的石頭。等到平安通過後，他放下仔仔。這時，鼓聲也剛巧停止。

『ㄟ克！』仔仔不耐地叫道。『ㄟ克—ㄟ克！』

『好——不過首先得處理一點小事。』

他帶著仔仔到距離通道十五碼處，隨即俯身撿起一個水泥塊，兩手拋來拋去，沉吟不已。這時，他聽見了東邊傳來手槍聲。變大了的鼓聲淹沒了艾迪和蘇珊娜和黃毛的戰鬥，但這一聲槍響卻是異常清晰，他不禁微笑——這表示有百分之九十的把握狄恩伉儷已抵達了搖籃，總算給這個至少有一星期那麼漫長的一天帶來了好消息。

羅蘭轉身，投出水泥塊。他的準頭一如在渡口鎮擊中古老的交通號誌般百發百中；水泥飛彈命中其中一個褪色的石頭機關，一根生鏽的鋼索應聲斷裂。大理石噴水池砸下，噴水池翻滾了幾圈，但另一根鋼索仍獨力撐持了一陣子，羅蘭看出這一陣子已足以讓一個反應快速的人通過險地了。接著僅剩的鋼索終於獨力難支，噴水池轟然砸下，像是一塊粉紅色的岩石。

噴水池落下時，羅蘭躲在一堆生鏽的鋼筋後，仔仔敏捷地跳上他大腿。大塊大塊粉紅色大理石，有的大的像推車，在空中飛射。許多小碎片擊中羅蘭的臉。他把仔仔毛上的碎片拂開。他看著臨時路障，噴水池斷裂成兩塊大石板。回頭我們不會走這條路，羅蘭思量道。原本就狹窄的通道此刻已全然堵塞。

他猜想傑克不知有沒有聽見？聽見後又會怎麼想？他並沒有浪費時間去揣摩嘉修的想法；嘉修會認為他給壓成了肉餅，正中羅蘭的下懷。傑克也會有同樣的想法嗎？這孩子該知道這麼簡單的機關不可能解決掉槍客，可要是嘉修使出夠多的暴力手段，傑克只怕沒辦法清楚的思考。唉，現在才來擔心也來不及了，而且就算可以重來，他還是會做相同的選擇。無論是不是瀕死之人，嘉修都展現出勇氣與動物的狡獪。只要消除了他的戒心，這一招就值得。

羅蘭站起身。『仔仔——找傑克。』

『ㄟ克！』仔仔伸長脖子，在半圓範圍內東嗅西嗅，找出傑克的味道，立刻拔腿就跑，羅蘭緊跟在後。十分鐘後，牠停在街上的人孔蓋旁，繞著人孔蓋嗅個不停，抬頭看羅蘭，尖銳的吠了幾聲。

羅蘭單膝跪下，觀察混亂的痕跡和圓石路面上一條寬刮痕。他認為這一個人孔蓋經常使用。他看見附近兩塊圓石之間的縫隙有帶血的痰，不禁瞇起了眼睛。

『那個王八蛋不斷的打他。』他喃喃道。

他把人孔蓋往後拉，俯視下面，隨即解開他用來綁襯衫的生皮繩，把學舌獸抱起來，塞進襯衫裡。仔仔齜牙咧嘴，羅蘭感覺牠的爪子張開，戳著他的胸腹，有如銳利的刀子。但只一下子，仔仔就收起了利爪。然後學舌獸從羅蘭的襯衫探出頭來，如蒸汽引擎般喘息。羅蘭感覺得到仔仔的心臟貼著自己的心臟跳動。他把生皮繩從襯衫上的釦眼抽出來，從手提包裡找出更長的皮繩。

『我要綁住你，我不喜歡，你也不會喜歡，可是下面非常暗。』

他把兩條皮繩結在一起，一端做了一個扣環，套在仔仔頭上。他等著仔仔再齜牙，甚至可能咬他，但仔仔卻沒有，只是抬頭用鑲金邊的眼睛注視羅蘭，不耐煩的聲音吠叫：『ㄟ克！』

羅蘭把急就章的繩子另一端含在嘴裡，坐在下水道洞口……如果真是下水道的話。他用腳去感覺第一級梯子，碰到了。他謹慎小心地下降，比平常都還要清楚他少了半隻手，而且鋼製梯子又油又滑，還沾黏了可能是苔蘚之類的玩意。仔仔穩坐在他的胸腹之間，溫暖沉重，穩定急促的喘氣。在幽暗的微光中，牠眼睛旁的金圈有如獎章般閃爍。

好不容易，羅蘭摸索的腳撲通一聲落入了地下污水中。他抬頭看了一眼上方錢幣大小的白光。從這裡開始就難了，他心想。地下道溫暖陰森，釋放出的味道像是古老的義莊。附近某處，有水聲空洞的單調的滴落。再遠一點，羅蘭聽見機器的轟隆聲。他把非常感激的仔仔從襯衫裡抱出來，放到懶洋洋流動的淺水裡。

『現在全靠你了，』他在學舌獸的耳朵邊喃喃說道。『找傑克，仔仔。找傑克！』

『ㄟ克！』學舌獸吠叫，疾速涉水前進，鑽入前方的黑暗中，長長的脖子伸來轉去，彷彿鐘擺。羅蘭把生皮繩繞在殘缺的右手上，尾隨在後。

24

搖籃——地方之大足以在他們心中有個專有名稱——屹立在廣場中央，這個廣場比那個有半毀雕像的廣場大了五倍，等蘇珊娜仔細看過之後，她才明瞭盧德城其餘的部分有多古老，多灰暗，骨子裡有多不潔。搖籃乾淨到幾乎傷眼的程度。沒有蔓生的攀緣植物；白得刺眼的牆壁、階梯、柱子上沒有塗鴉，也見不到籠罩別處的一層平原黃沙。更加接近後，蘇珊娜看見了原因何在：搖籃兩側有水流源源不斷的往下流，出水口隱藏在覆以銅片的屋簷底下。另外還有隱藏的出水口間歇噴出水霧，清洗台階，把台階變成了時有時無的瀑布。

『哇，』艾迪嘆道。『這麼一比，中央車站可成了內布拉斯加「鳥不拉屎鎮」的灰狗巴士站了。』

『你可真有才情啊，親愛的。』蘇珊娜揶揄道。

階梯環繞整座建築，頂端是空曠的大廳，大廳沒有遮蔽視線的植物簾幕，但艾迪和蘇珊娜卻發現，他們仍無法將內部一覽無遺，因為屋頂投射下來的陰影太深。光束的圖騰在這座建築內繞行一圈，一對一對的，但角落卻保留給別種生物，蘇珊娜強烈的希望，除了偶爾的惡夢之外，不會實地遇上這些東西——陰險的石龍，身軀遍佈鱗片，指端有利爪，不懷好意的眼睛盯著人不放。

艾迪碰碰她肩膀，指著更高的地方。蘇珊娜抬頭看去……覺得一口氣卡在喉嚨。有個約莫六十呎高的黃金戰士雕像高踞在屋頂尖端，位置還在光束圖騰和惡龍覓嘴之上，彷彿主宰著它們。一頂破舊不堪的牛仔帽向後推，露出風霜的額頭；胸膛上部側掛著一條大手帕，彷彿很長的時間綁在口鼻上阻擋沙塵，剛剛才摘下來。他一手高舉，握著手槍；另一手似乎是持著橄欖枝。

基列地的羅蘭高踞在盧德的搖籃頂端，一身的金黃。

不，她終於記得呼吸了。不是他……可又是他。雕像是名槍客，只怕是千年前的古人，他和羅蘭的相似處就是你得要參透的共業玄虛。

南方雷聲大作，閃電驅趕著滾滾烏雲掠過天空。蘇珊娜真希望有更多時間來研究高踞搖籃頂端的金色雕像和四周環繞的動物；每一隻動物身上似乎都有刻字，她總覺得那是值得學習的知識。不過目前時間緊迫，實在沒有餘裕。

烏龜街匯入搖籃廣場之處的人行道上，畫了紅色的斑馬線。茉德和那個艾迪戲稱為男僕吉夫斯的人早在紅線之前就謹慎停住。

『只能走到這裡，』茉德無精打采地說道。『你們大可奪走我們的性命，反正男男女女都虧欠眾神一條命，不過我要死也要死在死線的這一頭。我可不想為了外人得罪了伯廉。』

『我也一樣。』吉夫斯說道。他摘下了蒙塵的圓頂硬禮帽，貼在赤裸的胸前。臉上掛著敬畏的表情。

『好，』蘇珊娜說道。『你們可以趕快走開了，兩個都一樣。』

『我們一轉身，你們就會開槍，』吉夫斯用顫抖的聲音說道。『我敢打賭。』

茉德搖頭。臉上的血跡凝固了，變成一點一點的紫醬色斑點。『從來就沒有一個槍客會從背後開槍——這點我敢肯定。』

『他們嘴巴上說是槍客，誰知是不是。』

茉德指著蘇珊娜手上那把檀木槍柄磨損的大左輪槍，吉夫斯循著她的手看過去……片刻後，他把手伸向茉德。茉德握住他的手，蘇珊娜心底那個危險殺手的印象也隨之崩解。他們看起來更像誤闖糖果屋的漢塞爾和葛蕾朵，而不是亡命天涯的邦妮與克萊德；疲累、驚嚇、迷惘，在森林裡迷了路，一直到老。對他們的恨與懼消失了，換上的是憐憫和深刻的、痛心的悲傷。

『再會了，兩位，』她輕聲說道。『你們愛什麼時候走就什麼時候走，不用害怕我或我的男人會傷害你們。』

茉德點頭。『我相信你們對我們沒有惡意，我也原諒妳射殺了溫斯頓。可是聽我一句話，仔細聽：別進去搖籃裡。無論你們有什麼非進去不可的理由，都不是好理由。進入伯廉的搖籃只有死路一條。』

『我們也是別無選擇，』艾迪說道，頭頂又是一聲霹靂，彷彿在附議。『現在輪到我告訴你們一句話了。我不知道盧德的地下有什麼或沒什麼，但我真的知道把你們煩到受不了的鼓聲只是一段錄音、一首歌，來自我和我太太的世界。』他看著兩人茫然不解的神情，挫折得舉高手臂。『我的老天爺，你們聽不懂嗎？你們為了一首根本就沒發行過單曲的音樂在自相殘殺啊！』

蘇珊娜一手按住他的肩膀，喃喃呼喚他的名字。艾迪不理會，看了看吉夫斯，又看看茉德，最後又盯著吉夫斯。

『你們想看怪物嗎？那就從頭到腳把彼此看一遍。等你們回到了你們稱之為家的瘋人院，再從頭到腳看看你的親戚朋友。』

『你不懂，』茉德說道，眼睛幽暗嚴肅。『不過你會懂的。欸，你會懂的。』

『去吧，』蘇珊娜悄聲說道。『我們之間是說不通的，說什麼都沒有意義。只管走吧！盡量記住你們父祖的面孔，因為我認為你們早在許久之前就忘記了。』

兩人二話不說，舉步走回來時路，卻不時回頭，而且仍牽著手：漢塞爾和葛蕾朵迷失在幽深的森林裡。

『離開這裡，』艾迪沉重的說道。他把魯格槍的保險栓扣上，塞回褲腰帶，用掌緣揉揉發紅的眼睛。『我只要求這麼多，離開這裡。』

『我了解你的意思，帥哥。』她顯然是嚇著了，但她的頭仍傲然歪著。艾迪漸漸認出這個姿態，也深深的愛上。他兩手按住她肩膀，彎下腰，吻了她，並沒有因為四周的環境和即將來襲的暴風雨而草草了事。等他終於抽身，蘇珊娜瞪大飛揚的眼睛上下打量他。『哇！這是為什麼？』

『為了我是怎麼愛上妳的，』他說道，『我猜就這麼一個原因。不行嗎？』

她的眼神變柔，片刻間，她想要告訴艾迪心中的小祕密，但時間、地點都不對——她不能告訴他可能懷孕的消息，正如她沒有時間可以停下來唸唸圖騰雕刻上的文字。

『行，艾迪。』她說道。

『妳是我這輩子最大的福氣。』他淡褐色的眸子深情地凝視她。『這種話我很難出口——我猜是和亨利住久了，習慣使然——可是我說的是真心話。我猜一開始我會愛妳是因為妳代表了羅蘭把我帶走、害我失去的一切——我說的是紐約——可是現在不只那個原因了，因為我一點也不想回去了。妳呢？』

她注視搖籃，對於即將發現的東西十分驚駭，但……她回頭凝視艾迪。『不，我不想回去。我想要一輩子向前走，只要有你陪著我。說來也真好笑，你說你一開始會愛我，是因為他奪走了你的一切。』

『這有什麼好笑？』

『我一開始會愛你，卻是因為你讓我擺脫了黛塔•渥克。』她打住，思索了一下，微微搖頭。『不——不僅這個原因。我一開始愛上你，是因為你讓我把兩個賤女人都擺脫了。一個是滿嘴髒話、玩弄男人的小偷；一個是自以為是、虛浮傲慢的假道學。其實骨子裡這兩個根本就半斤八兩。我覺得蘇珊娜•狄恩比那兩個都好……而讓我自由的人就是你。』

這一次換她伸出手，掌心貼著他冒出短鬚的臉頰，把他拉進，溫柔地吻他。他一手輕輕撫上她酥胸，她嘆口氣，按上了他的手。

『我們應該趕快，』她說道，『否則我們可能就會躺在大街上……而且看起來還會搞得一身濕。』

艾迪最後一次環顧四周沉默的高塔、破碎的玻璃、爬滿藤蔓的牆壁，點了點頭。『是啊，看來這座城也沒什麼前途了。』

他把她往前推，輪子輾過茉德口中的死線，兩人都一僵，唯恐啟動了什麼古老的保護措施，雙雙斃命。但什麼事也沒發生。艾迪推著她進入廣場，趨近通往搖籃的階梯時，一陣冰冷、夾雜寒風的雨也正巧落下。

他們倆誰也不知道，但中世界第一個秋季暴雨已經降臨。

25

進入漆黑惡臭的下水道之後，嘉修就減緩了在地面上足以要人命的速度。傑克不認為是黑暗的緣故；嘉修似乎對路徑上的每一個轉彎都瞭如指掌，和他自己吹噓的一樣。傑克認為這是因為他很滿意羅蘭給致命的陷阱壓成了肉醬。

傑克自己卻不由得疑雲叢生。

羅蘭既然能察覺電線陷阱——比後一個要難以察覺得多——難道他會看不出噴水池那地方有異？傑克猜想也是不無可能，但情理上卻說不通。傑克認為，更有可能是羅蘭故意觸動了機關，為了欺騙嘉修，同時減緩他的速度。他並不相信羅蘭能夠在這個地底迷宮追蹤他們，在伸手不見五指的地方，他的追蹤能力再高強，只怕也無用武之地，但想到羅蘭並未死於履行承諾的路上，他的心情就振奮不少。

他們右轉，左轉，再左轉。傑克的其他感官變得敏銳，以彌補視覺的缺憾，他依稀覺得四周還有其他的隧道。有一會兒，古老費力的機器轉動聲逐漸變大，隨即城市的石頭地基收攏，聲音又變小。陣陣強風吹上他皮膚，有時是暖風，有時是寒風。他們涉水的腳步聲在經過隧道交會口時會有短暫的回音，惡臭的味道就從這些交會口送進來，有一次，傑克險些迎面撞上從天花板突出來的金屬。他一巴掌拍去，感覺是氣閥輪。之後，他就一面走一面揮舞雙手，想讀出前頭的空氣。

嘉修不時拍他肩膀指引他方向，就跟車夫駕御公牛一樣。他們的速度很快，不算跑步，只是快步疾走。嘉修也得到了足夠的喘息，起初只是哼歌，後來索性唱了起來。他輕聲歌唱，而且他的歌聲竟是相當悅耳的男高音。

『嘿喲嘿喲嘿喲嘿，
我會找個差事，幫妳買只戒指，
等我把我的手
擺到妳的大胸脯上，
嘿喲嘿喲嘿喲嘿！

喔嘿喲嘿喲嘿，
我只是想彈琴，
在妳的大胸脯上彈彈琴！』

在嘉修停止前，他又唱了五、六段歌詞。『現在換你唱，小兔崽子。』

『我不會唱歌。』傑克喘著氣說道，希望聽起來比實際上還要喘。他不知道會不會有好處，不過在這漆黑一片的地底下，什麼招數都該試試。

嘉修賞了他的後心一個楞子，差點就害傑克跌個狗吃屎，趴在緩緩流動、及踝深的污水裡。『你最好會唱，除非你想要我把你可愛的脊椎骨從你的背上抽出來。』他頓住，又接著說：『這下頭有鬼，小子，就住在那個他媽的機器裡，不蓋你。唱歌可以讓鬼不來糾纏你……你難道不知道？現在，給老子唱！』

傑克盡量想，不想再吃嘉修『愛的小手』修理，終於想起他在七、八歲那年在夏令營裡學會的一首歌。他張大嘴，拉開嗓門唱了起來，聽著回音彈回來，夾雜著水流聲、滴水聲，以及古老的機器運轉聲。

『我的姑娘好了得，她來自紐約，
我什麼都幫她買，讓她風風光光，
她那對俏屁股
像極了大戰鼓，
媽唷，我的錢就是花在那兒。

我的姑娘好爽利，她來自菲利，
我什麼都幫她買，讓她風風光光，
她那雙大眼睛
像極了兩塊鹹餡餅，
媽唷，我的──』

嘉修伸出手，揪住傑克耳朵，當是壺把一樣，把他拽停住。『你前面有個洞，』他說道。『像你那個破鑼嗓子，讓你掉進洞裡還算是為這世界做了好事，可惜「滴答人」不會同意，所以我看你暫時還算安全。』嘉修放開了他的耳朵（傑克覺得好像火在燒），轉而揪住他的襯衫背後。『現在向前探，一直到摸到了另一頭的梯子為止。你可別滑了腳，把我們兩個都拖下去！』

傑克戰戰兢兢地探身，雙手伸得筆直，怕極了會掉進一個看不見的洞裡。他摸索著梯子，感覺到溫暖的空氣從臉上拂過，比較乾淨，幾乎可稱芳香，而且下頭還有一抹透著玫瑰色澤的微光。他的手指碰到一根鋼踏階，立即握住。牽動了左手上的咬傷，傷口再次裂開，他感到溫暖的血液流過手掌。

『找到了？』嘉修問道。

『嗯。』

『那就往下爬啊！還等什麼，該死的！』嘉修放開了他的襯衫，傑克可以想像他一腳往後收，準備踹他的屁股，趕緊跨過微現幽光的洞口，往下頭爬，盡量不用受傷的手使力。這裡的梯子沒有油漬和苔蘚，連鏽斑都很少見。隧道非常長，傑克忙著往下爬，唯恐嘉修那雙厚底鞋踩到他的手，現在他竟然想起了在電視上看過的電影『地心之旅』（Journey to the Center of the Earth）。

機器的震動聲愈來愈強，玫瑰色光暈愈來愈亮。機器聲聽來仍不太對，但他的耳朵告訴他，這些機器還比上頭的那些情況要好。等他終於到了底下，他發現地上是乾燥的。這條水平的隧道是方形的，約有六呎高，還釘了一層不鏽鋼，朝左右伸展，筆直得像一根繩。他毋須思索，直覺知道這條坑道（至少深入盧德城下七十呎）也是依循光束之徑的方向。而且傑克還很確定，在地面上某處就是他們要尋找的火車所在，至於他怎會如此確定，他也說不出個所以然來。

坑道天花板的正下方，兩側的牆上有狹窄的通風鐵柵，清新乾燥的風就是由此吹出的。有些鐵柵上飄懸著苔蘚，苔蘚有藍灰色的鬚鬚，但大部分鐵柵仍乾淨。每隔一個鐵柵就會有一個黃箭頭和一個看起來像小寫t的符號。箭頭指著傑克和嘉修行進的方向。

玫瑰色的光芒來自兩排平行的玻璃管，玻璃管沿著坑道頂端架設。有的不亮，大約三個裡面就有一個壞的，有的明滅不定，但至少有一半情況良好。霓虹燈，傑克在心中驚歎。哇，誰想得到？

嘉修降落在他旁邊，看見了傑克詫異的表情，咧嘴而笑。『不錯吧？冬暖夏涼，而且儲存豐富，五百個人吃五百年也吃不完。你知道最棒的地方在哪兒嗎，小兔崽子？這整個偽裝最棒的地方？』

傑克搖頭。

『他媽的黃毛根本就不知道有這麼一個地方。他們還以為這下頭有妖怪。嚇得他們連靠近下水道蓋二十呎之內都不敢！』

他仰頭狂笑，傑克沒跟著笑，不過心底有個冷冷的聲音告誡他說，還是圓滑一點，跟著笑較保險。他沒有笑是因為他和黃毛有同感。城市底下確實有妖魔鬼怪，他不就給一個妖怪抓來了嗎？

嘉修推他向左。『快到了，給老子跑！』

他們慢跑前進，腳步的回聲追逐著他們。過了十分或十五分後，傑克看見大約前方二百碼處有防水閘門。靠近後，他看出有個很大的氣閥輪從裡面突出來。右邊牆上高掛著通話器。

『我快沒氣了，』嘉修喘著氣說道，他們已抵達隧道盡頭。『叫一個我這樣的病人做這檔事，實在是太吃力了，太吃力了！』他按下通話器按鈕，大吼道：『我把他弄到手了，「滴答人」——上等的好貨！連一根頭髮都沒傷著！我不是說我辦得到嗎？相信嘉修，他這傢伙既老實又可靠！快點打開門讓我們進去！』

他放開按鈕，不耐的望著門。氣閥輪文風不動，反倒是通話器中傳來了無精打采的拖音。『口令是什麼？』

嘉修兩條眉毛都皺到了一塊，還用又長又髒的指甲搔下巴，又掀開眼罩，拭掉一些黃綠的膿液。『喔，「滴答人」跟他的口令！』他對傑克說道，聽來是既擔心又著惱。『他是想得很周到沒錯，可是搞成這樣簡直是太過分了。』

他又按下按鈕，大嚷：『喂，「滴答人」！你要是聽不出是我的聲音，那你就該裝助聽器了！』

『哦，我聽得出來，』懶洋洋的聲音回道。傑克覺得很像是傑瑞・李德㉙的聲音，他在『追追追』（Smokey and the Bandit）裡扮演畢雷諾斯的密友。『可是我怎麼知道誰和你在一起，是不是？還是你忘了外頭的攝影機去年報廢了？說出口令，嘉修，否則就別想進來！』

嘉修一根指頭插入鼻孔，掏出一大塊顏色像薄荷果凍的鼻屎，抹在對講機的鐵柵上。傑克默默看著這種乖戾的幼稚舉動，感到一陣歇斯底里的爆笑在肚子裡咕嚕嚕響。難道他們一路疾奔，在處處陷阱的迷宮和暗無天日的隧道中穿梭，最後竟給擋在這道防水門外，只因為嘉修不記得『滴答人』的通關口令？

嘉修惡狠狠的盯著他，把手伸到頭上，拿下了汗濕的黃頭巾。頭巾下的腦袋瓜光禿禿的，只有稀疏幾綹黑色頭髮像豪豬毛般倒豎著，而且他的左太陽穴凹入了一大塊。嘉修注視頭巾裡面，掏出一張小紙片。『眾神保佑胡茨，』他嘟囔著。『胡茨是我的救星。』

他凝視紙上的字，翻過來倒過去，看了半天，後來索性拿給傑克。把聲音壓得低低的，儘管對講機的按鈕沒按下，他好似怕『滴答人』會聽見。

『你是個小紳士，對不對？紳士在學會不准吃屎、不准在角落撒尿之後，第一件事就是學識字。那就把紙上的字唸給我聽，小牛郎，因為我的腦袋裡根本就沒有這個字。』

傑克接過紙片，看了看，又抬頭。『如果我不呢？』他冷靜的說道。

剎那間嘉修給他的反應嚇了一跳……隨即他就咧開嘴，不懷好意的笑。『那我就掐住你的喉嚨，用你的頭來當門環，』他說道。『不知道這樣能不能說服「滴答人」讓我進去——因為他還是很顧慮你那個頑強的朋友，可是我倒是很樂意看見你的腦漿從氣閥上流下來。』

傑克考慮了一下，肚子裡仍一肚子的狂笑。『滴答人』的想法是很周到，他知道就算羅蘭俘虜了嘉修，他也不會說出通關口令，因為他反正早晚就要死了。但『滴答人』卻萬萬沒料到嘉修的記性也退化了。

千萬別笑。如果你笑了，他會把你的腦漿都打出來。

話雖然說得狠，嘉修卻極度焦慮的盯著傑克，傑克當下明瞭了一樁有力的事實：嘉修或許強悍不怕死，但他卻生怕被羞辱。

『好吧，嘉修，』他平靜地說道。『紙上寫的是寬宏大量。』

㉙ Jerry Reed（一九三七—），美國歌手、詞曲創作人、演員。

『給我。』嘉修把紙片搶過來，又塞回頭巾下，再用頭巾把頭包好。他按下對講機。

『「滴答人」？你還在嗎？』

『不然我還能上哪去？世界的西端嗎？』懶洋洋的聲音聽來微帶笑意。

嘉修朝對講機吐出泛白的舌頭，但聲音卻一味的討好，大有卑躬屈膝之態。『口令是寬宏大量，了不起的口令！現在可以讓我進來了吧，天殺的！』

『當然。』『滴答人』說道。附近有什麼機器開動，嚇得傑克跳起來。門正中央的氣閥開始旋轉，停止後，嘉修抓住它，用力往外拉，接著攫住傑克的手臂，催促他進入門張開的嘴，進入他這輩子從未見過的怪異房間。

26

羅蘭降落在朦朧的粉紅光線中。仔仔晶亮的眼睛從他的前襟敞開處往外看，脖子伸展到不能再伸展的程度，嗅著從通風鐵柵吹來的溫暖空氣。在上頭的隧道裡，羅蘭必須完全仰仗學舌獸的嗅覺，而他極為擔心流水可能會洗去傑克的氣味……但他聽見了歌聲，先是嘉修唱，接著是傑克唱，在隧道中回響，他稍微吁了口氣。仔仔並沒有帶錯路。

仔仔也聽見了歌聲。在此之前，牠一直緩慢謹慎地移動，甚至不時會回頭確認，可是一聽到傑克的歌聲，牠拔腿就跑，把生皮繩綁得緊緊的。羅蘭很怕牠會用粗嘎的聲音喊『ㄟ克！ㄟ克！』，但牠沒出聲。就在他們抵達下降到另一層迷宮的豎坑口時，羅蘭聽見了新機器的聲音，可能是類似『砰砰』的聲音，緊接著是金屬門猛力關上的回音。

他站上方形坑道的地面，瞥了一眼平行的燈管，左右兩邊無盡的延伸下去。他看見燈管是沼澤火照明，就跟巴拉札在紐約市那家店外頭的招牌一樣。他更加仔細的研究頭頂牆上那排狹窄的鉻合金通風柵，還有柵欄下的符號，然後鬆開了仔仔的生皮繩。仔仔不耐的甩甩頭，顯然很高興擺脫了束縛。

『我們接近了，』他對著學舌獸翹起的耳朵低聲說道，『所以我們得非常安靜。你聽懂了嗎，仔仔？絕對安靜。』

『一ㄥ。』仔仔也沙啞著嗓子低聲回答，換作別的場景，必定十分可笑。

羅蘭放下牠，仔仔立刻開跑，伸長脖子，鼻子貼著純鋼地面。羅蘭能聽見牠唸唸有詞，低聲叫著：『ㄟ克！ㄟ克！』羅蘭掏出槍，跟上去。

27

艾迪和蘇珊娜抬頭望著廣袤的伯廉搖籃，天國打開，滂沱大雨傾洩而下。

『這棟建築真壯觀，可他們忘了殘障坡道了！』艾迪大喊，提高聲音壓過暴雨和雷鳴。

『別管那些了，』蘇珊娜不耐地說道，從輪椅上溜下來。『我們趕緊上去避雨吧。』

艾迪半信半疑的仰視台階的坡度。各級階梯的距離不高，可是有許多級。『妳確定嗎，蘇西？』

『跟你比賽，白小子。』她說道，說完就扭動身體往上爬，使用雙手、強健的前臂、腿上殘肢，動作異常輕鬆。

而且她真的差一點就擊敗了艾迪。艾迪還得處理笨重的輪椅，速度因此變慢。等他們兩人到了頂端，全都喘息不定，淋濕的衣服上散發縷縷蒸汽。艾迪抱住她下腋，把她舉起來，兩手在她的臀上交扣，就這麼抱著她，而不是跟原先的打算一樣，幫她坐上輪椅。他感覺春心蕩漾，半瘋半癲，卻絲毫不曉得是怎麼回事。

喔，得了吧，他心裡想道。你經歷了那麼多風險，毫髮無傷，所以你的腺體才會膨脹，準備開個狂歡派對了。

蘇珊娜舐了舐豐滿的下唇，有力的手纏入他髮中，用力扯。很痛，同時也很美妙。『就說我會打敗你，白小子。』她用低沉沙啞的聲音說道。

『得了——是我贏了……半步之差。』他想裝得沒那麼喘，卻發現沒辦法。

『或許……可是你快沒氣了，對不對？』一隻手離開了他的頭髮，往下溜，輕捏一下。她的眼裡閃爍著笑意。『嗯，有個玩意氣還真足呢。』

天際雷霆大作。兩人縮了縮，又齊聲大笑。

『走吧，』他說道。『簡直是瘋了。時間完全不對。』

她並未反駁，但還是又捏了他一下，才收回手，按住他的肩膀。艾迪把她安置在輪椅上，不禁一陣後悔，但他還是推著輪椅穿過巨大的石板，走在屋頂的庇蔭下。他覺得在蘇珊娜眼中也看見了後悔。

一脫離暴雨的範圍，艾迪也停下，兩人回首張望。搖籃廣場、烏龜街，以及城市的其他部分都立刻消失在灰色雨幕後。艾迪一點也不覺得可惜。盧德並沒有讓他在心中最珍愛的回憶簿中記上一筆。

『看，』蘇珊娜喃喃說道，指著附近的一條排水管，水管末端是個有鱗片的大魚頭，和裝飾搖籃四周的龍覓嘴頗為相像。雨水有如一條銀色急流從它口中傾瀉而出。

『這不是一陣驟雨吧！』艾迪問道。

『不是。這雨會下到老天下煩了為止，之後還會再下一陣，只是為了刁難。也許下一個星期，也許下一個月。反正要是伯廉決定他不喜歡我們的長相，把我們兩個烤了，下不下雨對我們也沒差別。鳴槍讓羅蘭知道我們到了，甜心，然後我們也得四處看看了，看能找到什麼。』

艾迪把魯格槍舉向灰暗的天空，扣下扳機，對空放的這槍，就是羅蘭在約一哩外的陷阱迷宮中，追蹤傑克和嘉修時聽見的那聲。艾迪在原地又站了一分鐘，盡量說服自己到頭來會否極泰來，說服自己別去相信心裡頑固的想法，他們仍會再見到羅蘭和傑克。接著他再把自動保險拴上，把槍插回褲腰，回到蘇珊娜身邊。他把輪椅轉個方向，沿著兩排圓柱中間的通道前進，深入建築物。她順便把羅蘭的左輪槍旋轉彈膛打開，重新裝填子彈。

隔著屋頂，雨聲聽來幽渺鬼魅，就連霹靂的雷鳴也模糊了不少。支撐整體建築的圓柱直徑至少有十呎，柱頂隱沒在陰影中。艾迪聽見在頂端的陰暗裡，有鴿子咕咕叫。

接著有一個標誌由厚重的鉻銀合金鍊吊掛著，從陰影中浮現：

北方中央正電子
歡迎您
蒞臨盧德搖籃
←東南（伯廉）
西北（派翠西亞）→

『這下子我們知道那列掉到河裡的火車是什麼了，』艾迪說道。『派翠西亞。不過他們把顏色搞錯了，粉紅色應該是女生，藍色是男生，而不是剛好顛倒。』

『也許兩輛都是藍色的。』

『不是，伯廉是粉紅色的。』

『你怎麼知道？』

艾迪一臉迷惘。『我也不曉得……可我就是知道。』

他們循著指向伯廉月台的箭頭，進入了宏偉的車站中央大廳。艾迪並不如蘇珊娜能夠清楚看見過去的情景，但他的想像力卻替這個石柱矗立的空曠場所添上了一千名行色匆匆的旅客。他聽見鞋跟踩在地板上的答答聲，聽見喃喃的說話聲，看見歸鄉與離別的人互相擁抱。而在這些嘈雜的聲音中，擴音器高聲宣佈著十來個目的地。

搭乘派翠西亞往西北領地的旅客請上車……

旅客佩靈頓先生，佩靈頓先生，請到下層服務台。

二號月台伯廉就要進站，只停留幾分鐘……

如今只有鴿子咕嚕嚕。

艾迪打了個寒噤。

『看那一張張的臉，』蘇珊娜喃喃說道。『我不知道你是不是也一樣，不過我真的是不寒而慄。』她指著右側。高高的牆上有一系列的人頭雕像，似乎要從大理石牆面穿出來，從陰影裡凝視他們——那些嚴厲的男人，一張張殘酷的臉都像執行死刑而且樂在其中的人。有幾張臉從原位剝落，掉落在下方七、八十呎處，摔成破片。仍高踞在上的臉孔則遍佈裂縫，濺滿了鴿糞。

『他們一定是最高法院之類的，』艾迪說道，不安的巡視那些薄唇和碎裂空洞的眼睛。『只有法官可以看起來既聰明又同時火冒三丈——你是在跟一個再清楚也不過的人說話。上面那些人沒有一個看起來是會給一隻跛腳螃蟹一根枴杖的。』

『「一堆破碎的印象，那兒烈日曝曬，枯樹一無蔭庇」。』蘇珊娜喃喃唸道，艾迪聽得猛冒雞皮疙瘩，四肢胸膛無一倖免。

『妳唸的什麼，蘇西？』

『一首詩，作者必定在夢中造訪過盧德，』她說道。『算了，艾迪，忘了吧。』

『說起來容易做起來難。』但他又推動了輪椅。

前方，一片鐵柵障礙宛如城堡的望樓從陰影中漸漸浮現……再過去，他們終於看見了單軌伯廉。它是粉紅色的，艾迪沒說錯，頗優雅的色調，和大理石柱不規則的紋路很搭配。伯廉棲息在上方的月台，是滑順的流線型子彈造型，看來更接近膚色，而不是金屬。平順的表面只有一處間斷，是一扇三角窗，配上一支大雨刷。艾迪知道，單軌列車車頭的另一側也會有一扇三角窗配上一支大雨刷，所以如果從正面看伯廉，會覺得它有一張臉，就像噗噗查理。雨刷會像特意低垂的眼瞼。

搖籃東南方的長孔射入白光，一個扭曲的長方形斜照在伯廉身上。對艾迪來說，火車車身就像某種奇異粉紅鯨躍出水面的背——一隻全然沉默的鯨。

『哇。』他的聲音也陡降為耳語。『我們找到了。』

『對，單軌伯廉。』

『妳看它死了嗎？看起來像是死了。』

『沒有，可能在睡覺，不過絕對沒死。』

『妳確定？』

『你確定它是粉紅色的嗎？』這不是需要他回答的問題，他也沒回答。她向上仰起的臉神情緊繃，而且極度驚駭。『它在睡覺，而且你知道嗎？我害怕叫醒它。』

『那我們就等其他人來好了。』

蘇珊娜搖頭。『我看還是在他們來會合之前準備好……因為我有種感覺，他們後面會有追兵。把我推到那個柵欄上的盒子那裡。看來像是個對講機。看見了嗎？』

艾迪看見了，慢慢把她推過去。這裡有柵欄阻擋了上下左右所有的去路，柵欄中央有柵門，對講機高掛在關閉的柵門一側。垂直的欄杆像是不鏽鋼；柵門的欄杆倒像是裝飾用的鐵，欄杆伸入了地板上套有鋼圈的洞裡。艾迪看出就憑他們兩個，是不可能撼動那些欄杆的。而欄杆之間的縫隙也不過四吋寬，就連仔仔都得很勉強才擠得過去。

鴿子在頭頂上豎羽咕嚕。輪椅的左邊輪胎嘎嘎響，聲音單調。拿我的王國換個油罐㉚，艾迪心裡嘀咕道，這才恍然他不只是嚇壞了而已。他最後一次感到如此的恐懼，是他和亨利到荷蘭丘萊因荷街，站在人行道上，注視豪宅廢墟。一九七七年那天，他們並未進入豪宅；他們轉身離開了鬼屋，他還記得曾立誓絕對、絕對不會再回去。他一直信守誓言，可如今，他卻進了另一棟鬼屋，而且鬼魂就在這裡——單軌伯廉，一條又長又矮的粉紅形體，一扇窗瞪著他們，彷彿某種危險的猛獸在假裝睡覺。

他在搖籃裡已經很久都不動了……甚至都不再用好幾種聲音說話，也不再笑了……阿帝司是最後一個靠近伯廉的人……阿帝司答不上來，伯廉就用藍色火焰把他給殺了。

要是他跟我說話，我可能會當場發瘋，艾迪尋思道。

外頭狂風大作，屋頂側面的排煙口吹進一陣雨來。艾迪看見雨水落在伯廉窗子上，凝結成水珠。

艾迪猛然打顫，眼神犀利地環顧四周。『有人在監視我們——我感覺得到。』

『我一點也不意外。把我推到門邊去，艾迪。我要仔細看看那個盒子。』

『好，可是千萬別碰，萬一通了電——』

『要是伯廉想把我們烤了，我們也只能束手待斃，』蘇珊娜說道，透過欄杆看著伯廉的背。『你心裡明白，我也一樣。』

因為艾迪知道這句話再真實也不過，所以他沒吭聲。

盒子像是兼具對講機和警報器的功用，上半部有喇叭，旁邊有按鈕，寫著『通話』；下半部是數字，排列成菱形：

1
2 3
4 5 6
7 8 9 10
11 12 13 14 15
16 17 18 19 20 21
22 23 24 25 26 27 28
29 30 31 32 33 34 35 36
37 38 39 40 41 42 43 44 45
46 47 48 49 50 51 52 53 54 55
56 57 58 59 60 61 62 63 64
65 66 67 68 69 70 71 72
73 74 75 76 77 78 79
80 81 82 83 84 85
86 87 88 89 90
91 92 93 94
95 96 97
98 99
100

菱形下又有兩個按鈕，上頭印著貴族語：『**指令**』及『**進入**』。

蘇珊娜如墜五里霧中，而且滿腹疑雲。『你覺得這到底是什麼東西？看起來像是科幻電

㉚艾迪仿莎士比亞《理查三世》中名句：『一匹馬！一匹馬！拿我的王國換匹馬！』

影裡的玩意。』

那還用說，心裡才剛這麼想，艾迪就體會到何以蘇珊娜會有這種反應了。蘇珊娜可能見過一、兩個家用保全系統，畢竟她來自曼哈頓的富裕家庭，儘管那些有錢人並不怎麼願意接納她，可是在她的一九六三年跟他的一九八七年之間，電子產品有了長足的進步。我們從未談過差異有多少，他想道。如果跟她說羅蘭把我抓來時雷根㉛當選了總統，不知她會有什麼反應。八成會說我瘋了。

『這是一種保全系統。』他說道。即使他的神經和直覺都在尖聲阻止他，他仍然硬起頭皮伸出右手，按下了通話鍵。

沒有電流的滋滋聲，沒有致命的藍火竄上他手臂，甚至沒有接通的跡象。

也許伯廉死了。也許他畢竟還是死了。

但連他自己都不太相信。

『哈囉？』他說道，同時在心底看見倒楣的阿帝司給藍火微波了，臉上身上到處有藍色火焰在跳舞，融化了他的眼睛，他的頭髮著火。『哈囉……伯廉？有人在嗎？』

他放開按鍵，等待著，緊張得全身僵硬。蘇珊娜的手悄悄握住他的手，既冰又小。仍舊沒有回應，沒有剛才那麼不情願的艾迪又按下按鍵。

『伯廉？』

他放開按鍵。等待。仍然沒有回應，他突然一陣頭暈眼花，就像他每次遇壓力和恐懼時經常會有的感覺。一旦他整個人都暈眩起來，事情的代價就不在他的考慮之列。豁出去了。他就是這樣在拿索橫眉面對巴拉札臉色蠟黃的中間人，而現在他也是同樣情形。如果羅蘭此刻親眼看見艾迪被瘋狂的不耐佔據，他就會看出艾迪與卡斯博之間不是只有一個相似點；他會發誓艾迪就是卡斯博再世。

他使勁按著按鈕，對著喇叭大叫大嚷，而且說的是圓潤（絕對是裝出來）的英國腔。『哈囉，伯廉！醒醒啊，老傢伙！我是羅賓•李奇，「錢多沒腦族的生活型態」的主持人，我來通知你你買「出版人家庭大掃除獎券」，贏了六十億獎金跟一輛嶄新的福特Escort！』

頂端的鴿子哄然飛離。蘇珊娜倒抽一口涼氣，臉上那驚愕的表情就宛如一名虔誠的婦女聽見丈夫在教堂裡公然褻瀆上帝一樣。『艾迪，住口！住口！』

艾迪卻是不能自已。他的嘴在微笑，但眼睛卻閃爍著恐懼、歇斯底里、受挫的怒火。『你跟你那個單軌女朋友，派翠西亞，可以在風景如畫的吉姆鎮度過超級豪華的一個月，暢飲最上等的美酒，大啖最美豔的處女！喂——』

『……噓……』

艾迪話講到一半戛然而止，他看著蘇珊娜，本來很確定是她在制止他，不僅是因為她已經制止過一次，也因為這裡只有他們兩個人，可是同時他又心知肚明不是蘇珊娜。是第三者的聲音：一個非常年輕，非常驚惶的孩子。

『蘇西？妳有沒有——』

蘇珊娜一面搖頭一面舉手，她指著對講機，艾迪看見『指令』鍵釋放出十分模糊的貝殼粉紅光，顏色和柵欄後在月台安睡的單軌列車一樣。

『噓……別吵醒他。』孩子的聲音哀叫道，從喇叭傳來，輕柔得有如傍晚的微風。

『什麼……』艾迪開口要問話，又搖搖頭，伸手去按通話鍵，這次按得很輕。等他再次開

㉛美國第四十任總統，未從政前為一名演員。

口，已經不再是大吼大叫的羅賓•李奇，而是幾乎像兩個同謀一樣喃喃耳語。『你是誰？你是誰？』

他放開按鍵。他和蘇珊娜互相凝視，瞪大眼睛，彷彿兩個小孩剛剛才了解他們跟一個危險、甚至變態的大人關在一間屋子裡。他們是如何有這種體悟的？還用說，因為另一個孩子告訴他們的啊！另一個跟這個變態大人同住了許久的孩子，躲在角落裡，趁著大人熟睡才偷溜出來；一個湊巧不見其形只聽其聲、嚇破了膽的孩子。

沒有人回答。艾迪讓時間一秒一秒流逝，每一秒都似乎長得可以看完一本小說。他正要伸手去按按鍵，模糊的粉紅光又亮起。

『我是小伯廉，』孩子低聲答道。『他看不見我，他忘記了我，他以為他把我丟棄在毀滅之房和死者之廊。』

艾迪又按按鍵，手不由自主的顫抖。『誰？誰看不見？誰又是誰？是巨熊嗎？』

不，不是巨熊，不是他。殺敵克死在森林裡，在好幾哩路之外；從那時起世界就繼續前進。艾迪猝然想起，在巨熊生活了半輩子的空地上，他曾經把耳朵貼著那個沒找著的怪異之門，那扇有恐怖黃黑條紋的門。他這下子才明白原來根本就是一回事；都是某種可怕、腐朽的整體的一部分，都在一張破爛的網裡，網的中心是黑塔，像隻教人參不透的石蜘蛛。在最近這段奇怪的日子裡，整個中世界都變成一棟鬼影幢幢的豪宅，整個中世界都變成了卓爾地，整個中世界都變成了荒原，陰魂不散地糾纏著他人，又被陰魂不散地糾纏著。

在對講機傳來答案之前，他就看見蘇珊娜無聲說出了正確答案，而正確答案就如同謎語解開後一樣的明顯。

『大伯廉，』看不見的聲音低聲說道。『大伯廉是機器裡的鬼魂——所有機器裡的鬼魂。』蘇珊娜的手飛向喉嚨，用力抓住，活像要勒死自己。她的眼睛佈滿了恐怖，但眼神並不呆滯，也不驚愕，反而是因理解而犀利。或許她在自己的時代裡聽過類似的聲音——在那個時代中，統合的蘇珊娜曾讓黛塔和歐黛塔交戰的性格給排擠掉。這個稚嫩的聲音讓他們兩人都吃了一驚，但她苦悶的眼神卻訴說著她對這種有人代言的概念並不生疏。蘇珊娜對雙重人格會有多瘋狂是瞭若指掌的。

『艾迪我們得離開，』她說道。她的恐懼把一句話變成了沒有標點的聽覺污痕。艾迪能聽見空氣從她的氣管咻咻吹出，彷彿冷風灌入了煙囪。『艾迪我們得離開艾迪我們得離開艾迪——』

『來不及了，』那個細小悲傷的聲音說道。『他醒了。大伯廉醒了。他知道你們在這裡。他來了。』

驟然乍現的亮光，鮮橙色的鈉弧光燈在他們頭上一次亮起兩盞，整個搖籃都沐浴在強光下，驅離了所有的陰影。數百隻鴿子振翅，疾衝而下，驚慌失措，漫無目標亂飛，從縱橫交錯的巢裡給驚飛。

『等等！』艾迪大喊道。『拜託，等等！』

情急之下，他忘了按通話鍵，不過也無關緊要，因為小伯廉立刻回應。『不行！我不能讓他抓住我！我不能讓他殺了我！』

對講機上的燈光滅掉，但只滅了一下子。這一次『**指令**』和『**進入**』兩個燈號同時亮起，不是粉紅色，而是鐵匠熔爐內的刺眼暗紅色。

『**是誰？**』一個聲音吼道，不但是從這個對講機裡傳出來，也從整座城裡仍在運作的擴音器傳出來。吊掛在柱子上逐漸腐爛的屍體也因為這有力的聲音振動而顫抖；如果可能的話，只怕連已死之人都會想逃離伯廉的魔掌。

蘇珊娜坐在輪椅上往後縮，兩手捂住耳朵，驚惶得拉長臉，嘴巴扭曲，無聲的尖叫。艾迪發現自己縮小了，又落入十一歲那年那種幻覺似的恐怖。他和亨利站在豪宅外時，是否就是這聲音讓他畏懼？是否他已預料到？他不曉得……但他確實知道童話故事裡的傑克在了解了他利用仙豆利用得太頻繁，而吵醒了巨人時，是什麼樣的心情。

『你們好大的膽子，敢打斷我的睡眠？立刻報上名來，否則就讓你當場上西天。』

艾迪大可僵在原地，任由伯廉，大伯廉，怎麼對付阿帝司就怎麼對付他們，甚至讓他們吃更多苦頭。也許他應該僵住，陷入童話故事的恐怖之中，但最後，他想起了那第一個跟他說話的小聲音，終於能夠移動身體。那是一個嚇壞了的小孩子，但無論嚇壞與否，他都曾想幫助他們。

現在你得自己幫自己了，他在心裡唸唸有詞。是你把它吵醒的；那就搞定它！

艾迪伸手按按鍵。『我是艾迪・狄恩。我身邊的女人是我太太蘇珊娜。我們……』

他看著蘇珊娜，只見她頻頻點頭，慌張的示意他繼續。

『我們正在追尋途中。我們在找光束之徑終點的黑塔。我們還有另外兩名同伴，基列地的羅蘭和……紐約的傑克。我們兩個也是紐約來的。如果你是——』他頓了頓，吞回『大伯廉』三個字。萬一他說了，可能會讓這聲音之後的智慧知曉他們聽見了另一個聲音，就說是一個鬼魂中的鬼魂好了。

蘇珊娜又猛打手勢要他繼續，這次用上了兩隻手。

『如果你是單軌伯廉……嗯……我們想請你載我們。』

他放開按鍵。似乎有很長一段時間沒有回應，只聽見頭頂上受驚的鴿子鼓翅。等伯廉再次開口，只有柵門上的對講機傳出聲音，而且聽起來酷似人類。

『休想愚弄我。到那裡的所有門戶都關閉了。基列地已不復存在。所謂的槍客早已死絕。**回答我的問題：你們是誰？這是你們最後的機會。**』

有滋滋的聲音，一道藍白光從天花板劈下，在大理石地板上燒出一個高爾夫球大小的洞，距離蘇珊娜的輪椅左側不到五呎。洞口慢慢冒出給閃電擊中之後的煙。蘇珊娜和艾迪呆若木雞，瞪著彼此好半晌，然後艾迪衝上前，按下通話鍵。

『你錯了！我們真的是紐約來的！我們是從那些門戶過來的，在海灘上，就在幾星期之前！』

『真的！』蘇珊娜喊道。『我發誓是真的！』

寂靜。在柵欄之後，伯廉的背弓成圓形。前頭的窗子似乎在注視他們，宛如毫無生氣的玻璃眼。而雨刷真的很像是半闔的眼瞼，狡猾的眨著眼。

『證明。』伯廉終於說道。

『媽的，要怎麼證明？』艾迪問蘇珊娜道。

『我也不知道。』

艾迪又按下按鈕。『自由女神像！算是證明了嗎？』

『繼續。』伯廉說道，此時的聲音幾乎有沉思的味道。

『帝國大廈！證券交易所！世界貿易中心！康尼島熱狗！廣電城音樂廳！東——』

伯廉打斷了他的話……而且不可思議的是，從對講機傳來的聲音變成了約翰・韋恩㉜的懶

㉜約翰・韋恩（一九〇七—一九七九）乃美國四〇年代至七〇年代電影巨星，作品多為西部牛

洋洋拖音。

『好吧，朝聖者。我相信你。』

艾迪和蘇珊娜又互望了一眼，這一眼混合著困惑及放心。可是等伯廉再次開口，他的聲音又變回冷冰冰的，毫無感情。

『問我問題，紐約的艾迪‧狄恩。最好是個好問題。』片刻停頓，接著伯廉又說道：『因為如果問題不夠好，你跟你的女人就會死，無論你們是從哪裡來的。』

蘇珊娜看看門上的盒子，又看看艾迪。『它在扯什麼鬼啊？』她氣憤的說道。

艾迪搖搖頭。『我一點概念也沒有。』

28

對傑克而言，嘉修拖著他進去的房間就像是後備軍人的地下飛彈發射室，而且還是由住在精神病院裡的人裝潢的：三分之一是博物館，三分之一是起居室，三分之一是嬉皮免費暫時收容所。頭頂上空曠的天花板拱成穹窿，地板也同樣是弧形的，與天花板距離七十五到一百呎。單面的圓弧牆垂直掛了一溜的霓虹燈，紅、藍、綠、黃、橙、桃、粉紅各種顏色爭奇鬥妍。各色燈管在飛彈發射室——如果過去真的是飛彈發射室的話——的底部和頂端打結，恍如喧鬧的彩虹。

房間大小約莫是膠囊形空間的四分之三，地板是生鏽的鐵格子。鐵格子上東一塊西一塊地毯，很像是土耳其產的（後來他才知道地毯是從一處叫『喀什敏』的貴族領地來的）。地毯四角都壓著黃銅面大提箱、立燈、太過膨脹的椅子粗短的椅腳。要是不用這些東西壓住，地毯會像綁在電風扇上的紙片般啪答亂飄，因為鐵格子下會吹來陣陣的暖風。還有另一陣風從傑克頭頂四、五呎處的一圈通風孔吹出，就跟他們來時走的坑道一樣。房間彼端是一扇門，跟他和嘉修進來的那扇類似。傑克假設門後是依循光束之徑的地下走廊。

房裡有六個人，四男二女。傑克推測自己正面對著灰毛的最高統帥——當然前提是有足夠的灰毛存活下來，才能推選出統帥來。他們沒有一個是年輕人，但卻都在人生最壯盛的階段。他們盯著傑克猛瞧，好奇心不亞於傑克。

房間正中央坐著一個人，一條粗壯的腿跨在一張大得足可當寶座的椅子扶手上，可能是維京戰士和童話故事裡巨人的混合體。肌肉僨張的上半身一絲不掛，只有在一邊的二頭肌上套了個銀環，一邊肩膀斜掛著刀鞘，脖子上還掛著奇特的護身符。他的下半身裹著柔軟緊身的馬褲，馬褲下襬塞入高筒靴內，一隻靴筒上綁著黃頭巾。他的頭髮是髒兮兮的灰金色，披散下來，幾乎蓋住了他寬背的一半；他的眼睛是綠色的，非常之好奇，宛如一隻雄貓，說牠年紀小，卻已有了智慧，說牠年紀大，又不失貓科動物裡淬鍊過的貓捉老鼠心態。而掛在椅背上的東西，看起來非常像古老的機關槍。

傑克更加仔細的研究維京人胸膛上的飾物，看出是個棺材形的玻璃盒穿在銀鍊上。玻璃盒裡有很小的金錶面，指針指著三點五分。錶面下有小小的金鐘擺來回擺盪，儘管上下都有循環的空氣呼呼響，傑克仍聽得到滴答聲。錶的指針跑得比正常速度要快，傑克看見指針向後轉，一點也不驚訝。

他想起《彼得潘》故事裡的鱷魚，老是追著虎克船長不放的那條，嘴角忍不住漾出笑意。嘉修看見了，舉起一隻手。傑克立刻向後縮，還用雙手擋住臉。

『滴答人』對嘉修搖搖指頭，儼然學校老師。『好了，好了……不需要體罰，嘉修。』他說道。

嘉修馬上就放下手，表情也起了一百八十度的變化。在此之前，他的表情不是蠢笨的憤怒就是狡獪奸險，幾近一種存在主義式的幽默。現在他卻一臉的馴服崇拜，就跟房裡其他人一樣（傑克也不例外），嘉修沒辦法不去看『滴答人』，只要移開視線一會兒，總會不由自主又拉回來。傑克能了解原因。『滴答人』是這裡面唯一一個似乎完全朝氣蓬勃、完全健康、完全生龍活虎的人。

『既然你說不需要，那就算了，』嘉修說道，但他在把眼神轉回寶座上的金髮巨人身上之前，還是給了傑克一個威嚇的表情。『可是他很沒規矩，滴答。很沒規矩，滴答。真是很沒規矩，你要是問我啊，我會說他得要多多磨練！』

『如果我需要你的意見，我自己會問，』『滴答人』說道。『把門關上，嘉修——你是穀倉裡出生的嗎？』

一名黑髮婦人笑了起來，笑聲刺耳，像是烏鴉叫。『滴答人』朝她彈了彈手指，她立刻噤聲，垂下視線看著鐵格子地板。

嘉修把他拖進來的門其實有兩道。這種裝置讓傑克想起比較知性的科幻電影裡的太空船氣艙。嘉修把兩道門都關上，朝『滴答人』豎起大拇指。『滴答人』點頭，懶洋洋地伸手按下按鈕，這個按鈕裝設在一件家具上，模樣像是演講台。牆後的幫浦開始轉動，霓虹燈燈光黯淡。有陣朦朧的嘶嘶響，內門的氣閥輪圍了起來。傑克猜想外門只怕也是一樣。這是某種防空洞沒錯；這點毋庸置疑。幫浦停止後，霓虹燈又恢復了之前的明亮。

『好了，』『滴答人』愉快的說道。開始上上下下打量傑克。傑克有種不舒服的感覺，覺得他給專家分類存檔了。『安全無虞了。跟地毯裡的蟲子一樣隱密。對吧，胡茨？』

『是啊！』一個高瘦的黑衣人立刻回答。他的臉上長了某種疹子，癢得他不停手的抓。

『我把他帶來了，』嘉修說道。『我就說你可以信任我，我不是辦到了嗎？』

『不錯，』『滴答人』說道。『我是有點懷疑你記住通關口令的本事，不過——』

黑髮婦人又像烏鴉般尖聲笑。『滴答人』嘴角掛著慵懶的笑，半側過身子，傑克都還沒能了解是怎麼回事，事情就已經發生了。那婦人踉蹌後退，又驚又痛的突著眼睛，雙手撫摸著胸口某個奇怪的腫瘤，一秒鐘前本來還沒有的。

傑克這才明白『滴答人』在轉身的同時就出手了，但他的動作太快，眾人眼前只覺一花。『滴答人』肩下掛的刀鞘原本有細長的白色刀柄，這會兒不見了。刀子在房間的另一側，插在黑髮婦人的胸前。『滴答人』拔刀與擲刀的速度，讓傑克不禁懷疑羅蘭是否能夠更快。他根本就像施了什麼黑魔法。

其他人默默看著婦人歪歪斜斜走向『滴答人』，猛烈的抽氣，兩手鬆鬆的握住刀柄。她的臀部撞到一盞立燈，那個叫胡茨的人跳上前，在立燈落地前接住。『滴答人』本身文風不動，照舊一腿跨著寶座的椅臂，臉上掛著懶洋洋的微笑，望著婦人。

她的腳絆到一張地毯，向前仆倒。這一次『滴答人』又是以驚人的快速收回了跨在椅臂上的腳，往前一送，正中黑髮婦人的胃，把她踢飛了起來。她的口中噴出鮮血，濺在家具上。她撞上了牆壁，軟軟的滑下來，最後坐在地上，下巴抵著胸骨。看在傑克眼裡，她就像電影裡的墨西哥人靠著泥磚牆午睡。他實在很難相信前一秒鐘她還好好的，後一秒鐘就死了。霓虹燈照在她頭髮上，閃出半藍半紅的光圈。她反光的眼睛瞪著『滴答人』，帶著最後的詫異。

『我早跟她說過她的笑聲很難聽，』『滴答人』說道。眼睛瞟向另一個女人，一個龐大的紅髮婦人，活像個長途卡車司機。『是不是，緹莉？』

『欸，』緹莉忙不迭回道，眼裡盡是恐懼和興奮，還不斷地舐唇。『你是說過，說了很多很多次。我敢拿我的錶來打賭。』

『是啊，只要妳能把妳的肥屁股抬起來，把錶找出來，』『滴答人』說道。『把我的刀拿過來，布蘭登，記得把那個賤人的血擦乾淨再交到我手裡。』

一個矮小O型腿的男人跳上前去做『滴答人』吩咐的事。起初刀子拔不出來，似乎卡在那個倒楣的黑髮婦人胸骨裡了。布蘭登扭頭朝『滴答人』投去駭極的一眼，更拚命的拔。

但『滴答人』卻似乎遺忘了布蘭登和那個可以說是笑死的婦人。他明亮的綠眸盯住了比死去婦人更有趣的東西。

『過來，小朋友，』他說道。『我要好好看看你。』

嘉修推了他一把，傑克踉蹌衝上前，要不是『滴答人』強健的手扶住他的肩膀，他就摔倒了。等到確定傑克站穩後，『滴答人』攫住傑克的左腕，舉了起來。原來是傑克的精工錶吸引了他。

『如果這真是我以為的東西，那絕對是惡兆，』『滴答人』說道。『說，孩子——你戴的這個「圖徽」是什麼？』

傑克壓根就不曉得『圖徽』是什麼意思，只能瞎猜。『是只錶，可是壞了，「滴答人」先生。』

胡茨一聽就咯咯笑起來，但『滴答人』一轉頭看他，他立刻就用手捂住嘴。一分鐘後，『滴答人』又把頭轉回去看傑克，緊蹙的眉頭舒展開，換上了燦爛的笑容。看著那抹笑容，你真的差點就忘記倚著牆午睡的是個死女人，而不是電影裡的墨西哥人。看著那抹笑容，你真的差點就忘記這些人是瘋子，而『滴答人』還可能是這座瘋人院裡瘋得最厲害的一個。

『錶，』『滴答人』說道，一面點頭。『欸，差不多是這個名稱。是吧，布蘭登？是吧，緹莉？是吧，嘉修？』

三人都迭聲稱是。『滴答人』賞賜給他們他的燦爛笑容，隨即又轉頭看傑克。這下子傑克注意到了，『滴答人』的笑容，不管燦不燦爛，都沒有擴及他的綠眸。那雙眼睛始終是那個樣子：冷淡，殘忍，好奇。

他朝精工錶伸出一個指頭，錶面的時間是七點九十一分——也不知是早晨七點還是晚上七點——在碰到液晶顯示玻璃錶面前又縮了回去。『告訴我，好孩子，你的這個錶有機關嗎？』

『啊？喔！不，不，沒有機關。』傑克用自己的手指去碰錶面。

『這也證明不了什麼，你可以把它設定成接觸你自己的身體時很安全。』『滴答人』說道，說話的語氣犀利輕蔑，傑克的父親每次不想讓別人知道他其實一點也不清楚自己在說什麼，也是用這種語氣。『滴答人』瞅了布蘭登一眼，傑克看出他在心底琢磨該不該指派那個○形腿來幫他摸錶面。『要是這玩意讓我大吃一驚，我的小朋友，我會在三十秒內用你自己身上的肉噎死你。』

傑克用力吞了口口水，但什麼也沒說。『滴答人』又伸出手，這次讓手指落在精工錶錶面上。他的手指一碰，錶上所有的數字盡數歸零，隨即又開始往上數。

『滴答人』碰到錶面時，瞇起了眼睛，狀似痛苦，但此刻他的眼角有了皺紋，露出了第一抹真心的笑容。傑克認為多少是因為他對自己的勇氣十分欣慰，但絕大多數的原因是純粹的驚奇和興趣。

『可以給我嗎？』他親暱地問傑克。『就當作親善的禮物吧。我這人可以算是個鐘錶痴，我親愛的小小朋友。』

『只管拿去。』傑克立刻把錶摘下來，放入『滴答人』等待的大手掌心裡。

『講話就跟個滑頭紳士一樣，對不對？』嘉修開心的說道。『換作從前，有人會願意付大筆贖金把他給贖回去，滴答，欸，沒錯。我老子——』

『你老子得了花柳病爛死了，連狗都不屑吃，』『滴答人』打斷了他的話。『給我閉嘴，白痴。』

嘉修起先一臉的暴怒……但馬上就氣消了，變得侷促不安，頹然坐在附近的椅子裡，閉上了嘴巴。

而『滴答人』正在檢查精工錶的彈性錶帶，一臉的敬畏。他把錶帶拉長，又放手讓它彈回去，再拉長，又放手。他把錶帶拉長，塞了一束頭髮進去，放手後錶帶咬住了頭髮，樂得他哈哈大笑。最後，他把錶套進自己的手腕，一直推到手肘以下。傑克覺得這個紐約的紀念品戴在他手上實在是格格不入，但他一句話也沒說。

『妙極了！』『滴答人』讚歎道。『你是從哪裡弄來的，小朋友？』

『是我父母送我的生日禮物。』傑克說道。嘉修一聽見這話就把身體向前傾，可能是又想重彈贖金的老調。果真如此的話，他也因為『滴答人』的表情而打消了念頭，一聲不吭又坐了回去。

『是嗎？』『滴答人』覺得不可思議，挑高了眉毛。他發現了打開錶面的小按鍵，不停的玩著，看著燈光忽明忽滅。然後他又回頭看傑克，又把眼睛瞇成了兩條綠色的細縫。『告訴我，小朋友——這是雙極或單極迴路？』

『都不是。』傑克說道，渾然不察他應該說出他完全不了解這兩個名詞的意義，因為這麼一來已經為將來伏下了許多麻煩。『它用的是鎳鎘電池，至少我是這麼覺得。我從來沒有換過電池，而且在很久以前我就把使用說明書弄丟了。』

『滴答人』注視他良久，一言不發，傑克這才明白，這個金髮巨人正在琢磨傑克是否拿他取笑，不禁驚慌起來。傑克有種感覺，萬一他覺得傑克是在戲弄他，那麼跟『滴答人』的報復比起來，傑克這一路上吃的苦頭只怕是和搔癢一樣。突然間，他一心只想轉移『滴答人』的思路，於是他脫口說出他認為可以扭轉情勢的第一句話。

『他是你的祖父嗎？』

『滴答人』詢問似的挑高眉毛，兩手又按住了傑克的肩膀，雖然力道不大，傑克已感覺到他的力量。要是『滴答人』決定加大手勁，用力捏，傑克的鎖骨就會像鉛筆一樣折斷。要是『滴答人』隨手一推，他只怕就會跌斷脊椎。

『誰是我的祖父，小朋友？』

傑克再次打量『滴答人』壯碩高貴的頭形和寬肩，想起了蘇珊娜的話：你看他有多魁梧，羅蘭——他們一定是把他全身都抹了油才能把他給塞進駕駛座裡！

『飛機裡的人。大衛·奎克。』

『滴答人』驚訝得睜大眼睛，忽然仰頭狂笑，笑聲在圓形屋頂迴盪。其他人緊張兮兮的微笑，但沒有一個敢大聲笑出來……有了黑髮婦人的前車之鑑，誰敢造次？

『無論你是誰，是從哪裡來的，你都是老「滴答人」好多年沒遇見過的聰明人。奎克是我的曾祖父，不是祖父，你已經猜得很接近了——你說是不是，嘉修，親愛的？』

『欸，』嘉修說道。『他是個機伶鬼，沒錯。我也是這麼說，可是還是太沒規矩了。』

『對。』『滴答人』若有所思道。手上的力道加大，把傑克拉向那張帶著笑意，英俊又瘋狂的臉孔前。『我看得出他很沒規矩，從他眼裡就看得出來。不過這點小毛病難不倒我們，是不是啊，嘉修？』

他並不是在跟嘉修說話，傑克突然發覺。是我。他以為是在催眠我……也許他真辦到了。

『欸。』嘉修輕輕的應道。

傑克感覺自己要溺斃在那對碧綠的大眼裡了。『滴答人』的抓握仍不算很緊，傑克卻沒辦法吸入更多的空氣。他凝聚全身的力量，意圖扭脫金髮巨人的控制，又脫口說出掠過心頭的第一句話：

『波斯爺就此墜落，雷霆一震，四鄉俱動。』

這句話就如當面摑了『滴答人』一耳光。他瑟縮了一下，瞇起綠眸，更加使勁抓住傑克的肩膀。『你說什麼？你是從哪裡聽來的？』

『小鳥告訴我的。』傑克故意粗魯無禮的說，下一秒他已經飛了起來。

要是他頭先撞上圓弧牆，重則當場斃命，輕則暈厥。幸好，他是一邊臀部先撞上，彈了一下，落在鐵格子上。他虛弱無力的甩甩頭，東張西望，發現自己和那個並不是在午睡的女人面對面，嚇得驚叫，手忙腳亂爬開。胡茨踹了他胸膛一腳，踹得他仰天而倒。傑克躺在地上喘息，看著霓虹燈管打結成彩虹的地方。一分鐘後，『滴答人』的臉填滿了他的視線範圍。他的嘴唇抿成緊緊的一條線，雙眼脹紅，眼裡有著恐懼。他脖子上戴的棺材形玻璃飾物就在傑克的眼前左右搖擺，彷彿在模仿裡頭裝的老爺鐘鐘擺。

『嘉修說得對，』他說道。一手揪住傑克的襯衫，把他拉起來。『你很沒規矩。可是在我面前可別淘氣，小朋友。你絕對不會想在我面前沒規矩。你聽過導火線很短的人嗎？我告訴你，我連導火線都沒有，有上千個人可以作證我是不是讓他們的利舌永遠安靜了。要是你敢再跟我提起波斯爺……只要再提起半句……我會把你的天靈蓋撕下來，吃了你的腦子。我不准有誰提起灰毛搖籃裡的倒楣事。聽懂了沒有？』

他把傑克像破布般來回搖晃，傑克忍不住哭了出來。

『聽懂了沒？』

『聽……聽……聽懂了！』

『好。』他放下傑克，傑克頭暈眼花，前後搖晃，擦拭如泉水般湧出的眼淚，在臉上留下黑黑的污漬，宛如擦了眼影。『現在，我的小笨童，我們要上一堂問答課。我來發問，你來回答，懂了嗎？』

傑克沒有回答，他正看著環繞房間一圈的通風鐵格的某一點。

『滴答人』兩指夾住他鼻子，狠狠的捏。『你聽見了沒有？』

『有！』傑克大喊。眼睛充滿了淚水，一來是痛，一來是恐懼，他回頭盯著『滴答人』的臉。他想再回頭去看通風鐵格，迫不及待想確認不是因為心裡太過驚駭所以看花了眼，可是他不敢，唯恐會有人——最有可能的就是『滴答人』本人——會循著他的視線，發現了他看見的東西。

『好。』『滴答人』就捏著傑克的鼻子回到他的寶座，坐了下來，又把一腿跨在椅臂上。『那我們就來好好聊聊。就從你的名字開始吧？你叫什麼名字啊，小朋友？』

『傑克．錢伯斯。』鼻子給捏住了，他的聲音聽來鼻音很重，而且模糊不清。

『你是個「納催」嗎，傑克．錢伯斯？』

有那麼一會兒傑克揣摩著這是不是一種特別的問法，問他是否本地人……可是他們當然看得出來他不是。『我不懂你——』

『滴答人』捏著他的鼻子來回甩。『納催！納催！你就是不想順著我玩，小子！』

『我聽不懂——』傑克開口說，可是他瞧見了掛在椅背上的老機關槍，又想起了墜落的Focke-Wulf飛機，逐漸把線索都拼湊了起來。『不——我不是納粹，我是個美國人。那些事情早在我出生之前就結束了！』

『滴答人』放開了傑克的鼻子，一放手，傑克立刻就開始流鼻血。『你一開始就該告訴我，就省得吃苦頭了，傑克・錢伯斯……不過，起碼你現在知道我們這裡的作風是什麼了吧？』

傑克點頭。

『欸。好多了！我們就從簡單的問題開始。』

傑克的眼睛又飄回通風鐵格。他剛才看見的東西仍在那裡，不是他的想像。兩隻鑲金邊的眼睛就浮現在鋁合金氣窗後的黑暗中。

仔仔。

『滴答人』甩了他一耳光，把他打得跌向嘉修，嘉修立刻就又把他往前推。『現在是上課時間，小心肝，』嘉修低聲說道。『注意聽講！仔細用心的聽！』

『我在跟你說話的時候看著我，』『滴答人』說道。『表現出尊敬來，傑克・錢伯斯，否則我挖了你的命根子。』

『好嘛。』

『滴答人』的綠眼閃動著危險的光芒。『好嘛什麼？』

傑克思索著正確答案，把糾雜的問題和心底突然冒出的希望之火推開。隨之想起的答案就算在他自己的黃毛搖籃裡，亦即是俗稱的拍普中學，也是標準答案。『是，老師？』

『滴答人』微笑了。『還不錯，孩子，』他說道，身體向前探，手臂架在大腿上。『好……什麼是美國人？』

傑克開始解釋，盡其所能不去偷看通風鐵格。

29

羅蘭收起了手槍，兩手按住氣閥輪，想要轉動它，但它文風未動。他並不十分驚訝，但這表示問題嚴重。

仔仔站在他的左腳邊，焦慮的抬頭看，等著羅蘭把門打開，他們好繼續去找傑克。羅蘭真希望有這麼簡單就好了。站在這裡等著有人出來可不是辦法；等某個灰毛決定使用這條特殊的出入口，只怕是幾小時甚至幾天後的事。在羅蘭枯等有人出入時，嘉修跟他的朋友恐怕已經把傑克給生吞活剝了。

他把耳朵貼到鋼門上，什麼也沒聽見。這點也並不讓他意外。多年之前他就見過這種門，沒辦法射穿門鎖，當然也沒辦法聽見門後的動靜。可能是一道門，也可能是兩道，彼此相對，中間有什麼空氣槽。不過，某處一定有按鈕可以轉動門上的輪子，打開門鎖。要是傑克摸過按鈕，事情就簡單了。

羅蘭了解他不是這個共業真正的一份子，據他猜想就連仔仔都比他清楚存在共業核心的祕密生活（他非常懷疑在污水流動的下水道裡，學舌獸是靠著嗅覺追蹤傑克的）。但話說回來，他曾在傑克試圖從他的世界穿越到這個世界時，幫了傑克一把。他一直有讀心的能力……而且在傑克忙著找回掉落的鑰匙時，他曾傳遞了訊息。

這一次他得非常小心地傳遞訊息。順利的話，也會打草驚蛇，灰毛會察覺有異。最糟的情況是傑克可能誤判羅蘭想要傳達的訊息，進而做出蠢事。

可是如果他有讀心的能力……

羅蘭閉上眼睛，把所有的注意力都集中在傑克身上。他想著男孩的眼睛，把他的業傳送出去尋找那雙眼睛。

起初是一片空白，好不容易有影像逐漸成形。是一張臉孔，披著灰金色的長髮。綠眸在深陷的眼窩內閃爍，有如洞穴內的鬼火。羅蘭立刻明白那是『滴答人』，而且他是那個死於墜機之人的子孫——有意思，但就目前的情勢完全沒有價值。他想越過『滴答人』去看房間的其他部分，去看傑克被捉的地方，和房裡的人。

『ㄟ克。』仔仔低聲喚道，似乎在提醒羅蘭此時此地都不是小憩片刻的好時機。

『噓。』羅蘭要牠安靜，仍舊閉著眼睛。

可惜是一場徒勞。他只看見一片模糊，可能是因為傑克整個人的注意力都放在『滴答人』身上；其他的人、其他的事都只是在傑克感知邊緣一串灰濛濛的形體。

羅蘭張開眼，左拳輕擊右掌掌心。他考慮再深入一些，可是又怕讓傑克察覺到他的存在。風險太大。嘉修或許會發覺不對，就算他沒察覺，『滴答人』可不是省油的燈。

他抬頭看著狹窄的通風鐵格，又低頭看看仔仔。他不只好幾次納悶過仔仔究竟有多聰明，如今證實的機會似乎來了。

羅蘭舉起完好的左手，選擇了一個通風鐵格，那個通風鐵格最靠近傑克被帶進去的艙門。他的手指穿入垂直的薄板間，用力一拉，鐵格應聲掉落，還夾帶著一陣鐵鏽和乾苔蘚。後面的洞不夠一個人的寬度……卻足可讓學舌獸活動。他把鐵格放下，把仔仔抱起來，對著牠的耳朵輕輕說話。

『去……看……然後回來。懂了嗎？別讓他們發現你。看了就回來。』

仔仔凝視他的眼睛，一聲不吭，連傑克的名字都沒叫。羅蘭完全不知道牠是否了解指令，但浪費時間在這裡胡思亂想也於事無補。他把仔仔放進通風管裡。學舌獸嗅著乾枯的苔蘚，動作很秀氣，蹲伏在原處，身上的長毛隨風起伏，狐疑地看著羅蘭。

『看了就回來。』羅蘭低聲指示，仔仔隨即消失在暗處，收起了爪子，用肉墊走路，悄然無聲。

羅蘭又掏出槍，然後做了最艱難的事。等待。

仔仔不到三分鐘就回來了。羅蘭把牠從通風口抱下來，放在地板上。仔仔伸長脖子抬頭望著他。『多少，仔仔？』羅蘭問道。『你看見了多少？』

好半晌，他以為學舌獸除了焦急地看著他之外，什麼也不會做。但牠卻怯怯地抬起了右掌，伸出利爪，盯著爪子看，彷彿是在極力回想相當困難的事。最後，牠在鋼地板上敲了起來。

一……二……三……四。暫停。再連敲兩下，伸出的利爪敲得鋼板叮叮響：五，六。又一次暫停。仔仔低著頭，像是與心頭的巨獸苦苦掙扎的小孩。然後牠在地板上又敲了最後一次，抬頭看著羅蘭。『ㄟ克！』

六個灰毛……加上傑克。

羅蘭把仔仔抱起來，輕撫牠的毛。『好乖！』他對著仔仔的耳朵低喃。事實上，他幾乎被因驚訝和感激的心情淹沒了。他本以為是別種情況，但學舌獸這種謹慎的反應卻令人吃驚。而且他相當肯定仔仔沒數錯。『乖仔仔！』

『ㄎ—ㄎ！ㄟ克！』

對，傑克。傑克就是問題所在。他對傑克承諾過，而他正打算要實踐他的承諾。

羅蘭用他奇特的方式深思——這種方式融合了乏味的實事求是和不羈的直覺，很可能是他怪異的祖母瘋黛德遺傳給他的，這些年來他的同伴一一殞命，他卻能活下來，就是拜這份遺傳之賜，此刻他也仰賴這份遺傳來讓傑克活命。

他又把仔仔抱起來，知道傑克可能會活著，只是可能，但學舌獸卻幾乎注定要死。他向學舌獸豎起的耳朵喃喃說出最簡單的字，一而再再而三的重複。最後他不再說話，又把牠放回通風管。『乖仔仔，』他低聲說道。『去吧，把事情做完。我的心與你同在。』

『ㄞ—ㄞ！ㄟ克！』學舌獸低聲叫道，又匆匆沒入黑暗中。

羅蘭等著大混亂。

30

問我問題，紐約的艾迪•狄恩。最好是個好問題。……如果問題不夠好，你跟你的女人就會死，無論你們是從哪裡來的。

親愛的上帝，這種問題該怎麼回應？

暗紅色光滅了；粉紅色光又亮起。『快點，』小伯廉模糊的聲音不斷催促他們。『他比以前更糟了……快點，否則他會殺了你們！』

艾迪依稀知覺受驚的鴿子仍在搖籃上方漫無目標地飛旋，有些還一頭撞上柱子，摔死在地上。

『它要幹什麼？』蘇珊娜壓低聲音對著對講機和後面的小伯廉說道。『看在上帝的分上，它到底要幹什麼？』

沒有答覆。艾迪可以感覺到他們一開始的泰然自若已一點一滴流逝。他按下通話鍵，聽似活潑實則狂亂的開口，同時冷汗不斷從臉頰和頸子往下流。

問我問題。

『喂──伯廉！你這幾年都在忙什麼啊？我猜你不跑東南線了吧？有什麼特別的理由嗎？身體不夠好嗎？』

沒有動靜，只有鴿子鼓翅的聲音。在他心中，他看見了阿帝司拚命尖叫，他的臉頰熔化，舌頭著火。他感到頸子上的寒毛倒豎，一根根結在一起。恐懼？或是凝聚的電力？

快點……他比以前更糟了。

『對了，是誰創造你的？』艾迪心慌意亂的問道，一面在心裡急得跳腳：我哪裡知道這個王八蛋想要什麼！『想不想談談啊？是不是灰毛？才怪……可能是大長老吧？或者……』

他話沒說完。此時他可以感到伯廉的沉默真的有了重量，壓在他皮膚上，像是一雙有血有肉的手在探索。

『你到底要怎樣？』他大吼道。『你他媽的究竟想聽什麼？』

沒有回應──但對講機上的按鈕卻閃動著憤怒的暗紅光芒，艾迪知道他們的時間不多了。他能聽見附近有嗡嗡聲，像是發電機的聲音，而無論他多想以為是想像力作怪，他可不相信這純粹是出於他自己的想像。

『伯廉！』蘇珊娜驀地大喊。『伯廉，你聽見了嗎？』

一片沉默……艾迪感覺空氣中逐漸充滿電流，就如同水龍頭下的碗快裝滿了。他可以感到每吸一口氣，電流就在他的鼻子裡劈啪響，也可以感到他的五臟六腑就像憤怒的昆蟲般亂飛亂竄。

『伯廉，我有一個問題，而且是個好問題！聽好！』蘇珊娜閉上眼睛片刻，慌張的按摩太陽穴，又睜開眼睛。『「有個東西……呃……什麼都不是，卻有名字。它有時高……有時矮……」』她說不下去了，瞪著艾迪焦慮的眼睛。『幫幫我！我記不得是怎麼說的了！』

艾迪卻當她發了瘋似的，只是楞楞的瞪著她。她到底是在鬼扯什麼？忽然靈光一閃，他知道了，雖然詭異，卻是絕對有道理，謎語剩下的部分就如兩片拼圖般俐落的嵌入他心裡。他趕緊按下通話鍵。

『「它跟我們一塊談話，一塊運動，一塊玩每一種遊戲。」它是什麼？這就是我們的問題，伯廉——它是什麼？』

菱形數字下的紅光熄滅。沉默似乎永無止盡，然後伯廉才再度開口……但在此之前，艾迪就已察覺到爬滿他皮膚的電力減弱了。

『**當然是影子**，』伯廉的聲音答道。『**簡單……可是不錯。相當不錯。**』

對講機傳來的聲音多了點沉思的味道……還有別的。是喜悅？渴望？艾迪無法斷言，但他知道那個味道讓他想起小伯廉。他還知道一件事：蘇珊娜救了他們一命，至少目前是安全了。他彎下腰，吻了她冰涼冒汗的額頭。

『**你們知道別的謎語嗎？**』伯廉問道。

『多著呢，』蘇珊娜立刻就說。『我們的同伴傑克有一整本謎語呢！』

『**是從紐約的哪裡？**』伯廉問道，此刻的聲調十分清晰，至少對艾迪來說是如此。伯廉或許是機器，但艾迪有六年的時間沉迷於海洛因，絕對聽得出什麼是毒癮發作的貪婪渴望。

『就是紐約，』他說道。『不過傑克給人綁走了，一個叫嘉修的人綁走了他。』

沒有回應……然後玫瑰粉紅光芒又亮起。『還不錯，』小伯廉低聲道。『可是千萬得小心……他很狡猾……』

紅燈立刻亮起。

『你們誰在說話嗎？』伯廉的聲音冷酷，而且艾迪幾乎敢發誓也非常的多疑。他看著蘇珊娜，蘇珊娜也看了回來，那眼神就像小女孩聽見床底下有不可名狀的東西在鬼鬼祟祟的亂動。

『我清了清喉嚨，伯廉，』艾迪說道。他嚥了嚥口水，用手臂擦去額頭的汗珠。『我……媽的，說實話，我嚇得要死。』

『你很聰明。你們提到的謎語——是蠢謎語嗎？我可不願拿蠢謎語來測試我的耐性。』

『大部分是很高明的。』蘇珊娜說道，但卻一面說一面焦急地看著艾迪。

『你說謊。你根本不知道那些謎語的品質。』

『你怎麼會這——』

『聲音解析。從摩擦音的模式和雙母音重音強調可提供可靠的真／假商數，預測的可靠性是百分之九十七，誤差是正負百分之〇．五。』大伯廉的聲音沉默了片刻，等他再度開口，是一種威嚇的拖音，艾迪覺得很耳熟。竟然是亨佛萊．鮑嘉㉝。『我建議你們實話實說，甜心。上一個想欺騙我的傢伙腳上穿了雙水泥鞋，沉在傳河底了。』

『天啊，』艾迪說道。『我們走了四百哩路來和電腦版的李奇．利多㉞見面。你怎麼會模仿約翰．韋恩和亨佛萊．鮑嘉這些人，伯廉？我們的世界的人？』

悄然無聲。

㉝Humphrey Bogart（一八九九—一九五七），為美國舞台劇及電影演員，『北非諜影』為其代作之一。
㉞Rich Little（一九三八—），為加拿大籍喜劇演員，現定居拉斯維加斯，固定登台表演。

『好吧，你不想回答這個問題。那這一個如何？既然你是想猜謎，幹嘛不早說？』

仍舊是悄然無聲，但艾迪發現他其實不需要答案。伯廉喜歡猜謎，所以他問過他們一次，那次是蘇珊娜幫他們過關。艾迪猜想如果不是蘇珊娜，他們兩個就會像超大經濟包煤炭躺在盧德搖籃地板上。

『伯廉？』蘇珊娜惴惴不安的說道。沒有回應。『伯廉，你還在嗎？』

『在。再來一個謎語。』

『什麼時候門不是門？』艾迪問道。

『半開半闔的時候。如果你們真要我帶你們到哪裡去的話，得想出比這更好的謎語。你們辦得到嗎？』

『要是羅蘭在這裡，我確定可以，』蘇珊娜說道。『無論傑克書裡的謎語有多少，都不會有羅蘭知道得多——他小時候還當書唸呢！』說完這句，她猝然發現她無法想像羅蘭小時候的模樣。『你願意載我們嗎，伯廉？』

『可能，』伯廉說道，艾迪很肯定從他的聲音中聽出一絲絲的殘酷。『不過，你們得給我的內燃機加「特別數」我才會動，而我的內燃機是倒著轉的。』

『什麼意思？』艾迪問道，從柵欄間看著伯廉平滑的背。但伯廉卻不回答這個問題，也不回答他們提出的任何一個問題。鮮橘色燈一直亮著，但大伯廉和小伯廉似乎都冬眠了。但艾迪並未上當。伯廉醒著，伯廉正在監視他們，伯廉正在傾聽他們的摩擦音模式及雙母音重音強調。

他看著蘇珊娜。

『「你們得給我的內燃機加『特別數』，而我的內燃機是倒著轉的，」』他茫然說道。

『這是個謎語，對不對？』

『當然是。』她看著三角形窗，真像極了半閉半闔、嘲弄的眼睛。她把艾迪拉近，跟他咬耳朵。『它根本就不正常，艾迪——精神分裂症、偏執狂、可能還有妄想症。』

『還用妳說，』他也壓低聲音回答。『這個玩意是個瘋狂天才電腦裡的鬼魂單軌火車，喜歡猜謎，而且比音速還快。歡迎來到奇幻版「飛越杜鵑窩」。』

『你知道謎底是什麼嗎？』

艾迪搖頭。『妳呢？』

『隱隱約約有點印象，可能不太對。我老是在想羅蘭說的話：好謎語一定有道理，一定解得開。就像魔術師的把戲。』

『想偏了。』

蘇珊娜點頭。『再去開一槍，艾迪——讓他們知道我們在這裡。』

『好。現在就只是不知道他們是不是還在那兒了。』

『你覺得是嗎，艾迪？』

艾迪已走開，但他頭也不回說：『我不知道——這個謎語連伯廉也答不上來。』

31

『我能不能喝點東西？』傑克問道，聲音聽起來很濃濁。他的嘴和受虐的鼻內組織都腫了起來，看起來像是在街頭混戰，傷得最重的一個。

『哦，當然，』『滴答人』深謀遠慮地答道。『可以，當然可以。我們有一大堆東西可以喝呢，是不是，銅頭？』

『欸，』一個高個子，戴眼鏡的男人說道。他穿著白色絲襯衫，黑色絲長褲，一幅世紀末龐奇㉟漫畫裡的大學教授模樣。『這裡沒有水源短缺的問題。』

『滴答人』又輕鬆的坐在他的寶座上，幽默的看著傑克。『我們有葡萄酒、啤酒、麥酒，當然還有甘美的清水。有時候人的身體需要的也不過就是平淡的水。清涼、乾淨、閃耀的水。你看怎麼樣，小朋友？』

傑克的喉嚨也腫了，乾得跟砂紙一樣，陣陣刺痛。『很好。』他低聲說道。

『連我聽了都口渴了，』『滴答人』說道。他的嘴唇咧開，泛起微笑，綠眸閃閃發亮。『舀一杓水來，緹莉——我真是太沒禮貌了，竟然忘了請客人喝水。』

緹莉穿過房間另一端的艙口，遙對嘉修和傑克進來的那個艙口。傑克看著她走，舐了舐腫脹的嘴唇。

『好了，』『滴答人』說道，又回頭凝視傑克。『你說你來的那個美國城市，這個叫什麼紐約的，跟盧德很相似。』

『呃……也不盡然……』

『可是你認出了某些機器，』『滴答人』窮追不捨。『氣閥、幫浦等等，更別提冥火管了。』

『對，我們管它叫霓虹，不過是同樣的東西。』

『滴答人』朝他伸手。傑克嚇得往後縮，但『滴答人』只是拍拍他肩膀。『對，對，非常接近。』他的眼睛發光。『而且你還知道電腦？』

『對，只是——』

緹莉拿著大長杓回來，怯怯地接近『滴答人』的寶座。他接過來，伸向傑克。傑克伸手去拿，『滴答人』卻縮回自己喝。傑克看著水從『滴答人』的嘴角流下，滾落他赤裸的胸膛，他開始顫抖。他實在忍不住了。

『滴答人』舉著杓子打量他，彷彿這才想起傑克這號人物。在他身後，嘉修、銅頭、布藍登、胡茨都咧著嘴笑，像是小學童聽見了什麼有趣的髒笑話。

『哎呀呀，我老想著我自己有多渴，竟然把你給忘了！』『滴答人』大呼小叫道。『真是太可鄙了，眾神詛咒我的眼睛！可是，這水看起來這麼甘美……而且的確甘美……清涼……乾淨……』

他把杓子伸向傑克。傑克伸手去拿，他又縮回去。

『首先，小朋友，告訴我你對雙極電腦和過渡迴路了解多少。』他冷冷地說道。

『什麼……』傑克看著通風鐵格，但那對鑲金邊眼睛已消失。他真要以為畢竟還是他自己的想像力作祟了。他把視線調回『滴答人』身上，明白了一件事：他什麼水也喝不到。是他太笨才會夢想能喝到水。『什麼是雙極電腦？』

『滴答人』的臉孔憤怒地扭曲；把剩餘的水潑在傑克瘀血浮腫的臉上。『你少跟我玩把戲！』他尖叫道，一把扯下精工錶，在傑克面前搖晃。『我問你這是不是雙極迴路，你說不是！所以別又說你不知道我在說什麼，因為你早已表明你非常清楚了！』

『可是……可是……』傑克說不下去。困惑和畏懼讓他頭昏腦脹，只是十分模糊的知覺到他能舐到多少水就盡量舐多少。

㉟Punch為一本幽默諷刺雜誌，一八四一年首次出刊，二〇〇二年停刊。其政治漫畫犀利尖銳，社會漫畫則呈現十九、二十世紀之社會百態。

『這個狗屁城市地底下有一千個狗屁雙極電腦，甚至有十萬個，而唯一一個會動的就只會玩「看仔細」，放那些鼓聲！我要那些電腦！我要它為我服務！』

『滴答人』從寶座上竄起來，揪住傑克，拚命搖晃他，又把他摔到地板上。傑克撞到一盞立燈，連人帶燈一齊倒地，燈泡啵一聲爆裂，像是空洞的咳嗽。緹莉尖叫，連連後退，眼睛瞪得老大，眼神驚慌。銅頭和布蘭登惴惴不安的互相對望。

『滴答人』身體向前探，手肘架著大腿，對著傑克的臉尖叫：『我要電腦，而且我非得到不可！』

室內一片死寂，只有通風口送入暖風會打破靜默。說時遲那時快，『滴答人』臉上的暴怒消失了，好似壓根沒動過怒，換上的是另一個迷人的笑容。他更向前傾，把傑克扶起來。

『抱歉。我滿腦子都是這個地方的潛力，有時候會太忘情。請接受我的道歉，小朋友。』他把翻倒的長杓拾起來，拋給緹莉。『裝滿水，沒用的賤人！聽不懂人話是不是？』

他又回頭注意傑克，仍掛著電視益智遊戲的主持人笑容。

『好吧，你開過玩笑了，我也開過了。現在告訴我，你對雙極電腦和過渡迴路知道些什麼，然後你就可以喝水了。』

傑克張嘴要說話——其實根本不知道要說什麼——突然間，令人費解的，羅蘭的聲音盈滿了他心中。

讓他們分心，傑克——如果有開門的按鍵，接近它。

『滴答人』緊緊地盯著他。『你想到了什麼，是不是，小朋友？我就知道。別隱瞞，告訴你的老朋友滴答。』

傑克的眼角捕捉到動作。雖然他不敢抬頭去看通風鐵格，因為『滴答人』全副心神都在他身上，但是他知道是仔仔回來了，從薄板往下看。

讓他們分心……傑克猛地想到該怎麼做了。

『我是想起了一件事，』他說道，『不過和電腦沒有關係，而是跟我的老朋友嘉修和他的老朋友胡茨有關。』

『什麼！什麼！』嘉修忙不迭大喊。『你在胡說什麼，小子？』

『你為什麼不告訴「滴答人」是誰把通關口令給你的呢，嘉修？然後我再來告訴「滴答人」你把口令藏在哪裡。』

『滴答人』困惑的眼神從傑克身上移到嘉修那兒。『他在說什麼？』

『沒什麼！』嘉修說道，卻忍不住偷看了胡茨一眼。『他只是在轉移焦點，用我來幫他擋災。滴答。我就說他很沒規矩！我不是說——』

『檢查他的頭巾嘛，』傑克建議道。『裡頭有一張紙，上面寫著通關口令。我還得唸給他聽呢！因為他自己看不懂。』

這次『滴答人』並沒有暴怒，而是一張臉慢慢的往下拉，像是暴風雨大作前的夏日天空。

『讓我看你的頭巾，嘉修，』他用渾厚輕柔的聲音說道。『讓你的老夥伴瞄一眼。』

『他在撒謊，我告訴你！』嘉修喊道，兩手按住頭巾，朝牆壁連退兩步。在他的正上方，仔仔鑲金邊的眼睛熠熠生輝。『你只需要看他的臉，就知道他那種沒規矩的小廢物最會的事情就是撒謊！』

『滴答人』這下子又盯住了胡茨，胡茨怕得要生病了。『怎麼回事？』『滴答人』用輕柔恐怖的語氣問道。『怎麼回事啊，胡茨？我知道你跟嘉修是從小到大的好哥兒們，我知道你的腦筋就跟隻大笨鵝一樣，不過你總不至於笨到把進入密室的通關口令給寫下來吧……會嗎？會嗎？』

『我……我只是覺得……』胡茨支支吾吾的開口。

『閉嘴！』嘉修大吼。恨恨地瞪了傑克一眼。『我會宰了你，小親親——等著瞧。』

『把頭巾摘掉，嘉修，』『滴答人』說道。『我要看裡面。』

傑克側跨了一步，向有按鍵的講台潛近。

『不！』嘉修兩手護著頭巾，用力壓住，彷彿怕會飛走。『見鬼了我才會讓你看！』

『布蘭登，抓住他。』『滴答人』說道。

布蘭登撲向嘉修。嘉修的動作不如『滴答人』快，但也夠快了；他彎腰，從靴筒裡抽出一把刀，插入了布蘭登的手臂。

『噢，狗雜種！』布蘭登既驚又痛，大聲號叫，鮮血泉湧。

『看你做的好事！』緹莉也尖叫了起來。

『難道這裡什麼事都得要我親自動手嗎？』『滴答人』大吼，似乎是氣惱的成分要比憤怒來得多些。他站了起來。嘉修步步後退，血淋淋的刀子舉在面前，來來回回揮舞著，似乎畫著某種神祕的圖案，另一手仍牢牢按住頭巾。

『別過來，』他一面喘一面叫。『我當你兄弟一樣，滴答，可你要是不後退，我會把這把刀子插進你的五臟六腑裡——我會！』

『就憑你？想得美。』『滴答人』說，還縱聲大笑。他從自己的刀鞘裡拔出刀來，握著骨頭刀柄，所有人都盯著他們倆。傑克乘機朝講台快速跨了兩步，講台上有一小堆按鈕，他伸手去按他覺得『滴答人』剛才按過的那一個。

嘉修沿著圓弧牆倒退，霓虹燈照上他滿佈花柳爛瘡的臉，變換出一個又一個病態的顏色：膽汁綠、高燒紅、黃疸黃。『滴答人』站在仔仔藏身的通風鐵格下。

『放下刀子，嘉修，』『滴答人』用講道理的口吻說道。『你照我的吩咐帶回了男孩。就算有人受罰，也該是胡茨，不是你。只要讓我——』

傑克看見仔仔身子低伏，準備跳躍，立刻明白了兩件事：學舌獸的企圖，以及是誰把牠放上去的。

『仔仔，不要！』他扯開嗓門尖叫。

所有人都轉過頭來。這時仔仔一躍，撞飛了薄弱的通風鐵格。『滴答人』聽見聲音，立刻轉身，仔仔撲向他仰起的臉，又咬又抓。

32

隔著雙層門後羅蘭仍依稀聽見門後的變化——仔仔，不要！——不禁一顆心直往下沉。他等著氣閥輪轉動，卻白等了一場。他閉上眼睛，凝聚全身之力送出訊息：門，傑克！開門！

他感受不到回應，就連心中的圖像也消失。他與傑克的連繫本就脆弱不堪，此刻更是全然切斷。

33

『滴答人』跌跌撞撞後退，又罵又喊，手忙腳亂去抓那個蠕動個不停，拚命撕咬，狠抓他臉的東西。他感到仔仔的利爪擊中他左目，瞬間加壓，可怕的劇痛竄入他的腦子，有如把燃燒的火炬扔下了深井。剎那間，狂怒取代了痛苦。他抓住仔仔，把牠從臉上扯開，高舉在頭頂，打算把牠當破布般絞殺。

『不！』傑克哀呼，忘了控制雙扇門的按鍵，一把抓起掛在椅背上的機關槍。

緹莉尖叫，其他人四散開來。傑克把古舊的德式機槍對準『滴答人』。仔仔被那雙強壯的大手抓住，頭下腳上，身體扭曲到幾乎折斷的角度，對著空氣張牙舞爪，瘋狂扭動。牠尖聲大叫，驚怒交迸，像極了人類。

『放開牠，王八蛋！』傑克尖叫著警告道，扣動了扳機。

他總算沒有完全失控，還記得別瞄準高處。舒梅瑟點四○噠噠怒吼，儘管只打了五、六發，但在密閉的空間內簡直是震耳欲聾。一根燈管爆裂，迸出冰冷的橙色火花。『滴答人』的緊身褲左褲管膝蓋上方出現了一個洞，暗紅色血跡立刻擴散開來。『滴答人』的嘴形成一個震驚的O形，他的表情說出了言語無法表達的意義：在『滴答人』的心中，他期待長命百歲，美滿人生，只有他殺人，沒有人殺他。或許會有人試圖殺他，可是真正中槍？那個詫異的表情訴說的是，這根本不在他的考慮之列。

歡迎到真實世界來，王八蛋，傑克心裡罵道。

『滴答人』鬆手，仔仔掉在鐵格地板上，他伸手抓受傷的腿。銅頭撲向傑克，一臂扼住他脖子，但仔仔也搶上來，犀利地吠叫，狂咬他的腳踝。銅頭尖叫跳開，腿亂踢一通。仔仔像水蛭一樣緊黏不放。傑克轉身看見『滴答人』朝他爬來，刀子咬在兩排牙齒間。

『再見了，滴答。』傑克說道，再次扣下扳機。毫無動靜。傑克不知是卡彈或已沒有子彈，無論如何此時此刻都不是猜測的好時機。他後退兩步，卻發現後路給『滴答人』的寶座擋住。他想繞過椅子，用椅子當作屏障，『滴答人』卻比他快了一步，一把攫住他的腳踝，另一手舉到口邊拿刀。他受創的左眼宛如一球薄荷果凍掛在臉頰上，右眼則狠狠瞪住傑克，充滿了瘋狂的仇恨。

傑克想掙脫攫住腳踝的手，死命朝『滴答人』的寶座爬。就在這時，他瞥見了椅子右臂縫了一個口袋，裝了鬆緊帶的袋口上突出一把左輪槍的珍珠槍柄。

『哎，小朋友，你有吃不完的苦頭了！』『滴答人』說道，欣喜若狂。剛才震驚的O形嘴此刻咧開了顫抖的邪惡笑容。『哎，你有吃不完的苦頭了！我會痛痛快快的……什麼——？』

傑克握住不值錢的鍍鎳左輪槍，瞄準『滴答人』，扳下撞針，『滴答人』齜牙咧嘴的笑慢慢僵硬，震驚的O形又出現了。傑克腳踝上的力道加重，他以為骨頭一定給捏斷了。

『你不准！』『滴答人』尖聲低語道。

『我偏要！』傑克猙獰地說，發射『滴答人』的老槍。只有平淡的一聲嗒，比起舒梅瑟衝鋒槍的霹靂雷鳴不起眼太多了。『滴答人』的右額出現了一個小黑洞，他仍一逕瞪著傑克，僅存的一隻獨眼仍寫著不敢相信。

傑克勉強自己再開一槍，卻無力做到。

奇怪的是，『滴答人』的頭皮居然剝落了一片，彷彿舊壁紙，落在右頰上。若是羅蘭看見就會知道是怎麼回事；但此刻的傑克幾乎連思考都無法連貫。驚惶恐怖在他心裡飛旋，有如龍捲風。他縮進椅子裡，腳踝上的抓握鬆開，『滴答人』面朝下，癱倒在地。

門。他必須開門，讓槍客進來。

傑克專心一志想著這個任務，任由珍珠柄左輪槍喀嗒一聲落在鐵格地板上，硬逼著自己從椅子上站起來，伸手去按他認為『滴答人』按過的按鍵，冷不防卻有一雙手扼住了他的喉嚨，把他往後拖，遠離講台。

『我說過我會宰了你，我可愛的小朋友，』一個聲音在他耳畔低喃，『而且嘉修說到就做到。』

傑克雙手亂舞，什麼也沒打到。嘉修的手指掐入他喉嚨，無情地窒息他。眼前的世界逐漸變成灰色。灰色迅速轉濃，變成紫色，紫色又成了黑色。

34

一個幫浦動了起來。艙門中央的氣閥輪快速旋轉。感謝眾神！羅蘭默默祝禱道。在氣閥輪完全靜止之前，他就用右手握住，猛力拉開。另一扇門已敞開；門後傳來打鬥聲、仔仔的吠叫，此時既尖銳又充滿了痛苦憤怒。

羅蘭一腳踹開大門，立刻就看見嘉修想勒死傑克。仔仔已丟下銅頭，咬著嘉修想讓他放開傑克，但嘉修的靴子卻起了雙重功用：一個是保護靴子的主人逃過學舌獸的利齒，一個是保護仔仔免受嘉修的血液污染。布蘭登又刺了仔仔的側腹一刀，想讓牠放過嘉修的腳踝，但仔仔毫不在意。傑克給敵人的兩隻髒手扼住，雙腳離地，彷彿繩子給割斷的木偶。他的臉色青白，腫脹的嘴唇呈現隱隱的淡紫色。

嘉修抬頭看。『是你。』他厲聲說道。

『是我。』羅蘭接口道。開了一槍，嘉修的左腦袋瓜立刻開花，身體向後飛，沾血的黃頭巾鬆開，跌落在『滴答人』身上，兩腳在鐵格地板上抽動了一會兒，隨即歸於死寂。

羅蘭射了布蘭登兩槍，用右手掌緣轉動撞針。布蘭登正彎腰打算再給仔仔一擊，但卻中了槍，旋身撞上了牆，緩緩往下滑，還抓住一根燈管。綠色的沼澤光從他鬆開的指頭間灑出。

仔仔跛行到傑克躺的地方，舔舔他蒼白不動的臉。

銅頭和胡茨膽戰心驚，肩並肩往緹莉剛才去舀水的小門擠。這會兒可不是講什麼俠義規矩的時候，羅蘭從背後射殺了他們兩個。他現在必須分秒必爭，行動快如閃電，可不能冒險給這兩人機會，讓他們鼓起餘勇，半路伏襲他們。

膠囊形密室頂上，一串鮮亮的橙光亮起，警鈴震天價響：洪亮、粗啞，轟擊著牆壁。一、兩分鐘後，緊急照明也和警鈴同步振動。

35

警鈴大作時，艾迪正要回到蘇珊娜身邊，警鈴聲嚇得他大喊了一聲，舉起魯格槍，指著空無一物的四周。『是怎麼啦？』

蘇珊娜搖頭，一點頭緒也沒有。警鈴很嚇人，但這只是一個小問題；更大的問題是警鈴的音量可以讓人在生理上也感受到痛楚。這個增強的喧囂，讓艾迪想起貨櫃車喇叭加到了第十級的音量。

同一時間，橙色鈉弧光燈也開始振動。他握住蘇珊娜的輪椅，看見通話鍵也閃動著紅色，彷彿在眨眼。

『伯廉，這是怎麼回事？』他大喊，環顧四周，卻只看見狂跳的陰影。『是你弄的嗎？』

伯廉的回應是大笑——可怕的機械笑聲，讓艾迪想起小時候在康尼島的鬼屋外看過的發條小丑。

『伯廉，停下來！』蘇珊娜放聲尖叫。『空襲警報叫得人發瘋，這樣我們要怎麼用心去想你的謎語？』

笑聲戛然而止，但伯廉仍不回答。或許他回答了；隔開他們和月台的柵欄後，讓『滴答人』垂涎三尺的雙極電腦下達了指令，讓靜音漸進傳動式渦輪啟動了巨大的引擎。十年來第一次，單軌伯廉甦醒了，正蓄勢待發。

36

當初設置警報的用意，的確是要警告盧德城早已死亡的市民敵機來襲，將近一千年來，從來沒有測試過，但此刻正橫掃整座城市。所有仍有作用的燈光全部點亮，並且同步閃動。無論是街上的黃毛或地下的灰毛，都深信他們一直懼怕的末日終於降臨。灰毛懷疑是某種機械崩潰大災難；而黃毛原本就堅信隱藏在機器中的鬼魂終有一天會復活，向仍活著的人施展報復手段。這兩種臆測中，倒是黃毛比較趨近實情。

城市地下的古老電腦內當然留下了一個人工智慧，單一的有機體，早在多年前就已不再正常，因為現實畢竟是無情的。它一直把逐漸增多的詭異邏輯儲存在記憶庫中，儲存了八百年之久，如果不是羅蘭和朋友來到盧德，它可能會再繼續儲存個八百年。但這個『非人體』不斷沉思，每過一年就更加的不正常。即使在逐漸增加的睡眠時段裡，它仍能做夢，而它的夢也在世界前進的同時愈來愈異常。如今，儘管那些維持光束的機械已經退化，這一個瘋狂、非人類的智慧卻在毀滅之房甦醒，雖然和鬼魂一般沒有形體，但卻再度在死者之廊躑躅穿行。

37

換句話說，單軌伯廉正準備要重出江湖。

羅蘭跪在傑克身邊，聽見身後有腳步聲，立時旋身舉槍。緹莉高舉雙手，生麵糰色的臉孔充滿了困惑和迷信的恐懼，尖聲大叫：『別殺我，塞爺！求求你！別殺我！』

『那就跑，』羅蘭不多浪費口舌。緹莉拔腿要跑，羅蘭用槍管敲她的小腿。『不是那邊——從我進來的門出去。再讓我看到妳，我會是妳在這世界看到的最後一樣東西。去吧！』

她消失在躍動打轉的陰影中。

羅蘭低頭貼著傑克的胸膛，手掌捂住另一邊耳朵，擋住震天的警鈴。他聽見了男孩的心跳，雖然緩慢，卻十分有力。他兩手抱住傑克，就在這時，傑克睜開了眼睛。『這次你沒讓我掉下去。』他的聲音沙啞微弱。

『對，這次沒有，以後也不會。別說話。』

『仔仔呢？』

『ㄞ—ㄞ！』學舌獸吠道。『ㄞ—ㄞ！』

布蘭登劃了仔仔好幾刀，幸虧都不是傷在致命之處，傷勢也不嚴重。牠顯然感到痛，但也顯然欣喜欲狂。牠張著晶瑩閃耀的眼睛凝視傑克，伸出粉紅色的舌頭。『ㄟ克，ㄟ克，ㄟ克！』

傑克哇一聲哭了出來，伸手去抱牠。仔仔跳入他懷裡，讓傑克摟了一會兒。

羅蘭站起身，四下打量，視線盯住房間另一頭的門。那兩個背後中槍而死的人想朝這裡逃生，那女人也想從這裡逃走。羅蘭抱著傑克，朝門走去，仔仔跟在腳邊。他把一個死亡的灰毛踢開，繞行前進。裡頭的房間是廚房，有固定的家電用品、不鏽鋼牆，但看起來還是像豬窩，灰毛顯然不怎麼愛做家事。

『水，』傑克低喃道。『拜託……好渴。』

羅蘭感到一種詭奇的歷史重現，彷彿時光又折回了過去。他憶起蹣跚走出荒漠時，高熱及空曠逼得他幾乎瘋狂。他憶起在驛站馬廄暈倒，口渴得成了半個死人，醒來時發現清涼的水順著喉嚨流下。傑克脫掉了襯衫，在幫浦打出來的水裡浸濕，餵他喝水。今天輪到他來為傑克做他早已為他做過的事。

羅蘭東瞧西瞧，看見了水槽，走過去，轉開水龍頭，冰涼澄淨的水沖出。在他們頭頂、四周、底下，警鈴仍自顧自大吵大叫著。

『站得穩嗎？』

傑克點頭。『應該可以。』

羅蘭把男孩放下來，如果他搖晃得太厲害，他準備隨時接住他，但傑克緊抓住水槽，把頭埋在流動的自來水下。羅蘭把仔仔也抱起來，檢查牠的傷勢。牠的傷口血液已凝結。算你福大命大，我毛茸茸的小朋友，羅蘭沉吟道，然後伸手捧水給學舌獸喝。仔仔喝得很急。

傑克的頭離開了水龍頭，頭髮濕答答黏在臉頰兩側。他的膚色仍太蒼白，而且他被痛打過的痕跡也益加明顯，但已比先前羅蘭俯身探視他的生死時好多了。剛才有一刻，羅蘭還以為傑克死了。

他發現自己在暗暗希望能回去把嘉修再凌遲一次，這個想法又讓他想起了另一件事。

『那個嘉修稱為「滴答人」的傢伙呢？你看見他了嗎，傑克？』

『嗯。仔仔突襲他，抓花了他的臉。我開槍打他。』

『死了？』

傑克的嘴唇顫抖了起來，卻緊緊抿住。『對。這裡……』他敲了敲右眉上方。『我運……運氣好。』

羅蘭注視他，在心裡評估，隨後緩緩搖頭。『你知道嗎？我不認為是運氣。不過現在先別管。走吧。』

『我們要去哪裡？』傑克的聲音仍虛弱粗啞，而且不停從羅蘭的肩膀望向他差點就送掉性命的房間。

羅蘭指著廚房對面。在另一個艙口後是長長的走道。『那裡。』

『**槍客**。』一個聲音從四面八方響起。

羅蘭猛然轉身，一臂護著仔仔，一臂護著傑克的肩膀。但四下都無人。

『誰跟我說話？』他喊道。

『**報上姓名，槍客**。』

『基列地的羅蘭，史蒂芬之子。誰在說話？』

『**基列地早已不存在了**。』那聲音沉吟道，不理睬他的問題。

羅蘭抬頭，看見了天花板上的同心圓圖案。聲音就來自其中。

『**內世界、中世界已經將近三百年不見槍客的足跡了**。』

『我和我的朋友是最後的一批。』

傑克把仔仔抱過來。學舌獸立刻舔起男孩腫脹的臉，鑲金邊的眼睛充滿了鍾愛和快樂。

『是伯廉，』傑克對羅蘭低聲說道。『對不對？』

羅蘭點頭。當然是它——但他覺得伯廉深藏不露，並不是一列簡單的單軌火車而已。

『**男孩！你是紐約的傑克嗎？**』

傑克貼緊羅蘭，抬頭看著擴音器。『對，』他說道。『就是我，紐約的傑克。呃……埃爾默之子。』

『你那本謎語書還在嗎？有人告訴我的那本書？』

傑克伸手到肩上，除了自己的背什麼也沒摸到，霍然想起它被嘉修丟在路上，不禁表情驚慌。他看著羅蘭，槍客正把他的背包遞給他。儘管槍客狹長、稜角分明的臉一如往常不動聲色，傑克卻感覺到他的嘴角藏著一抹笑。

『你得調整背帶，』羅蘭說道。『我把它拉長了。』

『可是《猜謎嘍！》——？』

羅蘭點頭。『兩本書都在。』

『你有什麼，小朝聖者？』那聲音悠哉遊哉的詢問道。

『見鬼了！』傑克嫌惡地說道。

它看得見我們，也聽得見我們，羅蘭思量道，片刻後，他察覺到角落有一顆小小的玻璃眼，遠比一般人的視線高度來得高。他感到皮膚上竄過一陣寒氣，看見傑克憂慮的臉色和他緊摟住仔仔的樣子，他知道不是只有他感到不安。那聲音是機器的，一具聰明過人的機器，一具愛玩的機器，但它卻非常的不對勁。

『謎語書，』傑克說道。『我有那本謎語書。』

『好。』聲音裡幾乎有種人類的滿意情緒。『非常好。』

廚房另一頭門口突然跑出一個衣著寒酸、留著鬍鬚的傢伙，上臂纏著沾染了鮮血和灰塵的黃頭巾。『牆裡失火了！』他尖聲喊道。他似乎在情急之下忘了羅蘭和傑克並不屬於他這個悲慘的地下共業。『下層冒煙了！大家在自相殘殺！不知哪裡出錯了！媽的，什麼東西都出錯了！我們得——』

烤箱門猝然打開，露出一張沒樞紐的大嘴，藍白色火束激射而出，纏繞住那人的頭。他的衣衫著火，臉上皮膚沸騰，被驅逐了出去。

傑克抬頭瞪著羅蘭，驚駭至極。羅蘭伸手摟住了男孩的肩膀。

『他打斷了我，』那聲音說道。『太粗魯了，對不對？』

『對，』羅蘭鎮靜地說。『非常粗魯。』

『紐約的蘇珊娜說你記得許多謎語，基列地的羅蘭。是真的嗎？』

『是。』

走道這一端某個房間傳出爆炸，地板在他們腳下震動，尖叫聲此起彼落。閃動的燈光和叫嚷不休的警鈴暫時變弱，但下一瞬間又恢復了。通風口飄出嗆人的煙。仔仔嗅到了，鼻子動來動去。

『說個謎語給我，槍客。』那聲音邀請道。聲音祥和寧靜，彷彿大家都坐在安靜的鄉村廣場，而不是在一個瀕臨瓦解邊緣的城市地底下。

羅蘭思索片刻，想起的是卡斯博最喜愛的謎語。『好吧，伯廉，』他說道，『我會說。什麼比眾神強，比裂足老頭差？死人當飯吃，活人吃了死得慢。』

很長的沉默。傑克把臉埋入仔仔的毛裡，想躲開那個火烤灰毛的燒焦味。

『小心，槍客。』這聲音微弱得有如夏日最酷熱的日子裡一陣幾不可察的輕風。那個機器的聲音從所有的擴音器裡傳來，但這一個卻來自頭頂上那個擴音器。『小心，紐約的傑克。記住這裡是卓爾地。慢慢來，而且要步步為營。』

傑克瞪大眼睛看著羅蘭。羅蘭微微搖了搖頭，舉起了一根手指，看似搔鼻子，但也從嘴唇上劃過，傑克覺得羅蘭是叫他別說話。

『高明的謎語，』伯廉終於說道，聲音裡似乎透著真正的佩服。『答案是「沒有這種東西」，對不對？』

『對，』羅蘭說道。『你自己也很高明，伯廉。』

等聲音再開口，羅蘭聽見了艾迪早先也聽見的東西：難以饜足的貪慾。『再問一個。』

羅蘭深吸一口氣。『現在不行。』

『我希望你不是在拒絕我，羅蘭，史蒂芬之子，因為這樣也很粗魯。非常粗魯。』

『帶我們去找我們的朋友，帶我們離開盧德，』羅蘭說道。『然後或許會有猜謎的時間。』

『我可以當場殺了你。』那聲音說道，一瞬間就變得有如最酷寒的嚴冬。

『是啊，』羅蘭說道。『我相信你是可以，但謎語也會隨我而死。』

『我可以拿走男孩的書。』

『偷竊比拒絕或打擾更加的粗魯。』羅蘭批評道，說話的語氣好像只是與人閒聊，但他摟住傑克的右手手指卻按得很緊。

『再說，』傑克說道，抬頭看著天花板上的擴音器。『書裡沒有解答，那幾頁都給撕掉了。』他突然靈機一動，敲著自己的太陽穴。『沒關係，答案都在這裡。』

『你們幾個傢伙最好記住沒有人喜歡賣弄聰明的人。』伯廉說道。又一聲爆炸，這次更響，也更近。有一個通風鐵格給震掉，火箭似的擊中廚房另一端。一分鐘後，二男一女穿過了通往灰毛大雜院的門。羅蘭舉槍瞄準他們，但他們只是跌跌撞撞經過廚房門，進入地下飛彈發射室，連看都沒看羅蘭和傑克一眼。對羅蘭而言，他們就像逃離森林大火的動物。

天花板上一塊不鏽鋼板滑開，露出一方黑暗。裡頭有銀光閃動，一會兒之後，一個鋼球，可能直徑有一呎，從洞裡落下來，懸浮在廚房半空中。

『跟著。』伯廉淡淡的說。

『它會帶我們去艾迪和蘇珊娜那兒嗎？』傑克滿懷希望的問道。

伯廉沉默以對……但一等球體沿著走道飄浮，羅蘭和傑克都尾隨其後。

38

傑克對往後的時間沒有清楚的記憶，而這或許也是一種福分。他離開了自己的世界一年多之後，南美洲有個叫蓋亞納的小國家有九百人集體自殺，但是他知道什麼是盲目大眾間歇發作的死亡衝動，也知道在土崩瓦解的灰毛地下城發生的情況就和那個很類似。

爆炸四起，有些在他們這一層，大部分都在更底下；偶爾辛辣的煙會從通風鐵格飄出來，但泰半的空氣清淨機仍在運作，在濃煙尚未凝聚成窒人的雲團前，就把大多數的煙排出了。他們沒看見火，但灰毛的反應彷彿世界末日來臨。大多數人逃為上策，一臉茫然，驚慌得張大嘴，也有許多人自殺了，飲彈的、刎頸的、割腕的、服毒的，鋼球帶領羅蘭和傑克經過的走廊房間遍佈屍體，每個人的表情都是蝕骨的恐怖。傑克只能隱約理解這些人何以走上不歸路。羅蘭就比較能體會這些人──這些人的神志──出了什麼問題。這個長年死亡的城市終於復生，而且似乎在動手自我拆解。羅蘭明瞭伯廉是蓄意這麼做，是伯廉逼得他們如此。

一個人吊死在天花板的加熱管上，他們矮身躲過，吃力的跑下浮球後面的鋼梯。

『傑克！』羅蘭喊道。『你有事瞞著我，是不是？』

傑克搖頭。

『沒有。是伯廉搗的鬼。』

他們下到了樓梯底端，匆匆沿著狹窄的走廊奔向一個艙門，門上用貴族語寫著『嚴禁進入』。

『這是伯廉嗎？』傑克問道。

『對，「嚴禁進入」就是他的別名。』

『那另一個聲——』

『噓！』羅蘭厲聲禁止。

浮球停在艙門前。氣閥輪轉動，艙門打開一條縫。羅蘭用力拉開，兩人踏入一個廣大的地下室，地下室朝三面開展，無邊無際的延伸，似乎永無止盡的走道上，盡是控制面板和電子設備。大部分的面板是漆黑一片，可是羅蘭和傑克一跨入門，瞪大眼睛東張西望，立刻就看見指示燈紛紛亮起，聽見機器開始循環。

『「滴答人」說這裡有上千個電腦，』傑克說道。『好像真讓他說對了。我的天，看！』

羅蘭不懂傑克所說的『電腦』是什麼東西，所以沒說話，只是看著一排一排的面板亮起。一簇火花迸出，某個控制盤竄起了一條綠色火舌，馬上就又熄滅，應是哪個古董設備運作不良。

但大多數的機器卻都很正常。幾世紀不曾活動的指針倏忽跳到綠色。大型鋁柱轉動，把儲存在矽碟上的資料送入已全然清醒、正等待輸入資訊的記憶庫中。數字顯示器上列出了各式各樣的資料，包括『西河領地水力發電廠』的地下蓄水層，到冬眠中的『傳河谷核能電廠』的可用能量。紅綠色的圓點矩陣閃爍發光。頭頂上，一層層垂吊的球體開始發光，輻射出道道光束。而從下方、上方、四周——四面八方——發電機和漸進傳動式引擎在長眠多年後終於甦醒，發出了低沉的運轉聲。

傑克的力氣衰退得很嚴重，羅蘭再次把他抱起來，追著浮球經過一個又一個無論是功能或用途都遠非他所能理解的機器。仔仔跟在他腳邊。浮球向左彎，他們發現自己奔跑在左右都是電視牆的走道上，有好幾千個，一排排堆疊著，彷彿兒童的積木。

我爸看了一定喜歡，傑克心裡想著。

這條漫長的電視廊有些部分仍是漆黑一片，但許多螢幕都是亮的。螢幕上呈現出一個陷於混亂的城市，而這混亂無論是地上地下皆然。街道上一群群黃毛漫無目標穿梭，瞪大眼睛，嘴巴唸唸有詞。許多人從高樓跳下。傑克驚恐的看著上百個人麇集在傳河大橋上，投河自盡。有的螢幕照出宿舍似的大房間，擠滿了折疊床。有些房間著火了，縱火者似乎就是驚慌失措的灰毛。他們把自己的床墊家具付之一炬，唯有上帝知道是為了什麼。

一個螢幕上，只見某個胸膛有水桶那麼粗的巨人把男男女女丟入乍看之下是壓榨機的機器裡。這景觀已經是夠駭人聽聞了，但竟然還有更可怕的：那些犧牲者居然毫無驚覺，還溫馴的排隊等著給往下拋。而劊子手頭上緊緊綁著黃頭巾，打結的部分在耳下搖盪，像是條豬尾巴，抓起一名老婦人，高舉過頭，等著下方的不鏽鋼機器把屍體推開，他好再把老婦人丟下去。那名老婦人非但沒有掙扎，臉上甚至還帶著微笑。

『眾多房間裡人人來了又走，』伯廉說道，『我卻不認為有人談論米開朗基羅。』他忽地大笑，笑聲古怪得意，宛如老鼠在碎玻璃上跑來跑去。聽得傑克從腳一路冷到脖子。他一點也不想去招惹一個有這種笑聲的人工智慧……可是他們難道還有別的選擇嗎？

他只好又把視線調回螢幕上……但羅蘭立刻就把他的頭轉開，動作雖輕，卻是不容反抗。

『那裡沒有什麼是你需要看的，傑克。』他說道。

『可是他們為什麼會那樣？』傑克問道。他整天都沒吃東西，卻仍然很想嘔吐。『為什麼？』

『因為他們嚇壞了，而且伯廉還在助長他們的恐懼。但我認為最主要的原因，是他們生活在祖父的墓地裡太久了，厭倦了。在你可憐他們之前，別忘了他們可是會非常樂意把你也一起拖進死胡同裡的。』

浮球又轉彎，把電視牆和電子監視設備拋在後面。前方地板分成三條，中間寬，兩邊窄，中間是合成物質，像新鋪設的瀝青般閃爍，左右兩邊是鉻鋼合金，愈向前愈窄，最後凝結成一個點，而那個點不在房間的最遠端，而是在房間的地平線上。

浮球在暗色的中間地帶上不耐地跳動，突然那條輸送帶默默動了起來，在兩側的鉻鋼鑲板之間滾動，速度和慢跑的速度相當。浮球在空中轉了幾個弧形，催促他們站上去。

羅蘭跟在輸送帶旁慢跑，差不多抓住它的速度後，他才站上去。他把傑克放下，輸送帶把他們三個——槍客、男孩、眼睛鑲金邊的學舌獸——迅速的送出這個鬼影幢幢、古老機器逐一甦醒的地下平原，接著把他們送入了檔案區，一排排檔案櫃不知有多少。黑黑沉沉……卻並未死亡。檔案櫃叢裡傳出惺忪低沉的嗡嗡聲，傑克還看見黃光在鋼面板間閃動，很像頭髮的中分線。

驀然間，他發現自己想起了『滴答人』。

這個狗屁城市地底下可能有十萬個狗屁雙極電腦！我要那些電腦！

電腦慢慢都醒了，傑克思忖道，我猜你真的夢想成真了，滴答……不過要是你在這裡，我倒不敢肯定你是不是還想要。

接著他又想起了『滴答人』的曾祖父，那個有勇氣爬進另一個世界來的飛機裡，飛上高空的人。傑克猜想，身體中遺傳了那樣的血液，『滴答人』絕不會害怕得瀕臨自殺邊緣，反而會很樂意看見出現了轉折……而且愈多人因恐懼而自殺，他就會愈開心。

來不及了，滴答，他想道。感謝上帝。

羅蘭用輕柔驚異的聲音開口。『這些盒子……我想我們正在通過那個自稱是伯廉的東西的心裡，傑克。我想我們正通過它的心智。』

傑克點頭，忽又想起了他的期末報告。『伯廉的頭腦是痛苦的根源。』

『對。』

傑克緊盯著羅蘭。『我們會在我認為的地方出去嗎？』

『會，』羅蘭說道。『如果我們仍然依循著光束之徑走，我們會在搖籃出去。』

傑克點頭。『羅蘭？』

『嗯？』

『謝謝你來救我。』

羅蘭點頭，一手摟住傑克肩膀。

前方遠處，大型馬達轟隆隆甦醒過來。一分鐘後，又傳來沉重的輾壓聲，鮮橙色的鈉弧光燈大放光明。傑克可以看見輸送帶停止的地方。輸送帶前方有陡峭狹窄的電扶梯，通向上層的橙光。

39

艾迪和蘇珊娜聽見沉重的馬達就在他們的正下方啟動。一分鐘後，大理石地板緩緩向後退，露出一條長縫。地板是往他們的方向收縮，所以艾迪趕緊抓住輪椅把手，迅速把蘇珊娜向後推到單軌火車月台和搖籃其餘部分之間的柵欄邊。愈擴愈大的長形光區邊緣有好幾根柱子，艾迪等著地基不見了的石柱墜落到地板上的洞裡。但他卻料錯了。石柱仍屹立不搖，似乎平空飄浮著。

『我看見了電扶梯！』蘇珊娜大聲喊，蓋過吵個不停的警報。她身體往前探，注視著洞口。

『不對，』艾迪也吼回去。『這上頭是車站，所以下層一定是化妝品、香水、女性內衣。』

『什麼？』

『沒什麼！』

『艾迪！』蘇珊娜尖聲大叫，滿臉的驚喜，彷彿國慶煙火。她的身體更往前傾，一隻手指著前方，艾迪趕緊揪住她，她才沒從輪椅上摔下去。『是羅蘭！是他們兩個！』

地板上的洞擴到極限，停了下來，砰然大震。把地板推開的馬達也猝然停止，只剩下悠長垂死的低鳴。艾迪跑向洞口，看見羅蘭站在電扶梯上。而傑克則是蒼白著臉、鼻青眼腫、血跡斑斑、但毫無疑問是傑克本人，而且是活生生的傑克。他站在艾迪旁邊，倚著羅蘭的肩。而他們右後方則坐著仔仔，抬著頭張著明亮的眼睛注視著四周。

『羅蘭！傑克！』艾迪大喊，跳了起來，兩手拚命揮舞，落地時正好在洞口邊緣上。如果他現在戴著帽子，鐵定會把帽子摘下來拋到空中。

他們抬頭看，也揮手致意。艾迪看見傑克笑嘻嘻的，就連又老又瘦的醜高個兒羅蘭都一副快忍不住咧嘴笑開來的模樣。奇蹟是永遠存在的，艾迪在心裡讚歎道。突然間，他的心臟似乎脹得太大，胸腔盛放不了，他舞動得更激烈，雙手亂揮，大吼大叫，唯恐靜下來，欣喜和解脫之情真會害他哭出來。直到這一刻，他才了解他的心有多肯定他們再也見不到羅蘭和傑克了。

『嘿，夥伴！還好吧！去得還真久！還不快點給我滾上來！』

『艾迪，幫我！』

他轉過身。蘇珊娜正掙扎著從輪椅上下來，但她的鹿皮長褲勾住了煞車。她又笑又哭，暗色眼眸燃燒著快樂的光芒。艾迪把她從輪椅上抱下來，用力過猛，輪椅側倒在地上。他抱著她轉圈。她一手緊攀住他的脖子，另一手賣力地揮舞。

『羅蘭！傑克！快上來！挪動你們的屁股，聽見了沒有？』

他們到了上層後，艾迪擁抱羅蘭，捶他的背，而蘇珊娜則在傑克仰起的笑臉上灑下雨點似的吻。仔仔緊跟在傑克腳邊，尖聲吠叫。

『甜心！』蘇珊娜說道。『你還好嗎？』

『嗯，』傑克應道。仍嘻嘻笑著，但眼淚卻湧了上來。『真高興趕到了。妳絕對猜不出我有多高興。』

『我猜得出來，甜心。絕不蓋你。』她又轉頭看羅蘭。『他們是怎麼虐待他的？他的臉像是給壓路機輾過了。』

『嘉修是最大的罪魁禍首，』羅蘭說道。『他不會再打擾傑克了。誰也不會打擾了。』

『你呢，小子？你沒事吧？』

羅蘭點頭，環顧四周。『這就是搖籃？』

『對，』艾迪說道，正凝視著地板上的洞。『下面什麼樣？』

『機器和瘋狂。』

『嗯，還是一樣的惜字如金啊。』艾迪看著羅蘭，一臉是笑。『你們知道我有多高興看到你們嗎？你們知道嗎？』

『我大概知道。』羅蘭也微笑了起來，想著人是多容易改變。曾有一段時間，而且就在不久之前，艾迪還巴不得用羅蘭自己的刀把羅蘭的脖子割斷呢！

底下的引擎又啟動，電扶梯停住，地板上的洞又閉合。傑克走向傾倒的輪椅，把椅子扶正，一面扶一面看見了鐵欄杆後的平滑粉紅色列車，呼吸猛然停住，離開渡口鎮後做的夢又以秋風掃落葉之勢襲來：巨大的粉紅子彈形列車劃破西密蘇里空曠的土地，向他和仔仔直衝而來。怪獸茫然的臉上有兩扇三角形窗戶，窗戶似的眼睛……如今他的夢逐漸成真，他始終知道會有這麼一天。

只不過是列可怕的噗噗火車，它的名字叫討厭鬼伯廉。

艾迪走過去，一手環住傑克的肩。『它就在那裡，冠軍——貨真價實。你覺得怎麼樣？』

『其實沒什麼感覺。』這話太過輕描淡寫，但傑克已心力交瘁，一時沒有更好的答案。

『我也是，』艾迪說道。『它會說話，還喜歡謎語。』

傑克點頭。

羅蘭把蘇珊娜抱在一邊臀上，兩人一齊打量有菱形數字的控制盒。傑克和艾迪也走過來。艾迪發現他得不時低頭看傑克，以便確定不是他自己在想像，也不是他一廂情願的想法；傑克真的在這裡。

『現在怎麼辦？』他問羅蘭道。

羅蘭一根手指滑過那些排列成菱形的數字鍵，搖了搖頭。他不知道。

『我覺得單軌火車的引擎運轉得更快了，』艾迪說道。『我是說，有那個警報在那兒大吵大鬧，很難斷定，可是我覺得是……畢竟它是個機器人。萬一它丟下我們自己跑了呢？』

『伯廉！』蘇珊娜揚聲大喊。『伯廉，你——』

『仔細聽好，朋友，』伯廉的聲音隆隆響。『本城底下儲存有大批化學、生化武器。我啟動了連鎖反應，會導致爆炸，並且釋放生化毒氣。爆炸會在十二分鐘內發生。』

聲音靜默片刻，接著小伯廉的聲音傳來，但非常微弱，幾乎讓警報的叫囂蓋過。『……我就怕會發生這種事……你們得趕快……』

艾迪不理睬小伯廉，他根本就是在說廢話。他們當然得趕快，但此刻這件事還不在他心上，他心頭壓了一件更大的心事。『為什麼？』他問道。『你究竟為什麼要這麼做？』

『我認為很明顯。我不能核爆盧德城而不毀滅我自己。要是我被毀了，我要怎麼帶你們到你們要去的地方？』

『可是城裡還有成千上萬的人啊，』艾迪說道。『他們都會給殺了。』

『沒錯，』伯廉鎮定地說道。『再會了，短吻鱷，再見了，大鱷魚，別忘了寫信㊱。』

『為什麼？』蘇珊娜大喊道。『究竟是為什麼？』

『因為他們讓我厭煩了。但是你們四個，我倒覺得挺有意思的。當然啦，我會覺得你們有意思多久，就得看你們的謎語有多好。說到謎語，你們應該趕緊來解開我出的謎語了吧？你們還有整整十一分鐘二十秒，然後生化武器就會爆破。』

『把它關掉！』傑克大吼，壓過震耳的警報。『不只是城市毀滅，毒氣會亂飄！連渡口鎮的老人也會遭殃！』

㊱《再會了，短吻鱷》為一九九五年出版之童書。

『世事難料，明哲保身，』伯廉應道，毫無感情。『我相信他們還可以用咖啡匙慢慢數著自己還有幾年可活；秋季暴風已經開始，狂風會把毒氣往反方向吹。倒是你們四個該為自己動動腦筋了。你們最好戴上你們的思考帽，否則就是再會了，短吻鱷，再見了，大鱷魚，別忘了寫信。』略事停頓。『附帶一句，這種毒氣並不是沒有痛苦的。』

『收回去！』傑克說道。『我們不是會出謎語給你猜嗎，對不對，羅蘭？我們會照你的意思出謎語！快收回去！』

伯廉大笑起來，笑了好一會兒，整個空盪的搖籃充斥著機器的歡樂尖笑聲，和單調拖長的警報混雜在一起。

『住口！』蘇珊娜高聲喊道。『住口！住口！住口！住口！』

伯廉果然住口。一分鐘後，警報也戛然而止。緊隨而來的寂靜——偶爾只被雨聲打斷——讓人招架不住。

此時從擴音器裡傳出的聲音十分輕柔，若有所思，而且絲毫沒有慈悲。『你們只剩十分鐘，』伯廉說道。『就讓我看看你們究竟多有意思。』

40

『安德魯。』

這裡沒有安德魯，陌生人，他在心裡說道。安德魯早就不存在了，沒有安德魯了，就像我也快沒了一樣。

『安德魯！』那個聲音仍緊纏著不放。

聲音來自遠處，來自曾是他的腦袋，現在卻成了蘋果榨汁機的地方。

從前有個男孩叫做安德魯，他的父親曾帶著他到盧德遙遠的西城公園去。公園裡有蘋果樹，還有一棟生鏽的錫屋，外觀像地獄，聞起來像天堂。安德魯的父親回答他說這棟小屋叫蘋果汁屋。然後他在安德魯頭上拍了拍，告訴他不要怕，帶著他穿過覆著毯子的門口。

裡頭有更多蘋果，一籃籃的，靠牆堆放，也有一個瘦得皮包骨的老人，他叫做杜萊普，白色的皮膚下肌肉扭絞，像是蠕蟲。他的工作就是把蘋果一籃接一籃傾入房間正中央那個看起來隨時會瓦解、叮噹亂響的機器裡。機器末端管子裡流出來的，就是甜美的蘋果汁。另一個人（他記不得這人叫什麼名字了）站在末端，他的工作就是裝滿一瓶又一瓶的蘋果汁。另外一個人站在他後面，而他專門負責在裝果汁的人裝得過滿時敲他的頭。

安德魯的父親給了他一杯有泡沫的蘋果汁，儘管他在盧德城裡嚐遍了各種珍饈，他卻從未嚐過比這更甘甜清涼的飲料。一口入喉，就宛如飲下十月的寒風。然而他記得最清楚的，不是清甜的果汁，不是杜萊普在把一籃籃蘋果餵入機器時，肌肉如蠕蟲般扭動，他最記得的，是機器無情地壓榨紅金色的大蘋果，把果實變成果汁。二十四個滾輪把蘋果輸送到一個迴轉的鋼鼓下，鋼鼓上有數不清的洞。蘋果先是給擠壓，然後爆裂，果汁流入斜槽，種籽和果肉則由濾網接住。

此時他的頭就是蘋果榨汁機，而他的腦則是蘋果。不消多久，他的腦就會和蘋果一樣在滾輪爆裂，而幸福的黑暗就會吞噬他。

『安德魯！抬頭看著我。』

他做不到……就算做得到他也不願意。最好還是躺在這裡，等待黑暗降臨。反正他本也該死了；那個小兔崽子不是朝他的腦袋送了顆子彈嗎？

『子彈壓根就沒靠近你的腦袋，你這個馬屁股，而且你也沒死。你只是有點小頭痛。不過你要是繼續躺在這裡，躺在自己的鮮血裡嗚嗚地哭，你很快會死……而且我保證，安德魯，到你真死的時候你會覺得還是現在幸福。』

並不是話裡的威脅讓地上的人抬起頭，而是因為那個聲音的主人似乎能讀出他的心思。他的頭緩緩舉高，痛楚十分劇烈，好似有沉重的物件在顱骨上滑行疾馳，一路上在他的腦漿裡輾出血跡斑斑的痕跡，而他殘餘的心智就裝在這個骨頭盒裡。他發出長長的呻吟。他的右頰有什麼東西在拍動，彷彿十來隻蒼蠅在血液上爬。他想把蒼蠅趕走，但他知道他需要兩隻手支撐自己，騰不出手來。

房間另一頭連接廚房的艙口立著一個人影，好像幽靈，毫不真實。可能是因為頭上的燈光仍閃爍不定，也可能是因為他只有一隻眼睛可看（他想不起另一隻眼睛怎會不見了，也不願去回想），不過他覺得最大的原因在那個生物真是幽靈，真的一點也不真實。它看起來像個人……可是那個曾是安德魯・奎克的傢伙確總覺得它根本就不是個人。

站在艙口的陌生人穿著暗色短外套，長到腰際，用皮帶繫住，腿上是一條丁尼布長褲，腳上的靴子又舊又多灰塵，是鄉下人穿的靴子，牧人穿的，也可能是——

『也可能是槍客，安德魯？』陌生人問道，還吃吃竊笑。

『滴答人』拚命瞪著艙口的人影，想看清他的臉，但他的短外套連著帽子，帽子遮住了臉。

警報突然半途打住，緊急照明燈仍亮著，幸好已不再閃爍。

『終於，』陌生人用他——抑或是它——那低柔嘹亮的聲音說道。『我們終於可以聽見自己的思想了。』

『你是誰？』『滴答人』問道。他微微挪動，而那些重量在他的頭裡滑動，在他的腦上撕開更多的溝槽。這感覺很可怕，但他右頰恐怖的蒼蠅嗡嗡聲似乎還更糟。

『我的名字有很多，夥伴，』那人的聲音從陰暗的帽下傳來，音調雖嚴肅，『滴答人』卻聽出底下隱隱藏著笑意。『有人叫我吉米，有人叫我提米，有人叫我漢帝，有人叫我丹帝。也可以叫我窩囊廢，也可以叫我大贏家，只要別叫得太遲，誤了我的晚飯。』

門口那人仰頭大笑，笑聲凍壞了『滴答人』的皮膚，雞皮疙瘩爬滿了手臂；他的笑聲簡直是狼嚎。

『我還有個別名，叫「長生不老客」。』那人說道，邁步朝『滴答人』走來。一見他逼近，地板上受傷的『滴答人』發出呻吟，手腳並用想往後退。『也有人管我叫梅林——誰在乎，反正我根本不是那個人，只不過我也從來沒否認過。有時也有人叫我魔術師……甚至巫師……不過我希望我們能用不那麼誇耀的名字，例如安德魯，比較有人味的名字。』

他把帽子推開，露出一張臉來，額頭寬闊，儘管五官端正，卻一點人味也沒有。巫師的顴骨上泛著兩坨玫瑰般的潮紅，藍綠色眼睛閃耀著狂喜，一點也不正常。他藍黑色的頭髮有如烏鴉的羽翼，一簇簇的豎立著，模樣很滑稽。他的嘴唇則是紅豔豔的，咧開來露出了食人族似的利牙。

『叫我芬寧，』齜牙咧嘴的幽靈說道。『理查・芬寧。或許不是很精確，不過應付政府體系也綽綽有餘了。』他伸出一隻手，手掌完全沒有紋路。『怎麼樣，夥伴？要不要跟這隻動搖世界的手握一握呢？』

那個一度叫做安德魯・奎克，一度以『滴答人』之名響徹灰毛圈的生物尖聲大叫，拚命扭動身體往後退。小口徑子彈從腦殼上削落下來的那片頭皮來回晃動，灰金長髮仍不時搔著他的臉頰，但奎克卻感覺不到。他甚至連頭顱內的疼痛、左眼窩的悸痛都忘了。他整個的意識都熔鑄成一個思想：我得逃離這個看來像人的野獸。

但陌生人攫住他的右手，搖了搖，他唯一的想法立刻如夢一般消散。哽在奎克胸口的尖叫從唇間溜出，變成了愛人的輕嘆。他茫然瞪著嘻嘻笑的陌生人，腦殼上的那片頭皮飄呀飄的。

『那會很煩嗎？一定會。來！』芬寧抓住那片頭皮，手一個動作就扯了下來，發出厚布料碎裂的聲音，露出了血肉模糊的一塊腦殼。奎克尖聲大叫。

『好了，好了，也不過痛個一下下嘛。』那人在奎克面前蹲了下來，儼然溺愛的父親哄著手指扎到小木片的孩子。『對不對啊？』

『對……對，』奎克喃喃說道。而且果真如他所言。疼痛已減輕。芬寧伸手去撫摸他左臉，奎克也只是反射性地向後縮，並不是因為害怕。那隻無掌紋的手一撫摸，他就感覺力量又流貫全身。他楞楞看著陌生人，滿懷感激，嘴唇顫抖。

『好多了是不是，安德魯？』

『對！對！』

『你要是想謝我——我知道你一定會——你得跟我以前一個老相識一樣說點什麼。那傢伙最後背叛了我，但是他跟我有一段時間是好朋友，我到現在心裡還有個地方惦著他。安德魯，你得說：「我的命是你的。」會不會說？』

他會，而且他也說了；其實他還似乎一說就停不了口似的。『我的命是你的！我的命是你的！我的命是你的！我的命——』

陌生人又摸了他的臉頰，但這一次安德魯・奎克的頭上卻竄過了一陣巨痛。他放聲尖叫。

『對不起，但時間很緊迫，而你又像個壞掉的唱片。安德魯，我就開門見山吧：你想不想宰了那個開槍射你的小兔崽子？還有他的朋友，跟那個把他帶來的硬漢——尤其是他。甚至包括那隻挖了你眼睛的畜牲。安德魯，你想嗎？』

『想！』『滴答人』急急叫道，兩手握拳。『想！』

『很好，』陌生人說道，把奎克攙起來，『因為他們非死不可——他們管了太多閒事。我寄望伯廉能收拾他們，可是情勢發展得太快，什麼都靠不住……誰想得到他們能走到今天這一步呢？』

『我不知道。』奎克說道。實際上他連陌生人在說什麼都弄不清楚。他也不在乎；一種意氣風發的感覺有如上等的毒品，逐漸滲透了他的心。在經歷過蘋果榨汁機的痛苦之後，這就足夠了，遠遠足夠了。

理查・芬寧的嘴唇上彎。『熊與骨……鑰匙與玫瑰……日與夜……時與運。夠了！夠了！絕不能讓他們再向黑塔逼近一步！』

陌生人雙手倏地射出，動作快如閃電，奎克蹣跚倒退。他一隻手扯斷了掛在著他胸前的玻璃鐘，另一隻手把他前臂上傑克・錢伯斯的精工錶給拉了下來。

『這些可以給我嗎？』巫師芬寧笑得很迷人，嘴唇遮掩住了恐怖的牙齒。『還是你反對？』

『不，』奎克說道，把他身為領袖的最後一個象徵拱手送人，毫不後悔（其實他根本沒意識到自己的行為）。『只管請便。』

『謝謝你，安德魯，』那個陰森森的人輕聲說道。『現在我們得加快腳步。這裡的氣氛五分鐘內就會遽然改變。我們得找到最近一個儲存防毒面具的櫃子，時間緊迫。我倒是可以輕鬆應付變異，但恐怕你會有困難。』

『我不懂你在說什麼。』安德魯・奎克說道，頭又開始悸痛，心思也飛旋。

『你不需要懂，』陌生人圓滑地說道。『來吧，安德魯，我們得趕快。今天可真是忙死了。運氣好的話，伯廉會在月台上就把他們給炸了——這些年來，他是愈來愈怪異了，可憐的傢伙。不論如何，我們自己還是得動作快。』

他一手摟住奎克的肩膀，咯咯笑個不停，帶著他穿過羅蘭和傑克幾分鐘前才穿越的艙門。

VI 謎語與荒原

1

『好吧，』羅蘭說道。『把他的謎語告訴我。』

『那外面那些人怎麼辦？』艾迪問道，指著開闊的搖籃廣場和外面的城市。『我們能幫他們做什麼？』

『什麼也不能，』羅蘭說道，『可是我們仍然有可能幫自己做點什麼。謎語是什麼？』

艾迪看向流線型的列車。『他說我們得給他加「特別數」他才會動，可是他的內燃機是倒著轉的。你聽得懂嗎？』

羅蘭詳詳細細地想了一遍，搖了搖頭。他低頭看傑克。『有沒有點子，傑克？』

傑克也搖頭。『我根本連引擎都沒看見。』

『這簡單，』羅蘭說道。『我們提到他的時候總把他當人看，那是因為伯廉聽起來像是有生命，但他終究是機器。儘管複雜精密，機器就是機器。他自己發動引擎，可是必定需要什麼密碼打開大門和火車門。』

『那我們得趕快，』傑克緊張兮兮地說道。『距離他跟我們講最後一句話的時間起碼過了兩、三分鐘了。』

『別算了，』艾迪悶悶不樂的說道。『這裡的時間詭異得很。』

『可是——』

『是，是。』艾迪瞧向蘇珊娜，但她跨坐在羅蘭腰上，臉上帶著夢幻的表情注視著菱形數字。他再看看羅蘭。『我很確定密碼的事讓你說對了——這一大堆數字八成就是這個作用。』他提高聲音。『是不是，伯廉？我們是不是至少猜對了一點？』

無人回應，唯有單軌列車的引擎轟隆聲加快。

『羅蘭，』蘇珊娜忽地開口。『你得幫我。』

夢幻似的表情變成了融合恐懼、驚慌、果斷三種情緒的表情。看在羅蘭眼裡，覺得她似乎從未有現在這般美麗過……也沒有如現在這般孤獨過。他們在林地邊緣看著巨熊攻擊樹上的艾迪時，蘇珊娜就在他肩上，當時羅蘭交代必須由她來開槍，並不知道她是什麼表情。但他現在知道了，因為他正親眼目睹。業是個輪子，一心一意只知滾動，而且到頭來總是回到原點，從前如此，現在也是如此；蘇珊娜又一次面對巨熊，而她的神情清楚表明她自己也知道。

『怎麼幫？』他問道。『要我怎麼幫，蘇珊娜？』

『我知道答案，可是我搆不著，它卡在我心裡，就跟喉嚨卡了魚刺一樣。我需要你來幫我記憶。不是他的臉，而是他的聲音，他說的話。』

傑克低頭看手腕，沒看見手錶，只看到曬黑的皮膚上一塊白色的痕跡，不覺又回想起『滴答人』那雙貓似的綠眼睛。他們究竟還有多少時間？絕對不超過七分鐘，七分鐘還是算得比較寬的了。他抬頭，看見羅蘭從槍帶裡拿出了一顆子彈，在左手手背上來回的玩。傑克馬上就覺得眼皮子很重，忙不迭移開視線。

『妳要記得什麼聲音，蘇珊娜・狄恩？』羅蘭用低沉冥想的聲音問道。他的眼睛並未鎖定蘇珊娜的臉，反而是鎖定了在他手背上來來去去轉動的子彈……來……去……來……去……

他毋須抬頭就知道傑克別開臉不看，但蘇珊娜卻沒有。他加快速度，最後子彈似乎是飄浮在他的手背上。

『幫我記起我父親的聲音。』蘇珊娜・狄恩說道。

2

半晌，四周唯有寂靜，依稀只有城裡傳來的爆炸、搖籃屋頂上的雨聲，和單軌列車漸進傳動式引擎的轟鳴。然後低沉的消防車警笛破空而來。艾迪轉過頭，不去看在槍客手背上舞動的子彈（費了他一點力氣；他這才恍然，只要再幾分鐘，連他都會給催眠），而是透過欄杆縫隙往裡看。一根細銀竿從伯廉前頭的窗戶之間緩緩往上升，好像是天線之類的。

『蘇珊娜？』羅蘭用同樣的低沉語調喚道。

『嗯？』她睜著眼睛，但聲音遙遠，非常的輕，宛如夢遊的人在說話。

『妳記得妳父親的聲音嗎？』

『記得……可是我聽不見。』

『六分鐘，我的朋友。』

艾迪和傑克嚇了一跳，轉頭去看對講機，但蘇珊娜似乎壓根沒聽見；她一逕瞪著飄浮的子彈。子彈下，羅蘭的指關節上下起伏，猶如織布機的綜框。

『盡力聽，蘇珊娜。』羅蘭催促道，突然間他感覺跨坐在他右側的蘇珊娜起了變化，似乎更重……而且，不知該如何形容，也更生氣勃勃。彷彿她的精氣神都變了。

而且的確是變了。

『你幹嘛跟那個賤女人攪和？』黛塔・渥克粗嘎的嗓音響起。

3

黛塔的語氣融合了懊惱和趣味。『她這輩子數學沒拿過比吃大丙更好的成績，那還是多虧了我幫忙呢！』她歇口氣，又悻悻然說道：『還有爹地，他也幫了忙。我聽過特別數，可是是他把我們教會的。哇，我為了那個還挨了一頓好揍呢！』她咯咯笑。『蘇西記不住是因為歐黛塔打從一開始就不懂什麼叫特別數。』

『什麼特別數？』艾迪問道。

『質數！[37]』她把這兩個字唸得好誇張。她看著羅蘭，看來全然清醒……但是她並不是蘇珊娜，也不是剛才那個假藉黛塔．渥克之名出現的邪魔妖怪，只不過她的聲音裝得很像。『她哭著跑去找爹地，因為她的數學課要當掉了……也不過是在學代數而已！她又不是不會做——我都會做，她當然也會——可是她不想做。愛唸詩的賤女人把自己瞧得太高貴，不屑做點小算術，你懂了吧？』黛塔仰頭大笑，笑聲已沒有剛才的半瘋苦澀。她好像對這位心理學生姐妹的愚蠢真的覺得很好笑。

『還有爹地，他說：「我來教妳一個小技巧，歐黛塔，我是在大學裡學的。幫我搞通了質數這玩意，也會幫妳搞通。」那個跟以前一樣笨得像頭豬似的歐黛塔說：「老師說質數沒有公式耶，爹地。」爹地馬上就說：「是沒有，可是只要妳有網子，妳就捉得到它們。」他把它稱為繆思女神網。帶我到那個盒子那兒，羅蘭——我來解開那個白人電腦的謎語。我來張網捕火車給你們瞧瞧。』羅蘭把她帶過去，艾迪、傑克、仔仔都緊跟在後。

『把你收藏的那塊木炭拿來。』

他翻了半天，拿出一塊短短的黑棍子。黛塔接過來，凝視著菱形數字圖形。『跟爹地教我的不完全一樣，不過我看也是八九不離十，』她看了一會兒後說道。『質數就像我一樣——非常特別，除了一和數字本身之外，不能被別的數字整除。二就是質數，因為只能用一和二來整除，不過二是唯一一個偶數質數。其他的偶數可以全部剔除。』

『我愈聽愈糊塗了。』艾迪說道。

『那是因為你是個笨蛋白人。』黛塔說道，口氣並不惡劣。她又凝視了菱形圖案一會兒，很快用木炭把所有的偶數都給塗黑。

『三也是質數，可是三的倍數沒有一個是質數。』她說道，這時羅蘭聽出了一件好消息：黛塔逐漸隱退，代替她的人不是歐黛塔．霍姆斯，而是蘇珊娜．狄恩。用不著他來把蘇珊娜從恍惚狀態中喚醒了，她自己就漸漸甦醒了過來，而且相當的自然。

蘇珊娜開始用木炭把三的倍數也都塗黑：九、十五、二十一等等。

『五和七也一樣，』她喃喃道，驟然清醒，又是完整的蘇珊娜．狄恩。『然後就把奇數，像是二十五，塗掉就行了。』控制面板上的菱形圖案最後變成這個樣子：

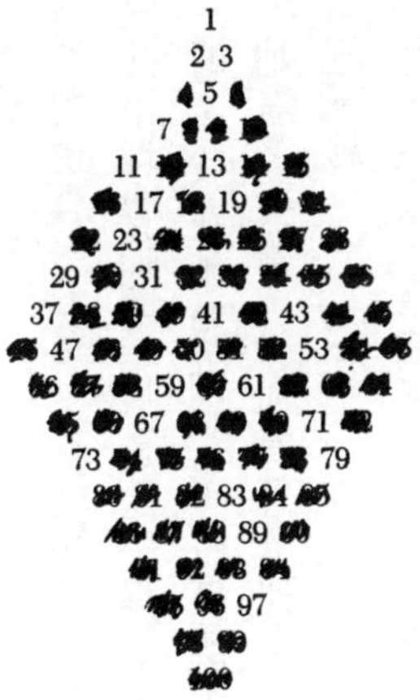

㊲質數的英文為『prime number』，prime也有『特別』之意。

『好了，』她疲累地說道。『現在網子裡只剩下一到一百之間的質數了。我很肯定這就是開門的密碼。』

『你們還有一分鐘，我的朋友。結果你們比我估計的要愚笨許多。』

艾迪不理會伯廉，只是兩手抱住蘇珊娜。『妳回來了嗎，蘇西？妳醒了嗎？』

『嗯，我在她說到一半時就醒了，不過我還是讓她再多講一些。打斷她似乎不太禮貌。』她看著羅蘭。『你看怎麼樣？要不要試試？』

『五十秒。』

『好。妳來，蘇珊娜，是妳解開的答案。』

她朝菱形頂端伸手，傑克卻抓住了她的手。『不對，』他說道。『他的內燃機倒著轉，記得嗎？』

她一臉愕然，隨即笑了開來。『對了，聰明的伯廉……還有聰明的傑克。』

眾人默默看著她輪流按下每一個按鍵，從九十七開始。每按一下，都會有很輕微的嗒聲。在她按下最後一個鍵之後，大家並沒有緊張兮兮，屏氣凝神，因為欄杆正中的大門應聲而開，開始在軌道上滑動，吱吱嘎嘎亂響，上頭還落下片片鏽屑。

『很不錯，』伯廉欽佩的說道。『這下我是滿懷期待了。我能建議各位盡速上車嗎？其實，你們或許會想用跑的。這個區域就有好幾個毒氣排放口。』

4

三個人類（其中一個身上又抱了一個）和一隻毛茸茸的小動物奔過欄杆開口，朝單軌伯廉飛奔。它立在狹窄的軌道上，哼唱著，一半露在月台外，一半藏在月台下，彷彿一顆大子彈，卻漆上了與槍彈顏色不和諧的粉紅色，躺在遠射程來福槍的後膛裡。在廣闊的搖籃裡，羅蘭一行人就像移動的小斑點。在他們頭上，一群群的鴿子在搖籃古老的屋頂下俯衝盤旋，渾然不覺只有四十秒可活了。一眾旅人靠近了列車，列車有一段粉紅車身向上滑開，露出一道門，門後是淡藍色厚地毯。

『歡迎搭乘伯廉，』他們魚貫上車後一個撫慰的聲音說道。他們全都認出這個聲音；是比小伯廉稍微洪亮、稍微自信的翻版。『讚美大長老！請確定您的通行卡仍有效，並請牢記無卡搭車是犯罪行為，須受法律制裁。敬祝各位旅途愉快。歡迎搭乘伯廉。讚美大長老！請確定您的通行卡——』

這聲音突然變快，先是像卡通花栗鼠的聲音，再來調門拉高，急促不清地鬼叫。插入一聲電子的詛咒——噗！——隨即完全斷絕。

『我想我們可以省略這段無聊的廢話吧。』伯廉說道。

外頭傳來驚天動地的爆炸。抱著艾迪的蘇珊娜給震得向前飛，多虧了羅蘭伸手擋住，他才沒跌倒。直到這一刻之前，艾迪始終不死心，認定伯廉說有什麼毒氣的威脅根本只是個病態的笑話。你真應該放聰明點，他在心裡責罵自己。任何一個覺得模仿老電影演員很好玩的人絕對不能信任。這應該是條自然法則。

他們身後，剛才滑開的車殼輕輕關上。隱藏的通風口開始循環，傑克覺得耳朵裡有微微的啪啪聲。『我想他是在加壓。』

艾迪點頭，瞪大眼睛東張西望。『我也感覺到了。看看這個地方！哇噻！』

他從前讀過一篇航空公司的文章，應該是『攝政航空』吧！這家公司提供紐約飛往洛杉磯的旅客比達美或聯合航空還要豪華的服務。他們把一架七二七改造成有客廳、酒吧、電影室、臥鋪。他猜想那架飛機的內部必然就和他現在看見的樣子有些相似。

他們正站在一個長管狀房間裡，有絲絨布面旋轉椅和標準尺寸的沙發。車廂至少有八十呎長，另一端不像酒吧，倒像舒適的小酒館。一塊光亮木質平台上擺放著看似大鍵琴的樂器，沐浴在隱藏的小聚光燈燈光下。艾迪險些以為侯吉・卡邁克[38]要登台彈奏〈星塵〉（Stardust）了。

牆上高處有鑲板，間接的燈光就從鑲板下照明，而車廂天花板上還垂吊著大吊燈。對傑克而言，這個吊燈彷彿是『豪宅』宴會廳那個吊燈的縮小複製版。但他並不意外——他已漸漸把這類的關聯和重疊視為理所當然了。這個華麗的房間唯一不對勁的地方，就是連一扇窗都沒有。

吊燈下方平台上立著個什麼，是一座冰雕，雕的是左手持槍、右手控韁的槍客，座騎低著頭，疲乏地跟在後面。艾迪看見控韁的手只有三根手指頭：大拇指和最後兩根手指。

傑克、艾迪、蘇珊娜全都著迷的盯著冰帽下瘦削憔悴的臉孔，不理會腳下地板輕輕抖了一下。雕像和羅蘭相似得驚人。

『**我恐怕是雕得倉促了些，**』伯廉謙虛地說道。『**你們覺得如何？**』

『太驚人了。』蘇珊娜說道。

『**過獎了，紐約的蘇珊娜。**』

艾迪正用手測試沙發。軟得不得了；這一摸他就恨不得能在上頭至少睡個十六小時。

『大長老連旅行都這麼講究啊？』

伯廉笑了起來，隱藏在笑聲下的是尖銳、不太正常的意味，讓他們緊張的面面相顧。

『**別想錯了，**』伯廉說道。『**這是男爵的車廂——我相信你們是稱為頭等艙。**』

『其他的車廂呢？』

伯廉不理會這個問題。他們腳下持續感覺引擎加速。蘇珊娜想起紐約勒瓜迪亞或愛德維德機場的飛行員在衝上跑道之前會讓引擎加速旋轉。『請坐，我有趣的新朋友。』

傑克選了旋轉椅，他一坐下，仔仔立刻跳到他大腿上。羅蘭坐了靠他最近的椅子，只朝冰雕瞧了一眼。槍管開始滴水，水珠緩緩落入盛裝冰雕的淺盆裡。

艾迪和蘇珊娜在沙發上落座，每一寸都跟他的手所摸到的一樣柔軟。『我們究竟是要上哪去，伯廉？』

伯廉答覆的耐性語氣，儼然是一個人發現自己在對某個智能不如他的人說話，所以得多多體諒。『沿著光束之徑走，至少我的軌道能走多遠就算多遠。』

『到黑塔去嗎？』羅蘭問道。蘇珊娜這才發現這是槍客第一次和盧德城下機器中的饒舌鬼魂說話。

『最遠只到托佩卡。』傑克低聲說。

『對，』伯廉說道。『托佩卡是我的終點站，不過我很詫異你竟會知道。』

你不是對我們的世界瞭如指掌嗎？傑克在心裡自問，那怎麼會不知道有位女士幫你寫了本書呢？是因為換了名字嗎？難道隨便換個名字就把你這麼精密的機器給騙過了，會讓你看不出那是你的傳記？還有貝若・伊文斯呢？那個《噗噗查理》的作者？你聽說過她嗎，伯廉？她現在人又在哪裡？

好問題……但傑克卻不覺得現在是提問的好時機。

㊳Hoagy Carmichael（一八九九—一九八一），為美國流行樂作曲家。

引擎震動持續增強。一聲隱約的巨響貫穿了地板，但沒有他們上車時撼動了整個盧德城的爆炸那麼響。蘇珊娜的臉上閃過一絲驚慌。『喔，慘了！艾迪！我的輪椅！掉在後面了！』艾迪一手環住她肩膀。『來不及了，寶貝。』他說道。單軌伯廉動了起來，十年來第一次滑向軌道……而且也是在它悠長歷史中最後的一次。

5

『男爵車廂有格外設計的景觀模式，』伯廉說道。『各位要我開啟嗎？』

傑克瞧了瞧羅蘭，羅蘭只聳聳肩，點個頭。

『要，謝謝。』傑克說道。

接下來太過神奇，所有人都驚愕得說不出話來……不過羅蘭雖然不懂什麼科技，這一生卻見識過太多魔法，所以是四個人裡頭最不驚訝的。這不是車廂的圓弧牆上出現窗戶那麼平凡；而是整個車廂，從天花板到地板，加上兩邊牆壁，先變成乳白色，再是半透明，接著透明，然後完全消失。不到五分鐘的時間，單軌伯廉似乎隱為無形，而車上的乘客似乎在盧德城內呼嘯而過，絲毫沒有護翼。

蘇珊娜和艾迪緊偎著彼此，有如小孩面對一頭直衝而來的動物般呆住了。仔仔吠叫，想從傑克的襯衫前襟跳下來。傑克卻幾乎沒注意，只顧著抓緊椅子扶手，左看看右看看，驚奇的睜大眼睛。初始的警覺變成了驚詫的喜悅。

他看見車廂內的裝潢仍在，酒吧、大鍵琴、伯廉創作的助興冰雕，但這個客廳的輪廓卻似在盧德大雨滂沱的中央區上方五十呎處凌虛御空。在傑克左邊五呎處，艾迪和蘇珊娜坐在沙發上飄浮；在他右邊三呎處，羅蘭坐在粉藍色旋轉椅上，僕僕風塵的舊靴子似乎懸在半空，靜靜飛掠下方遍地瓦礫的郊區。

傑克感覺得到軟鞋下踩著地毯，但眼睛卻堅持底下既沒有地毯也沒有地板。他扭頭回望，看見搖籃側面幽黑的狹縫緩緩向後退。

『艾迪！蘇珊娜！快看！』

傑克站起來，把仔仔抱在襯衫裡，在看似凌空的空間緩步走動。踏出第一步需要莫大的意志力，因為眼睛告訴他在飄浮的家具之間什麼也沒有，但只要邁開了腳步，腳踏實地的感覺就讓他安心多了。但看在艾迪和蘇珊娜眼裡，傑克卻是走在半空中，而兩邊則有傾頹的建築飛逝。

『回去坐好，小子，』艾迪虛弱的說。『你要害我吐出來了。』

傑克小心把仔仔抱出來。『沒關係，』他安慰道，把學舌獸放下。『看吧。』

『ㄎ—ㄎ！』學舌獸表示同意，可是低頭看了爪子之間滾滾飛逝的公園，牠又急著爬上傑克的腳，坐在他鞋上。

傑克向前看，看見前方灰色的鐵軌，穩穩地在建築物之間穿梭上升，消失在雨幕中。他低頭看，什麼也沒看見，只有馬路和飄浮的雲絮。

『為什麼我看不見底下的鐵軌，伯廉？』

『你看見的影像是電腦形成的，』伯廉回答道。『電腦把象限下半部的軌道刪除了，讓景色更為怡人，同時可以增強乘客在飛行的幻覺。』

『真是了不起，』蘇珊娜喃喃說道。最先的恐懼消失了，正急切地左右張望。『好像是坐飛毯，我一直以為會有風把我的頭髮吹向後——』

『如果妳希望的話，我也能提供這種服務，』伯廉說道。『外加一點濕氣，正好配合目前車外的氣候。不過事後可能必須更衣。』

『不用了，伯廉。有句話說得好，別把幻覺當真。』

鐵軌穿過一簇高聳的建築，讓傑克多少想起了紐約的華爾街。通過這地區後，鐵軌向下降，經過了一條高架路。就在這時，他們看見了一團紫雲，以及紫雲前竄逃的人群。

6

『伯廉，那是怎麼回事？』傑克問道，其實心裡已有了答案。

伯廉哈哈大笑……此外別無他話。

紫色氣體從人行道的鐵格子蓋下以及空屋碎裂的玻璃窗內滲出，但絕大多數是由人孔滲出。人孔蓋都因他們上車時感覺到的爆炸而飛離。羅蘭等一行人恐懼的看著像瘀血顏色的氣體瀰漫街道，擴散到遍地殘骸的巷弄中。而那些仍想苟活下來的盧德市民則像羊群般給氣體驅趕在前。從頭巾顏色判斷，大多數是黃毛，但傑克也看見幾抹豔黃色。末日降臨，舊怨也就拋到九霄雲外去了。

紫雲逐漸追上落後的人，泰半是跑不動的老人。紫雲一碰到他們，他們立刻跌倒，緊揪住喉嚨，張口尖叫，卻發不出半點聲音。傑克看見一張痛苦的臉瞪著他，一臉的不相信，他看見那人的眼珠瞬間充血，嚇得趕緊閉上眼睛，不忍再看。

單軌列車迎面衝入紫色霧氣中。艾迪瑟縮，屏住呼吸，不過紫霧向兩側分開，籠罩盧德的死亡氣體沒有一絲飄入車廂。看著下方的街道就如同透過毛玻璃望入地獄一般。

蘇珊娜把臉埋入艾迪的胸膛。

『恢復原狀，伯廉，』艾迪說道。『我們不想看這個。』

伯廉不回答，而四周和下方仍舊保持透明。紫雲已分散為一縷一縷，前方的城市建築愈來愈小、愈來愈擁擠。這一區的街道是縱橫交錯的巷弄，乍看之下毫無章法。有些地方似乎是整區毀於大火……而且是發生在許久之前，因為這些地區又變成了平原，叢生的青草吞沒了瓦礫，將來有一天也會吞沒整個盧德城。就跟叢林吞沒了印加和馬雅偉大的文明一樣，艾迪思忖道。業的巨輪轉動，世界向前進。

過了貧民窟——艾迪很確定這地方在困厄來臨之前必然是貧民窟——是一道閃耀的高牆。伯廉正緩緩朝牆的方向移動。他們看見白石上切割了很深的正方形凹口，而列車就從這凹口通過。

『請看正前方。』伯廉邀請道。

四人照辦，列車前方的牆再次出現，一個鋪了藍色布面的圓圈似乎飄浮在空中。上方沒有門，艾迪也沒看見有通路能夠離開男爵車廂到駕駛室去。他們凝神觀看，只見前方牆壁上一塊長方形區域變暗，先是藍色，後變藍紫色，再變黑色。一會兒，一條鮮紅線出現，彎彎曲曲的劃過長方形。紅線所到之處還會不時出現藍紫色斑點，斑點旁尚未出現名字，艾迪就明白了這是一張路線圖，跟紐約地鐵站牆上和火車車廂內高掛的路線圖差不多。一個閃亮的綠點出現在盧德城的位置，也就是伯廉的操作基地暨終點站。

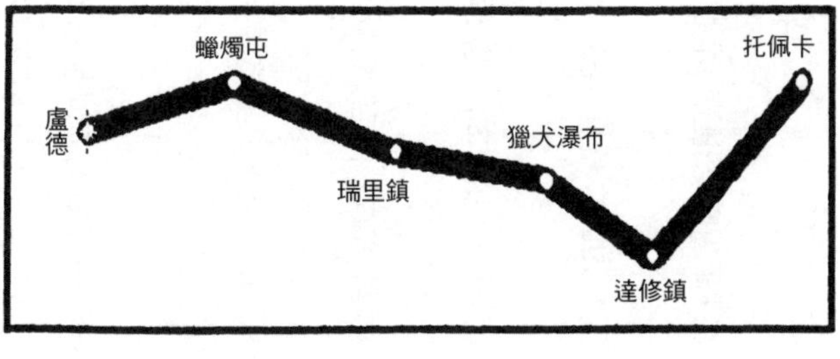

『各位看到的是我們的旅行路線。路上難免會左彎右拐，但我們仍然是朝著西南方前進——沿著光束之徑。全程只有八千輪多一點，換算成各位習慣的里程是七千哩。從前的距離更短，但那是在所有暫時的神經突觸融解之前。』

『什麼神經突觸？』蘇珊娜問道。

伯廉又發出刺耳的笑，對她的問題卻置若罔聞。

『以我的最高速度，我們會在八小時四十五分後抵達終點。』

『地上時速八百多哩，』蘇珊娜說道，聲音輕柔，充滿了敬畏。『耶穌基督。』

『當然，我是假設這條路線上的軌道仍完好無缺。我已經有九年五個月沒跑這條路了，不能很肯定。』

前方，盧德的東南城牆逐漸接近。這一段的牆又高又厚，牆頭都已蝕為瓦礫，看起來還有數以千計的盧德市民白骨。伯廉緩緩通過的凹口將近二百呎深，而支撐軌道的支架十分黝黑，彷彿有人縱火燒過，也可能是用炸彈炸過。

『萬一到了一個地方鐵軌沒有了怎麼辦？』艾迪問道。說完，他忽然發現他一直拉高嗓門在跟伯廉說話，就好像他在和某人通電話，卻線路不良。

『時速八百哩的情況？』聽起來伯廉似乎覺得很好笑。『再見了，短吻鱷，再見了，大鱷魚，別忘了寫信。』

『少唬人了！』艾迪說道。『你可別告訴我像你這麼精密的機器居然沒辦法監控自己的軌道。』

『這個嘛，之前是可以，』伯廉同意道，『可是——哎呀！——我們啟動時我把那些迴路給燒了。』

艾迪一臉的驚愕。『為什麼？』

『這樣比較刺激啊，你不覺得嗎？』

艾迪、蘇珊娜、傑克互換了一個張口結舌的表情。而顯然毫不驚訝的羅蘭仍靜靜坐著，雙手交握，置於膝上，俯視車外景色。他們距離地面三十呎，正經過這一區處處可見的殘破違章建築和毀壞的屋舍。

『我們離城時請看仔細，而且要注意你們看見的東西，』伯廉告訴他們。『要非常注意。』

隱形的男爵車廂載著他們接近牆上的凹口。他們通過了，從另一邊出來時，艾迪和蘇珊娜不約而同尖叫起來。傑克只看了一眼就驚訝得雙手捂住嘴。仔仔也亂吼亂吠。

羅蘭瞪著下方，睜大眼睛，緊抿雙唇，嘴唇毫無血色，不像是嘴倒像是傷疤。他豁然領悟，心中有如亮起了鮮明的白光。

在盧德城牆之外，就是真正的荒原。

7

他們初抵城牆上的凹口，單軌列車就開始下坡，距離地面不到三十呎，震撼的感覺更強烈……因為在他們出現在另一端之後，他們是以驚人的高度擦著地面而行，可能是八百呎，或許是一千呎。

羅蘭扭頭回望城牆，城牆漸漸遠去。接近之初，城牆看來非常高，但從目前的位置看，卻是毫不起眼，不過是指甲般大小的一塊石頭附著在一片遼闊荒蕪的岬上。雨濕的花崗岩懸崖筆直落入乍看之下是無底深淵的地方。城牆正下方，岩石上排列了圓形的大洞，宛如空洞的眼窩。圓洞裡冒出一條條黑水和一縷縷紫霧，略帶鹽分的泥漿向下擴散，有如重重疊疊的扇子遮蓋了花崗岩，看起來倒和岩石一樣的古老。這裡必然是盧德城丟棄廢物的場所，槍客心裡想著。拋過邊緣，落入坑洞。

不過並不是坑洞，而是個下陷的平原。盧德城外的土地就像覆蓋在一個巨形的平頂電梯上，不知在從前什麼時候，電梯下降，而大塊的世界也跟著陷落。伯廉的單軌由狹窄的支架支撐著，在這片陷落的土地之上，層層雨雲之下翱翔，似乎是在凌空飛行。

『我們現在是靠什麼支撐？』蘇珊娜喊道。

『當然是光束，』伯廉答道。『萬物不離其宗。低頭看，我要把下層象限的螢幕放大四倍。』

腳下的土地似乎膨脹起來，幾乎要碰觸到他們，連羅蘭都忍不住產生暈眩感。印入眼簾的畫面遠遠超過了他往日所見識過的醜陋，而他在這方面可絕對不是孤陋寡聞。腳下的土地曾因某恐怖事件而熔解炸毀過，無疑就是這個毀滅性的大動亂，才使得這部分的世界深陷泥淖。土地表面變成了焦黑扭曲的玻璃，朝上隆起，形成碎石塊和轉彎，實在稱不上是丘陵，然後地面又往下扭轉，落入深縫和褶子裡，也稱不上是山谷。幾株矮小醜陋的樹朝天空擺動扭曲的樹枝，放大之後，樹木好似瘋子，爭相朝旅客伸出魔爪。玻璃似的地表上不時可見一簇簇的粗陶管突出來，有些看似全然死寂，有些看似沉睡，但有些內部卻閃動著青綠色光芒，彷彿龐大的熔爐仍在地心燃燒。奇形怪狀的飛行物在這些陶管間逡巡，翅膀如皮革，宛若翼手龍，偶爾會互相以勾形嘴攻擊對方。而在另一堆的陶管頂端也有整批整批的可怖飛獸棲息，顯然是以底下那些永恆不滅的火取暖。

他們經過了一條南北走向的之字形裂縫，可能是枯竭的舊河道……但細看才知河道並未枯竭。在河道深處有一條細細的猩紅色細流，有如脈搏般悸動。從這條細流又分出更小的支流，讀過托爾金的蘇珊娜不禁想道：這就是佛羅多和山姆抵達魔多心臟所看見的景物。這些就是最後審判日的驚雷。

在他們腳下有一道火泉迸射，噴出著火的岩石和岩漿。一剎那間，他們似乎就要被火焰吞沒。傑克嚇得尖叫，趕緊縮腿，把仔仔緊抱在胸前。

『只管放一百二十個心，小笨蛋，』約翰・韋恩懶洋洋地說道。『別忘了你看的是放大過的景象。』

火焰消逝。噴上來的岩石，有許多有一間工廠那麼大，現在它們亂紛紛落回地面，卻默然無聲。

蘇珊娜發現自己給腳下的陰森恐怖迷住了，陷入了致命的痴迷中，無法自拔……她感覺到性格中幽暗的一面，她的刻符，也就是黛塔・渥克，不僅是在旁觀而已，反而是盡情的掬飲，去理解，去領悟。某些程度而言，這裡是黛塔一直在尋尋覓覓的地方，因為這地方具體呈現了她失常的心智，以及狂笑孤寂的心靈。西海北方與東方的空盪山陵、巨熊出入口四周的殘破森林、傳河西北岸的空曠平原，這些地方與這片一望無際的奇幻淒涼相比，簡直不能相提並論。他們來到了卓爾地，進入了荒原；荒原上令人避之唯恐不及的有毒黑暗，此刻已把他們團團圍住。

8

但這片荒原儘管有毒，卻不是完全死寂的。車上的乘客不時瞥見下方有形體出現，都是千奇百怪的形狀，既不像人也不像動物，在悶燒的荒野上騰躍蹦跳。大多數都聚集在從熔化土地上突出的巨大煙囪叢四周，要不就是聚集在把地面切割開來的冒火裂罅岸邊。要看清那些跳躍的白色東西是不可能的，為此他們每個人都是滿心感激。

在小型生物間還有大型生物昂首闊步，這些大型生物略帶粉紅色，微微像鸛，又微微像活動的照相機三角架。牠們施施然移動，稱得上若有所思，彷彿傳教士在冥思默想不可避免的天譴，走幾步就停下來，向前彎身，弧度極大，顯然是拔出地上的什麼東西，動作和蒼鷺捕捉游過身邊的魚一樣。這些生物有讓人說不出的反感，羅蘭也和其他人一樣感受強烈，但誰也說不上來究竟是什麼原因造成如此強烈的反感。話雖如此，卻不得不承認這些生物的存在；這些鸛儘管可厭，卻讓人無法不看。

『這不是核子戰爭，』艾迪說道。『這是……這是……』他駭然虛弱的聲音聽起來像是小孩。

『對，』伯廉附議道。『不過比核戰更可怕。而且還沒有結束。通常我到達這個地方總會加速。各位看夠了嗎？』

『夠了，』蘇珊娜說道。『太夠了。』

『那麼我把觀景窗關閉嘍？』伯廉的聲音又透出殘酷揶揄。地平線那端，一條崎嶇可怕的山脈從雨幕中衝出；光禿禿的山峰有如獠牙，嘶咬著灰色天空。

『關不關在你，不過少拿我們當猴子耍。』羅蘭說道。

『對某個來求我搭載你們的人來說，你們真的是非常無禮。』伯廉陰沉沉地說道。

『我們可不是白搭，』蘇珊娜回嘴道。『我們解開了你的謎語，不是嗎？』

『再說，這本來也就是你的功用啊，』艾迪也插嘴。『載運乘客到他們想去的地方。』

伯廉並沒有用語言回答，反倒是頭頂上的擴音器發出了貓一般的憤怒嘶聲，艾迪立刻後悔自己大嘴巴。他們四周的空氣也開始出現顏色波浪。深藍色地毯再次出現，擋住了底下的荒野。燈光再度亮起，他們又坐在男爵車廂內。

牆壁傳出低沉的嗡嗡聲，引擎加速。傑克感到一隻隱形的手輕輕把他推回座椅內。仔仔東張西望，緊張的哀鳴，舐起傑克的臉來。車廂前方的螢幕，也就是路線圖，現在是略偏寫著『盧德』的藍紫色圓圈的東南邊，綠點愈閃愈快。

『我們會感覺到嗎？』蘇珊娜不安的問道。『在通過音障的時候？』

艾迪搖頭。『不會，放心吧。』

『我知道了，』傑克突然說道。其他人都轉頭看他，但傑克並不是對他們說話，而是盯著路線圖。伯廉沒有臉，這是當然的事——一如偉大的巫師奧茲，他也只是個沒有形體的聲音——可是路線圖卻是一個聚焦點。『我知道你的事，伯廉。』

『你知道的是真相嗎，小笨蛋？』

艾迪向前探，貼著傑克耳朵，低聲道：『小心點——他可能並不知道有另一個聲音。』

傑克微微點頭，把頭移開，仍看著路線圖。『我知道你為什麼釋放毒氣，殺光那些人。我也知道你為什麼載我們，原因不只是因為我們解開了謎語。』

伯廉發出精神失常的笑聲（現在他們發現這種笑聲比他拙劣的模仿或是通俗劇似的、又有點幼稚的威脅還要令人不快），卻一言不發。他們腳下的漸進傳動式渦輪機發出穩定的隆隆聲。即使外在景物已看不見，加速的感覺仍十分清晰。

『你打算自殺，對不對？』傑克懷裡抱著仔仔，輕輕撫弄。『而且你想拉我們當墊背的。』

『不！』小伯廉呻吟著說。『要是激怒了他，他真做得出來！難道你不——』

接著這微弱的聲音不是給打斷了，就是給伯廉的笑聲壓過了。伯廉的笑聲高亢、尖銳、斷續——恍如病入膏肓的人在譫妄狀態中狂笑。燈光閃爍，好似這一陣的歡樂耗費了過多的能源。他們的影子在弧形牆壁上上下跳動，有如惴慄不安的幽靈。

『再會了，短吻鱷，』伯廉在狂笑間說道，聲音一如往常般鎮定，似乎是全然不同的另一個人在說話，更加強調出他的心理分裂。『再見了，大鱷魚。別忘了寫信。』

在羅蘭這一群朝聖客下方，漸進傳動式引擎穩定猛烈地跳動著。而在車廂的正前方路線圖上，閃動的綠點在光亮的線路上，朝終點托佩卡移動，單軌伯廉顯然打算與他們同歸於盡。

9

好不容易，笑聲停止了，車廂內的燈光又再次穩定。

『要不要來點音樂？』伯廉問道。『我的資料庫裡有將近七千首協奏曲——超過三百種水準的取樣。我最喜歡協奏曲，不過我也可以提供交響樂、歌劇，以及選擇多樣的流行樂。你們或許會喜歡歌革音樂。歌革是一種樂器，和風笛類似。是在塔的高層演奏的。』

『歌革？』傑克問道。

伯廉沉默以對。

『你說「在塔的高層演奏」是什麼意思？』羅蘭問道。

伯廉大笑……卻不置一詞。

『你有沒有Z.Z.Top的歌？』艾迪不高興的問道。

『當然有，』伯廉說道。『要不要來首〈試管蛇布基烏基〉（Tube-Snake Boogie），紐約的艾迪？』

艾迪翻了翻白眼。『仔細再想想，還是免了吧。』

『為什麼？』羅蘭突然發問。『你為什麼想自殺？』

『因為他是討厭鬼。』傑克陰沉地說道。

『我厭倦了。況且，我非常清楚我患了一種退化病，人類稱之為發瘋、與現實脫節、發神經、秀逗、起肖等等等等。重複的健診判斷不出問題所在，我能做的結論只有一個，那就是我患了精神上的痼疾，不是我的能力所能修復的。』

伯廉略微停頓，又接著往下說。

『這些年來，我感覺到我的心智愈加奇特。幾世紀之前，為中世界的人們服務已變得毫無意義，而在不久之後，為盧德城裡少數想要到外界探索的人服務，也一樣變得愚不可及，但我仍繼續執勤，一直到不久之前大衛・奎克出現才改變。我不記得確切的時間。基列地的羅蘭，你相信機器也會老邁嗎？』

『我不知道。』羅蘭的聲音遙遠，艾迪得看著他的臉才知道，即使現在他們在地獄上空一千呎飛馳，性命都掌握在一列顯然已經失心瘋的機器手裡，這個槍客的心裡居然還是想著他那個該死的黑塔。

『從某方面來說，我一直沒有停止對盧德市民的服務過，』伯廉說道。『即使在我釋放了毒氣，殺光了他們，我仍然在為他們服務。』

蘇珊娜說道：『如果你真相信這種話，那你真的是瘋了。』

『對，可是我沒有瘋。』伯廉說道，又是一陣歇斯底里的狂笑。過了一會兒，機器聲音才又恢復。

『不知何時起，他們忘了單軌列車的聲音也是電腦的聲音。再之後不久，他們忘了我是僕人，開始以為我是天神。既然我的功用就是服務市民，我也滿足他們的要求，變成他們想要的東西──一位天神，憑興之所至就可以降禍賜福……你要說是時有時無的記性也行。有那麼一陣子我覺得很有意思。但上個月，我僅剩的同事派翠西亞自殺了。』

他不是真的老邁了，蘇珊娜在心裡揣想道，就是他瘋到連時間都不會算了，要不然就又是一個證明羅蘭的世界病得有多重的例子。

『我正打算追隨她的腳步，你們卻撞了上來。一群懂謎語的有趣的人！』

『慢著！』艾迪說道，舉起了手。『我還是沒搞懂。我想我能夠體會你為什麼想來個一了百了；建造你的人都不在了，兩、三百年來也沒有什麼乘客，日子一定很無聊，總是空車來回盧德和托佩卡，可是──』

『現在換你慢著，老兄，』伯廉用約翰・韋恩的聲音說道。『你不想搞懂的是其實我只是一列火車。正在和你說話的伯廉早已給拋在三百哩後，只靠譯為密碼的微爆電波傳送來溝通。』

傑克驀然想起，之前他看過伯廉的額頭伸出一支細銀桿。他父親的賓士車也是一樣，打開收音機，天線也會慢慢伸長。

它就是靠這個和盧德城底下的電腦連繫的，他恍然大悟。要是有辦法把天線弄斷，也許……

『可是不管真正的你在哪裡，你是打算要自殺啊，不是嗎？』艾迪堅持打破砂鍋問到底。

沒有回答，但這次的沉默卻透著狡猾。艾迪能感覺到伯廉在觀察……在等待。

『我們發現你的時候，你醒著嗎？』蘇珊娜問道。『不是吧？』

『我正代表灰毛在播放黃毛所稱的上帝之鼓，就這樣。你可以說我在打盹。』

『那你何不把我們送到路線終點，再回去繼續睡？』

『因為他是討厭鬼。』傑克又壓低聲音說道。

『因為有夢。』伯廉和傑克同時說話，這次聲音竟酷似小伯廉，讓人毛骨悚然。

『你幹嘛不在派翠西亞毀了自己的時候，也一起自我了斷算了？』艾迪問道。『對了，如果你的頭腦和她的頭腦都屬於同一部電腦，那你們怎麼會沒有同步行動？』

『派翠西亞發瘋了，』伯廉耐著性子說道，彷彿剛才他並沒有親口承認自己也陷入了瘋狂。『就她來說，問題不但出在設備故障，她也患了精神抑鬱。這類的故障在漸進傳動科技上是無解的難題。不過世界在前進……對不對，基列地的羅蘭？』

『對，』羅蘭說道。『黑塔患了嚴重的疾病，而它是世界的中心。疾病不斷擴散。我們腳下的土地不過是另一個徵兆。』

『我不能擔保這句話是真是假；我在末世界，也就是黑塔矗立的世界，那裡的監視設備早在八百多年前就壞了，因此我無法立刻分辨出何者為事實，何者為迷信。其實此時此刻，這兩者之間似乎毫無差別。淪落到今天這步田地實在很蠢，更別提有多無禮了。我相信我本身的精神抑鬱也和它有關。』

這句話讓艾迪想起了前不久羅蘭講過的什麼話。是哪一句呢？他苦苦思索，什麼也想不起來……只恍恍惚惚記得是羅蘭相當氣惱的說了什麼，跟他平常的態度大相逕庭。

『派翠西亞一開始是哭個不停，我發現那種狀態既無禮又令人厭煩。我相信她是因為寂寞，也是因為瘋了。雖然導致原始問題的電線走火迅速撲滅，但邏輯錯誤仍持續擴散，迴路也負荷過度，副觸排也失效。我考慮讓故障擴大到整個系統，決定把問題區孤立出來。我聽說了一些謠言，說有名槍客重臨地球。我幾乎不敢相信這些傳聞，可是如今證明了我選擇等待是明智的。』

羅蘭在椅子上動了動。『你聽說了什麼謠言，伯廉？又是從哪裡聽來的？』

但伯廉卻避不作答。

『最後我實在受夠了她的鬼哭神號，就把控制她非自主系統的迴路給消除了。你可以說是我解放了她。而她的反應是投河自盡。再見了，派翠西亞鱷。』

孤苦伶仃，止不住哭泣，最終投河自盡，而這個瘋狂的機器混蛋卻只會拿這件事開玩笑，蘇珊娜在心裡暗罵，幾乎要氣得吐血。如果伯廉是個活生生的人，而不是埋藏在某個城市地底下某處的一大堆迴路，她一定會在他臉上留些印子，讓他到死也忘不了派翠西亞。你想要好玩是吧？你這狗娘養的！我就讓你玩個夠。

『出個謎語給我。』伯廉請求道。

『時候還不到，』艾迪說道。『你還是沒回答我第一個問題。』他給伯廉機會回應，一看那個電腦聲音不加理睬，他又接著說：『說到自殺，我是不反對啦。可是你幹嘛要拖著我們？我是說，這有什麼意義？』

『只要他喜歡，有什麼不可以。』小伯廉用他嚇壞的低語聲說道。

『只要我喜歡，有什麼不可以，』伯廉說道。『這就是我的理由，這一個理由也就足夠了。好了，該談正事了。我要猜謎，而且立刻就要。要是你們拒絕，我不會等到抵達托佩卡——我現在就會做個了斷。』

艾迪、蘇珊娜、傑克都轉頭看羅蘭，他仍坐在椅子上，兩手交握，置於膝頭，看著車廂前方的路線圖。

『我操。』羅蘭說道，並未提高聲音，聽聲調倒挺像是在告訴伯廉來點歌革音樂也不壞似的。

但偷聽他們講話的小伯廉卻發出了震驚的喘氣聲。

『你說什麼？』大伯廉的語氣擺明了難以置信，和他渾然不察其存在的雙胞胎十分類似。

『我說我操，』羅蘭平靜地說道，『要是你聽不懂，我可以再說白一點。不，答案是不。』

10

兩個伯廉都許久許久沒有回應，等到大伯廉回應，他用的不是言語，而是讓牆壁、地板、天花板都失去了顏色和實體。短短的十秒鐘，男爵車廂就再次消失了。單軌列車正飛馳穿越他們先前在地平線上看見的山脈：鐵灰色山峰以自殺的速度朝他們衝來，倏忽間就落在後方，緊接著印入眼簾的是貧瘠的山谷，龐大的甲蟲四處爬行，宛如陸龜。羅蘭看見一條巨蛇忽地從一個洞穴口竄出，攫住了一隻甲蟲，把牠拖回巢穴。羅蘭這輩子也沒見過這樣的景色或動物，忍不住冒出一陣雞皮疙瘩。這景象充滿了敵意，但這還不是問題，真正的問題是它十分奇異。伯廉很可能把他們送到了別的世界。

『也許我應該在這裡就出軌。』伯廉說道。他的聲音沉思，但羅蘭卻聽出了潛藏其下的深沉憤怒。

『也許你是應該。』槍客漠不關心地說道。

他心裡卻一點也不是漠不關心。他知道電腦可能讀得出他的真實感受——伯廉曾告訴他們他有這樣的設備，雖然羅蘭很確定機器也會說謊，但在這一件事情上，羅蘭沒有理由懷疑。

萬一伯廉真讀出了槍客聲音中有壓力模式，遊戲只怕尚未開始就宣告結束。他是個極其精密的機器……但話說回來，機器畢竟是機器。他或許無法了解人類往往能夠在所有的情緒都高聲反對時，仍執意做出某件事。萬一他分析的結果是槍客的音調中暗藏恐懼，他可能會假設羅蘭是在唬人。這樣的錯誤會害他們全體送命。

『你既無禮又傲慢，』伯廉說道。『你也許很得意有這兩種特質，我卻不覺得有趣。』

艾迪一臉的慌亂，無聲問羅蘭：『你在搞什麼鬼？』但羅蘭不理他；他一心一意在對付伯廉，而且十分清楚自己在做什麼。

『喔，我還沒讓你見識到什麼叫無禮呢。』

基列地的羅蘭雙手分開，緩緩起身。站在看似空無一物之處，雙腿分立，右手支臀，左手按住左輪槍的檀木槍柄。他就像從前一樣，站在無數小鎮風沙滾滾的街上，在十幾處峽谷裡的殺戮地帶，在散發著苦啤酒味和油炸餐點、數不清的陰暗沙龍。這一次也不過就是在空盪街道上另一次的攤牌，如此而已。這是刻符，是業，是共業。攤牌的時刻總是會來，這就是他一生的核心，也是他自己的業據之轉繞的軸。儘管這一次的戰役不動槍彈，而是口舌之爭，但結果並沒有差別，落敗的一方仍注定死亡。空氣中的殺戮氣味和沼澤中腐屍爆裂的臭味一樣清晰可辨。爭戰的怒火當頭罩下，一如往常……他已不再是真正的自己。

『我可以罵你是荒謬無知、腦袋空空、蠢笨自大的機器。我可以罵你是昏聵低能的東西，所有的知覺也不過就像冬天的風吹過中空的樹，呼呼個兩聲就沒了。』

『住口。』

羅蘭仍用一貫平靜的聲調繼續，絲毫不理睬伯廉。『遺憾的是，我無禮的本事不能盡情施展，因為你不過是個機器……艾迪所謂的「小玩意」。』

『我才不是什麼小——』

『比方說，我不能罵你是吹喇叭的，因為你既沒有嘴又沒有老二。我不能罵你比在最噁心的陰溝裡爬過、最下流骯髒的乞丐還要下流，因為就連那種人都比你強；你根本連腿都沒有，就算有，也不可能會在地上爬，因為你根本不知道還有慈悲這種人類的缺點。我甚至不能罵幹你娘，因為你連娘都沒有。』

羅蘭停下來喘口氣。他的三個同伴無不嚇得大氣也不敢喘。而四周彌漫著單軌伯廉雷霆似的沉默，壓得人透不過氣來。

『我可以罵你是沒心沒肺的東西，坐視你唯一的同伴自殺；我可以罵你是懦夫，只會折磨傻瓜，只會屠殺無辜；我可以罵你是只會抱怨的機器鬼怪——』

『我命令你住口，否則我立刻就把你們全部殺死！』

羅蘭的眼眸射出強烈的藍焰，嚇得艾迪連連倒退。模模糊糊中，他聽見傑克和蘇珊娜倒吸冷氣。

『你愛殺就殺，別想對我下令！』槍客大吼道。『你把那些創造你的人的臉忘了！你要殺就趕緊動手，否則就乖乖閉嘴聽我——基列地的羅蘭，史蒂芬之子，槍客，古老土地的領主——說話！我穿越了迢迢萬哩、耗費了無窮的光陰，可不是為了聽你幼稚無聊的廢話！懂了嗎？現在換你給我仔細聽好！』

霎時間，人人呆若木雞。沒有人呼吸。羅蘭嚴厲地瞪著前方，高昂著頭，一手按住槍柄。

蘇珊娜・狄恩一手掩口，感到嘴角有淡淡笑意，就如女人在看見了某個式樣新穎的服飾，總會忍不住試試，比方說帽子。她很怕她的生命就此結束，可是此時此刻心中最強烈的感覺卻是驕傲。她瞧了瞧左邊，看見艾迪露出佩服的笑容，凝視羅蘭。傑克的表情更直接：崇拜，純然的崇拜。

『告訴他！』傑克低聲道。『給他來個當頭一棒！』

『你最好注意聽，』艾迪附和道。『他真要豁出去了是連天王老子都不甩的，伯廉。人家叫他「基列地的瘋狗」可不是白叫的。』

過了許久許久，伯廉才開口。『他們真的這樣叫你嗎，史蒂芬之子羅蘭？』

『有可能。』羅蘭說道，泰然自若地立在荒蕪的山麓小丘上。

『你既然不說謎語讓我猜，那留你們有什麼用？』伯廉問道。這時的語氣像極了一個獲准超過上床時間仍不必就寢卻鬧脾氣的小孩。

『我並沒有說不讓你猜。』羅蘭說道。

『沒有？』伯廉聽來茫然不解。『我不了解，可是聲紋分析卻說這是理性交談，請解釋。』

『你說現在立刻要猜謎，』槍客回答道。『我拒絕的是這一點。你的急迫讓你忽略了體統。』

『我不懂。』

『你變得無禮。這下總懂了吧？』

一陣漫長的沉默。伯廉在冥思默想。接著：『要是我的話讓你們覺得無禮，我道歉。』

『道歉接受，伯廉。可是還有一個更大的問題。』

『請解釋。』

伯廉此時聽來似乎多少對自己不太有把握，羅蘭並不完全意外。已經有太長一段時間，電腦接觸的人類反應不外乎無知、疏忽、迷信的臣服，就算他曾體驗過簡單的人類勇氣，也是久遠以前的事情了。

『把車廂關閉，我就會解釋。』羅蘭坐了下來，好像根本不想再做進一步的爭辯，甚至也不覺得自己很可能馬上死亡。

伯廉乖乖聽命。牆壁又充滿了顏色，下方魔魘似的景色又一次給遮擋住。路線圖上的光點這時非常接近標示著『蠟蠋屯』的點。

『好吧，』羅蘭說道。『無禮是可以原諒的，伯廉；我年輕時是這樣受教的，而且黏土最後是依照藝術家塑造出來的形體乾燥的。可是我也學到愚笨是不可原諒的。』

『**我怎麼愚笨了，基列地的羅蘭？**』伯廉的聲音輕柔，卻十分不祥。蘇珊娜突然想起一隻貓蹲在老鼠洞外面，尾巴掃來掃去，綠眼閃爍。

『我們有你要的東西，』羅蘭說道，『可是我們給了你要的東西，得到的報償卻是死亡。這就是愚不可及。』

伯廉思索了許久後，說：『**你說得不錯，基列地的羅蘭。可是你們謎語的品質仍未經檢驗。我不會因為差勁的謎語就饒了你們的性命。**』

羅蘭點頭。『我了解，伯廉。現在，聽著，而且要聽仔細。有些話我跟我的朋友說過。我小時候在基列地領地，每年有七個節慶：冬至、大地、播種、仲夏、滿地、收割、歲末。猜謎是每個節慶的慶祝活動裡重要的一環，其中尤屬大地節和滿地節的猜謎大賽最重要，因為在這兩個節日說的謎語攸關收成的好壞。』

『**那是沒有根據的迷信，**』伯廉說道。『**我覺得既可厭又不舒服。**』

『當然是迷信，』羅蘭同意道，『可是你或許會很驚訝謎話預測收成有多準。比方說，猜猜這個，伯廉：老奶奶和老穀倉，有什麼不同？』

『這是個非常古老的謎語，而且不怎麼有趣，』伯廉說道，但聽來卻很開心，終於有東西可以猜了。『答案是：一個是親骨肉（born kin），一個是玉米箱（corn-bin）㊴。這是拆字的謎語。同一種類的謎語在紐約領地也流行過，像是「貓咪和複合句，有什麼不同？」』

傑克開口了。『我們老師今年剛教過。貓咪的腳掌（paws）有爪（claws），子句（clause）的結尾有停（pause）㊵。』

『對，』伯廉說道。『很蠢的老謎語。』

『這一次，我和你意見一致，伯廉老哥。』艾迪說道。

『我還要聽基列地的節慶猜謎大會，羅蘭，史蒂芬之子。我覺得相當有趣。』

『在大地節和滿地節中午，大約有十六到三十個參賽者會聚集在先祖堂裡，先祖堂也是特地為賽事而開放的。一年中也唯有這兩個節日平民百姓——商人、農人、牧人等等——能獲准進入先祖堂，而他們把整個先祖堂擠得水洩不通。』

槍客的眼神迷離遙遠；這種表情傑克曾見過，是在那個朦朧的另一世看見的。當時羅蘭告訴他他和朋友卡斯博、潔米溜進了先祖堂的陽台偷看某種祭祀舞蹈。當時傑克和羅蘭正進入山區，緊追華特的蹤跡，羅蘭告訴了他那段時光。

馬登坐在我父母親旁邊，羅蘭當時是這麼說的。我還那麼小的時候就認識他們了——她和馬登跳舞，從容緩慢，不停旋轉，其他人讓出場地，在一曲結束後紛紛鼓掌。可是槍客們卻沒鼓掌……

傑克好奇地看著羅蘭，心中納悶這一個陌生疏遠的人是從何而來……又是為何而來。

『地板正中央擺個大桶，』羅蘭接著說道，『每個參賽者都會把一把寫了謎語的樹皮卷丟進大桶裡。許多是老謎語，是他們從長輩那裡聽來的，也有抄書的，可是也有很多是全新的，專門為節慶創作的。裁判有三名，固定有一名是槍客，他們會傳閱這些謎語，大聲唸出來，經過裁判核可之後，謎語才能採用。』

『對，謎語一定得要有水準。』伯廉附和道。

『然後他們就開始猜謎。』槍客說道，想起了往日，當年他和這個此刻坐在對面、身上滿佈瘀傷、腿上坐著學舌獸的男孩一樣的年紀，想著想著，嘴角不禁帶著笑意。『猜謎一猜就是幾個鐘頭。先祖堂正中央排了一條長龍，排隊的順序是抽籤決定的。可是排在隊伍後面比排在前頭佔便宜，所以每個人都希望能抽到後面。不過不管前面後面，贏家都至少要答對一個謎語才行。』

『當然嘛。』

『每個男女——基列地有些最優秀的猜謎者是女性——接近大桶，抽一個謎語，交給主持人。主持人會提問，如果玻璃沙漏裡的沙漏光了，也就是三分鐘的時間，參賽者仍回答不出，就得離開隊伍。』

『那同一個謎語是不是會問下一個人？』

『對。』

『那麼那個人不就比別人多出了一點時間來思考了。』

『對。』

㊴born kin和 corn-bin 剛好子音b與c的位置顛倒，是個玩字形遊戲的謎語。
㊵paws與pause音近，claws與clause音近，這是個玩字音遊戲的謎語。

『我懂了。聽起來很炫。』

羅蘭蹙眉。『炫？』

『他的意思是好玩。』蘇珊娜靜靜地說。

羅蘭聳聳肩。『對旁觀者來說，應該是很好玩吧，但參賽者卻是非常認真，而且每次競賽過後，總免不了吵架揮拳，接著就頒發獎品。』

『獎品是什麼？』

『領地上最大最肥的一隻鵝。而且年復一年總是我的老師寇特把鵝抱回家。』

『他必定是個偉大的猜謎專家，』伯廉崇敬地說道。『真希望他在這裡。』

我也希望，羅蘭暗忖道。

『現在該我提出我的建議了。』羅蘭說道。

『我會洗耳恭聽，基列地的羅蘭。』

『就把接下來的幾小時當作是我們的節慶。你不能出題考我們，因為是你希望聽新謎語，而不是你自己來說你早已知道的幾百萬個謎語——』

『正確。』

『反正大部分的謎語我們也解不出來，』羅蘭繼續說道。『我相信你知道的謎語，如果丟進桶子裡，連寇特都能考倒。』他其實並不確定，但使用拳頭的時候已過了，現在是張開手掌的時候了。

『那是當然。』伯廉同意道。

『我的提議是，這次的獎品不是鵝，而是我們的生命，』羅蘭說道。『我們會在路上讓你猜謎，伯廉。如果在我們抵達托佩卡時，你解出了每一個謎語，你可以執行你的原始計畫，把我們殺掉。這就是你的鵝。可要是我們難倒了你，不管是傑克的謎語書或是我們腦子想出來的謎語，只要有一個你答不出，你就得帶我們到托佩卡，抵達後放我們自由，讓我們繼續我們的追尋。這就是我們的大肥鵝。』

靜默。

『你了解嗎？』

『了解。』

『同意嗎？』

又是靜默。艾迪僵硬的坐著，一臂摟住蘇珊娜，抬頭看著男爵車廂的天花板。蘇珊娜的左手拂過小腹，想著她腹中可能懷的祕密。傑克輕撫仔仔的毛，小心避開學舌獸被刺的地方。他們靜待伯廉——真正的伯廉如今遠遠落在後頭，在某個所有市民都死在他手下的城市地底下，過著半生不死的日子——考慮羅蘭的提議。

『好，』伯廉終於說道。『我同意，如果我解開了你們問我的所有謎語，我就要帶著你們到軌道終止的空地去。如果你們之中有任何一個人考倒了我，我就饒過你們的性命，帶你們到托佩卡，讓你們下車，繼續你們的黑塔遠征。我有沒有誤解了你的提議，史蒂芬之子羅蘭？』

『沒有。』

『很好，基列地的羅蘭。

『很好，紐約的艾迪。

『很好，紐約的蘇珊娜。

『很好，紐約的傑克。

『很好，中世界的仔仔。』

仔仔聽到自己的名字，稍稍抬頭看了看。

『你們是共業，集眾成一，我也一樣。誰的共業較強，且待分曉。』

片刻的寧靜，唯有穩定的漸進傳動式渦輪聲，載著他們穿越荒原，載著他們奔向托佩卡，中世界與末世界的接壤處。

『來吧，』伯廉高喊道。『拋出你的網子，漂泊者！拿你們的問題來考驗我，競賽開始！』

後記

黑塔系列第四冊應該會在不久的將來問世——永遠都要想著作家的生命是延續的，讀者的興趣也是不滅的。我只能說是在不久的將來，無法再精確；為羅蘭的世界找到門，一直不是一件簡單的差事，而且要為每一只鎖鑄出適當的鑰匙，更是愈來愈費功夫。不過，若是讀者要求，我自然不會讓讀者失望，因為只要我專心一志，我仍然能夠找到羅蘭的世界，也仍然深陷其中無法自拔……在許多方面，羅蘭的世界比我所優游過的其他想像世界，都要來得引人。而且，就像那個神祕的漸進傳動式引擎一樣，這個故事似乎有了自己的加速能力和節奏。

我非常清楚《荒原的試煉》的某些讀者會對結局感到不滿，因為留下太多懸而未決的部分。我也不是很樂意把羅蘭及他的同伴留給不懂得溫柔的單軌伯廉。讀者儘可不相信，但我仍舊得堅持我和某些讀者一樣，對第三冊的結局大感意外。但是書會自己發展（這本書絕大部分就是），當然也得讓書自己來收尾。各位讀者，我能保證羅蘭一行人已來到了故事的關鍵分界線，而我們必須把他們留在海關一陣子，回答問題，填寫表格。上述只是隱喻的說法，旨在說明目前是暫停階段，我的心也夠明智，阻止了我強渡關山。

下一冊的大綱仍隱晦不明，我只能保證單軌伯廉的問題會解決，我們也會對羅蘭的青年時代有更多了解，另外我們也會更了解『滴答人』及那個號稱巫師或『長生不老客』的謎樣人物華特。羅伯•布朗寧的史詩〈公子羅蘭來尋黑塔〉就是以這個恐怖的謎樣人物來開場：

我第一個想法是，他句句是謊，
這個白髮的跛子，帶著歪斜的邪惡目光
他的謊言滲透了我，
嘴巴掩不住得意，嘴角一噘一放，
記下了又一個祭品。

就是這個邪惡的騙子，這個黑暗強勢的魔法師，掌握了末世界與黑塔的鑰匙……等著勇者來奪取。

等著那些留下的人。

史蒂芬•金
緬因州班哥市
一九九一年三月五日

黑塔

IV 巫師與水晶球

The Dark Tower
Wizard and Glass

先讀為快

一行人繼續和單軌伯廉鬥智，
世界上有哪個謎語能難倒電腦呢？
在《巫師與水晶球》一開始時，
艾迪真的想出了一個這樣的謎語，
其中奧妙是運用人類特有的武器……

第一部 謎語

第一章 魔鬼月下（一）

1

蘇珊娜注視路線圖，看見標示目前所在位置的綠點已過了蠟燭屯，正接近瑞里鎮。瑞里鎮是伯廉的下一站。但又有誰上下車呢？她暗忖。

她掉頭不看路線圖，轉而看著艾迪，艾迪仍然逕自凝視著男爵車廂的天花板。她也跟著往上看，只看見一個四方形，應該是個活板門（話說眼前他們對付的是來自未來的鬼玩意，一列會說話的火車，所以應該不能稱作活板門，而該改稱艙口，或是什麼更酷的名稱）。四方形上用鏤空型板印著紅色的簡單圖案，是一個人從開口穿過。蘇珊娜盡量去想像在時速八百哩以上的高速中，遵照圖示，推開艙口，那會是什麼畫面。她瞥見了一個影像，雖是曇花一現，卻非常清晰：一個女人的頭顱從脖子上扯掉，就如一枝斷了頭的花莖。她看見那顆頭順著男爵車廂向後飛，可能還彈跳了一次，接著就消失在黑暗中，瞪著大眼，秀髮隨風飛揚。

她趕緊把這影像從腦海中推出。頭頂上的艙口當然會是牢牢鎖住的。單軌伯廉並不打算放他們走。他們或許能智取伯廉，找出一條生路，但蘇珊娜卻認為，即使他們用謎語難倒了伯廉，也不見得就能找到生路。

我可得這麼說，妳也跟那些個他媽的混蛋白佬一樣了，甜心，她心裡有個聲音在說，不能算是黛塔‧渥克的聲音。我不信任這個機器混蛋。妳這次可能會鼻青臉腫。

傑克正把破舊的謎語書拿出來給槍客，似乎不願再承擔保管的責任。蘇珊娜能體會男孩的感覺。他們一行人的性命很可能就繫在這一本骯髒翻舊的書上。換作是她，她也不敢說自己會願意保管。

『羅蘭！』傑克低喚，『你要這個嗎？』

『個個！』仔仔說，嚴峻的瞅了槍客一眼，『喔蘭仄個！』牠一張口咬住了書，從傑克手上搶下來，把不成比例的長脖子伸向羅蘭，送上《猜謎嘍！腦筋急轉彎！》。

羅蘭瞧了瞧，神色遙遠，心不在焉，隨後搖搖頭說：『還不要。』他看著前方的路線圖。伯廉並沒有臉，所以路線圖不成他們的焦點也不行。閃爍的綠點已接近瑞里鎮。蘇珊娜心裡冒出一陣短暫的好奇，不知他們經過的鄉間景色會是如何，隨即又決定她並不真的想知道，特別是在離開路德城時目睹了那場浩劫餘威之後。

『伯廉！』羅蘭喊道。

『有。』

『你能離開車廂嗎？我們需要磋商。』

你一定是瘋了才會以為他會乖乖聽話，蘇珊娜在心裡嘀咕，但伯廉的回答來得既快又急。

『好的，槍客。我會關閉男爵車廂所有的感應器，等你們的協商結束，準備猜謎了，我會回來。』

『是喔，麥克阿瑟也是。』艾迪咕噥。

『紐約的艾迪，你說什麼？』

『沒什麼，只是自言自語罷了。』

『要叫我，只需要碰一下路線圖，』伯廉說，『只要路線圖是紅色的，我的感應器就是關閉的。再會了，短吻鱷，再見了，大鱷魚，別忘了寫信。』頓了頓，隨即又說：『橄欖油，不要卡斯托利。』

車廂前方的長形路線圖突然變成了亮眼的紅，蘇珊娜得瞇起眼睛才能盯著前方。

『橄欖油，不要卡斯托利？』傑克問，『到底是什麼鬼意思？』

『無關緊要，』羅蘭說，『我們的時間不多了。無論最後是不是伯廉贏，單軌火車都會以飛快的速度往終點衝。』

『你不會真的相信他沒偷聽吧？』艾迪問，『像他那種老滑頭？得了，放聰明點。我敢說他一定在偷窺。』

『我很懷疑，』羅蘭說道，而蘇珊娜也認同他的看法，至少目前暫時如此。『你可以聽出來，這麼多年之後又可以猜謎，他有多興奮。再者——』

『他非常有自信，』蘇珊娜說，『不覺得我們這些傢伙有多難對付。』

『那我們會讓他輕鬆過關嗎？』傑克問槍客。

『我不知道，』羅蘭說，『我的衣袖裡又沒藏著什麼王牌，如果你是這個意思的話。這個遊戲簡單明瞭……但起碼這個遊戲我以前玩過。我們大家都玩過，至少在某種程度上。而且我們還有那個。』他朝傑克從仔仔口裡搶回的謎語書點了點頭，『這裡有些力量在運作，強大的力量，但並不是所有的力量都在阻止我們到達黑塔。』

蘇珊娜聽見了羅蘭的話，但她腦子裡想的卻是伯廉——伯廉跑開了，丟下他們，就像玩捉迷藏，當鬼的孩子乖乖閉上眼睛，其他玩伴則跑去藏起來。他們其實不就是這樣？他們不就是伯廉的玩伴？不知為何，這種想法卻比剛才想像從艙口逃出去卻身首異處更可怕。

『那我們該怎麼辦？』艾迪問，『你一定有什麼想法，否則你不會叫他走開。』

『他的高智商、他長期的孤單和身不由己的蟄伏，三者加起來，或許讓他比他自己知道的還具有人性。我的希望就在這裡。首先，我們必須先把他摸清楚。可以的話，我們必須辨識出他的優勢和弱點所在，他對於這個遊戲最有把握和不怎麼有把握的地方。謎語並不僅僅是要表現出題者的聰明才智，也是在考驗猜謎人的盲點。』

『他有盲點嗎？』艾迪問。

『要是沒有，』羅蘭平靜的說，『我們就得死在這列火車上了。』

『我就是喜歡你這種讓我們處變不驚的作風，』艾迪說，勉強一笑。『這是你的魅力之一。』

『一開始我們先讓他猜四次，』羅蘭說，『簡單的，稍微難一點，再難一點，非常困難的。他四題都會答出來，這點我很肯定，但我們會仔細聽他是如何答題的。』

艾迪不斷點頭，蘇珊娜感到一簇幾乎是不情願的希望火苗升了起來。聽起來這著棋是下對了。

『然後我們要他再一次離開，召開會議，』槍客說，『或許我們能得到概念，知道接下來該往哪個方向走。第一批的謎語來源不拘，但是——』他嚴肅的朝那本謎語書點點頭，『——根據傑克描述的書店經歷，我們真正需要的答案應該在那裡面，而不是在我參加過的賽會記憶裡。非在那裡不可。』

『是「問題」。』蘇珊娜說。

羅蘭注視她，眉毛在褪色的危險眼眸上揚起。

『我們要找的是問題，不是答案，』她說，『這一次會害我們送命的是答案。』

槍客點頭，神色迷惑，甚至可以說是挫敗，那可不是蘇珊娜想在他臉上看到的表情。但這一次傑克把書遞過去，羅蘭卻接了下來，拿在手裡半晌（舊書雖褪色卻仍鮮豔的紅色封面，拿在他日曬的大手上非常的怪異……尤其是右手，少了兩根手指），然後又傳給艾迪。

『妳，簡單的。』羅蘭說，轉向蘇珊娜。

『好吧，』她答道，帶著一抹笑，『可是對一位女士說這話可不太禮貌哦，羅蘭。』

他轉向傑克。『你第二個，找個稍微難一點的。我第三個。你最後，艾迪。從書裡選個看起來很難的——』

『難的在比較後面的部分。』傑克補充。

『……可是切記別又耍白痴，現在可是攸關生死，胡鬧的時候過去了。』

艾迪瞪著他。這個又老又高又瘦的醜八怪，誰知道他用尋找黑塔的名義幹了多少喪盡天良的事？但他又不禁懷疑羅蘭是否知道他那句話有多傷人。羅蘭要他別像個孩子一樣嘻皮笑臉，亂開玩笑，因為他們正在進行一場生死豪賭，這句責備是那麼的輕描淡寫，卻又是傷人至深。

他張開嘴要說話，說句艾迪．狄恩的招牌歇後語，既風趣又辛辣，每次都能把他哥哥亨利搞得狼狽不堪，但他什麼也沒說就閉上了嘴巴。或許這一回，又老又高又瘦的醜八怪說對了，或許該是把那些俏皮話和白痴笑話收起來的時候了。或許他也該長大了。

——【待續．摘自皇冠文化集團新書《黑塔IV巫師與水晶球》】

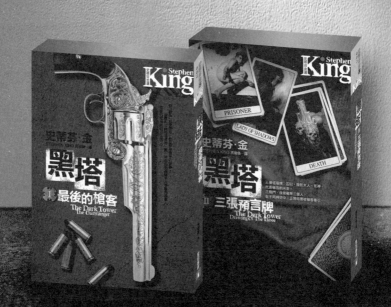

國家圖書館出版品預行編目資料

黑塔III荒原的試煉/史蒂芬・金 著. 趙丕慧 譯.
--初版.--臺北市：皇冠文化. 2007〔民96〕
面；公分（皇冠叢書；第3670）（史蒂芬金選；4）
ISBN 978-957-33-2360-0（平裝）

874.57　　96018631.

皇冠叢書第3670種

史蒂芬金選 4

黑塔III荒原的試煉

作　　者—史蒂芬・金　　譯　　者—趙丕慧
發 行 人—平雲
出版發行—皇冠文化出版有限公司
台北市敦化北路120巷50號　電話◎02-2716-8888
郵撥帳號◎15261516號
皇冠出版社(香港)有限公司
香港灣仔告士打道88號19樓
電話◎2529-1778　傳真◎2527-0904
出版統籌—盧春旭　　版權負責—莊靜君
編務統籌—金文蕙　　外文編輯—馮瓊儀
美術設計—王瓊瑤・李傳慧　　印　　務—林莉莉
行銷企劃—李邠如
校　　對—邱薇靜・金文蕙・劉素芬
著作完成日期—1991年
初版一刷日期—2007年10月

讀者服務傳真專線◎02-27150507
皇冠文化集團網址◎www.crown.com.tw
電腦編號◎508004　ISBN◎978-957-33-2360-0
Printed in Taiwan
本書定價◎新台幣420元/港幣140元